二見文庫

この夏を忘れない

ジュード・デヴロー／阿尾正子＝訳

True Love
by
Jude Deveraux

この夏を忘れない

登場人物紹介

アリクサンドラ(アリックス)・マドスン	建築学校を卒業したばかりの女性
ジャレッド・モンゴメリー・キングズリー	建築家
ヴィクトリア・マドスン	アリックスの母親
ケネス(ケン)・マドスン	アリックスの父親
イジー	アリックスの友人
グレン	イジーの婚約者
アデレード(アディ)・キングズリー	ジャレッドの大おば
レクシー	ジャレッドのいとこ
ウェス・ドレイトン	ジャレッドのいとこ
ディリス	ジャレッドのいとこ
トビー	レクシーのルームメイト
ジリー・タガート	家族史研究家
フレデリック・ハントリー	「ナンタケット歴史協会」会長
ケイレブ・ジャレッド・キングズリー	ジャレッドの祖先
ヴァレンティーナ・モンゴメリー	ケイレブが恋に落ちた女性

プロローグ

ナンタケット島

「彼女なら金曜にくることになってる」祖父ケイレブの問いに答えてジャレッドはいった。「だから、ぼくはそれまでにここを発《た》つよ——彼女がいるあいだは離れていたほうがいいと思うんだ。フェリー乗り場まで誰かに迎えにいかせる。ウェスのガレージの設計図を描いてやったから、やつに頼めばいい」ジャレッドは片手で顔を撫《な》でた。「誰も迎えにいかないと、どこかの小道に迷いこんでそれきりいなくなってしまうだろうからね。幽霊にさらわれないともかぎらないし」

「相変わらず想像力がたくましいな」祖父がいった。「しかし今回は想像力より思いやりを発揮してはどうだ。それとも、おまえたちの世代では、思いやりは時代遅れの産物になったか?」

「思いやりだって?」ジャレッドは怒りを抑えこんだ。「彼女は丸一年もこの屋敷に住みつく気なんだぞ。ぼくを追いだして。ぼくの家から。なんでかというと、子どものときに幽霊が見えたから。たったそれだけの理由で、ぼくはこの家を取りあげられるんだ。いままではおとなになった彼女に、ほかの人間には見えない人物が見えるかもしれないってだけでね」その語気からは、この取り決めそのものが気にくわないという気持ちが伝わってきた。

「もう少し込み入った話なのだよ。それはおまえもわかっているだろう」静かな声でケイレブはいった。

「ああ、そうだね。いまになって、すべての秘密を忘れるわけがないだろ？　まずは、この女性の母親のヴィクトリアが、実の娘に隠れて二十年間この島をたびたび訪れていること。それにもちろん、いまだ答えの見つかっていないキングズリー家の大いなる謎もある。二百年前の未解決の謎に、わが一族はずっと悩まされて――」

「二百二」

「なんだって？」

「二百二年前の未解決の謎だ」

「わかったよ」ジャレッドはため息をつき、この屋敷が建てられた一八〇五年から代々伝わる古い椅子に腰をおろした。「二百二年間、誰も解くことのできなかった謎なのに、なんらかの計り知れない理由で、この第三者がすべて解き明かせるはずだというんだね」

ケイレブは背中で手を組んで立ち、窓の外に目をやった。まだ夏の初めなのに、交通量が増えてきていた。じきに、家の前の静かな通りにまで車が押し寄せるだろう。「あるいは謎が解けなかったのは、誰も本気で調べようとしなかったからかもしれない。誰も真剣に……彼女を見つけだそうとしなかったから」

ジャレッドはふと目を閉じた。大おばのアデレード――アディが亡くなったあと、彼女の突飛な遺言が検認されるまでに何カ月もかかった。その内容は、四歳のときを最後にこの屋敷に一度も足を踏み入れていないアリックスことアリクサンドラ・マドスンという若い女性を、一年間この家に住まわせるというものだった。その間、彼女は、キングズリー一族に伝わる謎に取り組む――ただし、彼女がそれを望めば。アディおばさんの遺言には、本人にその気がない場合は調査は無用と明記されていた。そのときはセーリングやホエールウォッチングなど、毎夏このナンタケット島に押し寄せる大勢の観光客を夢中にさせる、島ならではのアクティビティを楽しめばいい、と。

秘密がひとつだけなら、なんとか対処できたかもしれない。しかし多くの人間の人生が関わってくるとなると、ジャレッドには荷が重すぎた。なにせベストセラー作家のヴィクトリア・マドスンが、人気の歴史ロマンス・シリーズのネタさがしのために、毎年、夏のひと月をアディおばさんの屋敷で過ごしていたことを、ヴィクトリアの娘であるこの若い女性に隠しつづけると考えただけで、頭がおかしくなりそうなのだ。ジャレッドはひとつ息をついた。ここはべつの角度から攻めたほうがよさそうだ。「どうしてよそ者にこの役目を与えたのかな。ここは、それこそ銛《もり》を投げれば一族の誰かに当たるようなところなんだよ。その誰かが調査を引き受ければ、わざわざこの女性を呼ばずにすんだんだ。そうすれば一族の謎は解け、ヴィクトリアが守りたがっている秘密が娘にばれることもない」

祖父の表情を見て、ジャレッドは口をつぐんだ。どれもすでに話しあわれたことだった。

「わかってるよ、じいちゃんのいいたいことは。一年だけ。一年たったら彼女はここを出ていき、すべては元どおりになる。ぼくは先祖代々の家と自分の生活を取り戻す」

「ひとつだけ違うのは、そのころにはヴァレンティーナの身になにが起きたかわかっているかもしれないということだ」ケイレブは静かに告げた。

自分だけ腹を立てて祖父が落ち着き払っていることが癪《しゃく》にさわった。でも立場を対等にする方法なら知っている。「じゃあ、親愛なるアディおばさんが、じいちゃんの大切なヴァレンティーナについて調べなかった理由をもう一度話してくれないか」

祖父のりりしい顔が、一瞬にして猛々しくなった。荒れた海のように。背筋がぴんと伸び、これまで以上に胸を張る。「勇気がなかったからだ！」大勢の船乗りを震えあがらせてきた声で怒鳴るようにいった。しかし、生まれたときからこの声を聞いてきたジャレッドはびくともしなかった。「ただ臆病だったからだ！　アデレードは真実が明らかになったら、なにかが起きるかもしれないと考えたのだ」

「つまり、愛する幽霊がいなくなって、この古い屋敷にひとりぼっちで取り残されるんじゃないかってね」ジャレッドは顔をしかめた。「それに、世間はアディおばさんのことを〈キングズリー石鹸〉を売却したときに得た莫大な金を相続したオールドミスだと思っていた。そんな金はとっくになくなっていたけど、じいちゃんとアディおばさんは、ヴィクトリアと手を組んでこの屋敷を維持していく方法を見つけたんだ。そこには一族の恥を人目にさらすことが含まれていた。それが嫌だったのはぼくだけらしいけどね」

祖父はふたたび窓の外に目をやった。「おまえは父親より始末が悪い。年長者に敬意を払うことをしないのだから。遺言のことで私がアデレードに忠告したのを忘れるな」

「ああ、そうだったね。そして、ぼくにひと言の相談もなくすべてを決めてしまった」

「反対されるとわかっているのに訊《き》くはずがなかろう」

ジャレッドがいい返せずにいると、祖父がこちらを振り向いた。「なにをにやにやしている？」

「その女性がキングズリー家の幽霊の恋物語に夢中になることを期待しているんだろう？それがじいちゃんの計画なんだ」

「とんでもない！　そもそも彼女はあれを使えるはずだ。あれは……なんといった？」

「ぼくに訊かないでくれよ。この件についてなんの相談も受けていないのに」

「蜘蛛《スパイダー》……。いや、違うな。蜘蛛の巣《ウェブ》。そうだ。彼女はそのウェブを使って調べられる」

「ちなみに、ぼくもウェブ、つまりインターネットは使えるよ。だけどじいちゃんがさがしているヴァレンティーナ・モンゴメリーがそこで見つからないことは断言できるね」

「はるか昔のことだからな」

ジャレッドは椅子から腰をあげ、祖父の横に並ぶと、観光シーズンに先駆けてやってきた旅行客たちを窓から眺めた。観光客とナンタケット島の住人は、イルカとクジラくらい違う。とはいえ、玉石敷きの道をハイヒールでよろよろと横切る女性たちを見ているのは愉快だった。

「ぼくらに見つけられないことを、その娘《こ》はどうやって見つけるんだ?」静かな声でジャレッドは尋ねた。

「さあな。見つけられるような気がするだけだ」

これまでの経験から、祖父は嘘《うそ》をついているか、まだなにか話していないことがありそうだとジャレッドにはわかった。アリックス・マドスンがキングズリー・ハウスに丸一年も住むことを許された理由はほかにもあるのではないかと思ったが、祖父はなにもいおうとしなかった。祖父が話す気になるまで、自分が全容を知ることはないだろう。

しかし、ジャレッドとしてもあきらめる気はなかった。いまはまだ。「彼女のことで、じいちゃんの知らない話がある」

「聞かせてもらおう」

「先週、彼女の父親と話したとき、娘はいま失意の底にあるといっていた」

「ほう、それはなぜかな?」

「なんでも結婚の約束をしていた男と先日別れたとか」

「それなら、この島で楽しめばいい。ここはずっとあの娘の母親のお気に入りの場所なんだから」

「母親が毎年ここにきているのを、彼女は知らないんだぞ！」ジャレッドは怒りを抑えるのに苦労していた。彼は片手を振った。「とにかく、彼女は恋人かフィアンセと——どっちかは知らないが——別れたばかりだってことだよ。それがどういうことかわかるか？　彼女はうちひしがれ、めそめそ泣きながらチョコレートをやたらと口に放りこんでいるってことだ。おまけに目にするのが……」

「幽霊」

「そのとおり。長身でハンサムで、永遠に年を取らない幽霊だ。そのうえ思いやりがあって、礼儀正しく、魅力たっぷりだときたら、彼女はきっと恋に落ちてしまう」

「そう思うか？」

「これは冗談じゃないんだぞ。またひとり、空虚なもののために実のある人生をあきらめる女性が生まれてしまうかもしれないんだ」

祖父は眉をひそめた。「アデレードは結婚しようとしなかったが、その人生は空虚からはほど遠かった」

「一週間に四度もお茶会をひらくことが充実した人生だというなら、たしかにアディおばさんの人生は空虚じゃなかったね」

　ケイレブは激しい怒りのこもった顔を孫に向けた。

「わかったよ」ジャレッドは、お手上げだというように両手を広げた。「アディおばさんの人生についてはぼくが間違ってるってことで。でもぼくがどんなにおばさんを好きだったか知ってるだろ。アディおばさんは島のみんなから愛されていたし、おばさんのがんばりがなかったら、この島はいまの半分もすばらしい場所ではなかったと思う」そこでいったん言葉を切った。「でも、その娘は違うんだ。うちの一族の人間じゃない。幽霊や、一族に伝わる謎、二百二年前の伝説なんかに慣れていない。がたのきた古い家ばかり並ぶ通りや、コットンの下着を置いている店はなくても千ドルのジャケットなら買える島にも慣れていないんだ」

「そのうち慣れる」祖父がこちらに笑顔を向けた。「おまえが教えてやればいい」

　ジャレッドの顔を恐怖がよぎった。「彼女がどういう人間で、ぼくになにを求めるか知ってるくせに。彼女が目指しているのは……これまで勉強してきたのは……」

「はっきりいわんか！」ケイレブはどやしつけた。「彼女はなにを目指しているんだ？」

「建築家だよ」

　そのことはケイレブも承知していたが、孫がなぜそれを心よく思わないのかはわからなかった。「おまえの仕事もそれではないのか？」

「そうだよ。ずばりその建築家だ。でも、ぼくには事務所がある。ぼくには、ぼくは――」

「ははあ、わかったぞ。おまえは船長で、彼女は船の給仕係だということか。彼女はおまえの教えを乞いにくると」

「はっきりそうとはいい切れないけど、いまは不景気だ。住宅業界は低迷している。なかでも大きな打撃を受けたのが建築家だ。誰も職に就けない。そのせいで最近の建築学校の卒業生は死に物狂いで勤め先を手に入れようとする。共食いするサメなみだ」

「では、彼女を見習いにしてやれ」ケイレブは即座にいった。「なんといっても、いまのおまえがあるのはあの娘の両親のおかげなのだから」

「ああ、わかってる。それもあって、ぼくはここにいられないんだ。そうした秘密を全部、彼女に隠しておけると思うか？　ヴィクトリアがこの島に滞在中になにをしていたか、どうすれば実の娘に知られずにすむんだよ？」ジャレッドの声にはいらだちがにじんでいた。「アディおばさんのばかげた遺言のせいで、ぼくがどんな立場に追いこまれたかわかるか？　恩のある人たちの秘密を守らないといけないってのに、ぼくの事務所はニューヨークにあって、その娘は建築学校を卒業したばかりだ。八方ふさがりとはこのことだよ！」

　ケイレブはその長広舌の最初の部分を無視した。「彼女の専攻のなにが気に入らないんだ？」

　ジャレッドの顔が歪んだ。「彼女はぼくに教わりたいという。図面を見てほしい、意見を聞かせてほしいという。彼女はぼくの人脈を知りたがる。ぼくの……すべてを知りたがる」

「結構なことじゃないか」

「結構なもんか！　ぼくはサメの餌にはなりたくない。教えるより自分でやりたいんだ」

「で、おまえはどんな立派なことをやるつもりだ？」ケイレブはその言葉を強調した。「彼女がここにいるあいだに？　あのだらしない女どもを連れてこの窓の下を練り歩くのは、そのうちのひとつか？」

　ジャレッドはいらだたしげに息を吐いた。「いまの女の子たちが昔より薄着だからって、堕落したわけじゃない。この話は数え切れないほどしたはずだよ」

「昨晩のことをいっているのか？　あの女の身持ちはどうだった？　彼女とはどこで会った？」

　ジャレッドはあきれて天を仰いだ。「〈キャプテン・ジョナス〉だ」波止場の近くにあるそのバーは上品さで知られた店ではなかった。

「その男がどの船の船長《キャプテン》だったかは訊かないでおいてやろう。だが、あの娘の親はどこの誰なんだ？　あの娘はどこで育った？　名前は？」

「知らないよ。ベティだったかベッキーだったか。今朝のフェリーで帰ったよ。夏の終わりにまたくるかもしれないけどね」

「三十六歳にもなって妻子もいないとはな。キングズリーの血筋はおまえで絶えてしまうのか?」

ジャレッドは思わずつぶやいていた。「建築学校の卒業生を相手にするよりましだ」

ケレイブは自分より背の高い孫に見下すような目を向けた。「心配せずとも、あの子はおまえに惹《ひ》かれはしない。いまのおまえときたら、死んだおまえの母親ですらわが子とわからないほどひどいありさまだからな」

ジャレッドは窓際に立ったまま、あごひげを撫でた。祖父から、生きているアディおばさんに会えるのは今年で最後だろうと聞かされたとき、最後の数カ月を島で一緒に過ごすために建築事務所のスケジュールを組み直した。敷地内にあるゲストハウスへ一時的に移り住み、できるかぎりの時間をともに過ごした。おばはやさしい人だった。お茶会をひらくときには、いつも前もって知らせてくれたので、ジャレッドは船で沖に出た。彼がときどき家に連れてくる女性たちのことには、けっして触れなかった。そしてなにより、ジャレッドが島にいる理由に気づいていないふりをした。

最後となった数週間、ふたりは多くの時間をともにした。おばはこれまでの人生をジャレッドに語った。そして日が経つにつれ、ケイレブのことを話すようになった。最初に、ケイレブが誰かを説明した。「彼はあなたの五番めの曾祖父よ」と。

「五人いるってことかな?」ジャレッドはからかった。

おばは真剣だった。「いいえ。ケイレブはあなたのひいひいひいひいおじいさんよ」

「なのに、まだ生きてるのかい？」ジャレッドはおばのグラスにラム酒を注ぎ足しながら、そ知らぬ顔で尋ねた。キングズリー家の女性たちはみな、ラムを驚くほど飲めるのだ。水夫の血が入っているからな、とケイレブはいう。

ジャレッドは、日に日に弱っていくおばを見ていた。「私のそばにこようとしているんだ」ケイレブはいい、毎夜アディのそばにいるようになった。ふたりは長年、そうして暮らしてきたのだ。「誰よりも長かったよ」ケイレブは年を取らない瞳に涙を浮かべた。ケイレブ・キングズリーは三十三歳で死んだが、二百年以上が経ったいまも、その姿は三十三歳のままだった。

おばとさまざまなことを話したジャレッドは、自分にも祖父の姿が見え、話したり議論したりできることだけはけっして打ち明けなかった。じつをいえばキングズリー家の男たち全員がそうだったのだが、女たちには黙っていたのだ。「ケイレブは彼女たちのものだと思わせておこう」子どもだったジャレッドに父親はそういった。「それに、夜な夜な死んだ男と語りあっていることを知られたら軟弱だと思われる。ならば、浮気をしているんじゃないかと女性たちをやきもきさせるほうがいいからね」その論理には納得できなかったものの、沈黙の掟《おきて》は守った。七人のジャレッド・モンゴメリー・キングズリー全員がケイレブの幽霊を見ることができた。娘たちの大半と、幼い息子数人も。誰にケイレブの姿が見えるかは、じつはケイレブ自身が決めているのだろうとジャレッドはにらんでいた。ケイレブがそれを明かすことはないだろうけれども。

つまり、その若い女性、アリックス・マドスンにキングズリー家の幽霊が見えたとしても、けっしておかしくないということ。

そのケイレブはいま、眉をひそめてジャレッドを見ていた。「床屋へ行って、そのあごひげを剃《そ》ってこい。髪の毛も長すぎる」

ジャレッドは首をめぐらして鏡を見た。遠い昔、最後となった悲運の航海で、ケイレブが中国で選んだ鏡だ。たしかにひどい見かけだな。おばが亡くなってからはほとんど海に出ていたし、ここ数カ月、ひげも髪も伸び放題だった。ひげにも、うなじに届くくらい長くなった髪の毛にも白いものが交じっている。「ニューヨークにいるときのぼくとは別人だよな」考えをめぐらすような口ぶりでジャレッドはいった。来年までこの島を離れられないのなら、ぼくとわからないほうが都合がいい。

「おまえの感想などどうでもいい」

ジャレッドは祖父に笑みを向けた。「きっとぼくを自慢に思うよ。じいちゃんと違って、初心《うぶ》な女の子をたらしこもうとはしないからね」これもまた、祖父の顔から確実に笑みを消し去る台詞《せりふ》だった。

たちまち怒りが爆発した。「女性をたらしこんだことなど一度も――」

「わかってる、わかってるって」ハンサムな幽霊のことが急に気の毒になった。「じいちゃんの目的は純粋で汚れのないものだ。じいちゃんは愛する女性、愛《いと》しいヴァレンティーナが、生まれ変わりかなにかで戻ってくるのを待っているんだ。じいちゃんにはずっと彼女しかいなかった。その話は前にも聞いた。数え切れないほどね。ヴァレンティーナの生まれ変わりは、見ればかならずわかる。そのあとふたりは手に手を取って夕陽のなかへ消える。それって彼女が死ぬか、じいちゃんが生き返るってことだよな」

失礼で生意気な孫の口ぶりは、いまにはじまったことではなかった。口が裂けてもいわないが、この孫は生きていたときの自分にそっくりなのだ。ケイレブは渋い表情を崩さずにおいた。「ヴァレンティーナになにがあったか、私には知る必要があるんだ」それだけいった。期限が迫っていることはいわなかった。いまから数カ月後の六月二十三日までに、死すら分かつことができなかった最愛の女性の身になにが起きたか探りださなければならない。そして、すべてを元の状態に戻すのだ——遠い昔にゆかりのあった人々が、それぞれにふさわしい幸福を見つけられるように。そのためには、頑固で人の話を聞かないこの孫を本気にさせるしかない。

1

いっこうに泣きやまないアリックスに、イザベラ――イジーは次から次へとチョコレートを手渡していた。いまのところドーナツ二個、カカオ六十パーセントの板チョコ一枚、トブラローネ（三角形のバー状チョコレート）一本にキットカット一枚。このままつづけて、アリックスがチョコチップクッキーに手を出したら、イジーも一緒に食べることになり、そうなったらたぶん五キロは体重が増えて、ウェディングドレスが入らなくなってしまう。それって友情の域を超えているんじゃない？

　ふたりはマサチューセッツ州ハイアニスの港からナンタケット島へ向かう高速フェリーの、軽食カウンターに近いテーブルについていた。手の届くところにおいしくて太るものがたっぷりある。

　ふたりが通っていた建築学校の最終学期が終わるまでの二、三週間は、アリックスはうまくやっていた。卒業制作を提出すると、アリックスはいつものように、きまりが悪くなるほど教師に褒められた。

恋人がアリックスに別れを告げたのはその夜だった。エリックは彼女を振った。ぼくにはべつの人生計画がある、といって。

その悲惨なデートのあと、アリックスはまっすぐイジーのアパートメントにやってきた。ドアがノックされたとき、イジーとフィアンセのグレンは、大きなボウルに入ったポップコーンを食べながらソファでいちゃいちゃしていた。アリックスから事情を聞いてもイジーはちっとも驚かなかった――それどころか、このときのために冷凍庫に特大サイズのチョコレートキャラメル・アイスクリームを用意してあった。

グレンはアリックスのおでこにキスし、「エリックはばかな男だ」というと寝室へ引きあげた。

一晩じゅう泣き言につきあうことになるものと覚悟していたのに、一時間後にはアリックスはソファで寝入ってしまった。そして朝にはもう落ち着いていた。「荷造りをしたほうがよさそう。もう行かない理由はないわけだし」アリックスがいっているのは、ナンタケット島に一年間滞在する計画のことだった。数年前、イジーがグレンと出会って、この人と結婚すると直感した直後、親友ふたりはある約束をしていた。建築学校を卒業したら、就職活動をはじめる前に一年間だけ人生の休暇を取ろうと。イジーは妻になるための、そしてこれからどんな人生を送りたいのか考えるための時間がほしかった。

アリックスは未来の雇い主に見せるデザイン画の作品集《ポートフォリオ》を作りたいと、つねづね思っていた。ほとんどの学生は卒業と同時に就職するため、授業の課題で描いたものを提出することになる。教師の好みに大きく影響された作品を。アリックスは自分らしいオリジナル作品を見せたかった。

ナンタケット島に一年間滞在できると聞いたとき、アリックスはあまり気乗りがしなかった。知りあいがひとりもいない場所へ行くのは気が引けた。それに、あのときはエリックがいた。そんなに長いあいだ離れていたら、ふたりはだめになってしまうのでは？　だからアリックスは行けない理由をさがしはじめた。真っ先に浮かんだ理由は、〝イジーの結婚式があるから〟。

けれどイジーは、こんなチャンスは一生に一度しかないから絶対に行くべきだといった。

「どうかな。あなたの結婚式があるし。それにエリックのことだって……」アリックスは肩をすくめた。

イジーは怖い顔で彼女をにらんだ。「アリックス、これって親切な妖精のおばさんが魔法の杖を振って、まさに必要なときに必要なものを出してくれたようなものなのよ。行かなきゃだめ！」

「行かなきゃだめだって！」

「その親切な妖精のおばさんは緑色の目をしてたりして」アリックスの言葉に、ふたりは笑いころげた。アリックスの母、ヴィクトリアの目がエメラルド色なのだ。大切な娘が一年間、勉強と制作に没頭できるようにと、ヴィクトリアがひと肌脱いだのは間違いなかった。

この申し出の裏にアリックスの母親がいるとふたりが考えたのは、アデレード・キングズリーの奇妙な遺言のことをアリックスに教えたのが、ほかならぬヴィクトリアだったからだ。イジーは昔からヴィクトリアに憧《あこが》れていた。世界的に有名な作家ではないとしても、その作品はわくわくするようなすばらしいものだったし、本人も魅力的だった。とにかくゴージャスなのだ。赤褐色の豊かな髪と、メロドラマに出てくるスペイン人女優並みのスタイル。その場を圧倒する個性の持ち主だった。でしゃばりでも、とくに派手なわけでもないのに、彼女が部屋に入ってくると誰もが気づく。みな話をやめて彼女を振り返る。まるで目で見る前に肌で彼女の存在を感じるかのように。

初めてヴィクトリアに会ったとき、注目の的の母親を娘はどう感じているのだろうとイジーは心配したが、アリックスは慣れたものだった。自分の母親はそういうものだと割り切っていた。

もちろん、ヴィクトリアのほうも、ひとたびアリックスが視界に入れば、まわりを取り囲む人々を魅了するのをやめて、一直線に娘のところへ向かった。母娘《おやこ》は腕を組み、みんなから離れて、静かな一角でふたりだけの時間を過ごすのだ。

会ったこともおぼえていないどこかの女の人の遺言状の内容を初めて聞かされたとき、アリックスは断った。一年間の休暇を取る計画をあたためていたのはたしかだけれど、どこかの孤島へ行くつもりはない、と。

いちばんの問題は、結婚を考えている恋人がいることを——もしもエリックからプロポーズされればだけれど——母親に話していないことだった。

「わからないな」イジーはいった。「お母さんとはなんでも話せる間柄だと思っていたけど」

「そうじゃなくて、あの人のことならなんでも知ってる、といったの。わたしのほうは話題を慎重に選んでいるわ」

「なら、エリックのことは秘密なわけ？」

「恋愛関係については、相手が誰だろうと母には全力で隠しとおすわよ。知ったら、エリックを質問攻めにするに決まってる。彼はたぶん恐れをなして逃げだすわ」

イジーはしかめっ面を見られないようにアリックスから顔をそむけた。エリックのことが前から気にくわないイジーとしては、むしろヴィクトリアに彼を追い払ってほしかった。

アリックスは自分の卒業制作を完成させたあと、エリックを〝手伝った〟。実際には、一から十までアリックスが作ってやったようなものだった。

エリックと別れ、ナンタケット島へ行くと決めてしまうと、アリックスは滞在期間を有効に利用しようと考えるようになった。「勉強する時間もありそうね」。建築士になるには、とんでもなく難しい資格試験を突破しなくてはならないのだ。「見事に合格して、自慢の娘になってやる」とアリックスは誓った。

ご両親にとってあなたは、いまでもじゅうぶん自慢の娘よ。イジーはそう思ったけれど、口にはしなかった。アリックスがついに「島へ行く」といったとき、人生を悲観するようなその口調に、イジーは一緒についていって、アリックスが落ち着くまでナンタケットに滞在することにした。アリックスがいよいよがっくりきたときに、そばにいてあげたかった。

それはナンタケット行きのフェリーに乗りこんだときに起こった。そのときまでは旅行の準備で忙しく、エリックのことをよくよく考える時間がなかった。アリックスの母親が、島までの荷物の送料に至るまで費用はすべて出してくれたので、ふたりは小ぶりの旅行鞄だけを持って予定より数日早く出発した。アリックスがまたエリックに会ってしまわないよう、イジーが急かしたのだ。

フェリーが埠頭を離れるまで、アリックスは至って平静だった。ところがイジーのほうを向いた彼女の頬には涙が流れ落ちていた。「なにがいけなかったのかな」

こうなることはわかっていたので、イジーは大きなトブラローネをバッグに入れてあった。「いけなかったのはね、あなたがエリックより賢く、優秀に生まれてきてしまったこと。あいつはあなたに恐れをなしていたの」

「そんなことない」アリックスがいうと、イジーは友人の手を引いてテーブルのところへ連れていき、チョコレートの包みを開けた。まだ夏の観光シーズンには早く、大型フェリーはあまり込んでいなかった。「わたしはいつだって彼にやさしくしてた」

「ええ、そうね。でもそれは彼のちっぽけな自尊心を傷つけたくなかったからでしょ」

「やめてよ」アリックスはチョコレートバーを食べた。「わたしたちはうまくいってた。エリックは――」

「エリックはあなたを利用したの！」エリックがアリックスにうまいことをいって自分の課題を作らせるのを、イジーは黙って見ているしかなかった。クラスの男子全員がアリックスに恐れをなしていた。有名建築家の父と、人気作家の母を持ち、おまけにアリックスの建築デザインはどのコンペでも優勝し、あらゆる建築賞を受賞して、学校をあげて称賛された。「利用されて当然よ。だってあなたはいつもクラスの上位五人に入っていたんだから。この前あなたが提出した卒業制作を見たときのウィーヴァー先生なんか、あなたの足にキスするんじゃないかと思ったわよ」

「ウィーヴァー先生は実際に建てられるデザインを高く評価してるだけ」

「そりゃそうよ。あなたが手伝う前にエリックが描いたやつなんか、シドニーのオペラハウスを作ったチームでも建てられそうになかったもの」

アリックスは小さく笑った。「ていうか、宇宙船みたいじゃなかった？」

「いまにも宇宙へ飛んでいくんじゃないかと思った」

立ち直りかけていたように見えたアリックスの目が、ふたたび悲しげな色をたたえた。

「彼が卒業パーティに連れてきた女の子を見た？　せいぜい二十歳くらいの」

「いわせてもらえば、あの女はばかよ。頭が空っぽのおばかさん。でも、エリックの傷つきやすい自尊心のためにはああいう女が必要なの。自分を偉く見せるには、もっとダメな人間を隣に置くのがいちばんだもの」

「あなたってセラピストかインドの導師みたい」

「どっちでもない。わたしは未来が見える女なの。あなたは偉大な建築家になる。そして幸せになりたければ、まったく違う世界の男性を見つけることね」イジーは自動車を販売している自分のフィアンセのことをいっていた。グレンはペイもコルビジェも、モンゴメリーのいちばん新しい最高傑作のことも知らなかった。

「それとも、わたしを脅威と思わないほど優秀な建築家を見つけるか」

「フランク・ロイド・ライトは死んじゃってるけど」

アリックスがまたふっと笑ったので、イジーは思い切って話題を変えた。「あなたが滞在するお屋敷のゲストハウスに男の人がひとりで住んでるっていってなかった？」

アリックスははなをすすり、イジーが買ってくれたチョコレートマフィンにかぶりついた。「弁護士の話だと、ゲストハウスにいるのはミス・キングズリーの甥《おい》で、わからないことがあればなんでも彼に訊くようにって。屋敷の修理が必要なときもその人に頼めばいいみたい。ミスター・キングズリーというんですって」

「そうなんだ」イジーの声には落胆があらわれていた。「アデレード・キングズリーが九十いくつで亡くなったのなら、その甥は最低でも六十は超えているってことか。電動カートに乗せてもらえるかもよ」

「笑わせないでよ」

「笑わそうとしてるのよ。うまくいった？」

「ええ、そうね」アリックスは軽食カウンターのほうに目をやった。「チョコチップクッキーは置いてあるかな？」

イジーはうめき、心のなかでエリックを呪いながらカウンターに向かった。「もしもこれで体重が増えたら、あの男の接着剤を全部スタイリングジェルと入れ替えてやるから。そうすればあいつの建築模型はばらばらよ」彼女はにんまりすると、ラップにくるまれた大きなクッキー四枚をかごから取って代金を支払った。

フェリーが埠頭に着くころにはアリックスは泣きやんでいたものの、それでも火あぶりに処されようとする殉教者のような顔をしていた。

クッキーとホットチョコレートで満腹のイジーは――アリックスだけに食べさせるわけにはいかないもの――ナンタケット島にくるのは初めてだったから、いろいろ見てまわるのを楽しみにしていた。ヴィクトリアからのプレゼントである革製の旅行鞄を肩にかけ、ふたりは長くて広い木製の桟橋に降り立った。漁師小屋を改造したとおぼしき小さな店には、ナンタケットのしゃれたロゴが入ったTシャツがずらりと並んでいた。イジーはグレンのお土産にキャップとスウェットシャツを買いたかったけれど、アリックスはあごをあげ、脇目も振らずに、どんどん歩いていってしまった。

角を曲がってきた子どもたちが、手にアイスクリームを持っているのが見えた。アリックスにあれを買ってやれば、少しはショッピングができるかも。

「こっちよ！」イジーが呼ぶと、アリックスはついてきた。桟橋の端に小さなアイスクリームショップがあったので、アリックスを店のほうに押して、「バターペカンをお願い」と頼んだ。

アリックスはぼんやりうなずいて店のなかへ入っていった。

イジーは携帯電話を出してグレンに電話した。「よくないわ」彼の質問に答えて、いった。「それに、いつ戻れるかもわからない。いまの様子じゃ、一度ベッドに入ったら出てきそうにないもの。わかってる。わたしも会いたい。あっ、アリックスが出てきた。嘘でしょう！自分用にチョコレートアイスのトリプルを買ってる。このままいけば、フェリーに乗らずに帰れそう。ぷかぷか浮くわよ。きっと――」

イジーが話をやめたのは、彼女とアリックスのあいだを男性が横切ったからだった。百八十センチ以上はありそうな長身で、肩幅が広い。白いものがわずかに交じったもじゃもじゃのあごひげをたくわえ、もつれた髪は肩まで届いていた。長い脚ですたすた歩き、ジーンズとデニムシャツごしにも引き締まった肉体がうかがえる。彼はイジーをちらりと見て、すぐに目をそらしたが、そこでアイスクリームを両手に持って歩いてくるアリックスに気づいた。彼はアリックスの頭のてっぺんからつまさきまでをじろじろ眺め、一瞬話しかけそうなそぶりを見せたものの、結局そのまま歩いて角を曲がり、見えなくなった。

　イジーは目を見ひらき、口をあんぐり開けて、男の背中を見つめていた。携帯電話からはグレンの声が聞こえていたけれど、イジーの耳には入らなかった。

　アリックスがそばにくると、イジーは小声で囁《ささや》いた。「彼を見た？」

「誰？」アリックスはイジーの分のアイスクリームを差しだした。

「彼よ」

「彼って？」アリックスはまったく興味なさそうに訊いた。

「彼だったら！」

　イジーの電話からグレンの大声が聞こえた。「イザベラ！」

「あっ、ごめん」イジーは電話に向かっていった。「いま彼を見たの。ナンタケット島で。またね」電話を切り、アリックスからアイスクリームを受け取ると、そばにあったゴミ箱へ投げ捨てた。

「ちょっと！」アリックスは声をあげた。「いらないならわたしが食べたのに」

「彼を見なかったの？」

「誰も見なかった」アリックスはアイスクリームを食べながら答えた。「誰を見たの？」

「モンゴメリー」

アリックスは高々と重なったアイスクリームに唇をつけたところで動きを止めた。大きなチョコレートのかたまりが両側に突きだしている。

「ジャレッド・モンゴメリーがすぐそこを歩いていった」

アリックスは、アイスクリームから口を離した。「あのジャレッド・モンゴメリー？　建築家の？　ニューヨークのウィンダムビルを設計した？」

「それ以外にいる？　おまけに彼はあなたを見たのよ。足を止めて話しかけそうになったんだから」

「まさか」アリックスは目を丸くした。「彼のはずない。彼じゃない」

「彼だった！」イジーは叫んだ。「なのにあなたは——」

アリックスは三段重ねのアイスクリームをゴミ箱に放り投げて口元をぬぐうと、イジーの腕をつかんだ。「彼はどっちへ行った？」

「あっち。あの角を曲がった」

「見てたのに、そのまま行かせたわけ？」アリックスは友人の腕を放して駆けだし、イジーがそのあとにつづく。ふたりはきわどいところで間に合った。あごひげの男性は下にキャビンがある優雅な白いフィッシングボートのデッキにいた。彼は、桟橋に立つ卑猥《ひわい》なほどに短いショートパンツ姿の女性に笑いかけていた。肌寒い日だというのに、彼女にとってはなんの問題もないらしい。彼の顔に浮かぶあたたかな笑みは太陽といい勝負だもの、とアリックスは思った。彼はショートパンツの女性が差しだしたバッグを受け取ると、あとに二本の白波だけを残してあっという間に行ってしまった。

アリックスは、そばにあった建物の風雨にさらされたこけら板に倒れかかった。「彼だった」

イジーも並んで壁にもたれ、ふたりはみるみる遠ざかっていくボートを見つめた。「彼の事務所があるのはニューヨークよ。なのにどうしてここにいるのかな？　休暇中？　またなにかすばらしいものを建てているとか？」

アリックスはまだ海を見つめていた。「間違いなく彼だった。あのホテルで聴いた彼の講演をおぼえてる？」

「昨日のことのようにね。さっき、あの娘に笑いかけたのを見て、彼だと確信した。あの目は、どこにいても見分けがつくと思う」

「それに、あの下唇」アリックスはつぶやいた。「あの下唇のことを詩にしたことがあるの」

「嘘でしょう。詩なんて見たことない」

「見せなかったからよ。詩を書いたのはそのときだけだしね」

ふたりは言葉を失い、無言でその場に立ちつくした。これからどうすればいいのかわからなかった。ジャレッド・モンゴメリーは彼女たちのヒーロー。建築界の伝説となるようなデザインを生みだした人物だった。ふたりにとっては、ビートルズとすべてのヴァンパイアとジャスティン・ビーバーを合わせてひとつにしたような存在なのだ。

　まずイジーがショックから立ち直った。彼女の左側で、若い男がくたびれたボートをもやっていた。イジーは彼に近づいた。「いまさっき白いボートで出ていった男の人だけど、あなた知ってる？」

「知ってるよ。おれのいとこだからね」

「ほんとにーーーっ？」こんなにおもしろいことを聞いたのは生まれて初めてだとばかりに声を張りあげた。「彼の名前は？」

「ジャレッド・キングズリー」

　気がつくとアリックスが横にいて、ふたりは息を殺して目の前の男性を見つめた。

「キングズリー？」アリックスはわけがわからないというように訊き返してから、がっかりした表情になった。「ジャレッド・モンゴメリーじゃなく？」

　彼は笑った。見かけは悪くなかったけれど、着ている服はしばらく洗濯していないように見える。「まあ、そうともいえるかな」明らかにふたりをからかっていた。「ここではキングズリーだけど、アメリカではモンゴメリーだから」

「アメリカ？」イジーは訊いた。「どういう意味？」

「あそこが」海のむこうを指差す。「アメリカだ。きみたちがやってきた場所」

ナンタケット島はべつの国だという考えに、イジーとアリックスは揃ってにっこりした。イジーは、あの男性がふたりの考えている人物だという確証を得たかった。「仕事はなにをしているのかしら？」

「家の設計図を描いてる。うちのガレージの図面を引いてもらったけど、なかなかだったよ。そのガレージの上の部屋は、夏のあいだ旅行者に貸しているんだ。きみたち、泊まる場所はあるのかい？」

歴史上、もっとも偉大な建築家のひとりが〝家の設計図を描いている男〟に格下げされたことをのみこむまでに、少し時間がかかった。

アリックスが最初に口をひらいた。「あるわ、ありがとう。じつは――」いきなり話をやめたのは、見知らぬ他人に事情を明かしたくなかったからだ。

彼は、きみたちの考えていることなどお見通しだとばかりににやりとした。「ジャレッドに興味があるなら列に並んだほうがいい。でも、ジャレッドのおっさんは最低でも三日は戻らないから、それまで待たなきゃならないけどね」

「ありがとう」イジーはいった。

「もしも気が変わったら、おれはウェスだ。ナンタケットの美しい夕日が沈む方角を見たときには思いだしてくれ」

イジーとアリックスは建物の角をまわってアイスクリームショップのほうへ戻った。どちらもぼうっとした目をしていた。驚きすぎて。

「ジャレッド・モンゴメリーはジャレッド・キングズリーでもあったのね」ようやくアリックスが言葉を絞りだした。

友人の考えていることがイジーにものみこめてきた。「そしてあなたはキングズリー・ハウスに滞在する」

「一年間」

「あなたと一緒に住むミスター・キングズリーが彼だと思っているのね？」イジーの目がまん丸になった。「屋敷のことで問題があれば手伝ってくれることになっている人だって？」

「違うわ。つまり、そんなこと思っていないってこと。想像もできなかった」

「でも、そうだといいと思ってる！」イジーは両方のこめかみに指を当てた。「水道管が次々に故障するところが見える。あなたはうっかり蛇口をひねり、彼はびしょ濡《ぬ》れ。彼は服を脱ぐしかなくなって、あなたもびしょびしょ。あなたたちは見つめあい、彼があなたの服をはぎ取って――」

アリックスは笑っていた。「そこまで露骨じゃないけど、たとえば……わたしの最新のデザイン画の束が、表を上にして彼の足元に落ちるかも」

「いいじゃない、それ。すばらしいセックスはあとまわしでもいいか。まずは建築家としてのあなたの腕を見せて、あとはゆっくり構えて彼にリードしてもらう。うまいやりかただと思う」

アリックスは夢見るような目になっていた。「彼がいうの。こんなに独創的で、よく練られたデザインはこれまで見たことがない、って。きみのような才能に出会ったのは初めてだ。ぼくが手取り足取り教えてあげるから、ぼくのところにおいで。丸一年、きみだけの教師になってあげよう。一年間、ともに学び、ともに――」

「そこまで！」イジーが声をあげた。

「なによ？」

「今回の遺言状のことだけど。あなたのお母さんの話だと、あなたが一度も会ったことのないそのおばあさんが――」

「母とわたしは、わたしが四つのときにその人とひと夏を過ごしたんですって。きっとその後も連絡は取っていたんじゃないかな」

「わかった。会ったことはあるけど、あなたはそれをおぼえていない。なのに、その女性があなたに自分の屋敷を一年間、自由に使っていいと遺言を残した。ヴィクトリアによれば、就職する前に休暇がほしいとあなたがいっていたから。前から、この話全体がうさんくさいと思ってたのよ。だって、そのおばあさんは――」

「ミス・キングズリー」

「わかった。そのミス・キングズリーには、自分がいつ死ぬかわからないのよ。ことによると百歳まで生きて、そのころにはあなたは自分の会社を興《おこ》していたかもしれない」

「かもね。資格試験に受かったらの話だけど」それは建築学校の学生だけに通じるジョークだった。教師よりも長い時間を学内で過ごし、最後には苦しい試験もある。それなのに卒業後の仕事はない。「なにがいいたいの?」

「ミス・キングズリーは、もしかしたらあなたのお母さんも、独身の建築家の甥、ジャレッド・モンゴメリーに――この場合はキングズリーか――あなたを会わせたかったんだと思う」

「彼女が百歳まで生きたら、そのころ彼は六人の子持ちになっていたかもしれないけど」

「どうしてせっかくのいい話に水を差すかな?」

「あなたのいうとおり、ミス・キングズリーはわたしを甥に会わせたかった。だから彼女は――わたしの母の後押しもあって――わたしを彼のお隣さんにした。ただし、彼の住まいも事務所もニューヨークだから、ここには年に二、三週間しかいないだろうけど。それのどこがいい話なのよ?」

「じゃ、お母さんがあなたをその古いお屋敷に送りこんだのには、なにか究極の目的があるとは思わないってこと?」

アリックスは母のことを知りすぎるほど知っていたから、思わないとはいえなかった。でもじつのところ、こういうことになった理由やなにかはどうでもよかった。重要なのは、信じられないようなチャンスを与えてもらったということだ。だって、ジャレッド・モンゴメリーがすぐ隣に住んでいるなんてことが現実に起こると思う？　同じ敷地内のゲストハウスに？　「彼の脳みそを丸ごといただくわ」アリックスはいった。「建築デザインから排水管の修理法まで、彼の知識と経験をすべて学んでやる。母にバラの花束を贈るのを忘れていたら教えてね。さあ、屋敷へ行くわよ」

「アイスクリームはもういいの？」イジーは尋ねた。

「冗談でしょう？　早足で歩いて汗をかかなくちゃ。どうしてあんなにたくさんチョコレートを食べさせたのよ？」

「この恩知らず――」イジーの言葉はアリックスの笑い声にさえぎられた。「悪いけど、ちっともおもしろくないから。彼が戻るまで三日。やることが山ほどあるわよ」

「ナンタケット島はショッピングが楽しいんだって」

「あら、あなたはだめ。わたしはするけど、あなたは仕事よ。あなたにとってこれは人生をかけたプレゼンになるんだから」

「アイデアならいくつかある」それを聞くとイジーは笑った。アリックスの頭のなかは、いつだって建築デザインのアイデアでいっぱいなのだ。

ふたりは歩きだした。エリックの仕打ちという亡霊がいなくなったいま、ふたりは初めてナンタケットの中心部の美しさに気がついた。玉石を敷いた通りは歩きにくいし、車も走りにくそうだけれど、とてもきれいだった。広々とした歩道は煉瓦《れんが》敷きで、数百年のあいだに盛りあがった木々の根っこや地盤沈下のせいで波打っていたが、そのさまは芸術的とさえいえた。

けれど、アリックスがなにより目を引かれたのは建物だった。ひとつひとつがどれもすばらしかった。デザインもできあがりも完璧だ。

「卒倒しそう」アリックスは足を止め、通りを眺めて美しい町並みを堪能した。

「うん、写真よりずっとすてき」

「なんていうか……天国みたい。それに……」

イジーは友人をしげしげと見た。ふたりは建築学校の入学式で知りあった。どちらもほっそりしたかわいらしい女性だったが、共通点はそこまでだった。イジーの夢は、小さな町に住んで事務所を構え、家のリフォームの仕事をすること。人生の第一目標は、家庭を持つことだった。

ところがアリックスは、父親から建築物に対する深い愛情を受け継いでいた。父親の父親は土建業者だったので、アリックスの父は夏休みには家を建てる手伝いをした。冬休みには作業場で家具をこしらえた。アリックスが生まれる前に建築学の学位を取得し、のちに自然ななりゆきで大学で教えるようになった。

アリックスが子どものときに両親は離婚し、その結果、彼女はふたつの世界で育つことになった。ひとつは父親の世界で、そこには建築にまつわるすべてがあった。建築デザインから、釘を打つ、内装に使うペンキの色を選ぶといったことまで。父親は自分の知識を惜しみなく娘に与えた。小学校にあがるまでに、アリックスは青写真を読めるようになっていた。

もうひとつの世界は、母親の作家活動を中心にまわっていた。母と娘は一年の大半をふたりだけで静かに暮らし、ヴィクトリアの書く小説は誰からも愛された。毎年八月になると、ヴィクトリアはコロラド州の山荘にこもって新作の構想を練った。ヴィクトリアの大ベストセラー・シリーズは、ある船乗りの一族を題材にした大河小説だった。一冊書きあがると、そのあとにはカクテルパーティ、贅沢《ぜいたく》なディナー、バカンスが待っていた。母親との生活は、静かな執筆期間と大騒ぎが見事に混ざりあったものだった。

アリックスはどちらの生活も大いに楽しんだ！　父の仲間たちとトラックの荷台に腰かけてサンドイッチを食べるのが好きだったし、有名デザイナーのドレスを着て、出版界のセレブたちと笑いあうのも楽しかった。

「みんな同じよ」アリックスはいつもそういった。「みんな、生活のために働いているの。商売道具が釘抜きのついたハンマーだろうと、小難しい単語だろうと、みんな働く人たちなのよ」

大物の両親のあいだに生まれたアリックスは、才能に恵まれた意欲的な女性に育った。父親と同じ建築物への愛情と、目指すのはトップだけという母親の信念を併せ持っていた。

そのアリックスはいま、うっとりした目でナンタケットの町を見つめていて、イジーはジャレッド・モンゴメリーのことがちょっぴり気の毒に思えてきた。なにかを知りたいと思ったときのアリックスは容赦がないから。

「ここ、前に見たことがある」アリックスがいいだした。

「四歳のときにきたからじゃない？」

「そうじゃなくて……」アリックスはあたりを見まわした。道路を挟んだ向かい側に、正面に深緑色の窓枠のある優美な白い木造の建物があった。片側に描かれた地図に、ナンタケットから世界各地までの距離が示されていた。香港まで一六八一九キロ。

「〝わたしたちはすべての中心にいる〟」アリックスは口にした。「あの地図を見ていると、誰かがそういうのが聞こえるの。〝ナンタケット島は地球の中心点《エピセンター》だ〟って。きっと四つのときに聞いたのね。エピセンターなんて言葉は聞いたこともなかったのに、不思議と意味がわかったの。いってることがわかる？」

「うん、わかる」そういいながら、イジーはにっこりした。この分だと、わたしはすぐにお役御免になりそう。アリックスの口ぶりからして、思っていたよりナンタケットのことをおぼえているみたいだし、なおいいことに、ここを故郷みたいに思いはじめている。こうしたこともすべてアリックスと、かの有名なジャレッド・モンゴメリーを会わせるために、ヴィクトリアと亡くなったミス・キングズリーが考えた計画だとしたら、いまのところうまくいっているわ。「ここに寄っていこうよ。祝杯をあげなくちゃ」〈マレー酒店〉の店内にはワインやビールなどのお酒がずらりと並んでいた。お祝いなら冷たい〝泡〟でなくちゃ、と思ったイジーは、店の奥にある冷蔵庫のほうへ向かった。

ところがアリックスは古めかしい木のカウンターに近づき、うしろの棚に目をやった。

「ラム酒がほしいんですけど」カウンターのなかにいる女性に告げた。

「ラム酒？」イジーは訊いた。「あなたがラムを好きだなんて知らなかった」

「わたしもよ。ラム・コークを飲んだのだって、いままでに一度しかないと思う。でもナンタケットにきたらラムが飲みたくなったの」

「この島の伝統なんですよ」店の女性はいった。「どれにします？」

「あれを」アリックスは、フロール・デ・カーニャの七年物のボトルを指差した。

「安酒はだめだからね」イジーはいい、シャンパンのボトルをカウンターに置いた。

アリックスはバッグから携帯電話を取りだして、過去のメールを呼びだした。母がキングズリー・ハウスへの道順を教えてくれたのに、エリックとのことであたふたしていて地図をプリントアウトしてこなかったのだ。ところが母の説明は暗号みたいだった。いつものことだ。お母さんは小説家みたいに考え、小説家みたいに書くから。しかもミステリーが好きときている。

アリックスはカウンターの奥の女性に目を向けた。「この島の家に滞在することになっているんですけど、母の話ではフェリー乗り場から歩ける距離にあるらしいんです。キングズリー・レーン二十三番地で、母がいうには」アリックスは携帯の画面を確かめた。「ウエスト・ブリックを曲がったところ、だとか。でも、どういう意味かわからなくて。ウエストブリック・ロードにはどう行ったらいいですか？」

観光客慣れした女性はにっこりした。「その《ザ》ウエスト・ブリックと書いてあるんじゃない？」

「じつはそうなんです。てっきりタイプミスだと思ってました」

「アディの家のことね」女性はいった。

「はい。彼女をご存じだったんですか？」

「誰でも知ってる。彼女がいなくなって、みんな寂しがっているわ。じゃあ、あなたがあそこに一年間住む人なのね？」

この女性がそれを知っていたことにアリックスは少し驚いた。「そうなんです」ためらいがちに答えた。

「よかったわね！　でも、ジャレッドに威張らせちゃだめよ。彼とはいとこどうしなんだけど、気にくわないことがあったらびしっといってやっていいから」

アリックスは目をぱちくりさせて相手を見るのがやっとだった。彼女にとってジャレッド・モンゴメリー――あるいはキングズリー――は崇めるに値する人物だった。アリックスが属する建築業界の神だった。ところがこの島の人は誰ひとり彼を畏《おそ》れていないらしい。

イジーが前に進みでた。「さっきも彼の、えっと、ミスター・キングズリーのいとこだという男性に会いました。ほかにもたくさんいるんですか？」

女性はまたにっこりした。「わたしたちの多くは、最初にこの島に住みついた人たちの子孫なの。だから、どこかしらで血がつながっているのよ」彼女はレジへ行き、ふたりの買いものの金額を打ちこんだ。「銀行のところで左に曲がって。そこがメイン・ストリートよ。そのまま道なりに進むと、右側にどれもよく似た煉瓦造りの家が三軒並んでる。キングズリー・レーンは三軒めの煉瓦の家の横を右に曲がるの」

「その西側の煉瓦の家《ザ・ウエスト・ブリック》、か」アリックスはいった。

「そういうこと」

ふたりは支払いをすませ、お礼をいってから店を出た。

「さてと、あとは銀行をさがすだけね」イジーはいった。

ところがアリックスは、ふたたび放心したように町に見とれていた。アリックスの足を止めさせた建物は通りの反対側にあった。中央の二階建ての建物の両側に、傾斜のついた低い屋根の平屋が増築されている。上に半月形の窓があり、その上には鎧《よろい》張りの八角形の小塔がついていた。

「お楽しみのところを悪いけど、この調子だと家に着く前に夜になっちゃう」

アリックスはしぶしぶまた歩きだしたものの、途中にある建物をいちいちじっくり見ては、その完成度の高さにため息をもらした。ところが十九世紀の映画のセットみたいなドラッグストアの前にくると、興奮して叫んだ。「この店知ってる！　おぼえてる！」アリックスは古風な網戸を開けてなかに駆けこみ、イジーもあわててあとにつづいた。左手に使いこまれたカウンターとスツールが並び、カウンターの奥には鏡があった。

アリックスは荷物をおろしてスツールに腰かけた。「グリルドチーズ・サンドイッチとバニラ・フラップ（米国のドラッグストアは軽食もとれるようになっている）をください」カウンターの奥にいた若い女性に躊《ちゅう》躇《ちょ》なく告げた。

イジーは隣のスツールに座った。「あれだけ食べたのに、まだお腹《なか》がすいてるの？　それと、フラップってなに？」

「ミルクとアイスクリームと」アリックスは肩をすくめた。「よく知らない。いつも注文していたのよ。だからいま食べたい」

「四歳のときに注文したの？」イジーはにこにこしながら訊いた。友人がいろいろなことを思いだしているのがうれしかった。

〝フラップ〟は、フラッペ――ミルクシェイク――をアメリカ風に呼んだものだとわかった。イジーは同じものと、持ち帰り用のツナサンドイッチを注文した。

「あの人はここでいろんなものを買ったっけ」薄い紙皿で出てきたサンドイッチを食べながらアリックスはいった。「奥でね」

イジーは思わず店内を見まわした。最初に見た感じではわりと地味な店に思えたけれど、よく見ると、置いてある商品はかなりの高級品だった。スキンケア製品はニューヨークのマディソン街で見かけるブランド品だ。

「あなたのお母さんはこの店がお気に入りだったでしょうね」店を出るとイジーはいった。

アリックスは友人を見た。「不思議なのはそれよ。今回の遺言のことはすべて母が計画したことなのだとしたら、いつそれをしたの？　母からは、わたしが四つのときに、母とふたりでひと夏だけここで過ごしたと聞いてる。その年に両親は離婚したんだけど、それ以来ナンタケットの話が出たことはない。母はいつここにきたんだろう。ミス・アデレード・キングズリーとはどうやって知りあったの？」

「わたしが知りたいのはね、〝あの人〟は誰かってこと」

「なんの話？」

「さっきドラッグストアでいってたじゃない。〝あの人はここでいろんなものを買った〟って。あれはお母さんのこと？」

「たぶん。でも、違うかも。いまのわたしはべつの時代にずぶずぶとはまりこんでいるような感じなの。この島のはっきりした記憶はないのに、一歩進むごとになつかしいものが目に飛びこんでくる。あの店も……」アリックスは、グレーと白に塗り分けられ、前面がショーウィンドウになっている〈マレー衣料店〉に目をやった。「子ども服は二階に置いてあって、あの人が……誰かがそこでピンクのカーディガンを買ってくれた」

「買ってくれたのがお母さんなら、はっきりおぼえているはずよ。ヴィクトリアはちょっと独特だから」

アリックスは笑った。「自動車事故の原因になるような、母の赤毛と緑色の目とプロポーションのことをいっているの？　父に似てよかった。銀行はどこだろうね」

イジーは友人に笑いかけた。アリックスのいいかたを聞いていると、母親と違って十人並みの平凡なスズメなのだと思ってしまうところだが、とんでもない。ヴィクトリアのように大勢のなかで目立つことこそないとはいえ、アリックスはまれに見る美人なのだ。母親よりも長身でほっそりして、赤みがかったブロンドには生まれつき縞が入っている。前髪を横に流したロングヘアは、毛先が大きくカールしていた。イジーの黒い髪をうまくカールさせるのはひと苦労なのに、アリックスのは生まれつきなのだ。青緑色の瞳と、ふっくらした小さな口。「お人形さんみたい」以前、ランチの席でヴィクトリアがそういうと、娘は顔を真っ赤に染めた。

アリックスが自分の容姿や家族、才能についてさえも謙虚でいることに、イジーはいつも感心していた。

そのとき、アリックスが息をのんで立ち止まった。「あれを見て」指差しているのは、道路のはずれに高々とそびえる壮麗な建物だった。地面から少しあがったところにある玄関は太い柱で支えられた屋根付玄関《ポルチコ》になっていて、そこまで半円形の階段がつづいている。優美な建物は、臣民を見つめる女帝のごとく町を見渡しているようだった。

「ノックアウトよ」口ではそういったものの、内心はキングズリー・ハウスをさがすほうに興味があった。

「違うの。てっぺんを見て」

浮き彫りの文字で〈パシフィックナショナル銀行〉とある。

イジーは笑ってしまった。「わたしが使っている銀行とは別物ね。あなたはどう？」

「ここのものは、どこのものとも違って見える。あれが教えられた銀行だとしたら、あそこの道を左へ行くのね」

ふたりは玉石敷きの車道を横切って煉瓦の歩道に立つと、メイン・ストリートを目指してフェア・ストリートを進んだ。そこは住宅が立ち並ぶ通りで、上品に古びた板葺《いたぶ》きの屋根の家はどれも、まさに歴史家の夢だった。アメリカの小さな町の多くで歴史的建造物として大切に保存されている、ヴィクトリア朝様式の華美な建物はほとんどなかった。ナンタケット島はクエーカー教徒によって作られた町だった。彼らは衣類や生活、なにより住居は質素であるべきだと考えていた。ゆえにここの住宅には不必要な装飾がなされていなかった。専門家の目を持つアリックスには、すべての屋根とドアと窓が芸術作品に見えた。

「これから丸一年、この町を見ていられるんだ、って考えてるでしょう？」アリックスの顔を見ながらイジーは笑った。

煉瓦造りの家が三軒並んでいるところまできたとき、アリックスは昔の女性のように気を失いそうに見えた。背が高く堂々として、見事に維持された三つのお屋敷は、たしかに壮観だった。

その場に根が生えたようになっているアリックスを残して、イジーは先に歩きだした。三軒めの家の横に、木々にほとんど隠れるようにして細い路地への入口があった。小さな白い標識には〝キングズリー・レーン〟とある。

「行くよ」イジーが呼ぶとアリックスはついてきた。

通りの右側にある狭い歩道を無言で歩きながら、ふたりは番地標示を見ていった。

「名前が書いてある」イジーは驚きの声をあげた。「どの家にも名前がついてるんだ」

「船尾板《クオーターボード》」アリックスはいった。

「それ、いま作った言葉？」

「違うわよ。自分でもどうして知っているのかわからないけど、あの飾り板はそう呼ばれてるの」

「〝バラの野辺《フィールド・オブ・ローゼズ》〟」イジーは通り沿いの一軒の名前を読みあげた。

〝時を超えて《ビヨンド・タイム》〟」アリックスが右隣の家の名を呼ぶ。家の脇に私道があったが、ゲートのせいで奥の庭は見えなかった。じつは、通り過ぎたどの家の脇にも駐車スペースがあった。なかには車のドアをこすりそうなくらい狭いものもあったけれど、おかげで通りに車は駐まっていなかった。

「見て、B&Bがある。〈避難港《シー・ヘイブン》〉だって」

「そしてあれが……」イジーは道路の反対側を見た。「二十三番地。名称は〝永遠の海へ《トゥ・シー・フォーエヴァー》〟」

ふたりの前には、息をのむほど美しい白い大邸宅があった。飾り気のなさが時間を超越した雰囲気をたたえ、真新しいようにも築数百年にも見える。二階に窓が五つ、一階には四つあり、それぞれに暗色の鎧戸がついていた。中央に、幅広の白いドア。屋根の上には手すりつきの通路。

「ここなの?」イジーのうしろでアリックスが囁いた。「わたしが丸一年住むことになる家は?」

「そうみたいよ。番地は合ってる」

「母にランの花を贈るのを忘れてたら注意して」

アリックスはフェンディのバッグのなかをかきまわして、母親が送ってよこした家の鍵をさがした。鍵を見つけ、ドアを開けようとしたが、両手がひどく震えて鍵穴に差しこめなかった。

イジーは鍵を取りあげてドアを開けた。広々した玄関ホールに足を踏み入れると、左手に二階へあがる階段があった。右側は居間、左側は食堂になっている。

「なんだか……」イジーがいいかけた。

「さらに時代をさかのぼってきたみたい」アリックスはあとを引き取って締めくくった。こういう古いお屋敷にどんな家具が備わっているのか、あまり考えたことはなかったけれど、格式ばったもので統一されているだろうと思っていた。どこかの室内装飾家が〝こうあるべき〟と考えたとおりに。しかし、ここは同じ一族が何百年にもわたって住みつづけてきた家だ。あらゆるところに古さと新しさが混じりあっていた——新しいといっても、一九三〇年代以降のものはないけれど。

玄関ホールには高さのある書き物机と、象牙らしきものに象眼細工をほどこしたトランクがあった。隅には、枝に咲く桜の花を描いた磁器製の傘立てが見える。

居間をのぞいてみると、肘掛けのところがすり切れた縞模様のシルクのソファがあった。床に敷かれたオービュッソン織りのピンクの絨毯《じゅうたん》は、よく歩くところが色あせている。テーブル、装飾品、威厳に満ちた人物たちの肖像画。

ふたりは顔を見あわせて笑いだした。

「まるで博物館ね！」とイジー。

「住める博物館よ」

次の瞬間、ふたりは駆けだし、部屋から部屋を見てまわって大声で感想をいいあった。

居間の奥に、テレビのある小部屋があった。

「あのテレビをどう思う？」アリックスが訊いた。「一九六四年製？」

「あれはスミソニアン博物館に送って、お母さんに薄型テレビを買ってもらえば？」

「リストのトップに載せておく」

一階のいちばん奥にあったのは、広々とした明るい部屋で、壁の二面を本棚が埋めていた。巨大な暖炉を挟むようにインド更紗《さらさ》のカバーをかけたソファが置いてあり、そこに肘掛け椅子とクラブチェアが加わって、完璧な絵に仕上がっていた。

「彼女が暮らしていたのはここよ」アリックスは囁いた。「ご婦人方にお茶を出すときは、家の表側にある正式な客間を使ったの。だけど、家族といるときはここで過ごした」

「そのいいかた、やめてくれない？　最初はおもしろかったけど、なんだか薄気味悪くなってきた」

「思いだしただけよ。母はどうしてわたしを二度とここに連れてこなかったのかしら」

「たぶんミス・キングズリーのゴージャスな甥っ子が、あなたのゴージャスなお母さんにお熱だったのよ。それってちょっと厄介じゃない」

「わたしが四つだったんだから、その甥っ子はまだ十代のはずだけど」

「わたしがいいたいのはそれよ」とイジー。「二階まで競争！」

勝ったのはイジーだったが、それはアリックスが階段の途中で足を止めて、壁にかかった額入りの影絵を見ていたからだった。なかにひとつ、羽根飾りのついた大きな帽子をかぶった女性の絵があった。「あなたのことおぼえてる」その小さな声はイジーには聞こえなかった。「わたしの母に似てるわ」

「彼を見つけた！」手すりの上からイジーが叫んだ。「いまから彼とベッドに入るわよ」

〝彼〟が誰かは訊くまでもなかった。

アリックスは階段を駆けあがり、イジーをさがして左手にある寝室に入った。インド更紗と透けるように薄いモスリンでしつらえた、かわいらしい部屋だった――けれど、イジーはいない。

廊下の向かいは、とても美しい部屋だった。かなり広いその部屋は、クリームがかった薄いブルーから濃いブルーまで、青色で統一されていた。中央に、ダマスク織りのカバーをかけた四柱式ベッド。左側に大きな暖炉があり、その横に肖像画がかかっていたが、天蓋から垂れ下がるカーテンのせいで全部は見えなかった。

「ここよ」イジーがベッドの端まで這《は》ってきていう。「ここにきて、ジャレッド・モンゴメリー殿下をご覧なさいよ。違った、ナンタケット国ではキングズリー殿下か」

アリックスはかなり高さのあるベッドによじ登って、イジーが指差しているものを見た。

暖炉の右側の壁に、ジャレッド・モンゴメリーらしき人の等身大の肖像画があった。ひょっとすると、絵のほうが身長が少し低いかもしれない。歴史物のドラマに出てくる船長のような格好をしているけれど、たしかに彼だった——正確には、彼の先祖だ。きれいにひげを剃った顔は、数年前、めったにない彼の講演会でアリックスとイジーが見たジャレッド・モンゴメリーそのものだった。髪の毛はジャレッドより短く、耳元でカールしている。あごはがっちりしていて、そのまなざしは人を射抜くかのようだ。

アリックスはベッドに仰向けになって両腕を投げだした。「彼はわたしのもの」

「ま、あなたはここに住むんだし」イジーは組んだ手に頭をのせて天井を見あげた。大きな天蓋の下側はプリーツを寄せた薄青のシルクのカーテンが、中心部にあしらったバラから放射状に広がっていた。「ミス・キングズリーは九十歳になっても、ここに横たわって、あの男性の絵をうっとりと眺めていたと思う？」

「あなただったら眺めない？」

「もうすぐ結婚するんじゃなきゃ……」いいはじめて途中でやめたのは、本心でないと気づいたからだった。有名人であろうとなかろうと、誰かとグレンを交換するつもりはない。

イジーはベッドからおりてさらなる探検へ向かったが、アリックスは寝返りを打って肖像画を見た。絵の男性に好奇心をそそられた。自分が四つのとき、このベッドのなかで丸くなってあの肖像画を見ながら、アディおばさん——心のなかでそう呼ぶようになっていた

――に本を読んでもらったのかしら？　それともわたしが勝手にこの人の話をこしらえた？　それともアディおばさんが話してくれたのかな。

実際はどうあれ、動きまわる彼の姿が見えるような、話す声が聞こえるような気がした。それに、彼の笑い声ときたら！　大きくて、深くて、よく響いた。海みたいに。

肖像画の下に小さな銘板がついていた。アリックスはベッドを出て、見にいった。〝ケイレブ・ジャレッド・キングズリー船長　一七七六年から一八〇九年〟とある。三十三歳の若さで亡くなったんだ。

アリックスは体を起こして彼の顔を見あげた。うん、数年前に見て、今日また船着き場で見かけたあの男性にたしかに似ている。だけどこの絵には、彼女の心の奥底に眠る記憶を揺さぶるなにかがあった。あるのはわかっているのに、あとちょっとのところで手が届かない。

「あなたのお母さんの部屋を見つけた」廊下の先でイジーが叫んだ。

背を向けて出ていこうとしたアリックスは、そこでふと足を止め、肖像画を振り返った。「あなたはすてきな人だったのね、ケイレブ・キングズリー」つい出来心で自分の指先にキスすると、それを彼の唇に押しあてた。

一瞬、一秒にも満たないほんの一瞬、アリックスは頬にかかる息を感じ、そのあとになにかが触れたような気がした。かすめるようにそっと。そして消えてしまった。

「早く！」イジーが部屋の入口から顔をのぞかせた。「その男性とゲストハウスの人にムラムラする時間なら丸一年あるんだから。あなたのお母さんがコーディネートした部屋を見にきてったら」

肖像画の男性にキスされたかも、というのはやめておいた。アリックスは頬から手を離し、部屋を出た。「この家にどうして母の部屋があるのよ？　それに、そこが母の部屋だとどうしてわかるの？」イジーのあとについて廊下を進み、階段を通り過ぎて、もうひとつの部屋へ向かった。

ところがひと目見た瞬間に、母が飾りつけた部屋だとわかった。ダークフォレスト・グリーンから淡い黄緑色まで、全体が緑色で統一されていた。母の自慢のひとつが緑色の目で、ゆえにそれに合う色の服をよく身につけたし、家の内装はたいてい瞳の色を引き立てる色を選ぶのだ。

ベッドには、小さなミツバチ模様のダークグリーンのシルクのカバーがかけてあった。ゆうに一ダースはある枕には、紛れもなく母のイニシァルのＶＭが複雑にからみあった刺繍《ししゅう》が縫いこまれていた。

「お母さんの部屋だと思わない？」イジーが当てこするように訊いてきた。

「かもしれない。それか、ミス・キングズリーが母の本の大ファンだったとか」

「ねえ……今晩、いいかな？」

母のいちばんのファンはあなたよ、とアリックスはいつもイジーをからかい、新作が出るたびに初版本をプレゼントしていた。「もちろん。あなたも全裸で寝ないかぎりは」アリックスはほかの部屋の探検に出かけた。

「えっ？」イジーが追いかけてきた。「お母さんは裸で寝るの？」

「本当は秘密なんだけど」アリックスは四つめの寝室をのぞいた。きれいな部屋だったけれど、ここ五十年ほどはなにひとつ新しくしていないように見えた。「わたしから聞いたっていわないでよ」

イジーは胸に十字架を切り、口にチャックをして鍵を捨てる手振りをしてみせた。

「母のたくさんある贅沢のひとつなの。すごく高価なシーツと素肌を合わせること。理想的な和合なんだって」

「うっわー。あなたのお母さんって……」

「ええ。わかってる」アリックスが家の裏側にある狭いドアを開けると、そこは明らかにかつてのメイド部屋だった。居間に寝室がふたつと浴室がついている。

まるで映画を見ているみたいに、自分と母がこの部屋に住んでいたことがアリックスにはわかった。右手にある開け放されたドアからなかをのぞくと、そこはピンクとグリーンでまとめられたかわいらしい小部屋だった。ベッドカバーとカーテンの生地を選んだのは子どものころの自分だ。床に、珊瑚礁を泳ぎまわる人魚を刺繍したラグが敷いてあった。アリックスはずっと人魚が大好きだった。もしかしてそのきっかけはあのラグだろうか。

白いデスクに置かれたボウルのなかの貝殻は、わたしが浜辺で拾い集めたものだ。それに、砂浜を歩くときにつないでいた手が年老いていたことも知っている。母の手でないのは間違いない。

イジーが居間に入ってくる音がすると、アリックスはその小部屋を出てドアを閉めた。

「なにかおもしろいものがあった？」イジーが訊いてきた。

「なんにも」アリックスはあえて事実を伏せた。そして、もうひとつの寝室をのぞいた。さっきより大きな部屋だが、個性に欠けていた。すべてが実用本位だった。脚つきの洗面台と大きな琺瑯《ほうろう》のバスタブのある浴室は白一色。この浴槽がひどく冷たかったこと、箱にのらないと洗面台に手が届かなかったことも思いだせる。

「どうかした？」

「なんでもない。恐れ入ったってところね。シャンパンを開けて、キングズリー家に乾杯しない？」

「そうこなくちゃ」

2

一時間後、ふたりはテレビ部屋の床に座り、テイクアウトしたツナサンドと冷凍庫のなかで見つけたピザを食べていた。

「ここのスーパーってどんな感じかな?」イジーが訊いた。ふたりは美しいクリスタルグラスも見つけだしていて、イジーはそのうちのひとつを使っていた。「ベン・フランクリンもこのグラスで飲んでたりして」たしか彼の母親はナンタケット島の出身だったはずだ。

アリックスはといえば、飲みたいのはラム酒だけだった。

一度目の探検で、ふたりはキッチンを見逃していた。キッチンは屋敷の裏側、食堂の奥に隠れるようにしてあった。そのキッチンにくらべたら、屋敷のほかの部分は完全に現代的といえた。ほとんどすべてのものが一九三六年当時のままだった。調理用のコンロはグリーンと白のエナメルで、バーナーの上に蓋がついていた。大きな流しは両側に水切り台があり、食器戸棚はすべて金属製。冷蔵庫は新しかったけれど、かなり小型だった。一九三〇年代に使われていた冷蔵庫のためのスペースに収めるには、その大きさが限度なのだろう。奥の壁の窓下には作りつけの腰掛けと小ぶりのテーブルがあって、テーブルの使いこまれた木の天板は、賭けてもいいけれど、かつては船の甲板に用いられていたのだろう。あの腰掛けに座って塗り絵をしながら、誰かがサンドイッチを作ってくれるのを待っていたのをアリックスはおぼえていた。またしても年配女性の姿が頭に浮かんだ。あの女性がこの屋敷の持ち主のアディおばさんだったのなら、わたしの母はどこにいたのだろう？　そして母とわたしがアディおばさんの客だったのなら、どうしてメイド部屋に泊まっていたの？　なにひとつ、つじつまが合わなかった。

「ここを大改造したくてむずむずしているんじゃない？」イジーはキッチンをぐるりと見まわした。「わたしは大理石のカウンター・トップとカエデ材のキャビネットがいいと思うな。で、あの壁を取っ払ってダイニングキッチンにする」

「だめよ！」思わず大きな声が出てしまい、あわててアリックスは気を鎮《しず》めた。「わたしなら、ここはこのままにしておく」

「アリックスったら、この場所に取りつかれちゃったんじゃないの？」イジーはいい、冷凍ピザをもう一枚見つけると歓声をあげた。「やったー、今日はごちそうだね！　これ使えると思う？」古いガス台と一体型のオーブンを指差した。

ふたりが驚いたことに、アリックスはオーブンのパイロットライトの点火のしかたも、火加減調節用のつまみにくせがあって、少し揺すりながらまわさなければいけないことも知っていた。

イジーはうしろでそれを見ていたが、コメントは控えた。

キッチンを見まわしながら、アリックスは、まだなにか思いだしていないことがあるような気がした。そのとき冷蔵庫の横に海賊の顔を模したドアノブがあるのに気づいた。アリックスは「ハハーン!」といってそれを引いた。

何事かと、イジーが見にやってきた。

「この戸棚にはいつも錠がかかっていて、なかを見たくてしかたがなかったの。鍵を盗もうとしたこともあったんだけど、見つからなくてね」低い声の男の人に、おまえさんに鍵は見つけられないよ、といわれたことをおぼろげにおぼえていたが、それは話さずにおいた。

ふたりはつかのま、呆然とその場に立ちつくした。戸棚には、酒とそれを割るための材料がずらりと並んでいた。変わっているのは、酒のほとんどがラムだったことだ。ダーク、ライト、ゴールド、ホワイト。フレーバード・ラムも六種類ほどある。棚の二段目は大理石張りのカウンターで、いちばん下のワンドアタイプの冷蔵庫は新鮮な柑橘《かんきつ》類でいっぱいだった。このキッチンは百年近く近代化されていないかもしれないが、バーカウンターはインテリア雑誌からそのまま持ってきたように見えた。

「ミス・キングズリーがなにに重きを置いていたか、これでわかったね」イジーはいった。

ナンタケットにきて急にラムが飲みたくなったのは、この部屋でラムを楽しむ人たちを見ていたからだろうか。戸棚に隠された意味がなんであれ、扉の裏側にカクテルのレシピがテープで貼ってあって、アリックスはそれを試してみたくなった。「この〝ゾンビ〟はどう？」イジーに尋ねる。「三種類のラムを使うんだって。それとも〝プランターズ・パンチ〟にする？」

「遠慮しておく」イジーは答えた。「わたしはこのままシャンパンでいいわ」

食べものと飲みものを持ってテレビ部屋に戻るまでにさほど時間はかからなかった。ほかの部屋はどこも大きすぎて、きたばかりの今夜は威圧されてしまいそうだった。

「あなたにはまだ三日ある」イジーのいおうとしていることはアリックスにもわかった。〝彼〟が戻るまでに三日あるということだ。「今日も三日のうちに入るのかな？　だとしたら、あと二日か。急いであれこれ買いものしないとね」

「荷物は明日届く予定だし、服なら山ほどあるよ」

「荷造りしているところを見たけど、スウェットとジーンズばっかりだったじゃない」

「それしか必要ないもの。ここにいるあいだに働くつもりでいるの。避暑でこの島を訪れる人のなかに、仕事を世話してくれそうな人がいないか、父に訊いてみようかと思って。父の許可をもらわなくちゃいけないけど、あるいはうまくいくかもしれない」

「わたしが話しているのはあなたのお父さんのことじゃないんだけど」

アリックスはプランターズ・パンチをぐいっと飲んだ。いつもならすぐに酔ってしまうのに、今日はラムのカクテルを二杯飲んでもけろりとしたものだった。「わたしはジャレッド・モンゴメリーから学びたいの。わたしがショートパンツとホルタートップや、どこかのブランドものの服であらわれたら、彼は桟橋にいたあの女性を見たような目でわたしを見るわよ」

「それのどこがいけないわけ？」

「彼が彼女のことを理知的な女性として重要視していたとは思えないけど」

イジーはシャンパンを口に含んだ。「もう、あなたったら仕事のことばっかり！　たまにはほかのことを考えたらどうなの？」

「それのどこがいけないのよ？」

「仕事のことしか頭にないのどこがいけないか、って？」イジーは信じられないという顔をした。「ジャレッド・モンゴメリーは身長百八十センチを超えるマッチョなのよ！　彼が部屋に入ってきたら、その場にいた女はみんな腰が抜けたみたいになっちゃうの。〝どうかわたしを奪って〟という電飾でおでこをぴかぴかさせながらね。彼の誘いを断るような女はひとりもいない。それなのにあなたときたら……。彼の脳みそのことしか考えていないんだから。彼に脳みそがあるなんてわたしは気づいてもいなかった。アリクサンドラ、わたしたち、もう若くないんだからね」

アリックスはカクテルをまたぐっとあおってから、グラスをラグの上に置いた。「そんなふうに思っているんだ。わたしが彼を男として見ていないって。ちょっと待ってて、見せたいものがある」

彼女は階段を駆けあがってノートパソコンを手に取ると、その場で電源を入れたので、イジーのところに戻ったときにはすでに画面が立ちあがっていた。そして八層にも重ねたファイルの底にずっと隠しておいた秘密のドキュメントを引っ張りだした。

ジャレッドの下唇

やわらかでみずみずしく、甘やかで張りがある
誘惑するように、魅了するように、わたしを呼ぶ
セイレンの歌声、ハーメルンの笛
わたしは夢に見る、寝ても覚めても
それに触れ、愛撫《あいぶ》して、キスするところを
触れる舌先、混じりあう吐息
それを吸いこみ、いつくしんで
この唇に重なるその感触を確かめるところを
おお、ジャレッドの下唇よ

イジーはそれを三度読んでから顔をあげた。「たしかにあなたは彼のことを男として考えてる。うっわー、驚いた！」

「書いたのは何年か前よ。彼の講演を聴いたあと、ふたりで何時間も盛りあがったじゃない。彼が建築学校の卒業制作になにを提出したかおぼえてる？　デザイン画でも模型でもなく、ハンマーと釘で本物の家を建てたのよ。一年間の建築実習は必修にすべきだと父もいってる。父は――」イジーが立ちあがっているのを見てアリックスは言葉を切った。

「ほら、行くよ」

「行くって、どこに？」

「彼のゲストハウスのなかを見にいくの」

「だめよ、そんなの」そういいながらも、アリックスは立ちあがっていた。

「あなたが窓から外を見ていたのは知ってるのよ。わたしも見たけど。ゲストハウスは屋敷の裏手よ。二階建てで、表側に大きな窓がひとつあった」

「だけど――」

「これが唯一のチャンスかもしれないんだよ。彼はフィッシングボートで海へ出ているし、わたしたちはほら、予定より早く島にきたじゃない。つまり、わたしたちがここにいることを彼は知らないってわけ」

「だからなに？」

「よくわからないけど、建築学校を卒業したばかりの熱狂的ファンがここに、この家にいると知ったら、彼はゲストハウスのドアと窓を板でふさいじゃうんじゃないかな」

それは考えていなかった。「さりげなくやるわよ。彼の作品がどれほどすばらしいかを伝えて――」

「彼の下唇のすばらしさも？　ねえ、彼に恋人がいる可能性を考えたことはある？　彼が結婚していないからって――わたしたちがこの前ネットで検索したときは結婚していなかったからって、それにあのフィッシングボートに乗っていたのが彼ひとりだったからって、彼が禁欲を誓っていることにはならないんだよ。彼の〝彼女〟があのゲストハウスにあなたを入れてくれると思う？」

イジーが持ちかけているのはいけないことだとわかっていたけれど、その一方で彼はここにデザイン画を持ってきているかもしれないとも思った。ひょっとするとこれは、まだ発表されていないモンゴメリーのデザインをこっそり見られる唯一無二のチャンスかも。

友人の心が揺れているのを見て取ると、イジーは背中を押したり手を引いたりしてアリックスを勝手口から外に出し、庭の小道をたどってゲストハウスを目指した。ゲストハウスの窓は背が高く、分厚いカーテンがかかっていて、人を寄せつけない雰囲気があった。

イジーはふーっと息を吸うと、玄関のドアを試した。錠が下りていた。

「やっぱりやめようよ」アリックスは屋敷のほうへ戻りかけた。

ところがイジーは彼女の腕をつかんで建物の脇へまわった。

「だって彼の寝室を見られるかもしれないんだよ」小声でいう。「それかクロゼット。それか――」

「あなたいくつよ？」

「いまは十四歳の気分」

アリックスはあとずさりした。「ねえ、こんなのだめだって――」そこではっと足を止め、目を見ひらいた。

「なに？」イジーは息をあえがせた。「お願いだから幽霊が見えたとかいわないでよ。ナンタケットは世界一幽霊が多く出没する場所だってなにかで読んだ」

「明かりが点《つ》いてる」アリックスは囁いた。

「明かりを点けたまま出かけたってこと？」少しうしろに下がって見あげると、たしかに製図台に用いるデスクライトらしきものが見えた。「ほんとだ。ホームオフィスを持っているのかな？　これでも入っちゃだめだっていう？」

アリックスはすでに窓を開けようとしていた。窓はするすると開いた。「〈アンダーセン社〉のサーモパイン窓枠。12オーバー12（窓が桟で十二個に仕切られていること）」そうつぶやくと、イジーのことなどお構いなしにジャンプして体を引き入れた。

なかに入ると、すかさずあたりを見まわした。キッチンからもれてくる薄明かりで、居間とダイニングエリアが見渡せた。広々としたひと部屋だ。ここも感じのいい部屋だけれど、アリックスは早くあのデスクライトの部屋が見たかった。階段を駆けあがり、右手にあったドアを開けると、そこは三方に窓のある部屋だった。日中は光がたっぷり射しこみそうだ。堅木張りの床には古いラグが敷いてあり、窓の下に時代物の製図台――おそらくエドワード七世時代の品――がしつらえられていた。その横の小ぶりなキャビネットの上は製図用品でいっぱいだった。コンピュータを用いた製図システムが主流の時代に、鉛筆とペンとインクで描いた本物の製図を見られるなんて最高だ。アリックスは彼のシャープペンシルにそっと触れてみた。芯の硬い順に一列に並んでいる。字消し板、製図用ブラシ、T定規。自動製図器はどこにもない。

右手の壁は彼のスケッチで埋まっていた。どれも住宅ではない小さな建物のスケッチで、コンセプトもデザインもすばらしかった。納屋のスケッチが二枚、ゲストハウスと子どものための遊具セットが一枚ずつ。三枚のガレージプランの横にはあずまや風のスケッチもある。壁一面にスケッチや製図が所狭しと貼ってあった。

「どれもすばらしいわ。美しいし、よくできてる」アリックスはつぶやいた。

全体を見ようと戸口のところまで下がった。この部屋は神殿や聖堂のよう。「彼がここに誰も立ち入らせていないのは間違いない」アリックスは声に出していった。

驚いたことに、この男性と自分は考えかたがよく似ていた。アリックスは、取るに足りないもののなかにこそ美を見いだすべきだ、と心から信じていた。ソープディッシュだろうと大邸宅だろうと、そこに美しさを与えることがなにより大事なのだ、と。

「すごい！」背中でイジーの声がした。「これって……」

「船のなかみたい？」

「うん、映画で見た船長室にそっくり」

アリックスはこの部屋のすべてを取りこもうとしていた。至るところに古いものが置いてあった。〝Kingsley〟と書かれた骨董《こっとう》品の磁器。部屋の一角を占めているのは人魚をかたどった、だいぶ風雪を経た木彫りの船首像で、いくつもの海を渡ってきたようだ。

「キングズリー一族は捕鯨船を所有していたんじゃなかったっけ？」イジーが訊いた。

「一族はおもに中国貿易を生業にしていたの」そういいつつも、どうしてそのことを知っているのかわからなかった。「捕鯨のことはどこにも書いてなかった」ごまかすためにそういい添えた。アリックスは部屋のなかを歩きながら、ひとつひとつに手で触れて、記憶に刻みこんだ。いつかホームオフィスを持つことがあったら、これとそっくりな部屋にしよう。

「すばらしいと思わない？」

「正直いうと、あんまり」イジーは答えた。「わたしはなにもかもコンピュータ化したい。ペンとインクから解放されたいの。この部屋はわたしの趣味には合わないな」外で車のドアが閉まる音がし、ふたりはぎょっとして顔を見あわせた。「そろそろ退散したほうがよさそう」

友人のあとについてしぶしぶ階段をおりかけたところで、アリックスは最後にもう一度振り返った。床に、こぢんまりしたあずまやのデザイン画が落ちていた。あずまやは八角形で、チューリップを逆さにしたような屋根がついていた。彼女は考えるより先にそれを拾いあげ、パンツのウエストバンドに挟むと、階段を駆けおりた。

3

アリックスは椅子にもたれ、自分で設計した礼拝堂《チャペル》の立体模型を見つめた。組み立てるのは簡単ではなかった。手元にあるのがはがきサイズの厚紙と接着テープだけだったからだ。午後も遅い時間で、アリックスは古い屋敷の裏側にある大きな部屋にいた。ここにいると心がほっこりするのだ。子どものころにこの部屋で長い時間を過ごしたことは、いわれなくてもわかった。小塔がいくつもある小さなおうちを作っていたのをおぼえている。最初は古い積み木を使い、抽斗《ひきだし》のなかや棚の上から見つけてきたあれやこれやをその上に積みあげた。やがて積み木がレゴブロックに変わった。子どものころに夢中で遊んだおもちゃだ。部屋にはレゴがいっぱい詰まった大きな箱があって、箱の底には小さなボートと、アリックスが作ったボート小屋が入っていた。

部屋にはいつも陽気な音楽が小さくかかっていたがテレビの音ではなかった。なにより、遊んでいるアリックスのそばには、いつもひとりの女の人がいた。満足そうにほほえむその顔が目に浮かぶようだった。ほかの人たちがいることもあった。つねに心配そうな顔をしている若い男性。それに海のにおいがする背の高い男の子。黄色いバラのつぼみがのった、ひと口サイズのケーキを食べながら笑っている女の人たち。そのプチフールの味も、新しいドレスがちくちくしたこともおぼえている。

大きな暖炉の上に女性の肖像画がかかっていた。銘板には〝ミス・アデレード・キングズリー〟とある。髪型と服装から見て一九三〇年代に描かれたもののようだ。上品で落ち着いた感じの女性だったが、目の奥に楽しげな光があった。時間とともにどんどん鮮明になっていくアリックスの記憶のなかの女性は、肖像画の女性よりはるかに年配だったけれど、あのきらきらした目はよくおぼえている。その目は、わたしにはほかの人には見えないものが見えて、誰も知らないことを知っているのよ、といっているようだった。でも、教えてあげないわ、と。ただし、アリックスにはその秘密を教えてくれた。アディおばさんがなにを話してくれたのか、まだ思いだせずにいるけれど、秘密を分かちあったことと、そのとき感じた愛情はいまも胸に残っていた。

今日は一日、イジーとこの古い家を探検したり、島を散策して過ごしたいと思っていた。なんといっても、イジーは近いうちに帰ってしまうからだ。いったん本土《メインランド》へ戻ったのち、イジーは結婚式の準備で忙しくなるはずで、あまり連絡を取りあえなくなるだろう。夏が終わりに向かうころ、アリックスは親友の花嫁の付き添い人代表《メイド・オブ・オナー》になり、イジーは花嫁になる。そして、女どうしの友情は終わりを告げるのだ。間近に迫ったイジーの結婚で友人とのあいだに距離ができてしまうことを、アリックスはなるたけ考えないようにしていた。

だからこそ、イジーと過ごす一日はすばらしいことに思えたのに、それは実現しなかった。朝早くに目が覚めたとき、アリックスの頭は偉大なるジャレッド・モンゴメリーに自分の作品を見せられないだろうかという考えでいっぱいだった。作品を気に入ってもらえたら、彼の建築事務所の面接を受けられるかもしれない。少なくとも、勉強熱心な卒業生だというところはアピールできる。

アリックスはアディおばさんのベッドに横になったまま、頭のうしろで手を組んで、天蓋の中央を飾るシルクのバラを見あげた。彼の事務所で働くのが無理だとしても、彼の生徒に――たとえほんの数週間にしろ――なれたら、ものすごい経験になる。履歴書に箔《はく》がつくほどの。なにより、彼から多くのことを学べるはずだ。

彼をあっといわせるようななにかをデザインしたかった。家はどうだろう？　たったの二日しかないのに、できっこないか。フリーハンド・スケッチは得意だから、家の正面部分《ファサード》のデザインならできるかも。でもそれには土地を見る必要がある。建物は土地と環境から生まれる、というモンゴメリーの信条は誰もが知っている。テキサス州ダラスにあるチューダー様式まがいの家を彼が認めないことを。

「なにを描いたら彼を感心させられるかな？」アリックスは小声でつぶやいた。

いくら頭を絞っても、いい考えが浮かばずにいたとき、奥の壁際にあるテーブルから小さな写真立てが床に落ちた。風もないのに写真立てが落ちたことには不思議と驚かなかったが、それでもアリックスは体を起こした。

ベッドから出ると、朝の空気はひんやりしていて、着古したTシャツとスウェットパンツでは少し肌寒かった。どういうわけだか、あの写真立てに重要な意味があるという気がした。床から拾いあげた写真には、ふたりの若い女性が写っていた。一九四〇年ごろに撮られたものだろうか、どちらも愛らしいサマードレスを着て、幸せそうに笑っている。

この写真になにかあるという気がするのに、それがなんなのかわからなかった。アリックスは写真をテーブルに戻し、バスルームへ向かいかけ、そこで足を止めて振り返ると、ふたたび写真を手に取った。女性たちのはるかうしろに小さな教会が見えた。教会じゃなく礼拝堂かもしれない。父とふたりで訪れたイギリスで見た家族専用のチャペルのような。

不意にジャレッド・モンゴメリーのホームオフィスが目に浮かんだ。あずまやや、かわいらしい物置小屋など、庭を飾る建築物のスケッチで壁が埋まっていた。

「小さいもの」アリックスはつぶやいた。「彼は小さくて美しいものに興味を引かれるはずよ」キングズリー一族の祖先であるケイレブ船長の大きな肖像画に目を向けたところで、彼にお礼をいいたいという抑えがたい衝動に襲われた。

ばかみたい。首を振りながらバスルームに入り、髪の毛をうしろで結わいた。バスルームから出てくると、バッグから赤い表紙の大判ノートを引っ張りだしてベッドに戻った。

イジーの結婚式が近いからか、モンゴメリーがデザインしていない小さなものをさがしていたからか。もしかしたら床に落ちた写真を見てひらめいたのかもしれない。理由はどうあれ、アリックスは礼拝堂のスケッチに取りかかった。一度見た建物はまず忘れないので、記憶を頼りにペンを走らせた。

離婚してから、母は毎年八月にコロラドへ出かけるようになり、そのあいだアリックスは父と過ごすことになった。父の仕事のスケジュールが許せば、ふたりで各地の建築物を学ぶ旅に出た。アメリカ南西部でネイティブ・アメリカンの住居であるプエブロを、カリフォルニア州でミッション様式の建物を、ワシントン州でヴィクトリア様式の邸宅を見た。アリックスが大きくなるとスペインにガウディの作品を見にいった。もちろん、インドのタージ＝マハルも訪れた。

そうした記憶を総動員して、大急ぎでラフスケッチを描いていった。ページが埋まるとノートから破り取り、ベッドに放った。

寝室のドアが開いた。目をあげると、出かける支度をすっかり整えたイジーが立っていた。

「やっぱりね。起きているんじゃないかと思ったんだ」イジーは散らばった紙を脇によけてベッドに腰をおろすと、あらためてスケッチを手に取った。「教会？」

「礼拝堂。家族専用の小さいやつ」

イジーが無言で一枚ずつスケッチを見ていくあいだ、アリックスは息を詰めていた。建築学校の同級生でもあるイジーの意見をアリックスはいつも重視していた。

「どれもすてき」イジーはいった。「すごく美しいわ」

「いい線までいってるとは思うんだけど、すべての要素をひとつのデザインに集約したいのよ。鐘楼、荘厳な扉、半円形の階段、なにもかも！　なにを使ってなにを捨てるか決めないと」

イジーはにっこりした。「そのうち見えてくるって。さてと、わたしはこれから買いものに出かけるから」

アリックスはベッドカバーをはねのけた。「すぐに着替える。ちょっとだけ待ってて」

イジーはベッドから立ちあがった。「だめよ。あなたは連れていかない。あなたにはこのビッグチャンスをどうしてもつかんでほしいもの。ここに残って、モンゴメリーの度肝を抜くようなものをデザインしなさい。ちなみに、食べものは下にあるから」

「こんな朝早くからやっているスーパーをよく見つけたわね」

「いっておきますけど、もう十一時だから。そしてこの家の外にはナンタケットの美しい町が広がっているの。わたしはいったん出かけて戻ってきて、今度は本格的なショッピングに出かけるところ。だって、そんな格好のあなたをモンゴメリー皇帝陛下の前に出すわけにいかないからね」イジーはアリックスのくたびれたスウェットパンツに非難するような目を向けた。

アリックスは友人のことをよく知っていた。「ねえ、やっぱりわたしも行く。新しいサンダルがほしいと思っていたし」

イジーはドアのほうにあとずさりした。「だめだめ。夕食までには戻るから。努力の成果はそのとき見せてもらう」彼女はそそくさとドアを閉めて出ていった。

「期待に添えるようがんばるわ」アリックスは大声で呼びかけた。それはアリックスも同じだけれど、今日はそういう気分じゃなかった。それにふたりはサイズがほとんど同じだから、イジーにまかせておけばアリックスに必要なものを買ってきてくれるだろう。すべてヴィクトリアの支払いで。

十二時になると胃が不満の声をあげはじめたので、ついに着替えをして朝食をさがしに向かった。イジーはベーグルにツナサラダとフルーツ、それにホウレンソウを山ほど買ってきていた。どれもヘルシーで、パンに挟めるものばかり。

サンドイッチを作ったところで、スケッチを見ながら食べようと思いつき、二階に戻った。そこでノートが残り二枚しかないことに気づいてぞっとした。

お母さんが何度もここに滞在していたのなら、どこかに紙のストックがあるはずだ。たぶんあの緑の寝室に。なんとなくのぞき見しにいく気分で廊下を進み、イジーが使っている部屋へ向かった。

母はいつナンタケットにきていたのだろう、という疑問がまた浮かんだ。それに、どうしてそのことをわたしに秘密にしていたの？　母のことならなんでも知ってる、とイジーにいったけれど、どうやら違っていたみたいだ。まあ、それをいうならわたしも、大学に通うために家を出て、ひとり暮らしをはじめてからは、母に内緒にしていることがいろいろある。ボーイフレンドのことだとか。だから母にも母の秘密があっておかしくない。だけど、どうしてここにきていたことを隠さなきゃいけないの？　男の人が関係しているとか？

緑の寝室には大型の衣装だんすが二台あり、どちらも年代物の美しいものだった。一台にはショッピングバッグがいくつか入っていたが——イジーが午前中に買ってきたものだろう——もう一台は扉に錠がかかっていた。鍵はないかとあたりを見まわしても、それらしいものはない。ふと思いついて自分の寝室からハンドバッグを取ってくると、母が送ってよこしたキーリングを取りだした。どれがどこの鍵かは教わっていなかったけれど、母の説明が足りないのはいつものことだった。わたしの娘は賢い子だからなんでも自分で解決できると思っているのだ。

小型の鍵のひとつが錠に合った。両びらきのドアを開けると、なかにはオフィスが丸ごと入っていた。プリンターがあり、抽斗には紙と事務用品が詰まっていた。棚の上には古い文書らしきものが置いてある。扉の裏側に写真が何枚かテープで留めてあった。そのうちの一枚はヴィクトリアが小柄な年配女性に腕をまわしている写真で、アデレード・キングズリーだとアリックスにはわかった。写真の日付は一九九八年。わたしが十二歳のときだ。痛みの感情がこみあげてくるのを止められなかった。母がここナンタケットで、この屋敷で、多くの時間を過ごしていたことがこれではっきりした。娘にはひと言もいわずに。きっと八月にきていたのだろう。母にとって八月は、つねに侵すべからざるものだった。コロラドにある山荘にひとりこもって、新作の構想を練るのだといっていた。だけど、どうやら毎年行っていたわけではないらしい。

アリックスは衣装だんすのなかを見つめた。母の作品はどれも海運業の町が舞台になっている。だから母がナンタケットを訪れたとしても不思議はない。それなのに、どうしてそれを秘密にしていたのだろう?

一瞬、母に電話して訊こうか、と思った。でも母はいま二十都市を巡る新作のプロモーション・ツアーの真っ最中で、笑顔と笑いを振りまいて世間の期待に応えているところだ。その邪魔をしたくはない。答えを知るのはいまでなくてもいいか。お母さんのことだもの、きっとおもしろい裏話があるはずよ。

必要なだけの紙と事務用品、それにマットタイプの写真用紙が見つかったのでそれも抱えて、一階にある大きな居間へ運んだ。そこに折り畳み式のトレー・テーブルがあるのは知っていた。テーブルをひらき、サンドイッチをのせた。スケッチを床に広げ、ソファに座ってサンドイッチを食べながら一枚ずつ見ていく。

どれも、さまざまな様式と意匠のごた混ぜにしか見えなかった。盛りこみすぎ！　上品で静かなナンタケットの町には似合わない。

サンドイッチを食べ終え、トレー・テーブルを脇へ寄せて、スケッチをにらみつづけたが、ぴんとこなかった。挫折しそうになったとき、一枚の紙が風ですーっと動いた。窓もドアも全部閉まっているのに。

「ありがとう」思わずいったあと、アリックスはかぶりを振った。誰になんのお礼をいっているのよ？

動いた紙を取りあげた。隅っこに小さなスケッチがあった。ささっと描いたものだったから、いままですっかり忘れていた。それはスパニッシュ・ミッション様式とナンタケットのクエーカー・スタイルを組みあわせたものだった。質素といっていいほどシンプルなのに、そのなかに美しさがある。

「彼がこれを気に入るとあなたは思うの？」声に出していってから、すぐに取り消そうとして、べつにいいじゃないのと思い直した。ここにいるのはわたしだけなんだし、大声で独り言をつぶやいたって誰も文句はいわないわ。

そのスケッチをトレー・テーブルに置いて、あらためて見直した。「この窓は変えたほうがいい。もう少し縦長に。で、鐘楼をもう少し低くして。ううん！　屋根をもっと高くすればいいんだ」

新しい紙をつかんでスケッチを描き直した。さらに三回描き直す。満足のいくものができあがると、家から持参した三角スケールを使って縮尺図を描きはじめた。

三時になるともう一度サンドイッチを作り、冷蔵庫からジンジャーエールを出して、居間に戻った。床は一面紙だらけで、テーブルに近いところにあるのが新しいスケッチだった。

「いいじゃない」スケッチを踏まないように下を見ながら歩いた。

サンドイッチとジンジャーエールをお腹に入れてしまうと、写真用紙と鋏《はさみ》とテープカッターを取りあげた。この材料で模型を作るのは簡単ではないだろうけど、こうなったらやるしかない。

玄関が開く音がしたのは六時近かった。イジーが帰ってきた！　ふと、うれしくない考えが頭をよぎった。しばらくしたらイジーはわたしを置いて帰ってしまうんだ。

アリックスは玄関へ駆けていってイジーを出迎えた。イジーはショップのロゴが入った大きな紙袋を一ダースほども下げていた。「どうやらナンタケットでのショッピングを楽しんだみたいね」

「ここはまさに天国よ」イジーはショッピングバッグを床に落とし、持ち手の紐が食いこんで赤い跡ができている指をさすった。

アリックスは玄関を閉めた。「お疲れさま。なにかドリンクを作ってあげる」

「ラムはやめてね」イジーはアリックスのあとからキッチンへ入っていった。「そうだ、あの袋のどれかに食料品が入ってるから。ホタテ貝とサラダ、それにラズベリーとチョコレートのデザートも」

「いいわね。全部持って庭に出ない？　今日はあたたかいから外で食べよう」

「ゲストハウスを見張りたいんでしょう？」

アリックスは笑った。「違うわよ。あなたのご機嫌を取って、わたしが仕上げたものへの採点を甘くしてもらおうと思ったの」

「あのまま教会にしたの？　それとも大聖堂になった？　無塗装のシーダー材の飛び梁《はり》が目に浮かぶわ。窓には筋骨たくましい船長のステンドグラスが入ってるんじゃない？」

反論の言葉が喉まで出かかったが、ぐっとこらえて居間へ向かい、紙模型を持って戻るとキッチンテーブルに置いた。

イジーはショッピングバッグから取りだしたプラスチック容器をカウンターに置いているところだった。彼女はその場に突っ立ったまま、小さな白い模型をしばらく見つめていた。傾斜した屋根と鐘楼を持つ、きわめてシンプルなその模型は、完璧に調和が取れていた。

「これって……」消え入りそうな声でいった。「これって……」

アリックスはつづきを待ったが、友人はそれしかいわなかった。「これって、なに？」

イジーはテーブルの前の椅子に腰をおろした。「これって、あなたの作品のなかでいちばんだと思う」つぶやくようにいってからアリックスを見あげた。

「本当にそう思う？　口先だけじゃなく？」

「本当よ。これまでにあなたがやってきたことのすべてがあらわれてる。最高に美しいわ」

うれしさのあまりアリックスは思わずキッチンのなかを踊りまわったが、そのうちキャビネットからお皿を出して料理を盛りはじめた。「すっごくがんばったんだ。古さと新しさを兼ね備えた、独創的でいて伝統を感じさせるデザインなんてできっこないと思った。建物は土地から生まれるという、かの有名なモンゴメリーの信条には反するけど、ナンタケットに建てることを考えてデザインしたから――」そこで声が途切れた。振り返るとイジーが泣いていたからだ。テーブルの前に座り、礼拝堂の模型を見つめたまま、ぽろぽろと涙を流している。

アリックスはイジーに駆け寄ると、ぎゅっと抱きしめた。「また会えるから。ここにいるのは一年だけだし、戻るころにはあなたとグレンは――」

イジーは友人の腕をほどいて、はなをすすった。「そうじゃないの。あなたが戻ってくるのはわかってる」

「そっか。じゃ、グレンのこと？　彼のことが恋しくなっちゃった？」アリックスは抽斗のところへ歩いていき、箱入りのティッシュを出してくるとイジーに渡した。

「この家のどこになにがあるか全部知っているの？」

イジーには気を鎮めるための時間が必要だとわかっていたから、アリックスは喜んで待つつもりだった。涙の原因を探るのはそのあとでいい。親友がなにに心を痛めているのか、アリックスはまるで見当がつかなかった。原因がなんであれ、イジーがそれを胸にしまっていたのは、わたしが悲劇のヒロインみたいになっていたせいだろうと直感した。

アリックスは背を向け、友人に威厳を繕うための時間を与えた。一九五〇年代からあるような古いミキサーを使い、イジーのためにロングカクテルをこしらえた。自分にはラム・コークを作り、ライムジュースをたっぷり足した。キャビネットから配膳用のトレーを出し——そこに入っているのはわかっていた——グラスやなにかをそれにのせて外へ持っていった。外で過ごすには少し肌寒かったけれど、イジーは庭を見るのが好きなのだ。

友人をやさしく外へいざない、チーク材のどっしりしたデッキチェアに座らせて、ドリンクを手渡した。そして彼女が自分から話しだすのを待った。

「グレンから電話があってね、明日の朝にここを発たなきゃいけないの」イジーはいった。

「グレンが、帰ってきてほしいって？」

「それもあるけど……」

アリックスは黙って待っていた。イジーとは建築学校の初日からのつきあいだった。その週の終わりまでには、才能があるのも、世間の注目を集めるなにかを成し遂げる可能性があるのもアリックスのほうだというのははっきりしていたが、イジーがそれに嫉妬したことは一度もなかった。

そのかわりイジーは誰からも好かれ、引く手あまただった。三年生でイジーが婚約したとき、アリックスはただただうれしかった。ふたりはまるで違ったけれど、とても気が合った。

「グレンでもわたしでもないならなんなの？」やさしい声で尋ねた。

イジーは庭を見まわした。この庭を見るのは、昨日の夜、モンゴメリーのゲストハウスに忍びこもうと猛ダッシュしたときが初めてだった。あのときは楽しかった。アリックスの問題だけを考え、アリックスにチョコレートを食べさせて、この古い屋敷を見て目を輝かせるアリックスを眺め、ハンサムな船長の肖像画を見て笑いあって。あの数時間だけは自分自身の問題を頭から押しのけることができた。

「きれいな庭ね」イジーはいった。「花が咲きだしたら、すばらしいでしょうね。誰が手入れをしているのかな？」

「モンゴメリーよ」アリックスは間髪を入れずに答えた。「イザベラ、なにがあったのか教えて。どうしてグレンはこんなに早くあなたを呼び戻したの？　せっかくふたりでナンタケットを楽しめると思っていたのに」

「わたしだって。だけど……」

アリックスはピッチャーを取りあげ、イジーのグラスにお代わりを注いだ。「だけど、なんなの？」

イジーはカクテルをぐっとあおった。「わたしの結婚式のことなの」

「準備はすべて終わったものだと思っていたけど。最高にすてきなドレスも買ったし」

「ええ。そのことではあなたとあなたのお母さんに感謝してる」そのときのことを思いだし、イジーとアリックスは笑みを交わした。

グレンがイジーにプロポーズしたのは、さほど意外ではないけれど金曜のディナーの席だった。翌朝、アリックスのこぢんまりしたアパートメントを訪ねてきたイジーは茫然《ぼうぜん》自失で、なにをどうしたらいいかわからないという顔をしていた。

婚約指輪を褒めたあと、アリックスはその場を仕切りはじめた。「おいしい朝食を出す店を知ってるの。そこで腹ごしらえしてからウィンドウ・ショッピングに出かけるわよ。花嫁道具一式を揃えないとね」

〝花嫁道具〟だなんて、言いまわしも考えかたも古くさい。イジーはよくそんなふうにいって、そういうくだらないものには興味がない洗練された女性を気取っていたけれど、アリックスは騙されなかった。親友がロマンチックな結婚に憧れているのは知っていた。

結局、ふたりはその日のうちにイジーのウェディングドレスを買うことになった。そんなつもりはなかったのだけれど。町の反対側の脇道を入ったところにある、小さな高級ブティックをのぞいてみようといいだしたのはアリックスだった。

「それより、よくあるばかでかい店でドレスを五十枚試着して、店員の頭をおかしくさせるのはどう?」イジーはいった。

「いいわね。楽しそう。だけど母がね、わたしが結婚するときはミセス・サールの店でドレスを買うべきだといってたのよ」

イジーは友人の顔をしげしげと見た。「で、その店がたまたまこの近くにあるとか?」

「そういうこと」アリックスはにっこりした。

イジーが三枚目に試着したドレスを見て、ふたりとも目に涙を浮かべた。これだ、とすぐにわかった。

ドレスのトップはシンプルなシルクサテンで、大きく開いた襟ぐりに太めのストラップがついていた。たっぷりしたスカートは、小さなクリスタルビーズでフラワーモチーフを刺繍したサテンの上に極薄のチュールレースを重ねてあった。

「きっと高くて手が出ないわ」ついていない値札をさがしながらイジーはいった。

「わたしの母からのプレゼントよ」アリックスはいった。「いちばんのファンへの」

「こんな高価なもの受け取れない」

「わかった。じゃ、かわりにトースターを贈るようにいっておく」

「受け取れないよ」イジーはなおもいったが、最後には首を縦に振った。いま思うと、あのときのわたしは世界一の幸せ者だった。アリックスには話していなかったけれど、あのあと結婚式の計画は無惨にも崩れ去ってしまったのだ。まわりがあれこれ口を出してきたとき、イジーは自分の望みどおりの結婚式にしようと懸命に踏ん張った。すると未来の義理の母にいわれたのだ。「あなたときたら、テレビのリアリティ番組でやってたモンスター花嫁にそっくりよ。まさか隠しカメラで撮影したりしてないでしょうね？」

イジーはいまアリックスに顔を向けた。「わたし、モンスター花嫁にはなりたくない」

「それって、周囲の人たちをさんざんな目に遭わせる、わがままで自分勝手な花嫁のこと？」

イジーはうなずいた。

「あなたがそんなものになるわけないじゃないの、イジー。誰がそんなばかな考えをあなたの頭に吹きこんだの？」アリックスは友人のグラスをふたたび満たした。

「グレンとわたしは内々だけの地味な式にしたかったの。バーベキューでお祝いするみたいなね。豪華なのはあなたのお母さんにいただいたドレスだけでよかった。あのドレス、すごくきれいで……」ふたたび涙があふれだした。

「母親ね？」アリックスはいった。「こういってはなんだけど、母親という生きものについてはくわしいの。悪気はないんだけど、あなたを朝食がわりに食べちゃうのよ」

イジーはうなずいてカクテルをぐっとあおると、指を二本あげた。

「母親がふたりってこと？」

イジーはまたうなずいた。

アリックスは自分のグラスにラム・コークのお代わりを注いだ。「最初から話して」

そしてすべてが明かされた。アリックスはイジーがひとり娘だということは知っていたけれど、彼女の両親が駆け落ちしていたのは初耳だった。「母は紙の花嫁人形で遊んでいたような人なのに、わたしの兄ができちゃったから父と駆け落ちしたのよ」

「それで自分にできなかった結婚式をあなたに挙げさせたいわけだ」

イジーはしかめっ面をした。「問題はほかにもあるの」

アリックスが知っているのは、グレンがひとりっ子で両親がお金持ちということだけだった。「むこうのお母さんはどんな人なの？」

イジーは奥歯を嚙《か》みしめた。「雪崩《なだれ》を打つ花崗岩のかたまり。彼女のやりたいことを邪魔する人は、みんな押しつぶされちゃう。そしていま彼女がやりたいのは、自分の友だちを感心させられるような派手な式をわたしに挙げさせることなの。四百人以上の招待客リストを出してきたんだから。グレンが知っているのはそのうちの六人だけで、わたしは誰とも会ったことがないの」

「イジー、これは一大事よ。どうしていままで話してくれなかったの？」

「それは、たまたまあなたとエリックが……」

アリックスは片手でそれを制した。「それで自己憐憫《れんびん》にどっぷり浸かっていたわたしはあなたの悩みに気づかなかった。わかった、わたしも明日一緒に戻る。ふたりで力を合わせてなんとかしよう」

「だめよ、そんなの。思うんだけど、今回のことはすべてあなたをモンゴメリーに会わせて、作品を見せる機会を与えるためにお膳立てされたことなんじゃないかな。この屋敷を一年間、あなたに使わせるために、あなたのお母さんはきっと想像もつかないような苦労をしたはずよ。そうやって手に入れたビッグチャンスを、結婚式なんかのために棒に振っちゃだめ」

自分のグラスを空けてしまうと、アリックスは美しい庭を見まわした。ずいぶん気温が下がってきた。そろそろなかに入らないと。「どうして明日の朝に発たなきゃいけないの？」

「グレンのお母さんがこっちに着いたの。花嫁の付き添い人《ブライズメイド》のドレスをわたしに見せたいんだって。フリルだらけだってグレンはいってた。しかも、式に出席させる女のいとこをふたり連れてきたそうなの」

「フラワーガール？」アリックスは祈る思いで尋ねた。

「女の子《ガール》どころか。三十八歳と三十九歳で、どっちも意地悪なの。それにみんな八月二十五日という式の日取りに文句ばかりいってくるの」

アリックスは料理ののった皿をさりげなくイジーに差しだした。ふたりはしばらく無言で食べつづけた。アリックスは、強引な母親に押し切られないよう強くならなければいけなかったときのことをつらつらと考えた。「つまり、わたしはここを離れられないし、あなたはここにいられないってわけか」

「そういうこと」お酒のおかげで、イジーはまた笑えるようになっていた。「ウェディングドレスはもう買ってあると伝えたときのグレンのお母さんの顔を見せたかったわ。それはもうきれいな紫色になったんだから。生地サンプルを顔の横に持っていって、同じ色があるかどうか見たかったくらい」

アリックスは笑い声をあげた。「ドレスはわたしの母からのプレゼントだという話はしたの？」

「もちろんよ」イジーは口いっぱいに料理をほおばった。

「グレンのお母さんはなんて？」

「ヴィクトリア・マドスンの作品は文学的価値がない、あんな本を出版するなんてどうかしてる、だって」

「じつは夢中で読んでたりして？」

「そうなの！」イジーは笑った。「あなたのお母さんにこういわれた、とグレンに話したら、おふくろの電子書籍リーダーにはヴィクトリアの小説しか入っていないよ、だって」

ふたりは声をあげて笑った。

「ちょっと意地悪なことをいうと、彼女たちが一緒にいるところを見てみたい」

「わたしの母とあなたの義理のお母さん？」アリックスは訊いた。

「それにわたしの母親も！　母はね、なにかというとすぐに泣くの。わたしのウェディングドレスを見れば、一緒に選んでやれなかったといって泣く。バラが咲き乱れるあずまやで式を挙げたいとわたしがいったときも泣いた。母が子どものころに通っていたどこかの教会でわたしが式を挙げなかったら胸が張り裂けてしまうといってね。その教会をわたしは見たこともないのによ！　それに、実家のお隣の娘さんを付き添い人に選ばなかったなんてがっかりだ、とわたしに文句をいったときにも泣いた。子どものときからいやなやつだったけど、おとなになったらますますいけ好かない女になったんだから」

「泣き落としと圧政か」

「わたしにいわせれば似たようなものよ。明日は付き添い人との対決よ。あなたたちのことは好きじゃないからわたしの結婚式には出ないで、と三人の女性にいわなきゃいけないの。グレンのお母さんはきっと――」

　イジーが急に話をやめたのは、アリックスが席を立って庭をぐるぐる歩きはじめたからだった。庭の奥のほうにはつる棚があり、アリックスの足はそこでぴたりと止まった。

「これって――。痛っ！　やっぱりそうだ、つるバラよ」アリックスは棘《とげ》が刺さった指を引っこめ、きっぱりした口調でいった。「イジー、あなたの結婚式はこの庭でやるわよ」

「だめよ、そんなの」

「どうしてだめなの？　これはあなたの結婚式なんだよ」

「そんなことをしたら、ふたりの母がわたしの人生を生き地獄に変えちゃうわ」

「なら、わたしの母に、かならずきてといえばいい」アリックスは目をいたずらっぽくきらめかせた。

イジーの目が丸くなった。「もしも……」

「もしもあなたのふたりの母親に対抗できる人間がいるとしたら、それはわたしの母よ」アリックスはにんまりした。

イジーは薄闇をすかしてアリックスを見た。「うまくいくと思う?」

「もちろん。あなたはただ、こうすることになったから、とふたりにきっぱりいえばいいの」

「となると、グレンをむこうに残して、わたしは式の準備のためにここに移ってこないといけないのね」

「ううん、あなたはグレンのそばにいなきゃ。さもないと、母軍団の思うつぼよ。あなたの味方につかなかったら結婚式はなしだとグレンにいいなさい」

「そんなの無理よ!」

「そう。なら、グレンには車のなかに隠れているようにいって、あなたは体を真ん中からふたつに裂いて、両方の母親を満足させるにはどうすればいいか考えればいいわ」

イジーはこらえきれずに笑いだした。「あなたってときどきお母さんにそっくり」

「あーあ、あなたのことは友だちだと思っていたのに」

イジーは一瞬、ぎゅっと目をつぶった。「わたしも母に似ているみたい。だって、いま泣きそうだもん。アリックス、あなたみたいにすばらしい友人はほかにはいない」

「あなたには負けるわ」アリックスはしんみりといった。「あなたがいてくれなかったら、エリックのことから立ち直れなかったと思うもの」

「まあ！　あなたが泥沼から這いだせたのは、ジャレッド・モンゴメリーの下唇を見たからでしょうに。そうだ、いいことを思いついた！　あんなに詩が得意なんだから、誓いの言葉を考えるのを手伝ってくれない？」

「それはヴィクトリアにまかせましょう。もちろん、契約書と締め切りと、サインに対する代金と著作権を要求してくるだろうけど、最高に感動的な誓いの言葉になるわよ」

ふたりは顔を見あわせ、お腹が痛くなるほど笑いころげた。

屋敷の二階の開け放した窓のそばで、ケイレブ・キングズリーはそんなふたりを見おろしていた。彼はほほえんでいた。二百年かけて練った策が仮に失敗に終われば、ふたたび死ぬことになる。だがときにはこんなふうに、希望を抱《いだ》かせてくれる場面に遭遇することもある。

あの若い娘たちがともにいるところをもう一度見られてよかった。かつては姉妹だったふたり。この人生では親友となった。

もしかしたら、そう、もしかしたら、今度こそ生身のヴァレンティーナを取り戻せるかもしれない。永遠に。

その夜、アリックスは父ケネス——ケンに電話した。携帯電話のキーを押す前、いつものように、母の話はしないこと、と自分に念を押す。長年のあいだに父と母もさすがに折りあいのつけかたを学んではいたものの、それでもちょっとした火種があればすぐに問題が勃発して、アリックスはその渦中に巻きこまれることになるのだ。

「やあ、アリックス」父が電話に応えた。「ナンタケットには無事着いたのか?」

「ここのゲストハウスに誰が滞在しているか、お父さんには絶対に当てられないと思う」

「誰だ?」父が訊いてきた。

「ジャレッド・モンゴメリー」

「建築家をしているあの男か?」

「なにそれ? お父さんは大学で彼について教えているじゃないの。彼が天才だって知ってるくせに」

「まあ、いくつかいいものを建ててはいるな。建築について多少は知っているようだ」

「出た、お父さんの口癖。あのね」

「うん?」

「礼拝堂を設計したの」

「教会のことか? なんのために?」

「お説教じみたことはいわないと約束してくれたら教えてあげる」

「なんのことかな?」

「お父さん?」アリックスは警告を発した。

「わかった。説教はなしだ。いったいなにをしたんだ?」

アリックスはそれから十分かけて、モンゴメリーのホームオフィスに忍びこんだこと、彼のデザインや私的なスケッチを見たことを父に話して聞かせた。「どれも美しくて、完璧だった」

「それで、彼の気に入るような小さいものをデザインしたわけだ」その声には咎《とが》めるような響きがこもっていた。

「ええ、そうよ」アリックスは断固とした口調でいった。「彼がいつまでここにいるのかわからないけど、作品をいくつか見せられたらと思ってる」

「彼は間違いなく気に入るよ」

「どうかな。だけど、見てもらうことぐらいはできるんじゃないかと思う」

「か、か、かならず見るよ」そういい切った。「彼はいまどこにいるんだ?」

「海の上。船で出ていくところをイジーとふたりで見たの。すてきな人だったわ」

「アリックス」声が険しくなった。「なんでもそのモンゴメリーという男は、筋金入りのプレイボーイだという話だ。父さんは感心しない――」

「落ち着いて。わたしは彼の生徒になりたいだけ。わたしには年を取りすぎているしね」

いったあとで目をぐるりとまわした。父から見れば、どんな男も娘にふさわしい相手でないことはこれまでの経験からわかっていた。アリックスは話題を変えた。「それでお父さんと……えー、あの人は……元気にしてるの？」

カッカしていた父はそれで瞬時に冷めたが、アリックスは気にしなかった。お父さんはわたしには甘いから。

「それはこの四年間、私が一緒に暮らしている女性のことかな？」

「ごめんなさい、感じの悪いことをいって。セレステはすごくいい人よ。いつもすてきな服を着ているし――」

「いいよ、無理して褒めなくて。あの服のおかげであやうく破産しかけた。だが、もうどうでもいい話だ。彼女は出ていったよ」

「そうなんだ。その、残念だわ。彼女のこと、好きだったんでしょう」

「いや、どうやらそうでもなかったようだ」考えた末にそういった。

アリックスは、ほっとして息を吐きだした。「よかった！　これでようやくいえる。じつは彼女のこと好きじゃなかったの」

「そうなのか？　ちっとも気づかなかったよ。おまえは自分の気持ちをじょうずに隠していたからね」

「ごめんなさい」今度は心の底からいった。「悪かったわ」

「いや、まあ、悪い相手に引っかかってしまうのは血筋だからな」

「そんなことないわよ。お父さんとお母さんはそうかもしれないけど、エリックは……」アリックスは顔をしかめた。「たしかに、彼は最低だった。イジーにいわれたの、わたしが彼に惹かれた唯一の理由は、そうすれば課題のデザインをふたつ考えられるからだって」

父は声をあげて笑った。「さすがはイジーだ。私の娘のことをよくわかってる」

「寂しくなるわ。イジーは明日の朝帰ってしまうの」結婚式をナンタケットでやることにした件は、まだいわずにおいたほうがいいだろう。お父さんはきっとひとりで抱えこみすぎだというだろうから。「あのろくでもないフィアンセが、イジーを自分のそばに置いておきたいんだって」

「なんて身勝手なやつなんだ！」

「わたしもそういった」

「さてと、もう時間も遅いし、そろそろ寝たほうがいい。モンゴメリーはいつ戻るんだ？」

「さあ。わたしが部屋にこもって作業しているあいだに、イジーが一日かけて新しい服を買ってきてくれたのよ」モンゴメリーに好印象を与えるための服だとイジーがいっていたことは黙っておいた。

「その請求書はおまえのお母さんに送るんだろうね」

「そのつもりよ。イジーとわたしとお母さんのアメックスは大の仲良しだから。三位《さんみ》一体ってやつ」

父はくっくっと笑った。「もうおまえに会いたくなったよ。じゃ、おやすみ。モンゴメリーと顔を合わせたら電話しなさい。どうなったか逐一報告するんだよ」

「大好きよ」アリックスはいった。

「わたしもだよ」父は返した。

4

「明日、発つことにした」ジャレッドは祖父のケイレブに告げた。夕暮れ時、ふたりはキングズリー・ハウスのキッチンにいた。ジャレッドは釣り旅行から戻ったところで、シャワーも着替えもまだだった。「この魚をおろして、明日の朝ディリスに届けたら、その足で島を出るよ」

「当初の計画では、夏のあいだはここに留まるつもりだっただろう？ ここで仕事をするといっていなかったか？」

「ああ、でもニューヨークでもできるから」ジャレッドはバケツのなかの魚を、流しの横の水切り板の上に空けた。

「誰かの家だったな？」

「ある映画スターがLAに建てる豪邸を設計してほしいと依頼されたんだ。結婚生活は二年と持たないだろうけど、そんなことはぼくの知ったことじゃないからね。この話、したと思ったけど」

「ニューヨークにいると設計デザイン以外の仕事が多すぎてなにも考えられなくなる、といっていたのはおぼえているぞ。ナンタケットで一年過ごしたい、ともいっていたな……根っこ《ルーツ》がどうとかって」

「原点《ルーツ》に立ち返りたいといったんだ、わかってるくせに」

「正確には〝必要がある〟だったと思うが。自分のいるべき場所を見つける必要がある。そうだな？　それともなにかの病にかかった私の勘違いか？」

「じいちゃんは病気になるには年を取りすぎているよ」ジャレッドは汚れていて、疲れていて、空腹で、怒っていた。そう、彼は夏じゅうずっとナンタケットにいるつもりだった。ところが、おばが彼の家を他人に貸してしまったのだ……彼女に。

「つまり、逃げだすわけだ」ケイレブはキッチンテーブルの脇に立ち、孫をにらみつけていた。「不慣れなアリックスを見捨てて」

「ぼくはある意味、彼女を守ろうとしているんだ。ぼくの人生がどんなかは、じいちゃんが誰よりもよく知っているだろう。彼女をああいう目に遭わせていいのか？　それに、島の外でのぼくのことは彼女に知られないほうがいい。建築学校の卒業生なら、たぶんぼくのことをヒーローみたいに思っているだろうから。ぼくはヒーローとは似ても似つかないのに」

「ようやく本音が聞けたな」ケイレブは静かにいった。

「なんだよ、サインを求められることを心配しているとでも思ったのか？　そんなのへっちゃらだよ」彼は歪んだ笑みを浮かべた。「なんなら体のどこかに書いてやってもいい。だけど、あの子はだめだ」魚をおろそうと立ちあがったが、そこで気が変わった。冷蔵庫のそばにある背の高いキャビネットに近づき、ラム・コークを作った。「ここにあったライムはどうしたんだ？」

「全部、私が食べた」ケイレブは孫をにらみつけた。

「じいちゃんが質問にまともに答えてくれたためしはないね」ジャレッドは酒を一気にあおり、二杯目をグラスに注ぐと、テーブルの前に座ってキッチンをぐるりと見まわした。

「ここを大改造して、大理石のカウンター・トップにすることを考えているのか？」

ジャレッドはあやうく酒にむせそうになった。「そんな罰当たりな言葉をどこで聞いたんだよ？」

「ある人がちらりといっていた。カエデ材のキャビネットに大理石のカウンター・トップと」

「やめてくれ！　吐き気がしてきた。このキッチンはこのままで完璧なんだ」

「この台所をしつらえたときのことはおぼえている」

「五世だったよね？」

「四世だ」ケイレブがいっているのは、一族の長男の名前の終わりにつく数字のことだ。一八〇七年に彼とヴァレンティーナのあいだに生まれた息子は、ジャレッド（ケイレブのミドルネーム)・モンゴメリー(ヴァレンティーナの名字)・キングズリー(ケイレブの名字)と名づけられた。息子にキングズリーの姓を与えるためにヴァレンティーナがやむなく取った手段のことを思うと、これだけの年月を経ても、ケイレブはいまだに胸が悪くなる。それでヴァレンティーナに敬意を表し、キングズリー家の長男は代々ジャレッド・モンゴメリー・キングズリーと命名することにしたのだ。そしてここにいる七世は、なかでもいちばんの頑固者だった。

「そりゃ、じいちゃんは誰がなにをしたか知ってるだろうさ」ジャレッドはいまも古いキッチンを見まわしていた。

「この場所のことを記憶に刻もうとしているのか?」

「ヴィクトリアの娘に黙っておかなきゃいけないあれやこれやを考えると、ここには戻ってこないほうがいいと思うんだ。少なくとも……」

「アリックスがここにいるあいだは?」ケイレブの声にこめられた非難の響きは聞き間違いようがなかった。

「いいかげんにしてくれ！　ぼくは教師じゃない。なりたいと思ったこともない」

「おまえにも教師はいただろうが」

「それをいうなら、彼女にだっている！」ジャレッドはうめいた。「いいか、ぼくだってここ数日、とくと考えたんだ。建築学校の学生たちの期待にぼくは応えられない。彼らはぼくを知識の泉だと思っているが、ぼくはそんな立派なものじゃない。明日ディリスに、あの子をレクシーとトビーに紹介してやってくれと頼むつもりだ。きっと気が合うはずだ。一緒にランチをしたり、買いものに出かけたり。楽しくやれるよ」

「つまり母親代わりのディリスと、同世代のレクシーにあの子の世話を押しつけて、おまえはこそこそ逃げだすわけだ」

その誹《そし》りにジャレッドの顔は一瞬、朱色に染まったが、すぐに口元をゆるめた。「そう。ぼくは臆病な腰抜け野郎だからね。T定規を持った女の子が怖くてたまらない。ま、彼女はおそらくT定規がなにかも知らないだろうけど。最新式のCADシステムにはくわしくてもね。使うのはすべてハイテクな最新システムで、たぶん十二の屋根と二十のドアと十六種類の窓がセットになった建築キットを持ってる。で、カッターで切り抜いた各パーツを組みあわせて建物を作るんだ」

ケイレブは目に怒りをたぎらせた。「ああ、きっとそうだろう。おまえのいうとおりだ。あの子には会わんでいい。尻尾《しっぽ》を巻いて、とっとと失《う》せろ」そうひと言だけいうと消えてしまった。

どうやら祖父を怒らせてしまったようだが、それは今日にはじまったことではなかった。ジャレッドが十二歳のころからずっとだ。

魚の下処理をしなくてはいけないとわかっているのに、テーブルの前に座ったまま、部屋の反対側にある古いガス台に目をやった。どこかの建築学校の学生が考えだす、スタイリッシュで斬新なキッチンのデザインなら容易に想像がつく。オーブンが三つ、五徳が八口ある〈ウルフ社〉のガスレンジ。壁をぶち抜き、〈サブゼロ社〉の大型冷蔵庫を入れる。磁器製の汚れ止めパネルと長い水切り板がある流し台を撤去し、醜悪きわまるステンレスのシンクを設置する。

だめだ、そんなことをしてはいけない理由を、いちいち説明しなくてはならないなんて耐えられない。ぼくには無理――。

「あの」

振り返ると、戸口のところにきれいな女性が立っていた。ジーンズにチェックのシャツを着て、長い髪は顔にかからないように肩のうしろに流してある。緑がかった青い大きな瞳に長く濃いまつげ、とんでもなくゴージャスな唇。

「話し声がしているとは思ったんですけど、通りのほうから聞こえるんだろうとあまり気にしていなかったんです。でもそのうちに壁の絵が落ちたり、暖炉のなかの灰が崩れたりしはじめて、それでつい顔をあげたら――」アリックスは息継ぎをするために言葉を切った。落ち着いて。そう自分にいい聞かせる。彼だわ。彼……それ以外の呼びかたは思いつかない。

ただし、大文字のHではじまる、世界でただひとりの〝彼〟。

その彼は、幽霊でも見るような顔でアリックスを見ていた。まるでわたしが幻かなにかみたいに。

気をつけていないと、口から言葉があふれだしそうだった。あなたのデザインが大好きです。建築界での業績にも感服しています。いまはどんな仕事に取り組んでいるんですか。なにかアドバイスをいただけませんか。わたしが設計した礼拝堂の模型を見てはもらえませんか。お願いします、お願いします、お願いします。

そうした言葉をすべてのみこみながらも心臓は高鳴っていた。「アリックス・マドスンです。ここに……しばらく滞在する予定の。たぶんご存じですよね。あなたがミスター・キングズリーですか？　家のどこかに修理が必要なときはあなたに頼むようにといわれました」

ここは自分から名乗らせるほうがいいだろうと思ったのだ。

ジャレッドは、小柄だがやわらかな曲線を描く彼女の体を気に入った。「ああ、修理はできる」

ほかになにをいえばいい？　アリックスは言葉をさがしあぐねた。彼はテーブルについたまま、長い脚を前に投げだしている。着ている服は、数日前にフィッシングボートのデッキで見たものと同じだった。汚れていて、魚くさかった。そのうえあごひげはもじゃもじゃで、髪は伸び放題なのに、怖いくらいにすてきに見えた。というか、威嚇するようににらみつけてくる顔は実際ちょっと怖いんだけど、たぶんそれはわたしが到着していることを知らなかったせいよ。彼の下唇にどうしても目がいってしまった。記憶のままだった。夢のなかに出てきたまま。詩にうたったまま。

無理やり視線を引きはがすと、水切り板の上にシマスズキが山のようにのっているのが見えた。「釣りをしてきたんですね」

「これからおろすところだったんだ。ここの流しはゲストハウスのより大きいから。誰かいるとわかっていたら遠慮したんだが」

「友人のイジーと予定より早くくることにしたんです。イジーは今朝帰りましたけど」彼の熱い視線にどきどきして、じっとしていられなかった。キッチンを横切るときも見られているのを感じていた。なにも考えずに抽斗の三段目を開け、ステンレスメッシュの手袋と、薄刃がよくしなる年季の入った長包丁を取りだした。「手伝ってもいいですか?」

「ご自由に」彼女が手袋と包丁のありかを知っていたことに驚いた。「どうやら家じゅうを徹底的に見てまわったようだね」

手袋をした左手で魚の頭を押さえ、中骨に当たるまで刃を入れた。「そうでもないです。わたし、建築学校を卒業したばかりで、ここに着いてからはほとんど制作に没頭していたものですから」そこでいったん言葉を切り、彼がなにかいうのを待った。できれば自分が誰か告げるのを。ところが彼は黙ったままだった。「とにかく、家じゅうを見てまわる時間はありませんでした」

「だが、キッチンは見た」

「ええ」彼がなにをいおうとしているのかわからなかった。魚の腹に手を添え、頭から尾に向かって包丁を入れる。

ジャレッドが椅子から腰をあげ、水切り板の横に立ったとき、彼女は魚の上下を返して背側から包丁を入れているところだった。中骨から身をはがし、最後に尾の付け根を切り離す。あと何度か素早く包丁を入れると、きれいな三枚おろしが完成した。

ジャレッドは流しに寄りかかった。「誰に教わった？」

「父です。釣りが大好きで。よく連れていってもらいました」

「お父さんは釣りがうまかった？」

「凄腕です」アリックスは次のシマスズキに手を伸ばした。

「なにか飲むかい？」

「いいですね」口ではそういいつつも、アリックスは内心、小躍りしていた。ジャレッド・モンゴメリーが飲みものを作っている。このわたしに。これって履歴書に書いちゃだめかな？

「悪いが、女性向けの甘ったるいカクテルの作りかたは知らないんだ」

見下すようなその口調に、高揚感が一気にしぼんだ。思わず眉間《みけん》にしわが寄り、彼に背中を向けていてよかったと思った。「かまいません。ナンタケットに着いたら、ラム以外のお酒は飲みたいと思わなくなってしまったので。ラム・コークにライムをたっぷり搾ってもらえますか」

今度はジャレッドが眉根を寄せる番だった。それは彼の飲みかただった。あるいは、ストレートでちびちびやるのが。そして、おばのアディがもっとも好む飲みかたでもあった。キングズリー家の人間はみな、男女を問わず、ラム酒を好んだ。

「それで、お仕事はなにを？」アリックスはそれとなく尋ね、息を詰めた。彼は自分の職業についてどんな説明をするかしら。

「建築関係だ」

「そうなの？」声が一オクターブあがってしまった。あわてて元に戻す。「自分で設計して建てるんですか？」

「いや。そんな立派なもんじゃない。ピックアップで近所を走りまわって、簡単な工事を請け負っているだけだ」

アリックスは魚をおろす手を止めた。どうやら彼はわたしに正体を明かすつもりはないらしい。だからって、ここまで徹底的に嘘をつく必要がある？　建築学校に彼のことを知らない学生がいると本気で思っているの？　彼の顔を知らない学生がいると？　彼ってそこまでおめでたい人なの？　いやいや、たぶん謙遜しているだけよ。「仕事はナンタケットでしているんですか？」

「ときどきは。だが会社があるのは島外だ」

「そうなんですか」ニューヨークにある彼の設計事務所が入ったビルのロビーに、アリックスは入ったことがある。警備員に止められてエレベーターに乗ることはできなかったけれど、ビルの案内板に書かれた彼の名前を指でなぞってきた。

「ああ。で、仕事で呼び戻されたんで、明日の朝ここを発つことにした。たぶん、しばらく戻ってこられない……」

「わたしがここにいるあいだは、ですか?」

彼は素早くうなずいた。

「わかりました」残念でたまらないけれど、よーくわかった。〝ミスター・キングズリー〟はひと夏じゅう島にいると聞いていたのに、どうやらここを離れることに決めたらしい。でもどうして?　本当に仕事で呼び戻されたの?　それとも、建築学校の卒業生のそばにいたくないからだろうか?　ひょっとして、自分の話を得意げにするのがいやなのかも。こちらからきっかけを与えてやれば、しゃべってくれるかもしれない。

「わたしの父は建築家で、いろいろなものを建てているんですよ。あなたはいまなにを作っているんですか?」コーラの缶のプルトップを開ける音がした。

「つまらないものだ」

「誰が設計した建物ですか?」

「名前をいったところで誰も知らないよ」

「建築に関わっているわたしなら知っているかも」

「たぶんどこかの雑誌から引っ張ってきたデザインだろう。はい、きみの飲みものだ。代わろう」

「ええ」アリックスが手袋をはずして彼に渡し、差しだされた飲みものを受け取ったとき、ふたりの目が合った。なんて嘘つきなの、と彼女は思った。

なんて美人なんだ、と彼は思った。

アリックスはキッチンテーブルの椅子に腰かけて、彼が魚をおろすところを見ていた。奇妙なこともあるものね、わたしが父に教わったのとまったく同じやりかたで捌《さば》いている。寸分違《たが》わず。長く気詰まりな沈黙が落ちた。ゲストハウスのオフィスで見た小さな建物のことに話を持っていったら、少しは会話が弾むかも。「ナンタケットは美しいところですね」

「ああ」

「あなたがここにいられなくて残念です。わたし、この島の住宅をもっとたくさん見たいと思って。いえ、建物ならなんでも好きなんですけど。あ、例外もありますよ。コンクリートブロックの建物とか。とにかく、メイン通りで見た建物には息をのみました。たぶん物置小屋だと思うんですけど、白塗りの八角形で緑の丸天井がついた小屋がふたつ、ガーデンベンチでつながっているんです。ものすごく独創的」

ジャレッドはなにもいわなかった。ツアーガイドを引き受けるつもりはさらさらない。そんなことをしたら、すぐに職業がばれて、彼女はたちまち質問の鬼と化して、ぼくの頭をおかしくさせるだろう。「ラム・コークのお味は？　少し濃すぎたかな？」

「いえ、あなたがラムを入れ忘れたんじゃないかと思っていたところです」

「それは――」驚きのあまり、ジャレッドは言葉を失った。

「はい？」

「それは、おばがよくいっていた口癖なんだ」

「まあ。ごめんなさい。そうとは知らずに。思いだすとつらいでしょうね」アリックスは躊躇した。「いい人でしたもの」

「おばのことをおぼえているのか？」

アリックスはその質問に意表をつかれ、どう答えたものか迷った。「ここにいたとき、わたしは四歳だったんですよ。そんな小さなときのこと、あなたはおぼえてます？」

幸せな家族だったよ、とジャレッドは思った。父親はまだ生きていた。母親も。あのころのぼくらはなんの不安もなく生活していた。「この家のことはおぼえている。アディおばさんがここにいたこともね」

彼の目元がふっとやわらぐのを見て、アリックスは本当のことをいってしまいたくなった。

「おばさまは居間に座って手芸のようなものをしてらした？」

彼の顔から、たったいま酸っぱいものを食べてしまったという表情が初めて消えた。「刺繍をしていた。額に入れて、この家のあちこちに飾ってある」

「それに表側の客間で女の人たちとお茶をしてた。アイシングの黄色いバラがのったプチフールをおぼえてます」

「うん」ジャレッドはほほえんだ。「おばは黄色いバラが大好きだった」

「おばさまが亡くなられて寂しいでしょうね」アリックスは静かな声でいった。

「ああ。亡くなるまでの三カ月を一緒に過ごしたんだ。すばらしい女性だった」彼はちらりと彼女を見た。「魚をおろせるのはわかったが、料理のしかたは知っている？」

「プロ級の腕前だとはとてもいえないけれど、魚のフライならできます。それに、コーンミールの揚げもの《ハッシュパピー》も」

「入れるのはビール、それとも牛乳？」

「ビール」

「生地にカイエンヌペッパーは？」

「当然入れます」

「ここのキッチンに食材はほとんど置いていないんだが、ゲストハウスのほうにタマネギとコーンミールがある」

　彼はわたしを夕食に誘っているんだ、とアリックスは気づいた。「取ってきてもらえれば、わたしが……」彼女は肩をすくめた。

「いいね」

彼が勝手口から出ていくと同時に、アリックスは二階の寝室へ駆けあがった。スーツケースは届いていたが、まだ荷物を解いていなかった。イジーが買ってきてくれた服は、袋に入れたまま床に置いてある。だけど、着替えるのはやりすぎだ。見え見えだし、あまりに前のめり。

バスルームに駆けこみ、マスカラを軽めにつけてリップを薄く引いた。どうして顔がこんなにテカテカしてるのよ？　母親にもらったかわいいコンパクトをひらき、パウダーで肌のてかりを抑えた。

キッチンへ戻ったちょうどそのとき勝手口のドアが開いた。目と目が合ったけれど、アリックスはすっと視線をそらした。胸がときめいた。早すぎるわ、そう自分を叱りつけた。エリックと別れたばかりだし、この有名人とは会ったばかりなのよ。なにもかも早すぎる。

彼が持ってきた紙袋には、アリックスが父から教わったハッシュパピーのレシピに必要なものがそっくり入っていた。キッチンにこんな材料が置いてあるなんて珍しい。ベーキングパウダー入りのコーンミールや小麦粉は、独身男性のキッチンでふつうは見つからない。

アリックスはなにも考えずにキャビネットから大きな磁器のボウルを出し、抽斗を開けて木のスプーンを取った。

「四歳のときのことをおぼえていないというわりに、どこになにがあるかは知っているみたいだな」

「そうなんです」アリックスは答えた。「イジーに気味が悪いといわれたから黙っていたんですけど」

「ぼくはちょっとやそっとのことじゃびびらないよ」彼が卵を渡してきた。

「ほんとに？　ホラー映画は？　幽霊話は？」

「ホラー映画、とくにチェーンソーが出てくるやつは、腰が抜けて悲鳴をあげてしまうけど、幽霊話を聞くと笑いたくなる」

アリックスは深めのソースパンに油を注いだ。「笑う？　幽霊を信じていないんですか？」

「鎖をがちゃがちゃいわせるようなやつじゃない本物の幽霊なら信じている。それより、なにをおぼえているのか教えてくれないか。場所は？　ものは？　人は？」ジャレッドは生地を混ぜる彼女をじっと観察していた。

「どれも少しずつ、って感じかな。このキッチンのことはよくおぼえてます。いつもあそこに座っていたような――」ボウルをおろし、テーブルの奥の作りつけの腰掛けのところへ向かった。腰掛けの下はストッカーになっていて、アリックスはそこを開けた。なかにははぎ取り式の分厚いスケッチブックと、古い葉巻入れがあった。葉巻入れにはクレヨンが詰まっているはずだ。アリックスがスケッチブックの表紙をひらくと、彼が肩ごしにのぞいてきた。

そこにはアリックスが子どものころに描いた絵が残っていた――どれも建物の絵だった。

家、納屋、風車、バラを絡ませたあずまや、ガーデニングの作業小屋。

「わたし、ちっとも変わっていないみたいね」アリックスは振り返ったが、彼はすでに背を向けて離れていくところだった。建築学校の卒業生ごときと関わるつもりはないことを念押しするように。

あなたが誰か知っているのよ、といってやりたい気もしたが、そうすることで彼をいい気にさせるのはごめんだという気持ちのほうが大きかった。自分は無名の人間だと思いたいのなら、どうぞご勝手に。アリックスはコンロのところへ戻った。

「人でおぼえているのは？」彼は熱したフライパンに切り身を置きながら、アリックスのほうは見ずにいった。ふたりはごく近くに立っていた。体が触れるほどではなかったけれど、アリックスは彼の体温を感じた。

「おもに、ひとりのおばあさんのこと。彼女がミス・キングズリーなんでしょうね。島にきて日が経つにつれ、記憶が戻ってきている気がするんです。彼女とふたりで砂浜を歩いて貝殻を拾ったこととか。彼女のことをアディおばさんと呼んでいたということはあるかしら？」

「あるだろうね。親類の子どもたちはみんなそう呼んでいたから。ぼくも含めて。ほかに誰かきみのそばにいなかった？　砂浜でじゃなく、この家のなかで」

アリックスはソースパンに手をかざして油が熱くなったことを確かめると、ハッシュパピーの生地をスプーンですくって落としていった。「たまに……」

「たまに？」

「男の人の笑い声が聞こえていたのをおぼえている。とても低い笑い声で、わたしはその声が好きだった」

「ほかには？」

「ごめんなさい、ミスター・キングズリー。でも、おぼえているのはそれだけです」アリックスは彼の顔をちらりと見あげて、ファーストネームで呼んでいいかと目で尋ねたが、彼はなんの反応も示さなかった。「あなたはどう？」

「いや」彼はわれに返ったようにいった。「ぼくの笑い声はガラスが割れるほど甲高いからね。まるで違うよ」

自分を卑下するそのいいかたにアリックスは頬をゆるめた。「そうじゃなくて、あなたは誰をおぼえているのかな、と思って。あなたはナンタケットで育ったの？」

「ああ、この屋敷ではないけどね」

「わたしの一年間が終わったら、ここは誰のものになるんですか？」

「ぼくのだ。代々、キングズリー家の長男が受け継ぐことに、ほぼ決まっているんだ」

「じゃ、わたしはあなたから遺産を取りあげてしまったんですね」

「先送りにしただけだ。もう揚がったかい？」

「ええ」アリックスはハッシュパピーを鍋からあげ、ペーパータオルで油を切った。

「皿はどれにする？」

「野の花模様のがいいわ」思わずそういってから、驚いたように彼を見た。「ここにくる前、島にいたときのことはなにもおぼえていないとイジーにいったんです。だけど、どうやら食器の柄までおぼえていたみたい」

彼がキャビネットのいちばん上の棚から取りだしたのは、たしかにアリックスのお気に入りの皿だった。

「もしかすると、ここのことを忘れてしまうようななにかがその後にあったのかもしれないな」

「ありえますね。両親が離婚したのが、ちょうどそのころなんです。それが幼少期のトラウマになったのかも。わたしは昔から父ととても仲がよかったんです。ふたりで世界じゅうを旅して、偉大な建築物を見てまわったり。あなたは――」

「サラダが食べたければ、その袋のなかに野菜がある」

怒りに顔が赤らむのがわかり、アリックスはそっぽを向かなければならなかった。〝オーケイ、あなたは有名な建築家で、わたしは取るに足りない建築家のたまご。ちゃんとわかっていますから、くりかえし教えてくれなくて結構よ〟彼にそういってやりたかった。彼女はリカー・キャビネットのところへ行き、扉の裏側に貼ってあるドリンクレシピのひとつをせっせと作りはじめた。彼のお酒の好みなど訊く気にもなれなかった。

ジャレッドはテーブルに置いた皿にハッシュパピーを盛り、サラダをボウルに空けて、ボトル入りのドレッシングを並べた。それから席につき、リカー・キャビネットの前でフルーティーなドリンクを作っているアリックスを見つめた。ジャレッドは彼女が気に入った。魚をおろすのを手伝うと自分からいいだしたところがよかった。ハッシュパピーの生地をかき混ぜる、慣れた手つきがよかった。ラムの飲みかたも気に入った。くすくす笑うことも、べたべたしてくることもない。すべてにおいてまっすぐで、一緒にいて楽しかった。

なにより、自分がこれほど彼女に惹きつけられていることが好ましかった。これは意外だった。ジャレッドの記憶にある彼女は、居間のラグにぺたりと座り、彼の祖先の船乗りたちが世界各地から持ち帰った品々を真剣な顔で積みあげている小さな女の子だった。

その品々がどれほど貴重なものか、当時のジャレッドは気づいていなかった。彼にとっては、物心ついたときから身近にあったものだったから。何十年も前のあの日、ナンタケット歴史協会《NHS》の会長に就任したばかりの若きハントリー博士が、初めてアディを訪ねてきたとき、床に座っている小さなアリックスを見て卒倒しかけたことはいまでもおぼえている。

「その子がおもちゃにしているのは……」呼吸を整えるのに、ハントリー博士は腰をおろさなくてはならなかった。「その燭台《しょくだい》は、十九世紀初期のものです」

「たぶんそれより前のものね」アディおばさんは落ち着き払っていた。「キングズリー一族はこの屋敷を建てる前からナンタケットに住んでいたし、そのころから蠟燭を使っていたのは間違いないでしょうからね」

　歴史協会の会長はまだ青い顔をしていた。「そんな貴重なもので遊ばせてはいけません。もしも壊したら――」

　アディおばさんは彼を見てにっこりしただけだった。

「あなたはどこに住んでいたんですか？」アリックスがお酒の入ったグラスをふたつ、テーブルに置いた。

「なに？　ああ、ごめん。ちょっとぼんやりしていた。母とぼくが住んでいたのはマダケットだ。ビーチの近くの」

「詮索するつもりはないんですけど、どうしてキングズリー・ハウスに住んでいなかったんですか？」

　ジャレッドは小さく笑った。「アディおばさんがまだ若い娘だったころ、結婚することになっていた男性が不名誉な状況にいるところを見てしまったんだ。つまり、ズボンをおろして乱痴気騒ぎをしているところをね。父から聞いた話によると、アディおばさんはその一件で父親の同情を買って、キングズリー・ハウスを弟ではなく自分に遺《のこ》すよう遺言を書き換えさせたんだそうだ。父親はいずれ正気を取り戻して遺言の内容を元に戻すだろう、と誰もが考えていたが、事故で若くして死んでしまった。それでこの家はアディおばさんの弟ではなく彼女のものになったんだ」

「ご家族はそのことに腹を立てた？」

「いや。むしろほっとしたそうだ。弟が譲り受けていたら、たぶん売っていただろうからね。金遣いが荒い男で、この家になんの関心も持っていなかった。屋根が崩れ落ちてもそのままにしていただろう」彼女に話すつもりはなかったが、すべてはケイレブがアディと組んで企てたことだった。ふたりのおかげで、キングズリー・ハウスは今日《こんにち》まで一族のものでありつづけられたのだ。

「じゃ、これでようやくこの家は、屋根の修理が得意な長男の手に戻るわけですね」

「そうだといいんだけどね」ジャレッドはそういって笑った。

誇らしげなその目を見て、アリックスは、屋敷の譲渡が丸一年延期されると聞いたときの彼の気持ちを思った。「あなたが育ったところは都会？」

「きみが考えているようなものではないよ。マダケットは町というより、場所という感じだ。でもレストランは一軒あるし、ショッピングモールももちろんある」

「ショッピングモール？　どんな店が入っているんですか？」

彼はにやりとした。「一般には掃き溜《だ》めモールと呼ばれているが。大きなディスカウントストアがある、それと……」肩をすくめた。「まあ、ナンタケットだからね」

ふたりはしばらく無言で食事をつづけ、アリックスは知りあいのいない場所にひとりきりで取り残されることについて考えはじめた。「島の結婚式場はどんな感じですか?」

ジャレッドは口へ運ぼうとしていたフォークを途中で止めた。「結婚の予定があるのか?」

「わたしじゃなくて友人が。それで……」声がすぼまり、アリックスは決まりの悪さに赤面した。

「どうかしたのか?」

「その友人にここの庭で式を挙げればいいといってしまったんです。あんなこと、いうんじゃなかった。ここはあなたの家で、わたしの家じゃないのに。出すぎたことをしました」

ジャレッドはハッシュパピーにまたかじりついた。「うまい」問いかけるような目を彼に向け、答えを待っているアリックスを見ているのは、なかなか楽しかった。「ここで式を挙げてかまわないよ。この家には音楽と笑い声が必要だ」

アリックスがあまりにもあたたかな笑みを投げてよこしたので、ジャレッドはお礼のキスを期待するように彼女のほうに頭を傾けた。ところが、彼女はふっと顔をそらした。

ジャレッドは体を引いた。「庭の手入れをするようジョシュたちに頼んでおく」

「その人たちは庭師ですか? 芝を刈って熊手で集めて、といったことを全部自分でやらなきゃいけないのかと心配していたんです。できないわけじゃないけど、得意だともいえないから。それにこの夏は制作に当てたいと思っていたので」なにを作るつもりなのかという儀礼的な質問をされるのを待ったが、彼はなにもいわなかった。

もうたくさん。だしぬけにアリックスは思った。彼は明らかに、わたしとは土地や建築物への愛を分かちあうことはできないと考えている。この人から見たらわたしは本当の職業を明かすだけの価値もない人間なのだ。

彼が肉体的にわたしに惹かれているのはわかっていた――女は、そういうことにはつねにぴんとくるのだ。でも、いくらセクシーだろうと、もはや彼に興味はない。わたしは偉大なるジャレッド・モンゴメリーがものにした女のひとりになりたいわけじゃない。下唇がなによ。わたしがほしいのはひとりの人間としての男性だ。体の一部分だけじゃなしに。

彼女は立ちあがった。「ごめんなさい、後片づけをお願いしてもいいですか？　ひどく疲れてしまったので、もう休みます。二度とお会いすることはないかもしれませんね。夕食をごちそうさまでした、ミスター・キングズリー」当てつけるようにその名を口にした。

ジャレッドが席を立ち、握手をするか頬にキスするかというそぶりを見せたが、アリックスはくるりと背中を向けて部屋を出ていった。

ジャレッドはその場に立ったまま、しばらく彼女を見送っていた。まさかとは思うけれど、どうやら怒らせてしまったらしい。なにがいけなかったんだ？　おばのことを尋ねただけなのに。さっぱりわけがわからない。

椅子に腰を落とし、アリックスが作ったラムとパイナップルジュースのカクテルを取りあげた。彼の好みではないものの、大おばを思いださせる味だった。自分のグラスに年代物のラムを注ぎ、舐《な》めるように飲みながら、祖父がいまにも部屋にあらわれて大声で怒鳴りつけてくるのではないかと思ったが、そこにあるのは静けさだけだった。アリックス・マドスンが予定より早く到着して、この屋敷にいることをジャレッドに黙っていたのは、いかにもじいちゃんらしかった――それに、彼女がここで〝制作に当たって〟いることも。魔法の杖でもなければふつうの人間には建てられないような、奇妙奇天烈な建物をデザインしているのだろうか？

椅子にもたれ、ラムをちびちびやりながら、ハッシュパピーの残りを食べた。これまででいちばんうまいハッシュパピーだった。

アディおばさんが溺愛していたアリックスに惹かれるなんて愚の骨頂だというのはわかっていた。アリックスが初めてここにやってきたとき、彼女は四つでジャレッドは十四歳だった。居間の床に座って建物を作るのが好きな、かわいらしい女の子だった。その子どもが鯨の歯や骨を使った貴重な彫りものや中国の骨董の茶筒、日本の根付けなどを積みあげて遊んでいるのを見て、歴史協会の会長が気を失いかけたあの日、ジャレッドは家に帰ると屋根裏部屋をひっくり返して、レゴブロックが入った古びた箱を見つけだした。母さんはブロックを食器洗い機にかけるといって聞かなかった。あなたが小さな女の子のためにこんなやさしいことをするなんて、とひどく喜んでいたのをおぼえている。なにせ、当時のジャレッドは理想的な息子にはほど遠かったからだ。父親のジャレッド六世が死んだのが二年前で、ジャレッドはまだそのことに激しい怒りをおぼえていた。ブロックはあなたが自分で持っていきなさい、と母はいった。

レゴブロックを見たことがなかったアリックスは、それがなにかわからなかった。ジャレッドは床に腰をおろし、使いかたを教えてやった。アリックスは大喜びし、ジャレッドが帰ろうとすると彼の首に抱きついてきた。ソファに座り、かわいいアリックスを見守っていたアディおばさんは、そんな様子を見るとこういった。「ジャレッド、あなたはいつかすばらしい父親になるわね」

部屋のうしろのほうで浮かんでいた祖父ケイレブが鼻を鳴らした。「だが、ろくでもない亭主になる」そのころの祖父は、ジャレッドが刑務所で一生を送ることになると信じていたのだ。だがおばが近くにいるときジャレッドは、父のいいつけどおりに、祖父の声が聞こえないふりをしていた。

ところが、すべて聞こえていたアリックスは、ひどく真剣な顔でジャレッドを見あげて「あたしがお嫁さんになってあげる」といった。ジャレッドは顔を真っ赤にしてあたふたと立ちあがり、ケイレブは大笑いした。

その後、アリックスがレゴで作った複雑な建物を見て、ジャレッドはすっかり感心してしまった。四歳のときのおまえが作っていたものとは雲泥の差だ、とケイレブはいった。アリックスはプレゼントのお礼にと、アディおばさんの庭で摘んだ花束を彼にくれた。その夜、ジャレッドは仲間と出かけ、酒に酔って、留置所で一晩明かした。当時、それは別段珍しいことではなかったが、小さなアリックスを見たのはそれが最後になった。初めて書いた小説の出版が決まるとすぐ、ヴィクトリアは娘とともにナンタケットを離れ、二度と島に連れてくることはなかった。

ジャレッドの意識が現在に戻った。やっぱり島を離れたほうがよさそうだ。ディリスにアリックスのことを話して、いとこのレクシーとその同居人のトビーに紹介してもらおう。そうすればアリックスは一週間もしないうちに、夏のイベントが目白押しのナンタケットでの生活を満喫しているだろう。そしてジャレッドはニューヨークに戻り、そこでなにかを作るのだ。なにか知らないが。それに、いまはちょうど誰ともつきあっていないから、どこかで……。

ちくしょう！　アリックスの瞳が、口が、体が、頭から離れない。

これはまずい。アリックス・マドスンは世間知らずで初心《うぶ》な女の子だ。手を出してはいけない。そう、できるだけ早く島を離れたほうがいい。

5

アリックスはベッドに横になり、サイドテーブルの抽斗のなかで見つけたミステリー小説に集中しようとしたが、文字がにじんで見えた。ジャレッド・モンゴメリーのことしか考えられなかった。それともジャレッド・キングズリー？　名前を含めた彼のすべてが嘘のように思えた。

どうしてあんな嘘をつく必要があるのだろう。キッチンでのやりとりをひとつずつ思い返してみると、彼がアリックスのほのめかしをうまくかわしていたのがわかる。わたしの質問に答えたくないなら、そういえばいいじゃないの。わざわざ嘘をつかなくても——。

携帯電話が鳴りだし、彼女の思考をさえぎった。父からだった。ああもう、ゲストハウスにモンゴメリーが滞在していることをどうして話しちゃったんだろう？

大きく息を吸いこみ、笑顔を作った。「お父さん！」明るい声でいう。「元気？」

「なにがあった？」

「なにがって、なにもないわよ。どうしてそんなことを訊くの？」

「おまえとはおまえが生まれたときからのつきあいだからね、無理に明るくしていることぐらいわかる。どうしたんだ？」

「大したことじゃないの。イジーの結婚式のこと。イジーのお母さんと義理のお母さんの両方がイジーに悲しい思いをさせていたものだから、結婚式はここでしようといっちゃったの。だけどわたしになにができる？　結婚式のことなんかなんにも知らないのに」

「おまえにはチャレンジ精神があるから、かならずうまくやれるよ。それで、おまえを悩ませている本当の原因はなんなんだ？」

「だから、原因はそれ。人の結婚式の計画を立てるなんてわたしには無理だから、島に滞在するのはやめて家に帰ろうかと思うの。わたしはイジーのメイド・オブ・オナーだから、ウェディングケーキや花を選ぶ手伝いをしなくちゃいけないし。それとも、しばらくお父さんのところへ行こうかな。行ってもいい？」

父が答えるまでに短い間があった。「モンゴメリーだな？　彼が顔を出したのか？」

目に涙がこみあげるのがわかったが、父にそれを知らせるつもりはなかった。「ええ。夕ごはんを一緒に食べた。彼、お父さんとまったく同じやりかたで魚をおろすのよ」

「あなたのファンです、とおまえが伝えたら、彼はなんといっていた？」

「なんにも」

「アリックス、なにもいわないはずないだろう。なんといったんだ？」

「彼がなにもいわなかったのは、わたしがそのことに触れなかったから。彼は他人のふりをしていたの」

「最初から話しなさい。なにひとつ省かずに」

アリックスはできるかぎり簡潔に話して聞かせた。「彼からしたらわたしはゴミみたいな存在なのよ。もしそれが理由で自分のことを話さなかったのならね。だけど、彼が嘘に嘘を重ねていくのを聞いているのは、なんだか……なんだか……」

「卑劣きわまりない」父が怒っているのは声を聞けばわかった。

「いいのよ、お父さん。彼は大物だし、そのへんの建築家のたまごに自分はあのジャレッド・モンゴメリーだといいたくなかった理由もわかるの。わたしが彼の指輪にキスするとか、追っかけの女の子がやるようなことをするんじゃないかと心配していたのかも。正直いうと、たぶんやってたと思うし。まあ、もうどうでもいいことよ。彼は朝には島を発って、わたしがここにいるあいだは戻ってこないそうだから」

「それはつまり、おまえはその大きな屋敷にたったひとりで住むということか？　丸一年も？　しかも島に知りあいはひとりもいないのに、友人の結婚式をそこでやると約束した。いったいどうするつもりだ？」

「もう。元気づけるはずのお父さんが、さらに落ちこませてどうするのよ？」

「私は現実に目を向けているだけだ」

「わたしもよ。だから本土へ戻ったほうがいいと考えているのよ。それにこの家はミスター・キングズリーのもので、彼は返してほしがってる。大きな流しを使いたいだけだとしてもね」

「ミスター・キングズリーというのは何者だ？」

「ジャレッド・モンゴメリーよ」

「ミスター・キングズリーと呼ぶようにと彼がいったのか？」父は愕然《がくぜん》としていた。

「違う。弁護士がそう呼んでいたの。もっとも、わたしがそう呼んでも、彼は訂正しなかったけどね」

「あの鼻持ちならない小僧っ子が！」父は奥歯をぎりぎりいわせた。「いいか、ハニー。私はこれからちょっとやることがある。また電話するから、それまでは島を離れないと約束してくれ」

「わかった。だけど、なにをするつもり？　まさか、彼のオフィスに電話するつもりじゃないよね？」

「いや、彼のオフィスには電話しない」

「お願いだから、お父さんに話すんじゃなかったと思わせるようなことはしないで。ジャレッド・モンゴメリーは重要人物なのよ。建築業界の成層圏にいる人なの。取るに足りない一介の卒業生と関わりを持ちたくないと思うのは当然よ。彼は――」

「アリクサンドラ、月並みな台詞かもしれないが、建築の才能では、あの男はおまえの足下にも及ばないよ」

「そういってくれるのはうれしいけど、そんなことないよ。だって、彼はいまのわたしと同じ年で——」

「彼がおまえの年まで生きていられたのは奇跡だ。じゃ、アリックス、こうしよう。彼が分別を取り戻すまでに二十四時間の猶予をやる。明日のこの時間になっても彼がなんら変わらず、おまえの気持ちが傷ついたままなら、そのときはお父さんが迎えにいく。それにイジーの結婚式のことでも力になる。それでどうだ？」

わたしはもう一人前のおとなで、だから自分の面倒は自分でみられる、といおうかと思ったけれど、いったところで効果がないのはわかっていた。「そんな賭けをしちゃって、負けても知らないから」アリックスは楽しげな声を出そうとした。あのジャレッド・モンゴメリーが変わるなんてことがあるはずない。

「よし！　じゃ、明日のこの時間にまた電話する。愛しているよ」

「わたしも」アリックスは電話を切った。イジーに電話して、結婚式の場所に変更があるといいそうになったが、やめておいた。

製図台におおいかぶさるようにして、カリフォルニアに建てる邸宅の五十枚目かの見取り図を描いていたとき、ジャレッドの携帯電話が音をたてた。私用の携帯の番号を知っている人間はごくわずかしかいないから、ここにかかってくる電話にはかならず出ることにしていた。

出てすぐに、怒り心頭に発したケネス・マドスンの声だとわかった。

「私がきみに会ったとき、きみは十四歳の非行少年だった。町の留置所にしょっちゅう出たり入ったりしていたから、きみが朝食になにを頼むか看守はそらでいえるほどだった。かわいそうにきみの母親は六種類もの薬を飲んでいた。きみのせいで頭がおかしくなりそうだったからだ。そうだな？　私はなにか間違ったことをいっているか？」

「いいえ、そのとおりです」

「では、きみを更生させたのは誰だ？　毎朝きみをベッドから引きずりだし、トラックに押しこんで、仕事をさせたのは？」

「あなたです」ジャレッドはおとなしく答えた。

「悪ガキのなかに建築家としての才能が眠っていることを見いだしたのは？」

「あなたです」

「ばか高いきみの学費を出してやったのは？」

「あなたとヴィクトリアです」

「そうだ！　アリックスの父親と母親だ。それなのにきみは私たちの娘を泣かしたのか？

それがきみの恩返しなのか？」

「彼女を泣かせるようなまねをしたおぼえはありません」正直にいった。

「おぼえはないだと？」ケンは息を吸いこんだ。「きみは私の娘をばかだと思っているのか？　そういうことなのか？」

「いいえ、そんなことは思っていません」

「娘はきみが誰か知っている。島に着いたその日にきみを見て、すぐにわかったんだ。頭にくることに、娘にとってきみはヒーローみたいなものなんだ」

「ああ、そんな。知らなかった。ぼくはてっきり……」

「てっきり、なんだ？」ケンはほとんどわめいていたが、そこでいくらか気を鎮めた。「いいか、ジャレッド、娘はただの建築家のたまごで、きみみたいな者にはゴミ同然に見えるのは理解できる。だが、あの子のことをゴミ扱いするのは私が許さない」

「そんなつもりはありませんでした」

ケンは二度、息をついた。「娘がナンタケット行きに同意したのは、そこでなら設計デザインのポートフォリオを制作するための時間が取れると思ったからだ。いまの私には腹立たしいばかりだが、娘はきみの事務所に就職することを望んでいるんだよ。それなのに今夜きみは――」息を整えるために、少し時間を置かなければならなかった。「よく聞け、ジャレッド・モンゴメリー・キングズリーくそったれ七世。もしもまた娘を泣かせたら、かならず後悔させてやるからな。わかったか？」

「はい」

「それから、私の娘と一緒に過ごすときには、きみがふだん女性を相手にしているおふざけは慎むように。私の娘には敬意を持って接してほしい。わかったか？」

「はい、わかりました」

「女性にやさしくし、おまけに服を脱がさずにいることができると思うか？　きみにそれができるか？」

「やってみます」ジャレッドはいった。

「やってみます、じゃない。やるんだ！」ケンはブツッと電話を切った。

ジャレッドはその場に立ったまま、十代のころに戻ったような気がしていた。自分にとってふたりめの父親ともいえるケンに怒鳴りつけられてしまった。またしても。昔みたいに。

階下におり、ラムの瓶に手を伸ばしかけたところで、神経を鎮めるにはラムではだめだと気がついた。テキーラがあったので、立てつづけにグラスに二杯飲んでようやく今夜のことについて考える気になれた。

居間へ行き、腰をおろすと、ジャレッドの心は、ケンのいっていた十四歳の非行少年だったころに戻った。

アディおばさんとケンがのちにジャレッドに語ったところによると、ケネス・マドスンがナンタケットにやってきたのは、妻を見つけだし、もう一度やり直してもかまわないと伝えるためだった。赤貧の生活をしているはずの妻は自分に会えばきっと喜ぶだろう。妻が彼のビジネスパートナーと一夜の情事にふけったことを勘弁してやってもいい。幼い娘アリックスを連れてナンタケットへ逃げたことも許せる日がくるだろう。ゆくゆくは。

本当は、妻と娘に会いたくて会いたくて、なにも手につかなかったのだ。

ところがナンタケットでケンを待っていたのは、思いもよらないことだった。彼の妻は小説を書いていて、その本はすでに出版が決まっており、そして妻はケンと離婚するつもりでいた。

妻は幸せの絶頂にいて、ケンは不幸のどん底に突き落とされた。

ヴィクトリアが幼いアリックスを連れて島を離れたあと、アディは、失意から抜けだすまでゲストハウスに滞在してはどうかとケンに持ちかけた。二カ月が過ぎても、建築の仕事に戻ることはもちろん、生きる気力を取り戻す気配すら見えないと、アディは、キングズリー家の者が住んでいる古い家を修理してもらえないかとケンに頼んだ。

「だけど、あなたに払うお金はないのよ。出せるのは材料費だけ」

「かまいませんよ」とケンは答えた。「私の分の手当は元ビジネスパートナーに出させますから。彼には大きな貸しがあるんです」

アディは話のつづきを待ったが、どんな貸しがあるかについてケンはそれ以上いおうとしなかった。「島の職人を雇うことはできるけれど、それだと賃金を払わなければいけないわね。その点、わたしの甥のジャレッドは、若いし経験もないけれど、ただで働く。いえ、いまのは忘れて。あの子があなたの手に負えるとは思えないから」彼女はケンを上から下まで舐めまわすように見た。彼には少年を使いこなすだけの力量はないといわんばかりに。

見くびられることに、ケンはうんざりしていた。その少年を使う、と彼はいった。

初顔合わせのときからケンとジャレッドは馬が合った。ケンの毎日はめちゃくちゃで、ジャレッドの毎日もめちゃくちゃだった。体の大きい怒れるティーンエイジャーと、上品だが不機嫌な若き建築家はいいコンビだった。真面目に働かないやつはいらない、それがケンの方針だった。その仕事は、ジャレッドが母親と住んでいる崩れかけの古い家をただでリフォームするというものだったから、ジャレッドとしてもくびになるわけにはいかなかった。しかもケンは、この家をどう変えたらいいと思うか、とジャレッドの意見を聞いてくれた。建築のことなどなにも知らなかったジャレッドは、最初のうちは毎日、二日酔いで現場に向かった。十四歳にして、すでにアルコール依存症への道をひた走っていたのだ。当時のジャレッドにとって、飲酒は悪いことではなかった。彼がつるんでいた仲間のほとんどがドラッグをやっていたからだ。ヤクに手を出さないのだから酒はいくら飲んでもかまわない。十代のジャレッドの頭はそんなふうに考えた。

ところが、二日酔いでの作業はうまくなかった。ハンマーで親指をしたたかに打ったり、次々と災難に見舞われるうちに、ジャレッドはついに仲間との夜遊びを断るようになった。簡単なことではなかったし、「魂を売った裏切り者」とはっきりいわれた。

ケンが力になってくれたが、その〝力〟はかなり荒っぽかった。ばかげたふるまいは容赦しないし、ジャレッドの家庭環境に同情することもない。そしてなにがあろうと仕事をさせた。

ある日、悪ガキどもが車を連ね、「腰抜け」と甲高い声でジャレッドを散々やじって走り去ったあと、その余韻のなかでケンがこういった。「これは驚いた。どうやらきみも男になったようだな」

ジャレッドは次第に、自分の力を示したいと考えるようになった。ケンは三年近く島に留まり、ふたりは毎日のように建設作業に精を出した。あるときジャレッドはケンが泣いているのを見た。ケンにばつの悪い思いをさせたくなくて、そのままその場を離れた。離婚届の用紙がその日届いたことはあとで知った。「私が悪いんだ」六缶目のビールを飲みながらケンはいった。「すべてをだめにしたのは私なんだよ。私は自分のことを美しいヴィクトリア・ウィネッキーより上等な人間だと考えていた。そして彼女はそのことを知っていたんだ」

その夜、ジャレッドは酔いつぶれたケンを肩に担ぎ、自分のトラックの助手席に押しこむと、ゲストハウスまで送っていってベッドに寝かせた。翌日、どちらもなにもなかったかのようにふるまい、前の晩のことにはひと言も触れなかった。

　いつしかケンは立ち直り、建築の仕事に戻りたいと考えはじめたが、そのころには自分はものを教えることが好きなのだと気づいていた。しかし同時に、ジャレッドと父と子のような関係になっていて、離ればなれになることを思うとつらかった。「ここに住むわけにはいかないんだ」とケンはいった。「アリックスがナンタケットに戻ることをヴィクトリアは絶対に許さない。あの本がミリオンセラーになったものだから、ヴィクトリアは島にいた事実を封印したいんだそうだ。ここだけの話、ヴィクトリアはアディにアリックスを取られたくないんだと思う」彼はジャレッドを見た。「娘の将来に関わりたいなら、本土に戻ってむこうに生活基盤を築くしかないんだ。できるだけ会いにくるようにするから」

　ジャレッドは傷ついたことを隠そうとした。ケンと出会う数年前、ジャレッドの父はある日、船で海へ出たまま戻らなかった。そして数日後、遺体で見つかった。眠っているあいだに心臓発作に襲われたのだ。崇拝しているといっていいほどに父を愛していたジャレッドは、その父を失って荒れた。もともと体が大きく、父が死んだときには百八十センチ近い長身になっていた彼は、いくらもしないうちに酒を飲むようになった。殴りあいのけんか、カー・レース、破壊行為——ありとあらゆることをやった。ジャレッドの母は自分の悲しみと折りあいをつけることに必死で、息子のことにまで手がまわらなかった。

　そこに、やはりこの世のすべてに怒っていたケンがあらわれ、ジャレッドの親代わりになってくれたのだ。

ケンに別れを告げたとき、ジャレッドはこれで最後だと思った。ナンタケット島の住民は夏の観光客には慣れている。彼らはやってきてはすぐに去り、二度と会うことはない。

ところが、ケンはたびたび戻ってきた。ジャレッドを大学に入れ、その後に建築学校へ進ませたのはケンだった。そしてジャレッドが建築家として名をなすきっかけとなった卒業制作の家を建てたとき、その作業を手伝ったのは、仕事も授業も放りだし、ツールベルトを腰に巻いて駆けつけたケンだった。

そう、ジャレッドはケンに借りがある。ヴィクトリアにも。彼女もまたジャレッドの人生に関わっているからだ。そして、今度はふたりの娘にまで借りができてしまった。

ジャレッドは立ちあがった。じいちゃんと話をしなくては。


ジャレッドはキングズリー・ハウスの居間に座っていた。明かりは点けていなかった。しばらくこうして座っていれば祖父があらわれるのはわかっていた。

祖父があらわれたとき、ジャレッドはそちらを見ようともしなかった。「へまをした。とんでもないへまをね。ケンはぼくに腹を立ててる。ヴィクトリアも、なにがあったか知ったらぼくを八つ裂きにするだろう。今度ばかりはだめかもしれない。きっと縁を切られてしまう」彼は窓のほうに、祖父に、目を向けた。「彼女がここにいることを教えてくれていたら、こんなことにはならなかったんだぞ」

「うら若きアリックスは、いつの世でも思いやりのある女性だった」ケイレブはいった。

さらに言葉を継ごうとした祖父をジャレッドはさえぎった。「魂の生まれ変わりがどうのというたわごとならやめてくれ。そんな話は聞きたくない」

「おまえのその石頭に入れ知恵しようとしたおぼえはないぞ。おまえは目で見て、手で触れられるものしか信じないからな。明かりを点けて、そこの戸棚のなかを見てみろ」

ジャレッドはためらった。なにを見ることになるのか怖いくらいだった。しぶしぶ立ちあがり、電気を点けて、キャビネットの扉をひらく。思いも寄らないものが目に飛びこんできた。キャビネットのなかには、鐘楼を備えた小さな礼拝堂らしきものの模型があった。

ジャレッド自身の作品に影響された部分があることはすぐにわかったし、ケン・マドスンの作品の特徴も見受けられた。しかしなにより、そこにはアリックス独自の清新なスタイルがあらわれていた。

「驚きで口もきけないか？」ケイレブはいった。

「まさにね」

「あの子はおまえに見せるためにそれを作ったんだ。それなのにおまえは――」

「何度もいわなくていいよ。彼女はどうしてこの題材を選んだんだろう？」

「私が古い写真を見せたんだ」

ジャレッドはうなずいた。「アディおばさんとベッシーナおばあちゃんがふたりで笑っている写真か」

「ああ、それだ」

ジャレッドはその小さな模型を取りあげて手のひらにのせ、向きを変えながらしげしげと見た。「ぼくでもここまでうまく作れないかもしれない」模型を元の場所に戻すと、今度はアリックスのスケッチを取りだしてぱらぱらと見ていった。「よくできてる。このうちの三つは建築可能だ」

「あの子と友人はおまえの家に押し入ったぞ」

「なんだって?」ジャレッドはまだスケッチを見ていた。

「英雄と父なる神についておまえがよくいう異端の言葉はなんだった?」

なんのことをいわれているのか理解するまでにしばらくかかった。祖父はよく昔のスラングと今のスラングをごっちゃにするのだ。「英雄崇拝」

「それだ。アリックスはこれまでおまえのことをそんなふうに感じていたらしい。まあ、今後はそういうこともなくなると思うが」

「それだよ、ぼくが恐れていたのは。どこかの学生が子犬みたいにうるうるした目で、空に月をかけたのもこのぼくだといわんばかりに見つめてくるんだ。そんな期待に応えられるわけないだろう」

「そうだな。ケンの娘に劣情を抱いているようなおまえには到底無理だ」

「劣情なんか抱いてない！」ジャレッドは憤慨して声をあげたが、すぐににんまりした。「まあ、そうかもな。彼女は美人だし、体つきもセクシーだ。ぼくも生身の男だからね」

「あの子の父親が、おまえに教わった魚のおろしかたを娘に教えていたのはおかしかったな」

「ぼくは父さんに教わったんだ」

「もともとは私がおまえたちに教えたんだ」ケイレブはいい、祖父と孫は笑みを交わした。

「で、ぼくはどうしたらいい？」ジャレッドは尋ねた。

「彼女に謝罪しろ」

「謝れば許してくれるって？　ごめんですむと思うのか？」ジャレッドはいい淀《よど》んだ。「わかってる。ニューヨークのぼくの事務所で彼女を雇えばいい。彼女なら――」

「結婚式の準備を手伝ってやれ」

「やめてくれよ！　結婚式のことなんてなにも知らないんだから。彼女がここに残りたいといったら、ニューヨークからなにか仕事を送らせて、ぼくは……ぼくは製図台を買ってやるよ。でなきゃCADを。なんならゲストハウスをオフィスとして使わせてもいい。ぼくはニューヨークに戻って……」祖父の顔に浮かんだ表情を見てジャレッドは口をつぐみ、息を吐きだした。「なにを企んでいるんだよ？」

「あの子が寂しがる。島に知りあいはひとりもいないんだから」

「だからディリスに——」

「うら若きアリックスは永久にこの島を去るつもりでいる」

「ケンとヴィクトリアは彼女をここにいさせたいと思ってる」ジャレッドは息を吸いこんだ。「彼女はいつ島を離れるつもりでいるんだ？」

ぼくのせいでアリックスが島を去ることになれば、誰もがぼくに腹を立てるだろう。「彼女はいつ島を離れるつもりでいるんだ？」

「あの子の父親が——というのは、おまえをいまのおまえにしてくれた男のことだが——状況が変わるかどうか二十四時間待つようにといっていた。その期限のことを、あの男はおまえに話したか？」

「いや、なにもいっていなかった。というか、いっていなかったと思う。なにしろ、ずっと大声でわめいているもんだから、ひと言残らず聞き取るのは難しくてね」

「あれは立派な男だ。わが子をしっかり守っている。どうやら、アリックスを引き留める方法はおまえが自分で考えろ、ということらしいな。あの子がケネスの娘でなければ、どうやって引き留める？」

「いまから二階へあがって、彼女のベッドにもぐりこむ」

ケイレブは顔をしかめた。「今回はそれはなしだ」

「女性とはベッドのなかでのほうがうまくつきあえるんだが」ジャレッドはこともなげに

いった。

「ベッドの外で女性にしてやれることを、ひとつぐらい知っているだろう」

「古くさいご機嫌取りのことをいっているのか？　そんな時間がどこにあるんだよ？　十代のころから週に七日働いているのに。休みを取ったのはアディおばさんのそばにいたときだけだ。プレゼントが必要なときは助手に買いにいかせた。たいていはティファニーで。そうか——」

「宝石はだめだ」

　ジャレッドは無言でしばらく考えていたが、なにも浮かばなかった。

「私に似て才気あふれるおまえが、どうしてそうもまぬけなんだ？」信じられないとばかりにいう。

「キングズリー家の男たちがしでかした愚行については触れないほうがいいんじゃないかな。じいちゃんがこの世を離れられずにいるのは、じいちゃんの船になにがあったからだっけ？」

　ケイレブは怖い顔で彼をにらんだが、そこでかぶりを振ってにやりとした。「わかった。こと女性に関するかぎり、おまえも私も救いようがない。しかしだ、私が人生から学んだことをひとつ、おまえに教えてやろう」

「短い人生だったけどね」

「そこまで短くない。花を贈るのはどうだ？」

「わかった。じゃ、明日の朝、花束を買ってくるよ。それなら簡単だ」

「私の経験からいって、〝簡単〟なことで女性の心を射止めることはできないぞ。女は自分のために高い山を越えてくれる男を望むものだ」

「わかったよ。なら、花束になにか珍しい花を一輪足すよ。近ごろじゃそういうことをすると、その種を絶滅の危機にさらすことになるけどね」

ケイレブが渋い顔をした。「それなのにおまえは、女性と長続きしない理由がわからないというんだからな」

「いっとくけど――」

「わかってる。別れを切りだすのは女性ではなくおまえのほうだといいたいんだろう。明日の朝、目を覚ましたアリックスが花束を見つける、というのがいいと思うぞ」

「そんな花がどこにあるんだよ？　まだ花の季節には早いから庭から摘んでくるわけにもいかないし。花屋に盗みに入れとでも？」ちょっと笑いを取ろうとしていったのに、ケイレブはにこりともしなかった。

「その手のことをするのは初めてというわけでもなかろう」

「まあね、でもここしばらくはやってない」

「こんな肌寒い季節でも花を育てている知りあいがいてくれたらいいんだが」

なにをいわれているのかぴんときて、ジャレッドは祖父の顔をまじまじと見た。「だめだ」彼はいった。「だめだめだめ。絶対にいやだ」

「しかし――」

「いやだ、聞きたくない。そんなことをしたらレクシーに殺される。今日はもう怒鳴られるのはたくさんだ」ジャレッドは居間を出ると勝手口に向かった。

ケイレブはドアの前に立ちはだかった。

「いやだ」ジャレッドは重ねていうと、はるか昔に死んだ祖父の体に腕を突き入れてドアノブをまわし、外へ出た。

ゲストハウスの前まで戻ったところでジャレッドの足が止まった。彼は小声で悪態をついた。祖父がこちらを見ているのはわかっていた。それどころか、じいちゃんが正しいことまでわかっていた。ジャレッドは門のほうへ歩きだしながら片手を高くあげ、昔ながらのジェスチャーをしてみせた。

ケイレブは含み笑いをした。孫が正しいおこないをすることはわかっていた。背中をちょっと押してやりさえすれば。それくらいケイレブにはお手のものだった。

ジャレッドはほんの数軒先にある、いとこの家へ向かいながら、どうかレクシーがもう寝ていますようにと祈った。そうすれば、起こすのは気が引けたと言い訳が立つ。昨年の夏、ジャレッドはレクシーのところの古い温室を修復した。その温室は久しくつる植物やイバラ、ツタウルシの下に埋もれていた。ブルドーザーを入れて取り壊してしまおう、とジャレッドは説得を試みた。「〈ロード&バーナム社〉の真新しい温室を買ってやるから」と。

ところがレクシーも、それに同居人のトビーも、首を縦に振ろうとしなかった。

「島にめったに帰ってこない人はこれだから」とレクシーはいった。「わたしたちはね、こんなふうに流行る前からリサイクルとリユースを実践しているの」

「ぼくの家は丸ごとリサイクルとリユースだぞ」よそ者呼ばわりされたことに頭にきて、ジャレッドは嚙みついた。

結局、勝ったのは女性たちのほうだった。ジャレッドの敗因は、トビーの希望を聞いたこと。トビーは背が高くほっそりしていて、髪はブロンド。夢見るような青い目をしている。この世のものとは思えないほど繊細な感じの女性だ。そのどこか浮世離れした雰囲気に、大の男も骨抜きにされてしまう。

「わたしはむしろ、もっと古い感じの温室がいいんだけど」トビーはそういうと、ジャレッドを見あげてほほえんだ。

「ではそうしよう」ジャレッドはいった。

レクシーはあきれたとばかりに両手を振りあげた。「わたしがいうと反対するくせに、トビーだとすぐにオーケイしちゃうんだからね」

「それはほら、トビーは魔法のような人だから」

「なんだっていいわ、それであなたが自費でここをちゃんとしてくれるのなら。大事なのはそれよ」

トビーは島でもっとも品揃えのいいフラワーショップで働いていて、レクシーは彼女曰く〝救いようのないまぬけ男〟の個人秘書をしている。レクシーはそのボスが島外にいて世話を焼かずにすむときに、トビーが育てた花を町の花屋に卸す手伝いができないかと考えていたのだ。

ジャレッドが〈クリーン・カット造園会社〉のホセ・パルティーダにショートメールを送ると、パルティーダ社長は毒性の強いツタウルシを除去する厄介な仕事をふたつ返事で引き受けてくれた。

がらくたを片づけると古い温室はほとんど残っていなかったが、レクシーは、わたしのいとこなら残ったものを組みあわせて元どおりの姿に戻せるはずだといい張った。

「こいつは腐ってる」ジャレッドはいった。「やっぱり新しいのを買って――」

「わたしはあなたにやってほしいの。その手でここを元どおりにして、キングズリー家の一員だってところを――もしもまだ忘れてないなら――見せてよ。それとも本土の生活にすっかり染まっちゃって、もうツールベルトを腰に下げるのもいや？」

一瞬、いとこの首を絞めあげるところを想像した。こんな挑発は無視するんだと思ったが、できなかった。そこでニューヨークの事務所に電話し、金持ちのクライアントのためにしていた仕事を先送りにした。それからゲストハウスの製図台に向かい、三日かけて草花とベリーのための庭園を設計した。

それからジャレッドはレクシーの希望どおりにツールベルトを腰に下げ、島の〈ツイッグ・パーキンズ工務店〉の作業員たちと協力して古い温室を使える状態にした。さらに床面を高くした花壇《レイズドベッド》を設置し、堆肥場を作り、花を買いにくる客のための腰掛けも加えた。工事が完了すると、トビーはつま先立ちしてジャレッドの頬にキスして「ありがとう」といった。

トビーがいなくなると、レクシーはいった。「そんなに彼女に夢中なら、デートに誘えばいいのに」

「トビーを？　天使とデートするようなものだよ」

「なるほど。あなたじゃ悪魔すぎるってわけか」

「ぼくのことを心から理解してくれる人がついにあらわれたか。それで、きみからのお礼は？」ジャレッドは指で自分の頬をつついた。

「そっちはトビーがキスしたのと反対のほっぺだけど」レクシーは彼の頬にちゅっとした。

「彼女がキスしてくれたほうの頬は一生洗わないんだ」

レクシーはうめいた。「ほら、植木鉢に土を入れるのを手伝って」

ジャレッドは両手をあげた。「この手はビールのロンググラスを持つために作られたんだ。

ここから先はきみたちふたりでやってくれ」

それが一年前のこと。いまやトビーとレクシーが温室で育てる花々は、収入の足しにできるほどの立派な副業になっていた。

ジャレッドはふたりの家の玄関をそっと叩《たた》いた。部屋の明かりはすべて消えていて、ノックの音が聞こえたかどうかは怪しいところだった。これで花を手に入れるのは朝まで待たなければならなくなったが、それはつまりレクシーに怒鳴られずにすむということでもあった。どうしてじいちゃんが相手だと、やりたくもないことをやらされるはめになるのだろう。子どものころからずっとそうだ。

玄関のドアが開き、そこにはトビーが立っていた。ブロンドの長い髪を太い三つ編みにして背中に垂らし、白地にピンクの小花が散った丈の長い部屋着を着ている。ノックに応えたのが気難しいいとこでなくてジャレッドはほっとした。「ケンの娘を傷つけてしまった。それで花がいるんだ」

トビーはうなずくと外に出てきた。「家の横からまわりましょう。レクシーを起こしたくないから」

「プリマスが島にいるのか?」ロジャー・プリマスはレクシーの雇い主で、彼が島にいるときレクシーは死ぬほどこき使われるのだ。レクシーによると、プリマスは靴紐も自分で結べないとか。彼はポルピス・ロードのはずれにある豪邸に住み、自家用機で島を行き来しており、レクシーの友人も家族も誰ひとりその姿を見たことがなかった。本当は存在していないんじゃないかと、レクシーはみんなにからかわれていた。

「ええ、そうなの」トビーはいった。「それでレクシーはくたくたなのよ。昼も夜も電話がかかってくるものだから。彼は自宅のゲストハウスに移ってきてほしいといっているんだけど、レクシーは絶対にいやだって。それで、なにをしてケンの娘さんを傷つけてしまったの？」

「嘘をついたんだ。建設工事の請負をしていると話したんだが、じつは彼女はぼくが誰か知っていたんだ。彼女は建築学校の卒業生なんだ。とても優秀な」

「ケンの娘さんなら不思議はないわね。だけど、いずれにしろ彼女はあなたのことに気づいたんじゃない？」

「ああ、でもぼくは彼女が到着する前に島を離れるつもりでいたんだ。ところが彼女は予定より早くやってきて、それでキッチンで鉢合わせして、ぼくは不意をつかれた。一緒に食事をして、どちらも楽しんでいるとぼくは思った。そこでぼくが自分の職業を明かしたら、きっと仕事の話になってしまうと思ったんだよ。とにかく、それがぼくの考えた言い訳だ」

「まずまずね。もっとへたな言い訳も聞いたことがある」温室の入口までくると、ジャレッドはドアを開けてトビーを先に通した。トビーはガラス壁の上部に隠したソフトライトのスイッチを入れた。ふたりの前には、色とりどりの花や緑の草木の畝が長く延びていた。薄い木箱のなかは苗木でいっぱいで、どれも最高にいい状態だった。

「順調そうだね」ジャレッドはいった。

「ええ、とっても。なにしろ、最高に腕のいい建築家に設計してもらった温室だもの」

「ぼくのことをいうのに、いまのアリックスならその言葉は使わないだろうね。彼女の父親によると、ぼくのせいでもう島にはいたくないといっているらしいから」

「ケンはあなたにすごく腹を立てているの?」トビーは花を入れる編みかごと、アルコールの入った広口瓶に差してあった花鋏を手に取り、畝のあいだを進んでいった。

「激怒してる。もしも目の前にぼくがいたら銃で撃っていただろうね。そのあとトラックで轢《ひ》き殺してた。どうやらぼくは彼女を泣かせてしまったようなんだ」

「まあ、ジャレッド。かわいそうに。アリックスもだけど、あなたもね。それじゃ、彼女にバラを持っていかないと。それにもちろん水仙も少し切りましょう」トビーが奥の壁際にある大きな木の扉を開けると、そこは切り花でいっぱいの冷蔵ストッカーになっていた。

「そのストッカーはいつ買ったんだ?」

「わたしの誕生日よ。父になにがほしいと訊かれたから、これを頼んだの」

「お母さんはまだ、きみが島に留まっていることを怒っているのかい?」

トビーはふっと笑った。「それはもう。ほとんど口をきいてくれないわ」

そこでふたりは顔を見あわせた。トビーの母親はいわゆるガミガミ屋で、彼女が口をきいてくれないのは、罰というよりご褒美みたいなものだった。

「アリックスに許してもらうためのアドバイスはなにかある？」

「ふたりで過ごす時間を作って、あなたのことを知ってもらうといいわ」

「明日、ディリスに会いにいこうと思ってる」

「ちょうどいい。アリックスを一緒に連れていって」

「それからきみとレクシーにも会わせたい」

「喜んで」トビーはピンク色の小ぶりなバラを両手いっぱいに抱えて彼を見あげた。「彼女のことが好きなのね？」

ジャレッドはトビーのあとにつづいて外に出ると、温室の明かりを使って庭に咲いている水仙を切っていく彼女を見ていた。「アリックスはまだ子どもだ。ぼくが酒を飲んだり車を乗りまわしたりしていたとき、彼女はたったの四つだったんだ」

「女の子だって成長するのよ」

「たしかに。きみは見事に成長してる」ジャレッドはトビーにほほえんだ。

トビーは花でいっぱいの編みかごを彼に渡した。「彼女の部屋の外に少し置いておくといいわ。パンケーキの作りかたは知っている？」

「〈ダウニーフレーク〉への行きかたなら知ってる」

「それでじゅうぶん」トビーは温室のほうに戻ると、温度計を確かめてから明かりを消した。

「それで、きみのほうはどうなんだ？」ジャレッドは尋ねた。「たしか誰かとデートしてたよな。誰だったっけ？」

「ジェンキンズさんのところのいちばん上の男の子。ここでのキーワードは男の〝子〟よ」

「そいつのいとこの女の子とつきあったことがあるよ。彼女は――」ところが、最後までいわせてもらえなかった。

「家に連れていって家族に会わせたいと思うような人じゃない？」

「トビー、きみはまったく如才がないな。レクシーに誰かを紹介してもらえばいいのに」

「わたしならいいの」トビーはいった。「本当よ」

「王子さまがあらわれるのを待ってるとか？」

「女の子は誰でもそうでしょう？　あなただってシンデレラを待ってるくせに」

「ぼくはむしろ」ジャレッドはおもむろにいった。「意地悪な女王と出会いたいよ。彼女のほうが断然おもしろいからね」

ふたりは声を合わせて笑った。

6

目が覚めてアリックスがまず考えたのは、モンゴメリー（あるいはキングズリー）はもう島を離れただろうかということだった。ピックアップトラックで近所をまわって、どこかの雑誌で見たデザインの建物を作る請負仕事に戻った？　嘘をつかれたことへの怒りがぶり返すのをどうすることもできなかった。

ベッドから出て、ケイレブ船長の肖像画に何気なく目をやった。あの羽根のようなキスは今朝はなしか。

シャワーを浴びて髪を洗おうとバスルームへ向かった。今日はこれからどうしよう。石鹸を泡立てながら考えた。モンゴメリー殿下に嘘をつかれたからって、ここでの生活はなにも変わらない。島にくるまで、彼がいることも知らなかったのよ。本人に会えるだなんて夢にも思っていなかった。そりゃ、彼の事務所に就職希望の申し込みをするつもりではいたけど、それをいうなら建築学校の卒業生の大半がそうだ。

バスルームから出て、ドライヤーで髪を乾かし、うしろでひとつに縛った。薄化粧をしてから、着替えのために寝室へ戻った。イジーが買ってきてくれた服は袋に入れたまま部屋の隅に置いてあった。〈ゼロ・メイン〉とロゴの入った袋の中身をベッドの上に空け、薄紙をひらくと、思わず顔がほころんだ。どの服もデザインはシンプルだけれど、使われている生地は見たこともないほど美しいものだった。いかにもナンタケットらしいわ、とアリックスは思った。この島の家々にそっくり。シャツが二枚にニットのトップス、スカーフに黒い麻のパンツ。小箱にはターコイズのイヤリングが入っていた。

「ちょっと出かけて、島に挨拶してこようかな」声に出していってから、巨大な肖像画のほうをちらりと見た。「どう思う、船長？ ブルーのシャツ？ それともピーチカラーのほうがいいかな？」

ブルーのシャツの襟が動くのを見ても驚かなかった。折り畳んであったのが元に戻っただけよ。それでも船長がしたことだと思いたかった。「ありがとう」アリックスは声に出した。この大きな家にいるのは自分だけじゃないと思うと、それだけで気が楽になった。その同居人は二百年以上前に死んでいるという事実は考えないことにした。

着替えをすますと、ひとつ深呼吸してからドアを開けた。最初に気づいたのは、床に置かれた一輪の黄水仙だった。花は大きめの白い封筒の上にのっていた。

最初に考えたのは、お父さんからのプレゼントだ、ということだった。次に、わたしがここにいることを知ったエリックが贈ってきたのかも、と思った。

封筒を開けると、何十年も製図を描いてきた人間らしい、癖のある文字が目に入った。

誤解を与えてしまったことを謝罪いたします。

ジャレッド・モンゴメリー・キングズリー七世

アリックスはメモをしげしげと見た。七世！　七代もつづく名前を持つ人なんてどこにいる？

違った、問題なのは彼の名前じゃなかった。昨晩、あの人は自分の生業についてわたしに真っ赤な嘘をついたのよ。彼はわたしが島にくることはもちろん、わたしが建築学校の卒業生であることも知っていた。それなのに、ふたりがともに情熱を注いでいる建築について語りあうことを徹底して避けたのだ。

花は階段のステップにも置いてあった。一輪ずつ拾いあげながら下までおりたときには、アリックスは笑顔になっていた。花を抱えてキッチンに入ると、花瓶をしまってある場所は知っていたので、出してきて水を満たした。陽気な花をテーブルに飾ると、キッチンがぱっと明るくなった。

裏窓からゲストハウスをちらりと見たが、どの部屋にも明かりは点いていなかった。たぶんまだ寝ているのね。そんなことを考えながら居間に入っていった。

大きな椅子のひとつに彼がいた。長い脚を前に投げだし、顔の前で新聞を広げている。アリックスはつかのま、その横顔を見つめた。心臓がどうしようもなく騒ぎはじめた。輝かしい経歴のことがなかったとしても、この人はひとりの男性としてたまらなく魅力的だ。

彼がこちらを向き、アリックスのことを認めた瞬間に目の奥がきらりと光った。まるで彼女のことを女性として見ているかのように。でもすぐに光は消えて、父がアリックスを見るときのような目になった。

やっぱりピーチカラーのシャツにすればよかった。

「おはよう」彼はいった。「よく眠れたかい?」

「ええ」アリックスは答えた。

彼は新聞を畳んでテーブルに置くと、ピンク色の小さなバラの花束を取りあげた。「きみに」

アリックスは花束を受け取ろうと前に出たが、手と手が触れそうになったとたん、彼がぱっと手を引っこめた。アリックスはひそめた眉を見られないようにくるりと向きを変えた。

「花瓶に生けてきますね」はいはい、昨日の晩は建築の話題が禁止で、今朝はふれあいがNGってわけね。

「商売のことで嘘をついてすまなかった」彼がうしろから声をかけ、アリックスのあとについてキッチンに入ってきた。「なんというか……」

「弟子入りさせてくれ、といわれると思った？」彼が自分のしていることを〝商売〟と呼んだことに、思わず口元がゆるみそうになった。

「じつはそうなんだ」彼は曖昧な笑みを浮かべた。

彼の下唇に、わずかにのぞく白い歯に目がいってしまいそうになるのをぐっとこらえた。物欲しそうな目をしていることはわかっていたから、見られないように背を向けた。

「朝食は〈ダウニーフレーク〉に連れていこうと思うんだけど、どうだろう？」

その口調のなにかにアリックスはかちんときた。まるでわたしに謝まるよう誰かに強いられ、しぶしぶ誘っているみたい。わたしが住むのは彼の家だから一緒に過ごさなければいけないと考えているのかしら——本当はいやなのに？

アリックスは彼を振り返ってにっこり笑った。目は笑っていなかったけど知るもんですか。

「それが、やらなきゃいけないことがあって。だから家にいます。冷蔵庫にベーグルがまだ残っているし」

「あれはぼくが食べた」ちょっと、むっとした口ぶりだった。

きっと女性から断られることに慣れていないのだろう。「じゃ、どこかで買ってきます」

「ベーグルだけ食べて生きていくわけにはいかないぞ」彼の眉間にしわが寄っていく。「いくらナンタケットでもくやしいけれど、作り笑いが本物の笑みに変わりはじめた。

ベーグル以外の食べものも売っているはずよ。町なかへ出ればレストランも一軒くらいはあるだろうし」

「〈ダウニーフレーク〉はドーナツを出す。毎朝、できたてを食べられるんだ」

「へえ」それはおいしそうだ。

「きみは島をどれくらい見てまわった？　もしかして、フェリー乗り場からここまでの道すじだけとか？　それじゃ、見たうちに入らないぞ」

アリックスは無言で彼を見つめた。この人のいっていることはどこか嘘くさい。そもそも、どうして気が変わったの？　昨夜は自分のことはいっさい語ろうとせず、しかも島を離れるつもりだといっていたのに、一晩明けたらわたしに花を贈って謝罪した。なぜ？「だったら、レンタカーを借りて――」

ジャレッドは天を仰いだ。「嘘をついたことは謝る。なっ？　ナンタケットはぼくの家だ。建築のアイデアはどこから生まれるのか、次はなにを作るのかと訊いてくる連中から解放される場所なんだ。なかでも最悪なのは建築学校の学生だ！　一度、格言のようなものがあったら聞かせてほしいといってきた男子学生がいる。格言？　ぼくを誰だと思っているんだ？　旧約聖書に出てくる預言者か？　それに女子学生は――」彼はそこで言葉を切って息を吸いこんだ。「昨夜はすまなかった。不意打ちだったものだから、ついおぞましい想像をしてしまって。山ほどの質問に答えさせられたり……ほかにも、あれやこれや」

アリックスは驚いて目をぱちくりさせた。いま彼がいったことはすべてアリックスがやろうと思っていたことだった。〝あれやこれや〟も含めて。礼拝堂の模型を作りながら、ずっと想像していた。彼がこの模型を絶賛して、それからふたりは……。そしてついにわたしは彼の下唇の味を知ることになる。

もちろん、そんなことは彼に絶対話せないけど。「わたしも勉強から解放されたいと思うことはあります」いいながらも、今度嘘をついているのは自分のほうだとわかっていた。島にいるあいだにこれまでの倍、勉強するつもりでいたからだ。

「じゃ、朝食を食べながら滞在中の計画を立てることにしないか？　スーパーと〈マリン・ホームセンター〉と、ほかにも島の生活に欠かせない場所を教えるよ」

「わかりました。建築に関する質問はしないと約束します」

「好きなだけ質問してくれてかまわないよ」

言葉と口調がそぐわなかった。まるで野球のバットで好きなだけ殴っていいよと、いやいやいっているみたいに。「わかりました」アリックスは真面目くさった声を出した。「じゃ、あなたから学生に伝えられる教訓があったら聞かせてください」

「それは……」彼は返事に詰まった。

「嘘です」アリックスはいった。「冗談」

彼はぽかんとした顔でアリックスを見た。それから勝手口のドアを開けた。「ピックアップトラックで行ってもかまわないかな？」

「人生の半分はトラックに乗っていたようなものですから」アリックスはいったが、返事はなかった。

　赤いピックアップはかなりの年代物で、後部座席にはクーラーボックスと大きな道具箱が置いてあった。床には砂や泥が落ちていたがゴミはなかった。シートはすり切れていたものの状態はよかった。

　ジャレッドはバックでキングズリー・レーンに出ると、アリックスとイジーが徒歩できた道を逆にたどった。狭い道は閑散としていた。

　キングズリー・レーンからメイン・ストリートに曲がる手前で、彼は右手にある家をあごで示した。「いとこのレクシーがルームメイトのトビーと住んでいる家だ。ふたりは花を育てて売っている」

「じゃ、あの黄水仙とバラはここで？」

「そうだ」ジャレッドはにっこりした。「トビーが切ってくれた」

「花がいる理由を彼は訊いた？」

「彼女、だ。トビーの本名は……なんだったかな。とにかく、昔からトビーと呼ばれている。まだ二十二歳で、毎年夏はご両親と島で過ごしていたんだが、二年前の夏にご両親は帰ったが彼女はそのまま残ったんだ」

　アリックスは運転席の彼にちらりと目をやった。もじゃもじゃのひげと長髪のせいで三十六歳という年齢より老けて見える。「なんだか彼女に恋しているみたい」

ジャレッドは笑った。「みんながトビーに恋してる。すごくいい子なんだ」

アリックスは車の窓からメイン・ストリートに立ち並ぶ美しい家々を眺めた。玉石敷きの道は車がひどく揺れて、ドアの手すりにつかまらなければならなかった。町並みは美しかったけれど、アリックスはすっかりしょげていた。桟橋で、短すぎるショートパンツ姿の女性に笑いかけるジャレッド・モンゴメリーを初めて見たときから、アリックスはずっとうきうきしていた。彼からいろいろ学べる、一緒に仕事ができると思っていた。あの夜、自分で書いた詩を読み直しながら、彼との恋愛すら想像した。そうなったら、将来、孫に聞かせてあげよう。そんなことを考えて浮かれていたから、恋人に捨てられたことも、知りあいがひとりもいない場所で一年を過ごす不安も忘れられたのだ。

ところが、すべてはアリックスの早合点だったことが徐々にわかってきた。この有名人と建築の話をすることはない。恋愛のまねごとはいうに及ばず。わたしに興味があるように見えたのに、手と手が触れそうになっただけで飛び退《の》かれてしまった。もしかすると、建築学校の学生や卒業生には手を出さないという厳格なルールを持っているのかもしれないけれど、それにしてはトビーという名の、みんなが恋する二十歳そこそこの女の子のことを、とろけそうな顔で話している。

「きみはふだんからこんなに静かなのかい？」ふたりの前にはナンタケットのすばらしい町

並みが広がっていた。どの建物も、目を見張るほど美しい。トラックは一時停止標識で止まってから右折した。小さくてかわいらしい書店の前を通り、壮麗な教会を通り過ぎる。住宅もたくさんあって、どの家もうっとりするほどきれいだった。

「まるで過去の世界に迷いこんだみたい。あなたがここに逃げてくる理由がわかるわ。わたしの母もここを訪れていたようなんです。それもかなり頻繁に」

ジャレッドはアリックスにちらっと視線を投げた。ヴィクトリアは、ジャレッドが子どものころからずっと八月になると島へやってきた。彼女は美しく楽しい人で、一緒に過ごす時間をジャレッドは大いに楽しんだ。しかし、母親が島にきていたことを娘のアリックスが知らないのは重々承知していた。「わたしにとってここは人目を気にせずにいられる唯一の場所なの」ヴィクトリアはよくそんなふうにいった。じいちゃんは「彼女はここに小説の筋書きを盗みにくるんだ」といっていたが。毎年の八月一日、アディおばさんは、何百年も前からキングズリー一族の女たちが綴《つづ》ってきた日記のひとつをヴィクトリアに渡す。ヴィクトリアはそれからのひと月、午前中は古めかしい手書き文字を読んで次の小説のあらすじを考えて過ごす。ピクルスの瓶詰めをどれだけ作ったかといった退屈な部分は飛ばして、波瀾《はらん》に富んだドラマチックなところからはじめた。

小説の筋書きを――じいちゃん曰く――〝盗んで〟いることを誰にも知られたくなかったヴィクトリアは、ナンタケットでの滞在を友人や出版社や、とりわけ娘には秘密にしていた。

ただし、島の人間はみなそのことを知っていたから、相対的な意味での秘密だったけれど。一年のうちの十一カ月、キングズリー・ハウスはアディがひらく委員会の例会や慈善活動の場であったが、アリックスが父親の家に滞在する八月だけは、屋敷は音楽とダンスと笑い声にあふれた。

ジャレッドはそこで現実に戻った。「ここがベーカリー」次の一時停止標示のところでアリックスに告げる。「ウェディングケーキも焼いている」

「そして花はトビーに頼めばいい」アリックスはいった。「友人のイジーにはまだ話していないんですけど、わたし、家に帰ろうかと思っているんです。ただ……」

彼女が帰ってしまったら、誰もがジャレッドに腹を立てるだろう。祖父は、最高だ！　もしもジャレッドはつづきを待ったが、彼女はそれ以上話そうとしなかった。遠い昔に行方知れずになった最愛のヴァレンティーナになにが起きたのか、その謎を解くための鍵をアリックスが握っていると確信している。ケンは、就職に向けたポートフォリオを娘に作らせたいと思っている。いちばん厄介なのはヴィクトリアだ。彼女はしょっちゅう電話をかけてきて、口に出してはいわないものの、キングズリー・ハウスのどこかに隠されているアディおばさん自身の日記を読みたがっているのははっきりしていた。

その三人以外にも、レクシーは、アリックスはあなたに恐れをなして逃げたのよ、とジャレッドをこっぴどく叱りつけるだろうし、トビーもたぶんがっかりする。そして島に住む親類全員が、ジャレッドはあの家を取り戻したくてアリックスを追い払ったのだと噂《うわさ》するのは間違いなかった。

つまり、一年経たずにアリックスが島を離れるのは、どう考えてもまずいということ。

アリックスが窓から外を見ていると、トラックはいくつかの通りを進んで、英国式の環状交差点を二度まわった――そのうちのひとつはロータリーと呼ばれていた。ジャレッドは脇道から本道へ出られずにいる車を見つけると、お先にどうぞと手で合図し、するとどのドライバーもお礼がわりに手を振り返した。ドライバーたちの礼儀正しさに驚かされた。行く先々でアリックスは、ドライバーたちの礼儀正しさに驚かされた。歩行者のほうも手をあげて感謝の意を示した。自動車、歩行者、自転車、道路を横断する家畜にまで専用のスペースが与えられ、すべての厚意には丁寧に感謝の気持ちが伝えられた。

ふたりはこぢんまりしたかわいらしい建物の駐車場に車を入れた。入口の上に大きなドーナツの絵と〈ダウニーフレーク〉の文字が見える。

「この名前はどこから？」

「さあ。スーに訊いてみるといい」

彼が開けてくれたドアをくぐったとたん、アリックスは家庭的な雰囲気のそのレストランをひと目で気に入った。そして、島で育つというのがどういうことなのかを初めてかいま見た。ジャレッドは店の全員と知りあいだった。店員はもちろん、ほぼすべてのテーブルを埋めている客たちにも挨拶している。

「お好きな席へどうぞ」メニューを手にしたきれいな女性にいわれた。

「ありがとう、スー」ジャレッドはそう返すと、左手の壁際にあるボックス席へ向かった。途中、大きな円テーブルを囲んでいる男性客たちと挨拶を交わすために足を止め、鹿とボートと魚についてなにかいってから、アリックスの向かいの席に収まった。

「悪いね。島を離れていたあいだの情報を仕入れたかったものだから。やあ、シャロン」長身でほっそりしたキュートな感じのウェイトレスに声をかけた。

「昨夜戻ったの?」

彼女は魅力的なアイルランドなまりでいいながらアリックスにメニューを渡し、ジャレッドのカップにコーヒーを注いだ。アリックスはうなずいてコーヒーをもらった。シャロンが行ってしまうとアリックスはメニューを見た。「なにがお薦め?」

「なにもかも」

「じゃ、ブルーベリーパンケーキとドーナツをふたつにしようかな」

ジャレッドは体をねじってシャロンにうなずき、戻ってきたウェイトレスにアリックスは注文を告げた。ジャレッドはなにもいわなかった。

「あなたは注文しないの?」ウェイトレスがテーブルを離れるとアリックスは尋ねた。

「ぼくはいつも同じものを頼むから、いわなくても持ってきてくれるんだ」

「レストランが客のオーダーを知っている場所で暮らすなんて想像できない」ジャレッドは一瞬、窓の外に目をやった。「ニューヨークにいると、ホームシックで死ぬんじゃないかと思うことがあるよ」

「そういうときはどうするの？」

「可能なときは飛行機に飛び乗って帰ってくる。アディおばさんはいつもここにいて、いつもなにかやっていたし、それにぼくの――」ジャレッドは、はっと口を閉じた。祖父のことを話すところだった。珍しいこともあるものだ。子どものころからけっして触れてはならない話題だったのに。

ところがアリックスは彼の心を読んだようにいった。「ナンタケットは世界一幽霊が多く出没する場所だとイジーがいってたんですけど。あなたは見たことがある？　もしかして、キングズリー・ハウスには幽霊が出る？」

「どうしてそんなことを訊くんだ？」

彼が答えを避けていることにアリックスは気づいた。「おかしなことがよく起きるから。テーブルから写真立てが落ちたり、暖炉の煤がかたまりで降ってきたり。今朝なんか、ブルーとピーチカラーのシャツで迷っていたら、ブルーのほうの襟が動いたのよ」

祖父のいちばん好きな色が青なのは知っていた。「古い家はすきま風が入るからね。床が鳴る音は聞いた？」

まだわたしの質問をはぐらかしている。「いいえ。でも男の人に頰にキスされた気はする」

ジャレッドは笑わなかった。「ぞっとした？」

「ちっとも。むしろうれしかったわ」アリックスがさらになにかいおうとしたとき、年配の夫婦がテーブルに近づいてきて、アディが亡くなったと聞いた、とても残念だとジャレッドにお悔やみを述べた。笑顔で夫婦と話をしている彼を、アリックスはコーヒーを飲みながら見ていた。白いものの交じるぼさぼさのひげと、伸ばしっぱなしの髪のジャレッドは疲れて見えた。彼が働き者であることは、その仕事ぶりを追っていたから知っている。ここアメリカで、それだけの金銭的余裕がある人はみな、ジャレッド・モンゴメリーに自宅の設計を頼みたいと考えているのではないかと思えることもあった。建築に関する著書は少なくとも四冊あり、写真集もたくさん出ている。売店に並ぶ雑誌の半分が彼の特集を組んでいるような気すらした。この人ははたして寝ているのだろうかと思うこともしばしばだった。

そんな彼を、個人の生活があり、家族も友人もいるひとりの人間として見るのは変な感じだった。たまたま人並みはずれた才能を持っているだけなのだ。島に滞在する予定だった彼がニューヨークへ戻るといいだしたのは、アリックスと、アリックスが頼むつもりでいたすべてのことから逃げるためだというのはわかっていた。

年配夫婦が立ち去ると、ジャレッドは自分のコーヒーに向き直った。

「お花をどうもありがとう」アリックスはいった。「とても思いやりがあるんですね」

「ぼくのほうこそ、あんな嘘をつくべきじゃなかった」

「ええ、そうね。だけど、あなたが嘘をつかなかったら、わたしはきっとあなたを質問攻めにしていた。ナンタケットを離れる必要はないです。あなたを煩わせないと約束します」それは先ほどもいったことだったが、いまの彼女の声には恨みがましい響きはなかった。「設計に関する質問はしません。どこから発想を得るのかということも、クロンダイク・ビルディングのデザインはどうやって思いついたのかも訊かない。わたしたちがナンタケットにいるあいだは。ここでのあなたはキングズリーで、かの有名なジャレッド・モンゴメリーじゃない。ただし……」アリックスは彼に笑いかけた。「島の外に出たら話はべつ。それでどう?」

ジャレッドはどう答えればいいかわからず、曖昧な笑みを返した。アリックスが作った礼拝堂の模型をもう一度見るために、彼は今朝早く母屋へ足を向けた。事務所の共同経営者のティムがまたメールをよこして、カリフォルニアの豪邸のデザインがいますぐ必要だといってきたのだ。映画スターのカップルはジャレッド・モンゴメリーのデザインをほしがっている——事務所のほかの人間ではなくジャレッド本人のデザインを。

ジャレッドは今朝、映画スターを説得して、アリックス・マドスンがデザインしたものを建てさせることを思いついた。アリックスの父親のことを話して、自分の知識はすべて彼から教わったのだといえばいい。アリックスは新進気鋭の建築家だと褒めそやし、そんな彼女の作品を真っ先にあなたがたのものにできるんです、といおう。広大な敷地のはずれにひっそりと立つ小さな礼拝堂はまさにうってつけだ、と。

それでアリックスに手数料を払えば、少しはケンへの恩返しになる。「親の恩は子に返せ、か」

「なにかいった？」

声に出していたことに気づかなかった。「なんとも寛大な提案だと考えていたんだ。ぼくが学生のときは、飽くなき知識欲に突き動かされていたものだから」どんちゃん騒ぎの合間にだが。家を離れ、まわりは脚の長い女子学生ばかりで……。当時の彼のデザインの半数は、彼女たちにプレゼントするために三時間で仕上げたものだった。

彼はアリックスにほほえんだ。あとはあの模型を見せるよう、うまく誘導すればいい。そうすれば驚いたふりができる。こそこそ嗅ぎまわっていたとアリックスに思われたくなかった——あるいは、いもしない誰かに彼女の計画を教わったのだ、とは。

注文の品がふたりの前に置かれた。ジャレッドの皿にはスクランブルエッグと、ホウレンソウのソテーにベーコンとチーズ。それにトーストしたクランベリーマフィンがのっていた。アリックスのパンケーキにはたっぷりのブルーベリーと、チョコがかかったドーナツが二個添えてあった。

ジャレッドは食べはじめながら考えた。まずは島を去るという考えを彼女に捨てさせる必要がある。島に残る理由を与えなければ。「知ってるかな？　ナンタケットではブライダル産業がものすごく盛んなんだ。数百万ドル規模のビッグビジネスなんだよ。ぼくはくわしいわけじゃないが、きみの友人の結婚式をここで挙げるのはそう難しくないはずだ」

「あなたのガールフレンドのトビーも手伝ってくれるし？」

ジャレッドが浮かべた大きな笑みに、アリックスのうなじの毛が逆立った。彼のあの下唇ときたら！　彼女は目をそらした。

「トビーはぼくのガールフレンドじゃないよ。ぼくなんかには手が届かない女性だ。ぼくではちょっと……」ジャレッドはひげを撫でながら、ぴったりの言葉をさがした。世俗的すぎる？　タフすぎる？　マッチョすぎる？

「年を取りすぎてる？」アリックスが訊いた。

ジャレッドは彼女を見た。「年だって？」

「まだほんの子どもだといっていたじゃない。二十歳だった？」

「二十二になったところだ。父親からのバースデープレゼントは冷蔵ストッカーだそうだ」

「ええっ！」アリックスは声をあげた。「リボンはかけたのかしら？」

今度はジャレッドにもジョークだとわかった。「あの父親のことだから、たぶん百ドル札をぎゅうぎゅうに詰めてあったんじゃないかな。トビーは一枚残らず返しただろうけどね。彼女は自活すると決心したんだ」

「花を育てることで?」

「それ以外に花屋でも働いている。結婚式の花のことで相談に乗ってくれるはずだよ」

アリックスはその若い女性に一目置くべきか、それとも世の男性を虜にする彼女を憎むべきか決めかねた。

「それにもちろんヴァレンティーナのことがある。きみなら彼女を見つけられる」

「彼女はなにをする人? パティシエ? それともフォトグラファー?」ジャレッドは島に何人ガールフレンドがいるのよ?

ジャレッドがあまりに真剣な目で見つめてくるので、アリックスは顕微鏡で観察されているような気分になった。「ヴァレンティーナのことを聞いていないのか?」

「どうやらわたしが聞かされていないことは山ほどあるようね。わたしの母がナンタケットを訪れていること。それも、緑の間の戸棚にあった紙やなにかのストックからして何度もね。あなたのことだってそう。建築学校に通っていたわたしが、アメリカの生ける伝説が所有する家に住むことになったのが偶然だなんて、とても信じられない」

「アメリカのなんだって?」ジャレッドはぞっとしたような顔をしていた。

「生ける伝説——」

「それは聞こえた。ばかばかしい」

アリックスは時間をかけてパンケーキを口に運びながら彼を見た。「わたしが単刀直入な質問をするたびに――わたしの母のこととか、幽霊のこととか、わたしがここにいる理由とか――あなたが話題を変えているように思えるのは、気のせいかしら？」

ジャレッドは笑いそうになるのをこらえて喉を詰まらせそうになった。アリックスがヴィクトリアの娘だということを仮に教えられていなかったとしても、いまのでぴんときただろう。「きみのお母さんは、あの有名な作家じゃなかったっけ？」

「あなたがナンタケットで育って、その後も事あるごとに島へ帰ってきていて、そしてわたしの母があなたの家の一室を〝エメラルドの都〟に変えてしまうほどたびたび島に滞在していたのなら、あなたは間違いなく母に会っているはずよ」

ジャレッドはにやつきそうになるのを隠すためにコーヒーカップを取りあげた。

今度はアリックスが、獲物に狙いを定めるタカのような鋭い目を彼に向ける番だった。

「わたしがこの一年、キングズリー・ハウスに住めるように手をまわしたのが母だというのはわかっているの。母の狙いはなんなの？」

「きみのドーナツ、ひとつもらってもいいかな？」

「どうぞ。最大の疑問は、あなたがあれこれ理由をつけて、わたしが島を出ていけないようにしているのはなぜかってこと」

「よお、ジャレッドのおっさん」男性の声が呼びかけた。

「助かった！」ジャレッドは小声でつぶやいた。

「ちょっと！　うまく逃げられたと思ったら大間違いよ」

どことなく見おぼえのある青年がテーブルに近づいてきた。「ジャレッドのことを見つけたみたいだね」彼はアリックスにいった。「おれのこと忘れちゃった？」

日が沈むところのウェスだ、と思いだしたが、口ではこういった。「たしか北西《ノースウエスト》のノースという名前じゃなかった？」

ウェスは笑った。「美人におぼえていてもらって感激だな。きみとこのおっさんはつきあっているわけじゃないよな？」

ジャレッドが顔をしかめているのが視界の隅に入った。アリックスはにこにこしながらいった。「ミスター・キングズリーとわたしが？　まさか」

「よかった。なら、この週末の水仙祭りに一緒に行かないか？　親父《おやじ》の古い車に乗ってパレードしてから、スコンセットまで足を伸ばしてピクニックするんだ」

「わたしはなにを持っていったらいい？」

「そのかわいい顔だけでじゅうぶんだよ。料理はおふくろと妹が作るから」

「ご家族水入らずなんじゃないの？」自分はキングズリー家のいとこだとウェスがいっていたことを思いだした。

「水入らずどころか、島の住人の半分が入っちゃうけどね。今日はボートで海へ出るつもりなんだ。きみもどう？」

「えっと――」

「彼女はこれからぼくとディリスに会いにいくんだ」ジャレッドは有無をいわせぬ口調で告げた。「そのあとも町をまわって、いろいろやることがある」

アリックスはウェスに目を向けたままでいた。「それにミスター・キングズリーと話しあわなきゃいけないことも山ほどあるのよ」

「よく考えてみたら、彼女はおまえと出かけたほうがいいかもしれない」

アリックスはジャレッドにあたたかな笑みを向けた。「あなたはわたしの家主だし、おたがいのことをもっとよく知るべきだとは思わない?」

「ここには朝めしを食いにきたんだ。おれも同席させてもらおうかな」ウェスはいった。

「ディリスともしばらく会っていないし」

「ぼくらはもう食べ終わった」ジャレッドは席を立ってテーブルに代金を置いた。〈ダウニーフレーク〉でクレジットカードは使えない。

「じゃ、土曜日に」アリックスはウェスにいってから戸口へ向かい、ジャレッドはそのあとにつづいた。

トラックに乗りこむと、ジャレッドは込んだ駐車場からやすやすと車を出した。

「それで、母がわたしをここにこさせたがった理由はなんなの?」道路に出るとすぐにアリックスは促した。

「わからない」

その声は嘘をついているようには聞こえなかった。

「あのな、ぼくにとっても今回のことはショックの連続なんだ。アディおばさんが亡くなり、その遺言でキングズリー家の住まいを、ぼくのものになるはずだったあの屋敷を、ヴィクトリアの娘に一年間使わせることになったと知らされたんだからね。最初に聞いたときは、正直、ものすごく頭にきたよ」ジャレッドはアリックスの反応をうかがった。

「無理もないわ。わたしだって怒ると思う。母はなぜここにきていたの?」

「インスピレーションを得るため?」なにも知らないふうを装った。「作品の舞台が海辺の町じゃなかったっけ?」

「母の本を読んだことがないの?」

「ああ」自分の祖先がモデルになっていることを知っているから読まないのだ、ということは黙っておいた。ひいひいばあちゃんが浮気してたなんて話を誰が読みたがる? でなければ、遠縁のいとこが義理の兄を殺したかもしれない、なんて話を。

「ここにきていたことを母はどうして黙っていたのかな? 毎年八月、わたしは父のところへ行かされたの。母はコロラドにある山荘で小説の構想を練っているはずだったのよ」

そのひと月、きみのお母さんはぼくの家族の日記を一冊ずつ読んでいたんだよ。ジャレッドは心のなかでそういった。

「コロラドへ行かずにここにきていたことが何回くらいあったんだろう?」

「ぼくが十四歳のときから毎年八月にきていた」

アリックスはなにかいおうとしてひらいた口を、また閉じた。つまり、〝コロラドの山荘〟自体が作り話だったってこと?「どうしてそんなに長いあいだ、母はわたしに嘘をついていたの?」

こんな話にならなければよかったのに。ジャレッドはなにかいえる立場にないのだ。「たぶんきみがぼくのおばと親密すぎたんだ」静かな声で告げた。あの最初の夏にアリックスを奪われたあと、アディおばさんが何週間も寝こんだことは、祖父からも母からも聞いていた。アディは家族の死に何度も立ちあってきたが、いつも気丈だった。悲しみに暮れる遺族を慰めるほうだった。

ところが、あの夏は違った。妻と自分のビジネスパートナーの浮気現場を見てしまったことをきっかけに、おだやかで規則正しかったケンの生活は一変した。その後の騒ぎのなか、ヴィクトリアは、夫の頭が冷えるのを待とうと、四歳になるアリックスを連れて逃げることにした。ナンタケット島にたどり着くころには手持ちの金も底をついていたが、かといって人に誇れるような取り柄もなかった。彼女は家政婦兼料理人としてミス・アデレード・キングズリーの屋敷で働くことにした。ヴィクトリアはあの古いガスコンロに火を入れることすらできなかったし、掃除洗濯もしようとしなかったが、そうしたことにアディが目をつぶったのは、幼いアリックスと離れがたかったからだった。ヴィクトリアが日記を見つけ、それを元に初めての小説の執筆に取りかかると、アディは、ヴィクトリアとアリックスはずっと島にいてくれるかもしれないと思いはじめた。

いっさいを秘密にすることにヴィクトリアがあれほどこだわらなければ、実際そうなっていたかもしれない。ヴィクトリアが四歳の娘を連れて島を去ると、アディは立ち直れないほどに打ちのめされた。ただ、祖父のケイレブまでがひどく動揺しているのを知っているのはジャレッドだけだった。キングズリーの血を引いていないジャレッドの母にケイレブの姿は見えなかったが、ジャレッドには見えたからだ。ジャレッドの父が死んだときですら祖父はここまでうろたえなかった。

「彼女はなぜあの子を連れ去ったりした？」ケイレブはジャレッドにそっと耳打ちした。「アリックスの住む場所はここだ。ずっとここだったんだ」

祖父はそれ以上いおうとしなかったし、そのころにはすでにアリックスの父親が島にいて、そしてジャレッドの人生は劇的に変わったのだった。

「そうかもしれない」ジャレッドの発言を受けて、アリックスはいまそういった。「母にはちょっと嫉妬深いところがあるから」

「きみはどうなんだ？」

「わたしのことでもそうよ。わたしに近づいてくる人に昔からやきもちを焼くの。高校生のころなんか、男の子を家に呼ぶこともできなかった――」

「そうじゃなくて、きみは嫉妬深いタイプじゃないのかってことだ」

「ひと月前なら、違うと答えるところだけど、つい最近、恋人のエリックがわたしを捨てべつの子とつきあいだしたの。あのときは彼を撃ち殺したいと思った」

「相手の女の子じゃなしに？」

「だってあの子は、なにがどうなっているのか理解できないくらい頭がスカスカだから」

ジャレッドが声をあげて笑い、アリックスもつい、にんまりしそうになった。

「まだ笑い飛ばせるところまでいっていないの！　ここへくるまでのフェリーで、ずっと泣きながらチョコレートを食べていたんだから」

「そうなのか？　恋人に振られたとき、女性はみんなそうやって傷を癒すのかい？」ジャレッドは精いっぱい無邪気な声を出した。

「わたしの場合はそう」

「ほんの数日前のことじゃないか。どうやって立ち直ったんだ？」

「それは――」アリックスは口をつぐんだ。もう少しで〝あなたの下唇を見たからよ〟といってしまうところだった。彼女は答えるかわりに窓の外に目をやった。車はいま田園地帯を走っていて、家はぽつりぽつりとしか見えなかったが、それでも無塗装のグレー・シーダーの羽目板を使った住宅は、見る者にここはナンタケットだと告げていた。

「つらいことを忘れるくらいに没頭できる作品を作っていたとか」

アリックスは一階のキャビネットのなかに隠してある礼拝堂の模型のことを考えた。どうやらジャレッドは好きなときに母屋に出入りするつもりのようだし、あの模型とスケッチは彼の目に触れてしまわないうちにべつの場所に移す必要があるわね。「たいしたものは作っていないわ。それより、ディリスが誰なのか教えて」

7

トラックは海に近い路地に折れ、とある家の脇にある私道へ入った。その家を設計したのがジャレッド・モンゴメリーであることはすぐにわかった。屋根から張りだした縦長の窓、奥まった玄関口、そして誰も思いつかないような角度。彼のデザインの特徴が余すところなくあらわれている。

ジャレッドは運転席からこちらを見ていた。アリックスがなにかいうのを待っているようだったが、彼女は口を閉じたままでいた。約束は守らなくては。ここナンタケットでは、彼はモンゴメリーではなくキングズリー。

家の横手から六十歳くらいの白髪交じりの小柄な女性があらわれた。太陽と塩水に長年さらされてきたような肌をしていたけれど、目はジャレッドにそっくりだった。それにケイレブ船長にも似ている。

ジャレッドは車から飛び降りるようにして、ずっと年上のいとこに駆け寄ると、彼女を抱きあげてくるくるまわった。

「ちょっと、ジャレッド。ずいぶん大げさな挨拶ね。二、三日前に会ったばかりじゃないの」

「ケンのことには触れないで」彼はいった。「あなたはケンに会ったことがない。ヴィクトリアの話をするのはいいけど、ケンはだめだ」

ディリスはジャレッドの肩ごしにアリックスを見た。彼女のことは、すでにいろいろ聞き及んでいた。昨日の夜、ジャレッドがいきなりやってきて花を分けてほしいといったという驚くべき話も、レクシーからの電話で知っていた。「あの子のお父さんの話をしちゃだめなの？」地面におろされるとディリスは尋ねた。

「ケンのことは聞いたこともないふりをして。わけはあとで話すから」

ディリスはうなずき、ジャレッドの腕から抜けだすとアリックスに近づいた。「ナンタケットへようこそ。どうぞ入《い》って。お茶を淹《い》れるわ」

ジャレッドはトラックの後部座席からクーラーボックスをおろした。「アリックスはラムのほうがいいってさ」

「そんなことないです！」アリックスはすかさず否定した。ディリスにアルコール中毒だと思われたら困る。

「あどけない見かけに騙されないように。彼女はキングズリー家の船乗りみたいにラムをがばがば飲むんだから」

ジャレッドがクーラーボックスを家のなかに運ぶあいだ、アリックスは真っ赤な顔で立っていた。「そんなに飲んでない。わたしは——」

ディリスが笑い声をたてた。「ジャレッドは褒めているのよ。ほら、なかに入って見てまわったら？　建築学校の卒業生さんなんですってね」

「そうなんです」アリックスはいい、玄関に足を踏み入れたところで——はっと息をのんだ。家の内部は見事なまでに美しかった。海を見晴らす大きな窓、高い伽藍《がらん》天井、コンパクトながら完全フル装備のギャレー・キッチン、窓の下に作りつけのダイニングスペース。古いものと新しいものの融合。最新設備の整ったビーチハウス。そして、そのすべてにジャレッド・モンゴメリーらしさがあらわれていた。けれど、この家の写真が本や雑誌に載ったことがないのはたしかだ。

隅々まで見ようとゆっくり体を回転させながら、アリックスは、クーラーボックスの中身を取りだしているジャレッドの顔をちらりと盗み見た。あの得意げな顔。わたしがなにを考えているか知っていて、賞賛の言葉を待ち受けているんだわ。

「この家を手がけたのは建築家のジャレッド・モンゴメリーですね」わざと大きな声でいった。「間違いなく、彼の初期のスタイルだわ。あの窓も、部屋から部屋へ流れこむようなラインも、彼のデザインの特徴です。これは彼の作品。見ればわかる」彼女はジャレッドに目を向けた。「ミスター・キングズリー、あなたとディリスがよければ、ほかの部屋も見せていただきたいんですけど」

「かまわないよ」ジャレッドがいうと、アリックスは廊下の先へ向かった。

ディリスが目を丸くした。「あの子、あなたがモンゴメリーだと知らないの？」

「知ってるよ」ジャレッドは笑顔で答えた。

「あら」ディリスは意味がわからなかった。「じゃ、どうしてあなたをミスター・キングズリーと呼ぶのかしら？」

「弁護士がそう呼んでいたから、彼女もそうしているんじゃないかな」

「ジャレッドと呼ぶようにいわなかったの？」

「うん」ジャレッドはにっこりした。「ちょっといいな、と思ってね。敬意のあらわれだから」

「単におじさんだからそう呼んでいるのかも」

「どうして今日は誰も彼もがぼくを年寄り扱いするんだ？」

「さあ。そのＺＺトップ（ギタリスト二人が長く伸ばしたひげを持つことで知られるアメリカのロック・トリオ）みたいなひげと髪の毛のせいだとは思わない？」

ジャレッドは魚の包みを持ったまま動きを止め、驚きの目でディリスを見た。

「トリッシュに電話して予約を入れておきましょうか？　今日の三時でいい？」

ジャレッドはうなずいた。

「あなたはこの島にあまりに溶けこんでいるから、ここ以外の場所に住んでいるところは想像もつかない」アリックスはいった。「島を出たかったの？」

ジャレッドは芝生に仰向けに寝ころび、アリックスはその横に腰をおろして、海を見ていた。ふたりはいまディリスの家の裏庭にいた。もともとは彼と母親の住まいだったその家をアリックスに案内しながら、子どものころは漁師小屋に毛が生えたような暗くてじめじめした家だった、とジャレッドは説明した。「でも自分で修理した」彼はアリックスを見た。「ぼくが手がけた初めての家だ」

その見事なできばえについてアリックスはひと言いいたかったが、いったんしゃべりだしたら止まりそうになかったので、口を閉じたままでいた。改築したのはぼくが十四歳のときだ、とジャレッドは意味ありげにいったけれど、アリックスはなんのことかわからなかった。

家のなかをひととおり見てしまうと、ふたりはディリスに追いだされた。昼食の用意ができるまで、あなたが昔住んでいた界隈をアリックスに案内してあげなさい、とジャレッドにいって。

一時間ほど近所を歩いてまわった。〈ダウニーフレーク〉のときと同じで、ジャレッドは誰とも顔見知りだった。会う人ごとにアリックスはファーストネームで紹介され、そうすると船遊びに誘われたり、ホタテ貝を分けてあげるからと家に引っ張っていかれたり、うちの庭を見ていってと声をかけられたりした。

ジャレッドは二組の老夫婦から、家のどこそこの調子が悪いからちょっと見てもらえないかと頼まれ、あとで寄ると約束していた。声をかけてきた誰もが、昔近所に住んでいて、いまは立派に成長した男の子としてジャレッドに接していた。

そうして散歩から戻ったふたりは、またしてもディリスに外に追い払われたのだった。ジャレッドはずいぶんと時間をかけてアリックスの質問に答えた。「父が死んだことでぼくは怒っていた。激怒していた。体のなかにエネルギーが鬱積していた。世間を見返してやりたいと思ったんだ。そのためには島を出るよりほかになかった。最初は建築の勉強をして学位を取るために。そのあとは仕事に就くためにね」

「一生懸命勉強することで、たまっていたエネルギーを発散させたってこと？　いえ、ごめんなさい。いまのは訊いちゃいけない質問だった」

ジャレッドは最後の部分を聞き流した。「いや、そうでもなかったな。授業はどれも楽勝だったからね」

アリックスはうめいた。「いまあなたのことが嫌いになった」

「よくいうよ。きみだって、さほど苦労していなかったくせに。なにしろあのヴィクトリアの娘だからね」

「わたしが受け継いだのは父の根気強さのほう。母のあれは……なんと呼んだらいいかわからないけど」

「カリスマ性？　人を魅了する力？　生きる歓び？《ジョワ・ド・ヴィーヴル》」

「そのすべてね。母は仕事で苦労することがないの。毎年ひと月だけよそへ行って——」アリックスはそこで彼を見た。「そのあたりについてはあなたのほうがよく知っているわね。とにかく、よそへ行って小説の構想を練ったら、自宅に戻って、あとは書くだけ。一日のノルマは楽々こなすし、最初の設定からストーリーがずれてしまうこともない。わたしなんか、これでいこうと決めるまでに五十回は気が変わるのに」

「気が変わるというより、自分が描いたものを見て、間違いに気づいて、そこを修正するんじゃないか？」

「そう、まさにそれ！」アリックスは笑顔になった。

「自分の作品の欠点に気づけるのも才能のうちだ」

「そうよね。そんなふうに考えたことはなかったけど。エリックなんか、自分のデザインはどれも完璧だと思っていたもの」

「きみの婚約者のエリック？」

「格上げしないで。ただのボーイフレンドよ。いまは〝元〟だし」一瞬、ふたりの目が合い、アリックスは、あなたのガールフレンドは全部〝元〟なの、と訊きたくなったが、そこでジャレッドが目をそらしたので、その機会は失われた。

「いまはどんなものを制作しているの?」彼が訊いてきた。

小さな礼拝堂のことが頭に浮かんだけれど、ジャレッドが設計した壮大な建造物とくらべると取るに足りないものに思えた。「とくになにも。資格試験の勉強もあるし、卒業制作のことも考えなきゃいけなかったから」

「実際に建てたとか?」ジャレッドが目を輝かせた。

アリックスは笑った。「その手はもう誰かさんに使われちゃったから」

「もう一度やってみてもよかったのに」

「どうかな。だって――」そこで、お昼よ、とディリスに呼ばれ、その話は終わりになった。

少しして、三人でテーブルを囲んで、魚のフライとコールスローとビーチプラムの自家製ピクルスのランチとなった。ディリスとジャレッドが隣りあわせに、アリックスは向かいの席に座った。

「アリックスは最高にうまいハッシュパピーを作るんだよ」ジャレッドがいった。

「お母さまに教わったの?」ディリスが尋ねる。

「うちの母は――」アリックスはいいかけ、そこでディリスの目が笑っていることに気がついた。「母のことをよくご存じのようですね。六歳になるころにはわたし、住んでいる地域で宅配サービスのあるレストランの電話番号を全部知ってました」

「ヴィクトリアは欠点もあるかもしれないけれど、彼女のいるところにはいつでも人が集まってきたものよ」ディリスはいった。「なによりよかったのは、あなたのお母さまがアディをあの家から連れだしてくれたことね」

「ミス・キングズリーが家に閉じこもっていたとは知りませんでした。いつもお茶会をひらいて、お客さまを大勢招いていた記憶があるんですけど」

「そうそう、アディは人を呼ぶばかりで、自分はめったに出歩かなかったの」

「広場恐怖症だったとか?」

ディリスは内緒話でもするようにテーブルに身をのりだした。「わたしの祖母はよく、アディには幽霊の恋人がいるんだといっていたわ」

「もっとコールスローがほしい人は?」ジャレッドは声をあげた。「まだたくさん残っているぞ」

どちらの女性もそれを無視した。

「きっとケイレブ船長だわ」アリックスはいった。「よくアディおばさんと――そう呼ぶようにといわれたんです――ふたりで、おばさんのベッドに横になって、彼の肖像画を眺めながら人魚のお話をしてもらったことをおぼえてます。どのお話もものすごくロマンチックだと思いました」

「当時のことをおぼえているの? たったの四歳だったのに」

「アリックスはあの家のどこになにがあるか全部知ってる」ジャレッドは横から口を挟んだ。

ディリスはにっこりした。「きっと抽斗や戸棚を開けて、おうちを作る材料になりそうなものをさがしまわっていたせいね。あなたがあのレゴブロックをあげなかったら、アリックスは壁の煉瓦を取りはずそうとしたかもしれない」

アリックスはいぶかしげにジャレッドを見ていたが、そこでなにかに思い当たった表情になった。「海みたいなにおいのする背の高い男の子」

ディリスが声をあげて笑った。「それがジャレッドよ。この子はいつだって魚とおがくずのにおいがしてた。十六歳になって女の子に興味が出てくるまで、お風呂に入っていなかったんじゃないかしらね」

アリックスはまだジャレッドから目が離せなかった。「あなたはわたしにレゴの使いかたを教えてくれて、ふたりで床に座ってなにかの建物を作った……あれはなんだった？」

「この家の大まかなレプリカだ。修理の必要があると母からさんざん聞かされていたから、ひと部屋建て増しするにはどうしたらいいか考えていたんだ」その後、そのアイデアを絵に起こした。そしてそのスケッチを見たケンが、それを元に改築することに決めたのだ。四歳の建築家に感化されてこの仕事をはじめることになったのだと、アリックスに伝えられないことが、ひどくもどかしかった。

アリックスは、いま知ったことをのみこもうとしていた。わたしは、のちに世界屈指の建築家になる少年からレゴブロックを使った建築の授業を受けていた。たぶんそうした思いが顔に出ていたのだろう、ジャレッドがすっと目をそらした。彼のしかめっ面が見えるようだ。セレブ扱いされたくないってわけね！

ジャレッドの眉間のしわを深くするようなことはいいたくない。アリックスはディリスに向き直った。「それで、ケイレブ船長がアディおばさんの幽霊の恋人だったんですか？」

ディリスはうなずいた。「祖母はそういっていたわね。母はくだらないといったけれど。事実はどうあれ、わたしはその話を聞くのが大好きだった。レクシーもそう」

「レクシー？　噂は聞いてますけど、まだお会いしていないんです」

「レクシーと彼女のお母さんは、レクシーのお父さんが亡くなったあとでわたしと一緒にこの家に移ってきたの。ちょうどジャレッドが大学に入るために島を離れるときでね、ありがたいことにみんなでこの家に越してきてはどうかといってくれたのよ」ジャレッドに向けたディリスの瞳には感謝と愛情の念がこもっていて、気恥ずかしくなるほどだった。

彼は表情を見られないように顔を伏せたまま、汚れた皿を片づけはじめた。アリックスは手伝おうと腰を浮かしたが、ジャレッドにまかせなさいとディリスに目顔でいわれた。

「幽霊とどうやって恋人どうしになるのかしら？」アリックスは質問した。「だって、物理的な制約があるでしょう？」

「わたしも同じことを考えた。それでね……」ディリスはジャレッドのほうをちらりと見てから——彼はこちらに背中を向けていた——アリックスに顔を寄せた。「祖母にずばり訊いてみたのよ」

「で、おばあさまはなんて?」

「アディに一度こういわれたそうよ。その男性を深く愛しているから牢獄《ろうごく》に閉じこめたままにしてしまった、って」

アリックスはどさりと椅子に寄りかかった。「妙ないいかたですね。どうやったらそんなことができるのかしら?」

「じつは、一度アディに尋ねたことがあるの。彼が閉じこめられている牢獄の錠を開けるための鍵をわたしはさがそうとしなかった。アディはそう答えたわ」

「なんだか謎めいていますね。いったいどういう意味——」アリックスはいいかけたが、ジャレッドがそれをさえぎった。

「ふたりとも、噂話はそのへんにしてもらえるかな? ぼくは三時に約束があるんだ」

「キングズリー家の男たちは幽霊を信じていないの」ディリスはいった。「分別がある良識人というイメージが崩れてしまうから。だからね、アリックス、もしもキングズリー・ハウスで幽霊を見たら、あなたは洗いざらいわたしに話してくれなきゃだめよ」

「ディリス」アリックスはゆっくり言葉を継いだ。「もしもわたしがケイレブ船長に会ったら、幽霊だろうとなんだろうと、誰にもいわずに独り占めすると思う」

ふたりの笑い声があまりに大きかったので、ジャレッドはキッチンに退散した。

ランチのあと、ジャレッドは修理仕事に使う道具をトラックに取りにいった。ふたりきりになると、ディリスは、自分はボートを持っていて、一週間ほどしたらジャレッドが倉庫から出して水に浮かべてくれるのだとアリックスに話した。

「彼は島の人たちのためにあれこれしてあげているみたいですね」

「ジャレッドには責任があるから。ナンタケットの旧家の長男でしょう。キングズリーの名には義務がついてくるの」

「いまどきの考えかたではないですね」

「ナンタケットの人間はいろいろと旧式だから」

「わたしにもわかりはじめてきました」アリックスはジャレッドとディリスに水入らずの時間をあげようと、外へ出て、海に突きだした埠頭を歩いた。

家のなかに戻ってきたジャレッドがアリックスの姿をさがし、外の埠頭にいるのを見てほっとした顔をしたことにディリスは気づいた。数分後、ジャレッドは床に仰向けになり、上半身を流しの下に突っこんで、蛇口の水漏れを直していた。

「あなたが女性とあんなにくつろいでいるのを初めて見たわ」ディリスはいった。

「ケンは恩人だからね。そこのレンチを取って」ジャレッドはレンチを受け取った。「あいにく彼女の両親はナンタケットのことを娘に秘密にしているんだ」

「どういうこと？」

「この島を訪れていることを、どちらも彼女に話していないんだよ」

「だけど、ヴィクトリアは毎年きているじゃないの」

「いまではアリックスも知っているけど、ヴィクトリアは娘にはコロラドにある山荘に行くと話していたんだ」

「どうしてそんなことを？」

「さあ。ちょっと水を出してみて」

ディリスが蛇口をひねると、水漏れはすっかり直っていた。

ジャレッドは流しの下から出てきた。「ケンの話だと、ヴィクトリアは彼女の作品の舞台が本当はナンタケットで、キングズリー一族がモデルだということを誰にも知られたくないらしいよ」

「この島の人間はみんな知っているわよ」

「でも、ぼくらは内々にとどめるからね。ヴィクトリアは外の世界の人間に知られたくないんだよ」

「だったら、ケンがアリックスに黙っている理由は？」

「ヴィクトリアに口止めされているんだ。両親がこの島を訪れていることを知ったらアリックスもきたがるから、といって」

ディリスは理解するのに手間取っていたが、しばらくしてうなずいた。「アディと関係があるのね？」

「たぶん。ヴィクトリアは娘にアディおばさんを訪ねてほしくなかったんだと思う。アリックスがここにいたとき、ふたりはとても親密だった。ヴィクトリアはそれがおもしろくなかったんだ」

ディリスは当時を思いだしてかぶりを振った。「ヴィクトリアがアリックスを連れ去ったあと、アディがひどく落ちこんでいたのをおぼえているわ。アディが死んでしまうんじゃないかと本気で心配した。ここだけの話、わたしもヴィクトリアはずいぶんむごいことをすると思ったものよ。アリックスのことまで傷つけて。あの子がどんなに泣いたか！」

「アリックスは無事に成長したようだね。本人は自覚していないようだけど、当時のことをすごくよくおぼえているんだ。まるで生まれたときから住んでいるみたいにキッチンのなかを動きまわっているよ」

「まさか、あの恐ろしく古いガスコンロを使えるなんていわないでよ」

「あのコンロは最高なんだぞ！　アリックスはあのつまみを無意識のうちにひねっていたよ」

ディリスは一歩うしろに下がって、ジャレッドのことをまじまじと見た。「変ねえ、あなたの声にいつもとは違う響きがあるようだけれど」

「尊敬の念だよ。ケンとヴィクトリアの娘にぼくが感じているのはそれだ」

「そんなごまかしは通用しないわよ、ジャレッド・キングズリー。わたしはあなたが赤ん坊のころから知っているんだから。アリックスに特別ななにかを感じているんでしょう」

ジャレッドは一瞬、いいよどんだ。「アリックスは礼拝堂を設計したんだ」小さな声で告げた。

「それが？」

「それがよくできてる」

「よくできてる？　十点満点で何点？」

「十一点」

「あらあら。頭がよくて、美人で、才能もある。どうやら申し分のない女性のようね」

「まだわからないよ」

「ジャレッド、ハニー。さっさと心を決めたほうが身のためよ。知性と美貌と才能を兼ね備えた女性は、ナンタケットではあっという間にかっさらわれてしまうから。島の人間は目端が利くの」

ジャレッドは流しで手を洗った。「ウェスが土曜の水仙祭りに彼女を誘った」

「あなたのいとこのウェス・ドレイトン？　ハンサムで若くて独身で、船の修理業が繁盛している？　あのウェス？」

「そうだよ」ディリスの説明にジャレッドは笑わなかった。「ケンとヴィクトリアの娘と遊び半分につきあうわけにはいかないんだ。かといって真剣につきあって、もしもうまくいかなかったら……。どうやって償えばいい？　いまのぼくがあるのは彼女の両親のおかげなんだよ。ぼくを怒鳴りつけたときのケンの声を聞かせたかったよ……」彼は手で払いのけるようなしぐさをした。「この話は終わりだ。アリックスが戻ってきた。とにかく明るくね。彼女はいい娘なんだ」

「あなただっていい子よ」ディリスはいったが、ジャレッドはすでに戸口に立って笑顔でアリックスを出迎えていた。

8

「ディリスはいい人ね」ジャレッドのぐたびれた赤いピックアップは、湿地や池が点在する美しい風景のなかを町の方向へ引き返していた。まだ若葉の季節には少し早く、低木は枝ばかりが目立っている。「あの白い花はなに？」

「シャッドブッシュ。〝シャッドブッシュの花が咲くとシャッド（ニシン科の魚）が川にのぼってくる〟」ジャレッドは言い伝えを口にした。

「それはつまり、あなたはもうじき船で出かけるということかしら」

「まだ島でやらなきゃいけないことがいくつかあってね」それがなにかはいわなかった。アリックスをナンタケットになじませなければいけないことはわかっていた。ジャレッドがいなくなった瞬間に本土行きのフェリーに飛び乗ったりしないように。それにはレクシーとトビーを彼女の友だちにする必要がある。

アリックスは窓の外に目をやった。その〝やらなきゃいけないこと〟は、なにかすばらしい建築物のデザインを考えることかしら。

「ディリスはいい人だ」ジャレッドはいった。「ところで、コンピュータ用品でなにか買いたいものがあったりしない？」

「母の戸棚のなかにあるもので当分もつと思うけど。どうして？」

「きみを家まで送り届けてからだと約束に遅れてしまうんだ。トリッシュに電話すれば、時間を変更してもらえるとは思うが」

「ああ。その人とどこかへ出かけるの？」

「いや、トリッシュは美容師だ。こいつを顔からはずせとディリスにいわれたんだ」ジャレッドはあごひげを撫でた。

「ひげを剃ってしまうの？　髪も切るの？」

ジャレッドは運転しながら横目でアリックスを見た。「やめたほうがいい？」

ひげのあるジャレッドのほうがアリックスは好きだったけれど、それをいうのはさすがになれなれしい気がした。「あなたとモンゴメリーを間違えたくないだけ。その髪型は、島に住んで海に出るキングズリーに合ってると思うから」

「わかった」ジャレッドはにっこりした。「じゃ、ひげは剃らずに整えてもらうだけにして、髪も短くしない。それでいいかい？」

その口ぶりに、アリックスは眉をひそめた。この人はどうしてこうもわたしの機嫌を取ろうとするの？「わたしがあなたの……商売を知っていることは誰から訊いたの？」

「きみはぼくに腹を立てていた。　それにぼくの仕事のことをあからさまにほのめかしていたし。　あのときは知らんぷりをして悪かった」

「でもあなたはわたしのために花をもらいにいってくれた」アリックスの口調がやわらいだ。

「すごくうれしかった」

ジャレッドは広い道路を左折して、いくつかの小さなショップの共同駐車場に車を入れた。

店のひとつが〈ヘア・コンサーン〉で、もうひとつはコンピュータ・ストアだった。「どれくらいかかるかわからない。　家に帰りたければ、ひとっ走りしてトリッシュに都合が悪くなったといってくる。　それとも、ほかの店を見ているかい？」

アリックスは車から降りた。「わたしも一緒に行くからトリッシュに紹介してもらえない？　ここにいるあいだに髪を切ってもらう美容院が必要だもの」

「きみは明日、ここを出るんだと思っていたよ」

「あなたのほうこそ。　気が変わったの？」

「きみがぼくに金言を求めないとわかったから、ひょっとすると残るかもしれないな」

「もしわたしがジャレッド・モンゴメリーに会ったら、真っ先にそれを訊くと思うけど、ミスター・キングズリーはただ釣りをしているだけのようだし……」アリックスは彼を見あげた。「ほかにはなにをするつもり？」

「さあね。　休暇を取るのは数年ぶりだから。　冬のあいだはニューヨークとここを行ったり来たりしていたし、じつはいまもひとつプロジェクトを抱えていて、事務所のパートナーにせっつかれているところだ」ふたりは小さな玄関ポーチにあがり、ジャレッドはアリックスのためにドアを開けてやった。

アリックスは舌の両側を歯で噛んで、そのプロジェクトについて質問しそうになるのをこらえた。約束は約束だ。破るつもりはない。

店内は広く、明るかった。ジャレッドはアリックスをトリッシュに紹介した。小柄で引き締まった体つきのトリッシュはものすごい美人だった。

「ひげは剃らないで」そういったあと、アリックスは真っ赤になった。「ごめんなさい、偉そうな口をきいて」

「どっちみち、あたしは剃れないから」理容師免許を持っていないからひげ剃りはできないのだ、とトリッシュは説明した。このもじゃもじゃのひげと髪をどうカットするか、ふたりの女性が話しあっているあいだ、ジャレッドは黙って椅子に座っていた。話がまとまると、アリックスは空いている隣の椅子に腰をおろした。

どうやらトリッシュはここ十年に出版されたヴィクトリアのすべての小説を読んでいるらしく、ジャレッドのひげを鋏で整え、髪の毛を洗ってカットするあいだも、アリックスと切れ目なしにおしゃべりしていた。ジャレッドがなにかいったとしても、どちらも気づかなかっただろう。

すべて終わると、ふたりの女性は鏡の前に並んで仕上がりを確認した。

ジャレッドは十歳は若返って見えた。ひげも長髪もよく似合っていた。がっしりしたあごのラインをおおうひげはきれいに整えられて、髪は首のうしろまで届いている。ひげにも髪にも白髪が交じっていたけれど、かえってそれがすてきに見えた。

ありえないことに、イジーとふたりで彼の講演を聴いた二年前よりもすてきだった。アリックスは思わず鏡ごしに彼の下唇を見てしまった。

「これでいいかな？」ジャレッドは鏡のなかでアリックスと目を合わせた。

「ええ」アリックスは答えてからそっぽを向いた。

レジのところでジャレッドが支払いをすませ、ふたりはトリッシュにさよならをいって店を出た。

「スーパーに寄るかい？」ジャレッドが訊いた。

アリックスはトラックのドアを開けた。「あなたに時間を無駄にさせるのが心苦しくなってきた。車を借りるから、レンタカー・ショップへ連れていってもらえない？」

「丸一年ここに滞在するなら中古車を買ったほうがいい。ぼくの友人で、フォルクスワーゲンを売りたがっているやつがいる」

「車を買うのはまだ早いと思う。母だってここにいるときは外出するはずよね。母はなにに乗っていたの？」

「乗っていない。ヴィクトリアは町なかに食事に出かけるときも徒歩だった。家から数ブロックのところにスーパーがひとつあって、フルーツはそこで買っていた。昼はよくアディおばさんと外に食べに出かけたが、それ以外の時間はほとんど家で仕事をしていたよ」

「へえ。小説の構想を練っていたわけね」

ぼくの家族の日記を読んでメモを取っていたんだよ、とジャレッドは心のなかで思った。ある年、ヴィクトリアは携帯用コピー機をこっそり持ちこんだ。彼女はそれを自分の寝室でしか使わなかったが、祖父のケイレブがアディおばさんに告げ口したことで大げんかになった。ヴィクトリアは、のぞき見したといってアディを責めた。

その話を聞いたとき、ジャレッドは、のぞき見したといって祖父をなじった。「ヴィクトリアの部屋に忍びこんで、彼女が着替えるのを見ているのか!?」非難したつもりだったのに、じいちゃんはにやりと笑い、「当然だろう。だが、見るのはヴィクトリアのことだけだ」というと、ふっと消えた。

どうやって知ったかは関係ない、コピー機を処分するか、ここから出ていくかだ、とアディに迫られ、ヴィクトリアはしぶしぶコピー機をアディに差しだした。ジャレッドがこの前見たとき、コピー機はまだ控えの客間の戸棚に入っていた。

「そう、小説の構想をね」ジャレッドはしばらくしていった。「それでスーパーはどうする?」

「いくつか買いたいものがある」

ジャレッドが次に車を入れた駐車場にアリックスは見おぼえがあった。通りの反対側に〈ダウニーフレーク〉の大きなドーナツの看板が見える。右も左もわからないといった気分を味わわなかったのはこれが初めてだ。

「なんとなくわかってきたかい?」ジャレッドに訊かれた。

「なんとなくね」

彼はベンチシートのうしろに手を伸ばしてフランネルの大きなシャツを取るとアリックスに渡した。

「なんなの?」

「すぐにわかる」

〈ストップ&ショップ〉の店内はアリックスが経験したこともないほど冷房が効いていた。あわてて羽織ったシャツは彼女をすっぽり包みこんだ。

「だんだんナンタケットの人間らしくなってきたね」ジャレッドはにやにやしていた。

「最高の褒め言葉をもらったような気分になるのはなぜかしらね。そうか、〝ラムをあおるキングズリー家の船乗り〟呼ばわりされたあとだからね」

ジャレッドは声をあげて笑った。「ラムといえば、この店の隣はリカーショップだよ。寄っていくかい? きみ用にダークラムを一ケースとか?」

「わたしの記憶に間違いがなければ、あなたもわたしと同じくらい飲んでいたと思うけど」

「だが悲しいかな、ぼくらを酔わせるには足りなかった」ジャレッドは先に立って通路を進み、パック詰めのベビーレタスを二個取った。

アリックスはショッピングカートを押す手を止めてジャレッドを見た。彼がわたしに思わせぶりなことをいったのはこれが初めてだ。わたしのほうはついさっき、鏡のなかの彼を見てよだれを垂らしそうになっていたのに、ジャレッドはずっと父親みたいな目でわたしを見ることをやめなかった。

「じゃ、わたしが土曜にするデートについて教えて」ふたりはいまコーヒーと紅茶の棚の前にいて、ジャレッドはパッケージの文字を読んでいた。

「教えるようなことはたいしてない。この時期、島には何百万という水仙が咲くんだ。とある草刈り人が根絶やしにしたという話もあるんだが、いまだに咲いている。クラシックカーでパレードをして、スコンセットでピクニックを楽しむことになっている」ジャレッドは袋入りのコーヒーをふたつカートに入れた。

「あなたは参加しないってこと？」

「子どものころは出かけたよ。毎年両親に連れていかれた。母はぼくを水仙だらけにして、いとこたちと一緒に古いピックアップの荷台に乗せた。でも大きくなってからは、その手のことに興味がなくなってしまってね」

ジャレッドはカートの持ち手にもたれ、商品を選ぶアリックスを見ていた。ふたりは加工肉やサラダを取り揃えた大きなガラス製のカウンターのところで足を止めた。ジャレッドはカウンターの奥にいる店員のひとりひとりに名前を呼びながら挨拶した。

「あなたはなにがいい?」アリックスはなんの気なしにそう訊いたあと、すぐにつづけた。「ごめんなさい、一緒に食事をするわけでもないのに」

「チキンサラダがいいな」ジャレッドはいった。「それと、サンドイッチ用にハムを少し。トマトを忘れてた。ちょっと行って取ってくるよ。あっ! それにスモーク・ターキーも頼む」彼はくるりと向きを変え、野菜売場のほうへ引き返した。

アリックスは思わず頬をゆるめた。どうやらひとりで食事をする心配は減ったみたい。

残りの買いものも楽しかったが、冷凍食品売場までくると、あまりの寒さにアリックスの歯がカチカチと鳴りだした。ジャレッドは彼女の腕をせっせとこすってやった。「ここに住むつもりなら、もっとタフにならないとね」

レジカウンターに向かう途中、アリックスは雑誌コーナーで足を止めた。『ナンタケット・トゥデイ』を選び、リフォーム雑誌に手を伸ばしたところでためらった。ジャレッドはそれを取ってカートに入れた。

「あとで、ここに載っているリフォームのどこが間違いか聞かせてね」アリックスは笑顔でいった。

「きみは学校でなにも教わらなかったのか？　ぼくのほうこそ聞きたいね」

ふたりはレジのベルトコンベアにカートの中身を空けていった。

「いいわよ。じゃ、わたしがアメリカの生ける伝説に――」ジャレッドは目で彼女を黙らせた。「キングズリー家の船乗りにリフォームのなにがわかるの？」

ジャレッドにっこりとやさしい笑みを向けられ、アリックスは膝から力が抜けそうになった。

「きみは理解が早いんだな」

「ええ、そのほうが身のためだというときは。あなた、卵は買った？」

「いや、卵はあの通路の奥だ。割れていないか、容器を開けて見たほうがいい」

アリックスはカートから体を起こしてジャレッドを見た。

ジャレッドはため息をつくと、急ぎ足で卵を取りにいった。

商品をすべて出し終えたとき、レジ係の若い女性が声をかけてきた。「あなた、ジャレッドとつきあってるの？」

アリックスは一瞬、言葉を失った。この島の人たちは全員が知りあいなの？「いいえ」ようやく答えた。「昨日会ったばかりよ」

レジの女性は両眉を吊《つ》りあげた。「夫婦みたいにいいあってたのに」

アリックスはなにかいおうと口をひらいたが、そのときジャレッドが卵を手に戻ってきた。

「ギリシャヨーグルトはどれを買った？　あの砂糖が全部底に沈んでる小さいやつは大嫌いなんだ」

アリックスはレジの女性の視線を痛いほど感じながらヨーグルトのパックをあげてみせた。「そうそう」ジャレッドは笑顔になった。「それが好きなんだ」ケンから教えてもらったブランドだった。

アリックスがレジの女性をうかがうと、彼女はまた両眉をあげた。ジャレッドはキーリングにつけている〈ストップ＆ショップ〉のカードを見せてから支払いをすませた。

店内にくらべると外はあたたかく、ふたりは急いでトラックのところに戻った。アリックスがショッピングバッグを渡し、ジャレッドはそれを後部座席に置いた。車に乗りこみ、ジャレッドはアリックスの顔を見るとヒーターを入れた。「いまからそんな調子じゃ、すきま風が入るあの古い家で冬をどう乗り切るつもりだ？」

「まるまると太ったボーイフレンドを見つけるわ」

答えがないので、アリックスは彼のほうを見た。ジャレッドは黙ったまま駐車場から車を出していた。どうやらボーイフレンドのことも触れてはいけない話題のようね。だけど正直いって、気をそらしてくれるボーイフレンドでもいないと、ジャレッド・モンゴメリーだかキングズリーだかを相手にばかなことをしちゃいそうなんですけど。

「家に帰って食料品をしまったら、少し町を歩いてみないか？」ジャレッドはいった。

「そうしたらあなたの知りあいにばったり会うかも」

アリックスの顔をちらりと見ると、冗談をいっているのだとわかった。「いまは全員が知りあいだが、それもそう長くはつづかない」

「どういうこと？」

「かーれーらーがー、くーるー」

アリックスは思わず噴きだした。ホラー映画の予告編のナレーターみたい。「誰がくるの？」

車一台通るのがやっとという狭い通りを走っていると、前からべつのトラックがやってきた。ところがジャレッドも対向車の運転手もこんな狭い道ですれ違うことには馴れっこのようで、当然のように手をあげて挨拶しながら通り過ぎた。

「いまにわかるよ」ジャレッドはいったが、なんの答えにもなっていなかった。

家に着くと、ふたりで荷物を運びこんで手早くしまっていった。下側の戸棚のどこになにを入れるかアリックスがすべて知っていたものだから、ふたりして笑ってしまった。アリックスは二度、ジャレッドの脇の下にもぐるようにして冷蔵庫に食品を入れた。手分けして、おおむねうまくやれた。

二十分後、ふたりはナンタケットの通りをめぐっていた。アリックスはジャレッドの案内で美しい通りをひとつひとつたどり、住宅の前で足を止めては玄関やその他の特徴について感想を述べあった。

しばらくして、ジャレッドはこぢんまりした家の前で立ち止まったが、アリックスは最初その理由がわからないようだった。だがすぐに目を見ひらいて彼に顔を向けた。「あなたがやったのね？　いえ、つまり、この家はジャレッド・モンゴメリーが改築したのね」

「そう、彼がやった」ジャレッドはおかしそうに目をきらめかせた。「ぼくはたまたま知っているんだが、ここを設計したとき彼はまだほんの十五歳だったんだ。もちろん、彼の最近の作品とは似ても似つかないが、これも彼の仕事のひとつだ」

「冗談でしょう？　彼の作品だとすぐにわかった。あの外壁面からくぼませて作った玄関。あれこそまさにモンゴメリー流よ」

ジャレッドの顔から笑みが消えた。「彼は初期のころからちっとも変わっていないといいたいのか？」

「そうじゃなくて、いいものには徹底してこだわるってこと」

一瞬のためらいを見せたあと、ジャレッドは笑いだした。「きみはなんとも口がうまいな」

「質問しちゃいけないのはわかっているけど、彼はどうして十五歳にして建物を設計することになったの？」

「彼は大工の親方の下で働いていて、その親方が彼に……ぼくに設計をまかせてくれたんだ」当時を思いだしてジャレッドの声はますますやさしくなり、ふたりはまた歩きだした。

「ぼくが自分の思いつきを棒切れで地面に描いていたら、親方が製図の初歩を教えてくれたんだ。三角定規とT定規の使いかたを教え、ぼくの初めての製図台は木びき台の上に古い扉をのせて――」

「三角に切ったベニヤ板を噛ませて傾きを作った」アリックスはいった。

「見てきたみたいにいうんだな」

「父がわたしに作ってくれたのがそうだったの。ただし、父が使ったのは二段式ドアの下の部分だったけど」

「きみがいくつのとき？」

「八歳よ」アリックスはくすっと笑った。

「なにがおかしいのかな？」

「ちょっと、レゴブロックのことを思いだしちゃって。あなたにもらったのは、たぶん島に置いてきてしまったのね。しばらくして父とどこかのお店に行ったとき、レゴの箱が目に入ったの。それを見たとたん、気が触れたみたいにわあわあ泣きだしたことをおぼえてる。癇癪《かんしゃく》を起こすような子どもじゃなかったのに。なにかをあんなにほしいと思ったことは、あとにも先にもあれが初めて。父はなぜかわかってくれたみたいで、ショッピングカートをレゴの箱でいっぱいにしてくれた」

ジャレッドはにこにこしていた。「それを使って遊んだ？」

「毎日ね！　でも母はいい顔をしなかった。小さなブロックが家のあちこちに落ちているから。母はよくいってた。〝ケネス、わたしの娘は大きくなったら作家になるの。こんな邪魔くさいブロックはこの子に必要ないわ〟って」

「きみのお父さんはなんて？」

アリックスは声を低くした。「〝この子はすでに建築家だ。親の職業をふたつとも継げるとは思わない〟」

「お父さんが正しかったみたいだね」

「ええ。小さいころ、母はわたしにお話を作らせようとしたんだけど、なにひとつ思いつかなかった。題材があれば書けるの。すらすらとね。だけど、母みたいにあっと驚くようなストーリーを一から考えることはできないのよ」

「文章は書けるけど、筋を組み立てることはできない？」アリックスの子どものころの悩みを聞いて、ジャレッドはなんとなくおもしろがっているようだった。

「そうなの。だって、母の本のなかで起きているようなことを実生活で経験した人がどこにいる？　殺人、犯罪者をかくまうための秘密の小部屋、許されざる愛、ある古い屋敷をめぐる陰謀や企み――」そこでジャレッドに目をやると、彼はぎょっとしたような顔でこちらを見ていた。「どうしてそんな顔でわたしを見るの？」

「そういう話をみんなが読んでいるかと思うとぞっとしてね。今度はきみが変な顔をしているけど」

「毎年八月、母がコロラドではなくここにきていたという事実に、まだなじめなくて」

アリックスが話していないことがまだある気がして、ジャレッドはつづきを待った。

「ちょっと思ったんだけど。あなたの一族は旧家で、あなたの屋敷は古いわよね」

「頼むから、ぼくの家族が人殺し一族のモデルなんじゃないか、とかいわないでくれよ」

アリックスはほとんど聞いていなかった。考えれば考えるほど、母の本はすべてキングズリー一族をモデルにしているのではないかと思えてきた。あの驚くべき小説がどれも実話だなんてことがあるかしら？

ジャレッドはアリックスがなにを考えているかぴんときた。まずいな。家族の歴史は家族だけのものであるべきだと、彼は心からそう考えている。ジャレッドはアリックスの肩に手を置いて一軒の家のほうを向かせた。「これはモンゴメリーが十六歳のときの作品だ」

アリックスはその場に突っ立って目をぱちくりさせた。母の本の一冊に、主人公の一族に富をもたらすことになる石鹸の製法についてのエピソードがあった。「キングズリー石鹸」アリックスは目を丸くしてつぶやいた。キングズリー石鹸は実際にある石鹸で、包み紙には創業数百年と書いてあった。現在では人気商品とはいえないけれど、いまでもアメリカじゅうのスーパーで売られている。父方のおばあちゃんは、石鹸はあれがいちばんだといっていた。

「そのとおり」ジャレッドは声を張った。「これがモンゴメリーのデザインのはずがない。窓が違う。彼はあんなにばかでかい屋根窓を作ったことはないからね」彼はまた歩きだした。

「彼は作ったことがある」アリックスは石鹼のことから頭を切り替えようとした。

ジャレッドが立ち止まり、彼女を振り返った。

「ダンウェル邸。あの家の屋根窓はここのと同じくらい大きかった」

ジャレッドはにっこりすると、また歩きはじめた。

アリックスは追いつこうと駆けだし、でこぼこのある歩道で一度つまずいた。ジャレッドは一本の路地へ入っていった。スクーターも走れそうにない狭い道なのに、両側にずらりと車が停めてあった。ジャレッドはさっさと歩き、長い脚でどんどん距離を広げた。

追いつくために、アリックスはほとんど走っていた。

ジャレッドは道沿いの一軒の家の前でだしぬけに止まると、ポケットから鍵を取りだして玄関の錠を開けた。アリックスは彼のあとについて家のなかに入った。

「電気はきていると思うんだが」ジャレッドは手探りで壁のスイッチを入れた。

ふたりがいるのは一階のキッチンで、右手に古い煉瓦の壁があった。ドアの先に見えているのはおそらくダイニングルームで、奥の壁に大きな暖炉がある。

遠くに思いを馳《は》せているような表情がアリックスの目からついに消えたのを見て、ジャレッドはほっと胸を撫でおろした。この家を見たことで、キングズリー一族と母親の小説の関係のことなど、どこかへいってしまったらしいな。

「かなり古い家ね」アリックスの低い声には、こうした古い家への畏敬の念がこもっていた。彼女はドアの先をのぞきこみ、大きな暖炉に目をやってから古いキッチンに視線を戻した。〈タッパン社〉の古いガスコンロがあり、流しは傷がつき、欠けていた。戸棚は、ほぞとほぞ穴のことなど聞いたこともない人間が作ったとしか思えなかった。

「メープル材のキャビネットと大理石のカウンターかな？」ジャレッドは訊いてみた。

「そこまでするのはどうかと思うけど――」自分が話している相手が誰かを思いだしてはっと言葉をのみこんだ。「これは誰の家なの？」

「ぼくのいとこのだ。リノベーション・プランを考えてくれと頼まれている。作業は自分でやって、売るといっていた。二階も見るかい？」

アリックスはうなずき、ふたりで狭く急な階段をあがっていくと、ウサギ穴のように入り組んだ小さな部屋がいくつもあった。どうやら、ひどく無計画に部屋を増やしてきたらしい。なかには美しい部屋もあったが、あとは醜悪な石膏ボードで区切られていた。

アリックスが部屋から部屋を見てまわるあいだ、ジャレッドは重ねた電話帳を支えにした古いソファに腰をおろして待っていた。アリックスが石膏ボードのてっぺんを見あげているのは、元の壁の素材と、できるだけたくさんの寝室を大急ぎで作ろうとした理由を突き止めようとしているからだというのはわかっていた。

二十分ほどそのまま放っておいたが、そこでお腹が鳴りだしたので、ジャレッドはソファから腰をあげた。「そろそろ行かないか？　それとも家に戻ってきみのメジャーを取ってこようか？」

「まだプランが決定していないみたいなことをいって」

ジャレッドは口の片側だけで笑った。「ひょっとしたらね。腹が減って死にそうだ。なにか食べにいこう」

「食材は山ほどあるから、家に帰って作れば――」

「時間がかかりすぎる。〈ブラザーフッド〉へ行こう」ジャレッドはべつの戸口へアリックスを連れていくと、そこから草ぼうぼうの庭らしきところへ出た。

「造園もするの？」

「ぼくはしない」ジャレッドが歩きだし、アリックスはあとにつづいた。「トビーにうまく頼みこんでやってもらおうと考えてる。そうすれば家族だけでできるからね」

「あら。彼女があなたの親戚だなんて知らなかった」誰もが恋するトビーはジャレッドが手を出せない間柄だと聞いて、アリックスは思わず小躍りしたい気分だった。気持ちが声に出なくてよかった。

ところが、ジャレッドはしっかり聞き取っていた。「トビーとは心はつながっているが、血はつながってないよ」彼は手を胸に当て、ほうっと深いため息をついた。

「ばかみたい！」そこでアリックスは自分がなにを――誰にいったかに思い至った。

ジャレッドは笑った。「ばかになるのはトビーに対してだけだよ」彼はアリックスのためにレストランのドアを開けた。

アリックスはあきれたとばかりに首を振りながら、先に店に入った。店内は昔のパブのような雰囲気で、壁と暖炉だけは実際に昔のものを使っているようだった。「いい感じね」

ふたりは奥のボックス席に案内され、ジャレッドはレストランのなかを進みながらみんなに「やあ」と声をかけていた。

「この島じゃ、おちおち不倫もできないわね」

「方法を見つけだした人間も少しはいたが」ジャレッドはメニューに目を落とした。「たいていばれるね」

やってきたウェイターにオーダーを告げたあと、アリックスはいまのジャレッドの言葉について考えた。「アディおばさんの耳にはすべての噂が入っていたはずよ。めったに家から出なかったとしても、しょっちゅうお客さんを招いていたし、その人たちからいろいろ聞いていたと思う。もしかすると母はそういう話を聞いて――」

ジャレッドは紙ナプキンとペンをアリックスの前に置いた。「それで、きみならあの家をどう改修する？」

「わたしの気をそらそうとしているでしょう？」

「お母さんの過去よりきみ自身の将来のほうに関心があるんじゃないかと思っただけだ。でも、ぼくの思い違いだったらしい」彼は手を伸ばしてナプキンをどかそうとした。

アリックスはナプキンを手で押さえると、あの家の間取図を描きはじめた。「子どものころ、父はよくわたしをいろいろな家に連れていって、帰ってきてから間取図を描かせたのよ」

きみのお父さんはぼくにも同じことをさせたよ、ジャレッドはそういいたいのをこらえた。アリックスが本当のことを知ったとき、彼女の父親もまたナンタケットで多くの時間を過ごしていることを黙っていたぼくに腹を立てませんように、と切に願った。

店内は暗く、ジャレッドはペンを走らせるアリックスの頭頂部を見ていた。アリックスといるときの彼は〝くつろいでいる〟とディリスはいっていたが、たしかにそうだった。ふたりともアリックスの父親に教わったからかもしれないし、どちらも同じものに興味を持っているせいかもしれない。理由はどうあれ、アリックスといると楽しかった。

とはいえ、彼女への肉体的欲求を抑えこむのは容易ではなかった。ジャレッドはアリックスの体の動かしかたが好きだった。しゃべるときの唇を見ているのが好きだった。彼女に触れることばかり想像していたから——手を出さずにいるのは至難の業だった。スーパーでアリックスが凍えそうになっていたときは両腕で包みこんでやりたかった。しかし実際は、両手で彼女の腕をこすることしかできなかった。通りで、彼はアリックスをあの家のほうに向かせた。肩にちょっと触れただけだったが、やめておくべきだった。彼女のことがますますほしくなってしまったからだ。

「これで合ってる？」アリックスがナプキンを押してよこした。

ジャレッドは一瞥《いちべつ》しただけだったが、十代のころからこの仕事をしている彼にはそれでじゅうぶんだった。「この壁の位置が違う。こっちだったはずだ」

「違うわ。そこは暖炉よ」彼女は暖炉を描き入れた。

「きみの記憶違いだ。壁はここで、暖炉はこっちだ」ジャレッドは指先で線があるはずのところをなぞった。

「絶対に違う。あなたが――」そこでまた彼が誰かを思いだして言葉をのみこんだ。「ごめんなさい。あなたのほうがよくわかっているわよね」

「きみがぼくにつけた、あの不愉快な呼び名はなんだった？」

アリックスは少し考え、ようやくなにをいわれたのかわかった。「アメリカの生ける伝説？」

「それだ。まるで独立戦争以前の遺物みたいに聞こえる」ジャレッドはテーブルの上に手を置いた。「この手はあたたかいよ。血が通っているから。ぼくだって間違うことはある」

アリックスがその手に手を重ねると、ジャレッドは指でそれを包みこんだ。一瞬、ふたりの視線が絡みあい、アリックスは体に電気が走ったようになった。

そのときウェイターがサンドイッチを運んできたので、ふたりは手を離した。

「それで、きみならどう作り替える？」ウェイターが立ち去るとすぐにジャレッドは尋ねた。

アリックスは手元の図面に視線を落とし、無理やり頭を切り替えた。「それは持ち主の希望によるわね」

「いとこからは好きにしていいといわれている。とにかく転売できるようにしてくれとね」

「全権委任《カルト・ブランシュ》か。わくわくするわね。建築家の仕事でなにより厄介なのはクライアントとの交渉だと父はいってた。モンゴメリーもそういう問題を抱えていたと思う？」

「彼はクライアントにこういっていたと思う。モンゴメリーのデザインがほしいなら、やりたいようにやらせてもらう。それがいやならお引き取りください、とね」

「そんなことしてたら仕事にあぶれちゃう」

「当時は景気がよかったし、彼は食いっぱぐれようがかまわないというだけの怒りを心にためこんでいたんだ」

アリックスはテーブルの向かいにいる彼を見た。レストランは雰囲気を醸しだすために照明を落としていて、目の表情を読むことはできなかった。それでも彼の怒りと才能とルックスが無敵の組みあわせであることは想像がついた。

そんなふうにアリックスに見つめられ、ジャレッドはじっとしていることがつらくなってきた。これがべつの女性なら、いますぐ「出よう」といって家に連れ帰り、ベッドに倒れこむ。しかし、ここにいるのはケンの娘なのだ。

「つまり、なんのアイデアもないってことかい?」ジャレッドは、がっかりだとばかりにいった。

アリックスは間取図を見つめ、顔をしかめたくなるのをこらえた。まるで、たったいま振られたような気分だった。思いを寄せていた人に、はねつけられたみたいな。いいかげんにしなさい。そう自分を叱りつけた。ジャレッドにはたぶん真剣につきあっている恋人がいる。婚約してる可能性だってあるのよ。

だとしても……気のあるふりくらいしてくれてもいいのに。

「わたしがモンゴメリーなら」毅然《きぜん》とした口調でいった。「玄関を変えて、屋根窓はもっと大きくする。内装はここところの壁を取り払って、キッチンの流しはここに持ってくる」話しながら図面に印をつけていき、描き終わると顔をあげてジャレッドを見た。

ジャレッドは目を丸くして彼女を見つめた。それは彼が考えていたプランそのものだった。流しの位置に至るまで。

気を取り直すまでに少し時間がかかった。「きみならどうする?」

「もう少しやわらかい感じにする。あまり主張が強すぎないように。キッチンはこのままで、ただしここにアイランド型カウンターを入れる。一階の壁はなくして、二階はここところの石膏ボードを取り払う」

「外装は？」

「いまのまま。ただし、ここにひと部屋増築する。二階の窓をふさいでしまわないように地面を掘り下げて、南側の壁に窓をいくつか作る。それからここに庭へ出るためのドアとステップをつける」

アリックスは手を止めた。紙ナプキンの間取図は、さまざまな書きこみでほとんど判読不能になっていた。「わたしならそうする」

ジャレッドはただ彼女を見つめるしかなかった。自分のリフォーム・プランを、卒業したての建築家のたまごにいい当てられたのは、彼の設計デザインがマンネリになってきているからだとしたら、それはまずいことだ。ただし、この卒業生はかつてのジャレッドだ――いや、彼女の案は彼のものよりすぐれていた。

いますぐ島を離れたほうがいい、自分はかの有名なジャレッド・モンゴメリーより優秀だと考えているような生意気なひよっ子から逃げだすべきだ。そんな思いが頭のなかを駆けめぐった。

しかし次の瞬間、ジャレッドは椅子に背中をあずけて、にっこりした。

ジャレッドの顔をさまざまな感情がよぎるのを見ていたアリックスは、彼がいますぐ席を立ち、彼女の前から永遠に去ってしまうのではないかと、一瞬不安をおぼえた。

「きみのものだ」ジャレッドはほほえみを絶やさぬまま、いった。

「なにが？」

「あの家だよ。リフォームはきみにまかせる」いとこには設計はただで請け負うといってあるが、そのことはアリックスに伏せておくつもりだった。「きみがやった仕事として、かならず履歴書に書けるようにするから」ジャレッドはテーブルに身をのりだし、真顔でつづけた。「そして就職活動をする際には、その履歴書をぜひともぼくの事務所に提出してもらいたい。履歴書にはぼくの推薦状をつけるつもりだし、事務所の経営者はぼくだから、きみが採用されることは確実だ」

いまいわれたことの意味がのみこめず、アリックスは目をぱちくりさせて彼を見つめた。

「ここで泣きだしてぼくに恥をかかせたら、いまの話はなかったことにするぞ」

「泣いたりしない」アリックスはせわしなくまばたきした。

ジャレッドは手をあげてウェイターを呼ぶと、チョコレートのデザートとラム・コークをふたつずつ注文し、「ライムをダブルにしてくれ」とつけたした。

「酔っぱらったうえにデブになっちゃう」アリックスはぶつぶついいながら、目を拭おうとしてナプキンに手を伸ばした。

「それはあとで必要になるかもしれないよ」ジャレッドは客のいないテーブルから失敬した新しいナプキンをアリックスに渡し、ごちゃごちゃした印が描いてあるほうはシャツのポケットにしまった。

アリックスが自分のデザートをぺろりと平らげ、彼のも半分食べてしまうのを、ジャレッドはシートに背中をあずけて見ていた。彼に促され、アリックスは子どものころの話をした。非凡な両親のあいだで育つのはどういう感じかを話して聞かせた。

アリックスが話しているあいだ、ジャレッドは、自分のデザインには目新しさがなくなってきているのかもしれないと考えていた。ある種の商標のようになってしまったのかもしれない、と。建築の世界に足を踏み入れたばかりのアリックスは、しばらく忘れていた活気をジャレッドに運んできてくれた。

「そろそろ行かないか?」彼はいった。「冬からずっと考えている住宅の平面図を、どうしてもいま見たいんだ。変える必要があると思うんだよ。これまでのぼくの作品と似すぎているから。ここのオフィスにCADはないんだが、きみとぼくなら――」

「やるわ」アリックスは答えた。

「まだ話の途中だよ」

「CADもパソコンも必要ない。〝きみとぼく〟という言葉だけでじゅうぶん」彼女は立ちあがった。「行くわよ」

「その前に勘定をすませたほうがいいんじゃないかな?」ジャレッドはにやにやしていた。

アリックスはしぶしぶうなずいた。

9

なにに眠りを破られたのかはわからなかったが、ジャレッドの目に最初に入ったのは、宙に浮かぶ祖父の姿だった。部屋いっぱいに射しこむ日の光が祖父の体を通り抜けている。ジャレッドは子どものころ、おばが部屋にいないと、祖父の体を走り抜けてはお腹を抱えて笑った。ケイレブが見えないジャレッドの母親は、アディおばさんの家を訪ねるたびに息子が部屋を走りまわって、ひとりげらげら笑っているのを不思議がっていた。

ジャレッドの父はケイレブのことが見えたから、鷹揚《おうよう》に笑っていた。自分も子どものころ、まったく同じことをして遊んだからだ。

ケイレブが姿を消すと、もうひとつのソファでアリックスが手足を投げだしてぐっすり眠りこんでいるのが見えた。空いた皿とグラスがラグの上に置いてあり、紙の束と円筒形に巻いた青写真があたり一面に散乱していた。どうやらふたりともまた仕事をしながら寝入ってしまったらしい。もっとも徹夜はこれで四日目で、そのうち寝たのは二度きりだったが。

ジャレッドはソファの上に起きあがり、両手で顔をこすると、ふたたびアリックスに目をやった。彼女が熟睡しているのは経験から知っていた。アリックスが初めてソファで眠りこんだとき、ジャレッドは紳士ぶって二階へ連れてあがろうとした。ところが、そううまくはいかなかった。ジャレッドがそっと肩を揺すっても、彼女はむにゃむにゃいうだけで起きなかった。肩をつかんで引っ張りあげても眠りつづけた。仮に抱きあげたら、子どもみたいに体をすり寄せてくるのではないかという気がした。そしてジャレッドも彼女と同じくらい疲れていたから、もしも寝室まで運んでいったら一緒にベッドに倒れこんでしまいそうだった。

だから彼はアリックスのおでこにキスして、そのままソファで寝かせることにした。自分はゲストハウスに戻ってシャワーを浴び、自分のベッドで寝るつもりだった。ところが、床に広げた平面図の一枚をちらりと見たとき、間違いに気づいてしまった。彼は修正するつもりでふたたびソファに腰をおろしたが、次に気づくとアリックスが平面図を持って隣に立っていて、「この壁はここじゃない。南にあと十二センチずらしたほうがいいと思う」といっていた。

ジャレッドはしばらく寝ぼけていたが、目が覚めると「ぼくもそう思う」といった。

それが二日前のことで、ふたりはそれからずっと寝ていなかった。ひたすら仕事をしていた。

アリックスはいま眠りながらほほえんでいた。昨晩——というより今朝早く——彼女が眠りこむと、ジャレッドは今度は彼女の口にキスした。情熱より友情のこもったやさしいキスを。アリックスは軽くキスを返すと、笑顔のまま眠りに落ちた。

ジャレッドが顔をあげると、祖父が〝情けない〟といいたげな顔でそこにいて、そしてふっと消えた。

ジャレッドはそれ以来、アリックスの向かいにあるソファ以外の場所で眠ろうとは思わなくなった。

視界の隅でなにかが動いたのでそちらを見ると、戸口のそばにまた祖父があらわれた。なにかいいたげな顔をしていたが、次の瞬間レクシーが祖父の体を突っ切って部屋に入ってきた。

「ジャレッド！」レクシーは声を張りあげた。「いったいどこへ行っていたのよ？　ディリスのところに顔を出して以来、まったく音沙汰なしだから、トビーがひどく心配しちゃって、ちょっと見てきてくれって――うわっ！　その人が？？」彼女はソファで寝ているアリックスを見ていた。

ジャレッドは二歩で部屋を横切ると、いとこの腕をつかんでキッチンへ連れていった。

「あのソファで寝ていたのがアリックス？　あなたたち、つきあっているの？　もうそういうことになっているの？」

「つきあってない。少なくとも、きみがいっているような意味ではね。それと、少し声を落としてくれ。彼女には睡眠が必要なんだ」

「ラムを飲むほかに、ふたりでなにをしていたんだか」キッチンカウンターにラムの空き瓶が一本あり、隣の一本も半分ほど中身が減っていた。「まさか、ずっと仕事をしてたとかいわないでよ」

「そのまさかだ」ジャレッドはいった。「彼女はぼくよりさらにひどいんだ」

「嘘でしょう」レクシーはいったが、ジャレッドがあんまり疲れた顔をしているのでかわいそうになった。「少なくとも彼女とディリスは、あのむさくるしい髪を切らせることに成功したようね。ほら、座って。朝食を作ってあげる。トビーが手作りジャムを持たせてくれたの。アリックスもそろそろ起きてくるかしら？」レクシーはコーヒーメーカーをセットした。

ジャレッドは作りつけの腰掛けに座り、眠気を払おうと目をこすった。「しかるべきときになれば起きてくるよ」

「なにそれ？」

「しかるべきときまでは、足に錨《いかり》が落ちたとしても目を覚まさないんだよ」

レクシーは背を向けて冷蔵庫からなにかを取りだしていたので、ジャレッドには彼女が頬をゆるめたのが見えなかった。レクシーはとても魅力的な若い女性で、黒っぽい髪と目はどちらもキングズリー家のもので、とくにあごのラインは見まがいようがなかった。父親は島外の人間で、ブロンドの髪に青い目をしており、それでキングズリー家の黒が少し薄まったのか、太陽の下で見るとレクシーの髪には茶色っぽい縞が入っていた。それにレクシーの瞳は、暗すぎてほとんど黒に見えるキングズリー家のブルーより少し明るいと、ディリスは口癖のようにいう。

「で、あなたはどうしてそれを知っているのかな？」レクシーは卵のパックをカウンターに置きながら問いかけた。

ジャレッドはその質問に答えるつもりはなかった。「ディリスはどうしてる？」

「あなたとアリックスのことばっかり話してる。アリックスにミスター・キングズリーと呼ばせているというのはほんと？」

ジャレッドは笑った。「最初はそうだった。アリックスがぼくのことを畏れ敬っていたときはね。でも、いまはただのキングズリーだ。〝キングズリー、あなたはなんにもわかってない〟ってなぐあいに」

「建築学校の学生はあなたのことを神かなにかのように崇めているんだとばかり思ってた」

その口調からは、なんともばかばかしいと思っているのが伝わってきた。

「この学生は違うんだ」ジャレッドは笑顔でつづけた。「とにかく、いまは違う。いとこの家の壁のことでは、ぼくが正しくてもね」

レクシーは卵を割っていた手を止めて彼を見た。「あなた、彼女の意見を聞いてるの？わたしが知るかぎり、こと建築に関しては、あなたは我を通す人だったはずよ」

「ケンに対してはべつだ」

「その例外は彼の娘にまで及ぶってわけ？　ケンは奇跡を起こせる人だとディリスは考えてる。彼が島にやってくるまでのあなたがどんなだったか、何度も聞かされた。わたしはまだほんの子どもだったから――」

「きみとアリックスは同い年だよ。ディリスはよくきみをここに連れてきて、アリックスと遊ばせていた」

「知らなかった。ディリスはそんなこと、ちっともいってなかったな」

「きみたちが一緒にいるところを一度だけ見たことがある。ふたりで裏庭の芝生に座って……」そのときの光景を思いだして声が途切れた。

あれはケンが島にやってくる前。ジャレッドにとっては、父のいない二度目の夏だった。時間が経てば悲しみも薄れるとまわりのおとなはいったけれど、ジャレッドの悲しみは時間とともに増していった。学校でやっていたスポーツはすべてやめ、一年間、一度も教科書をひらかなかった。未成年が手に入れられるかぎりの酒を片っ端から飲んだ。放課後のバイトもいくつかしたが、すべてくびになった。くるはずの日に、めったにこないからだ。

家族は、叱ったりなだめすかしたりしてジャレッドを改心させることに疲れ果てていた。幽霊の祖父ですら、子どもじみたまねはやめて、未亡人となった母親を支えてやれ、これ以上つらい思いはさせるなと、口を酸っぱくしてジャレッドに説教した。しかし怒りに囚われていたジャレッドは聞く耳を持たなかった。

大おばのアディだけは、ジャレッドにうるさいことをいわなかった。その長い人生のなかで多くの死を見てきたアディは、悲嘆というものを知り抜いていた。だからジャレッドにもこういっただけだった。「あなたはいい子よ、いずれまたその善良さが表に出る日がきますよ」そんなわけでアディのいるキングズリー・ハウスだけが、島じゅうで唯一、ジャレッドがほっとしていられる場所となった。

ジャレッドが小さなレクシーとアリックスが遊んでいるのを見たのは、またしてもバイトをくびになった日だった。彼はおばの家の冷蔵庫からビールを取ってくると――未成年でしょ、と注意されたことは一度もなかった――日よけの木の下の椅子におばと並んで座った。

「アリックスはすっかりここになじんだようよ」アディはいった。

「ヴィクトリアはいずれあの子を連れて出ていってしまうよ。あの人は一年じゅう島で暮らせるタイプじゃないから。だからあの子にあんまり入れこまないほうがいいと思う」ジャレッドはひどくませた口をきいた。

「そうね。だから、いまのうちにせいぜいあの子との時間を楽しむつもり」

「ヴィクトリアは一日じゅうなにをしてるんだ？　この家は大々的に掃除する必要があると思うけど」

「そうね。そこいらじゅう埃だらけ」アディは声をひそめた。「ヴィクトリアはキングズリー一族の古い日記を読んでいるのだと思う」

「げげっ、嘘だろう?」ジャレッドはアディの顔を見た。「ごめん。ヴィクトリアはどうやって日記を見つけたんだろう?」

「観光客《ツーリスト》の男と踊っているときに戸棚を倒してしまったのよ」その口ぶりは、あたかもヴィクトリアが敵国の人間とつきあったとでもいっているようだった。

ジャレッドはビールを飲みながらにんまりした。いかにもヴィクトリアらしい。彼女は美人で、陽気で――。

「ジャレッド、戻ってきて!」レクシーの声がした。

彼は何度かまばたきした。「きみとアリックスを見たときのことを、ちょっと思いだしていた」

「わたしたち、なにをして遊んでた?」

「おぼえていないな。いや、待てよ。思いだした。きみは人形をいくつか持ってきていて、アリックスが人形の家を作っていた」

「あなたがその家作りを手伝わなかったなんて驚き」

「ケンが島にやってくる前のことだからね。ぼくに作れるのは釣りの疑似餌《ルアー》がせいぜいだった」

「ひとまわりしてケンの話に戻ったわね。あなたを仕込んだのが彼だってことをアリックスにいっちゃいけないのはどうして?」

「ぼくは板挟みになっているんだ」ジャレッドはアリックスと初めて会ったときのことを話して聞かせた。「まさか彼女がぼくのことを知っているなんて思いもしなくて。で、あとでケンが電話をよこして、娘に嘘をついたといって怒鳴られた」

レクシーはハムとチーズのオムレツを皿の上にすべらせた。「だから四日間も彼女と家に閉じこもっているの? 嘘をついた罪滅ぼしってわけ?」ふたつのカップにコーヒーを注ぐ。

「アリックスに島を出ていかれては困るんだ。彼女を追い払ったと責められるのはぼくだからね」

レクシーはトースターからパンを取りだし、トビーの手作りジャムをたっぷり塗った。

「それだけ? あなたが何日も家から出なかった理由は、本当に、偽りなく、それだけ?」

ジャレッドはオムレツにゆっくりナイフを入れて時間を稼いだ。「最初はそうだった」

「いまは?」レクシーは彼の向かいに腰をおろした。

レクシーに向けたジャレッドのまなざしは、火花が散りそうなほどに熱かった。「いまはケンが、アリックスに手を出さずにいる理由になってる」

「嘘でしょう」レクシーは椅子にどさりと背中をあずけた。「あなた、まさか彼女に……えー、恋したとか……そういうこと?」

「知りあってまだ一週間にもならないんだぞ」ジャレッドは渋い顔をした。

レクシーはコーヒーを飲みながら、いとこのことを観察した。彼が質問に答えていないことは百も承知だった。ジャレッドは父親の早すぎる死から立ち直れなかったの、とディリスはいっていた。六世が死んだとき、ジャレッドも彼の母も正気を失いかけたのだ、と。ジャレッドは世の中に怒り、母親のほうはすっかりふさぎこんで、カウンセリングや投薬治療を受けても鬱から抜けだせなかった。

そんなときにケンがあらわれ、ジャレッド少年は怒りの捌《は》け口を与えられた。しかし、誰がなにをしてもジャレッドの母を元気づけることはできなかった。彼女は息子の高校卒業を待って死んだ。

それ以来、ジャレッドは家族のなかの一匹狼としてふたつの世界に住み、あまつさえ島の外では別名まで使っていた。

「なにもかもケンの気持ちに配慮してのことだってわけ?」レクシーは訊いた。

「ぼくはケンに恩がある。そうは思わないか?」

「それをいうなら、わたしたち全員がそうよ」レクシーはいとこにほほえんだ。ジャレッドに助けられた人間は彼女とトビーだけじゃない。ジャレッドは友人や親類に仕事を世話し、お金に困っていた、いとこふたりに住宅ローンの利子を工面してやり、アディおばさんの最後の日々に寄り添った。「それであなたとケンについての真実を、いつアリックスに打ち明けるつもり?」

「打ち明けない。ぼくはそれをいえる立場にないからね。それに、アリックスはヴィクトリアが毎年ここにきていたことを知ったばかりなんだ」

「彼女はそれすら知らなかったの？」

ジャレッドはうなずいた。

レクシーは席を立ってコーヒーポットを取りにいった。「あなたが教えたの？」

「いや」ジャレッドは白い歯を見せた。「アリックスは、〝エメラルドの都〟とみずから命名した寝室を見て、そこが母親の部屋だと気づいたんだ」

レクシーは声をあげて笑い、ふたりのカップにコーヒーのお代わりを注いでから席についた。「ここはなにか自衛の手段を講じるべきよ。自分の父親とあなたについての真実をアリックスが知ったら——いえ、知ったときは、そんな大事なことを黙っていたあなたに腹を立てるに決まってる」

「そいつはいい考えだ。さっそくケンに電話して、あなたが島を訪れていたことをお嬢さんに打ち明けることを認めてほしいというよ。じつは、指先がちりちりするほどお嬢さんのことがほしくてたまらない。お嬢さんがぼくの肩ごしに図面をのぞきこむと、彼女の息があまりに香《かぐわ》しいので、丸ごと食べてしまいたくなる。服の下でお嬢さんの体が動くのを見ただけで、どっと汗が出る」彼はテーブルごしにレクシーを見つめた。「そんなふうに包み隠さず話せば、ケンは認めてくれるかな？」

レクシーは目をぱちぱちさせて、いとこを見つめるばかりだった。

「トーストはまだあるか？　トビーのジャムは最高だな。アリックスもきっと気に入る」

レクシーは何度か深呼吸して気を取り直すとトーストを取りにいった。「ええっと……」

「意見があれば、喜んで拝聴するよ」ジャレッドはいった。

「アリックスには絶対に手を出さないと、文字どおりケンに約束したわけじゃないのよね？」

「いや、した」

「うっわー、そうなんだ。ならケンをここに呼んで、彼からアリックスに話してもらうしかないわね。それで、その約束を取り消してもらうの」

「それならうまくいくかもな。ケンがくるやいなや、ぼくが彼の娘を担いでベッドに連れていくわけだから」

レクシーはしばらく考えをめぐらせた。「問題は、アリックスがあなたをどう思っているかよ」

ジャレッドは顔をしかめた。「ぼくは彼女の教師だ。もっとも、ちっともぼくのいうことを聞かないが。彼女がなにをしたか聞きたいか？」

「もちろん」レクシーは驚きを顔に出さないようにした。このいとこが、つきあっている女性の話をするなんて初めてのことだ。まあ、名前を思いだせるほど長続きした相手はいないのだけど。ジャレッドは恋人をナンタケットに連れてきたことも、家族に紹介したこともなかった。

「ぼくが海に出ているあいだにアリックスとイジーはぼくのオフィスに忍びこんだんだ」

「あなたが誰も立ち入らせなかったあのオフィスに？」

「そう」目をあげると、レクシーの背後に祖父が立っていた。

レクシーは振り返ったが、誰もいなかった。「なに？」

「なんでもない」そういいつつも、あまりしゃべりすぎるなと祖父が警告しているのはわかっていた。「アリックスはぼくが描いた小さな建物のスケッチを見たんだと思う。それで礼拝堂を設計したんだ。おまけに、どこからかカード用紙を見つけてきて模型まで作った。戸棚に隠してあるのを見たんだが、すばらしかったよ。独創的で、非の打ちどころがなかった。うちとつきあいのある誰かにその礼拝堂を建てさせて、アリックスに花を持たせようと考えている。彼女のキャリアにとって、すばらしいスタートになると思わないか？」

「すごい話ね。あなたがそういったら、彼女はなんて？」

「アリックスは模型をぼくに見せないんだ」

レクシーはうなずいた。「見せれば、あなたのオフィスに忍びこんだことを認めるようなものだものね。あなたは大きな建物ばかり設計しているわけじゃないって、それとなくいってみたら？」

「いったよ。でもなんの反応も示さなかった。たぶん、明日にでも——」

「そんな暇はないわよ。ここにきたのは、明日の相談をするためでもあるんだから。でも、まずはその礼拝堂のことを話して」

「話せることはそれくらいしかないよ。アリックスは礼拝堂を設計したことをいおうとしないし、模型も戸棚のなかから消えてしまった」

「模型を見た、すばらしかった、といえばいいじゃないの」

「それじゃ、こそこそ嗅ぎまわっていたみたいだろ。よくわからないが、模型を見せようとしないのにはなにか理由があるんじゃないかな」

「わたしだったら、あなたにけなされるのが怖いからだな。ほら、彼女はあなたを感心させたいわけでしょう？　それなのに自分が作ったものをあなたが気に入らなかったら？　相当なショックよ」

「ぼくは彼女にうちの事務所で雇うとまでいったんだぞ」

「だったら、その話をあやうくするようなまねをしたくないのかも」

ジャレッドはトーストを食べ終えると皿を流しに片づけた。レクシーにいわれたことを考えているうちに眉間にしわが寄ってきた。「明日の相談って？」

「水仙祭りはどうするつもり？」

「いつもどおりだと思うが」

「家で製図台にかじりついているってこと？」

「そんなところだ」

「これだけアリックスと一緒にいるのに、仕事をして、ラムを飲んでいるだけで、口説いていないの？」

「指一本触れていない」

「物欲しそうな目でじっと見つめるのもなし？」

ジャレッドは笑った。「彼女にわかるようにはしてないね」

「彼女のことをたまらなく魅力的だと思っているのに？」

「まったく！　きみといいディリスといい、ぼくを赤面させようとしているのか？　いったいなにがいいたいんだ？」

「わたしはアリックスの立場で考えようとしているだけ。この魅力的な若い女性は一週間近く、ある男性からすげなくされつづけているのよ。それも……どういったらいい？　おびただしい数の女性たちと浮き名を流している男性からね。ところが彼は、あなたは、彼女にラムを山ほど飲ませながら口説くことすらしていない。そして彼女は明日、ウェスと出かけることになってる」

「ウェス？」

「あなたのいとこよ。わたしのいとこ。忘れちゃった？　若くてハンサムなウェス・ドレイトンのこと。シスコビーチに近い二エーカーの土地を相続し、そろそろ身を固めて子どもがほしいから、そこに家を建てることを考えてる。あのウェスよ！」

「ウェスとアリックスがつきあうかもしれないといっているのか？」

「ウェスときたら、アリックスに会ってから、口をひらけば彼女のことばっかり。昨日なんか、パレードに出すお父さんの車を黄水仙でどう飾りつけようか、トビーと一時間も相談していたんだから。家族でするテールゲート・ピクニック（駐車場で車の後尾ドアを開けておこなうピクニック）をアリックスの歓迎会にするつもりなんだって。午後はアリックスを船に乗せて海へ出るんだといってた」

ジャレッドは椅子にもたれてレクシーを見つめた。「ないない。あのな、アリックスはなんとかいうやつと別れたばかりなんだ。だから、会ったばかりの男と電撃結婚して島に住むなんてことにはならないよ。彼女には大望がある。建築家としてやっていきたいと考えているんだ。こんな辺鄙《へんぴ》な場所に引っこむ前に、せっせと名前を売る必要があるんだ」

「いいわ」レクシーはジャレッドの目をまっすぐに見た。「じゃ、彼女は恋人と別れた反動から、あなたのいとこのウェスとセックスしまくるの。ウェスのおかげで彼女は、家の設計図を描くこと以外にも男性から求められることはあるんだと感じられて、一年後、満ち足りた気分で島を去っていく。そしてあなたの事務所に就職して、あなたの部下の誰かと結婚して子どもが生まれる。めでたしめでたし」彼女はいとこに満面の笑みを向けた。

ジャレッドはレクシーを見返したが、ショックのあまり言葉が出なかった。

「たしかにケンは、あなたにある程度の制約を課したかもしれない。だけどその状況を変える方法を見つけないと、あなたはつきあいもしないうちにアリックスを失うことになるわよ」レクシーはバッグを取りあげ、勝手口へ足を向けた。「今日、トビーとわたしは一日じゅう家にいるから、お昼を食べにきて。明日のピクニックに持っていく料理を作るつもりなの。でもアリックスはウェスの家族とピクニックなのよね、残念。じゃあね」彼女はそういうとドアを閉めて出ていった。

ジャレッドはテーブルについたまま、レクシーにいわれたことについて考えた。アリックスとウェスが親しくなるのは、実際いいことだ。そうなれば、ジャレッドは彼女についてまわらなくてもすむ。それに、島に恋人ができればアリックスはここにとどまるだろう。彼女を追い返したと責められることもない。それどころか、よくやったと褒められるだろう。そのうえ、ヴァレンティーナに関する何箱分もの資料をアリックスに渡してしまえば、彼女とウェスとで謎の解明に取り組んでくれるはずだ。

一瞬、アリックスと彼のいとこが奥の居間で、床に広げた紙のあいだに座っているところが目に浮かんだ。この数日間のジャレッドとアリックスのように。ただしジャレッドと違い、ウェスの首に鎖は巻きついていない。アリックスに手を出すなとウェスは誰からもいわれていない。

それでおまえはどうするんだ？　ニューヨークに、一日十二時間から十四時間も仕事をする生活に戻るのか？　そして今後一年間、たとえ島を訪れても、自分の家に自由に出入りすることを禁じられる？　わたしとウェスにはプライバシーが必要なの、とアリックスに告げられている自分の姿が見えた。ジャレッドがうっかり入っていった部屋で、アリックスとウェスが……。

それ以上想像したくなかった。

ジャレッドはキッチンをぐるりと見渡し、アリックスがきてからの日々のことを思った。特別なことはなにもしていない。スーパーに買いものに行き、ふたりで食事の支度をして、隣りあって仕事をする。仕事に関して、アリックスには先を見越す力があった。あるデザインのどこがなぜ機能しないのか、あらかじめわかるのだ。その才能はジャレッドにもあったが、希有《けう》な才能であることは経験から知っていた。

しかし、そんなことはどうだっていい。

結局のところ、アリックスとウェスが明日一緒に出かけて、そのままなるようになるのがいちばんなのだ。そう、あのふたりがつきあうのが誰にとってもいちばんいい。

「冗談じゃない！」ジャレッドはぼそっといって母屋から出た。シャワーを浴びて何本か電話をかけなければ。水仙祭りはクラシックカーのパレードからはじまる。車を調達するあてならある。

10

アリックスが目を覚ますと話し声が聞こえていた。一方は紛れもなく低く響くジャレッドの声で、もう一方は女性だった。アリックスはソファに横になったまま、遠い昔に聞いたおぼえのあるあの声はジャレッドだったのだろうか、とふと思った。ジャレッドの笑い声を聞いたけれど、お腹の底からこみあげ、すべてを包みこんで、病気まで治してしまうような、あの豊かな笑い声とはちょっと違う気がする。アリックスの記憶にあるのはそういう笑い声だった。

首をめぐらせ、床に散らかった本や紙類に目をやると、思わず笑みが浮かんだ。ジャレッドと仕事をするのは、すばらしく楽しかった！　彼は頑固で、博識で、経験豊富で、それにすごく……セクシーだ。でも、そのことは考えないようにしていた。アリックスが少しでも近づきすぎると、彼はすっと離れた。ジャレッドはわたしに女性としての魅力を感じている、という最初の印象はどうやら間違いだったみたいだ。

恋人はいるの、と尋ねる気にはなれなかった。だって、わたしには関係のないことだから。

勝手口のドアが開いて閉まる音がすると、アリックスはソファから飛びおりて二階へ駆けあがった。ひどい格好なのはわかっていたし、身だしなみを整える必要があった。それにイジーに電話して、これまでにあったことをひとつ残らず話したくてたまらない。

自室に入り、携帯でイジーの番号にかけると、留守番電話につながった。アリックスの顔が曇った。もう何日も親友の声を聞いていないし、彼女が山ほど送ったEメールやショートメールへの返信もなかった。

初めてキングズリーと――いつからか〝ミスター〟は抜けてしまっていた――食事に出かけた夜、アリックスは父に電話して、花束つきの丁寧な謝罪を受けたことを報告した。

「謝罪だけか?」父は訊いた。「ほかになにかされなかったか? 不適切なことをほのめかされたり、さわられたり?」最後の部分を、さもおぞましいことのように口にした。

「なにもされていないわ、お父さん」アリックスは真面目くさって答えた。「わたしはいまでも大きくて悪いキングズリーと知りあう前と変わらず純潔なままよ」

「アリクサンドラ」父の声には警告するような響きがあった。

「ごめん。ジャレッド・キングズリーは最大の敬意を持って接してくれている。安心した?」

「それを聞いてうれしいよ」

アリックスは〝わたしはうれしくない〟といいたいところをこらえた。

あれ以来、お父さんから連絡はないけれど、いまは期末試験の最中で、採点やなにかで忙しいのはわかっていた。

心配なのはイジーのほうだ。アリックスは新たにメールを送り、留守番電話にまたしても長いメッセージを残すと、シャワーを浴びにいった。

時間をかけて髪を整え、メイクと着替えをすませながらも、こんなことをしてなんになるのだろうと思わずにいられなかった。今日はジャレッドに会えるだろうか？ 彼のいとこの家の改修プランは、この四日間の初日に終わっていた。最終的に、両者の折衷案に落ち着いた。屋根窓はジャレッドの意見を採用し、アリックスがいった窓のある部屋を増築することになった。アリックスが驚いたことに、ジャレッドは造園設計にも長《た》けていた。彼女は庭についてほとんど知らなかった。

「たくさんの造園師たちとたくさんの庭を見ながらたくさんのビールを飲んだおかげだ」と彼はいった。

〝わたしもビールは好きよ〟という言葉が喉まで出かかったが、そんなことをいったらジャレッドは尻尾を巻いて逃げだしてしまうのではないかと思った。

ついに改修プランがまとまると、ふたりは〝終わってしまった〟という事態に直面することになった。ともに働く理由はもうなにもなかった。同じ部屋で肩を寄せあって座っている理由も。

アリックスが心を決めるまでに三十秒しかかからなかった。彼女は二階へ駆けあがり、在学中の作品をまとめた分厚いポートフォリオを取ってきた。ジャレッド・モンゴメリーに会える、それどころか彼の近くに住むことになるのだと初めて気づいたとき、アリックスは彼に作品を絶賛されるところを――教師たちがそうしてくれたように――あれこれ想像した。ところが、ジャレッドはポートフォリオにざっと目を通すとこういった。「もっと独創的なものはないのか？」

アリックスは一瞬、小さな女の子になったような気がした。部屋から飛びだし、どこかへ隠れてわんわん泣きたかった。親友に電話して、モンゴメリーはとんでもなくいやなやつだったと訴えたかった。

しかし次の瞬間にはプロの顔に戻り、自分の作品を擁護しはじめた。するとジャレッドの口元に小さな笑みが浮かび、アリックスは、彼の戦略にまんまとはまってしまったことに気づいた。

ふたりはアリックスの製図やスケッチを一枚ずつ、徹底的に見直していった。アリックスが自分の設計デザインにじゅうぶんな理由をあげられたときだけ、ジャレッドはしぶしぶそれもあり得るとうなずいた。なにより腹立たしいのは、ほとんどの場合ジャレッドの意見のほうが正しいということだった。デザインに対する直感力と、比率を見る目は完璧だった。アリックスの父はよく「才能は教えられない」というけれど、ジャレッド・モンゴメリー・

キングズリーはあり余るほどの才能に恵まれていた。

彼の指導のもと、アリックスはほぼすべての図面を描き直し――すべてが格段によくなった。

そして昨日、アリックスが驚いたことに、ジャレッドはニューハンプシャーの施主のためにデザインした住宅の設計図を持ちだしてきた。そのころには仕事や食事はもちろん、同じ部屋で眠りこむこともあったから、おたがいにかなり気心が知れてきていた。それでも、彼のデザインに批判めいたことをいうのは気が引けた。ところが、それは息をのむほどすばらしいデザインだった。そして彼が――いくら名前を変えようと、彼はあのジャレッド・モンゴメリーだった――このわたしに意見を求めているという事実にアリックスはつかのま言葉を失った。

「いうべきことはなにもない？」

「完璧よ」アリックスはつぶやいた。外観は完璧の一語だった。ところがそこで間取図に目がいった。彼女は息を吸いこむと、思い切って告げた。「リビングの位置が違うと思う」そして、そこからまたふたりは仕事に没頭したのだ。

そしてその設計図も仕上がってしまったいま、ジャレッドはゲストハウスに引っこんでそのまま次の作業に取りかかってしまうのだろうか。ジャレッドが何度かカリフォルニアに建てる住宅の話をしたとき、アリックスは自分が設計したあの礼拝堂のことをいいたい気持ちをぐっとこらえた。あの礼拝堂には個人的な思い入れがあったから、批判されたくなかったのだ。

衝動的にベッドの下からスーツケースを引っ張りだし、なかから小さな模型を取りだした。いま見ても満足のいくできばえで、屋根の角度がおかしいとか、尖塔《せんとう》が高すぎるとか低すぎるとかいわれるのは耐えられなかった。いまのままにしておきたかった。

アリックスは立ちあがると、手のひらに模型をのせてケイレブ船長の肖像画のほうに差しだした。

「あなたはどう思う？　これが好き、嫌い？」

当然、返ってきたのは静寂で、答えをもらえると思ったことにアリックスは笑みをもらした。模型をスーツケースに戻そうと向きを変えたところで、ふたたび肖像画を振り返った。

「いまのままでいいと思うなら、なにか動かして」

するといきなり、ふたりの女性の写真を入れた写真立てがテーブルからぶ厚い絨毯の上に落ちた。

いま起きたことに、アリックスは一瞬くらりとした。ただの偶然だと自分にいい聞かせようとしたけれど、とてもそうは思えなかった。

彼女は模型を持ったままベッドの端に腰をおろした。「どうやらあなたはこれを気に入ったみたいね」答えが返ってこないとほっとした。「それに、どうやらわたしは幽霊屋敷に住んでいるみたい」

そのことはあまり深く考えたくなかった。アリックスは何度か深呼吸してから立ちあがり、模型を元の隠し場所に戻すと、寝室の戸口に向かった。

ドアのすきまに、このあいだ水仙と一緒に置いてあったものと同じ白い封筒が差しこまれていた。「これがここにあること、どうして教えてくれなかったの？」アリックスは声に出していったあとで、はっとした。「答えなくていいから。幽霊に返事されるのは一日に一度でたくさん」

封筒をひらき、特徴のある文字に目を走らせた。


一緒に古いトラックをかっぱらいにいかないか？


アリックスはこらえきれずに笑いだし、部屋のなかをくるくるまわった。「ええ、ぜひとも連れていって」踊りながらケイレブ船長の肖像画の前までくると「こうなってあなたもうれしい？」と彼を見あげたが、すぐに「もうなにも落とさないで」と釘をさした。

そして部屋じゅうのものがじっとしたままなのを見て満足をおぼえた。アリックスは気が鎮まるのを待ってから階下へおりていった。ジャレッドは前回と同じく居間で新聞を読んでいた。床に散らばっていたデッサンや青写真はすべて片づけられ、棚の上にきちんと積み重ねてあった。

「お腹は空いた？」ジャレッドは新聞から目をあげずに訊いた。

「ぺこぺこ。シリアルはまだ残っていた？」

「もうない」彼は新聞を置くとアリックスのほうを見た。

ジャレッドの瞳にかすかな光を見た気がしたが、それはすぐに消えてしまった。

「きみがスクランブルエッグを作れるなら、ぼくはトーストを焼こう。トビーが手作りジャムを届けてくれたんだ」

「誰もが恋するトビーはジャムも作るの？」

「それにパンも焼くよ。彼女が焼いたブルーベリーパイは泣きたいくらいうまいんだ。あれはシナモンが入っているんじゃないかな」

「あなたとトビーの結婚式はいつ？」

「トビーはぼくなんかにはもったいないほどいい娘《こ》なんだ。彼女の前に出ると、ぼくはいつだって借りてきた猫みたいになる」

「古いトラックを盗むなんてもってのほか？」

「そのとおり」ジャレッドはアリックスを見てにっこり笑った。

キッチンへ向かおうとしたとき、アリックスの携帯電話が音をたてた。イジーからのメールかと思って見てみたが、中古車の売りこみメールだったので消去した。

「なにかあったのかい？」ジャレッドが訊いてきた。

アリックスは、珍しくイジーからもう何日も連絡がないことを彼に話した。

「イジーになにかあったんじゃないかと心配なのか？」冷蔵庫のほうへ向かいながらジャレッドはいった。

「そういうわけじゃないけど、どんな様子か教えてくれたらと思う。あなたはもう食べたの？」

「うん」

いつものように、作業するふたりの息はぴったり合っていた。出してきた食材は置くべきところに置く。アリックスがフライパンを手に取れば、ジャレッドがバターを渡す。たしか卵専用のボウルがあったはずだとアリックスが思いだしたときには、ジャレッドはすでにその青いボウルに卵を二個割り入れていた。パンはトースターに入れられ、ジャレッドはテーブルに食器を並べた。

何分もしないうちにふたりはテーブルにつき、ジャレッドはふたつのカップに淹れ立てのコーヒーを注いでいた。

「今朝、話し声がしていたわよね？」アリックスはそういったあとですぐにつづけた。「嘘でもいいから、わたしの聞き間違いじゃないといって」

「どういう意味だ？」

事情を説明するには礼拝堂の模型のことに触れないわけにはいかなかったが、それはしたくなかった。「さっきまたテーブルの上の写真立てが落ちたの——悪いけど、すきま風のせいにするのはやめてよね」

ジャレッドはにやっとした。まさにそのつもりだったのだ。「古い家ではよくおかしなことが起きるからね。だけど、今朝はたしかにレクシーが寄ったよ」

「お願いだから、彼女はソファで伸びているわたしを見なかったといって」

「彼女は見たし、きみのことをなにもかも知りたがった」

「彼女になにをいったの？」

「きみに死ぬほどこき使われている、って」

「こき使っているのはそっち——！」アリックスはそこで言葉をのみこみ、ジャレッドを見てかぶりを振った。「完璧なトビーの完璧なジャムはどこ？」

「ぼくとしたことが、すっかり忘れていた」ジャレッドは笑いを含んだ目でいうと、冷蔵庫からジャムの瓶を取ってきた。

瓶にはヒナギク柄のラベルが貼ってあって、美しい文字で〝ビーチプラム・ジャム　CLW〟とあった。

「CLW？」

ジャレッドは肩をすくめた。「トビーの本名の頭文字じゃないかな」

「彼女のことはなんでも知っているんだと思ってた」

「人間ごときにそんな高望みは許されない」

アリックスはうめき声とも笑い声ともつかない音を発した。「その生きものに会うのが怖くなってきた。彼女は動くとき翼が邪魔にならないの？」

「慣れているからね。脇の下にたくしこむようにするんだ。そろそろ行こうか？」

「このジャム、本当においしい。このビーチプラムというのは島の特産物なの？」

「このあたりに野生しているんだが、その場所は世代から世代へと伝えられる秘密なんだ」

「つまりあなたは知っているのね」

「いや、でもこの家に出没する男は知っているよ」

アリックスは笑い、使ったお皿を流しへ持っていって洗った。「あなたが盗もうとしているトラックはどこにあるの？　そもそもどうしてトラックを盗もうと思ったの？」

「水仙祭りのパレードのためだ」

「レクシーと天使のトビーが使うの？　ウェスが運転して？」

「いや、運転はぼくがする」

「あなたはお祭りに参加しないんだと思った」

「レクシーにいわれて気が変わった。いま履いているのよりもっとしっかりした靴はない？トラックを盗みにいく前に、ぼくが持っている土地を見せたいんだ。ジャレッドからジャレッドへ伝えられる土地だ」

「誰、その人?」アリックスは間髪を入れずに訊いた。

彼は一瞬ぽかんとしたが、すぐに片頰だけで笑った。「ジャレッドはミスターとキングズリーのあいだに入る名前だ」

「数字の前? うしろ?」

「前だ」彼はまだ笑っていた。「じつをいえば、たいていの人間はぼくをそう呼ぶ。いや、事務所の人間は違うな。ぼくからなにかを学ぼうとする連中も」

「あーーーーっ、そっちのジャレッドか。賢いほうの。わたしとは格が違う人よ。考えるだけで緊張しちゃう」

「ジャレッド・キングズリーのほうは?」

「そのジャレッドは、けっこう気に入ってる」アリックスはそういうと、まっすぐに彼の目を見た。

ふたりはつかのま見つめあった。最初に目をそらしたのはジャレッドで、彼はドアノブに手をやった。「靴を履き替えて、五分後に外で集合だ。遅れるなよ」

「わかったわ……ジャレッド」アリックスはキッチンを出ると、階段を駆けあがって自室に飛びこんだ。

ドアを閉め、しばらくそこに寄りかかっていた。「ねえ、船長」ベッドのむこうにある肖像画に目をやった。「あなたの孫とわたしのことをどう思う？　答えないで」急いでつけたした。

サンダルを脱ぎ捨て、大きな衣装だんすのなかからスニーカーを出すと、床に座って紐を結んだ。立ちあがって肖像画に目を向けたとき、あることに気がついた。この家に幽霊がいるなら、わたしの母にも会っているはずだ。

「わたしはヴィクトリアの娘よ。あんまり似てないけど。唇は似てるかな。髪もわたしのほうが少し赤みが強いし。才能も似なかったけど、それでもヴィクトリアはわたしの母なの。母は――」

窓ガラスに小石が当たり、アリックスはそちらに飛んでいって窓を押し開け、身をのりだした。

ジャレッドがこちらを見あげていた。「本でも書いているのか？　行くぞ！」

「あなたがいとこの家の設計図で犯したミスを修正しているのよ。ちょっと時間がかかりそう」アリックスは窓を閉めた。「彼、辛抱強いほうじゃないみたいね？」部屋のドアを開けたところで、ケイレブ船長を振り返って投げキスをした。「行ってきます」急いで階段をおりて、廊下を走りながら玄関ホールの小卓の上のバッグをつかんだ。

ジャレッドのトラックの助手席に乗りこむと、力をこめてドアを閉めた。数日前なら、これほど有名で、たぶんお金もたっぷりある人がどうして新しいトラックを買わないのだろうと思っただろう。けれど、ナンタケットでの生活に慣れてくるにつれ、この島には古いトラックのほうが似合うように思えてきた。

ジャレッドは通りから通りへと車を走らせ、なかにはアリックスが息をのむほど狭い道もあったけれど、ジャレッドは気づいてもいない様子だった。

「ああ、くそっ！」そのとき彼がつぶやいた。

ジャレッドに悪態をつかせたものはなんだろうと、アリックスは前方に目をやったが、別段変わったものはなかった。ふたりはいまかなり狭い道にいて、前から大型の黒いＳＵＶがやってくるところだった。でもそれはよくあることだ。「なんなの？」

「よそ者だ」彼は小声でいったが、その口ぶりはなにかもっと忌まわしいものを連想させた。大型車はどこにでもあるようなものだった。どうしてジャレッドは島の住人じゃないと思うのかしら？「どうしてわかるの？」

彼は返事のかわりに、〝どうしてわからないんだ？〟という目を向けてきた。それから助手席の背もたれに腕をまわして車をバックさせ、縁石に近い狭いスペースに巧みに入れた。

アリックスはすれ違う車を興味津々に見た。運転席にいるのは、つやつやした豊かな髪の女性で、金のブレスレットを半ダースほども腕につけ、ブランドものの麻のスカートを穿《は》き、携帯電話を耳に押し当てていた。ふたりの横を通り過ぎるとき、彼女は、場所を空けて先に通してくれたジャレッドに〝ありがとう〟と手をあげることもしなかった。それどころか、こちらに目をくれようともしない。

「きみの質問の答えになったかな？」

ナンタケットにきてわずか数日で、島民どうしの親しみのこもった、それでいて礼儀正しいやりとりにすっかり慣れてしまったアリックスは、この女性の無礼なふるまいにショックを受けた。使い古しのおんぼろトラックなど目に入らないという感じだった。「よそ者ね」

アリックスは啞然《あぜん》としていた。「大勢やってくるの？」

「ぞっとするほどね！」ジャレッドは間に合わせの駐車スペースから車を出した。「しかも、誰ひとり運転のしかたを知らないときてる。連中の考える全方向一時停止の標識は、自分の車が減速せずに通れるようにほかの車が停止するという意味なんだよ」

それが冗談であることをアリックスは祈った。残りの道のりは窓の外を眺めて過ごした。ナンタケットの美しい家並みは、いくら見ても見飽きることがなかった。

車はようやく舗装道路を離れ、砂利道に入った。周囲には灌木《かんぼく》の茂みが広がり、背の高い松の木はステロイドで巨大化した盆栽のようにねじ曲がっていた。「風のせい？」

「そうだ。ぼくらはいま島の北岸《ノースショア》にいる。イギリス人が最初に入植した場所の近くだ」

「あなたの祖先が住んでいた場所？」

ジャレッドはうなずいた。「彼らはこの近くに家を建てたが、大時化《おおしけ》で港が閉鎖されたために移動したんだ」

「つまり港がすべてなのね」

「いや、海がすべてなんだ」ジャレッドは引用した。「〝この海と陸からなる地球の三分の二はナンタケット人《びと》のものである。海はナンタケット人のものである。皇帝が帝国を所有するように、ナンタケット人が海を所有している〟。メルヴィルはぼくらについてそう記している」

「ああ、『白鯨』ね。クジラを殺すことを讃《たた》えた」

「ぼくの一族は違う」ジャレッドは車を停めてエンジンを切り、ふたりはトラックを降りた。

「そうね。ケイレブ船長は中国貿易に携わっていた。どうしてやめてしまったの？　それともつづけていた？」

「アヘン戦争だ。じつはきみに話がある。きみはどこまで――」そのときジャレッドの携帯電話が鳴りだした。彼はポケットから電話を取りだし、発信者IDを確認した。「ごめん、この電話には出ないと。海はあっちだ」

「わかった」アリックスは前方に延びる小道をたどっていった。周囲の草木はたくましく屈強に見えた。この島の人々に似ている。アリックスは最初の入植者たちが目にした光景を想像しようとした。ナンタケットの歴史を学ぶ必要がありそうね。

小道の突き当たりにあったのはこの島を取り巻く美しい砂浜のひとつで、アリックスも写真では見たことがあった。彼女はもともと海が大好きというわけではなかったし、灼熱《しゃくねつ》の太陽の下でなにもせずにただ座っていたいと思ったこともないけれど、この砂浜は、そう、考え事をするのに向いているかも。

「気に入った？」

声のほうに目をやると、ジャレッドが近くで海を眺めていた。「ええ。家はここにあったの？」

「こっちだ。見せてあげるよ」

彼のあとについて灌木の深い茂みのあいだの小道を進んでいきながら、アリックスは下が砂地であることに気がついた。この島ではたぶんどこを掘っても砂地にぶつかるのだろう。

ジャレッドが足を止めたのは広い空き地で、地面にできたくぼみだけが、そこにかつて建物があったことを物語っていた。

「家はどこかに移築したの？」

「焼けたんだ」ジャレッドはいった。

「最近のこと？」

「十九世紀の初頭だ」

アリックスはジャレッドを見た。彼は一本の背の高い松のところへ歩いていくと、落ちた松葉がクッションのようになった地面に腰をおろした。

アリックスは彼の横に、少し距離を空けて座った。ジャレッドはひどく真剣な顔をしていた。「なにかわたしに話したいことがあるといっていたけど?」

「うん。でもその前に、さっきかかってきた電話のことが。ニューヨークにいる助手からだった」

「帰らなきゃいけないのね」アリックスは思わずいっていた。

「いや」ジャレッドは彼女にほほえんだ。アリックスの口ぶりは、彼に帰ってほしくなさそうだった。

「じゃ、彼女はなんて?」アリックスは自分の口調に気恥ずかしくなった。

「彼、だ。ぼくの助手はスタンリーという名前の男性だ。蝶ネクタイをした高性能人間でね。その彼にきみの友だちのイジーについて調べてくれと頼んだんだ」

「そうなの?」アリックスはびっくりした。

「うん。それで、イジーはアメリカ領ヴァージン諸島にいる」

「冗談よね」

「スタンリーは冗談をいわない。それに間違うこともない。彼がイジーのお母さんに電話したところ、ゲイリーの母親の——」

「グレンの母親よ」

「グレンの母親のせいでイジーがすっかり参っているので、グレンがしばらくよそへ連れていくことにしたといわれたそうだ」

「原因はグレンのお母さんだけじゃないの。イジーのお母さんもつきあいやすい人とはいえないから」

「スタンリーもそういっていたな。グレンが、これ以上イジーにつらい思いをさせるなら式に呼ばないと宣言したら、両家の親が旅費を出してくれたんだそうだ。ただ、イジーの携帯電話は島で使うことができなくて、かといってホテルの電話を使えば通話料がばか高くなる」

「イジーとグレンはけっしてお金持ちというわけじゃないし、イジーはご両親たちにこれ以上金銭的な負担をかけたくないんだと思う」

「ぼくもそう考えた。それで、スタンリーがいまホテルに近いショップから、海外でも使えるプリペイド式携帯電話をきみの友だちに届けさせているところだ。だからじきに彼女から連絡が入るはずだよ」

アリックスはただ彼を見つめた。ジャレッドがむこうを向いてしまったので、見えるのは横顔だけだった。「またあなたに気を遣わせちゃった」やわらかい声でいった。「携帯電話の代金は返すから」

「結婚祝いだと思ってくれ。おかげで暇を持て余していたスタンリーにも仕事ができたわけだし」

「ありがとう。本当に、本当にありがとう」アリックスは彼の頰にキスしようと身をのりだしたが、ジャレッドがすっと顔をそらしたので、しかたなく元の姿勢に戻った。オーケイ、あくまでも友だちの一線は越えないってことね。それが彼の望みだということを忘れないようにしなくては。

「あなたには親切にされてばっかり。最初はお花で、今度は携帯電話。どうやってお返しすればいいのかわからない」

ジャレッドはしばらく黙ったままでいた。「おばの遺言状をきみは読んだのか?」

「いいえ。母から電話がきて、弁護士さんの電話番号を教えられたの。弁護士からあなたに信じられないほどすばらしいニュースがある。聞いたらきっと飛びあがって喜ぶわ、って」

ジャレッドは笑顔でアリックスに向き直った。「ヴィクトリアらしいな」

愛情のこもったその声に、アリックスは嫉妬によく似た感情が胸にこみあげるのを感じた。ジャレッド・キングズリーがわたしを寄せつけようとしないのは、わたしの母が理由なのだろうかという考えが、ちらりと頭をよぎった。お母さんの寝室を初めて見たとき、イジーもそんなことをいっていたじゃないの。アリックスはその考えを頭から押しやった。

「弁護士はきみにヴァレンティーナのことを話さなかったんだね」

「その名前、あなたは前にもいっていたけど、その人についてわたしはなにも聞かされていない」

「ぼくの祖父は――」ジャレッドはそこで急に黙った。「アディおばさんの寝室にある肖像画は知っているね？　いや、いまはきみの寝室だった」

「ケイレブ船長のこと？　彼はたしかにあなたのおじいさんだけど、何代かさかのぼるんじゃない？」

「曾曾曾曾曾祖父だ。彼の話を聞きたい？」

「ぜひ聞かせて」

ふたりのいる湾曲した松の木の下は静かだった。古い家の跡地に日差しが降り注いでいる。

「ヴァレンティーナ・モンゴメリーはよそ者だった」ジャレッドは話しはじめた。「彼女がナンタケット島にやってきたのは十九世紀の初めで、島の船長と結婚した年配のおばを訪ねてきたんだ。夫に先立たれ、寝たきりになっていたおばの世話をするために」

ヴァレンティーナが到着したとき、若く眉目秀麗《びもくしゅうれい》なケイレブ・キングズリー船長は島にいなかった。中国への四度目の航海の最中だったのだ。彼の地《かち》から持ち帰った見事な逸品を東海岸じゅうの商店に最高価格で売ることによって、彼はその名を知られていた。

「ケイレブには審美眼があった。その強みが彼を金持ちにした」同業者たちが中国から持ち帰ったのは安価なものばかりだった。それを高値で売れば多くの儲《もう》けが出るからだ。ところがケイレブは美しいものをさがし求め、その結果、三十三歳にして巨万の富を手にしていた。未亡人の多い島で、彼はまたとない掘り出しものだった。

「ケイレブとヴァレンティーナは恋に落ち、結婚を決めた。しかしケイレブは最後にもう一度だけ航海に出ることにしたんだ」

「当時の航海は何年もかかるんじゃなかった？」

「三年から、七年かかるときもあったそうだ」

「じゃ、ふたりはケイレブが戻るまで結婚を待つことにしたの？」

「うん」そこでジャレッドはにんまりした。「ただし、ふたりはすべてを待ったわけじゃなかった。ケイレブの船が港を出たとき、彼は知らなかったんだが、ヴァレンティーナのお腹にはふたりの子どもがいたんだ」

「ああ、そんな。それで彼女はどうしたの？」

アリックスにはいえないが、ジャレッドはこの話を子どものころから数え切れないほど聞かされてきた。しかし何度語ろうと、祖父の声から激情と――怒りが消えることはなかった。

「ヴァレンティーナはケイレブのいとこのオベッド・キングズリーと結婚した。たしかな理由は誰も知らないが、生まれてくる子どもにキングズリーの姓を与えるためだろうといわれている。そうすれば島にとどまって子どもを育てられるからね。あるいは……」

「なに？」

「ひょっとすると彼女はなんらかの脅しを受けていたのかもしれない。じつは、キングズリー石鹼の製法を考えたのはヴァレンティーナなんだ。グリセリンを使って刺激の少ない透明な石鹼を作る方法を見つけたんだ――石鹼作りに灰汁《あく》が使われていた時代にね」

「考えただけで肌がかゆくなる」

「ヴァレンティーナは作った石鹸を二年ほどオベッドの店に卸していた。結婚後、オベッドはもっと大規模に石鹸を作りはじめて、島外でも売るようになった。ほかのことはどうあれ、彼は商売人としては有能だったんだ」

アリックスはジャレッドの声に嘲りを聞き取った。まるで最近の出来事を話しているみたいに。「彼は単に売れる商品がほしかっただけなのよ」先を促すように彼女はいった。ジャレッドの口調から、悲劇につながる話だということは想像がついていた。もっとも、子どもに姓を与えるために愛してもいない男性と結婚しなければならなかったという時点で、すでに悲劇だけれども。

「その石鹸は……？」そう切りだしたところで、アリックスはためらった。母の小説に出てくる石鹸帝国のことをまた考えた。あの石鹸も透明で、野生のジャスミンで香りをつけていて、一族に莫大な富をもたらした。だけどあの作品は二番目の妻の視点から書かれていたのでは？「ヴァレンティーナになにがあったの？」

「わからないんだ」ジャレッドはいった。「彼女は男の子を産み、ジャレッド・モンゴメリー・キングズリーと名づけた。そして――」

「その子が最初のジャレッド？」

「そうだ」

「航海から戻って、恋人が自分のいとこと結婚したと知ったケイレブ船長はどうしたの?」

「ケイレブは戻らなかった。船が修理に数カ月かかるほどの損傷を受けてね。それで南米の港に入港していたんだ。そこへ弟がべつの船でやってきた」

「ナンタケット人が海を所有していた」

「そうだ」ジャレッドの顔は真剣そのものだった。「ケイレブの弟のトーマスは帰路の途中に兄の顔を見るために寄港したんだ。ふたりは情報を交換しあい、ケイレブはヴァレンティーナが結婚して半年後に男の子を産んだことを知らされた。ケイレブにはそれが自分の子だとわかった。ヴァレンティーナがオベッドと結婚した理由も見当がついた。いますぐ島へ帰らなければ。ケイレブは弟を説得して船を交換した。トーマスの船はケイレブの船よりはるかにスピードが出たし、すぐにでも出発する準備ができていたんだ。ケイレブは自分の所有するものはすべてヴァレンティーナと彼らの息子に遺すという遺言状をその場でしたため、弟の船で家を目指した。ところが嵐に見舞われて、船は乗組員もろとも沈没してしまったんだ。それから約一年後、トーマスはケイレブの船で帰郷し、ケイレブが中国で買いつけた貴重な品々はすべてヴァレンティーナと息子のものになった。彼女とオベッドはここからキングズリー・レーンにある新居に移ったが、その一年後にヴァレンティーナがいなくなった。消えてしまったんだ。彼女は自分と息子を捨てて男と駆け落ちしたんだとオベッドはいった。しかしヴァレンティーナが島を出るところを見た者はいなかった。首をかしげる人間もなかにはいたが、かといってオベッドを疑う理由もなかった。誰もが彼に同情し、数年して彼は再婚した」

「では、その子どもがすべてを相続したのね」

「そうだ。オベッドと後妻のあいだに子どもはできなかったから、〈キングズリー石鹸〉もその子のものになった。彼は若くして莫大な富に恵まれたんだ」

「でも両親を失った」アリックスはいった。「それを思えば、恵まれているとはとてもいえない」

ジャレッドは心からの笑みを彼女に向けた。「そうだね。その喪失感は、なにをもってしても埋められない」

ふたりはつかのま見つめあった。ナンタケットの海風がふたりをやさしく撫でる。そのときジャレッドが立ちあがり、その瞬間は失われた。

「きみはヴァレンティーナの身になにが起きたのか突き止めることになっているんだ」

「わたしが？」アリックスもまた立ちあがった。

「きみはヴァレンティーナになにがあったのか解明しなければいけない。キングズリー一族最大の謎を解くんだ」

「その女性が行方をくらましたのは二百年以上も前なのよ。そんなことをどうやって調べろというの？」

ジャレッドはトラックのほうへ戻ろうと歩きだし、アリックスもあとにつづいた。「わからない。アディおばさんの手元には、多くの祖先たちによって集められた文書や記録が何箱分も残っているんだが、誰も真相にたどり着けなかった。秘密はオベッドとともに死んだ。おばさんはいつもそんなふうにいっていたよ」

ふたりはトラックのところに戻った。「ちょっと整理させて。あなたの祖先たちが何年かけても解けなかった謎を、このわたしに、あえていわせてもらうなら、このよそ者に解明してほしいと？　そういうこと？」

「そのとおり。察しがいいね。でもまあ、きみが利口だというのはわかっていたけど。せっかちなせいで勘違いすることもたまにあるが、頭はいい」

「せっかち？　わたしが？　今朝、わたしの部屋の窓に小石を投げて、ぐずぐずするなとせかしたのはあなたでしょうに」

「きみがぞっこん参っている船長と長話でもしているんじゃないかと思ったものでね」

「彼には静かにするよういった」

ジャレッドが目を見ひらいた。「彼と話したのか？」

「投げキスをしただけよ。わたしたち、単純に体だけの関係なの」

「彼が聞いたら喜ぶよ」ジャレッドはぶつぶついいながらトラックに乗りこんだ。

ジャレッドがトラックの向きを変えて舗装路に戻るあいだ、アリックスは彼にいわれたことを考えていた。考え事に夢中になっていたせいで、これからどこに行くかまるで関心がないみたいだね、とジャレッドにいわれてしまったほど。

それでも、先ほど聞いた話のことが頭から離れなかった。深く愛しあっていながら、結婚は数年先まで待つことにしたふたり。いまではとても考えられないことだ。ともあれ、ケイレブとヴァレンティーナがしばらくふたりきりで過ごしたことは間違いない。ケイレブが旅立つ前の晩だろうか？　たった一度の、狂おしいほど情熱的な夜？　たぶんふたりはケイレブが航海から戻るまで待とうと決めていた。けれどその最後の夜、ヴァレンティーナは彼の部屋にそっと入ると、コルセットの紐をゆるめて――。

「着いたよ」ジャレッドの声がした。「きみは百万キロ離れたところにいるようだけどね」

われに返って窓の外に目をやると、そこには一軒の家があった。新しく、かなり近代的なデザインで、モンゴメリーが設計したものでないのは明らかだった。家の裏手は海だ。「あなたから聞いた話のことを考えていたの。母の本に、石鹸帝国を築いた男が出てくるのよ」

「そうなのか？　その男は石鹸の製法をどこで手に入れたと書いてあった？」

「おぼえてない。読んだのはずいぶん昔だし。だけど二番目の奥さんが出てきたような記憶はある。サリーだったかな」

「スーザンだ」そういったあとで、ジャレッドはアリックスをにらんだ。「といっても、きみのお母さんはぼくの家族のことを書いているわけじゃないぞ」

ヴィクトリアがあれだけ何度もナンタケットを訪れていたのは、この島のことを小説にしていたからだということを、いまだに信じようとしないジャレッドに、アリックスは皮肉のひとつもいってやろうとしたが、そこでふとあることに気づいて思いとどまった。ジャレッドは自分の家族のかつての情熱や無分別なふるまいを世界じゅうの読者の目にさらされたことが気に入らないんだ。

「石鹼が出てくるその本のタイトルは?」彼が訊いた。

「永遠の……」アリックスは彼を見た。

「永遠の、なんだ? 泡立ち?」ジャレッドは冗談をいったわけではなかった。むしろ、ほとほとうんざりだという顔をしていた。

「海」アリックスは小声でいった。「『永遠の海に《フォーエヴァー・アット・シー》』」

「最高だ」ジャレッドはつぶやいた。「そしてぼくの家の呼び名は……」

「永遠の海へ《トゥ・シー・フォーエヴァー》」アリックスは申し訳なさそうにいいながら、心のなかで母に毒づいた。ああもう、なんてことをしてくれたのよ、お母さん! 「偶然かもしれない。〈キングズリー石鹼〉はかつての大ヒット商品だもの、それで母は――」

ジャレッドは目を細めて彼女を見た。「偶然だなんて本当に思っているのか?」

そういうこともあり得るといおうとして思い直した。「母は一年のうちの一カ月をここで過ごして、アディおばさんからキングズリー一族の歴史を洗いざらい聞きだした。そして残りの十一カ月で、その話を元にベストセラー小説を書きあげた。わたしが本当に思っているのはそれよ」

ジャレッドはなにかいい返すかに見えたが、結局トラックのドアを開けて外に出た。

「行くぞ。古いトラックを調達する必要があるんだ」

ジャレッドに訊きたいことが山ほどあったけれど、いまは答えてくれないだろうと思った。

「あなたのトラックより古いはずないわよ」

ジャレッドは小さく笑った。「それどころか、ぼくより年上だ」

「なら、本物の骨董品ね」アリックスは小走りで彼の横に並んだ。

彼女のからかいにジャレッドは笑うだろうと思ったのに、意外にも、年寄りかどうか見せてやろうか、といわんばかりの顔を向けてきた。正直いって、その顔つきは少し怖かったけれど、アリックスはそこでリカーショップの女性にいわれたことを思いだした。〝ジャレッドに威張らせちゃだめよ〟。だから胸をぐっとそらし、かかってきなさいよ、受けて立つわ、という顔で彼を見返した。

ジャレッドがふっと頬をゆるめて目をそらすと、アリックスは大いに悦に入った。そして大またで歩くジャレッドのあとについて砂利道を渡り、ガレージへ向かった。

ガレージの前にくると、ジャレッドは防犯アラームのカバーを開けて数字を入力した。ガレージのドアがあがりはじめた。

アリックスは住居のほうを見ていた。「お友だちなのに、この家を設計したのはあなたじゃないのね」

「アリゾナにある家はぼくがやった」

「ハーウッド邸のこと？」アリックスは息をのんだ。

「そうだ」

「うわっ」アリックスは驚きの目で彼を見た。「あの家はわたしのお気に入りのひとつよ。まるで砂漠から生えてきたみたいに風景に溶けこんでいて」

「当然だ。サボテンにぶつかったときの傷が背中にまだ残っているんだから。いまいましいったらない！　マグロ釣りの仕掛け《リグ》にぶつかるより始末が悪いよ」

アリックスは彼のあとからガレージのなかに入った。「じゃ、土地について知るためにしばらくむこうにいたの？　何日ぐらい滞在した？　あの傾斜屋根を施主にオーケイさせるのは大変だった？　むこうの住宅の屋根はふつうフラットなのに、あなたのは――」ジャレッドがにらんでいるのに気づいて、言葉を切った。

「ぼくらはいま島にいるはずだが」

「だけど、ここ数日は一緒に家の設計図を――」ジャレッドがまだにらんでいるのを見て、アリックスはこらえきれずに笑いだした。「わかった、あなたの勝ちよ。仕事の話はもうしない。わたしはヴァレンティーナと、わたしの部屋でものを動かしてばかりいる――わたしにキスしていないときは、ってことだけど——幽霊のことを考えなきゃいけないんだった。それにイジーの結婚式のこともね。わたしは調査のプロでもウェディングプランナーでもないけど、誰も気にしていないみたいだから」

「みんなきみを全面的に信頼しているんだよ。で、どう思う？　きみがぐだぐだと愚痴をこぼすのをやめて、このトラックを見ていればだけど」

そうだった、アリックスはトラックに目をくれてもいなかった。たしかに古いトラックだった。丸みのある大きなフェンダー、円周の内側に白いゴムを張りつけたホワイトウォール・タイヤ、大きいフロントグリル。たぶん一九三〇年代のものだろうけど、新品同然で、鮮やかなブルーの車体は濡れたような光沢を放っていた。「いいわね」アリックスはフェンダーに手をすべらせた。「これをあなたが運転してパレードに出るの？」助手席に乗るのは誰、と訊きたかった。

「そう、ぼくが運転する」ジャレッドはトラックの窓ごしに彼女を見た。「結婚式のことはトビーとレクシーが力になってくれるだろう。祖父の記録についてはぼくが手を貸せる。きみが引き受けてくれるなら、ということだが。アディおばさんも無理強いはしないというはずだよ」

またジャレッドとふたりでひとつのことに取り組めると考えたら、ぞくぞくするような興奮が全身を駆け抜けた。でもそこで、あることに気づいた。「ケイレブ船長とヴァレンティーナに起きたことは大いなる悲劇だとは思うけれど、はるか昔のことよ。いまさら調べてなんになるの?」

すっと目をそらしたジャレッドは答えに困っているように見えた。

「石鹼のこと?」アリックスは問いかけた。

「石鹼?」

「石鹼の製造法に関する知的財産権を証明できれば、あなたにはまだ会社の所有権があるということでしょう?」アリックスは目を見張った。「それとも、〈キングズリー石鹼〉はいまもあなたが所有しているの?」

ジャレッドは苦笑した。「アディおばさんの弟の五世が売却した。石鹼の製法やなにかも込みで丸ごとね。で、手に入れた金は全部使い果たした」彼はトラックのボンネットを開けてなかを見た。

アリックスは彼の隣に並んだ。外側と同じくエンジンルームもぴかぴかだったが、彼女は見ていなかった。お母さんの本のどれかに、家族の財産を食いつぶす、でもどこか憎めないろくでなしが出てこなかった? そこで目の前の問題に頭を切り替えた。「それなら、ヴァレンティーナの身になにが起きたか知りたがるのはなぜ?」

「謎を解明するとアディおばさんがケイレブに約束したとか。よくわからないが」

「おばさんはそこまで年取っていなかったわよ」アリックスはジャレッドのあとについてト

ラックのうしろにまわった。「ちょっと待って。まさかディリスがいっていたことを信じてるわけじゃないわよね？　アディおばさんが幽霊と話しているって」

ジャレッドはトラックから顔をあげた。「この家のなかを見たいかい？」

「あなたの家族について質問するのをやめさせようとしているでしょう？　そんなに秘密があるわけ？」

「ウォルト・ハーウッドから、この家の一室を孫の部屋に作り替えてほしいと頼まれてね。古い捕鯨船の船室みたいにしたんだ。まあ、映画で見た船室ってことだが。しかも、その部屋の写真はどの本にも載せていない」

アリックスはヴァレンティーナとケイレブと、それにオベッドのことも、もっと知りたくてたまらなかった。それに母がキングズリー家のことをくわしく知るようになったいきさつについても知りたい。アディおばさんが家族のことにそこまで精通しているということはあるかしら？　十八世紀までさかのぼって？　まずありえない。それに、どうしてわたしに調査を頼むの？　お母さんじゃなく？　もっとも、頼まれたのがお母さんだったら、スミソニアン協会の人を雇って調べさせただろうけど。

あれこれ質問したいのはやまやまだったが、ジャレッド・モンゴメリーがデザインした部屋――それも室内装飾！――を見るチャンスはこれきりだということもわかっていた。わたしの気をそらそうという魂胆なのはわかっているけど……。

「ぼくのトラックのグローブボックスに十六メガピクセルのニコンが入ってる」ジャレッドはいった。「好きなだけ写真を撮ってかまわないよ」

アリックスは彼をまじまじと見た。

「きみの友だちのイジーが見たがるんじゃないかな?」誘惑するようにいう。

「オーケイ、あなたの勝ち。その部屋へ連れていって。室内装飾はよくやるの?」

「島では質問はなしだ」

「あなたってネズミみたいにいやなやつよね」

「長くて立派な尻尾が生えてる」ジャレッドはアリックスの先に立って歩きだした。

アリックスは遠ざかるジャレッドのお尻を見ながらうなずいた。たしかに立派な尻尾が生えていそう。

その家の内部はごくふつうだとアリックスは思った。海を見晴らす大きな窓があるのはいいけれど、独創的なところはもちろん、興味をそそられるところもまったくなかった。廻《まわ》り縁《ぶち》は平凡で、ドアや手すりなどの木造部はどれも工務店のカタログで選んだという感じ。ところがキッチンのキャビネットはドイツ製の非常に高価なもので、化石が入った御影石や手作りタイルが使われていた。おかしなことに、壁は石膏ボードなのに、大理石はイタリアはカラーラの高級品が使われていた。

彼女はジャレッドを振り返った。「あなたのお友だちがこの家にいくら払ったか訊いてもいい？」

「二千万だ」

アリックスはしばらく開いた口がふさがらなかった。「二千万ドル？　米ドルで？　二千万アメリカドル？」

「そう」

「なんだってそんなにばか高いの？」

「ここはナンタケットだから」

「知ってる。だけど、もしこれがインディアナなら……」

「インディアナなら百万ドルもしないだろう」ジャレッドはいった。「でもここはナンタケットだからね」

「ええ、たしかにここは島だけど、だからって二千万はちょっと高すぎない？」

「ナンタケットの家なら高くない」ジャレッドは断言した。

「なるほど。じゃ、ここがマーサズ・ヴィニヤードだったら、この家はいくらになる？」

「誰だそれ？」

「マーサが誰かは知らない。わたしがいっているのは、ここから西に五十キロほどのところにある島のこと」

「そんな島は聞いたことがないな」ジャレッドは彼女に背を向け、廊下の先へ向かった。

アリックスはしばらくその場に立ったまま首を振っていたが、すぐにジャレッドが船長室を模して作った部屋を見るために彼を追いかけて二階へあがった。

11

その家を出るとき、アリックスは玄関ポーチでつまずいてジャレッドの腕のなかに倒れこんだ。アリックスは彼がデザインした部屋の写真を五十枚以上撮っていて——部屋はうっとりするほどすてきだった——カメラのビューファインダーでそれを見ていた。歩きながら写真に夢中になっていたせいで、ポーチの端にきていたことに気づかなかったのだ。

ジャレッドは次に起こることを予期していたのだろう。あるいはコブラ級の反射神経を持ちあわせているか。両手をさっと差しだし、アリックスが顔から地面に倒れこむ前に抱き留めた。

一瞬、ふたりはその場で固まった。ジャレッドは彼女の腰に両手をまわして抱きかかえ、アリックスの両足は地面から浮いていた。彼女は片手にカメラを握り、反対の手で彼の背中にしがみついていた。

アリックスは彼にキスしてほしかった。これほど強くなにかを願ったのは人生で初めて。目があの下唇に吸い寄せられて、例の詩の一節、〝やわらかでみずみずしく〟と〝触れる舌先〟と〝それを吸いこみ〟が頭に浮かんだ。言葉が頭のなかをぐるぐるまわって、わくわくするような期待感が全身を駆けめぐった。

彼の息が唇にかかるのを感じた。〝混じりあう吐息〟。アリックスは思わず彼のほうに顔を傾け、唇と唇が触れそうなところまで近づいた。ジャレッドの目をまっすぐにのぞきこむと、瞳が青い炎のように燃えて、いまにも爆発しそうだった。

彼がほかの誰かだったら、アリックスはふたりの唇を隔てるわずかな距離を自分から埋めていたと思う。だけどこの男性に対しては、そうしていいものかどうか迷いがあった。

近くで一羽のカモメが甲高い声で鳴き、魔法は解けた。

ジャレッドは、アリックスの歯が鳴るほどの勢いで彼女を地面におろした。彼は腕をほどくと同時に向きを変え、そそくさと砂浜のほうへ歩いていった。

アリックスは一歩下がってポーチの端に座りこんだ。たとえジャレッドに平手打ちされたとしても、ここまでこたえなかっただろう。彼女は両手で顔をおおい、狂ったように打っている心臓を落ち着かせようとした。

数年前に耳に挟んだ、父と父の友人の会話が思いだされた。「若さの真の特権は、誰からも求められるってことだ」父の友人はそういっていた。「われわれぐらいの年齢になると、一年ごとにその数が半減していくからね」

「じゃ、なにか？　いまのわれわれは全女性の十五パーセントからしか相手にされないってことか?」

「おまえは昔から楽天家だったな」

そしてふたりは声を合わせて笑った。

そのやりとりを聞いたのはアリックスが二十歳くらいのときだから、父は五十近くだったことになる。二十六歳のいまでも、自分はまだ若いと思っているけれど、すべての男性から求められるわけじゃないことには気づきはじめていた。ジャレッド・モンゴメリー・キングズリー七世から求められていないことはたしかだ。

ポーチから腰をあげ、何度か深呼吸した。気がない相手にいつまで恋していてもしかたがない。あの有名人とどうにかなれるんじゃないかなんて、ばかげたことを考えるのはそろそろやめにしないと。

砂浜のほうに目をやると、ジャレッドは敵の攻撃を退けようとする人のように肩を怒らせて立っていた。自分を守っているようなその姿を見て、申し訳ない気持ちになった。この島は彼の家なの、アリックスは自分にいい聞かせた。襲いかかってくる熱狂的な学生たちから解放される唯一の場所なのよ。

彼女は勇気を奮い起こすと、ジャレッドのところへ歩いていって少しうしろで止まった。ジャレッドは振り返らなかった。「さっきはごめんなさい」小さな声でいった。「ああいうことは二度と起こらないから」

ジャレッドは前を向いたまま、安堵《あんど》したように大きく息を吐いた。つい彼に同情してしまった。講堂を埋めつくす学生たちの前に立つのは、きっと相当な恐怖なのだろう。その全員が彼からなにかを得たいと思っているのだから。

「まだ友だちよね？」アリックスは握手の手を差しだした。

ジャレッドがこちらに向き直ると彼女は息をのんだ。つらそうな顔をしているものと思っていたのに、彼の目はまたしても青い炎と化していた。ぎらぎらと燃えていた。あまりのすさまじさにあとずさりしたくなるのを、アリックスはなんとかこらえた。

でもそれはほんの一瞬のことだった。次の瞬間には、ジャレッドは何事もなかったようにほほえんでいた。

「きみはどうか知らないが、ぼくは飢え死にしそうだ。レクシーのところでお昼をごちそうになろう」ジャレッドはガレージのほうへ足を向けた。

「それはつまり天使みたいなトビーに会えるってこと？」アリックスは急いで彼のあとを追いかけた。これまでみたいな気の置けない友人どうしに戻れればいいのだけれど。

ジャレッドはトラックのドアハンドルに手をかけたところで動きを止めた。「それにはひとつ条件がある」

アリックスは息を止めた。彼にはいっさい手を出さないと約束させるつもり？「条件って？」

「遅れているLAの家のデザインを一緒に考えること。ティムがまたメールをよこしてね。設計図を大至急送れといわれた」

「ああ」アリックスはトラックに乗りこんだ。「そう」

「それはいい返事と悪い返事のどっちだ？」ジャレッドは運転席にあがった。

「わたしは学校を出たばかりのひよっ子で、あなたは……彼なのよ。どんな意味だと思うわけ？」

「自分の仕事は自分でやれ、とか？」

ふたりのあいだから緊張が消えて、ジャレッドがまた軽口を叩きはじめたことがうれしかった。「建設予定地の写真はある？」

「十二エーカーに及ぶ敷地の３Ｄ写真がある。生えている樹木や巨大な岩石層も含めて。いま考えているのは――」

「その岩を壁材のひとつとして使う？」

ジャレッドはシートのうしろに腕をまわしてトラックをバックさせようとしていたが、そこで彼女を見た。その目に浮かんだ表情は、アリックスがなにか褒められるようなことをしたときの父の目にそっくりだった。

「あなたも同じことを考えたの？」

「まさにね。でも玄関が決まらない。どうすれば石の壁と調和が取れるか。たぶん――」そのときアリックスの携帯電話が鳴りだし、彼の言葉をさえぎった。

アリックスはバッグから電話を取りだして発信者IDを見た。「非通知になってる」この手の電話にはつねに警戒を怠らなかった。

「きみの友だちかもしれない」

アリックスは通話キーを押した。「もしもし？」

「ごめん！」イジーはいった。「いきなりいなくなっちゃって本当にごめん。だけどグレンが激怒しちゃって。すごくかっこよかったんだから！　あのときほど彼を愛してると思ったことはないわね。グレンとグレンのお父さんで殴りあいがはじまるんじゃないかと思ったけど、グレンは一歩も引かなくて、それで彼のお母さんはわたしの結婚式にあの人を呼べ、この人を呼べとうるさくいうのをやめたの」

アリックスはジャレッドのほうに顔を向け、イジーだったとうなずいた。うれしそうな彼女を見てジャレッドも笑顔になった。「あなたのお母さんはどうなの？」

「それは父がうまくやってくれた。父さんたらおもしろいのよ。おまえの若き騎士の剣幕に死ぬほど震えあがった、母さんも怖いがグレンのほうがもっと怖い、ですって」

「さすがはお父さんね」

「それにあなたのお父さんも。知ってる？　お父さんがわたしの父に電話して……なにを話してくれたのかは知らないいんだけど、急にいろんなことが――。やだ、ごめん、アリックス。

わたしのことばっかり。あなたはどうしてる？」

「元気でやってる。だけど、あなたの結婚式のことはあまり進んでいなくて」

「いいのよ。わたしがやってるから。あとでメールで教える。ねえ、グレンとわたしがいまヴァージン諸島にいるって知ってた？」

「ええ」

「旅費を出してくれたのはわたしたちの親だけど、勧めてくれたのはあなたのお父さんだったの」

「わたしの父が？」アリックスがジャレッドに目をやると、彼は眉をあげてみせた。

「そうなの。それにわたしの携帯がこっちで使えないものだから、わざわざホテルまでこの電話を届けさせてくれたのよ」

「じつは、それ――」

「わたし妊娠してるの」

「なに？」

「ナンタケットであんなふうに泣きだしたのはだからなのよ。ホルモンの影響ってやつね。で、いまは吐いてばっかり。それで――」アリックスはうれしさのあまり絶叫し、イジーの声をかき消した。

「たしかなの？」

ジャレッドがいぶかるような目を向けてきたので、アリックスはお腹を大きくするジェスチャーをした。

「うんうん。まだグレンとあなたしか知らないんだけどね」

「グレンに最初に話したの？　わたしを差し置いて？　生涯の友《BFF》が聞いてあきれるわね」

イジーは笑った。「早くあなたに会いたい。彼には会ったの？」

「ジャレッドならいまここにいる。話す？」アリックスは電話をジャレッドの耳に持っていった。

「おめでとう、イジー。立ち聞きしていたみたいで申し訳ない。いまアリックスとふたりでトラックに乗っているものだから、どうしても聞こえてしまうんだ」そこで言葉を切って待ったが、返事はなかった。ジャレッドはアリックスを見て肩をすくめた。

アリックスは電話を自分の耳に当てた。「イジー？」

返事はなし。

「イジー？　聞こえる？」

沈黙。

アリックスは電話を見た。「切れちゃったみたい」

「聞いてる」

アリックスは電話をまた耳に持っていった。「まだつながってるの？　ジャレッドがいったこと聞こえた？」

「ジ……」イジーはなんとか〝ジ〟の音だけ発したが、それが精いっぱいだった。

「ジャレッドよ。ここではジャレッド・キングズリー。よそ者にはジャレッド・モンゴメリーだけど、よそ者がどう思おうと関係ないから」

ジャレッドは、それでいいとばかりにほほえんだ。

「あなた、いま彼とトラックに乗っているの？　いまこの瞬間？」イジーの声はひどく小さくて、ほとんど聞き取れなかった。

「うん。すごく古いトラックなの。三〇年代？」アリックスは問いかけるように彼を見た。

「一九三六年製のフォードだ」

「いましゃべったのが彼？」イジーが囁き声で訊いた。

「なに？　聞こえない」

「あなたたち、つきあっているの？」

「友だちとしてね。それに同僚としても。ちょっと前にジャレッドから、彼が依頼されている住宅のデザインを一緒に考えてくれと頼まれたところなの。彼とわたしは建築用地にある大岩を建物の一部に使えないかと考えているのよ」

「あなたと……と……？」

「ジャレッド。でなきゃ、ただのキングズリー。ときには七世と呼ばれることもあるみたいだけど」アリックスが問いかけるような目をするとジャレッドはうなずいた。

「ちょっと横になったほうがいいみたい」イジーはいった。「あまりの展開に頭がついていかない。アリックス？」

「なに？」

「あの古い家の水道管はどんな調子？」

水道管が破裂してアリックスとジャレッドがずぶ濡れになる、というイジーの妄想を思いだした。「水道管に問題はないし、それ以外のパイプが破裂する心配もまったくないわ」いいながら、ついジャレッドの体に目がいってしまった。トラックがちょうど角を曲がるところで、ジャレッドはむこうを向いていた。彼ってほんと、いい体をしてる！　お腹は平らだし、太腿はたくましいし。そこで彼がハンドルを元に戻したのでアリックスは目をそらした。

「アリックス」イジーはいった。「古いパイプは圧力を加えると破裂することもあるから」

「知ってる。でも圧力を加えてパイプが爆発したら、家がばらばらに吹き飛んじゃう可能性もあるから。イジー？」

「なに？」

「あなたのことが心配だとジャレッドに話したら、あなたのお母さんに電話してあなたのことを訊くよう助手に頼んでくれたの。その電話を買ってあなたのホテルに届けさせたのもジャレッドなのよ」

イジーはしばらく黙りこんだ。次に口をひらいたときには命令口調になっていた。「アリクサンドラ！　その人を逃がしちゃだめ。大ハンマーを使ってでもパイプを破壊するのよ！　もう切らないと。吐きそう」

アリックスは通話を終えると、フロントガラスのむこうを見つめながら、イジーにいわれたことについて考えた。

「友だちが幸せでうれしい？」ジャレッドがいった。

「それはもう。イジーはお母さんになるために生まれてきたような人だから。わたしが落ちこんだときは、いつだってチョコレートを差しだしながら話を聞いてくれた。あんなにいい友だちはほかにいない」

「結婚式はまだここでやるつもりなんだろうか？」

「だと思うけど、かなり日程を前倒しにしないと。一緒に選んだあのドレスを着るつもりならね」

「この午後を使って、きみが必要としていることをトビーに話してみるといい」ジャレッドはちらりと彼女を見た。「大丈夫かい？」

「ええ、もちろん」この新局面を受け入れる必要があるのはわかっていた。親友はもうじき結婚して、子どもまで生まれるというのに、わたしは……。「まだ失恋から完全に立ち直っていないだけ。あなたにもそういう経験ない？」アリックスは息を詰めて彼の返答を待った。

これほど立ち入った質問をするのは初めてだ。

「そりゃ、あるよ」彼はいった。「みんながみんな、ある日こういうんだ。〝あなたが仕事よりわたしを愛することはなさそうね〟。それをいわれたら、ああ、終わりが近いなとわかる」

「わたしもエリックに似たようなことをいわれた。愛という言葉は使わなかったけど、〝きみはぼくより仕事のほうが大事なんだろう〟って。建築物はつねにわたしの人生の大きな部分を占めてきたということを彼にわからせることは、どうしてもできなかった」

「その点はぼくが保証する。きみはほんの小さいときから一メートル近い高さの塔を作っていたからね。きみとじいちゃんは――」ジャレッドは口をつぐんだ。じいちゃんはよく、小さなアリックスがものを積みあげるのを見ていた。そしてあの家のどこになにがあるかを教えていた。ケイレブの指示に従って、アリックスは鯨の歯を使った彫りものや、琺瑯引きの小さな箱をどこかから引っ張りだしてきた。百年以上前の硬貨を、それが隠されていた場所から取ってきたこともある。

「あなたのおじいさんとわたしがどうしたの？」

アリックスがいっているのはもっとも近い祖父のことだろうが、その祖父はジャレッドが生まれてまもなく死んだ。母方の祖父はそれより前に亡くなっている。だからよちよち歩きのジャレッドが、友だちの家には誰の目にも見えるおじいちゃんがいると知ってびっくりすると、父は大笑いした。

「ごめん。ごっちゃになった。きみとアディおばさんはよく何時間も建物を作って遊んでいた、といいたかったんだ」

アリックスは一瞬、目をそらした。ジャレッドは本当のことをいっていない気がした。アディおばさんが床に座ってなにかを積みあげていた記憶はないもの。でも、ここは焦らないことにした。辛抱強く探れば、いつか答えは得られるとわかってきていた。単刀直入に訊けば話を変えられてしまう。「それで、レクシーはどんな家に住んでいるの？」

ジャレッドの肩から力が抜けた。アリックスの質問攻撃から身を守ろうと無意識のうちにこわばらせていたのだ。彼は目がくらむほどまぶしい笑顔を彼女に向けた。「買ったのは最近だ。うちの家族が住みはじめて七十五年ほどしか経っていないからね」

「新築みたいなものね」アリックスはいい、ふたりは笑みを交わした。ジャレッドがその家の歴史について話しているうちにキングズリー・ハウスに到着した。拝借してきたトラックはそこに停め、歩いてレクシーの家を目指した。

アリックスは不安を隠せなかった。もしもふたりと気が合わなかったらどうしよう？

隣を歩くジャレッドは彼女の不安に気づいたようだった。「いやな思いをするようなことがあったら、知らせてくれ」

アリックスは感謝の笑みを彼に向けた。

12

「きたわ」ダイニングルームの窓から外をうかがっていたレクシーがいった。

トビーは客のためにサンドイッチを作っているところだった。今朝は早起きして、明日のピクニックの料理を作りはじめたので、ふたりともお昼はもうすませていた。そこへジャレッドからアリックスとそちらへ向かっているというメールが届いたものだから、すべてを中断して、急いでふたりを迎える準備に取りかかったのだ。

「お似合いな感じよ」レクシーはいった。「背の高さも釣りあっているし、ジャレッドは昔から赤い髪が好きだしね。顔はヴィクトリアに似ているけど、体つきはケン似かな」

「ちょっと！」トビーは声をあげた。

「わかってる。ケンの名前は出しちゃだめ、でしょ？　ケンに電話して、あなたのことを黙っていなくちゃいけなくて迷惑してる、って文句をいおうかな。待てよ、あなたに電話してもらったほうが効果がありそう」

トビーはにっこりした。レクシーはかなりぶっきらぼうになることがあるのだ。「ふたりはなにをぐずぐずしているの？」

「ジャレッドったら彼女のまわりをうろうろして、まるで誰かにかっさらわれるのを心配しているみたい。いまはこの家を指差してなにかいってる。〝大梁〟がどうした〝角度〟がどうしたとかいう話で、彼女を退屈させてないといいんだけど」

「アリックスは建築学校の卒業生なんだから、そういう話は好きなんじゃない？」トビーは薄切りにした自家製ピクルスをパンにのせた。ふたりの好みがわからないので、あらゆる具を少しずつ挟むことにしたのだ。

「わたしとしては、ジャレッドに彼女の目のことを話していてほしいけどね」

「月明かりを溶かしたみたいだ、とか？」そういってみる。

「そう、それ！　あー、彼女が顔をしかめてる。どうかジャレッドがあの木を食べるちっちゃい虫の話をしていませんように。そんなことをしたら百年の恋も冷めちゃう」

トビーはサンドイッチの皿をテーブルに置いた。「ジャレッドとこの若いお嬢さんをなにがなんでも結びつけようとしているのはなんでなの？」

「ジャレッドには誰かが必要だからよ。彼のまわりの人間はみんな死んじゃってるでしょう。たったひとりの身内だったアディおばさんも亡くなってしまったし」

「ジャレッドにはあなたのような親戚が大勢いるし、この島の住人の大半と友だちよ」

レクシーは指で寄せていたカーテンを元に戻した。「だけど彼の人生はふたつに分かれてる。アメリカでの生活とここでの生活にね。ニューヨークでジャレッドのガールフレンドと会った話、したっけ？」

「ううん。どんな人だった？」

「背が高くて、細くて、美人で、知的」

「すてきな人みたいだけど」

「でも彼女がナンタケットで釣り船に乗るなんて考えられないし、あの古い家で緑のガスコンロの前に立っているところは、とてもじゃないけど想像できない。ジャレッド・キングズリーが二十四のシマスズキを流しにばさっと投げだして、はらわたを抜いて捌いてくれといったら、彼女どんな顔をすると思う？」

トビーはため息をついた。「洗練されたモンゴメリーと恋に落ちたはずなのに、結婚してみたら潮くさいキングズリーだった。それはどちらにとっても悲劇ね」

「しかもジャレッドは仕事中毒でしょ。ケンやアディおばさんにいわれて、彼を起こしに二階へあがったら、くるくる巻いた何本もの図面に埋もれるようにしてベッドに倒れこんでいたことが数え切れないほどあるんだから」

「ソファに倒れこんでいたアリックスみたいに？」

「まさにそれ」ふたりは顔を見あわせて笑った。「わたしが知りたいのはね」玄関のほうへ向かいながらレクシーはいった。「アリックスが彼のことをどう思っているか」

「その答えが見つかるかどうかやってみましょう」トビーはいった。

レクシーは玄関を開けた。


アリックスはレクシーに勧められた席についた。ジャレッドは彼女の横の席につき、レクシーとトビーは古色を帯びた美しいダイニングテーブルの向かい側に腰をおろした。

レクシーとジャレッドが彼女の知らない話をしだすと、アリックスは自分の前に置かれたサンドイッチに目を落とした。スイスチーズがのっていた。アリックスはこれが苦手だった。熟成期間の長い、乾いた感じのチーズが。それに、ちょっとつまんでみたターキーはスモークされていた。アリックスはこれも好きじゃなかった。

レクシーとトビーとジャレッドが話に夢中になっているすきに、アリックスは自分の皿とジャレッドの皿を並べてサンドイッチを手直しすることにした。スイスチーズとスモークターキーはジャレッドにあげて――彼の好物なのだ――かわりにピクルスとチェダーチーズをもらった。それから彼の皿のオリーブと自分の皿のポテトチップスを交換した。

サンドイッチの具と付け合わせの分配が完了すると、パンを斜めにカットしてから、ジャレッドの前に彼の皿を戻した。飲みものも交換して、レモネードを自分の前に、アイスティはジャレッドの前に置いた。

目をあげると、トビーとレクシーが無言でじっとこちらを見ていた。

「ごめんなさい。なんの話だったかしら？」

「たいした話じゃないよ」ジャレッドはいうと、トビーに顔を向けた。「ホットマスタードはあるかい？　アリックスはあれが好きなんだ」

「あるわよ」トビーはキッチンからマスタードを取ってきた。

レクシーは興味津々という顔でアリックスのことを見ていた。このいとことジャレッドが似ているのはひと目でわかった。しっかりとしたあごのラインと、人の心まで見通せるような目。この女性の怒りは買わないようにしよう。アリックスは心のなかでそう思った。なんとなく、カッとなりやすい性格のようだから。

一方のトビーは、アリックスの想像とまるで違っていた。ジャレッドの話から、手織りのコットン地の服に古タイヤから作ったサンダルという、ヒッピー風の女性をイメージしていたのだ。ところがトビーは上品で物静かな女性で、すごくきれいだけれど、それは中世の絵画に描かれた聖母のような古風な美しさだった。彼女が着ているすてきなワンピースは、イジーが買いものしてきたのと同じ店のものかしら。

「〈ゼロ・メイン〉？」アリックスは店の名を口にした。

「そう」トビーはにっこりした。「父が数カ月ごとに会いにくるたびに、わたしをあの店に連れていって、オーナーのノエルにあれこれ選んでもらうの。あなたのトップスもあの店のじゃない？」

「ええ、そうなの」

「さて、ご婦人方がペチコート・ロウの話をはじめたから、ぼくはそろそろ退散するよ」ジャレッドはいった。

アリックスはその言葉の説明を求めるようにジャレッドを見たが、答えたのはレクシーだった。「男たちが海に出て、女たちが島を守っていた時代、女たちが切り盛りしている店が並ぶ通りをペチコート・ロウと呼んでいたの」

「いまもそうだよ」ジャレッドは椅子から腰をあげた。

「それはね、この島をまわしているのは、昔もいまもすばらしい女性たちだからよ」レクシーは彼を見あげた。「温室のヒーターをちょっと見てほしいんだけど。それと、ふたつの花壇でネズミが巣を作ってるのよ」

「ネズミ？」アリックスは声をあげた。

ジャレッドは彼女を見た。「七つの海を渡ったことで知られる祖先のおかげで、この島には驚くほど多様なネズミが棲んでいるんだ」

三人はアリックスの反応をじっとうかがった。恐怖の悲鳴をあげて身をすくませる？

「齧歯類《げっし》のガラパゴスね」彼女はいった。

「そうだね」ジャレッドにとびきりやさしい笑みを向けられ、アリックスは顔を赤らめた。

「さてと、ここはきみたち女性にまかせるよ。キッチンからいいにおいがしてるな。アリックスは料理がすごくうまいんだ。それに彼女はいま結婚式の計画を立てていて……」

レクシーとトビーはあからさまな好奇の目で彼を見ていた。

ジャレッドはアリックスに目をやった。「なにかあったら呼んでくれ」

アリックスは立ちあがった。「そうする。あなたは外にいるの？」

「うん。でもヒーターの修理をしてネズミ捕りを仕掛けたら家に帰る」

「母屋のほう？　それともゲストハウス？」

「どちらでも」

「母屋にして。魚が二尾残っているから、ローズマリーと一緒に包み焼きにしようと思うの。裏庭に生えているのを見たから。よければジャガイモを二個、オーブンに入れておいてくれない？　百二十度で。ゆっくり火を通したいの」

「了解」

ふたりは立ったまま見つめあい、どちらも動こうとしなかった。

レクシーとトビーはテーブルのこちら側で、突っ立ったまま無言で見つめあうふたりを見ていた。ジャレッドとアリックスはどう別れたらいいかわからないという感じだった。

レクシーは信じられないとばかりに首を振ると、椅子から立ちあがって両手を振りあげた。

「なんだか吐きそうよ。ジャレッド！　さっさとヒーターを直しにいって。アリックス！キッチンでトビーを手伝って。マッシュルームに詰めものをするんでもなんでもいいから」

ジャレッドはアリックスから視線をはずし、にやりと小さく笑った。「それできみはなにをするのかな、女独裁者さん？」

「教会へひとっ走りして、わたしはまだ正気でいることを神に感謝するのよ」

「それはどういう意味だ？」

レクシーはなおも首を振りながらテーブルの横をまわってジャレッドの両肩に手を置くと、キッチンの奥の勝手口へと押していった。「外へ行って、深呼吸しなさい。トビーもわたしも彼女を取って食ったりしないって約束する」

「本当だぞ、レクシー！　これは――」レクシーは彼の鼻先でドアを閉めた。

彼女が小さくこぎれいな居間を通ってキッチンへ入ると、トビーはカウンターの前にいた。アリックスはいますぐ逃げだしたいという顔で戸口のところに立ちすくんでいる。

「レクシー」トビーがやさしく呼びかけた。「〈グランドユニオン〉まで歩いていって、ライムをいくつか買ってきてもらえない？」

レクシーはにやっと笑った。「わたしを追い払おうっていうの？」

「そうよ」

レクシーはけらけら笑いながらキッチンを出ていき、玄関ドアが閉まる音が聞こえた。

「ごめんなさいね」トビーはいった。「ちょっと座りましょうか」キッチンは細長いギャレー・タイプだったが、カウンターの壁に面したところにスツールが二脚並んでいた。

「こちらこそごめんなさい。もしジャレッドとわたしのことで……」アリックスはなんといったらいいかわからなかった。「ナンタケットでわたしが知っているのはジャレッドだけだし、島へきてからほとんどの時間をふたりで過ごしていたから。やだ、ふたりで過ごすといってもそういう意味じゃなくて……」

「柑橘類の皮を薄くむきたいんだけど、やりかたはわかるかしら？」

「ジャレッドがいうほど料理はうまくないけど、それならできると思う」

トビーはボウルいっぱいのレモンとライムとオレンジをあごで示し、小型の万能ピーラーを差しだした。「それぞれ四分の一カップずつ必要なの」

アリックスは自分とジャレッドの話題から逃れられてほっとした。

「ナンタケットの印象は？」トビーが訊いた。

「いまのところは好印象よ」アリックスは話しはじめた。そこに登場した単語で、〝美しい〟を抑えて堂々一位に輝いたのは〝ジャレッド〟だった。アリックスが見たものはどれも美しい。でも、それ以外はジャレッドのことばかりだった。ジャレッドがなにをいった、ジャレッドがなにをした、ジャレッドはこう考えている、云々。

「明日はまだウェスと出かけるつもり？」トビーは尋ねた。

「そのつもりだけど、どうして？」

「ちょっと思ったものだから、あなたとジャレッドはひょっとして……」トビーは言葉を濁した。娘に手を出すな、というケンからの厳命のことは知っていたけれど、アリックスとジャレッドがその障害を乗り越えたのかどうか知りたかった。

「やだ、ジャレッドとわたしがつきあっていると思っているのね。違うわ。わたしたちは友だちよ。というか、正確には仕事仲間で、友だちになろうとしているところ」

トビーは信じられないといった様子でアリックスを見た。

「本当よ。どうやら間違った印象を与えてしまったようだけど」

「だって、あなたたちはずっとふたりでいるし。島じゅうの人があれこれ噂しているわ」

「困ったな。ジャレッドとわたしは一緒に仕事をしているだけ。それだけよ」

「じゃ、あのサンドイッチは?」

「なんのこと?」

「おたがいの好きなものを交換してたでしょう」

「家の設計図に取り組んでいるあいだは食事も一緒だったから、おたがいのことがだんだんとわかってきただけよ」

「それなのに……?」トビーは目を丸くした。

「わかった、白状する。最初はたしかに彼のことをそういう目で見てた」自作の詩が頭に浮かんだ。「でもね、そんなことにはならないと彼にはっきり思い知らされたの。そのときはさすがに傷ついたけど、いまはもう立ち直った。だからここだけの話、ウェスとのデートを楽しみにしているの。ちょっといちゃつくのもいいかなと思って。自分が女性であることを思いだしたいもの」アリックスはそこでひと息つき、どうかもっともらしく聞こえますようにと祈った。ほんとはジャレッド以外の人とデートなんかしたくない。「そろそろなにかべつの話をしない？」

「そうね。詮索するつもりはなかったの。ただ、ジャレッドが誰かにこれほど興味を持つのを見るのは初めてだったものだから」

そんなことをいわれてなんと答えていいのやらわからなかったので、アリックスは話題を変えた。「友人のイジーに、ここナンタケットで結婚式を挙げられるよう手配すると約束したの。でも、なにからはじめればいいのかわからなくて。あなたなら知っているとジャレッドにいわれたんだけど」

わたしたちのことは放っておいて、と暗にいわれているのだとトビーは理解した。「式の日取りは決まっているの？」

「ええ、だけどたぶん早まると思う」理由は説明しなかった。さしあたりイジーのおめでたは内々の秘密にしておきたかった。その〝内々〟にいまではジャレッドも入っていることに気づいて、ちょっとドキリとした。

トビーはつづけた。「日取りを決めたあとで真っ先にしなきゃいけないのは、式で使いたい色を花嫁に決めさせることね。すべてはその色を軸に考えることになるから。なにか特殊な花を使いたい場合は早めに教えておいてね。そうすれば空輸できるから」

「空輸？　そんな大がかりな式、イジーは望んでいないんだけど」

「島にあるものはほとんど空輸か、トラックに積んでフェリーで運ばれてくるの。どんな花を使いたいか、お友だちに確認する必要があるわね。それと花嫁はしょっちゅう気が変わることも知っておいて。なにかシンプルな花がほしいといってやってきたのに、最終的には三万ドル分の紫のランを調達してほしいといいだした女性もいたから」

「三万ドル……？」アリックスはライムを手に取った。オレンジはすでに皮をむき終えていた。「きっとそういう買いものをする人が二千万ドルの邸宅に住むのね」

「もっとよ。ポルピスでいま売りに出ている家は五千九百万ドルだから」

アリックスは目を丸くしてトビーを見つめることしかできなかった。

「あなたはどうなの？」トビーは訊いた。

「どうって、なにが？」

「あなたはどんな結婚式を挙げたい？」

「新郎のいる結婚式」

トビーは笑った。「考えてみたことは本当にない？」

「式そのものについてはないけど、フィアンセと幸せそうにしているイジーを見ていると、いろいろ思うところはある。あなたはどうなの？　彼氏はいるの？」

「決まった人はいないわね」

アリックスは言葉を継ぐ前にわずかにためらった。「わたし、あなたとジャレッドが、その……」

「わたしとジャレッドがつきあっているんじゃないかと思った？」

アリックスは手のなかのライムを見つめた。「以前はつきあっていたとか」

「まさか！　わたしにとってジャレッドは兄みたいなものよ。それとも彼、わたしをだしにしてあなたにやきもちを焼かせようとしたの？」

「違うわ！　わたしたち、そういう関係じゃないもの」だけどいわれてみれば、ジャレッドが天使のようなトビーのことを褒めそやしたから、わたしは嫉妬したんだ。「ひょっとするとそうかも」思わず頬がゆるんだ。「この島にはジャレッドがつきあっていた女性が大勢いるの？」

「ひとりもいない。レクシーの話だと、高校のときにつきあっていた女性がいたらしいけど、その人はジャレッドのいとこと結婚したそうよ」

「ジャレッドのいとこは島にごろごろいるわよ」

「いえてる。だけど、そのいとことジャレッドはいまでもほとんどつきあいがないらしいわ。いとこのほうはサーフサイドに住んでいるの」

「そこもナンタケットなのよね？」

「まるでこの世界にはナンタケットしか存在しないと考えているような口ぶりね」

アリックスは笑った。「ジャレッドにとってはそのとおりよ」


アリックスが帰り、スーパーからレクシーが戻ると、先ほど見聞きしたことについての話になった。

「アリックスがそういったの?」レクシーは訊いた。「わたしのいとこで男性ホルモン過多のウェスと、ちょっと〝いちゃつき〟たいって?」

「男性ホルモンといえば、あのジャレッドでも自制できるものなのね」トビーはいった。

「アリックスの父親に圧力をかけられていなければ抑えてなんかいないわよ。このままだとまずいことになりそう」

「残念だけど、そのようね。誰に電話しているの?」

「ウェスよ。ビールを用意しておいて。ちょっとおしゃべりしにこない、って誘うから」

「なにを企んでいるの? ジャレッドが気を悪くするんじゃゃ――」

「いとこたちのことはわたしにまかせて」そこでレクシーは電話に注意を向けた。「ウェス? レクシーよ。ちょっとうちにきてくれない?」一瞬黙った。「いますぐに決まっているでしょ。次は招待状をよこせとかいいだすんじゃないでしょうね。そうよ、あなたとアリックスのデートに関係のある話」レクシーは電話を切った。「十分でくるって」

ナンタケット流の遠慮のないつきあい方にはいつまでたっても慣れない、とトビーは思った。誰の家だろうと、勝手に出入りするようなところがあるのだ。トビーはあるとき室内のドアがいきなり開いて心臓が止まりそうになったことがある。ドアを開けたのは地下室からあがってきた配管工だった。玄関から入って――この家の玄関がつねに開いていることは島じゅうの人間が知っている――地下で修理をしてから、トイレの水漏れが止まったかどうか確認するためにあがってきたのだ。家のなかに配管工がいたことを誰も知らなかったが、トビー以外はみな気にしていないようだった。

「あのね、ウェス」二十分後、レクシーとトビーはテーブルを挟んでウェスと向かいあっていた。トビーが出してくれたビールとプレッツェルを前にして、ウェスは呼びだされた理由が告げられるのを待っていた。

「あんたがまだダリス・ブルベイカーに未練たらたらなのは島じゅうが知ってる」レクシーはつづけた。ダリスはウェスが結婚を考えていた女性だが、半年前に大げんかして――理由は誰も知らない――ダリスは、わたしの前から消えて、とウェスにいい放った。それ以来、ウェスは島にいる未婚女性と片っ端からデートをくりかえしている。

レクシーはウェスがなにかいうのを待った。できたら別れたいきさつを話してほしかったのに、いとこは無言でビールを飲むばかりだった。「でもね、彼女はあんたを見かぎったの。たぶんあんたがほかの女性によそ見ばかりしているから。あんたがアリックスをデートに誘ったのは、単にダリスに仕返しして、ついでにジャレッドの鼻を明かすためなのよ」

ウェスはレクシーの非難を平然と受け流し、ダリスとの件についてみずから切りだすこともなかった。「で、なにがいいたいんだ？」

「じゃ、ずばりいわせてもらう。どうすればアリックスに電話して明日のデートをキャンセルしてもらえる？」

「それはない。親父が古いシボレーでパレードに出るんだ、だから——」

トビーが口をひらいた。「あなたの土地に建てる家をジャレッドが設計するわ。それも、ただで」

レクシーは目を見ひらいて友人を見た。ジャレッドが設計料として六桁の金額を請求することはみな知っている。

さすがのウェスも驚きを隠せなかった。ジャレッドにガレージの図面を描いてもらうのはまだしも、家一軒丸ごとだって？「屋外シャワーと、ボートの収納庫も？」

「なんなりと」

「モンゴメリーがデザインするような家を建てる金なんかない」

ウェスがいとこのことをキングズリーではなくモンゴメリーと呼ぶのには侮辱の意味があることをレクシーは知っていた。彼女は椅子にふんぞり返ってウェスをにらみつけた。ウェスにとってはちょっとしたゲームでも、こちらは真剣なのだ。

島育ちでないトビーは、過去のいきさつや、使う名前にこめられた微妙な意味合いに頓着することはなかった。「銀行のかわりにジャレッドがあなたにお金を貸す」

「ちょっと——」レクシーは声をあげたが、ウェスとトビーは相手のことしか見ておらず、レクシーはその場にいないも同然だった。

「無利子で？」ウェスが訊く。

「その日の店頭金利から〇・五パーセント引き下げ」トビーがすかさず返す。

「金利の半分」

「四分の三」

「決まりだ」ウェスは答えた。

「参ったわね、トビー」レクシーはいった。「あなたにそんな駆け引きができるなんて知らなかった」

「父に教わったのよ」

ウェスが帰ったあと、レクシーは、ジャレッドの名前でなにをしたかを本人に告げるのがいやでたまらなかった。だけどジャレッドは自分でなにもする気がないみたいだったし、だったらほかの誰かがやらないと。彼女はいとこに電話して、話があるからいますぐきて、と伝えた。

レクシーは一時間前にウェスが座った椅子にジャレッドを座らせたが、ジャレッドは飲みものはいらないと断った。

「話ってなんだ？　もうじき夕食の支度ができるし、ぼくとアリックスにはいろいろやることがあるんだよ」

「たとえば？」トビーが訊いた。

ジャレッドは彼女に笑いかけた。「きみらが望んでいるようなことではないよ。で、明日まで待てないほど重要なことというのはなんなんだ？」

「その明日が重要なのよ」レクシーはいった。「あなたはすっかり忘れているみたいだけど、アリックスは明日ウェスとデートするのよ。それも終日デート」

ジャレッドは返事をしなかった。

「気にならないの？」レクシーは詰問した。

「きみにはなんの関係もないことだが、それについてはちゃんと考えてある」

「どういう意味よ？」

「それは見てのお楽しみだ」ジャレッドはそういうと椅子から腰を浮かせた。「さてと、ぼくの私生活に首を突っこむのが終わったのならぼくは帰るよ」

「アリックスのところへ」トビーはほほえんだ。

ジャレッドもほほえみ返す。「そう、アリックスのところへ」

「わたしたちで手を打ったから」レクシーが口を挟んだ。「ウェスと話をつけた。あなたにはちょっと高くついちゃったけど、それだけの価値はあると思う」

ジャレッドはふたりの女性を見た。どちらも邪気のない顔でにこにこ笑っている。かわいい娘たちだ。それに気だてもいい。しかし、それをいうならダイナマイトも人に危害を及ぼすために発明されたわけじゃない。ジャレッドは椅子に座り直した。「なにをしたのか話してくれ」その声は落ち着いていた。

「あなたのかわりにウェスと取引したの。考えたのはわたしだけど、金利の交渉はトビーがやってくれた。彼女、すごかったんだから」レクシーは尊敬の目で同居人を見た。

「どうやら最初から話してもらったほうがよさそうだ」

しゃべったのはほとんどレクシーひとりで、アリックスとのデートを取りやめるかわりにウェスになにを約束したかを明かした。

ジャレッドの顔にはなんの表情も出ていなかった。彼はポーカーが抜群にうまいのだ。

「ぼくがウェスの家をただで設計して、そのうえばかみたいに低い金利で金も貸すのか？」

「そんなふうにいうとずいぶんな話に聞こえるけど。でもね、ジャレッド、アリックスとウェスを一日じゅう一緒にいさせるなんてだめよ。ダリスに〝失せろ〟といわれてから、ウェスは獲物を求めてうろつく狼になっちゃったんだから。それにあいつは昔からあなたに対抗意識を持っているし。ウェスがか弱いアリックスに襲いかかるんじゃないかと、わたしたち心配なの」

「もしかしたら」トビーがやわらかな口調でいった。「ジャレッドにはべつの計画があるんじゃないかしら」

「そうなの？」レクシーはいとこを問い質《ただ》した。

この善意のお節介焼きふたりには話していないが、ジャレッドは今夜、自分のゲストハウスに戻ったあとでやろうと思っていたことがあった。彼はポケットから携帯電話を取りだすと、レクシーとトビーにやりとりが聞こえるようにスピーカーフォンのキーを押してから、ある番号にかけた。

「ジャレッド？」女性の声が応じた。「あなたなの？」

「やあ、ダリス。お父さんのぐあいはどうだ？」

「もう大丈夫。お礼のカードは届いた？」

「きみの家族全員からね」

「だって、あなたには本当によくしてもらったから」

「じつは、きみにひとつ頼みたいことがあるんだが」

「なんでもいって！　ぼくと駆け落ちしてくれ、というのでもかまわないから」

ジャレッドの向かいで、トビーとレクシーが顔を見あわせて目をむいた。

ジャレッドはにやにやしながら声音を少しだけ落とし、気《け》だるげな口調でつづけた。「そこまでしてもらう必要はないんだ、ダリス。想像すると楽しくなるが。今夜は眠れそうにないよ」

「なんなら——」ダリスはいいかけた。

レクシーが横から口を挟んだ。「ハーイ、ダリス。レクシーよ。お母さんはどうしてる?」

ジャレッドがひとりではなかったことにダリスはぎょっとしたようだったが、すぐに気を取り直した。「元気にしてるわ。パパが入院しているあいだに体重が十キロも減ったの。『夫が心臓発作で倒れました式ダイエット』って本を書こうかといってる。それでジャレッド、わたしはなにをすればいいの?」

「ウェスにやられたことの仕返しをする気はあるかい?」

「これって、わたしからのお願いの電話だったかしら?」

ジャレッドはにっこりした。「つまり、その気はあるってこと?」

「大ありよ。ぎゃふんといわせてやる。武器は持っていったほうがいい?」

「それより、ものすごく丈の短いショートパンツとタンクトップがいいな」

ダリスはしばらく黙りこんだ。「ジャレッド、ハニー、あなた本当に結婚する気はないの?」

「さあ、どうかな」ジャレッドが静かにいうと、レクシーとトビーの目がさらにまん丸になった。

ダリスは笑った。「ああ、そういうこと。これってあのきれいな女性と関係があるの?

あなたのおばさんの家に移ってきてから、ほとんどあなたと同居している」

「ひょっとしたら。くわしいことはあとでまた相談するとして、明日のパレードに参加したいから九時四十五分に待ちあわせようか」

「今夜のうちにショートパンツをもっと短くしておく」

「見るのが楽しみだ」ジャレッドは電話を切ると、レクシーとトビーを見て問いかけるように眉をあげた。「で？」

「あのふたり、よりが戻ると思う？」トビーは訊いた。

「そんなのぼくの知ったことじゃないね」ジャレッドは答えた。

レクシーは天秤のように両手をあげた。「ダリスの脚と百万ドルのローン？　はたしてウェスはどちらを選ぶのか」彼女はトビーとジャレッドの顔を見くらべた。

「ウェスは脚を選ぶわ」トビーはいった。

「ダリスの脚を？」ジャレッドはいった。「当然だ！」

13

ジャレッドはオーダーメイドのすばらしいジャケットにブルーのシャツ、カーキ色のスラックスというでたちでキングズリー・ハウスにあらわれた。彼をひと目見るなり、アリックスは着替えるために二階へ駆けあがった。「おしゃれして行くイベントだって、どうして教えてくれなかったの？」ケイレブ船長の肖像画に呼びかけた。「ひとつでもなにか動かしたら、あなたの絵を裏返すからね」

途中でレクシーとトビーに合流し、メイン・ストリートを歩いていくと、道幅が広くなったところにパレードに参加する車両の長い列が二本できていた。ジャレッドは早起きして、友人のトラックを前から五番目につけていた。

あたりはたくさんの人で埋めつくされ、そのほとんどが黄水仙を身につけていた。なかには水仙で飾り立てた奇抜な帽子をかぶっている女性もいたが、朝の日差しの元ではじつに絵になっていた。

「ぼくのそばから離れないように」人混みのなかに入るなりジャレッドはいった。

「でもわたし、ウェスと会うことになっているんだけど」アリックスがこれをいうのは四度目くらいだったけれど、そのたびにジャレッドは聞こえないふりをした。

「やきもちも焼いてくれないってわけね」アリックスは彼の長い脚についていこうとしながら小声でつぶやいた。昨日、ちょうど夕食ができあがったときに、ジャレッドは、レクシーのところで緊急事態だといい残して飛びだしていった。ところが四十五分後に戻ったジャレッドは、なにがあったのか話そうとしなかった。「流血の惨事はまぬがれた。危ないところだったけどね」といっただけで。

それからふたりで映画『ウチの亭主と夢の宿』を観て、そのあいだにアリックスは二度、ウェスとパレードに出ることについて触れたが、ジャレッドはなにもいわなかった。ウェスとのデートをオーケイしたとき、アリックスはジャレッドのことをほとんど知らなかった。彼を畏れ敬っていたあのときの自分を思いだすと、自然と笑みがこぼれた。それでいっそう、あのフォードの古いトラックにジャレッドと並んで乗りたくてたまらなくなった。

それなのに、どれだけほのめかそうとジャレッドはなにもいわなかった。

昨夜、ジャレッドがゲストハウスに帰ってしまうと、アリックスはどうにも……そう、彼に腹が立ってきた。彼女はキングズリー家の一員になったように感じはじめていたのに、どうやらジャレッドはそういうふうには見ていないらしい。それとも、見ているのかしら。

ウェスはいいとこだから、アリックスが一緒に車に乗ろうが問題ないと？

そして今朝、四人して車が並んでいるところまでくるあいだ、アリックスは黙りこんでいた。わたしはこれからウェスの横に座って、島にきてから知りあった人たちに手を振ることになるの？

ところが動揺しているのはアリックスだけのようだった。レクシーとトビーは、アリックスも作るのを手伝った料理の入ったクーラーボックスを持って車でスコンセットへ向かう前に、夏の人たちに挨拶しにいくといった。

「その人たちはよそ者とは違うの？」アリックスは尋ねた。

「イエスでもありノーでもある」夏の人たちはナンタケットに別荘を持っていて、夏ごとにやってくる。なかには三十年以上通いつづけている人もいる、とジャレッドは説明した。

「好きと嫌いのどっちにすればいいの？」アリックスは冗談めかして訊いた。

しかしジャレッドは笑わなかった。「それは彼らが島になにかをもたらすか、それとも島から奪おうとするかによる」

レクシーとトビーはすぐに人混みのなかに紛れていったが、アリックスはジャレッドのそばに残った。ここでもまた、彼はすべての人と知りあいのようだった。

「うちのゲストハウスはいつ設計してくれるんだね？」男性が声をかけてきた。ずんぐりしたその人の顔にはどことなく見おぼえがあった。

彼が行ってしまうと、アリックスはいまのは誰か訊いてみた。

「『フォーブス』のトップテン」ジャレッドはそう返すと、べつの知りあいに挨拶した。

〝長者番付〟のことだ。

そのときウェスがあらわれ、するといろいろなことがいっぺんに起きた。アリックスはウェスのところへ行こうと、ジャレッドの横をしぶしぶ離れた。そのあいだも、誰にもいやな思いはさせずにこのデートをなしにする方法はないか必死に考えていた。とはいえ、ジャレッドに、行くな、といわれたわけでもないし。

アリックスがウェスのほうに足を一歩踏みだしてもジャレッドは止めようとしなかった。そのときウェスがはっと動きを止めてアリックスの背後のなにかを凝視した。アリックスはうしろを見た。

いつのまにかジャレッドの横に若い女性がいて、彼の腕に手をかけてこれ見よがしに体をすり寄せた。ものすごく魅力的な女性だった。ブロンドのショートヘアにぱっちりした大きな瞳。しかしなにより目を引くのはその服装だった。太腿のかなり高い位置までのふんわりした白いチュニックを着ていて――まるでその下になにも穿いていないように見える。すらりとした美しい脚――きれいに日焼けして、きれいに脱毛してあった――は果てしなく長く、ゴールドの華奢《きゃしゃ》なサンダルに包まれていた。

アリックスは言葉もなく、その女性とジャレッドとウェスの顔に視線を行ったり来たりさせた。

「これがぼくのデートの相手だ」ジャレッドはウェスに告げた。

アリックスの口があんぐりと開いた。どうりでわたしが誰と出かけようと気にしなかったわけだ。どうりで――。

「交換するか？」ジャレッドはいとこに訊いた。

ウェスがぶっきらぼうにうなずくと、その女性はジャレッドの腕から手を離してウェスのところへ行った。

アリックスはなにが起きたのかわからず、その場に固まっていた。

「行くぞ」ジャレッドがじりじりした声を出した。

アリックスはまだ目をぱちくりさせていた。

「そろそろパレードがはじまる。早くトラックのところへ行かないと」

アリックスはなんとか立ち直ると、玉石を敷いた道路を渡って青いフォードの助手席にあがった。「最初からこうするつもりだったの？」

ジャレッドはエンジンをかけた。「なにが？　ああ、ダリスのことか？」

「それがあのノーパンの女性の名前？」

ジャレッドはにやっとした。「島いちばんの美脚だ。彼女とウェスは半年前までつきあっていたんだ。ところがウェスがなにかやらかして、怒ったダリスは〝失せろ〟とやつにいった。ウェスもじゅうぶん反省したんじゃないかと思ってね。はいこれ」ジャレッドは黄水仙の花束を差しだした。

アリックスがそれを受け取ると、彼は一九六〇年代製のガルウィングドアのメルセデスのうしろにトラックをつけた。「つまり、なにもかも計画していたわけね」

ジャレッドはちらりと彼女に顔を向けると小さく笑った。「きみがウェスとデートするのをぼくが黙って見ていると本気で考えていたのか？」

「ええ、考えてた」さらりといってからジャレッドに笑いかけた。「わたしが間違っていたことを証明してくれてありがとう」

「いいんだ」

その口調がいかにも得意げだったので、つい鼻を明かしてやりたくなった。「わたしが間違っていることはめったにないから、もう間違うことはないんじゃないかと思いはじめていたのよ」

ジャレッドは声をあげて笑った。「みんなに手を振って」

アリックスはそうした。「それで、『フォーブス』のトップテンの人のゲストハウスはどんなふうにしようと考えているの？」

「総ガラス張り。ナンタケットにフィリップ・ジョンソン（アメリカのモダニズムを代表する建築家）あらわる、だ」

「冗談よね？」

「今日は仕事の話はなしだ。風景を楽しんで」

車はオレンジ・ストリートを進み、古く美しい家を見るたびにアリックスはゲストハウスのデザインのことを考えてしまったが、それはいわずにおいた。

「彼の奥さんがガーデニング好きでね。自分で植物の苗を育てるための小屋がほしいといっている」ジャレッドはいった。「小さくていいんだそうだ。ほんの二百平方メートルほどのね」

「そうなの？」アリックスは目を丸くして彼を見た。「トビーがなにかいいアイデアを持っているかもしれない」

「ぼくもそう思っていたところだ」ジャレッドは白い歯を見せて笑い、それからふたりはスコンセットに着くまでずっと仕事の話をしていた。スコンセットまではたったの十三キロだったが、もっと長く思えた。

信じられないほどかわいらしいスコンセットの町――かつては漁師小屋が並ぶ小さな町だった、とはジャレッド談――に到着すると、レクシーとトビーが待ち受けていた。ふたりはSUVから大量の料理と食器、それに優雅なピクニックセットをおろしていた。

ジャレッドはレクシーが指差した場所にトラックを停めると、女たちの仕事だと考えていることをやらされそうになった男たちがよくするように姿をくらました。アリックスはレクシーの指示に従ってセッティングを手伝った。何分もしないうちにトラックの尾板とピクニックテーブルにはイタリア製のきれいなテーブルクロスが敷かれ、料理と飲みものがずらりと並んだ。なにもかもがとても洗練されていて、まさに田舎でのピクニックを絵に描いたようだった。

アリックスは通りに出てみた。道路の両端に、町をパレードしてきた美しいクラシックカーやトラックが停まっていた。

ナンタケットが裕福な島であることはうすうす気づいていたけれど、ずらりと並んだクラシックカーを見てその印象は確固たるものになった。集まっている車はただ古いだけじゃなく、博物館に展示されていてもおかしくないような名車ばかりで、笑いながらおしゃべりしているそのオーナーたちは、ラルフ・ローレンの広告から抜けだしてきたかのようだった。男性はブレザーにアスコットタイに金の腕時計。女性たちは高級ブランドの服でばっちり決めている。アリックスは贅沢なピクニックの光景にほほえんだ。

「気に入った？」ジャレッドに訊かれた。準備がすべて終わったのを見て戻ってきたのだ。

「本当に美しい光景ね。雑誌の『タウン・アンド・カントリー』の表紙に足を踏み入れたみたい」

「行こう。この先で氷の彫刻《アイス・カービング》の実演をやっているんだ」

ダンサーやミュージシャン、アーティストや大道芸人ともすれ違ったが、誰もが顔見知りのようだった。トラックのところへ戻ってくると、ジャレッドは集まっている人々に話しかけ、アリックスはそのあいだにふたり分の料理を皿に盛った。それからトラックの前に置かれた椅子に腰をおろし、ふたりで料理を楽しんだ。

「もう何年もきていなかったけど、ずいぶん盛大になったもんだ」ジャレッドはいった。

「こなかったなんて信じられない。こんなにすばらしいのに」

「一緒にきてくれる相手がいなかったからね」

アリックスの脳裏に、ジャレッドの腕に手をかけていた魅力的なダリスの姿がありありと浮かんだ。「よくいうわ！　この島の女性の半分は——」

ジャレッドはそれをさえぎった。「一緒にきたいと思う相手が見つからなかったという意味だ」

アリックスは彼にほほえみ、ふたりはつかのま見つめあった。しかし、いつものようにジャレッドは目をそらした。〝曖昧なメッセージ〟という言葉がアリックスの頭に浮かんだ。わたしがべつの男性とデートするのを阻止するために綿密な計画を立てたくせに、わたしが仕事以外のことを考えている目で彼を見ると、ふいっとそっぽを向いてしまう。

暗くなっちゃだめ、アリックスは自分にいい聞かせた。

三十分後、ふたりが道路で町の人たちと立ち話をしていたとき、ジャレッドが真剣な表情を向けてきた。「アリックス、きみは少しはぼくに恩義を感じている？」

「もちろんよ。ちゃんとお礼をいっていなかったかしら？　ごめんなさい——」

「いや、そういうことじゃなくて。ぼくのいとこがいまこっちへ歩いてきていて——」

「ウェスが?」

「違う」

「リカーショップのあの女性?」ジャレッドは目顔で彼女の当て推量をやめさせた。「わかった、ごめんなさい。あなたのいとこのひとりがこっちへ歩いてきていて……?」

「彼の奥さんは高校時代にぼくがつきあっていた女性なんだ。つまり彼が勝って、ぼくは負けたわけだ。ばかみたいだがぼくは――」

アリックスが人混みに視線を走らせると、キングズリー家のあごと黒っぽい髪と目を持つ、ジャレッドと同じ年ごろの男性が目に留まった。ただ、それらの特徴がジャレッドの顔を精悍に見せているのに対し、その男性には柔弱な印象を与えていた。着ているものは上等だった。申し分のないシャツとジャケットに、ジーンズまでが高級品だった。ジャレッドがいつも穿いている、洗い立てにもかかわらず海底から引き揚げられたみたいに見える代物とは大違いだ。

男性の横には、すらりと背が高く薄青の目をしたブロンド女性がいた。とてもきれいな人だと思ったけれど、疲れた顔をしていて、実際の年齢より老けて見えた。

ジャレッドの姿を認めるとその女性の顔がぱっと明るくなり、疲れた表情は消えて美しさが倍増した。彼女がパレードのフロートに乗っているところや、プロムの女王に選ばれているところは容易に想像できた。

そのとき男性がジャレッドに気づき、ほんの一瞬顔を曇らせた。すぐに大きな笑みを浮かべたものの、目は笑っていなかった。

「ジャレッド」女性はハグしようとするように両手を差し伸べた。

アリックスは直感で動いた。ジャレッドの頼みは最後まで聞いていないけれど、たぶん元恋人の攻撃を阻止してくれといおうとしたんだわ。「わたしに助けてほしい?」

「頼む」ジャレッドは地面に足を踏ん張り、こちらに突進してくる女性を待ち受けた。

アリックスがジャレッドの前にすっと進みでると、女性は足を止めた。彼女は広げたままの両手をどうしたらいいか決めかねているようだった。

アリックスはその手を取って大きく振った。「どうも。アリックスよ。ジャレッドのお知りあいかしら」レクシーがトビーの脇腹をつついているのが視界の隅に見えた。ふたりとも目の前でくりひろげられようとしているドラマを食い入るように見つめている。

「ミッシーよ」女性はいった。「ジャレッドとはとーっても長いつきあいなの」

「あら? 彼のお友だちのことはいろいろ聞いているけど、ミッシーという名前は出てこなかったわね」アリックスはうしろにいるジャレッドを見あげた。ところが彼が顔を伏せていたものだから、あやうく鼻と鼻がくっつきそうになってしまった。あわてて離れようとすると、ジャレッドは彼女の腰に腕をまわしてうしろから抱きしめた。

アリックスは目を見ひらいたものの、すぐに平静を取り戻した。かろうじて。「ええと、

「その……」

「久しぶりだな、ジャレッド」男性はそういうとブロンド女性の真うしろに立った。そしてジャレッドと同じように、これ見よがしに妻の腰に腕をまわした。「島外の生活はどんな様子だ？　外の世界についていろいろ新しいことを学んだか？」

　それが侮辱であることはアリックスでもわかった。彼女は冷ややかな笑みを彼に向けた。

「ジャレッドはその卓越した建築デザインで、着々と世界征服を進めていますよ」それでも男の顔から独りよがりの薄ら笑いが消えないと、アリックスは母の本に登場する一族が、先祖伝来の家屋敷をめぐって何百年もいがみあっていたことを思いだした。「それにもちろんキングズリー・ハウスにも手をかけないといけないし。先祖から譲られた遺産を大事に守って、未来の息子、八世に引き継がなければいけないものね」

　一瞬、やりすぎたかと思ったけれど、男の顔からあの独善的な薄笑いがはがれ落ちるのを見て満足感をおぼえた。

　背後でジャレッドが彼女の首筋に顔をうずめ、アリックスはゾクゾクっとうなじの毛が逆立った。

「きみはぼくの理想の女性だ」ジャレッドが笑いをこらえているのが声から伝わってきた。彼はなんとか気を取り直し、顔をあげた。「こちらはいとこのオリヴァー・コリンズと奥さんのミッシーだ。で、こちらはアリックス」

「どうぞよろしく」アリックスはオリヴァーに握手の手を差しだした。「キングズリーの姓ではないんですね」

「彼の母親はキングズリーの出なんだが、よそ者と結婚したんだ」ジャレッドはそういうと、アリックスの腰にしっかり片手をまわしたまま、料理がたっぷり並んだトラックのほうを身振りで示した。「きみたちも食べていかないか?」

「うれしいが、家に帰らなくてはいけないんだ。子どもたちが待っているんでね。結婚には大きな責任が伴うものなんだよ。アリックス、ジャレッド、ではこれで」オリヴァーは素っ気なくいうと、妻の手を引いて歩きだした。

ミッシーはこの場にとどまりたいという顔でうしろを振り返ったが、オリヴァーは妻の手を強くつかんで放そうとしなかった。

ジャレッドはアリックスの体をくるりと返して自分のほうを向かせた。「きみは最高だ! 本当にすばらしいよ。オリヴァーがあんなふうにやりこめられるのを見たのは……たぶん生まれて初めてだ。さすがはヴィクトリアの娘だ!」彼は笑い声をあげながら、ほとんど衝動的に、笑みを浮かべているアリックスの口に素早く唇を押しつけた。

ただの素早いキスで終わるはずだった。ところが彼もアリックスも全身に電気が走ったような衝撃を受けた。

「ぼくは……」ジャレッドはいいかけ、彼女のほうに一歩足を踏みだした。

彼の目の奥でまたあの炎が燃えあがるのを認めて、アリックスは彼の首に両手をまわそうとした。

ところが、そうはならなかった。ジャレッドが苦い顔であとずさったのだ。目の奥の炎も消えていた。

アリックスはとっさに逃げることを考えた。何度こんなことをくりかえせば気がすむの？ふたりの距離が近づき、食べてしまいたいというような目でわたしを見つめておきながら、次の瞬間にはぷいとそっぽを向いて歩み去る。そのくりかえし。

この場から逃げだしたとしてどこへ行けばいいのかわからなかったけれど、いま感じている怒りのパワーがあればキングズリー・ハウスまで歩いて帰ることもできそうだった。帰ったら荷物をまとめて島を離れよう。欲望に燃えた目を向けてきたかと思えば、次の瞬間には顔をそむけるこの男性には、もう我慢できない。アリックスはうしろ向きのままジャレッドから離れた。

「アリックス――」ジャレッドが呼びかけたが、彼女はくるりと向きを変えると、小走りで人混みをかき分けていった。

トビーが追いかけてきた。

「弁解は聞きたくない――」アリックスはいいかけた。

「まっすぐ進んであの店のところを左に曲がれば、ビーチに出る橋があるから。行って」

アリックスはうなずいて歩きだした。長い橋は簡単に見つかり、階段をおりていくとビーチに出た。まだ少し肌寒いせいか、ビーチにはほとんど人影がなく、アリックスはほっとした。海と砂浜が気持ちを鎮めてくれた。

どれくらいそうしていたのだろう。脈絡のない考えが次々と頭に浮かんだ。声を合わせて笑い、食事をともにし、肩を並べて作業しているジャレッドと自分の姿が目の前を通り過ぎていった。ジャレッドはその間ずっと、ふたりが男女の関係になることは絶対にないと明言していた。でもそれはわたしに対してそういう気持ちになれないからだと思っていた。なのにあのキス！　雷に打たれたみたいだった。ジャレッドも同じ衝撃を受けたのは目を見ればわかった。それなのに彼はなぜ体を引いたの？　どうしてあんな冷たい目でわたしを見たの？　ほかに好きな女性がいるようでもないのに、いったいどういうことよ？

寒さに体が震え、彼女は腕をさすりながらくるりと向きを変えた。さほど遠くない日陰にジャレッドが座っていた。砂の上に腰をおろし、ただ待っていた。なにかを思い悩んでいるような顔をして。

だからって同情するつもりはなかった。アリックスは彼のところへ歩いていって前に立った。「もう帰りたい……」キングズリー・ハウスを〝うち〟と呼ぶことはできない。「あそこへ」そう締めくくった。

ジャレッドは立ちあがろうとはしなかった。「どこへでもきみの行きたいところへ連れていくが、その前に本当のことをきみに話しておきたい」

「それでなにか変わるの？」

ジャレッドは上着を脱いで差しだしたが、アリックスは受け取らなかった。「頼む。二十分でいいんだ。話を聞いてもまだぼくやナンタケットやなにかから立ち去りたいというなら、そのように手配する」

アリックスはしぶしぶ少し離れた砂の上に腰をおろしたものの、ジャレッドが上着を肩にかけてやろうとするとびくっとした。「あなたが風邪をひいてしまう」

「きみが冷たいレーザー光線みたいな視線を向けるのをやめてくれれば大丈夫だ」

アリックスはにこりともせず、それでもおとなしく上着をかけてもらった。

「どこからはじめたらいいか。できることならなにもかもすべて話したいんだが、それは無理なんだ」

アリックスはジャレッドのほうに顔を向けて、キッとにらんだ。「だったらわたしはここでなにをしているわけ？」

「ぼくだって知らないんだよ！」ジャレッドは声を荒らげた。「ぼくが知っていることはきみよりほんのちょっと多いだけだし、そのどれも理解できないことばかりなんだ。ぼくが知っているのは、これまでずっときみに隠し事をしていた人がいるということだけだ」

「誰のこと？」

「それはいえない。いいたいけどいえないんだ。ただ、その人はぼくの人生の恩人なんだ。その人が手を差し伸べてくれなかったら、ぼくはたぶん……犯罪者になっていた」

アリックスは海を見つめながらジャレッドの話を理解しようとした。「あなたはわたしがナンタケットにくることを快く思っていなかった」

「うん、そうだ。前にもいったが、おばに腹を立てていたんだ。遺言状を見て、裏切られたと感じたんだよ。だから島を離れようと思っていた。きみが予定より早くやってこなければ、ぼくらが会うことはなかった」

「だけどあなたは島に残った」

「きみのことが好きだったからね」

「過去形なの？」

答えが返ってくるまでに時間がかかった。「これまでぼくのふたつの世界の両方にうまくなじめる人に会ったことがなかった。魚もおろせるし、床の下張り材のことで意見をいいあうこともできる女性は初めてだった」

「そうね」アリックスはぽつりといった。「わたしたち最高の友だちになれるところだったのに」

「いや。事務所の共同経営者のティムとぼくは友だちだ。ティムは釣りが嫌いだし、すべての土道はコンクリートで舗装すべきだと考えているし、いつもお金のことで愚痴をこぼしている。それでも彼とぼくはいい友だちだ」

「わたしたちは違うの？」やだ！　涙がこみあげてきた。

「ぼくはティムのことを大事に思っているが、彼の服をはぎ取りたいとは思わない。この疼《うず》くような欲望が満たされるまで何時間でも彼と愛しあいたいと思ったこともない。彼の唇や太腿やなにかのことを考えて眠れなくなったこともない」

アリックスは彼の顔を見た。「でもあなたはわたしに指一本触れていないじゃないの」

「恩を受けたある人と約束したんだ」ジャレッドは静かに告げた。

「その人はあなたになにをいったの？　わたしに手を出すなって？」

「そうだ」

アリックスは海に目を戻した。「ちょっと整理させて。あなたはある人に、もしくはある人たちに、大きな恩があって、その人はあなたとわたしの両方を知っているわけね」

「そうだ。だがぼくにいえるのはそこまでだ」

「大丈夫。だいたい察しはつくから。キングズリー・ハウスはかなり最近になってあちこち修復しているわよね。あの屋根なんかずいぶん高くついたはずよ。しかも相当大がかりな修復作業だったことはいやでもわかる。つまり、ある時点まであの家は荒れるにまかされていたということ。ここまでは合ってる？」

ジャレッドは首を傾けるようにして彼女を見ると短くうなずいた。

「家をそんな状態にしておくのは、家主に愛着がないか、修理するだけの余裕がないかのどちらかよ。でもあなたの家族は明らかにあの古い家を心から大切に思っている」

「そうだ」

「それにほかの家のこともある。レクシーが住んでいる家はあなたの家族のものだといっていたわよね。あなたが子どものころに住んでいて、いまはディリスが住んでいるあの家も。あの家を建て替えたのは十四歳のときだとあなたはいった。そしてあれはたしかにあなたの作品だった」

ジャレッドは言葉もなく、ただ魅せられたように彼女を見ていた。

「わたしが母に連れられてここにきたときあなたは十四歳だった。さて、十代の子どもに家の建て替えをまかせて、その費用を出すような人はいったい誰でしょう?」

「アディおばさん」ジャレッドは笑顔でいった。

「彼女にそれだけの余裕があったのなら、どうして自分の屋敷を修理しなかったの?」

ジャレッドの笑みが大きくなった。「降参だ、女探偵さん。きみの推理を聞かせてくれ」

「母の作品はすべてあなたの一族の話を元に書かれたんだと思う。その埋めあわせとして、母は建て替え費用を出した。それに……」

「それに?」

「あなたの学費も援助したんだと思う」

ジャレッドはなにもいわなかったが、アリックスの推理が当たっていることは目を見ればわかった。

「わからないのは」彼女はつづけた。「娘に手を出すな、なんて母がどうしていったのか」不意にぞっとするような考えが頭に浮かんで、アリックスは目を見ひらいた。「ああ、やっぱり！　あなたはわたしの母とつきあっていたのね」

「まさか。つきあってないよ」ジャレッドはそういってから、にやっとした。「もっとも、ぼくが十七歳のとき、きみのお母さんはしょっちゅう赤いビキニで庭をうろついていたものだから、アディおばさんを訪ねる回数が増えたけどね」

アリックスは彼を見て目をすっと細めた。

ジャレッドの顔から笑みが消えた。「本当だ、ぼくとヴィクトリアは友だち以上の関係になりかけたことすらない」

アリックスは彼から目をそらした。「あの遺言に母はどう関わっているの？」

「ぼくの知るかぎり、関わりはないと思う」ジャレッドは正直に答えた。「遺言の内容を知ったとき、彼女もぼくに劣らず驚いていたから」

アリックスはその言葉についてしばらく考えた。「なにもかも明らかにしないと気がすまないわ。あなたのいうように、わたしはずっと嘘をつかれていたみたいだから。わたしを好きだというのは本当なの？　設計プランを一緒に考えてもらえるから都合がいいってだけじゃなく？」

ジャレッドは異議を唱えようとしたが、そこで笑みを浮かべた。「ぼくひとりでも仕事はこなせると思うよ」

冗談めかした口ぶりをアリックスは無視した。「ウェスに対してあんな手の込んだことをしたのは……？」

「ウェスみたいなスケベ野郎がぼくの彼女と一日デートするのを、ぼくが許すと思うか？」

「あなたの……？」アリックスは大きく息を吸いこんだ。「あなたが正直に話しているんだから、わたしも正直になるわね。じつはわたしの父も建築家なの。もっとも、いまはもっぱら教えるほうだけど。あなたのことでは父からいろいろ注意を受けている」

「というと？」

「女性との噂が絶えない、とか」

「それはプライベートなことだ」

「あなたみたいな有名人にはプライベートはないの。あなたときたらモデルや若手女優と次々に――」

「なにをいいたいんだ？」

「偉大なるジャレッド・モンゴメリーとそういうことになるところを空想したこともあった。でも――」

「でも？」

「エリックに振られたときは傷ついたけど、思いっきり泣いてチョコレートを山ほど食べたら立ち直った。そんなときあなたに会った、偉大なる――」

「その呼び方は二度とするな」

「わかった。実際、もうあなたをそんなふうに見ていないし」

「じゃ、いまはぼくをどう見ているんだ？」ジャレッドはそっと訊いた。

「ひとりの人間として見ている。生きて、呼吸しているひとりの男性。せっかちで、自分に都合のいいように会話や情報を操作して、建築家としては自分の先見性にためらいをおぼえることがある」

「なにかいいところはないのかい？」

「自分が持っているものや知識を惜しみなく分け与えられる人よ。食べものもお金も仕事も、あなたは他人と分かちあう。それに自分の愛する者たちを守ろうとする人でもある。あなたは心の底から一途《いちず》に人を愛そうとする」

「まるで聖人だな」言葉はふざけていたが、声音は違った。

「それはどうかしら」アリックスは海に目をやった。「エリックからはチョコレートと詩で立ち直ることができたけど、あなたは……」言葉を継ぐまでに時間がかかった。「あなたのことをわたしは愛してしまうかもしれない。もしもあなたとつきあって……捨てられたら、わたしは二度と立ち直れない」彼女は息を吸いこんだ。「あーあ、いっちゃった。こんなことあなたは聞きたくもなかったでしょうけど。きっと――」

ジャレッドは彼女にキスした。やさしく、甘いキス。ジャレッドの唇はやわらかで……約束に満ちていた。

唇が離れると、アリックスは彼の頰に手を添えて目の奥をのぞきこんだ。自分の本当の気持ちを知る必要があった。わたしがこの人に惹かれるのは、この人が有名建築家のモンゴメリーだからだろうか？　長年、畏敬の念を抱いてきた人だから？

でもこうして彼と知りあい、彼の友人や親戚と会って、いわば〝母国〟にいる彼を見たいま、ほかの女性たちが知らない本当のジャレッド・モンゴメリー・キングズリー七世を知ったような気がした。どんな鎧も着けていない彼の両面を余すところなく。サインを求められるような世界的に有名な建築家と、玄関ポーチに座っている老夫婦から冬がくる前に暖房器具のぐあいを見てほしいと頼まれる人。

ジャレッドの顔がすぐそこにあった。彼はじっと待っていた。アリックスに知りたいことがあるのをわかっているらしく、どんな質問にも応じるつもりでいるようだった。

わたしが好きなのはどちらの男性だろう？　華々しい経歴を持つ建築家？　それとも、家族や地域の人たちから頼りにされて、ときに面倒なことを押しつけられている人？

「両方のあなたが好きよ」アリックスは彼の頰を撫で、ひげに触れた。もう何日もこの人の顔を見てきたけれど、本当はずっと触れてみたかったのだと初めて気づいた。キングズリー家のがっしりしたあごはさわり心地がよく、ひげはやわらかかった。

ジャレッドは首をひねって彼女の手のひらにキスした。彼の目にあの青い炎がよみがえった。

アリックスは全身の毛が逆立った。誰かにこれほど強烈な欲望を感じたのは生まれて初めて。

「ゆっくり進めていきましょう」そういいながら、心のなかで叫んでいた。これは本物の恋。い、い、い、永遠につづく恋。

ジャレッドは彼女の顔から手を離した。「触れるのはなしか、わかった」その声は五百キロもの重みに耐えているように聞こえた。

「やだ、違うわ！　触れるのはいいの。むしろ大歓迎。多ければ多いほどいい。ただ、ふたりのことについてちゃんと考えると約束して」

ジャレッドはにっこりした。「きみはまさにぼく好みの女性だ。家に帰ろう。いますぐ。誰かに家まで送ってもらおう」

「あのトラックはどうするの？」まだ料理が山ほど残っているはずだった。

「レクシーに返してもらえばいい」

指先どうしが触れているだけなのに、まるでジャレッドから高圧電流が流れこんでくるかのようだった。ふたりは触れあっているだけではなかった。つながっていた。心と体と魂が一方からもう一方へ流れこんでいるようだった。彼の心が読める気がした。アリックスには、そう、未来が見えた。ジャレッドとの未来が。ふたりで図面に向かい、議論して、世界じゅうを旅している。年を重ねながら。喜びと笑いを分かちあって。たくさんの笑いを。見えるものはもっとあったけれど、見てしまうのが怖かった。

「わたし、あなたのことを、わたしたちのことを知っている気がする」アリックスは囁いた。

「ぼくも同じ気持ちだ」ジャレッドはアリックスの手を引いて立ちあがると、自分のほうに引き寄せた。

アリックスは彼の首に両手を巻きつけたかった。でもそんなことをすれば自分を抑えられなくなるのはわかっていた。しまいにはふたりして公共のビーチの茂みで転げまわるはめになる。永遠の恋への出だしがそれでは、ちょっといただけない。

ジャレッドは察してくれたようだった。一歩下がって彼女から離れた。「家に帰ろう」

アリックスは先に立ってビーチを歩き、階段に通じる道路のほうに向かった。脚がぐにゃぐにゃになってしまったみたいで、二度つまずいた。「さっきね、わたしたちの未来が見えた気がするの」階段のところまでくると、思い切っていってみた。

「信じるよ。いい未来だった？」

アリックスはうなずいた。「最高の未来だった」

「キングズリー家の人間のそばにいると妙なことが起きるんだ」

「幽霊のことをいっているの？」冗談めかそうとしたけれど、うまくいかなかった。

「先に進む前に話をしたほうがいいかもしれない」

アリックスは階段の途中で足を止めてジャレッドを振り返った。目の高さに彼の顔があった。「あなたさえよければ、いまはもう話はしたくないんだけど。恐ろしい話を聞くのは、その、したあとでもいい？」

ジャレッドは声をあげて笑った。「わかった。家に帰って、えーと……したあとで、ぼくらの未来について話そう。つまり、人生の目標やなにかの話をね」

「わたしのしたいことはまさにそれよ」ふたりの目は笑っていた。

14

人混みが見えるところまでくると、ふたりはつないでいた手を離した。手を触れていてもいなくても、すべてが変わったことがアリックスにはわかっていた。もう家に帰るとジャレッドがレクシーに話しているあいだ、彼女は少し離れたところに立っていた。

「冗談でしょう？」レクシーはいった。「トビーとわたしだって車できているのよ。これからあの大型ＳＵＶにここにあるものを全部積みこまなきゃいけないんだから。それにあのトラックはどうすればいいのよ？」

「ふたりのどちらかがＳＵＶを運転して、もうひとりがあのトラックをポルピスまで返しにいけばいいだろ」ジャレッドの声はいかにもじれったそうだった。

「名案ね」レクシーは笑顔でいった。「あのトラックはきっとオートマよね。ほら、わたしマニュアル車は運転したことがないから。ああ、あのトラックでナンタケットの広い道路を走るのが待ちきれない。ちょっと前にミセス・フェリスを見かけたのよ。今日は車できているのかしらね」

「レクシー……」ジャレッドは最後までいうことができなかった。彼は途方に暮れたような顔でアリックスを振り返った。

「ミセス・フェリスって?」アリックスは質問した。

レクシーが答えた。「キングズリー・レーンに住んでいる、うちのご近所さん。彼女のなにがすごいって、どこだろうとつねに道のど真ん中を走るのよ。観光客でさえ彼女の車はよけていく。あなたのすてきなトラックで彼女とすれ違わなきゃいいんだけど。車体にひっかき傷はつけたくないものね。でもたぶんわたし、ギアチェンジしようとしてトランスミッションを壊しちゃうだろうから、ひっかき傷ぐらいどうってことないか」彼女はピクニックテーブルのほうに体をめぐらせ、ジャレッドとすれ違いしなにこういった。「あなたの午後を台無しにしちゃって悪いけど、〝待つうちが花〟ということわざもあるしね」

「エネルギーの無駄遣い、という意味だったかな?」

レクシーは笑いながら歩いていってしまった。

ジャレッドはアリックスのところへ戻った。「ごめん、どうやら――」

「わかってる。ふたりでトラックを返しにいきましょう」

ジャレッドはアリックスに感謝のまなざしを向けてほほえんだ。

ふたりは寄り添うようにして立っていて、アリックスは手を伸ばして彼の指先に触れた。

「わたしが片づけを手伝っているあいだ、お友だちとおしゃべりしてきたら?」本音をいうと、ジャレッドがそばにいたらなにかばかなことをしでかしてしまいそうだったのだ。これ以上レクシーの舌鋒《ぜっぽう》の餌食《えじき》になるようなまねはしたくない。

「名案だ」そういうと、ジャレッドはあっという間に姿を消した。

アリックスがトラックのところへ行くと、レクシーとトビーはすでに片づけをはじめていた。レクシーが車のどこになにをしまうか指示を出していたとき、ひとりの男性が彼女の背後に近づいてきた。

レクシーからは見えなかったが、反対側にいるアリックスとトビーにはばっちり見えた。その男性はゴージャスだった。ジャレッドのようないかつい感じのハンサムではなく、ファッション誌から抜けだしてきたみたいな美男子だ。髪の毛と瞳の色は黒で、頬骨が高く、彫刻のように形のいい唇をしている。長身で腰は引き締まっているのに、肩幅は広かった。

アリックスとトビーはその場に突っ立ったまま見とれていた。

「やあ、レクシー」外見に劣らず声までがすてきだった。

「ああもう、嘘でしょう。今日ぐらいは勘弁して」レクシーは振り返ろうともしなかった。

「どこかへ行っちゃって」

「ぼくのベルトがどこにあるか知らないかな。クジラのバックルのやつなんだが」

レクシーはうしろを向いて彼をにらみつけた。「シルバーのバックルのついたベルトがどこにあるか訊くために、わざわざスコンセットまでやってきたわけ？」

「まあ、そんなところかな」彼は自嘲気味に小さく肩をすくめた。それはどんな女性でもつい許してしまいたくなるようなしぐさだった。

ところがレクシーは違った。彼から顔をそむけ、両手をこぶしに握りしめて、気を鎮めるように何度か深呼吸をくりかえした。アリックスとトビーにちらりと目をやると、どちらも言葉を失ったかのように彼のことを凝視している。ああ、サイコー。よだれを垂らさんばかりに彼を見つめる女がまたふたり。この男の信奉者はこれ以上いらないんだけど。

レクシーは彼に向き直った。どうやらひと筋縄ではいかなそう。なんとしてもこの男を厄介払いしなくては。仕事とプライベートをごっちゃにするつもりはない！

レクシーが目の前の男性に小言を並べはじめると、トビーがひそひそ声でいった。「あの人、レクシーの雇い主のロジャー・プリマスだと思う」

「会ったことなかったの？」アリックスもひそひそ声で返した。

「ええ」

「彼って……」

「美形？」トビーがあとを引き取った。

「それ以上よ。まるでCGみたい。彼があんなにきれいな顔をしていること、レクシーはいわなかったの？」

「ええ。レクシーは彼のことで文句ばかりいっていたから、てっきりトロールみたいに不細工な人だと思ってた」

アリックスはトビーの耳元に顔を寄せた。「レクシーがそっぽを向いたときの彼の顔を見た？」

「レクシーのことを見ているときの顔のこと？　頭がおかしくなるくらい彼女に夢中って顔？」

「わたしにもそう見えたんだけど勘違いかもしれないと思って。ねえ、どう思う？　彼は本当に……」

「レクシーに恋してるか、って？　そうだとしても、レクシーはやっぱりなにもいっていなかったわ」

ロジャーはもうレクシーの話を聞いていなかった。自分の服ぐらい自分で見つけろ、あなたの私物をさがすのはわたしの仕事じゃない、云々。どれも前に聞いたことがある。彼はレクシーの頭ごしに、異星人でも見るような顔でこちらを見ているふたりのかわいらしい女性に小さく笑いかけてから、視線をあたりにめぐらせた。「ここはなんという場所？」

「スコンセット」レクシーの声はいらついていた。「昔は漁村だった。そんな顔をするのはよして。ここにあなたが買えるものはないから」

彼女の頭の先に目をやると、ブロンド美人のほうがこちらに歩いてくるのが見えた。ぼくのタイプじゃない、とロジャーは思った。清純すぎて、手の届かない感じだ。もうひとりの赤毛のほうは、快活そうなところは好みだが、目に浮かんでいる生真面目な様子の表情はいただけない。九九を暗唱してみて、といってきそうなタイプに見える。

「この道の先に雑貨店がありますよ」トビーはロジャーを見あげた。

「この人が買いたいのはパンじゃなくて家なの」レクシーは噛みつくようにいってからロジャーをにらんだ。「ほら、あたりを見てきなさいよ。ただし、なにも買わないで。いまジャレッドからこのトラックのキーをもらってくるから、あなたがポルピスまで運転していって」

「きみのいとこのジャレッド・モンゴメリーのことかい？　建築家の？　ぜひ会いたいな」

「ジャレッドには会わせないし、いまより大きな家を彼に建てさせるのもだめ。ほら、行って」

ロジャーは動かず、なにかを期待するような目でレクシーのことをじっと見ていた。

「わかったわよ！　そんな目でわたしを見ないで。わたしも一緒に乗っていけばいいんでしょ！」レクシーは彼が期待していることを正確にいい当てた。

ロジャーはにっこり笑うと向きを変え、ぶらぶら歩いて人混みのなかに消えていった。

レクシーはアリックスとトビーを見た。「なにもいわないで。彼についてどんな意見も聞きたくないし、質問に答えるつもりもないから。わかった？」

アリックスとトビーはうなずき、それから目を丸くして顔を見あわせた。

しばらくしてジャレッドが戻ると、レクシーは、ロジャーがやってきたのでトラックは彼に届けさせると告げた。

「レクシー」ジャレッドはまたしても忍耐強い口調でいった。「このトラックは高価なものなんだぞ。見ず知らずの人間にまかせられるはずがないだろう」

「ちょっと前にはわたしに運転させようとしたじゃないの。マニュアル車なんて乗ったこともないのに」

「ああ。それはきみが運転のうまいドライバーだと知っているからだ。なにしろ教えたのはぼくだからね。でもそのロジャーはぼくにとってよそ者同然なんだぞ」

「ロジャーはF1カーを運転するの。レースに出るのよ。賞金のためじゃない。彼はお金のためになにかをすることはないから。純粋に運転が好きなの。船や飛行機も操縦する」レクシーは手をひらひらさせた。「動くものならなんだっていいのよ」

「彼がレーシング・ドライバーだってことをぼくらに黙っていたのか?」

「レクシーがボスについて黙っていることは、まだたくさんありそうよ」アリックスがいった。

「人を見かけで判断しないで」レクシーは目を吊りあげてアリックスとトビーをにらんだ。

「カーレースに飛行機に船。わたしにはよさそうに聞こえるけど」とアリックス。

「それが全部揃っているなんて、彼って最高のクリスマスプレゼントみたいじゃない?」

「わたし、クリスマスってだーい好き」

「わたしもー」とトビー。

「もう、勘弁して」レクシーはぼやくと、ジャレッドに向き直った。「ほら、さっさと行って！　アリックスを連れて家に帰りなさいよ。トラックとSUVと料理のことは、こっちでなんとかするから」

「あなたのためなら、ロジャーは全部まとめて空輸してくれるんじゃない？」アリックスは真顔で訊いた。

レクシーはなにかきついことをいい返そうとするように顔をしかめたが、そこで笑いだした。「あなたとジャレッドは、ほんといいコンビだわ」

ジャレッドはアリックスを見てにっこりした。「そうなんだよ。行こう、乗せてくれる車が見つかった」ふたりはレクシーとトビーに手を振ると、道路の先にある食料雑貨店のほうへ歩いていった。

その〝車〟はバスみたいに大きい三列シートのSUVで、ふたりは最後尾に収まった。二列目は十代を頭にした子どもたちがぎゅうぎゅうに座り、疲れ切った顔の両親が一列目に乗りこんだ。

おかげでジャレッドとアリックスは、ほとんど邪魔されずにふたりきりで話ができた。

「それでロジャー・プリマスがどうしたって？」ジャレッドの問いは子どもたちの騒ぎ声で

かき消された。

「どうもしないわ。惚《ほ》れ惚《ぼ》れするほどゴージャスで、どうやらびっくりするほどのお金持ちだってだけ。あなたに会いたがっていたわよ――モンゴメリーに、ってことだけど。そうそう、彼はレクシーに夢中なの」

ジャレッドは驚きの目で彼女を見た。「ぼくがよそへ行っていたのはほんの数分なのに、ずいぶんといろんなことが起きたんだな」

「なんというか、ロジャーはやることが早いの」

「ここは嫉妬するところかな？」

「もちろん！」アリックスの言葉にジャレッドは笑った。

「ジャレッド！」運転席の父親が、子どもたちに負けじと声を張りあげた。「ニューヨークにはいつ帰るんだ？」

ジャレッドは飛んできたフリスビーをアリックスの頭に当たる寸前でキャッチして床に置くと、投げた男の子を目で叱った。「まだしばらくこっちにいる」

一列目に座る夫妻にアリックスは紹介されていたが、名前は忘れてしまった。町に戻るまでずっと、ふたりはジャレッドに矢継ぎ早に質問を浴びせていた。

ジャレッドはすべての質問に答えるあいだもアリックスの手を握っていて、下の子どもたちふたりはシートの背もたれごしにこちらを見ながらくすくす笑っていた。

車はようやくメイン・ストリートまできた。

「家の前まで送れなくて悪いね」運転席の父親がいった。「あの通りはぼくにはちょっと狭すぎるもんだから」

ジャレッドとアリックスは車を降り、家族全員に何度も礼をいった。そして車が走り去ると安堵のため息をついた。

「夏の人？」アリックスは訊いた。

ジャレッドは彼女の手を取った。「どこでわかった？」

アリックスは笑った。「キングズリー・レーンは、この島の通りのなかではかなり広いほうだもの」

「広々しているといってもいい」

角を曲がってレクシーとトビーの家が見えたとたん、アリックスはほっと気持ちがゆるむのを感じた。数時間前の気分とは大違いだった。街路樹のある静かな通りには上品な古いお屋敷が立ち並んでいるけれど、わたしたちの家がいちばんすてき。いけない、〝わたしたち〟の家じゃなかった。いまはまだ。だけど、あの家にジャレッドがいないことはほとんどないから、どうしてもふたりの家という気がしてしまうのだ。

ジャレッドの顔を見あげたアリックスは、これから起きることを考えて身震いした。

それを感じたのだろう、ジャレッドが足を止めた。アリックスに向けた彼の目は燃えていた。彼はアリックスを引き寄せてキスした。やさしかったさっきのキスとは違い、彼女への欲望と渇望があらわれていた。

キスに応えるにはつま先立ちしなければならなかったけれど、アリックスは押し当てられた彼の体の感触にうっとりとなった。それでもふたりは抱擁を解いてふたたび歩きだした。家が近づくにつれ、だんだん緊張してきた。わたしとジャレッドはこれまで友だちで、仕事仲間だったけれど、これからは……。正直いって、家に着いたらどうなるのかわからなかった。今日まではおたがいに触れることはタブーだった。それに彼とわたしでは住んでいる世界が違うということもある。世界的な大富豪たちがジャレッドの設計した家に住みたいと考えているのだ。

ふたりはキングズリー・ハウスの勝手口へ向かい――ここの錠はいつも開いている――そこから家に入った。

アリックスはジャレッドを振り返った。「ちょっと着替えて――」

最後までいわせてもらえなかった。ジャレッドは彼女を抱えあげ、両脚を自分の腰に巻きつけさせると、唇を重ねながら彼女を壁に押しつけた。次の瞬間にはふたりとも下半身だけ裸になっていた。

情熱。わたしがこの人に求めていたのは……欲していたのはこの激しさ。

彼が入ってくるとアリックスは声をあげそうになったが、キスで唇をふさがれた。

どちらも激しい欲望にどうにかなりそうだったが、それでもジャレッドは時間をかけてアリックスの興奮を掻き立てた。快感がうねるようにして高まっていく。

ジャレッドが彼女をキッチンテーブルに押し倒すと塩と胡椒の容器が床に転がり落ちた。アリックスは彼にしがみつき、ジャレッドはゆっくりした動きでひと突きごとに奥深くへと分け入った。

アリックスは両腕を投げだし、ジャレッドに貫かれるたびに、手が腰掛けの背もたれに当たった。彼女は目を閉じ、この男性が与えてくれる快感とこの瞬間の歓びに身を委ねた。

これ以上我慢できないと思ったそのとき、ジャレッドが彼女を抱え起こして強く抱きしめた。シャツごしに触れる肌は、どちらも燃えるように熱かった。

絶頂が近づいてくるとアリックスは頭をのけぞらせ、ジャレッドがさらに強く抱き寄せると、ついに震えながら達した。ふたりはぴたりと抱きあったまま、無言で満ち足りた気分にひたっていた。

「キングズリー」アリックスは呼んだ。

「なに?」ジャレッドは彼女の耳元に口を寄せた。

「よかった。モンゴメリーだったらどうしようかと思っちゃった」

ジャレッドは笑うと彼女から離れ、スラックスを拾いあげて足を通した。アリックスはテーブルに座ったまま、シャツの裾をのばして前を隠した。

「きみはダリスの座を奪ったよ」ジャレッドはほほえんだ。

最初はなんのことかわからなかったけれど、そこでダリスは島いちばんの美脚の持ち主だというジャレッドの言葉を思いだした。

「レッグプレスをがんばった甲斐があったわ」ジャレッドがこちらへやってくると、アリックスは片手をシャツの下にすべりこませて、硬く引き締まった腹部に触れた。「あなたは？ジムにはよく行くの？」

「九十キロのマグロをリールでたぐり寄せているんだ」ジャレッドは床から拾いあげた服を彼女に渡した。身内が自由に家に出入りすることを考えれば、たしかに脱ぎ散らかしておくのはまずいかも。アリックスはパンツを穿こうとしたがジャレッドに止められた。

「美しいものを見ていたいんだ」ジャレッドは彼女の脚の下に腕を差し入れて抱きあげた。

「アディおばさんときみのお母さんのどっち？」

ジャレッドはどちらの部屋で休みたいかと訊いているんだわ。ふたりの夜がまだ終わっていないことがアリックスはうれしかった。「母の部屋はだめ。だけど……」

「だけど？」

ジャレッドは彼女を抱いて軽々と階段をあがっていった。まあ、わたしはマグロよりはだいぶ軽いけれど。「えっと、ケイレブ船長に見られるのは……」

「船長はこないよ」ジャレッドはいい、アリックスがさらになにかいおうとするとキスで黙らせた。「それについてはぼくの言葉を信じてもらわないと」

彼は主寝室の大きなベッドにアリックスをそっとおろした。そしてなにがどうなっているのかわからないうちに彼女は一糸まとわぬ姿になっていた。ジャレッドは彼女の横に体を伸ばし、首筋に唇を押しつけると、両手で上半身をまさぐりはじめた。「きれいだ」囁くようにいった。

ジャレッドはジャケット以外の服をきちんと身につけているのに、自分だけ裸なのはおかしな気分だった。部屋のカーテンは引いてあったが、すきまからもれてくる日差しが光と影の綾《あや》を織りなしている。

シルクのカーテンに囲まれたベッドに生まれたままの姿で横たわり、アリックスはジャレッドを見つめた。まぶたを半ば伏せた彼の目はセクシーだったけれど、なにを考えているのかわからなかった。手を伸ばして彼のシャツのボタンをはずそうとすると、ジャレッドは彼女の指先にキスしてからその手をどかした。

どうして、と訊こうとして思い直した。アリックスの知っているセックスは手早くすませるものだった。建築学校の授業と課題の合間にするもの。

けれどこの男の人――キーワードは男の子ではなく〝男の人〟――の考えは違うらしい。

彼はアリックスの目を見つめながら、彼女の体にそっと手を這わせていった。すぐに唇が手のあとを追い、乳房から脇腹をすべり、腹部へとおりていく。アリックスは中心に触れてほしくて腰を突きだしたが、ジャレッドは応じなかった。かわりに両手で太腿から足首までを撫でおろした。

口にキスされ、両手で愛撫されているうちに、アリックスは体の芯から熱いものがせりあがってくるのを感じた。服を着た彼の横で自分だけ肌をさらしているのはたまらなくエロティックで、手で肌を撫でられているだけなのにこれまで感じたことがないほど興奮した。

彼の手が脚のあいだに触れると、アリックスは背中をのけぞらせて自分から体を押しつけた。彼女はあっという間に昇りつめ、手だけで絶頂に達した。

アリックスは彼の肩に顔をうずめた。「こんなことをどこでおぼえたの？」

「自分で考えだした。ぼくは創造性に富んでいるんだ」

アリックスは笑い、それからふたりはつかのま黙った。やがて彼女はジャレッドのシャツのボタンをはずしはじめた。アリックスは長袖以外の服を着ている彼を見たことがなかった。まくりあげた袖からのぞく日に灼《や》けたたくましい腕を見るたびに、ほかの部分はどんな感じなのだろうと考えていた。

少しして邪魔なシャツがなくなると、アリックスは思わず息をのんだ。ジャレッドの体はどこもかしこも褐色に灼けて、無駄な脂肪はこれっぽっちもついていなかった。彼の肌に唇を寄せると、思ったとおりあたたかかった。

一時間後、アリックスが満ち足りた疲れにひたっていると、ジャレッドがこういうのが聞こえた。「きみはきれいな唇をしてる」アリックスが思わず噴きだすと、ジャレッドは少しだけ体を引いて彼女の顔を見た。「なにがおかしいんだ?」

「その質問に答えるには、もう少しあなたのことをよく知らないと」

「たったいまあれだけのことをしておいて、きみの唇のなにがそんなにおかしいのか教えられないっていうのか?」

「わたしのじゃない。あなたの唇。とくに下唇」

ジャレッドは歯で自分の唇をなぞった。「どういう意味だ?」

「いつか話してあげる。というか、見せてあげる」

「ぼくに隠しごとをするわけだ」

「ちょっとだけよ。あなたこそどうなの?　わたしになにか話そうとしていなかった?」

「いまはよそう。あとで話すよ」

ジャレッドがうとうとしはじめたのがわかった。それはつまり、アリックスがセックスでいちばん我慢ならないことがこれからはじまるということだった。男性が帰るか、背中を向けていきびきをかきだすこと。「ゲストハウスに戻る?」

「そのほうがいいなら。でも、きみさえよければこのままここにいたいな」

アリックスは笑みをたたえて彼にすり寄った。「どうしてどこかの女性があなたを引ったくっていかなかったのか理解できない」

冗談のつもりでいったことをジャレッドは真に受けたようだった。「きみがこの家にやってきてから、ぼくらがもっとも時間を割いてきたことは？」

「仕事」

「女性はぼくのそこが嫌いなんだ」

「ばかな女たち」

「同感だ」

ふたりはそれほど眠らなかった。どちらも夜半にあるものを求めて目を覚ました。ひとつ目はおたがいの体。ふたつ目は食事だった。即座にひとつ目の欲望を満たすと、ジャレッドはスラックスを穿き、アリックスは彼のシャツを羽織って一階のキッチンへ向かった。うれしいことに、冷蔵庫のなかはピクニックの残りものでいっぱいだった。カニのサラダにスライスしたチキン、パンと四種類のクッキー。食べものが見つかったのはうれしかったが、それはつまりふたりが二階にいるあいだに誰かが家のなかに入ったということだった。その誰かがなにを聞いたか、アリックスは考えたくなかった。

「これでぼくがキッチンの床に下着を置いたままにしない理由がわかっただろう」口いっぱいに料理をほおばりながらジャレッドはいった。

「それって、大おばさんの家のキッチンに下着を置き忘れた経験が何度もあるってこと？」

アリックスはしかつめらしくいった。

「ぼくのじゃない。彼女のだ。アディおばさんの下着だよ。ぼくがしょっちゅう拾ってやっていたんだ」

彼のジョークにアリックスは笑った。「そのころのあなたはどんな子どもだったの？　親切で気前がいいという以外に？」

「きみに使い古しのレゴブロックをあげたからそう思うのかい？　ぼくは自分の相続財産を守ろうとしただけだ。アディおばさんは博物館にあってもおかしくないような品物できみを遊ばせていたから」

「それで思いだした。明日、ヴァレンティーナに関する記録を見せてもらえないかしら」

ジャレッドは料理を山とのせて口へ運ぼうとしていたフォークの動きを止めた。「その名をもう一度口にしたら幽霊がやってくるぞ」

「美しいケイレブ船長のこと？　だとしたら大歓迎よ」

「今日は、きみのいう美しい男たちと縁があるね」

「あなた以外に誰かいたかしら？」

「大漁だったくせに。最初はレクシーのボスで、次はぼくの祖父だからね」

アリックスの顔から笑みが消えた。「おじいさんのこと、前にもいっていたわよね。母方と父方のどちら？　まだご健在なの？」

「ぼくの記憶が正しければ、あのときぼくはアディおばさんと祖父を取り違えたといったはずだが」

「ええ、そうね」ジャレッドにそれ以上話すつもりがないことは顔を見ればわかった。「記録は見せてもらえるの?」

「ああ。屋根裏部屋に置いてある。きみがあの急な階段をあがっていくところを下で見ていてもいいかい?」

「下着はあり、なし?」

ジャレッドの顔に浮かんだ表情を見て、アリックスは皿に残っていた最後のひと口を急いで口に押しこんだ。ふたりは言葉も交わさずに残った料理を冷蔵庫に戻すと、階段を駆けあがって寝室へ飛びこんだ。

一時間後、ジャレッドがヴィクトリアの部屋の大きなバスタブを試してみようといいだした。

「あの部屋のバスルームは見ていない気がする。お願いだから緑じゃないといって」

「となると、ぼくは黙るよりほかになくなるな」

アリックスはうめき声をあげ、ジャレッドに引っ張られるようにして廊下を進んでクリーム色とグリーンの母のバスルームへ向かった。

その廊下ではケイレブがほほえんでいた。

15

「アリックス、いるのか？」

心安らぐなつかしいその声はどこか遠くから聞こえてくるようだった。アリックスはジャレッドに身をすり寄せた。部屋に光が射しこんでいるということは、もう朝なのだろうけれど、まだ起きたくなかった。永遠にベッドにいられそうな気がした。

頭のてっぺんにキスされるのを感じて、彼女はさらに体をすりつけた。「昨夜のあなたはまさにアメリカの生ける伝説の名にふさわしかったわ」もごもごといってから、また眠りにつこうとした。

「アリックス、二階か？」

声がまた聞こえた。この声なら何度も聞いたことがある。「あと一分だけ」アリックスは目を閉じたままつぶやいた。

その目がいまぱっと開いた。「お父さんだ」小さな声でいった。

「そうか」ジャレッドは彼女を強く抱きしめたままでいた。

アリックスは体ごと彼に向き直った。「父がきたの。あなたがここにいるのはまずいわ。あなたとわたしが……一緒にいるところを見られたら大変。窓から出ていって」

ジャレッドはベッドに仰向けになったが目は開けなかった。「十六歳のときでも、その手のことをするほど若くなかったんだ。いまはもっと……。それに、いつかはきみのお父さんに話さなければいけないんだぞ」

そのことを考えるとアリックスはパニックになりそうになった。男の人とベッドにいるところを母に見つかるのは問題ない。だけど父は。父は名誉とか貞節を重んじる人だから……結婚前の娘が男性とベッドにいるところを見られるわけにはいかない。彼女は怯えていることをジャレッドに気取られないようにした。「いつかは父に会ってもらわなきゃいけないのはわかってる」ありったけの忍耐力を総動員していった。「だけどいまはだめ。まずはわたしからそれとなく話してみるから。ねっ？」アリックスは彼の頬に手を当てた。

目を開けたジャレッドは、アリックスの目に怯えを見て取った。「わかった。でもあとで話がある」

「それってふつうは女性がいうことじゃない？」ひそひそ声でいった。

「ああ。そしてぼくの経験によれば、女性は、永遠の愛を誓ってほしいという意味でこの言葉を使う」

「へえ？　で、あなたは何度誓ったの？」

ドアがノックされた。「アリックス、おまえがおまえのお母さんみたいじゃなければ入るぞ」

「だめ！」アリックスは声を張りあげた。「だから、そうなの」彼女は声を落としてジャレッドに説明した。「父がいっているのはね、母は寝るとき——」

「裸なんだろ」ジャレッドはベッドから出た。「この島の男はみんなそれを知っているし、そのことを夢に見ているよ」彼はジーンズを穿くと、床に脱ぎ捨てた服を拾いあげた。

アリックスは急いでTシャツを着てから窓のところへ向かった。窓の錠を開けようとしたとき、ベッドの反対側でジャレッドがケイレブ船長の肖像画の裏に手を入れた。するとかちりとなにかがはずれる音がして大きな肖像画が外側にひらいた。

アリックスは愕然とした。なにより自分にあきれた。建築を学んでいながら、あの肖像画に蝶番《ちょうつがい》がついていて隠し扉になっていることに気づかなかったなんて。ようやくショックから立ち直ると、ベッドを乗り越えてジャレッドのところへ行った。肖像画の先には、下へ通じる狭く汚れた階段があった。

「アリックス？」前より大きな声で呼ばれた。

「ちょっと待って、お父さん。いま服を着ているから」彼女はジャレッドに向き直って声をひそめた。「じゃ、ケイレブ船長はヴァレンティーナの部屋にこっそり出入りできたってこと？」

「この隠し通路が作られたのは、溲瓶《しびん》を片づけるメイドが人目につかないようにするためだ」ジャレッドは彼女にさっとキスしてから階段をおりていった。アリックスは隠し扉を閉めたが、彼が戻ってきたくなったときのために錠はかけずにおいた。

そのあとでケイレブ船長の肖像画を見あげた。「あなたまでわたしに隠し事をしていたなんて！」

「アリックス」ドアの外から父が声をかけた。「大事な電話がかかってきてしまった。だから急がなくていいよ。支度ができたら階下《した》で会おう」

思わず安堵の息がもれ、それで自分がどんなに緊張していたかに気がついた。ジャレッドとのことを、いったいどんなふうに父に話せばいいの？　そもそもなにをいえばいいのよ。ジャレッドとベッドをともにしたけど、将来をともにするかはわからないって？

そんなことをいえば、お父さんはきっと悲嘆に暮れた顔でうめき声をあげるだろう。悪くすれば、わたしに失望するかもしれない。「おまえも偉大なるジャレッド・モンゴメリーの手に落ちた女性たちのひとりになったのか」といって。

ドアに耳を寄せると、父が低い声でなにか話しながら階段をおりていくのが聞こえた。よかった、これで考える時間ができた。それに、シャワーを浴びる時間も。昨夜のなごりを体から洗い流してしまうのはいやでたまらないけれどしかたがない。いまは思い出にひたっている暇はないから。父への対応を考えることのほうが先決だ。

ジャレッドのことを父にどう話そうかと、熱いシャワーの下で長いこと考えた。「ひとりの人間として彼を知るようになれば、世間の噂が間違っているのがわかるから」といおうか。それとも「アメリカの彼はものすごく傲慢かもしれないけど――」ううん、これじゃだめだ。〝アメリカ〟について説明しなきゃならなくなる。〝島外〟にしよう。「島外の彼は、自分のデザインが気に入らないならお引き取りを、とクライアントにいってしまうような傲慢な人だけど、ここナンタケットでは……」だめだ、これもうまくない。〝傲慢〟という言葉はちょっと強烈すぎる。

アリックスは髪を洗った。わたしはもうおとななんだから自分のことは自分で決められる、というのはどうだろう。すてき。いきなりけんかをふっかけるつもり？　娘が急に自分に楯《たて》突《つ》くようになったら、お父さんはきっとジャレッドに反感を持つはずだ。

シャワーから出ても、いい解決策はいっこうに思いつかなかった。

「ひょっとしたらふたりは気が合うかも」ドライヤーを手に取りながら声に出していってみたが、すぐに笑いがもれた。温厚な大学教授の父と、マグロを釣りあげるジャレッドが？　ありえない。だけどモンゴメリーと父だったら……。でもそっちのジャレッドは女性たちとの噂が絶えないし。やっぱりだめだわ。

ぐずぐずと時間をかけて髪を乾かし、化粧をするあいだも、ジャレッドはどうしているだろうとつい考えてしまった。自分の船へとっとと逃げてしまった？　ガールフレンドの父親と顔を合わせずにすむように。だけどジャレッドはちっとも動揺していないように見えた。

だからもしかすると……。

アリックスは鏡に向かってほほえんだ〝ぼくの彼女〟ジャレッドはわたしのことをそう呼んだ。わたしとジャレッド・モンゴメリー・キングズリー七世のつながりは体だけじゃない――きっとそうなる――ということをお父さんに納得させられれば、わたしたちのことを認めるのがずっと楽になるはずだ。

ようやく身支度が整うと、アリックスは寝室のドアを開けた。さあ、現実に立ち向かうときよ。

ジャレッドは古い階段をおりていきながら、毎度のように、壁に電気コードを這わせて明かりを設置しようと誓った。下向きのトンネルは真っ暗で蜘蛛の巣だらけだった。

ケンと会うのが楽しみだった。アディおばさんの葬儀で最後に顔を合わせてから、もう何カ月も経っている。もちろん、ケンに電話で怒鳴られたときは寿命が縮まった。でも、ああいうことには慣れている。初めて会ったとき、ケンは自分のまわりのすべてに腹を立てていて、なにを話しても怒鳴り声になった。そして当時のジャレッドは、ふつうの口調で諭されたぐらいではいうことを聞かなかった。

ジャレッドが大いに心配しているのはアリックスのことだった。母親ばかりか父親までがナンタケットで多くの時間を過ごし、しかもそのことを自分に隠していたと知ったら、アリックスはどう思うだろう？

階段は表側の客間に通じていた。そこの壁の羽目板の一枚が隠し扉になっているのだ。例のしびんの話は怪しいと、ジャレッドはあらためてそう思った。これじゃお茶会の最中に、しびんを抱えたメイドがいきなりあらわれることになってしまうじゃないか。じいちゃんに本当のところを訊かなければ。まあ、正直に話してくれるとは思えないが。

客間でケンが待っているのを見てもジャレッドは驚かなかった。何年も前に、ふたりしてこの古い階段を修理したのだ。蒸れ腐れした階段の踏み板をはがしながら、ケンは「アディの幽霊の恋人がけがをしたら困るからな」といった。

あのときジャレッドは、もしかしてケンはなにか知っているのかと彼に厳しい目を向けたが、ケンは冗談をいっただけだった。

いまふたりのあいだに一瞬、気詰まりな空気が流れた。ジャレッドがいままでどこにいたかケンにばれているのははっきりしていたからだ。最初に動いたのはケンで、彼が両手を広げると、ジャレッドはそちらに歩いていた。ケンが怒っていないことがうれしくてたまらず、まるで戦地から帰ってきた息子と父のような熱い再会となった。ふたりは長いことおたがいの体を抱いていた。

「さあ」ジャレッドの肩に腕をまわしたままケンはいった。「座って話をしよう。コーヒーを淹れておいた。〈ダウニーフレーク〉のドーナッツもあるぞ」

ジャレッドは悪い知らせを先延ばしにするタイプではなかった。だからこういった。「ぼくがどこにいたのかわかっていますよね？」アリックスとのことを明かしてしまったほうがいい。

「きみと娘は気が合うだろうと昔から思っていたんだ」

ジャレッドの笑みには安堵の色が浮かんでいた。大事な娘のアリックスが、以前は模範的市民とほど遠かった男と親しくしていることをケンが心よく思わなかったらどうしようかと心配していたのだ。あれ以降、ジャレッドがいくら仕事で成功しようと関係ない。ケンが見ているのは彼の内面だということをジャレッドは知っていた。

こぢんまりしたこの客間には立派な調度品がしつらえてあり、ケイレブの弟が兄の船で持ち帰った品もいくつかあった。あの沈没事故のあと、ケイレブの名が子孫に引き継がれることはなかった。ナンタケットの島民の多くがケイレブ・キングズリーに怒りをおぼえていたからだ。彼が家路を急いで危険な海へ乗りだしていったために船は沈んだ。そして家族や友人や乗組員がその道連れとなったのだ。

ケンはソファに腰をおろし、ジャレッドは向かい側の椅子に座った。祖父が大きなウィングチェアに腰をおろすのを見てジャレッドは大いに閉口した。この部屋だと祖父ははっきりとした姿かたちを取るので、ケンに見えないのが不思議なほどだった。

「セレステはどうしてる？」ジャレッドはチョコレートがかかったドーナツに手を伸ばした。

「出ていった」ケンは答えた。「エイヴリーは？」

「数カ月前に怒って出ていった。彼女は指輪がほしかったらしい」

男たちは笑みを交わした。それは長年にわたり、それぞれの人生にあらわれては消えていった女性たちのことを打ち明けあってきたからこその笑みだった。男どうしの絆《きずな》。

ケンは最高においしいドーナツを食べながら、少し間を置いてからいった。「きみと娘のことをケイレブはなんといっている？」

「じいちゃんは昔から――」ジャレッドはいいかけて、はっとし、目を見ひらいた。

愕然としているジャレッドにケンは微笑した。「ごまかそうとしなくていい。私は一時期、きみと一緒に暮らしていたようなものなんだぞ。きみはしょっちゅう見えない誰かと口論していた。それで頭がおかしいか、幽霊と話しているかだと思ったんだ。もちろん、最後のところはジョークだが」

「つまり、ぼくの頭がおかしいと結論を下した？」

「そんなところだ」

ジャレッドは祖父のほうを見ないようにした。ケンがキングズリー家の秘密に――とにかく秘密のひとつに――気づいていることを、じいちゃんが知っているのは間違いない。

「それに、アディはラムをたっぷり飲むと口が軽くなるからね」

「だけど、おばさんは知らないはずだ。ぼくが……」真実を口に出していうことがどうしてもできなかった。言葉を理解できるようになって以来、一族の男たちから事あるごとに秘密は守らなければいけないといわれつづけてきたのだ。

「ああ、アディはきみのことはなにもいっていない。しかし、私の娘ときみの祖先の幽霊のことは話してくれた。アリックスに一年間、この屋敷が貸し与えられたのは、その……男性が見えることと関係があるのではないかと思うんだが」

「おそらくね」ジャレッドはこの話題を口にしていることの居心地の悪さを拭い去れずにいた。

「それでアリックスは……？　娘は……？」

「じいちゃんを見たかって？　いや、まだだ」

ケンは渋面を作った。「それが心配でね。じつをいえば、ここへきた本当の理由はそれなんだ。しばらく滞在しようと思っている」ジャレッドを見た。「彼が……あらわれるまで。幽霊を見たときに娘がどんな反応を示すかわからないからね」

それはジャレッドも同じだった。いまここにいるのが自分だけなら祖父を問い詰めるところだが、ケンがいてはそれも叶《かな》わない。「ぼくがアリックスのそばについている」ジャレッドはいった。「彼女がひとりにならないように気をつける。それにアリックスはそれほど動揺しないんじゃないかと思うんだ」実際に姿をあらわす前の予行演習としてケイレブがアリックスにしたこと――写真立てを落としたり、頰にキスしたり――は、いわないでおいたほうがいいだろう。じいちゃんはどうせやめないだろうし。

ジャレッドは話題を変えたかった。「麗しのヴィクトリアはどうしてる?」

アリックスに見えるはずの――少なくとも子どものころには見えていた――その幽霊についてジャレッドはこれ以上なにもいうつもりはないらしい、とケンは察した。「新作は半分まで書きあがったと、編集者に話しているらしい」

ジャレッドはうめいた。「じゃ、八月にここにきたら、ヴィクトリアはこの家をばらばらにしてでもアディおばさんの日記を見つけようとするな」

「賭けてもいいが、ヴィクトリアは思う存分、家捜《やさが》しできるように、アリックスを島から追い払おうとするだろうね」

「たとえなにがあろうと、ぼくの家でヴィクトリアがひとりきりになるようなことはさせない。もしかするとアディおばさんは手細工の廻り縁の奥に日記を隠したかもしれないんだから」

「その日記を手に入れるためなら、ヴィクトリアはあの壁紙だって引き裂くだろう」同じ建築家であり、古い家屋敷を心から愛するふたりの男は、ぞっとしたように顔を見あわせた。この家の壁紙の一部はキングズリー・ハウスのためだけに作られた特注品で、十九世紀の初期にフランスから取り寄せた手描きの逸品だった。かけがえのない、唯一無二のものだ。

「私がここにとどまるもうひとつの理由がそれだ」ケンはジャレッドを見た。「日記の隠し場所をきみの……えー、ご先祖さまに尋ねることはできないのか？」

ケンの左横に座っている祖父のほうに目をやりたくなるのを、今度も必死にこらえた。漠然とした幽霊のことを話題にするのと、いくらも離れていないところに座っている幽霊について話すのは、まったくべつの問題だからだ。父とはケイレブのことを大っぴらに話すことができたから、十代のころのジャレッドはケンにも秘密を打ち明けてしまいたいと何度も思った。「じいちゃんは——」ジャレッドは祖父に当てつけるように声を尖《とが》らせた。「日記のありかを知っていて内緒にしているんだと思う。たぶん日記が見つかってしまえば、誰もヴァレンティーナのことをさがさなくなると思っているんじゃないかな」

はるか昔に死んだ人間のことを当たり前のように話す居心地の悪さを、ケンは必死に隠そうとしていた。もしかするとケンは、ジャレッドが祖父との交流を否定すると思っていたのかもしれない——たぶん、そうすべきだったのだろう。

「なるほど」ケンはひとつ咳払いした。「行方不明のヴァレンティーナか。遺言状に書いてあったな」

「ヴィクトリアがあくまでもアリックスに見せようとしなかった遺言状だね」

ケンはにっこりした。「話がまた娘のことに戻ったな」しばしの間。「電話では少しきつくいいすぎた」

「ぼくは怒鳴られて当然のことをしたんだ。彼女は……」

「遠慮しなくていいからいってごらん」

「彼女はぼくの想像とは違っていた。彼女のことはあなたやヴィクトリアからさんざん聞かされてたから、てっきり甘やかされた小娘だろうと思っていたんだ。なにせ二親が彼女の関心を引こうと張りあっているんだからね。ぼくからしたら、彼女はすべてを持っていた。まさしくお姫さまだった」ジャレッドはコーヒーをひと口飲んだ。「ぼくはたぶん嫉妬していたんだ」

「嫉妬する必要などなかったのに。だがいわれてみれば、アリックスの母親と私であの子を真っぷたつにしようとしていたのかもしれない。ヴィクトリアは娘を作家にしたかったんだ、しかし私は……」ケンは肩をすくめた。

「彼女に自分と同じ道を歩ませたかった。母親の才能は受け継いでいないとアリックスはいっていた。文章は書けるけど、小説の筋を組み立てることはできないって。本人には黙っていたけど、アリックスはまさにヴィクトリアの才能を受け継いでいる。それにあなたの才能もね」

「アリックスは、若いころの私よりずっと才能があるよ」ケンの声は誇らしげだった。「あの子には母親譲りの野心と、私の――。いや、自分の手柄にするのはよそう。アリックスの才能はあの子自身のものだ。娘は類《たぐ》い稀《まれ》な人間だ」

「アリックスもあなたのことを有頂天になって話していますよ」

ケンは笑った。「〝有頂天〟か。またおかしな言葉を選んだものだな」

ジャレッドは少しためらったあとでこうつづけた。「彼女は……。彼女はぼくを許してくれるだろうか?」

「きみの人生における私の役まわりを隠していたことを知られたら、ということか?」

「ええ」

「娘に許してもらえるかどうかが重要なのか?」

ジャレッドは熱い口調で間髪を入れずに答えた。「ええ」彼はケンの目をまっすぐに見た。「ぼくにとっては非常に重要です」

その言葉を聞けた喜びを、ケンは隠そうとしなかった。彼にとって、アリックスとジャレッドはこの世でいちばん大切なふたりだった。そしてそのふたりがべつべつに育ったことを、ケンはいまなによりうれしく思っていた。ヴィクトリアのおかげだな、と思った。ふたりの子どもたちをあまり長いあいだ一緒にいさせるのはよくない、とヴィクトリアは口癖のようにいっていた。

「そんなことをすれば、ジャレッドはアリックスのことを子どもとしてしか見られなくなってしまう」と。

当時のケンは、それもまた自分のほしいものを手に入れるためのヴィクトリアの方便だろ

う と考えたが、どうやら誤解だったようだ。

ケンはジャレッドに笑いかけた。「アリックスが怒るとしたら私に対してだよ。でもまあ、さほど心配はしていないが。あの子はヴィクトリアのことを千回は許しているからね」

「でもあなたは違う？」

「私はアリックスを怒らせたためしがないから」ケンののんびりした笑顔が、ジャレッドの緊張をほぐした。「今日までは」

ジャレッドは噴きだした。

一階へおりたアリックスは、ぴりぴりしている神経を落ち着かせようとしながら、家の奥にある大きいほうの客間に入っていった。議論する覚悟はできていた。〝こんなのおかしい。わたしはもう二十六なのよ、自分のことは自分で決める……〟

客間は空っぽで、アリックスは喜べばいいのかがっかりすればいいのかわからなかった。問題はわたしに恋人ができたことじゃなく、その恋人が誰かなのだ。ジャレッド・モンゴメリーの設計デザインを父は授業で使用している。すると生徒の四分の一——とりわけ女子生徒——が、レポートでモンゴメリーの作品を取りあげた。その内容について父が愚痴をこぼすのをアリックスは何度も聞いたことがあった。「なんだって彼らはレポートのなかでモンゴメリーのセックスライフに触れなければならないと考えるんだ？　ちょっとこれを聞いてみろ!」そして、昨年モンゴメリーと一緒にいるところを目撃された女性たちは半ダースにものぼるというくだりを読みあげた。

あの話を持ちだされたらどう反論するつもり? どんなふうにすればジャレッドは変わったのだということをお父さんに信じてもらえるだろう?

そもそも、ジャレッドは変わったとどうしていえるの? もう傷つきたくないとわたしが訴えたというだけで、ジャレッドと将来の約束をしたわけじゃないのよ。

やっぱり二階へ逃げ帰ろうか、と一瞬思った。お父さんにはメールを送ればいい。

「意気地なし!」アリックスはまた歩きだした。

屋敷の表側へ向かうと、男性ふたりの話し声が聞こえた。誰かお客さんがきて、お父さんがもてなしているのかしら? けれどそちらへ近づくにつれて誰の声かわかった――ジャレッドとお父さんだ。

ああ、大変! どうしよう。神さまどうか、ジャレッドが父に本当のことを話していませんように。まずはわたしから説明しないといけないのに。

戸口の手前まできたところで笑い声が聞こえ、アリックスはぴたりと足を止めて耳を澄ませた。

「ディリスが元気だと聞いて安心したよ」父がいっていた。「訪ねていったら、夕食をごちそうしてもらえるかな?」

「訪ねていかなかったら傷つくんじゃないかな。きっとあなたの好物のホタテ料理を出してくれるよ」ジャレッドが答えた。「それに、レクシーもあなたに会いたがっている」

「おお、こわ。きっとアリックスに隠し事をしていたといって怒鳴られる」

「ぼくもだ！　トビーが家にいるとわかっているときだけ顔を出すことにするよ」

「あのきれいな子はどうしてる？」

「元気だよ。花を入れておく巨大な冷蔵ストッカーを父親に買ってもらった」

「バレットときたら！　彼とはもう一年以上会っていないな。大学時代はずいぶんと親しくしていたんだが。まだテニスはしているんだろうか？」

「この前聞いたときはしているといってたな。〈グレート・ハーバー〉で」ジャレッドは入会金が三十万ドル以上するヨットクラブの名をあげた。

「ウェスは元気か？　ダリスとはまだ結婚しないのか？」

「ウェスはアリックスをデートに誘おうとした」

ケンは鼻で笑った。「どうやら阻止したようだな」

「当然だ」ジャレッドの声は笑っていた。「ダリスに裸同然の格好できてもらったんだ。ウェスはいちころだったよ。ダリスのほうも、もう許す気でいたようだし」

「けんかの原因はわかったのか？」

「そのことはいっていなかった」

「ウェスも気の毒に。そもそも自分のなにが悪かったのかわからなければ、おこないを改めることもできないじゃないか」

「ウェスにはそのほうがいいんだ。自分の言動につねに気をつけるようになるからね」急にケンの左横を見たジャレッドが顔色を変えた。「ああ、そんな」小声でつぶやき、マグカップをテーブルに置いた。

「どうしたんだ？」ケンはびっくりして尋ねた。

「アリックスに話を聞かれた、とじいちゃんがいってる。彼女は二階へ戻ってしまったって」ジャレッドは三歩で部屋から飛びだしていった。

ケンは椅子に沈みこんだ。娘にたったいま不意打ちをくらわせてしまったことがショックだった。しかし、ジャレッドがたったいま幽霊と話したことは大いにショックだった。

ジャレッドとお父さんは昔からの知りあいだった——階段を駆けあがりながら、アリックスの頭はそのことでいっぱいだった。つまり父は何度もナンタケットにきていたということだ。それなのに、そのことをわたしに黙っていた。信じられない、お父さんがわたしに隠し事をするなんて。お母さんならともかく、お父さんとは特別な絆で結ばれていると思っていたのに。

アリックスは寝室のドアを閉め、そこに寄りかかった。どうしたらいい？　いま聞いた話に傷つかなかったふりをする？

ドアに鍵をかけようとまわれ右をしたが、古い戸板には鍵自体がなかった。「もう、ナンタケットなんだから！」このときばかりは、どこにも鍵をかけないこの島の習慣に腹が立った。

椅子を持ってきてドアノブの下に嚙ませると、怒りにまかせてベッドシーツをはぎ取った。わたしに知らされていないことはほかにもあるのだろうか。最初はお母さんで、今度はお父さん。みんなしてわたしにずっと嘘をついていたなんて。でも、ジャレッドがそんなことをいっていなかった？〝これまでずっときみに隠し事をしていた人がいる〟って。アリックスはシーツを床に叩きつけるとケイレブ船長の肖像画を見あげた。「あなたも山ほど秘密を持っているの？　キングズリー家の人間はみんなそうなの？　答えないで。さもないとこの絵を屋根裏部屋へ引きずっていって、しびん用の階段も板で塞いでやる」

「アリックス？」ドアの外でジャレッドの声がした。「話を聞いてくれ。頼む」

「あっちへ行って」

「ぼくはきみに嘘をついていない。きみに秘密にされていることがあるといっただろ。説明するからドアを開けてくれ、頼むよ。ぼくだってきみに隠し事はしたくなかった。でも、いわない約束だったんだ。頼むからなかに入れてくれ、ちゃんと話そう」

どこかへ行って、といいかけたが、ジャレッドが本当のことをいっているのはわかっていた。アリックスは椅子をどかしてドアを開けた。ところが、彼は戸口のところから動こうとしなかった。ひどく取り乱した表情をしているのを見て、アリックスは少しだけすかっとした。

「今回のことに関わっているのは母だけだと、あなたはわたしに思わせようとした。だから考えてもみなかった、父が……父が……」

「きみを騙《だま》していたって？　すべてきみのお母さんがしたことだといったら、少しはマシな気分になるかい？　ナンタケットのことはきみに黙っているようにとケンに約束させたんだ」

「どうしてそんなことを？」

「きみのお母さんは――」ジャレッドの声が途切れた。ヴィクトリアの小説はすべて日記が元になっていることを明かす資格はぼくにない。

「どれくらい嘘をつこうかと考えているのかしら」

「嘘をつくつもりはない。ただ、秘密のなかにはぼくには明かせないものもあるんだ」彼はアリックスに一歩近づいた。「なにもかも話してあげられなくて悪いと思っている。でもいまのぼくがあるのは、きみの両親のおかげなんだ。きみのお父さんがいなかったら、ぼくはいまごろ刑務所のなかにいるか、もしかしたら死んでいたかもしれない。そしてきみの推測どおり、とんでもなく高いぼくの学費の大部分を出してくれたのはきみのお母さんだ。きみさんから学んだ」


のお父さんも援助してくれたが……」

「お金はお母さんのほうが持っている」

「うん、そうだ。でも建築家として身を立てていくために必要なことは、すべてきみのお父さんから学んだ」

　アリックスは目を見ひらいた。「親方。あなたは〝親方〟が子どもだったあなたに改築の設計をまかせてくれたといってた。それが父だったの？」

「そうだ。きみのお母さんがきみをナンタケットから連れ去った直後のことだ。ケンはひどく落ちこんでいた。妻から離婚を切りだされ、目に入れても痛くないほどかわいがっていた愛娘《まなむすめ》と一緒に暮らせなくなったからだ」

「そしてあなたは少し前にお父さんを亡くしていた」アリックスはしんみりといった。

「二年が過ぎてもぼくはまだ、つかつかと部屋に入ってきて、悪さはやめろと叱りつける父さんがいなくなったことが信じられなかった」ジャレッドはためらいがちに小さく笑った。

「といっても、すべての悪さをやめたわけではなかったけどね」

「それを聞いて安心した」アリックスはそこで口をつぐんだ。ジャレッドが本当のことを話しているのはわかるし、約束を守ろうとする姿勢も立派だと思う。でも、約束をしたのはジャレッドであってわたしじゃない。なんとかして真相を探りだしてやる。「母がなぜわたしにナンタケットのことを知られたくなかったのか、そこのところがどうしてもわからないんだけど」

「きみのお母さんのことをぼくに訊くのかい?」

「質問をはぐらかそうとしているでしょう?」

「そのとおり。ここだけの話、かんかんに怒ったきみのお父さんに怒鳴りつけられても、一時間もすればぼくはけろりと忘れてしまう。だけどヴィクトリアが相手だと……虫けらみたいな気分にさせられるんだ」

「そうなの? わたしはその反対なのに」アリックスは彼を見た。「なにもかもがすごく変な感じよ。あなたがわたしの両親のことをそんなによく知っているなんて……。まだうまくのみこめない」

「ぼくにとってふたりは第二の親みたいなものなんだ。いや、きみのお父さんは実際、父親みたいな存在だが、ヴィクトリアは誰の母親のようにも見えないな」

「わたしにとっては母親よ」アリックスはそういってから彼に顔を近づけた。「じゃ、あなたとわたしは兄と妹ってことになるんじゃない?」

笑い話にしてしまおうとしてそういうと、ジャレッドは見るからにほっとした表情をして、彼女を腕に引き寄せ、顔を胸にかき抱いた。アリックスは息ができなかったけれど、そんなことはどうでもよかった。

「ぼくはどうしようもない兄になっていただろうな」

「謙遜しちゃって。あなたはレゴで遊んでくれるいいお兄ちゃんだったわ」

「じゃ、階下へ行こう。お父さんが待ってる。ランチ用にシーフードを買いにいきたいんじゃないかな」

「あなたが父に魚のおろしかたを教えたの？」

「そうだ。初めて島にきたとき、ケンは魚の頭と尾の区別もつかなかったよ」ジャレッドは少しも放したくないとばかりに、アリックスの腰にしっかり腕をまわした。

アリックスは階段の手前で足を止めて彼を見あげた。「あなたがわたしに話していない大きな秘密はあといくつあるの？」

「ふたつだ」

「で、それは……？」

ジャレッドは苦しそうにうめいた。「イジーの結婚式に必要なものを買いにいくのにつきあうといったら、いまは話さないでもいいことにしてくれるかい？」

アリックスはつかのま考えをめぐらせた。「お花選びにつきあってくれるということ？」

「ああ。トビーなら――」

「だめ、あなたとわたしで花屋さんに行くの。イジーに送れるように、フラワーアレンジメントの写真をあなたにも見てほしいの」

ジャレッドはひるみながらもうなずいた。

「ケーキ選びも手伝ってくれる？」

「あの背の高いやつのことか？」

「そう。段《ティアー》にもなってるやつ」

「涙《ティアー》？」ジャレッドは指先で目元を拭うまねをした。

　アリックスは彼をにらんだ。

「わかったよ。そうだ！　そのケーキをガウディの建築みたいにするのはどうだ？　なんならぼくがデザインしても――」

「砂糖の建築物はなし。イジーはとっても伝統を重んじるの。彼女の希望はたぶんピンクとラベンダー色のバラがのったケーキね」

　ジャレッドは恐怖に顔を歪め、階段の親柱で体を支えた。「あとは？」

「テントに料理にバンド。あとはわたしが着るドレスも」

「ぼくは幽霊が見えるんだ」ジャレッドはプレッシャーに屈して思わず口走った。

「この家に住んでいたら見えないほうがおかしいわ」アリックスは階段をおりはじめ、そこで彼を振り返った。「元気出して。気にするほどのことじゃないわよ」

「サメがうようよしているプールで泳ぐほうがまだマシだ」彼女のあとから階段をおりていきながらジャレッドはぼやいた。

「すてき。そうだわ！　船形のバスケットの複製品をいくつか作って、そこに花をいっぱい飾るというのもいいかも」

「複製？」ジャレッドは囁いた。毒でも飲みこんだように言葉が喉に引っかかった。「いくらなんでもやりすぎだ」

アリックスは笑いながら彼の腕に腕を絡めた。「結婚式に履いていけるような靴はどこで買えるかしら？　あなた、キトン・ヒールは好き？」

ジャレッドはいまにも泣きそうな顔をしていた。

16

三週間か、とケンは考えた。ナンタケットにきてからの日々は、ケンの人生で最高に幸せな三週間だった。

最初のうちケンは母屋の客用寝室を使っていた。ヴィクトリアの緑の宮殿ではなく、アディの、いや、いまはアリックスの寝室と廊下を挟んで向かいあう一室だ。ケンはこれまでもたびたびその部屋に泊まっていた。夜のうちになにかあった場合に備えてアディのそばにいたかったのだ。当時のことを思いだすと、自然と顔がほころんだ。アディしかいない部屋のなかから彼女の話し声が聞こえたことが何度もあった。てっきり寝言だろうと思っていると、ある夜、ふたりでラムを飲んでいるときに——アディはいつもあっさりとケンを飲み負かした——アディがアリックスとケイレブの話に触れたのだ。アリックスが自分の娘なのはわかった。しかしケイレブというのは誰だ？ ケンがまだ会っていないキングズリー家の親類だろうか。いくつかの夜と、ラムのボトル数本を費やしたあと、ケンはすべての真相をアディから聞きだすことに成功した。

なんでも彼の最愛の娘アリックスは四歳のときに、幽霊と何度も話をしていたらしいのだ。当時そのことを知っていたら、自分はきっと……。いや、自分がどうしていたかはわからない。あのころのケンは怒りと落胆で、まともにものを考えられなかった。きっかけさえあれば、その激しい怒りの矛先をヴィクトリアに向けていたかもしれない。そうなったら幼いアリックスにも怒りの余波が伝わっていただろう。

しかし実際は、運命の仕打ちへの憤怒の情をケンがあらわにしたのはジャレッドに対してだけだった。それにしても、よくぞあんなに怒鳴りあったものだ！　あんなふうに大声をあげたのは、あとにも先にも初めてだ。あれほど悪態をついたのも。だがあれほどのつらさを味わったのも生まれて初めてだった。そして、それはジャレッドも同じだった。

ある夜、ケンはジャレッドが声をあげて泣いているのを見た。当時のジャレッドは〝おれを舐めるなよ〟とつっぱっている、身長が百八十センチもある不良少年だった。ところがその彼が、一族の土地にある池の端に座って泣いていた。体が自然に動き、ケンはジャレッドを抱き寄せていた。言葉は交わさなくとも、少年の悲しみが癒えていないことがケンにはわかった。ジャレッドの母親の話によると、彼女の夫は愛情深いすばらしい男性で、息子のことを溺愛していたという。

「あの子を産んだあとは、もう子どもができなくなってしまって」ジャレッドの母親はケンにそう話した。「だから六世にいったんです、わたしとは離婚して、もっとたくさん赤ちゃんを産める若くて健康な女性をもらってください、って。だけどあの人は、申し分のない息子がひとりいるからそれでじゅうぶんだ、って」

しかしケンと会ったときのジャレッド――彼の母親にいわせれば七世――は、〝申し分のない〟という言葉とはほど遠かった。

どこかの時点で、ケンとジャレッドはけんかをするのをやめた。きっかけはジャレッド少年が建築デザインの非凡な才能を示したことだったと思う。ジャレッドが地面に描いていたスケッチをケンが見たのはまったくの偶然だった。誰も注意を払わなかったその絵がつたない間取図であることがケンにはすぐにわかった。

ケンがそのことを話すと、ジャレッドの母親は息子が描いた抽斗いっぱいのスケッチを見せてくれた。「あの子と父親はこの古い家に大きな部屋を建て増しする計画を立てていたんです。設計図を描いてみるか、と六世はあの子にいいました。でもその後に……。それで七世は全部ここにしまいこんでしまったの」

ケンに強くいわれ、ジャレッドはしぶしぶ改築案について話した。ケンはスケッチを見ていきながら、手放しで絶賛したいのをこらえて、いかにも検討しているふうを装った。それから、頭のなかにあるものを紙の上にあらわす方法を徐々に教えていった。建築についてなにも知らなかったジャレッドに、頭に思い描いた建物を実際に建てる方法を、何年もかけて教えこんだ。

しかしケンがいくらナンタケットでの暮らしになじもうと、定期的にアリックスと会いたければ島を離れるしかないのはわかっていた。身をふたつに引き裂かれる思いだった。本土に住む実の娘アリックスと、ナンタケットに住む息子同然のジャレッド――しかし別れた妻は、両方を手に入れることはできないとケンにいい渡した。

島を去る日、ケンはもう戻ってこないとジャレッドが考えているのは目を見ればわかった。ところがケンは島に戻った。アリックスと過ごさない休日、ケンはナンタケットにいた。長期休暇で、たまっている病気休暇を使って、仕事をさぼって、とにかく時間をやりくりしては島に滞在した。

大学に進むためにジャレッドが島を離れたあとも、ケンはちょくちょく島を訪れた。そのころにはアディと良き友人になっていたし、島に知りあいも大勢できていた。ケンはおのずとキングズリー一族が所有する家屋敷を気にかけるようになった。修理する必要があることをアディに話すと、アディはそれをヴィクトリアに伝え、そしてヴィクトリアが費用を工面した。ケンは最初、その取り決めが気に入らなかった。ところがアディは、ヴィクトリアが稼いだお金はすべてキングズリー家の日記が元になっているのだから、彼女に払ってもらってなにが悪いの、といった。ケンはつべこべいうのをやめた。彼のプライドより、雨漏りしない屋根のほうが重要だった。

なんだかんだですべてはうまくいっていた――アリックスひとりが蚊帳の外に置かれてい

ることを除けば。ヴィクトリアは頑としてルールを曲げず、娘はナンタケットに行かせないし、ナンタケットの話を娘の耳に入れることも許さないといいつづけた。最初のうちケンはそれに異議を唱え、何度も議論になったが、ヴィクトリアの決意は少しも揺るがなかった。

アディがアリックスと幽霊のことをケンに話したのはある雪の晩で、すきま風の入る大きな古い屋敷は外より冷え、ケンは暖炉に赤々と火を焚《た》いていた。

「ヴィクトリアはその……人のことを知っているんですか？」ケンは半信半疑で尋ねた。

「いいえ」アディはそういってから、にんまりした。「ヴィクトリアはわたしのことを、ただの退屈な老人だと考えているのよ。ヴィクトリアはね……」アディはケンのほうに身を寄せた。「わたしが生娘だと思っているの」

ケンは笑い、あなたのように色っぽい女性を男たちが放っておくはずがないといった。アディはうれしそうな笑い声をたて、ふたりのグラスにラムを注ぎ足すと、一族の女性は誰もケイレブのことを日記に書いていないのだ、とケンに話した。「みんな彼のことが見えていたのに、彼について語ろうとはしなかった」アディはラムを口に含んだ。「自分たちの情事や、殺人のことすら日記に書いたのに、幽霊が見えることや彼と話ができることは誰にもいわなかった」

「でも、あなたは日記に書いた」ラムが体に染み渡り、ケンの顔はゆるんだ。

「ええ、そう。ヴィクトリアが知ったら、わたしの日記を必死になってさがすでしょうね」

「日記はどこにあるんです？」

「うまい隠し場所を考えたの」アディはほほえんだ。「ケイレブとふたりで一計を案じたのよ。彼のことが見える誰かに多くのことを伝えられるように。でもそれはわたしが死んだあとのこと」

あのとき酒に酔ってアディを問い質すことができなかったケンは、彼女の遺言状を読んで初めてその〝誰か〟が自分の娘であることを知ったのだった。

アディとのそのやりとりのあと、ケンはあることを思いだした。何年も前、ヴィクトリアはなにかがおかしいと訴えていた。アリックスに見えるというその幽霊のことを知らないにもかかわらず。ケンはその後、ナンタケットのことを娘に打ち明けるべきだとヴィクトリアにしつこくいうのをやめた。どうやらふたりは暗黙の了解に達したようだった。

アディが亡くなり、彼女の遺言によってアリックスが一年間、キングズリー・ハウスに滞在できることになったとき、ケンはその理由にぴんときて不服を唱えた。父親として娘を守りたかったのだ。

ところがヴィクトリアの考えは違った。彼女はアリックスのことよりアディの日記を見つけることのほうに関心があるのではないか、とケンは考えた。ヴィクトリアにそういうと、ふたりは何度目かの大げんかを演じた。ヴィクトリアが彼の元を去ったのは、若く美しい妻をほったらかしにしていたからだと自分を責めるのを、ケンはとっくにやめていた。離婚から数年かかったが、ヴィクトリアのような強烈な個性の持ち主は彼の手に負えないと気づいたのだ。あのまま別れずにいたら、ふたりはおそらく殺しあっていただろう。とはいえ、ある口論の最中にヴィクトリアが、あなたと結婚したのは故郷の小さな町から逃げだすためだったと認めたときはひどく傷ついた。

アディの遺言が開示されると、ヴィクトリアは、しばらく島には近づかないでくれとケンに頼んだ。ジャレッドとアリックスをしばらくふたりきりにさせたいのだ、と。そしてそれが功を奏した。ケンがあらわれたとき、ジャレッドとアリックスはじつにしっくりいっていた。そしてケンは島に残り……。

自分がまだここにいるのは利他的な理由からだと思いたかった。第一に、彼は幽霊から娘を守る必要がある。それにジャレッドがよそ見をしてアリックスを傷つけた場合に備えて娘のそばにいたかった。それから……。

ばかな！　ケンは自分の嘘に騙されるようなばかではない。彼が島に残っているのは、おとなになってから初めて家族ができたような気がしていたからだ。心の底から気を許せる、本物の家族が。

一週目の終わりにはケンがゲストハウスに移り、ジャレッドは母屋に戻って、大おばが亡くなったときに彼のものになるはずだった大きな寝室をアリックスとふたりで使っていた。三人でいると、信じられないくらいくつろげた。ジャレッドとアリックスに建築デザインや建物のことを教えたのはケンだったから、すべての点で三人の意見は一致した。海と海に暮らす生物のことをケンに教えたのはジャレッドで、ケンはそのすべてを娘のアリックスに伝えていた。

三人の要《かなめ》になっているのがアリックスだった。彼女はケンとジャレッドが快適に暮らせるように気を配り、そしてなにより彼らの生活に新たな活気を吹きこんだ。

この三週間で何度か、三人はジャレッドの船で海へ出た。三人は同じ料理を好み、同じやりかたで釣り針に餌をつけ、同じ景色を楽しんだ。

家にいるとき、ケンはなるべく恋人たちの邪魔をしないようにした。そしてたびたびディリスの元を訪れた。ずいぶん前のある美しい夏、ふたりは恋人どうしだった。ディリスはケンより年上だったが、彼女と過ごすおだやかな時間と――自由な七〇年代にディリスがおぼえたセックスを――ケンは楽しんだ。しかし、ケンがナンタケットにとどまれないことはわかっていたし、ディリスのほうにも島を離れるつもりはなかったから、ふたりはそれを別れる口実にした。恋愛関係は解消したけれど――一九九二年の嵐の一夜だけはべつ――友だちづきあいはつづけた。

この三週間、ケンはディリスとかなりの時間を過ごし、ジャレッドのかわりに近所の家の修繕を引き受けた。レクシーとトビーに頼まれて温室のヒーターもしっかり修理した。トビーの作るおいしい料理をごちそうになり、〝むかつく〟上司に対するレクシーの不平不満に耳を貸し、あとからレクシーと上司は実際のところどうなっているのだろうと、トビーとふたりで首をひねった。

ともあれ、ケンはこれまでにないほど上機嫌だった。あと何年かして引退したらナンタケットに移ってこようと彼は決めた。ジャレッドに頼めば、キングズリー・レーンにある持ち家のひとつを長期契約で貸してもらえるだろう。

いま外は雨で、古い屋敷のなかは寒く、三人はケンが暖炉に火を入れた大きいほうの客間にいた。アリックスとジャレッドは映画スターの邸宅のデザインに取り組んでいた。完成すれば、マドスンとモンゴメリーが初めて世に出す共同作品ということになる。このふたつの名前が並ぶことが、ケンは言葉にできないほど誇らしかった。

二週間前の週末には、結婚式の相談をするためにイジーと婚約者のグレンがやってきた。イジーがジャレッドへの畏怖の念を克服するのに二十四時間かかった。彼女は丸一日、まばたきすらせずにジャレッドのことをじっと見ていた。

グレンはまったく気にしていなかったが、単にイジーへの愛に目がくらんで見えていなかっただけかもしれない。「じいちゃんの話だと、グレンはべつの人生では車大工をしていて、そのときもやっぱりイジーと恋に落ちたらしい」ふたりがやってきた最初の晩にジャレッドはケンにそういった。

この家の幽霊のことは、何度聞かされてもいまだにぎょっとしてしまう。ケンはそれを隠そうとしたが、生まれ変わりの話まで加わってしまっては、さすがに隠しきれなかった。ジャレッドはそれに気づいたらしく、そのあとは祖父の話をしなくなった。

そしてアリックスの口からも、幽霊を見たという話はいっさい出ていなかった。彼女の頭はいまカリフォルニアのスターの邸宅と、ジャレッドのいとこの家の立て替えと、親友の結婚式のことでいっぱいだった。

イジーは結婚式で使う花と、ウェディングケーキの種類と、式でかける音楽のことで大いに悩んだ。週末のほとんどを費やし、みんなしてテントや移動式トイレや椅子の数や、式の準備について思いつくかぎりのことを話しあった。ジャレッドは電話係を引き受け、知りあいに電話しては必要なものを予約していった。イジーのおめでたがわかったことで、式の日取りは六月二十三日に早まった。もういくらもない。

「あなたはどうしたい？」日曜の夜、自分たちで作ったごちそうを前に全員でテーブルを囲んでいるときにイジーがアリックスに訊いた。

「なんのこと？」アリックスは訊き返した。

「これがあなたの結婚式だったらどんなふうにしたい？」

テーブルを囲む全員が動きを止めてアリックスを見た。みんなに負けないくらい真剣な顔をしているジャレッドを見てケンはうれしくなった。

「花をどうしたいかってこと？」アリックスがまた訊いた。

娘がジャレッドの視線を避けていることにケンは気づいた。結婚のことを考えるのはまだ早いとはいえ、ときがくればわかるものだ。

ケンは娘に助け船を出すことにした。「アリックスの結婚式のことは、娘が赤ちゃんのときからヴィクトリアが計画を立てていてね。すべて決まっているんだ。アリックスはなにひとつ自分で決めなくていいんだよ」

アリックスがうめいた。「ああ、やめて。お願いだからその話はしないで」

「あら、いいじゃないの」イジーが声をあげた。

「ぼくもぜひ聞きたいな」ジャレッドが声を揃えた。

「ドレスはね」ケンはにっこりした。「おまえのお母さんはなんといっていたっけ？　世界を明るく照らすキャンドル？」

アリックスはかぶりを振った。「いい？　これはあくまでわたしの母がいっていることだから。母がどんな人か知っているでしょう？」

「ぼくは知らない」グレンがいった。

「すぐにわかるわ。母はわたしにクリスタルのカットビーズを一面に刺繍したウェディングドレスを着せて、キャンドルを一本持たせるつもりなの。そうすれば何千ものビーズに火明かりが反射して教会全体を明るく照らすから」

グレンは笑った。「きみのお母さんのことは好きになれそうだな」

ジャレッドはアリックスのことを見ていた。「きみの好みには合わない？」

ジャレッドの顔は真剣そのもので、アリックスは頬を染めた。「わたしはもっと素朴な女だから」

イジーが口をひらいた。「アリックスはドレスや花はどうでもいいのよ。建築的に重要な意味のある建物で式を挙げられさえすればね」

全員がどっと笑った。

「あなたの礼拝堂」イジーは笑い声に負けじと声を張りあげた。「あなたがデザインしたあの礼拝堂で結婚式を挙げればいいじゃない」

「それはちょっと――」アリックスはいいかけた。

ケンはそれをさえぎった。「忘れていた。電話でそんな話をしていたね。その後どうなったか聞かされていないが」

「話すほどのことじゃないのよ。ただの――」

「アリックスは模型を作ったんです」イジーは教えた。

「見せてもらえないか？」とケン。

「そんな、ほんのお遊びで作っただけなのよ。ずっと壁の一面に岩を使う住宅のデザインに取り組んでいたから、ちょっと――」

ジャレッドは彼女の手に手を重ねた。「きみが作ったその模型をぜひ見てみたい」

ケンは娘のことをよく知っていたから、自分のデザインを批判されることが怖いのだとわかったが、みんなに期待の目を向けられてアリックスはそれをいいだせずにいた。彼が励ますようにうなずくと、アリックスは席を立ち、二階に模型を取りにいった。

戻ってきた娘がひどく不安げな顔をしているのを見て、ケンは、批判はするなとジャレッドに警告したくなった。しかし、そんな心配は無用だった。

ジャレッドは模型をひと目見るなりいった。「完璧だ」

その単語はジャレッドの頭のなかにないものだとケンは思っていた。まして口に出していうのを聞いたことはなかった。とにかく建築物に関しては。

「ほんとにいいと思う?」アリックスがそういうと、食卓が静まりかえった。アリックスが教師に褒められたいと願う学生のような口をきいたのはそれが初めてだった。

「それはモンゴメリーに訊いている?」

「だと思う」

ジャレッドはアリックスの手に自分の手を重ねた。「ぼくは完璧だと思ったからそういったんだ。どれくらいいいと思っているかというとだな、一ヵ所たりとも変えたくない」

「尖塔が高すぎない?」アリックスは訊いた。

「いや」

アリックスはなにかいおうと口をひらいた。

「それに低すぎもしない」ジャレッドはいった。

アリックスは口を閉じた。

彼はアリックスの手を握った。「どこに建てたらいいと思う？」

「デザインしているときはナンタケットに建てるつもりで考えた」

ふたりのやりとりにイジーが横から口を挟んだ。「この礼拝堂がいまここにないのがすごく残念。ここで式を挙げれば、百人の参列者を裏庭に押しこむ方法を考えなくてもすむのに」

「移動式トイレに囲まれてね」グレンがいった。

みんなと一緒になって笑いながらアリックスが問いかけるようにジャレッドを見ると、彼はその意味を察してくれたようだった。〝あなたが見せてくれたあの土地にこの礼拝堂を建てられない？〟

ジャレッドは首を振った。「無理だな。建築許可が下りるまでに、数カ月とはいわないまでも数週間はかかるから。島に建てる建物に関して、ものすごく厳しいルールがあるんだ」

アリックスは椅子にどさっと背中をあずけた。「残念。イジーの結婚式をそこで挙げられたらすてきだったのに……」

「建築的に重要な意味のある建物で？　たしかにその建物を設計した新婦の親友は、近いうちにその設計デザインで世間をあっといわせることになるからね」

「しかもそれを建てるのは、当代最高の世界的建築家だし」アリックスは愛情に満ちた目をジャレッドに向けてほほえんだ。

「なんだか吐きそう」イジーはそういうと、グレンに顔を寄せて頬にキスした。「あなたとわたしがあんなふうじゃなくてよかった」

「冗談でしょう！」アリックスは声をあげた。「グレンとの三回目のデートから帰ってきたときのあなたときたら。もうグレンに夢中で——」アリックスはしゃべりつづけた。イジーとグレンの話をすることで、自分とジャレッドのことから注意をそらすことができてよかった。ふたりの将来について考えるのはまだ早すぎるから。

話に夢中になっていたアリックスは、自分の頭ごしにジャレッドと父が目配せしていることに気づかなかった。長年のつきあいで、ジャレッドとケンは目で会話できるようになっていた。ジャレッドは眉毛をあげただけだったが、それを見たケンはうなずいた。ナンタケットではどんな建物を建てる場合も歴史地区委員会《HDC》の許可を得なければならない——そしてディリスはその委員会のメンバーだった。

アリックスがイジーとグレンのデートの話を終えたとき、ジャレッドとケンの顔にはこれ以上ないほど大きな笑みが浮かんでいた。計画は決まり、ふたりはなんとしてでもそれを実現させるつもりだった。

そしてケンはいまジャレッドとアリックスを見てほほえんでいる。ふたりはソファのむこう端に座り、足元の床には紙が散乱していた。この数週間、三人はゲストハウスのオフィスを使って、ジャレッドのいとこの家のリフォーム図面を引いていた。

そのオフィスは、以前はケンのものだった。初めてナンタケットにやってきたときにしつらえたもので、ケンはそこでジャレッドに三角定規やT定規の使いかたを教えた。大きな製図台にかがみこむジャレッドとアリックスを見ていると、ケンは幸せな気分になった。

オフィスは旧式のものだが、三人それぞれに語るべき物語があった。ケンは人魚の船首像をアディに貸してもらうのがどんなに大変だったか話して聞かせた。

「あの人魚は、屋根裏部屋の古いトランクのあいだで埃をかぶっていたんだぞ。それなのに私が貸してほしいと頼んだら、まるで薪にするといわれたみたいに大騒ぎしてね」

「じゃ、あの像を運びだすのをどうやってアディに認めさせたんだ？」ジャレッドが訊いた。

「最初は理詰めでいったんだが、アディは聞く耳を持たなくてね。それでついに奥の手に訴え、十八世紀にこの像のモデルとなった女性のことを偲《しの》びたいんだといったんだ。それが効いた」

アリックスは噴きだし、あやうく飲みものにむせそうになったが、そのあとイジーとふたりでオフィスに入りこんだときのことをおもしろおかしく話した。「でもそれはあなたが実在の人物だと知る前のことだから」彼女はジャレッドにそういった。

ジャレッドは真剣な表情でアリックスを見た。「白状すると、ぼくを尊敬していたあの生徒が恋しくなることがあるんだ」

「よくわかるよ」ケンはいい、当てつけがましくジャレッドを見た。

三人は揃って笑いだした。

ジャレッドの話は短かった。〝ぼくがこのオフィスに入ることを許した人間はふたりだけだ〟

ケンは頬をゆるめた。言葉は短くても、そこには大きな意味がこめられていた。

ふたりの子どもたちを笑顔で見つめながら、人生とはいいものだと考えていたとき、外で稲妻が光り、そのまばゆい閃光《せんこう》に三人はびくっとした。次の瞬間、めりめりという大きな音が響いた。

三人は顔を見合わせた。建築業に携わる者として、その音がなにを意味するかわかっていた。三人はもつれ合うようにしてキッチンへ走り、勝手口から外に出た。

外は暗く、叩きつけるように雨が降っていた。ジャレッドは抽斗から大きな懐中電灯をつかみだすと、庭をぐるりと照らした。バラのあずまやのところへくると彼の手が止まった。あずまやは、バラの茂みごと地面に倒れていた。バラにおおわれた美しいアーチ型の入口は、いまでは折れた木材と根こそぎになった植木と化していた。芝生のない地面は雨でぬかるんでいた。

「ああ、そんな!」アリックスは雨音に負けじと叫んだ。「これじゃイジーの結婚式に使えない」彼女はジャレッドを見あげた。「イジーががっかりする。直せるわよね？」

　雨を顔に受けながらもジャレッドはアリックスに笑いかけた。まるでジャレッドにできないことはないという顔でこちらを見ている。たとえ地球に穴があいても、ジャレッドなら修理できるとばかりに。彼はアリックスの体に腕をまわして引き寄せた。そうしながら何気なく上に目をやると、二階の窓のところに祖父が立っているのが見えた。

　そのとたん、ジャレッドにはわかった。すべて祖父のしわざだったのだ。アリックスに礼拝堂を設計させたのも、シーダー材で作った頑丈なあずまやをぬかるんだ地面に倒したのも、イジーの結婚式も、すべてケイレブ・キングズリーがしたことだった。

「さあ」ジャレッドはアリックスにいった。「なかに戻ろう。雨に濡れてしまったし、きみは靴も履いていないじゃないか」

「そんなことよりあずまやが――」

　ジャレッドは彼女のおでこにキスを落とした。「ぼくが直すから。いいね？」

　アリックスがうなずくと、ふたりは家のなかに戻り、ケンは濡れた服を着替えにゲストハウスへ向かった。

　ジャレッドは、二階へ行ってバスタブに熱い湯をためるようアリックスにいった。「ぼくもすぐに行くから」

　とても魅力的な誘いのはずなのに、ジャレッドの眉間には深いしわが刻まれていた。

「大丈夫？」アリックスは歯がカチカチいいはじめていた。

「ああ、ちょっと……タオルを取ってくるだけだ。ほら、行って。ぼくもすぐに行く」

アリックスはなにがあったのか訊きたかったけれど、寒さで頭がまわらず、それにイジーの結婚式のことが気になってしかたなかった。どうしたらいい？　決まってるでしょ、あずまやを建て直して、バラの木をまた植えて、バラの切り花でおおいつくせばいいのよ。きっとできるわ。アリックスは階段を駆けあがってバスルーム——ふたりのバスルームよ——に飛びこむと、バスタブに湯を張りはじめた。

17

ジャレッドはその足で屋根裏部屋にあがる階段へ向かった。祖父のパワーがもっとも強くなるのがこの家のてっぺんだということは経験上知っていた。大きな屋根裏部屋はトランクや箱や古い家具でいっぱいで、なかには祖父の私物を収めたものもあった。こうした現世との物質的なつながりがあるせいか、屋根裏部屋と表の客間ではケイレブの姿がよりはっきり見えるのだ。

この怒りが祖父を引き寄せるだろうということもわかっていた。案の定、屋根裏部屋のドアを開け、紐を引いて頭上の電球を点けると、そこには祖父がいた。両手を背中で組んで立ち、文句があるならいってみろとばかりに身構えている。

「じいちゃんがやったんだな」ジャレッドはぎりぎりと奥歯を噛みしめた。「じいちゃんがあずまやを倒したんだ」

「どうしてそう思う?」

「はぐらかすな」ジャレッドは噛みつくようにいった。

「質問をはぐらかすのは、おまえの十八番《おはこ》だと思っていたが」

ジャレッドは祖父をにらみつけたが、そこで表情を変えた。ジャレッドは子どものころから薄ぼんやりした祖父の姿を見てきた。いちばん最初の記憶は、ベビーベッドに身をかがめた祖父が、にこにこしながらこちらを見ているところだった。祖父の体が透けて見えることをおかしいと思ったことは一度もなかった。よその家には半透明の家族はいないと知ったのは、ずいぶんあとのことだ。

ところが、祖父はいま透けて見えなかった。とにかく、全部は透けていなかった。じいちゃんがこんなにはっきり見えたのは初めてだ。「どういうこと？」ジャレッドの声からは怒りが消えていた。

「なにがだ？」

わかっているくせにと思いながらも、ジャレッドは手を上下に振って祖父の体を示した。

「どうしてそんなふうになっているんだ？」

ケイレブが答えるまでに時間がかかった。「六月二十三日に私はこの世を去る」

一瞬、なにをいわれたのかわからなかった。「去る？」消えそうな声でジャレッドはいった。「本当に死ぬってこと？」じいちゃんはいつになったらあの世に行くんだ、としょっちゅう皮肉ってはいても、祖父のいない生活なんて想像もつかなかった。「だ、だけど……」

言葉がつづかなかった。

「心配ない」ケイレブの声はやさしかった。「おまえにはもう家族がいるだろう」

「もちろんぼくは大丈夫だ」ジャレッドはなんとかしてショックから立ち直ろうとした。

「それに、じいちゃんもそのほうが……幸せだよ」

「それは私が送られる場所によるな」ケイレブの目はいたずらっぽくきらめいていた。

ジャレッドは笑わなかった。「どうしてイジーの結婚式の日なんだ?」そこではっとした。

「それとも、その日にするようじいちゃんが仕向けたのか?」

「そうだ。どうやらできることが……これまでより増えているようでね。それに、先のことも これまで以上にわかるようになった。なにかが起ころうとしている。なにか……」声がすぼまった。

「なんだよ!?」ジャレッドは叫ぶようにいった。

「わからない。ただ、なにかが変わろうとしているのは感じる。私の力は日ごと強くなってきている」ケイレブは片手を前に出した。「いまでは自分の体が見えるんだ。昨日は鏡に映る姿を見たよ。自分がどれほど男前だったか、すっかり忘れていた」

ジャレッドは今度も笑わなかった。「いったいなにが起きるんだよ?」

「だから、私にもわからないといっただろうが。ただ……期待感のようなものをおぼえている。私の人生……おまえの人生……われわれ全員の人生にまもなく変化が訪れようとしていることだけはわかる。おまえとケンの企みをアリックスに話すんだ。おまえたちなら結婚式に間に合わせることができる」

「どうかな。時間が足りない」

「なんとしても間に合わせろ！」ケイレブは断固たる激しい口調でいった。「アリックスの礼拝堂をどこに建てればいいかはわかっているな？」

「古い屋敷跡だろ」

「そうだ、さすがだな」ケイレブは聞き耳を立てた。「バスタブに湯がたまったようだ。アリックスのところへ行ってやれ」ケイレブの姿が薄れはじめた。これまでみたいに一瞬のうちに消えるのではなく、夕日が沈んでいくようにゆっくりと薄くなっていく。「調査のほうも――」

「わかってるよ！」ジャレッドはいらだったような声を出した。「ヴァレンティーナになにがあったのか探りだせっていうんだろ」

ケイレブの姿は影のようにぼんやりしていた。「ヴァレンティーナを見つけたければ、まずはパーセニアをさがせ」そして消えた。

ジャレッドは薄暗い屋根裏部屋の隅をしばらく見つめていた。「パーセニアって誰だよ？」独り言のようにつぶやく。

首を振りながら紐を引いて明かりを消すと、階段をおりていった。バスルームに向かうと、アリックスはすでに熱い湯をたっぷり張ったバスタブに身を沈め、湯面を厚くおおっている泡のなかから頭だけ出していた。彼女は誘いかけるようにほほえんだが、ジャレッドがそれに気づいていないのを見て取ると、バスタブのなかで体を起こした。「なにかあったの？」

ジャレッドは気もそぞろに雨に濡れた冷たい衣服を脱ぎ捨てると、湯のなかに片足を入れた。「うわっ！　ずいぶん熱いな」

「そのほうがいいと思ったの。あなたはきっと氷河みたいに体が冷えているだろうから」

ジャレッドがバスタブに身を沈めると、アリックスは彼の脚のあいだに移動してうしろ向きに座った。「なにを悩んでいるのか話して。なんでもないといっても無駄よ」

ジャレッドはなかなか口をひらかなかった。彼の人生にも人にいえない秘密がいっぱいあるが、いまは祖父から聞いたことをアリックスに話してしまいたかった。イジーの結婚式の日、ケイレブ・ジャレッド・キングズリー船長が、二百年以上前に死んだジャレッドの先祖が、ついに地上を離れる。その日を喜ぶことはジャレッドにはできそうになかった。

しかし、そんなことをアリックスに話すわけにはいかない。でもこの二週間、彼女の父親と密かに進めていたことについてなら話せる。

「きみの礼拝堂を建てられると思う」ジャレッドはいった。

「どういうこと？」

「ケンとぼくで密かに話を進めていて、もうじき建築許可が下りるはずなんだ。簡単ではなかったけどね」

ケンとふたりでなにをしたかをジャレッドが説明するあいだ、アリックスは黙って聞いていた。アリックスのスケッチと模型からケンが各部の寸法を出し、徹夜で平面図と立面図を描いたこと。

「ケンはそれを青写真にするためにニューヨークへ送った。スタンリーが大急ぎで仕上げてくれたよ」

「あなたの助手が？」

「ボスはスタンリーのほうじゃないかと思うときもあるけどね」

アリックスが体をねじって彼を見あげた。「あら、それはどうかしら」

ジャレッドが彼女にキスすると、アリックスはまた前を向いた。心臓がどきどきしていた。自分が設計した建物が実際に建つことになる？　とても信じられない。

「もちろんケンは、デザインを二案作らなくちゃいけないことも知っていた」

「どういうこと？」

「委員会は最初の案でオーケイを出すことは絶対にないんだ。だからケンはまずきみの礼拝堂を派手にしたデザインを提出して、ディリスがそれを——」

「どうしてここにディリスが出てくるの？」

「ディリスは委員会のメンバーなんだ。ディリスとぼくは親類関係にあるからぼくの名前で企画書は出せないけど、ディリスとケンは他人だからね。たとえふたりが一時期……」

「一時期、なに？」アリックスはそこで片手をあげた。「いわないでいい。見当はつくから。で、ディリスはそれをどうしたの？」

「こんな醜悪な建物はとても許可できないと騒いで、企画書を突き返したんだ。で、翌週ケンはおずおずした顔で本物の企画書を提出した。ディリスはほかの委員たちを巧みに誘導して、今度のデザインは最初のものよりずっといいといわせることに成功した」

「それで企画は通ったの？」アリックスは息を詰めて答えを待った。

「ああ。ただし、企画を早急に通すためにいくつかの条件がついた」

「そうなんだ」アリックスはしょぼんとした。

「付属建物扱いになる。つまりキッチンやバストイレなどの水まわり設備はつけられないということだ。それと公道から見える場所に建てることもできないが、これはさほど問題じゃない。あとから……」ジャレッドの声が小さくなった。あとからそこに家を建てればいいといおうとしたのだ。貸家にしてもいいし。あるいは……かなり気の早い話だが、ジャレッド八世とその家族の家にしようか。

「具体的にはどこの土地に建てるの？」

「あの屋敷跡だ」ジャレッドは間髪を入れずに答えた。

「それってどうかな。ネイティブ・アメリカンの塚の上に建てるみたいなものじゃない？」

だからこそじいちゃんはあの場所に礼拝堂を建てたいのだろうと思ったものの、それはいわずにおいた。地面の掘り返しをするときはアリックスをその場にいさせないようにしなくては。もしもジャレッドの推測どおりなら数百年前の人骨が見つかるかもしれないし、そんなものをアリックスに見せたくはなかった。「もしもぼくらで遺物を見つけたときはNHSに寄贈するのもいいかもしれないね」

アリックスに聞こえたのは〝ぼくら〟という単語だけだった。「結婚式までに完成させられると本当に思う?」イジーがそこで式を挙げられるように」

「きみが設計した礼拝堂で?」ジャレッドはようやくショックから立ち直りつつあったが、そこでふとぼくがアリックスを見つけたからじいちゃんはこの世を去るのだろうか、という思いが胸をよぎった。

彼はアリックスの頰にキスすると、彼女の肌に手をすべらせた。「わくわくする?」

「もちろんよ」

ジャレッドは彼女の肩をつかんでこちらを向かせた。「紙の上のスケッチが、実際に見て触れられるものになるご気分は? なかに入って、歩きまわることもできるんだよ」

「それはもう……最高の気分よ!」アリックスは頭をうしろにそらした。「世界一高い山に登って、星をつかもうとジャンプしたら、月から太陽まで行っちゃったみたいな感じ。きらきらした光のなかでダンスしているような気分よ」

「高い山といえば……」ジャレッドは彼女の首筋にキスすると、下半身をぐっと押しつけて自分がどれほど昂《たか》ぶっているか知らせた。「しばらく島を留守にする」彼はアリックスの喉に唇をすべらせた。「資材を調達してトラックで持ってくるよ」

「煉瓦はどんなものにするつもり？」アリックスは囁いた。

「手作り煉瓦だ」

「うーーん。あなたって女を興奮させる方法を心得ているのね」

ジャレッドの唇がさらに下へさまよっていく。「ヴァーモント州にきみが描いていたような蝶番を作れる鍛冶工がひとりいる。ケルト文化と十三世紀のスコットランドの融合だ」

「興奮しすぎて頭がおかしくなりそう。ほかには？」

「鐘」

アリックスは体をわずかに起こしてジャレッドを振り返った。「鐘？」小声で尋ねる。

「手作業で作られた鐘を使う。各地で買い集めたものを保管してある倉庫があってね。いつか鐘が必要になる日がくるとわかっていたんだ」ジャレッドは彼女の胸にキスしていた。

「扉！」アリックスはせっぱ詰まったような口調で囁いた。「扉はどうするの？」

「野積み乾燥させたオーク材。厚さ九センチ」

「もうだめ。好きにして。わたしはあなたのものよ」

ジャレッドの手がアリックスの体をまさぐりだすと、泡風呂のなめらかな湯の動きまでが愛撫に変わった。太腿を撫でまわしながら、彼女の中心へと近づいていく。アリックスは頭をのけぞらせ、彼の肩にもたれかかった。ジャレッドは彼女の頬に口づけた。「きれいだ」彼は囁いた。「白い肌がつやめいている。ときどき、生まれる前からきみを知っているような気がするんだ」

それはすてきな言葉だったけれど、もっと深い意味がこめられているような気がした。アリックスは初めて偉大なるモンゴメリーに必要とされているのを感じた。彼女は向きを変えてジャレッドの首に両手を巻きつけると、乳房を彼の胸に押しつけた。「わたしはここにいる」彼のあご先にキスした。「どこにも行かないから」彼の口にキスし、舌でそっと下唇に触れた。「やわらかでみずみずしく」アリックスは囁いた。

ジャレッドは顔をあげて彼女を見た。「なにかいったか？」

「甘やかで張りがある」ジャレッドの下唇を歯で挟んで引っ張った。「誘惑するように、魅了するように、わたしを呼ぶ」頬ひげを舌でなぞるとちくちくした。「セイレンの歌声、ハーメルンの笛」彼の口に口を重ね、そのまま下唇にずらしていく。「わたしは夢に見る、寝ても覚めても。それに触れ、愛撫して、キスするところを」唇と唇を合わせた。「触れる舌先」言葉をなぞるように舌を差し入れ、「混じりあう吐息」唇をひらき、彼の唇を熱い口のなかにすっぽり含んだ。「それを吸いこみ、いつくしんで、この唇に重なるその感触を確かめるところを。おお」低くかすれた声で囁く。「ジャレッドの下唇よ」

アリックスに向けた彼の目は欲望に煙っていた。彼女が愛するようになった青い炎。次の瞬間、ジャレッドはいきなりアリックスを抱きかかえてバスタブから出ると、ベッドルームへ運んだ。濡れたままの体でベッドに横たわる彼女を見おろし、ジャレッドはふっと笑った。アリックスの火照った体がさらに熱くなる。

「ぼくにもきみの体のなかでとくに好きな部位がいくつかある」ジャレッドは彼女の横に体を伸ばした。

「たとえば？」アリックスが尋ねると、ジャレッドは彼女の首にキスしながら片手をウエストに置いた。

「ぼくは言葉より行動で示すタイプなんだ」

「そうなの？」アリックスは囁いた。「じゃ、やってみせて」

「喜んで」彼の手が下へ動き、口がそのあとにつづいた。

18

「本当にぼくがいなくても大丈夫か？」ジャレッドがこの質問をするのは、たぶん十二回目ぐらいだろう。いまは水曜日の午前七時で、アリックスとジャレッドは〈ダウニーフレーク〉で朝食が運ばれてくるのを待っているところだった。とびきりの美人のリンダがふたりの注文を訊き、いつも明るいロージーがテーブルまでおしゃべりしにきた。この店にくるのはこれで六回目ぐらいだろうか、そのあいだにアリックスにはジャレッドの知らない顔見知りが何人かできていた。自分だけの知りあいができたことで、ようやくこの島になじんできたような気がしていた。

「大丈夫よ」アリックスは今度もそう答えると、テーブルごしに手を伸ばしてジャレッドの指に触れた。昨夜の名残で頭がまだぼうっとしていた。あれからふたりは何時間も愛しあい、ゆっくり時間をかけておたがいに触れた。ジャレッドは打ち明けてくれなかったけれど、なにかあったことはわかっていた。昨夜も今朝もジャレッドは、わたしがどこかへ行ったまま二度と戻ってこないのではないかという顔でこちらを見ている。アリックスはそんな彼が気がかりで、余計な心配はさせたくなかった。「お父さんがいるし、レクシーとトビーだっている。なにがそんなに心配なの？」

ジャレッドはできることなら「ぼくの祖父ときみのお母さんが心配なんだ」といいたかった。この日の午後、彼は〈ジェットブルー〉の国内便でニューヨークへ飛び、アリックスの礼拝堂を建てるための資材の調達と配送の手配に取りかかることになっていた。「本当に一緒にこなくていいのかい？」

「ついていきたくないわけじゃないけど……」どういうわけだかナンタケットに残らなくてはいけないという気がするのだ。アリックスはその直感に従うことにした。「ヴァレンティーナのことでわたしになにができるか考えてみようと思って。調べてほしいとあなたがいっていたもうひとりの女性は誰だったっけ？」

「パーセニア」

「姓はわからないのよね？」

「名前がこれだけ珍しければ、姓はなくても大丈夫だろう」ジャレッドは自分のコーヒーに目を落とし、島に残って調査に取りかかろうという考えをアリックスの頭に植えつけたのはじいちゃんだろうか、と考えた。そうだとしても不思議はない。今日からひと月後にケイレブ・キングズリー船長は永遠に地上を去ることになる。最後に残ったジャレッドの肉親がいなくなってしまうのだ。永遠に。

アリックスが彼の手に手を重ねた。「心配事があるなら話してくれればいいのに」

「できることならそうしたいんだけどね」ジャレッドは小さく笑った。「お母さんからなにか連絡はあった?」

「プロモーション・ツアーを終えて帰ってきたところ。この前電話で話したとき、これまでずっと嘘をつかれていたことに文句のひとつもいってやろうとしたんだけど」

ジャレッドは心からの笑みを浮かべた。「ヴィクトリアに笑い飛ばされた?」

アリックスはうめいた。「わたしの両親のことを、いやになるくらいよく知っているのね。母がいうには、すべては芸術のためにしたことだから許されるんですって」

「ぼくが島を離れることをお母さんに話した?」

「話したけど」

ジャレッドはコーヒーをひと口飲んだ。「だったら、ぼくの飛行機が発ってから二十四時間しないうちにヴィクトリアはここにやってくるな」

アリックスは口をひらきかけたが、そのときリンダがテーブルに料理を運んできた。ふたたびふたりきりになると、アリックスはテーブルに身をのりだすようにして小声でいった。

「母はどうしてあなたがいなくなるまで島にくるのを待たなきゃいけないの? あなたと母はまだわたしになにか隠しているわけ?」

「例の秘密の階段でセックスしたとか? きみとぼくが昨夜したみたいに?」ジャレッドは

両眉をあげた。「まだ背中が痛いよ」

　アリックスは彼のジョークににこりともしなかった。

　ヴィクトリアへの義理より、アリックスとの絆のほうがはるかに大事だということはわかっていた。「ヴィクトリアはキングズリー家の女性たちの日記のつづきがほしいんだ。とくにアディおばさんの日記が。そうすればまた売れる小説を書くことができるから」

　アリックスは自分のケサディヤ（メキシコ料理。細切りにしたチーズ、タマネギ、トウガラシをトルティーヤで包んで、焼くか揚げるかしたもの）をほおばりながら考えをめぐらせた。いまジャレッドにいわれたことと自分がすでに知っていることを考えあわせると、じつにしっくりくる。「それじゃ、アディおばさんから聞きだした話じゃなく――日記があったわけね」

「そうだ。何十冊もね」

「いまのが、ふたつあるあなたの秘密のひとつ？」

「うん」

「もうひとつは、ケイレブ船長の幽霊が見えるってことだったわよね？」

「まあね」

「じゃ、これでわたしはあなたの秘密をすべて知ったことになるのね？」

「そういうことだね」といいながらもジャレッドの目は笑っていた。彼と幽霊の遭遇がどの程度のものかは、まだ話していないからだ。

「それであなたは、あなたがいなくなったら母がアディおばさんの日記をさがしにくると思うのね？」

「そうだ。でも日記の隠し場所は誰も知らないんだ。だからちょっと心配でね。きみのお母さんなら……」ヴィクトリアならチェーンソーでキングズリー・ハウスをばらばらにしかねないといおうとしたのだが、アリックスはそんな話を聞きたがらないだろう。

「日記を見つけるために母があなたの家を壊してしまうんじゃないかと心配しているのね？」

「そうなんだ」アリックスがわかってくれたことにほっとした。「どうかな、きみのお父さんなら……？」

「母の暴走を止められるか？　無理ね。反対に怒鳴りつけられちゃう。父は誰とでも渡りあえるけど、母が相手だと腰が引けちゃうの。おまえのお母さんをうまくあしらえるような強い男はこの世にいないとよくいってる」

「ケンの意見に同感だといわざるを得ないな。ぼくもヴィクトリアと正面からぶつかりたいとは思わないから。行こうか」

アリックスがうなずくとジャレッドはテーブルにお金を置き、店にいた全員――オーナーシェフのマークも含めて――にさよならをいってからトラックに乗りこんだ。礼拝堂の建設予定地をもう一度見るためにノースショアへ向かうつもりだった。建築許可証はまだないもものの、じきに届くはずなので、その前に準備をしておきたかった。

アリックスは、〈ダウニーフレーク〉の外でテーブルが空くのを待っている人たちに目をやった。ナンタケットでの生活も長くなり、島民と観光客の区別がつくようになっていた。観光客を眺めていると、動物園にきているような気分になった。どの人も異様なほど身ぎれいで痩せていた。みんな同じ型から押しだされた人形みたいに個性がなかった。全員がブレスレットと携帯電話を腕から下げている。

そのとき、店の前にいたつややかなロングヘアのきれいな女の子三人がこちらを見た。

「ジャレッド！　いつうちに遊びにきてくれるの？」

「きみたちみたいなお子ちゃまにつきあえるほど、ぼくはもう若くないんだ」

「去年の夏はそんなことといわなかったじゃないの」いちばんきれいな子がいった。

「それが老けたってことなんだよ」

三人はきゃっきゃっと笑った。

「悪かったね」車をスパークス・アヴェニューに入れながらジャレッドはいった。「あの子たちの父親を知っているものだから」さっきのふざけたやりとりにアリックスがどんな反応を示すか、彼はじっと待ち受けた。

「さっきの話でいくと、あなたがわたしとつきあっているのは、わたしがもう若くないからかしら？」

ジャレッドは声をあげて笑った。「やっぱりきみはヴィクトリアの娘だな。それはそうと、なにかを企んでいるような顔をしているね」

「母はケイレブ船長とヴァレンティーナのことを書きたがるんじゃないかと思って。母の関心をこのふたりに向けられれば、アディおばさんの日記をさがす気がなくなるかも。そもそも、その日記になにが書いてあるっていうの？　わたしの思い違いでなければ、アディおばさんは自由奔放な女性という感じじゃなかったし、人殺しをしそうにもなかったけど」

ジャレッドは無言でただアリックスを見つめた。

「そうか。ケイレブ船長の幽霊ね。だけど、いくら母でも何度か幽霊を見たというエピソードだけで本を一冊書きあげられるとは思わないんじゃないかな。階段のてっぺんに人影みたいなものがぼうっと立っていると思ったら、ふっと消えてしまう。そんなの珍しくもないわ。アディおばさんがしてくれたケイレブ船長の話をなんとなくおぼえているけど、ロマンチックな空想と事実とではわけが違う。だから、ケイレブ船長が幽霊になってしまったのはどんな壮絶な出来事が原因だったのかを調べてはどうかと、母にいってみる。だって、幽霊にはロマンチックな悲劇がつきものじゃない？」アリックスはジャレッドに目をやった。「調べていけば当然、あなたが話してくれたヴァレンティーナとケイレブの逸話にたどり着く。母が記録や資料を見ていないのは知っているけど、船長とヴァレンティーナの話は聞いているの？」

「聞いていないと思う。もしも聞いていれば……」ジャレッドはアリックスを見た。

「お母さんはとっくにあなたの家の屋根裏部屋をかきまわしにきているわね」

ふたりは訳知り顔で笑みを交わした。小説のネタになりそうなロマンチックな題材があると知ったら、ヴィクトリアはすぐさまやってきて、おだてたりなだめすかしたり、どんな手段に訴えてでもキングズリー・ハウスに入りこもうとするはずだ。そうなったら、彼女を阻止するのはまず不可能だ。

「うん、それならうまくいきそうな気がする」ジャレッドはいった。

「きっとうまくいくわよ。いざとなればわたしはうまく立ちまわれるんだから。あなたとお父さんがもっと早くにすべてを打ち明けてくれていたらよかったのに。そうすれば最初から協力できたのよ」それからノースショアに着くまで、アリックスはおだやかな――それでいて断固たる口調で、ヴィクトリアに対する対処法のどこがまずかったのかをジャレッドに話して聞かせた。

ジャレッドは弁解もせずに笑顔でそれを聞いていた。キングズリー家の幽霊は階段のてっぺんにぼうっと姿をあらわすだけじゃない。それを知ったらアリックスはどうするだろう。はたしてこんなふうに威勢のいいことをいえるかな？

ノースショアの屋敷跡に着くと、トラックを停めてエンジンを切った。「建設用地を見たいかい？　それともぼくを叱りとばしているほうがいい？」

「あら、わたしを仲間はずれにしたのはそっちでしょう？　おかげで人生を棒に振ったような気分なのよ」

ジャレッドは助手席のほうにぐっと身をのりだした。「ぼくにいわせれば、きみの人生は大成功だよ」彼はさっとキスすると、トラックを降りた。

そんなふうにいわれては、アリックスも笑顔になるほかなかった。

ふたりはそこで二時間過ごした。トラックの後部座席の道具箱には安全旗に杭と紐、それに六十メートル巻のテープがひとつ入っていた。ジャレッドとアリックスは打ちあわせもなしにすぐさま作業に取りかかった。地面に礼拝堂のアウトラインを引きたかったのだ。

ふたりは長年一緒に働いてきたかのように——ケンのおかげで、ある意味そのとおりだった——仮杭を打って地縄を張ると、日陰に入ってそれを眺めた。

「目に浮かぶかい？」ジャレッドはクーラーボックスから冷たい水を取りだし、一本をアリックスに渡した。

「ええ」そこで声の調子が変わった。「今回のことではなんとお礼を——」

「ストップ！」

感謝の言葉はもういらないということなのだろう。「わかった。一応、知っておいてもらいたいと思って」アリックスは周囲を見まわした。「ヴァレンティーナはここと町のどちらに住んでいたの？」

「両方だ。ケイレブはキングズリー・レーンに新しい屋敷を建てたあとで、ここにあった古い屋敷をいとこのオベッドに譲ったんだ」

「譲った？」

「一ドルでね。ナンタケットではいまでもよくあることなんだ。地方紙の『インクワイアラー・アンド・ミラー』の資産譲渡の欄にほぼ毎日載っているよ。島の人間は家を譲り受けることが多いんだ」ジャレッドは鼻で笑った。「ナンタケットの不動産は高すぎて、そうでもしないと自分の島に住めなくなってしまうからね」

アリックスは、以前見たなんの変哲もない二千万ドルの住宅のことを思いだした。たしかにジャレッドのいうとおりだ。「つまりケイレブ船長は最愛の女性とお腹の子どもを島に残して航海に出た。ところが彼女は船長のいとこと——おそらくはやむを得ず——結婚し、そして当初ヴァレンティーナとオベッドはここにあった屋敷に住んだわけね」

「そうだ。ケイレブが死に、彼の弟が遺言状とともに戻ると、オベッドとヴァレンティーナはキングズリー・レーンにあるあの大きな屋敷に移ったんだ」

「ケイレブ船長の息子、ジャレッド一世を連れて。その後ヴァレンティーナは姿を消し、ここにあった屋敷は火事で焼け落ちた」アリックスはしばらく思いをめぐらした。「彼女の失踪と火事のあいだになにか関係があると思う？」

ふたりは礼拝堂が建つことになる土地の中央にあるくぼみに目をやった。ジャレッドがしばらく答えずにいると、アリックスは彼のほうに顔を向けた。

「それらふたつの出来事のあいだには」ジャレッドは慎重に言葉を発した。「強いつながりがあるとぼくは思う」

ヴァレンティーナはその火事で命を落としたのではないか。ジャレッドはそうつづけた。ケイレブ船長が心から愛した若い女性にそんな恐ろしいことが起こったなんてアリックスは信じたくなかった。

ジャレッドの目を見つめているうちに、彼の考えていることがわかってきた。礼拝堂はイジーの結婚式を執りおこなうための場所というだけではないのだ。ジャレッドの一族にも関係がある。誤りを正すということに。

「質問があるの」アリックスはいった。「パーセニアというのは誰で、あなたは彼女の名前をどこで知ったの？」

「飛行機の時間は何時だったかな？」

アリックスはうめいた。「あなたにはもう秘密はないと思っていたのに」

ジャレッドは笑いながら彼女を抱きあげ、ぐるぐるまわった。「秘密がひとつもなくなったらつまらないだろう？　さあ、町へ戻ろう。お土産にチョコレートがけのクランベリーを五キロ買わなきゃいけないんだ」

「ニューヨークでは買えないの？」

「買えるよ。質も味も落ちてよければね」ジャレッドはトラックのほうに足を向けた。「ぼくが買うのはナンタケット産のクランベリーで作ったやつなんだ。でもニューヨークのオフィスへのお土産じゃないよ。本土に置いてあるトラックで、愛しいシルヴィアに会いにヴァーモントへ向かうんだ」

町へ戻る車内でジャレッドは、シルヴィアの話でさんざんアリックスをからかったが、そのシルヴィアは彼が前に話していた鍛冶工だということがわかった。彼女には蹄鉄工《ていてつ》の夫と幼い娘がふたりいる。〝礼拝堂に使う大きな蝶番を、半年後ではなくいますぐ作ってほしいと説得するつもりなら手土産を持っていかないとね〟

家の前にトラックを停め、歩いて町に出ると、〈スウィート・インスピレーションズ〉でクランベリーを買ってから、通りを渡って〈ブックワークス〉に向かった。そこでナンタケットが舞台の子ども向けの本を四冊と、ナサニエル・フィルブリック――ナンタケット在住の作家――の手に汗握る最新ノンフィクションを購入した。ショッピングが大好きなアリックスはうきうきしていたが、お昼になるころにはジャレッドはぐったりしていた。ランチは〈ラングドック〉で食べた。

食事のあとは家に戻り、買ってきたものを二階に運んだ。ベッドの上には、半分荷造りを終えたジャレッドのスーツケースが置いてあった。ニューヨークにアパートメントを持っているので荷物はたいしてなかったものの、お土産を詰める必要があった。

「これで全部？」スーツケースを閉じながらアリックスが訊いた。

「いや、ひとつ忘れた」ジャレッドは彼女を抱き寄せてキスした。

アリックスは彼にしがみついた。

「ぼくがいないと寂しい？」ジャレッドは彼女の髪に顔をうずめた。

「やめて。泣いちゃいそう」

彼は体を引いてアリックスの顔を見た。「ぼくのために泣いてくれるなら、きみの涙もいいものだよ」

ジャレッドの胸に顔を押しつけると涙がこみあげてきた。「あなたは偉大なるジャレッド・モンゴメリーに戻って、わたしのことなんか忘れちゃうのよ」

ジャレッドは彼女の頭のてっぺんにキスした。「まだわからないのかい？　ジャレッド・モンゴメリーなんて男は存在しないんだ。彼は偽者だ。本当のぼくはここにいる。この家に。この島に」きみとふたりで。そういおうとしたけれど、それはまだ早いだろう。

アリックスは彼の首に腕をまわして口にキスした。「あなたの美しい下唇」囁くようにいった。

「ぼくの体で好きなのはそこだけ？」ジャレッドは彼女の頬に、こめかみにキスしていた。やさしく甘いキス。

「あなたの頭のなかも好きよ。すごく知的だもの。男にしては、ってことだけど」

ジャレッドは声をあげて笑った。「いったな、ぼくがどれほど聡明《そうめい》か見せてやる!」スーツケースを床にさっとおろした。

「すてき。あなたが見せてくれるものはなんでも好きよ。あなたがわたしに囁くことも、わたしに求めることも――」ジャレッドのキスが彼女の言葉を封じた。

19

空港へ向かう車内は静かだった。アリックスは考え事をしているようだった。この先のことを思うと心配や不安でいっぱいなのだ。離れていてもふたりの関係は変わらないとジャレッドが何度いっても、まだ確信が持てずにいるのだろう。

「スーツを着ることになる？」空港駐車場の発券機のところでジャレッドが一時停止すると、アリックスが訊いてきた。

「そうだね。着たくはないけど、ニューヨークだから」

「じゃ、そのひげと髪もカットしちゃう？」

「いや」ジャレッドはにっこりした。「きみがそうしてほしいならべつだけど」

「ううん、そのままでいて。ティムはオフィスをずっと留守にしていたことであなたを怒鳴りつけるかな？」

「カリフォルニアの豪邸の設計図さえ完成していれば、ティムはなんの文句もいわないよ」

ジャレッドは駐車場にトラックを入れ、エンジンを切ってからアリックスに顔を向けた。

「本当はなにを気にしているんだ？」

「べつに。ただ、わたしたち、知りあってからまだ間がないし、だからあなたは──」ジャレッドの視線に促され、アリックスはいいたくなかったことを口にした。「あなたは彼に戻っちゃうわ」

「その〝彼〟は悪いやつなのか？　女性を食いものにするような？　彼女たちの気を引いては、ぽいっと捨てるような？」

「そんなふうにはいってない」アリックスはそこで顔をしかめた。「やっぱりそうかも」

「きみにそんなことをしたら、きみの親に殺される」

「まあ、すてき。わたしとつきあっているのは、わたしの親が怖いからなんだ」

ジャレッドはやれやれとばかりに首を振った。「なにをいってもだめみたいだな。電話してくれ。ぼくもするから。ショートメールもEメールもするよ。いまどこにいるか、つねに教える。そうすれば少しは安心かい？」

「あなたが帰ってきたら安心する。あの古い家や、あなたの愛するこの島だけじゃなく、わたしの元へ帰ってきたらね」

ジャレッドは笑い声をあげた。「ぼくのことをよくわかっているじゃないか。さあ、行こう」

空港で、小型機の搭乗口へ向かおうとしたジャレッドは、そこで引き返してくると、アリックスを抱き寄せてふたたびキスした。それから彼女の耳元に唇を寄せて囁いた。「これで四時間以内に、ぼくらが恋人どうしだってことが島じゅうの人間に知れ渡る」

もう一度さよならのキスが交わされ、アリックスは、ジャレッドが滑走路を横切って小型機のタラップをあがっていくのを見ていた。ジャレッドは彼女に見えるほうの窓側の席に座り、手を振った。そして飛行機は飛び立った。

飛行機を見送り、帰ろうと向きを変えると、大勢の人がアリックスを見てほほえんでいた。殺気だった目をしてやってくる観光客の一団でも、麻の服にブレスレットをじゃらじゃらさせた夏の人たちでもなく、ナンタケットの住民だ。この島で暮らし、働くまともな人たち。大切な人々。女たちはアリックスに笑顔を向け、男たちはうなずいてみせた――ジャレッドにそうするように。まるで公衆の面前でしたジャレッドのキスがお触れになったみたいに。なんのお触れだろう？　アリックスに島民とのつながりができたこと？　アリックスが島の一員になったこと？

アリックスは思わず笑みを返していた。駐車場へ向かうために空港の建物を出ると、手荷物を車に積みこんでいた男性が彼女を見てうなずいた。噂はすでに空港の外まで広がっていた。

翌朝、島を見てまわらないかとトビーが誘いにくると、アリックスは喜んで応じた。

トビーの運転で、ビーチやヒースにおおわれた湿原やオルター・ロック（ナンタケットにある原野がそのまま残った遊歩道）をめぐり、美しいハーブの庭がある島最古の屋敷《オールデスト・ハウス》を見た。そして〈サムシング・ナチュラル〉でランチにした。

キングズリー・レーンに戻ってくると、車を停めて徒歩で町なかに出た。ナンタケットで生まれ育っていないトビーには、この島の変わっている点がはっきりわかっていた。「全部がナンタケットと呼ばれているのよ――ナンタケット町でナンタケット島でナンタケット郡」ナンタケットはつい最近、アメリカ一裕福な町に認定されたけど怪しいものだ、とトビーはつづけた。「だってわたしたちの多くは食卓に食べものを並べるのにさえ苦労しているんだから」

そうした苦境がトビーにも当てはまるとは到底思えなかった。彼女はエレガントとしかいいようのない雰囲気をまとっていた。着ている服は最高級品だけれど控えめだった。よそ者たちのように何十本ものブレスレットをじゃらじゃらさせたり、馬の首輪みたいに太いゴールドのネックレスをしてもいない。それにふつうの人の一カ月分の給料ぐらいする、つばが上を向いたおしゃれな帽子もかぶっていなかった。トビーはなにもかもがシンプルで洗練されていた。日が傾くころにはアリックスまで姿勢がよくなっていて、くたびれたスウェットパンツは捨てようと心に誓っていた。

その後、レクシーが上司の庭から取ってきたばかりだという野菜をバッグにいっぱい詰めて、これで夕食にしようとキングズリー・ハウスにあらわれた。「信じられる？　自分じゃなんにもしないんだから。女の子たちがしゃがんで雑草を抜いているところを見るのが好きなんだって」

トビーとアリックスは顔を見あわせて眉をあげた。

「その女の子たちを見ているときのロジャーはどんな格好をしているの？」アリックスが質問した。

「逮捕される一歩手前ぐらいの服しか着てない」

トビーとアリックスは笑みを交わした。すてきな光景だわ。

夕食のあとは居間に移って、三人でワインのボトルを一本空けた。いつものようにレクシーはいきなり核心をついた。「それで、ジャレッドとはうまくいっているの？」

レクシーがジャレッドのいとこだというのは重々承知しているし、彼と離れていることの不安をどう説明したらいいかわからなかった。「ええ、それはもう」だからそう答えた。

「わたしたちで力になれることはある？」トビーが訊いた。彼女は明らかにアリックスの虚勢を見抜いていた。

「時間の問題だって気がするのよ」アリックスはそこで息を吸いこんだ。不安でしかたがないけれど、相談できる親友はここにいない。だからジャレッドのいとこだろうとなんだろうと、この思いを吐きだせる相手が必要だった。「ジャレッドがわたしのデザインと労働意欲を買ってくれているのはわかってるし、彼とのセックスも最高よ。だけど、ジャレッドは現状に満足しているみたいだし……」息を継いだ。「彼にはここ以外にニューヨークでの生活もあるし、そっちの世界にわたしの居場所はないんじゃないかって」彼女はレクシーを見た。「なにをにやにやしているの？」

「だって、ジャレッドはあなたが考えているような人じゃないから。世間の人が知っているあの有名人はジャレッドじゃない。ここナンタケットにいる彼が本当のジャレッドなの」

「いまにわかるってことね。さあ、わたしの悩み相談はこれで終わり。今度はふたりのことを教えて。あなたたちが人生に求めているものはなに？」

レクシーが渋い顔をした。「わたしの問題はね、将来が見えちゃってるってこと。わたしが二年以内にネルソンと結婚するのは間違いないから。どこに住むことになるかもわかってる。どの家に住むか、も。なにもかも全部わかっちゃってるのよ」

「ネルソンって誰？」レクシーの周辺でアリックスが見た男性はあのボスしかいないけれど、レクシーが彼といっさい関わりたくないと思っているのは明らかだ。

「ネルソンはあなたのエリックみたいなものよ」

「でもわたしは彼に振られたんだけど」

トビーがうなずいた。「ぐずぐずしていると、レクシーもそうなるでしょうね」

レクシーはワインを飲んだ。「わたしは道の先が見えないような人生がいいの。ちょっとした丘があったり。山でもいい。冒険したいのよ。なにかふつうとは違うことを経験したいの」

アリックスはトビーに顔を向けた。「あなたは？」

レクシーが先に答えた。「トビーはボーイフレンド以上の問題を抱えているのよ。お母さんのこと」

アリックスは問いかけるようにトビーを見た。

「わたしの母は、ある種の強迫観念みたいなものを持っていた――いいえ、いまだに持っているの。うまく説明できないんだけど、上流階級に見られたいというのがいちばん近いかもしれない。ほら、わたしの父は……」

「貴族なのよ」レクシーがいった。「アメリカ版の貴族ってことだけど。ゴルフクラブに私立学校、家系図をたどると……誰に行き着くんだっけ？」

「いいわよ、そんな話は」トビーは恥ずかしがってそっぽを向いた。

「お母さんのほうのご家族はどんな感じなの？」とアリックス。

「知らないの。母方の親類にも、父と結婚する前の母を知っている人にも会ったことがないの。母はまるで結婚した日に生まれたみたい」トビーはふたりを見た。「だけど……」

「なに？」ふたりは身をのりだした。

「一度、母にものすごく怒られたことがあって――」

「あなたのお母さんはいつも怒ってるようにわたしには見えるけど」レクシーが口を挟んだ。その声音には非難の響きがあった。

トビーは話をつづけた。「ある晩、夕食のあとで、母はわたしと父を急いでどこかへ行かせようとしていたの。それで料理が半分残っているお皿を集めて、一枚は手に持って、もう一枚を肘のところにのせたのね。それがすごく堂に入っていたものだから、わたし〝お母さん、ベテランのウェイトレスみたいね〟といったの。なんの気なしにいっただけなのに、母はいきなりお皿を放りだすと、足音も荒く部屋を出ていってしまって——父は笑いが止まらないみたいだった」

「非常に興味深いわね。その謎は追い求める価値がありそう」

「レクシーはミステリー小説に目がないの」

レクシーはしかめっ面をした。「このミステリーであなたのお母さんがあなたの相手として認める男性はプリンス・チャーーミングだけよ」

「残念ね」アリックスは真顔でいった。「王子さまはわたしがもらっちゃったわ」

トビーは笑い声を、レクシーはうめき声をあげた。

「あなたのお母さんのことを聞かせて」トビーはいった。「ああいうユニークな人と暮らすのはどういう感じ？」

「ユニーク？　トビーったら遠慮深いんだから。ヴィクトリア・マドスンは世界的センセーションを巻き起こした美しき成功者なのよ。それに、あの本ときたら！」

「あの本の由来に関する大いなる秘密のことは知っているんでしょう？」アリックスは訊いた。

「あれがわたしの一族の話だってこと？　もちろんよ。ナンタケットの人間はみんな知ってる」レクシーは手で払いのけるようなしぐさをした。「わたしの家族のことはいいわ。わたしはあなたの家族のことが知りたいの」

「そうねえ」アリックスはゆっくり切りだした。あの母親のことを短時間で説明するにはどうしたらいいだろう。「母は現実的でありながら派手で、見栄っ張りだけど私利私欲がなくて、初心なところと世故に長けたところがいっしょくたになっているの」

「それだと不愉快なようにもすばらしいようにも聞こえるわね」レクシーはいった。「でもわたしたちが知りたいのは、彼女と過ごす毎日はどんな感じなのかってこと」

アリックスはしばらく考えていた。「わかった、母との生活がどんなものか、実例をひとつ話してあげる。こまかな点まで知っているのは、数年後にまわりからあれこれ聞かされたおかげなんだけど。わたしの五歳の誕生日のことよ。当時母とわたしはニューヨーク市のダウンタウンにあるアパートメントの十六階に住んでいたの。母のデビュー作の出版はすでに決まっていたけど、刊行されてベストセラー・リストに載るのはまだ先のこと。だけどわたしにとっての一大事は少し前に両親が別居したことで、わたしは父に会いたくてたまらなかった」

　アリックスはつかのま顔をそむけた。「とにかく、誕生日の朝、目を覚ますと、本物の生きたポニーの顔がすぐそこにあったの」

　レクシーがぱっと顔を輝かせた。「すてき。寝ているあいだにお母さんが馬小屋に運んでくれたのね」

「ううん、わたしがいたのはニューヨークにあるアパートメントの自分のベッドよ。母はポニーを業務用エレベーターで十六階まで運びあげたの。ドアマンにうまいこと取り入って――たぶん失敗に終わった結婚のことで涙のひとつもこぼしたんじゃないかな――見て見ぬふりをさせたらしいわ」

「ご近所の人たちはどう思ったのかしら」とトビー。

「そこよ。母はポニーのひづめで床に消えない傷が残ろうとどうってことなかったらしいけど、ご近所からうるさいと苦情が出ると、さすがになんとかしなきゃならなくなったわけ」

「で、お母さんはどうしたの？」レクシーが訊いた。

「即席のパーティをはじめちゃったのよ。母は部屋に押しかけてきた人たちのなかからいちばんぱっとしない男性を選んで――かんかんに怒った奥さんの横に黙って立っていた人らしいわ――お酒を買ってきてほしいと頼んだの。母はお金がなかったから、支払いは当然その人持ちでね。そして、背が高くてハンサムな十代の男の子に飲みものを作らせて、文句をいいに集まってきた人たち全員に配ったの」

「未成年にそういうことをさせるのは違法なんじゃなかったかしら」

「母は自分に法律は適用されないと考えているのよ。学校が終わる時間になると、子どもを連れたご近所さんがさらに大勢やってきて、部屋のなかでポニーに乗って遊んだ」

「後始末はどうしたの？」

「母は、飲みものを作っている男の子から目を離せずにいる十代の女の子ふたりに、後片づけを手伝ってほしいと彼がいってるわよ、と耳打ちしたの」

「その子たちに馬糞を集めさせたってわけ？」レクシーはにやついた。

「そうなの。それがね、何年かして母がいっていたんだけど、その女の子たちのひとりはそのときの男の子と結婚したんですって」

レクシーとトビーはげらげら笑った。「あなたのお母さんが仲を取り持ったんだ」

「母はロマンスでありさえすれば形は問わないから」

「そのポニーはどうなったの？」

「その日の終わりに持ち主が引き取りにきたんだけど、それはもうかんかんに怒ってた！母は彼に嘘をついていたの。自分は郊外に牧場を持っていて、調教師もいるって。母があんまり堂々としていたものだから、すっかり信じこんでポニーを貸してしまったのね。本当のことを知ってその人は激怒したけど、母がたっぷりいいちゃついて、いい気分にさせたものだから、ポニーを下りのエレベーターに乗せるころにはにこにこしてた。その時点で母はみんなを部屋から追いだした。誰もがすっかり酔っぱらっていたからよ。それから母はわたしをお風呂に入れて、一緒にベッドに横になって本を読んでくれた。自分のデビュー作のゲラを、ラブシーンを飛ばして読んだんだけど、それでもかまわなかった。わたしはあっという間に眠ってしまったから。その日から、わたしはアパートメントでいちばんの人気者になった。わたしと母が郊外に引っ越すことになったときは、みんな泣いて見送ってくれたわ」

レクシーとトビーはしばらく無言で話の余韻にひたっていた。

「なんてすてき!」レクシーはため息をついた。「わたしの人生にもそういうわくわくすることがあっていいのに」

「あなたのボスは――」アリックスはいいかけた。

「あいつは自分のことが大好きで、それどころじゃないのよ」

アリックスとトビーは顔を見あわせた。ふたりが会ったときのロジャー・プリマスは、自分自身ではなくレクシーに首ったけのようだったけれど。

その夜を境に、彼女たちはよく三人で集まるようになった――できるときは。トビーとレクシーには仕事があるし、アリックスもジャレッドの顧客たちに見せるスケッチを仕上げようとしているところだった。

それにもちろんイジーの結婚式の準備もあった。バラのあずまやがなくなり、かわりに礼拝堂が建つことで、すべてが変わってしまった。アリックスは、キングズリー・ハウスにある古い皿に描かれた野の花をテーマにしようと思いついた。その食器をトビーに見せて、絵柄にそっくりのフラワーアレンジメントを作ってもらうのだ。茎つきの小花でまとめ、ふんわりとやさしい印象で。

「いいところに目をつけたわね」トビーはテーブルフラワーのデザインをスケッチしながらアリックスにいった。

礼拝堂の飾りつけは、薄緑がかった青色のリボンを天井から吊《つる》して壁に垂らすことにした。垂らしたリボンの両端には、同じリボンで束ねたブーケをあしらう。ブーケは青いヒエンソウと小さな白いヒナギクに葉物を合わせて。

「美しいわ」トビーが描いたスケッチを見てアリックスはいい、レクシーもうなずいた。

アリックスはすべてを写真に撮って親友に送ったが、イジーはつわりがひどくてそれどころではないようだった。居眠りばかりしてる、という。「あなたにまかせる。自分の結婚式だったら、って考えて。きっとわたしも気に入るから」

自分の結婚式のことなんて、アリックスはとても考えられなかった。結婚するにしたって、まだ何年も先のことだし。

ジャレッドが発ったあとの夕方、アリックスはパソコンでパーセニアについて調べはじめた。手がかりがファーストネームだけなのでそう簡単にいかなかったが、そこに地名のナンタケットを加えると、パーセニア・タガート・ケンドリックスという人物が見つかった。そしてタガートという名から、メイン州ワーブルックのモンゴメリー家につながった。

「大当たり!」アリックスは次にモンゴメリー家かタガート家の末裔《まつえい》でいまもメイン州に住んでいる人はいないか調べてみた。

その夜、ジャレッドから電話がかかってきたときには、伝えられることが山ほどあった。

「彼女の名前はパーセニア・タガート。ヴァレンティーナのいとこで、どちらも出身はワーブルック。パーセニアはジョン・ケンドリックスというナンタケットの人間と結婚したんだけど、その人のことは教師をしていたということ以外ほとんどわからなかった。生没年はあとでメールで送っておく」

「なにを考えているんだ?」

「メイン州へ行って、この家の人たちと話してみるべきだと思う」

「そして二百年前の出来事について質問するのか?」

「いいじゃないの。もしかするとその人たちもあなたみたいに、大きな古い屋敷に何百年も前のがらくたをためこんでいるかもしれないでしょう」

「ぼくみたいなのがふたりもいるはずないよ」

アリックスとしても、ジャレッドのような人はこの世にふたりといないと思っている。

「で、きみは行くべきだと思うんだね?」

ジャレッドが彼女の後押しと、賛同までを求めてくれたのがうれしかった。「ええ、そう思う」

「蝶番を受け取りにヴァーモントまで行かなきゃならないから、そのままメイン州のワーブルックまで足を伸ばしてみるよ」

アリックスは満面の笑みになった。ジャレッドが助言に従ってくれて、いい気分だった。

「ニューヨークの人たちはあなたに会えて喜んでいた?」オフィスに戻ったことをジャレッドがどう感じているのか知りたかったけれど、男性に直接気持ちを訊いてはいけないということは、とうの昔に学んでいた。

「ティムとスタンリーは有頂天だったが、社員が設計したデザイン八点に徹底的にダメ出しをした。だから彼らはぼくに地獄へ戻ってほしいと思っているだろうね。オフィスにいないときだってぼくはそこにいると思われているんだ」

アリックスは笑った。「本当のあなたがどんなにいい人か知ったらショックを受けちゃうかもね」いったん言葉を切り、勇気をかき集めた。「わたしに会いたい?」

「たまらなく会いたいよ。きみのフリーハンド・スケッチを三枚、ティムが雇ったまぬけのひとりに見せたんだ。その若造はいまではきみのことを憎んでいるよ」

「本当に?」アリックスの声があんまりうれしそうだったのでジャレッドは笑った。

「うん。そうだ、ナンタケット歴史協会のハントリー博士を家に招いて、そのケンドリックスという男について調べてもらえないか頼んでみるといい。ハントリーはたぶんアディおばさんのお茶会がなくなってしまったことを寂しく思っているだろうしね。それに彼はきみのお母さんの信奉者だったから、彼女のことを話してやれば、なんでもきみの頼みを聞いてくれるはずだ。ただし、くれぐれも屋根裏部屋には近づかせないように。歴史学者ってのは、チャンスがあればあっという間に盗人に変身するから。で、古いものを見つけるとガラスケースに入れて入場料を取ろうとするんだ」

「嬉々《きき》としてね」アリックスは笑いながらいった。

「そろそろ行かないと。ワーブルックでぼくが訪ねる相手の名前と住所を調べておいてもらえないか？」

「わかった」

「九時ごろにまた電話する。セックスの話をしよう」

「すてき！」アリックスははしゃいだ声をあげ、ふたりは電話を切った。

電話をベッドに放ると、アリックスはケイレブ船長の肖像画の前に立った。「聞いた？　偉大なるジャレッド・モンゴメリーがわたしのスケッチを社員に見せたんですって！　天にも昇るような気分よ！」彼女は部屋を跳びまわったが、そこでいきなりスケッチブックを引っ張りだした。ゲストハウスのアイデアが浮かんだのだ。消えてしまう前に描き留めておきたかった。

それから数日して、ついに礼拝堂の建築許可証が届くと、アリックスの父はツイッグ・パーキンズと彼の工務店の作業員たちと地面を掘り起こす〝鍬《くわ》入れ〟をすることにした。その日、父は現場にくることをアリックスに禁じた。「おまえはイジーのことで忙しいだろう。あっちはお父さんにまかせなさい」と。

父が礼拝堂を娘へのプレゼントにするつもりでいることは知っていたけれど、それでも鍬入れには立ちあいたかった。古い屋敷跡からいったいなにが見つかるだろう？　人骨？　なにも見つからなかった。黒こげになった木材以外は。そのことにほっとすべきかがっかりすべきか、アリックスはわからなかった。ヴァレンティーナにまつわる謎を解く鍵は、いまのところまだ見つかっていない。

屋根裏部屋にあがって手がかりをさがしたほうがいいのはわかっていたのに、頭のなかの声が〝まだ早い〟といっていた。それにジャレッドも、よしたほうがいいとくりかえしいってきていた。「いまはインターネットの調査に集中して、屋根裏部屋のほうはぼくが帰ってから一緒にやろう」と。その提案は魅力的で、とてもいやとはいえなかった。

ジャレッドが車で北上し、ケンが〝アンティークの国〟と呼ぶ土地へ向かう予定でいることをアリックスから聞くと、ケンはすぐさまジャレッドに電話した。ヴァーモントからメインへ向かうどこかで調達すべきものについてジャレッドに説明する父の横で、アリックスは噴きだしたくなるのをこらえていた。「ステンドグラスの窓だ」とケンはいった。「ただし、最近の安物はだめだぞ。大きなガラス片を太い鉛線でつないだようなやつは。時代物のよくできたものをさがせ。一九一〇年より前のものにしろ。第一次大戦後、細部にこだわる昔気質の職人は姿を消してしまったから」

なにがおかしいって、父がいま話しているのは……世界屈指の建築家と見なされている人物なのだ。それなのにお父さんはジャレッドのことをステンドグラスの窓を選ぶより、自動車の点火装置をショートさせてエンジンをかけることのほうが得意な十四歳の少年のように扱っている。

「寸法はメモしたか？　よし！　くれぐれも携帯電話をなくすなよ。メイン州に着いたら、どこをさがせば質のいいアンティークが見つかるか誰かに訊け」ケンは相手の話に耳を傾けた。「うん、うん、サルベージショップ（解体された古い家から再利用を目的に集めた建築材料を販売する店）を見てみるのはいい考えだ。なんだって？　ああ、アリックスならここにいる」ケンは電話を娘に渡した。「おまえと話したいそうだ」

「きみのお父さんときたら！」ジャレッドがたまりかねたようにいい、アリックスは彼の気持ちを察した。「お母さんから連絡はあったか？」

「ううん。すぐにでもこっちへくるだろうとあなたはいってたのにね」

「ヴィクトリアがまだそっちへ行っていないのは、ひとえにぼくが電話して、アディおばさんの日記が見つかりそうだと話したからだ。ただし、いまあなたが島にあらわれたら、ぼくの情報提供者はその美しさに目がくらんで捜索どころじゃなくなってしまうと付け加えた」

「その作り話、あなたがひとりで考えたの？」

「そうだよ」

「そんなに嘘がうまいこと、母には黙っておいたほうがいいわよ。さもないと、次の作品のプロットを考えてといわれるから。その美しさに目がくらむ、といわれて、母はさぞかし喜んだでしょうね」

「当然のことと受け取ったんじゃないかな。驚いていなかったのはたしかだね。それはそうと、ぼくの買ったものがきみのお父さんの気に入らなかったとしても、そんなことはくそ食らえだ」

「あなたがそういっていたと伝えておくわ」

ジャレッドは声を落とした。「もしもケンに告げ口したら、日記はきみが持っているとお母さんにいうぞ」

「意地悪」アリックスはいった。「あなたって血も涙もない人ね」

アリックスは土曜の午後にフレデリック・ハントリー博士をお茶に招いた。自分がアディおばさんのお茶会のことをよくおぼえていることにアリックスは驚いた。ヘレンド磁器の上等なティーセットの隠し場所も知っていた。四つん這いになって戸棚のいちばん奥にもぐりこみ、グリーンと白の美しいティーポットと砂糖入れにミルク入れ、それに二組のカップアンドソーサーを引っ張りだした。

トビーはプティフールを作るアリックスに手を貸し、黄色いバラのつぼみをケーキの上にあしらうことまでした。耳をカットした食パンに薄くスライスしたキュウリを挟んだミニサイズのサンドイッチも作った。そのあいだレクシーはロジャー・プリマスの不埒《ふらち》なふるまいの数々を披露してふたりを楽しませた。

ハントリー博士がやってくると、トビーとレクシーは勝手口から静かに出ていき、アリックスは玄関を開けた。

博士の第一印象は、とても悲しそうな人だというものだった。背中をいくぶん丸めて、つねにうつむきかげんだった。

ジョン・ケンドリックスを見つけるのを手伝ってほしいと頼むのに、ほんの数分しかかからなかった。博士は名前と生没年をメモすると、調べてみるといった。それから話のつづきを待つようにアリックスを見つめた。

「お茶をいかがですか?」アリックスはカップにお茶を注いだ。「あなたはすばらしい方だって、母からいつも聞かされていました」それは真っ赤な嘘だったけれど、この際勘弁してもらおう。

ハントリー博士はふっと口元をゆるめた。もしかすると見かけより若いのかもしれない、とアリックスは思った。

彼は一時間以上ゆっくりしていった。ふたりでポット二杯分のお茶を飲み、サンドイッチとケーキを平らげるあいだ、アリックスは彼女の母がいかに魅力的かということをさんざん聞かされた。それに博士と彼の奥さんがヴィクトリアとアデレードとのつきあいをとても楽しんだことも。

「おふたりとも非常におもしろい女性でした。ヴィクトリアはすばらしい作品の取材のために世界じゅうを旅していたし、アディはこの島のことならなんでも知っていた。こまかなところまで生き生きと語るものだから、この古く美しい屋敷に数百年前に住んでいた人々のことを実際に知っていたんじゃないかと思ったこともありましたよ」

きっとケイレブ船長の幽霊が話して聞かせたんだ、と思ったけれど、いわずにおいた。それにしても、母が世界じゅうを旅しているですって！　母はむしろ安楽椅子探偵ならぬ安楽椅子探検家だ。母の作品に登場する異国の描写が、実際にその地を訪れた女性たちの日記を元にしていることはすでにわかっている。母は小説にできそうな恐ろしい出来事をさがして南海の孤島を歩きまわったことなど一度もない。これまではすべて母の想像の産物だと思っていたけれど、単に舞台を変えただけだったのだ。

ハントリー博士は子どものころのアリックスをおぼえていて、博物館にあってもおかしくないほどの工芸品で塔を作っているのを見たときの衝撃を語って聞かせた。「家に帰ったあと、妻に気つけのブランデーをもらわなければならないほどでした」

「次はぜひ奥さまとご一緒にお越しくださいね」

この一時間でずいぶん明るくなっていた彼の顔が、一瞬にして悲しげな表情に戻った。そして口にすることすら耐えられないとばかりにひと息で、あらかじめ練習してあったようにして、妻は二年前に亡くなったと告げた。彼自身ががんの診断を受け、その治療につねに寄り添っていた妻は自分の病をないがしろにした。

「わたしのがんが寛解したときには、妻はもう手遅れでした」アリックスに向けた目は苦悩に満ちていて、とても見ていられなかった。「さてと」ハントリーは立ちあがった。「お若いあなたには前途洋々たる未来がある。老人はそろそろ退散しましょう」

この男性のような悲しみを経験せずにいることをアリックスは感謝した。彼女は席を立ち、ハントリーの腕に手を置いた。「奥さまにお会いできなくてとても残念です」

「妻も同じ気持ちでしょう。妻はヴィクトリアのことを崇拝していました。生き生きして、エネルギッシュで、つねに前向きだからと。そしてヴィクトリアはすばらしいお嬢さんのことをいつも話しておられた」

「母が？」アリックスはびっくりした。

「自分がナンタケットを訪れるときにかぎってあなたがお父さんと過ごすことを選ぶのがつ

らい、といつもこぼしていましたよ」彼は非難がましい目を向けた。「一度ぐらいは島を選んでほしかったですね」

アリックスはなんとか笑顔を保ったが、心のなかではお母さんにひと言文句をいってやると誓っていた。母に効き目がないのはわかっているけれど、少しは気分が晴れるだろうから。

月曜日、ケンは高速フェリーでマサチューセッツ州ハイアニスへ赴き、とびっきり有能なスタンリーが港まで送り届けたトラックを受け取った。これだけ短期間にすべての建築資材を調達したのは、スタンリーにしても新記録だった。

「スタッフ数人とトラック部隊を用意してくれれば、大聖堂の建材だろうと二日で集めてみせますよ」スタンリーは大きな口をきき、ケンはそのままアリックスに伝えた。それってつまりジャレッドに人を見る目があるということよね、とアリックスがいいように解釈すると、ケンは電話でよかったと思いながらあきれたように天を仰いだ。

ハイアニスでさらにいくつか道具を購入したあと、ナンタケットの島民の例にもれずケンもまた大型スーパーへ向かい、日用品を大量に買いこんだ。島の人間でないトラックのドライバーは、木材と釘のあいだに押しこまれたペーパータオルの巨大なパッケージやなにかを見てぎょっとした。あんなに大量に買いこんでどうするんだ、と尋ねられたフェリーの乗務員は、なんておかしなことを訊くんだとばかりの顔で、「ナンタケットの住人だからね」と、それですべてに説明がつくかのように答えたが、島民にとっては実際そうだった。

ワーブルックに着くと、ジャレッドはアリックスに電話した。アリックスはオンラインの住民名簿でマイケル・タガートとアダム・モンゴメリーという名前を見つけていた。地域への関わりかたからして、それぞれの家長なのではないかとアリックスはいった。「どうやら町の大部分はその両家が所有しているみたいなの」

「いいところだよ」メイン州のその町についてジャレッドはそういった。「ちょっとナンタケットを思いださせるところがある」

「それは最大の讃辞ね」

彼女がさがしだした人たちをジャレッドが訪ねる日、アリックスはそわそわしてトビーの話にうまく集中できなかった。結婚式の準備はほとんど終わり、そのなかには参列者の宿泊先の手配も含まれていたが、ホテルに泊まるゲストはごくわずかで――目の玉が飛びでるほどの料金がかかるから――ほとんどはキングズリー家の親族の住まいに滞在することになっていた。差配したのはレクシーで、ロジャー・プリマスを丸めこみ、寝室が六つある彼の豪邸を参列者に提供する許可を取りつけたのも彼女だった。

「その日は彼も在宅しているの？」トビーが訊いた。

「まさか！」レクシーは答えた。「タオスにある家に泊まるよう約束させた」

「なーんだ！」アリックスはいった。「トビーとわたしで主寝室を使わせてもらうつもりでいたのに」

「それで彼がやってきたら……」とトビー。

「部屋に引っ張りこんで鍵をかけちゃうの」とアリックス。「あいつの正体を知らないからそんなことをいうのよ」

「あなたたち、どうかしてる」レクシーはいった。

「なら教えてよ」アリックスはいい、トビーとふたりでテーブルに身をのりだすと、両手で頬杖をついて目をきらきらさせた。

レクシーは眉間にしわを寄せてなにかいいかけ、そこでかぶりを振った。「あなたたちにはお手上げよ。それよりジャレッドはメイン州で見つかった新しい親戚とうまくやっているの？」

「まだなにもいってこない。でも、町は大いに気に入ったみたい。今日、その人たちと会う予定になっているから、夜には連絡があると思う」

ジャレッドが電話をよこしたのは十時近い時間だった。

「どうだった？　なにもかも聞かせて！」アリックスはせがんだ。

「なんとも……変わった連中だった」

「どういう意味？」

「この二家族――モンゴメリー家とタガート家は、遠い昔の結婚によって姻戚関係になったんだ」

「その町にどれくらい前から住んでいるの？」

「この地に定着したのは数百年前のことらしい」ジャレッドはそこで言葉を切った。「ぼくの一族の場合と似ているから笑っているのか？」

「だって、そっくりじゃない。それで、ヴァレンティーナとパーセニアに関する文書かなにかはあるって？」

「それが、じつはあるんだ」

「嘘でしょう？」

「嘘じゃない。いわゆる家族史研究家みたいなことをしている女性がいるんだが、彼女がコロラドからやってきてくれることになった。ヴァレンティーナとパーセニアがやりとりしていた手紙を持ってきてくれるそうだ」

「すごい。それで、新しい親戚のことは気に入った？」

「うん」ジャレッドの声にはためらいが感じられた。

「どうかしたの？」

「いや。実際、いいことずくめだ。まるでずっと前から知っている家族みたいな感じなんだ。モンゴメリーのほうはとくにね。じつは、みんなしてナンタケットを訪ねてこないかと誘っているところなんだ。ハーパー邸が売りに出ているしね」

「通りの角にある大きな屋敷のことよね？　でも、あそこの売却希望価格は七百二十五万ドルじゃなかった？」

「たぶんそんなところだろう。でも彼らには手が出る金額なんだよ」

「えええええっ、そうなの――？」

「そうなんだ。そろそろ切らないと。マイクと約束があるんだ。明日は新しいいとこふたりと釣りにいくことになってる。それで、最初の予定より何日か長く滞在するかもしれないんだが。かまわないかな？」

アリックスはほほえんだ。ジャレッドにいうつもりはないけれど、彼が彼女の考えを訊いてくれたことがうれしかった。本物の恋人どうしみたいに。「あなたにも休暇は必要よ。楽しんできて。ああ、それはそうと、新しい親戚に建築家を必要としている人はいないの？」

ジャレッドの笑い声があまりに大きかったものだから、アリックスは電話を耳から離さなければならなかった。「岩崖の上に立つ古い大邸宅に大々的な改修が必要らしいんだが、信頼してまかせられる建築家が見つからなかったそうだ」

「これまでは」

「血のつながった親戚が訪ねてくるまでは。遠縁ではあるけれど、時間的な隔たりのほうは彼らも気にしていないみたいなんだ」

「ケイレブ船長のことを昨日会った人みたいに話すあなたなら、その人たちともすぐになじめるわよ」

ジャレッドはその言葉に少し不意をつかれたが、すぐに笑顔になった。「きみに会いたいよ。そっちはすべて順調？」

「まあまあというところね」アリックスはジャレッドの甘い囁きに気をよくした。「父は礼拝堂の進行状況をわたしに見せようとしないし、イジーはなにかを決められるほど長い時間起きていられないし、この家は船長とわたしだけだと大きすぎてがらんとしているけど。それ以外は順調よ」

ジャレッドは息を吸いこんだ。「彼と話しているのか？」

「ええ、しょっちゅうね。悲しいことに、一度も返事はしてくれないけど」

「頰にキスもされていない？」

「なしよ。ねえ、キングズリー一族に伝わる有名な幽霊に話しかけてもらうにはどうすればいいの？」

「そのことだが、ぼくが戻るまで、きみはレクシーとトビーのところへ行っていたほうがいいかもしれない」

「やきもちを焼いているみたいに聞こえるけど」

「幽霊と話したがっているきみに、ぼくがやきもちを焼くだって？」

「またはぐらかした」

ジャレッドは笑った。「わかったよ、彼がきみのそばにいてぼくがいられないことを大いに妬いてる。きみはいまなにを着てる？」

アリックスはスウェットパンツとくたびれたTシャツに目を落とすと、大嘘をついた。

数日後、ジャレッドはアリックスに電話してジリー・タガートのことを話した。ジャレッドに会うためだけに飛行機でメイン州までやってきた家族史研究家だ。「彼女を連れて帰ってもいいかな？」

アリックスは即答した。「彼女の年と見かけは？」

「日曜日のピクニックが似合いそうな物静かな感じの知的美人で、年齢は四十代だと思う。ずっとナンタケットを見てみたいと思っていたというものだから、つい……」

「美しい島だから、ぜひ見たほうがいいといってしまった？」

「そうなんだ！」ジャレッドはつかのま黙った。「アリックス、こんなことをいうと笑われるかもしれないけど、彼女にはどことなくきみのお父さんを思いださせるところがあるんだよ」

もしかしてジャレッドは縁結びをしようとしている？　そうだといい、とアリックスは思った。お父さんにもいい人を見つけてほしいから。「つまりジリーは母と似ていないってことね？」

ジャレッドはげらげら笑った。「ジリーはきみのお母さんと正反対だ。注目を浴びようとはしないし、他人を思いやる気持ちにあふれている」

「父が気に入りそうな人ね。だから、答えはイエスよ！　彼女を連れて帰ってきて。フェリーで戻るの？　それとも飛行機？」

「フェリーだ」ジャレッドはフェリーの到着日を教えた。「午後の早い時間にはそっちに着くと思う」そこで声を落とした。「ところで、あれからまた詩は書いた？」

「いいえ。でもアイデアならあるわ」

「聞かせてくれ」彼は囁いた。

20

日曜日の早朝、アリックスはベッドのなかで雨音を聞いていた。今日、知りあいはみんな忙しいか、島にいないはずだった。トビーは午後に予定されている結婚式のために花を用意しなければいけないし、ディリスとレクシーは買いもので本土に出かけることになっていた。父は週に七日、朝の六時から現場に出ているし、アリックスが現場をうろつくのをいやがるのはわかっていた。

水仙祭りでジャレッドに声をかけてきた男性のためにゲストハウスのデザインを考えるという仕事があるのに、どうにも気が乗らなかった。今朝目を覚ましたとたん、屋根裏部屋のなかをどうしても見てみたいという矢も楯もたまらない気持ちになった。ジャレッドは一緒にやろうといってくれたけれど、ヴァレンティーナのことを調べはじめるならいまだとぴんときたのだ。

ベッドからさっと起きだし、寝室のカーテンを開けると、しとしとと雨が降っていた。外は雨と霧でけぶっていた。ナンタケット島が〝灰色の貴婦人〟と呼ばれている理由がわかる気がした。

急いで服を着替え――ジャレッドはいないのだからヘアスタイルやメイクに気を遣う必要はない――シリアルで簡単に朝食をすますと、屋根裏部屋へ通じる階段をあがっていった。

屋根裏部屋の様子については、二日前にレクシーに訊いてあった。

「あそこはがらくたでいっぱい」とレクシーはいった。「ジャレッドは好きみたいだけど。いったんあがると、何時間もおりてこないから」

「おもしろそうね」アリックスはいった。「わたしはこの謎を解きたいの。ジャレッドが帰ってきたら、たまっている設計図を仕上げなきゃならないから、そんな暇はなくなっちゃう。それで、ヴァレンティーナに関する資料はどこにあるの？」

屋根裏部屋のドアは、レクシーにいわれたとおり〝廊下の明かりが入るように〟開けたまま、裸電球の紐を引いて明かりを点けた。ここにあがってくるのは初めてだった。ごちゃごちゃしているものと思っていたのに、その予想は大きくはずれた。そこは家の屋根裏全体に広がる巨大な空間で、修復や改築をくりかえしている下の階とは違い、ケイレブ船長がこの家を建てた当時のままのように見えた。頭上は太い梁がむきだしになっていて、床には幅広の板材が使われている。うれしいことに、部屋はまったくじめじめしておらず、それにかなりきれいになっていた。どうやら二週間に一度、家の掃除にやってくる〈ジョー・コスティクスの家事の女神〉チームが、ときどきここにも掃除機をかけているようだ。

もっとも、埃以外は女神たちの手にも負えなかったようだけれど……。手前のスペースには、小ぶりなソファと脚がぐらぐらするくたびれたコーヒーテーブル、それにすり切れたウィングチェアが置いてあった。その先は、箱やトランク、かごや家具の列が暗がりのなかまで延々とつづいていて、スーツケースは天井に届くほど積みあがっている。物と物のあいだを縫うように細い通路があり、天井からぶら下がる電球がさらにふたつ見える。この果てしない空間のなかからなにかを見つけると考えただけで、きびすを返して逃げだしたくなった。

巨大な衣装だんすの扉を開けると、一九二〇年代から三〇年代のものらしき古着が入っていた。毛皮の襟がついたウールのコート、コットン地のワンピース、きらきらしたドレス。仮装パーティに着ていくのにもってこいね。

ヴァレンティーナに関する資料はどこだろう。レクシーは、全部まとめて〝ドアの右側にある〟といっていたけれど、ドアのそばにはテーブルが積み重ねてあるだけだった。

「右手の通路の先という意味だったのかも」アリックスは声に出していいながら、そろそろと通路を進んでいった。半分ほど行ったところにまた電球があったので紐を引いた。明かりは弱く、かえって薄暗さが強調されたようだった。資料が見つかったら下に運ばないと。ここでは暗くて読めそうにない。

右手に、ファイルを収めるような収納ボックスが見あげるほどの高さまで積まれていた。

それぞれの箱の端に大きく〝ヴァレンティーナ〟の文字が見える。アリックスはできるだけうしろに下がり――せいぜい二十五センチほどだが――全体を眺めた。箱は二十個ほどあって、どれも中身が詰まっているようだった。通路の反対側にあったスチーマー・トランクの上にのり、前にぐっと手を伸ばしていちばん上の箱を取ろうとした。両手で箱を持ったところでバランスを崩した。足がすべり、箱を持ったままトランクから落ちて堅い木の床に盛大に尻もちをついた。そのとき頭上の電球がふっと消えた。

「カンペキ！」アリックスは立ちあがりながらいった。ちょうど昨日、電球のストックが切れていることに気づいて、買ってこなくちゃと思ったところだった。ぶつぶついいながら箱を抱えあげ、戸口のほうへ歩きかけた。

「やあ」

どことなく聞きおぼえのある男性の声がした。一瞬、ジャレッドが予定より早く帰ってきたんだ、と思ったが、そこでジャレッドよりも低く渋い声であることに気がついた。

通路の端まできたところでアリックスは足を止めた。そこにいたのは現代版ケイレブ船長だった。ジーンズにデニムシャツ、茶色のごつい編みあげブーツと、いでたちこそ違うけれど、それ以外は船長に生き写しだ。

「驚かせてしまったようだね」ジャレッドにとてもよく似た声だった。「申し訳ない。正式に紹介されてもいないのに。出直してくるとしよう」

「待って！　出直す必要なんかないです。あなたはケイレブ船長にそっくりだもの、キングズリー家の人に決まっているわ」

「私がケイレブ船長に似ている？」彼の目がおかしそうにきらめくのが、薄暗いなかでも見えた。「まさか。あれほどの色男は現代にはいない」

アリックスはにっこりすると、抱えていた箱を床におろした。「そのとおりね。たしかに違うところもあるみたい。あなたの目は彼ほど厳《いか》めしくないもの」

「ああ、あの肖像画が描かれたとき、船長の頭はあることでいっぱいだったからね。彼は美しいヴァレンティーナの心を射止めようとしていたんだ」

「それにはあまり苦労しなかったと聞いたけれど」小ぶりなソファにどさっと腰を落とすと埃が舞いあがり、アリックスは思わずため息をもらした。「ごめんなさい」彼を見あげていった。「あそこにある箱を全部調べることを考えたら、なんだか気が滅入っちゃって」

「いいかな？」彼はソファの向かいにある椅子を手振りで示した。

「どうぞ」

彼が大きなウィングチェアに腰をおろすと、翼状の背部が顔に暗い影を投げかけた。船長に本当によく似ている。もしかすると彼の肖像画を毎朝毎晩見ているせいかもしれないけど。理由はどうあれ、初めて会ったような気がしなかった。「それで、あなたはどなた？」

「ジャレッドから聞いていない？」

「ええ。もっとも、彼はいとこのウェスのことも自分から話そうとはしなかったけど」

彼が笑うと、アリックスははっとした。この笑い声。子どものころに聞いたことがある。

「わたしたち、前に会っていますよね。だけどあなたは……」見た目から判断すると彼はジャレッドより少し若いようだし、わたしが小さいころに聞いた、あの深みのあるおとなの笑い声の主であるはずがない。

「きみが子どものときに会っているよ」彼はにっこりした。「でもきみはうちの人間と大勢会っているから、おぼえていないのかもしれない。ケイレブだ」

「あなたにぴったりの名前ね」

彼の笑みがアリックスの緊張をほぐした。「どうやらあの大量の資料の山に踏みこむ決心がつかないようだね？」

「ええ、そうなの」

「ここだけの話だが、私はあの箱のなかの資料にすべて目を通しているんだ」

「本当に？」

「ああ。じつをいうと、ここに保管してある資料の多くはこの手で集めたものでね。ヴァレンティーナとケイレブにまつわる本当の話を聞かせてほしいかい？　一族のなかで私しか知らない話を？」

アリックスはためらった。ジャレッドが戻るのを待って、ふたりで話を聞いたほうがいいだろうか。でもそこで誘惑に負けた。彼女はうなずいた。

彼は屋根裏部屋をぐるりと見まわした。「至高の愛の物語をするには、それにふさわしい雰囲気を作らなければ。ここに……。きみたちはあれをなんと呼んでいたかな？」両手で小さな円を作った。「音楽を奏でるものだ。きみは蓄音機を持っているか？」

その古めかしい機械を思い浮かべてアリックスはほほえんだ。がらくただらけのここにあったらしっくりくるけど。「いいえ。でもすてきなノートパソコンを持っているから、あなたのCDをかけられるわよ」

彼は、これほど聡明な人間はいないというようにアリックスに笑いかけた。「一本目の通路の先にある箱のなかにドレスが入っていたのをおぼえている。持ち主はきみと同じで背が高かったから、きっと寸法が合うはずだ。どうだろう、そのドレスを着てみては。話をしながら、ヴァレンティーナの時代のダンスを教えてあげよう」

「ええっと」アリックスは目を丸くした。現代女性はとかくドレスアップすることを面倒だと考えるから、彼女も断ろうとした。でもそこで窓にちらりと目をやった。外はまだ強い雨が降っていたし、急ぎの用事もとくにない。だったら、ジャレッドのハンサムな親戚とダンスしたっていいんじゃない？「ドレスはどこ？」

ケイレブが見せた笑みはあまりにあたたかく、アリックスはついふらふらと彼のほうに足を一歩踏みだしていた。血迷っちゃだめ！　彼女は踏みだした足を元に戻した。ケイレブ船長にもこんなふうに女性を惹きつける力があったとしたら、ヴァレンティーナが結婚前に身ごもってしまったのも無理はないわ。彼はアリックスの考えを読んだようだったが、それについてはなにもいわず、ドレスを収めた箱がある方向を指し示した。

箱はすぐに見つかった。ところが、ドレスを出すのはそう簡単にいかなかった。まずは上にのっている六個の品物をどかしてから、箱を引きずりだした。それは濃い緑色の紙箱で、蓋にボストンにある店の名前が入っていた。

アリックスがその箱を持って戻ると、ケイレブは椅子の脇に立ってほほえんでいた。どうしてこれまでこの人に紹介されなかったのかしら。彼は近くに住んでいるの？

「それだ」と彼はいった。

箱を開けるのに時間はさほどかからなかった。なかに入っていたのは、コットン地の白いドレスだった。箱から取りだし、裸電球の光の下で掲げてみた。すごくきれい。糊のきいた純白のドレスは長袖で、襟元は開きの深いスクエアネック。床まで届くスカートは幾重にもレイヤーを重ねたものになっていた。間違いなくウェディングドレスだ。アリックスはケイレブに目を向けた。「一九五〇年代のもの？」

「だと思う」少しの間のあと「着てみたいかい？」

アリックスは純白のドレスを見つめた。これを着る理由はひとつもないけれど、このところ結婚式のことばかり考えていたせいで、つい心を引かれた。それにもちろんジャレッドのこともある。わたし、自分の結婚式ではコットンのドレスを着たいといわなかったっけ？

「着替えるなら下へ行かないと」

「またここに戻ってくるかい？」その口ぶりに、アリックスは不意を討たれた。いいえ、といわれたら立ち直れないというように聞こえたからだ。

「ええ、戻るわ」アリックスはそういうと階段を駆けおりた。

自室に飛びこむと、矢も楯もたまらずケイレブ船長の肖像画の前に立った。屋根裏部屋のあの人、本当にご先祖さまにそっくり！「あなたほどハンサムじゃないけど、僅差で二位って感じよ」

あっという間に服を脱いでしまうと、衝動的に抽斗のなかをひっかきまわし、とっておきの白いレースの下着を身につけた。ドレスに手を伸ばしかけたところで気が変わり、バスルームへ行って化粧をした。髪を洗っておいてよかった。ポニーテールにしていた髪をほどき、ふんわりしたシニヨンにまとめる。つたない出来だったけれど、あの上品なドレスにはそのほうが似合う気がした。

ベッドのところへ戻ると、ようやくドレスを取りあげた。スカートに足を入れ、細い袖に苦労して腕を通すと、最後に背中に並んだボタンを留めていった。そこで初めて鏡を見た。ドレスは、まるであつらえたかのようにぴったりだった。深くくれたネックラインからは、たっぷりと胸の谷間がのぞいている。アリックスは一応、ドレスの胸元を引っ張りあげようとしたが、そこで手を止めてにっこりした。このままでいいじゃないの。わたしの胸がこれほどすてきに見えたことはないもの！

ウェディングドレス姿でノートパソコンを抱え、屋根裏に通じる狭く急な階段をあがったところで彼女はつかのまためらったが、ケイレブを見たとたんにそんな気持ちは消えてしまった。彼はタキシードに身を包んでいた。それもケーリー・グラントが映画で着ていたような申し分なくすばらしいもの。とてもよく似合っていた。引き締まった腰と長くたくましい脚が際立って見える。どこのジムに通っているか知らないけど、そこのトレーナーに表彰状を贈るべきだわ。

彼が向けたまなざしに、アリックスの背筋がさらに伸びた。「その美しさには女神もきっと嫉妬する」彼は囁いた。

お世辞に決まっているけれど、おかげでアリックスの迷いは消え失せた。彼女はノートパソコンをおろすと、ケイレブがテーブルに置いておいたCDをドライブに入れた。最初の曲は、ヴァイオリンを多用したスコティッシュ・リールとアイリッシュ・リールのコンビネーションだった。テンポは速いが叙情豊かでもあった。

ケイレブは笑顔で彼女に手を差し伸べた。

その手を取ったとたん、アリックスの全身をあたたかなものが駆けめぐった。ジャレッドの手に触れたときの電気が走ったような感覚とは違い、気持ちが落ち着き、それでいて心が浮き立った。やらなければいけない仕事のことも頭から吹き飛んでしまった。大事なのはいまこの瞬間と、この男性が聞かせてくれる話だけ。

ケイレブは彼女の手を放してうしろに下がり、お辞儀をした。これからどんなダンスがはじまるのか知らなかったのに、なぜかわかる気がした。アリックスは膝を曲げてお辞儀し、ターンしてから前に四歩進んでケイレブと並んだ。もう一度ターンしてケイレブのほうを向くと、両手をあげて彼と合わせた。

「わたし、どうして踊れるの?」

「過去の記憶だ」ケイレブはアリックスをまたくるりとまわした。「だがいまはなにも考えないで。ただ感じるんだ。これから私が話すことを。ヴァレンティーナは絶世の美女だった。髪は赤く、瞳は緑。腰は男の片手にすっぽり収まってしまうほど細かった」

ふたりは音楽に合わせて奥の壁のほうへ進んだ。「わたしの母と似てる」

「そっくりだ」

「だとしたら、彼女も島じゅうの若者たちのあいだに騒ぎを巻き起こしたでしょうね」

「まさしく」ケイレブはいったが、その声は遠くから聞こえるようだった。「彼女の前に出ると男たちはみなばかなまねをしたものだ」

「彼女とケイレブ船長はひと目で恋に落ちたの?」

「船長はそうだった。そのときは気づいていなかったがね。ヴァレンティーナのほうは、最初は彼を嫌っていた」

「最高のロマンスのはじまりはいつだってそうじゃない？」アリックスは一回転してから彼と向きあった。

「そうかもしれないが、経験したのは初めてだった。ふたりが出会えたのは、船長が長い航海から予定より早く戻ったおかげだった」

「イジーとわたしもそうだったわ。もしも予定より早く島にくることにしなければ、わたしはジャレッドと出会えていなかった」

「きみの姉妹の話をしているのか？」

アリックスは笑った。「べつの人生でイジーと姉妹だったとしてもおかしくないわね。次は、もうひとりのわたしもジャレッドのことを知っていたというんでしょう？」

「きみたちはふたりで建物を建てた。この島の家の多くはきみとジャレッドが建てたものだ。きみが図面を引き、彼がそれを建てた」

アリックスはまた笑い声をあげていた。「あなたはすばらしきほら吹きね！　ぜひわたしの母に会って。あなたの発想と母の文才が合わされば最高のペアになれるわ」

「実際、そうだったよ」

「もちろんそうよね。あなたはケイレブ船長以外の誰でもないもの。そんなあなたをヴァレンティーナはどうして嫌いになれたのかしら？」つい、思わせぶりなことをいってしまった。

でも、女とたわむれるために生まれてきた男がいるとしたら、それはこの人だ。ベッドに誘うような彼の甘いまなざしと美しいドレスが相まって、アリックスは世界一魅力的な女性になったような気がしはじめていた。昔から、お母さんに負けないように、頭が切れて才能があって洗練された女性にならなくちゃ、と思ってきた。ただし、セクシーさだけはとうてい太刀打ちできなかった。でもいまは、この人のおかげで妖婦になったような気分を味わっていた。

「それはほら」とケイレブは切りだした。「ナンタケットに帰ってきたとき、船長はヴァレンティーナがどこの誰か知らなかったんだ。彼女は船長が中国への航海に出たあとで島にやってきたから会ったことがなかったんだよ」彼は円を描いてからアリックスのところへ戻ると、離れているのが耐えがたかったといいたげな目で見つめた。

彼の顔がすぐそこにあった。彼はきれいにひげを当たっていて、肌のにおいをかぐことができた。潮の香りがした。それに、たまらなく男らしい香りも。

曲が変わり、なめらかでゆったりしたメロディが流れだした。ケイレブは彼女のほうに両手を広げた。その腕に身を委ねるのはごく自然なことに思えた。彼のリードで踊るワルツはとても軽やかで、まるで足が床に触れていないようだった。ふたりはくるくるまわりながら、高く高く舞いあがった。

アリックスは頭をのけぞらせて目を閉じた。次に目を開けると、窓が、骨董品の山が下に見えた。ケイレブとふたりで床からはるか高いところに浮かんでいるみたい。彼女のなかの建築家はそんなことはあり得ないと知っていたが——ここの天井はそこまで高くない——いまはそんなことはどうでもよかった。純白のウェディングドレスのスカートが彼女のまわりでくるくるまわり、彼とふたりでやわらかな霞《かすみ》に包まれてしまいそう。アリックスはとても女らしい気持ちになった。内側から輝きがあふれだしているようだった。

ここにいるこの美しい男性がそうさせたのだ。

アリックスはその感覚に身を委ねた。音楽が大きくなった。まるで屋根裏部屋にオーケストラがいるみたい。おいしそうな料理のにおいと香水の香りもする。人々の笑い声と話し声が聞こえた。下に目をやると明かりが見えた。あたたかみのある金色の光。キャンドルの明かりだ。ちらちらと揺らめきながら、たくさんの人たちの上気した肌を明るく照らしている。

屋根裏部屋の床が透けて見えているようだった。階下の部屋はどこも光と笑い声にあふれていた。「見て」アリックスは囁き、ケイレブの手をぎゅっと握った。

「誰が見える？」ケイレブは囁き返した。

「母がいる！　男の人たちに囲まれているわ。朝、メイクをする前の母みたい。眉毛を抜いて整えていない母を見たのは初めてよ」

「あれはヴァレンティーナだ」ケイレブは静かにいった。「ほかには誰がいる？」

「大勢の人。あの人は父に似てる」

「彼はジョン・ケンドリックスだ。男やもめの教師だが、船長が航海に出ているあいだにこの屋敷を建てた人物でもある。ほら、あそこにきみがいる。たぶんジョンの娘だろう。窓台の下の作りつけの腰掛けに座っているよ」

「あら、ほんと。スケッチブックを膝に置いているあの女の子はわたしに似てる。なにを描いているのかしら?」

「家だよ、もちろん。パーセニアが見えるか? きみの父親と一緒にいる。ふたりは深く愛しあっているんだ」

「いた! 彼の隣にいるあのきれいな人がパーセニア?」その女性は笑みを浮かべていたが、ほかの人たちのように声をあげて笑ったり、おしゃべりしたりしていなかった。「とても物静かな人みたい」

「そうだ」

「あの白髪の男性は誰? ハントリー博士に似ているけど」

「あれは船長の父親だ」ケイレブはいった。「息子のためならどんなことでもする人だ」

アリックスはふたたび目を閉じた。音楽がさらに大きくなる。彼女は目を開け、ケイレブに笑いかけた。「昨日は仕事で使うセメントをどれだけ注文したらいいか計算していたの。それがいまはきれいなドレスを着て宙を舞っている。文字どおりの意味でね。それはそうと、船長はどこ?」ダンスで息を切らしながらも、アリックスは船長の姿をさがした。

「彼は下にはいない。ちょうど長い航海から戻って家に向かっているところだ。永遠に海の上にいたような気分を味わいながらね。疲れ果て、腹が空き、新しい屋敷を早く見たいと思っている」

「それじゃ、男の色気を漂わせるケイレブ船長はこの夜に帰ってきたのね？」

ケイレブはほほえんだ。「男の色気か。気に入ったよ。しかし、この夜の船長は色気とは無縁だった。キングズリー・レーンまでやってくると、新しい屋敷に明かりが灯っているのが見えた。船長はそれが気に入らなかった。じつはその夜はジョンとパーセニアの結婚式で、島民の半分が招待されていたんだ。しかし船長はそんなこととは知らないからね。彼にわかったのは無数のキャンドルの明かりと、屋敷の前に何台もの馬車や馬が停まっていることだけだった。大量の馬糞で足首まで埋まるほどだった」

「すごくロマンチックな光景ね」アリックスは笑った。「船長は屋敷からみんなを追い払ったの？」

「いや、彼はそんなことをする男じゃない。とはいえ、誰とも会いたくなかったから、こっそり家に入って自室にあがったんだ。ところがあいにく彼のベッドはご婦人方のマント置き場になっていた。それでしかたなく屋根裏部屋へ向かった」

「ひとりふてくされるために」

「違う！」ケイレブは怒ったように声を荒らげ、さらに速いターンでアリックスのことをくるくるまわしたが、そこでふっと表情をゆるめた。「まあ、そうだったかもしれない。理由はどうあれ、彼がそこにいたときにヴァレンティーナがあがってきたんだ」

「若い殿方を連れて？」

「いや。彼女は靴を脱いで少し休みたかったんだ。踊り疲れていたんだな」

「ロマンチックな出会いだったの？」

「とんでもない」ケイレブの声は笑っていた。「なにせ、船長は彼女のことを知らなかったからね。その外見から夜の女だと思いこんでしまったんだ」

「わたしには、異国の港町から戻ったばかりのケイレブ船長が美しく官能的なヴァレンティーナをひと目見て、情熱的に口説いたとしか思えない。初めての出会いのとき、彼は頭ではなくべつのところで考えていたんじゃないかしらね」

「あるいはね」ケイレブは満面の笑みを見せた。「学校の先生の娘は少々頭がよすぎるようだ。そんなことでは嫁のもらい手がないぞ」

アリックスは笑顔を返した。「わたしの母はとても頭がいいけど、ケイレブ船長をものにしたわよ」

彼の笑い声が響き渡り、そのお腹の底からこみあげてくる、甘くて濃い糖蜜にも似た深く豊かな響きは、まさにアリックスがよくおぼえている声だった。「きみがここを離れて以来、こんなによく笑ったのは初めてだよ。さて、どこまで話したかな？」

「ジョン・ケンドリックスの娘は頭がよすぎて、ふつうの男では手に負えない」

ケイレブはほほえんだ。「たしかにその最初の夜、ケイレブ船長は美しいヴァレンティーナを口説いて唇を奪おうとした。しかし、それだけだ」

「そこにラムはどれくらい絡んでいるの？」

「グラスで？　それともボトルで？」

アリックスは声をあげて笑った。「ヴァレンティーナは彼をひっぱたいた？」

「いいや。彼女は……」

アリックスは彼を見た。「あなた、赤くなっているの？」

「顔を赤らめるのは女性のすることだ。男は赤くなったりしない」

「ヴァレンティーナは船長になにをしたの？　それはそうと、彼はそのとき少し酔っていたのかしら」

「彼女は船長に一杯食わせたんだ。つまり彼をベッドに誘うふりをしたんだ」

「どういう意味？」

ケイレブはアリックスを抱いて踊りつづけ、答えるまでに間が空いた。「彼に服を脱がさせたんだよ」

「彼だけが裸になったってこと？」

「そうだ」ケイレブは照れたように笑った。「ケイレブが素っ裸になってしまうと、ヴァレンティーナは彼の服を持って屋根裏部屋を出た。そして扉にしっかり錠をおろしたんだ」

「本当に？」その光景を思い描くと笑えてきた。「この家ができたばかりだったのなら、ここにはたいしたものは置いてなかったはずよね？」

「半分空いたラムのジョッキしかなかったよ」ケイレブは自責の念と気恥ずかしさが入り交じったような表情をした。「しかも、寒い晩だった」

アリックスはこらえきれずに噴きだした。「彼はどうやってここから出たの？」

「翌朝ケンドリックスが、天井からかなり……強烈な言葉が聞こえてくることに気づいたんだ。お祭り騒ぎのあとだったからね、家じゅうの人間を起こすのはかなり骨が折れたよ」

「いうまでもなく、学校の先生にとっては結婚初夜だったわけだし。船長のことを笑うつもりはないけど、自業自得といわざるを得ないわね」

「たしかに。ただし、そのときの彼はそんなふうには考えなかった。ようやく屋根裏部屋から解放されると、船長はいちばん立派な制服を身につけて、ヴァレンティーナの洗濯場へ向かった。ヴァレンティーナは大鍋のなかの石鹼をかきまわしていた。船長は彼女に謝罪を求めた」

「彼女は謝ったの？」

「それどころか、ぼさっと突っ立っていないで、へらでかき混ぜるのを手伝って、と彼にいったんだ」

「船長がふだん受けている扱いとは違った？」

「ああ」ケイレブはにっこりした。「まるで違った」

ふたりは笑みを交わし、そのまま踊りつづけた。

21

ジャレッドはハイアニスに置いてあるおんぼろトラックでメイン州をあとにした。夏の観光シーズンは、車での乗船予約を取るのに困難を極める。島を訪れる六万人からの観光客と彼らの車にフェリーを占領されてしまうので、島民の多くは本土に乗用車やトラックを置いてあるのだ。

トラックの助手席にはジリー・タガート・レイトンが乗っていた。この数日間にジャレッドが会った大勢の親戚のひとりだ。どうやら新しい親戚は何百人もいるらしい！

祖先たちがひらいたメイン州のその小さな町に住んでいるのはごく一部で、その大半はモンゴメリー一族だったが、コロラド州チャンドラーにはタガート一族が山ほど住んでいるとのことだった。ジャレッドは、十九世紀に悪徳資本家がコロラドに建てたという大きな館《やかた》の写真を見せてもらった。写真で見るかぎり、もう何年も手を入れていないようだった。口には出さなかったが、この館を手に入れて最新の建築基準を満たすように改修したくてたまらなかった。古い電気系統の危険性は想像を絶する。

写真を見ながら、アリックスのことを考えた。コロラドのこの館を見たら彼女はどんな顔をするだろう。メイン州の親戚が住む大邸宅を見たらなんというかな。それに、アリックスは彼らの誰を気に入り、誰を敬遠するだろう？　ぼくと意見が合うだろうか。それとも意見は分かれる？

じつをいえば、ジャレッドはこちらにきてからずっとアリックスのことを考えていた。彼女のことをみんなに話してもいた。そして、そのことに誰より驚いていた。アリックスのことを口に出して話している自分に。本土にいるときの彼は、自分のことをめったに他人に語らない。じいちゃんは、島と対照的でいいじゃないか、という。ナンタケットでは恋人ができても、恋人と別れても、それどころかどこかの女性といちゃついただけでも、島民の半数に知られてしまう。ジャレッドが島で観光客の女性としかデートしなかったのも――ニューヨークの恋人をけっして島に連れてこなかったのも、理由のひとつはそれだった。

ところがアリックスは違った。一緒にいてこれほどくつろげる女性は生まれて初めてだった。魚のおろしかたから家の設計まで、ふたりはすべてを共有し……そう、ともに暮らす方法さえわかっているように思えた。

これまでに女性と暮らしたことは何度かあるが、いずれも悲惨な結果に終わった。なにしろどの女性も、作品にかける彼の情熱より成果のほうに関心があるようだったからだ。ジャレッドはセレブの仲間入りをした有名建築家であり、女性たちはその華やかな世界の一員になりたがった。何千ドルもするドレスを着て、それよりさらに値の張る宝石を身につけて、毎晩のようにパーティに出かける。彼女たちは有名人のジャレッド・モンゴメリーと連れ立っているところを見られたい、彼の恋人になりたいと願う。マスコミが作りあげたその男に、ジャレッドは引け目を感じることがよくあった。

ジャレッドはこれまでさまざまなタイプの女性とつきあおうとしてきた。インディアナ州から出てきて受付係の仕事をしていたきれいな女の子もそのひとりだ。しかし彼女は現実離れしたジャレッドの生活に圧倒され、ある日彼のアパートメントでひとり泣いていた。ジャレッドは故郷までのチケット代を出してやった。裕福な家庭で育った女性たちは、ジャレッドが自分たちに時間を割いてくれないことに文句をいった。野心的な女性たちは、成功への足がかりとしてジャレッドのコネを利用しようとした。

タイプはどうあれ、どの女性もひとりの人間としてのジャレッドより有名人としてのジャレッドのほうにはるかに興味を持っていた。誰ひとり、彼の仕事の内容を理解しようとはしなかった。膨大な量の作業を。

しかし、アリックスは違う。ジャレッドが巻き尺の先端を渡したら、それでなにをするかすぐにわかる。略語を使っても意味を理解してくれる。とはいえ、仕事だけの問題ではないし、むしろそれはささいなことだった。アリックスは彼をひとりの人間として見てくれる。ジャレッドの両面を見て、どちらも好きだといってくれる。

「彼女が恋しい?」助手席にいるジリーに訊かれた。

ジャレッドは笑顔になった。「彼女のことばかり話して、ばかみたいだったかな?」

「ちっとも」ジリーはいった。「わたしたちの多くが通ってきた道だし、まだの人もいつかはそこにたどり着きたいと思っているわ。わたしたちが今日着くことはアリックスにいってあるの?」

「いや。アリックスは明日だと思っている」彼女との再会を思うと顔がにやけた。二日前、ジャレッドはジリーの兄のケーンと、ケーンの成人した双子の息子たちとともに、礼拝堂に使うステンドグラスの窓をさがしに出かけた。二軒目の店でぴったりのものが見つかった。一八七〇年代に作られたもので、憂い顔で剣にもたれている騎士が描かれていた。口にこそ出さなかったが、その騎士は不思議なほど祖父のケイレブに似ていた。

代金を支払い、その窓をトラックの荷台にのせようとしたところでケーンにいわれた。「きみはモンゴメリーだからな。ここはわれわれにまかせておけ」両家のあいだにライバル意識があることは、こちらにきてすぐにわかった。体格のいいタガート家の面々は、ひょろりと背の高いモンゴメリーはがりがりで弱々しいといい、一方のモンゴメリー家はタガートは図体ばかり大きいまぬけ揃いだという。もちろんどれも事実ではないのだが、ジャレッドはその冷やかしあいを楽しんだ。

どちらの家族ともおおむね馬が合ったものの、ジャレッドがより親近感をおぼえるのはモンゴメリー家のほうだった。ジャレッドがこれまでに設計した建物のことを熱心に聞きたがったのも、ジャレッドと彼らがどんな経緯で縁戚関係になったのか、その謎解きを楽しんだのもこちらの家族だった。

タガート家では、ジャレッドはとくにケーンとマイクが気に入った。どちらも五十代初めの大金持ちだが、これ以上ないほど堅実だった。ふたりは一卵性の双子で、あまりにそっくりなのでジャレッドにはまるで見分けがつかないのに、それぞれの妻にはちゃんとわかるらしい。子どもたちも間違うことはなかった。

ケーンの妻のケイルは著名な作家で、ウィットに富んだひと言でみんなを笑わせていた。かなり辛辣な発言も見受けられたが、どれも的を射ていた。彼女は短い言葉で物事の核心をつくことができた。

「それで、ナンタケット島は実際にはどんな感じなの?」メイン州に着いて二日目、ケイルにそう訊かれた。ジャレッドが砂浜に腰をおろして海を見ていたところにやってきたのだ。手にはいつものようにノートを持っていた。

「静かなところですよ」ジャレッドはいった。「観光客を無視すればですが」ケイルは小柄なかわいらしい女性で、その目は好奇心に満ちていた。ジャレッドはヴィクトリアがこれと同じ表情をするのを何度も見ていた。「それに、島には幽霊がごろごろしています」

彼女の目が大きく見ひらかれた。

ヴィクトリアがこの顔をするのも見たことがある。「なかには込み入ったいわくつきの幽霊もいて、いろいろおもしろいですよ」

「まあ」ケイルは言葉を失ったようだった。プロの作家として、彼女はつねに題材をさがし求めている。アルコール依存症患者が酒を渇望するように、作家は〝ストーリー〟に飢えているのだ。

「さてと、あなたの仕事の邪魔はしませんよ」ジャレッドはケイルのノートをあごで示しながら立ちあがり、そこで彼女を振り返った。「キングズリー・レーンに一軒、売りに出ている屋敷がある。大きな古い家で、〝時を超えて〟という名前がついています。その家に出る幽霊は人を過去の時代に連れていくといわれているんですよ」ジャレッドは片手をひらひらさせた。「もちろん、単なる噂です。実際に過去に連れていかれた人間がいるかどうかは知りません。しかし火のないところに煙は立たないというし、数百年、いい伝えられていることでもありますからね。では、夕食の席でまた」彼はにやにやしながらその場を立ち去った。ぼくの勘がはずれていなければ、あの古い屋敷は売れたも同然だ。

ジリーは、ジャレッドが到着した数日後にコロラドから飛行機でやってきた。シングルマザーで、ふたりの子どもは地元のサマーキャンプに参加していた。大学へ通うために親元を離れる前の最後の夏だった。

ジリーは夫の死後、タガート家の依頼を受けて家族史を研究しているとのことだった。大量に残された一族の記録に何年もかけて目を通し、ひとりひとりの個人史にまとめていった。彼女は最近、詳細な家系図をネットにアップし、アリックスはそこでヴァレンティーナとパーセニアの名前を見つけたのだった。

ジリーはそうした記録のコピーを段ボール三箱分、コロラドから運んできた。「原本は銀行の貸金庫に預けてあるの」到着した日の夕食の席で彼女はいった。箱のひとつにはヴァレンティーナとパーセニアがやりとりした手紙が入っていた。彼女はジャレッドのために手紙の内容をかいつまんで話した。

ヴァレンティーナとパーセニアは会えないことが寂しくて、訪ねていく計画を立てたの。そう説明するジリーをジャレッドは見つめた。大柄で荒っぽいタガート家のなかで、ジリーだけはおだやかでたおやかだった。

「ジリーは母方のおばあさんに似たのよ」ジャレッドの向かいに座っているケイルがいった。「でなきゃ、べつの星からきたエイリアンね」

ジャレッドは声をあげて笑った。壊れものみたいにはかない外見で、おだやかな話しかたをして、がたいのいいふたりの兄に挟まれて座っているジリーは、たしかに異星からきたみたいに見える。

受けたことに気をよくして、ケイルはつづけた。「ジリーの星はどんな感じだと思う？どこもかしこもピンクとクリーム色かしら？」

ジャレッドは間髪を入れずに応じた。「きっとナンタケットのような場所だな。薄霧のかかる海に沈む夕日。太陽にあたためられた砂浜。長い年月を経て灰色へと変わった家々」

ケイルは一瞬、目をぱちくりさせてジャレッドを見たあと、すぐにテーブルの反対側にいる夫に顔を向けた。「あなたの小切手帳を貸して」

「おや？」ケーンは目を輝かせた。「今度はなにを買うつもりだ？」

「ナンタケットの家よ」

ケーンはケイルとジャレッドの顔を交互に見た。「さては、なにかおもしろい逸話のある家だな」

「かもね」ケイルの答えに全員が笑った。彼女がどれほど物語を愛しているか知っているからだ。

島に戻る前の晩の夕食後、ジャレッドは外のブランコでジリーと並んで座っていた。ジリーに初めて会ったとき、誰かに似ていると思った。最初はトビーだろうかと考えた。どちらの女性も物静かで優雅な雰囲気があったからだ。ところが、夕食の席でフォークを持つジリーを見て――フォークの歯先をヨーロッパ式に下に向けていた――ケンに似ているのだと気がついた。そのしぐさといい、おだやかな口調といい、ジャレッドはケンに電話して、あなたにぴったりの女性に会いましたよ、といいたくなった。

しかしそんなことをすれば元も子もなくなるのはわかっていたから、アリックスにだけジリーを連れて帰ろうかと思うと話してあった。その最後の晩、ジャレッドは、手紙の内容をさらにくわしく説明するジリーの話を聞いていた。「パーセニアがナンタケット島を初めて訪ねて、メイン州に戻ると、ふたたび文通がはじまったの。でもそこからの手紙はおたがいの好きな人の話になっていった。パーセニアは島で学校の先生をしている男性と恋に落ちていて、ヴァレンティーナは——」

「ケイレブを愛するようになった」ジャレッドはいった。「で、ヴァレンティーナになにが起きたんです？」

「それはわたしたちにもわからない。ヴァレンティーナが姿を消したとき、パーセニアは学校の先生と結婚してナンタケットに住んでいたから、もう手紙のやりとりをしていないのよ。ヴァレンティーナが行方不明になったことをモンゴメリー家のある人が手紙で家族に知らせると、彼女をさがすために本土から三人の男性が島にやってきた。ヴァレンティーナをケープコッドまで船に乗せたと話している水夫がふたりほど見つかったのだけど、ケープコッドでもほかのどこでも手がかりはまったくつかめなかった。もちろん、メイン州に戻った形跡もなかった。パーセニアが亡くなると、ふたりの手紙はすべてワーブルックに送り返されたの。わたしはそのすべてに目を通したけれど、ヴァレンティーナの失踪に関する説明は見つからなかったわ」

ジャレッドは難しい顔をしていた。「ヴァレンティーナが島を出るところを見た者はいないと、じいちゃ……いや、ある人から聞いたけど」

「たぶん口止めされたんじゃないかしら。女性が子どもを置いて出ていったなんて世間体が悪いもの。ヴァレンティーナの家族がそんな話を広めるとは思えない。いずれにせよ、はるか昔の話ね。あなたのお宅にも家族の記録がたくさんあるの？」

その口調からは、見てみたいという気持ちが伝わってきて、ジャレッドはこのチャンスに飛びついた。「大量にありますよ。ぼくの家族はものを捨てるということを知らないようでね。親族の家はどこも、黄ばんだ古文書や手紙や本でいっぱいです」

「わくわくするわね」

「アリックスはべつの意見でしたけど」ジャレッドはそこで人を惹きつける笑みを浮かべた。

「どうだろう、ぼくと一緒に島にきて、ひと夏かけて目を通してみては？」

「無理よ、そんな」ジリーはいいかけ、最後はため息になった。「とはいえ、子どもたちはどちらもじきに家を出てしまうし、タガート家の家族史もほぼ終わってしまった。そうなると、深刻な空の巣症候群に陥りそうで心配」彼女は顔をあげた。「やっぱり、あなたと一緒にナンタケットへ行く。ホテルかなにかに予約を入れたほうがいいかしら？」

「ぼくの家に空いている部屋がある。好きなだけそこに泊まってください」

「だけど、あなたとアリックスのお邪魔でしょう？」

「話し相手ができてぼくらも楽しいですよ」ジャレッドはまたケンのことを考えた。

ジリーはなにかを考えるような表情で彼を見た。「あなたのことはよく知らないけど、いまのあなたは、わたしたちタガートが〝モンゴメリーがまたなにか企んでいるから気をつけろ〟というときの目をしてる」

ジャレッドは大笑いし、その声は古い屋敷のなかにまで届いた。「それはつまり、冒険はあまりしたくないってことかな？」

ジリーはにっこりした。「わたしはふたりの子どもを三歳のときから女手ひとつで育て、仕事は二メートル以上の高さまで積みあがった古文書を丹念に調べることよ。海賊から一緒に船に乗らないかといわれたとしてもオーケイしたと思う。それで、出発は何時？」

「明日の夜明けじゃ早すぎる？　ハイアニスまでは車で五時間だ。ステンドグラスの窓を運んでもらう人間は見つけてあるから、ぼくらは正午発の高速フェリーでナンタケットへ向かおう」

「朝の四時には発てるようにしておく」

「いい子だ」ジャレッドはいった。

「もう〝子〟という年じゃないけど、ありがとう」

それが昨夜のことで、ジャレッドはジリーの荷造りを手伝って夜を過ごした。というか、女性たちが準備のために走りまわるのを見ていた。彼が男たちとテレビのスポーツチャンネルを観ていると、女性たちが部屋に顔を出してはひと言いっていった。

マイクの妻は、ジリーの生活に彩りを添えてくれたあなたに家族全員が感謝していると
ジャレッドにいった。「ジリーはタガート家のなかで、もっともやさしい人だから」
「じゃ、たいしたことないな」モンゴメリー家のひとりがいうと、タガート家の男たちは彼
にポップコーンを投げた。
「掃除は自分たちでしてちょうだいよ」マイクの妻はそういい残して出ていった。
次にケイルがノートパソコンを持ってあらわれ、ソファのジャレッドの横にお尻を割りこ
ませると、キングズリー・レーンの物件リストを彼に見せた。「あなたがいっていた、タイ
ムトラベルする幽霊が出るというのはこの家のこと?」
「そうです」
「ずいぶん高いわね」
「ナンタケットですから」ジャレッドはいった。
ケイルは、それはどういう意味かとは訊かずに夫のほうをちらりと見た。「ちょっと説得
に時間がかかりそうね」
「タイムシェアにすればいい。ひと家族、三カ月から四カ月ずつ滞在して、費用を分担する
んです」ジャレッドは彼女に顔を近づけた。「作家は、ナンタケットは冬がいちばんだとい
いますよ。静かだから、幽霊も姿をあらわすんです」
「あなたはまさにモンゴメリー家の人間ね。ヘビの油売りみたいに口がうまいわ」ケイルは

笑っていた。「でもいいアイデアだわ。みんなにいってみる」彼女はジャレッドの腕に手を置いた。「あなたが家族に加わってくれてうれしい。アリックスに会うのも楽しみよ」

「ふたりでなにを企んでいるんだ?」ケーンが部屋の反対側から訊いてきた。

「あなたの新しいいとこと駆け落ちする計画を立てているのよ」ケイルは答えた。「ケーンはどこ?」

ジャレッドはびっくりして顔をあげた。「彼はマイク?」

「そうよ」ケイルはいった。「マイクはデブだけど、わたしの夫は違うもの」

マイクはぶつくさいいながらテレビに向き直った。

ケイルの言葉のばからしさにジャレッドはにんまりした。ケーンとマイクが体型維持のために自宅の地下にあるトレーニングルームでオリンピック選手も音をあげそうなほどきついトレーニングをしているのは知っていた。その成果はふたりの見事な肉体にあらわれている。どちらも無駄な脂肪はまったくついていなかった。

ジリーは言葉どおりに夜明けまでに準備を終え、二歳の幼児を含めた家族全員が見送りのために起きてきた。こんなに多くのキスやハグが交わされるのを見たのは生まれて初めてだった。タガート家いちばんの大男がジャレッドを痛いほどに抱きしめた。「もしもジリーになにかあったら、ただじゃおかないぞ」ジャレッドは返事がわりにうなずいた。いいたいことはわかるし、そのとおりだとも思った。

数時間後、ふたりがハイアニスの埠頭に到着すると、ジャレッドのいとこのひとりが待っていた。そのいとこは、ステンドグラスの窓を荷台にのせたジャレッドのトラックを受け取って、明日のスローボート――車輌が乗船できるふつうのフェリー――で島に渡り、そのまま礼拝堂の建築作業を手伝うことになっていた。

ジャレッドとジリーは旅行鞄だけを手に高速フェリー乗り場へ向かった。島までの一時間はテーブルに座って過ごした。ジリーは「イエスタデイズ・アイランド」紙を広げながら、これから会うことになる人々のことをジャレッドに尋ねた。

ジャレッドは細長いベンチに座ってコーヒーを飲みながら、キングズリー・レーンの住人たちのことを話して聞かせた。「うちのゲストハウスにはいまケンが泊まってる。アリックスの父親です」あなたとお似合いだと思うとジリーにいって、すべてをぶち壊しにするのは避けたかったから、かわりにいくつかの事実だけ話した。ジャレッドが建築の仕事をはじめるきっかけを与えてくれたのがケンであること。ケンがいなければ自分はいまごろ刑務所にいただろうということ。ジャレッドの卒業制作の家をふたりで建てたこと。離婚していて、いい人をさがしていること。たったのそれだけだ。

ジリーは口も挟まず、礼儀正しく最後まで聞いたあとで、いった。「アリックスのお母さんはどんな方なの？　ケイルと同じ作家だというのは知っているけど、ご本人はどんな感じ？」

ジャレッドはにっこりした。職業は同じでも、ふたりの見かけは正反対だった。ケイルが小柄でほっそりしているのに対し、ヴィクトリアは背が高く、砂時計のようにウエストがくびれている。「ヴィクトリアは誰にも似ていない。でも、彼女はいま島にいないんだ。ケンはアリックスの友だちの結婚式のために礼拝堂を建てている」礼拝堂を設計したのはアリックスであること、間近に迫った式の準備のあれやこれやをジリーに話して聞かせた。

「知ってると思うけど、アリックスのことを話すとき、あなたは顔がぱっと明るくなるのね」

ジャレッドはニューイングランド人気質の控えめさを取り戻すために一瞬、横を向いた。

「ぼくらはとてもしっくりくるんです」

「それなら、彼女を失わないようにしなくちゃね」ジリーはいった。「じゃ、ほかのご近所さんのことも教えて」

そこでジャレッドは、レクシーと超リッチなボスのこと、そのボスのことでレクシーをからかうアリックスとトビーの話をしてジリーを笑わせた。「彼女たちはそのボスのことをすごいハンサムだというんだけど、ぼくにはよくわからなくて。写真で見るかぎり、ちょっと女性的な感じなんだ」

ジリーは笑った。

高速フェリーが埠頭に着くと、ジャレッドがふたり分の荷物を持ってメイン・ストリートを歩きだした。ジャレッドは初めて島を訪れる人間と町を歩くのが昔から好きだった。彼らの目を通して島を見ると、ナンタケットの美しさを再発見することになるからだ。

「ほんとね」ジリーがいった。「わたしの家族は間違いなくこの島を気に入るわ」背の高い優雅な窓を持つ、見事に均整の取れた美しい建物。玉石の道路は、歩きやすいように横断歩道が煉瓦敷きになっている。ジリーは首を左右にめぐらしながら古い家々を眺めていた。

〝三軒の煉瓦の家〟のところまでくると、彼女はその壮麗さにつかのま足を止め、それからふたたびキングズリー・レーンに歩を進めた。

通りの右側にある最初の屋敷の前で彼女は立ち止まった。「時を超えて」玄関扉の上部に設置された船尾板を読みあげた。「これがケイルの話していた家？　売りに出ているっていう」

「うん。彼女はこの家を共同購入するためのキャンペーンをすでにはじめている？」

「ええ。そしてわたしが報告を入れたら彼女の勝利は確実ね。そもそもケーンはケイルに首ったけだから、彼女の望みはなんだって叶えちゃうの」

「そうなんだ」ジャレッドは歩調を速めた。早くアリックスに会いたい。

彼の家はそこから三軒先で、その古い屋敷がこれほど美しく思えたのは初めてだった。ふたりが通用門から入って勝手口へ向かおうとしたとき、奇跡的な偶然の一致で、ゲストハウスからケンが出てきた。筒状に丸めた製図を片手に、湯気のあがるマグカップをもう一方の手に持っている。

しかしジャレッドには、これは偶然でないとわかっていた。母屋を振り返って屋根裏部屋の窓を見あげると、そこに祖父が立っていた。祖父は食い入るような目でジリーを見ていた。なにもかもじいちゃんが起こしたことなのか。その考えが気に入らず、ジャレッドは顔をしかめるとケンに視線を戻した。ケンは目を丸くしてジリーのことを見ていた。なにか聖なるもの、地上に舞い降りた天使を見つけてしまったというように。そしてジリーもまた同じ表情を浮かべてケンのことを見返していた。

ジャレッドは快哉《かいさい》を叫びたいところを、口元にあるかないかの笑みをたたえるだけで満足した。「ケン、ジリーだ。ジリー、ケンだ」彼はそう紹介すると、母屋のほうに足を踏みだした。「ぼくはアリックスに会いにいくけど、いいかな?」

どちらからも返事はなかった。ふたりは突っ立ったまま見つめあっている。

「そうか。じゃ、行くよ」ふたりに背を向けると、ジャレッドは顔いっぱいに笑みを浮かべた。

家のなかに足を踏み入れると同時に大声でアリックスに呼びかけるつもりでいたのに、できなかった。戸口のところに祖父が立っていたからだ。

「彼女はどこ?」

「表の客間だ」ケイレブはいった。「その前に、おまえに話がある」

「あとにしてくれ」ジャレッドは祖父の体を通り抜けて表の部屋に向かった。アリックスはソファで膝にスケッチブックを広げ、ゲストハウスのデザインを考えているものと思ったが、その予想ははずれた。彼女は汚らしい古文書が詰まった箱に囲まれて床にあぐらをかいていた。ソファもテーブルも椅子も、紐で束ねた手紙や書面でおおわれていた。膝の上にも黄ばんだ紙がうずたかく積まれている。

「ただいま」ジャレッドは小声でいった。

アリックスが顔をあげ、ぱっと表情を輝かせた。まるでこの世でいちばんすばらしい光景を目にしたとばかりに、ジャレッドとまた会えた喜びが顔じゅうにあらわれている。彼女は弾かれたように立ちあがると――膝の上の紙が床に落ちた――箱をふたつ飛び越えてジャレッドの首に抱きつき、唇を重ねた。キスは深く、喜びに満ちていた。すごく会いたかった。ふたりは唇と舌で多くを語りあった。

「ぼくのことを考えた？」ジャレッドは彼女の首筋にキスしながら訊いた。

「ええ、それはもうたくさん！」アリックスは頭をのけぞらせた。「話したいことがいっぱいあるのよ。ハントリー博士がジョン・ケンドリックスをさがしだして、彼に関する記録を持ってきてくれたんだけど、まだ目を通していないの。トビーとレクシーとわたしで結婚式の準備を山ほどこなしたわ。それにケイレブが船長とヴァレンティーナと彼女のいとこのパーセニアのことを話してくれて――」

ジャレッドはアリックスの肩に手を置いて体を引き離すと、まっすぐに目を見た。「ケイレブだって？　いつ彼を見たんだ？」

「昨日の日曜よ。わたし、彼と……」ケイレブとふたりでしたことをどう説明したらいいのかわからなかった。

「彼となにをした？」

「ごめんなさい、彼と踊っちゃった。怒らないで、ねっ？　なんてことのない、ただのダンスだったの」

ジャレッドは懸命に気を鎮めようとした。「怒ったりしない。ケイレブに人間離れした魅力があることはわかっているからね」

アリックスはほっとして息を吐いた。「それにすぐれた歴史家でもあるわ。ものすごく真に迫った話しかたをするものだから、まるでジョン・ケンドリックスとパーセニア・タガートが結婚した日の夜のこの屋敷のなかを、自分の目で見たような気がしたもの。蜜蠟のキャンドルが見えて、料理のおいしそうなにおいもした。音楽まで聞こえた。ま、それはわたしのパソコンでCDをかけていたからだけど。それに――どうしてそんな顔でわたしを見ているの？」

「ふたりでここを出よう。いますぐ」

「だめよ」アリックスは彼から離れた。「船長とヴァレンティーナが出会ったときのことをケイレブが話してくれてね。それが笑っちゃうような話なのよ。でもその後にあんな悲劇が起きるわけでしょう。ヴァレンティーナの身になにがあったのか、わたしはその真相を探りださなきゃいけないの」アリックスはあたりに散らばる箱や紙類を手で示した。「ここにあるものすべてに目を通して、手がかりを——ちょっと！　なにするの？」

ジャレッドは腰をかがめると、アリックスを肩に担ぎあげた。そして戸口のほうへ向きを変えた。そこには祖父が、ちょっとやりすぎたといいたげな顔で申し訳なさそうに立っていた。

ジャレッドは怖い顔でそれを無視すると、祖父の体を突っ切って勝手口へ向かった。

アリックスが上下逆さまの状態でいった。「怪物の〝シュレック〟を気取っているところ悪いんだけど、寝室は二階よ」

「ベッドには行かない。とにかくいますぐには。これからディリスの家に行って、何日か泊まらせてもらう」

「だったら、着替えを持っていかなきゃ」

「服は必要ない」ジャレッドは彼女を担いだまま外に出た。

「ワーーオ。あなたの帰りを心待ちにしていたけど、ますます期待が高まってきたわ」

ジャレッドがケンとジリーを残して立ち去ったあと、最初に口をひらいたのはジリーだった。「じゃ、この世の誰より美しく、聡明で、才能のある若い女性の父親というのはあなたなのね」

「ええ」ケンはその言葉と――彼女の声が気に入った。これほど美しい女性は見たことがないと思った。体はほっそりして、顔は卵形。ピンクと白のワンピースはとても繊細で、バラの花びらでできているみたいに見えた。手にはつばの広い日よけ帽を持っていた。「ジャレッドがそういったのかな？」

「ええ。わたしの家族みんなにアリックスのことを話して、彼女が描いたデザイン画まで見せてくれました」

ケンはちょっとのあいだ笑顔で突っ立っていたが、そこでわれに返ったようだった。「これは失礼。なかでお茶でもいかがです？　ドーナツもありますよ」

「〈ダウニーフレーク〉の？」

ケンは笑った。「どうやらジャレッドはナンタケットのことをなにもかも話したらしい」

「いいことしか話していませんよ。そのうえ、わたしの家族に島の家を買わせようとしているの。この通りのいちばん手前の家」

「〝時を超えて〟？」

「ええ、その家よ」

「だとすると、ちょっと話しあう必要があるな」ケンはうしろに下がってゲストハウスの玄関を開けた。

数分後、ケンとジリーは庭で、歳月を経てつやを増したシーダー材のテーブルに座り、ドーナツを食べながら茶葉がひらくのを待っていた。どちらも顔と顔がくっつきそうになるほど相手のほうに身をのりだしていた。

アリックスを肩に担いでこちらに歩いてくるジャレッドに最初に気づいたのはケンだった。ジャレッドはテーブルの横で足を止め、ごく当たり前の顔でいった。「何日かディリスのところに泊まることにした。彼女はいま本土に行っていて留守だから、ふたりきりになれる」彼はケンとジリーの顔を交互に見た。「ぼくらがいなくても寂しくなさそうだね」

「ああ、私たちなら心配ない」ケンは椅子から立ちあがった。そして庭先に置いたままになっていたジャレッドの旅行鞄を取りあげ、トラックのところへ歩いていって荷台にのせた。

ジリーもついてきた。「一応訊くけど、アリックス、あなた大丈夫？　ところで、ジリー・レイトンよ。旧姓はタガート」

ジャレッドは上下逆さのアリックスがみんなに見えるように向きを変えた。「はじめまして。ええ、わたしなら大丈夫。ジャレッドはちょっとやきもちを焼いているんです。わたしが昨日の朝、彼の親戚の男性とダンスをして過ごしたものだから」

ケンはにやにやした。「どの親戚だ？　ウェスか？」

「ケイレブよ」「ケイレブだ」アリックスとジャレッドの声が重なった。

「ああ」ケンはそこで絶句すると、ジャレッドを見て声を落とした。「頼むから娘をここから連れ去ってくれ。好きなだけむこうにいていい。できるだけ長く」

「裏切り者！」アリックスは声をあげた。「実の父に裏切られた」言葉とは裏腹に、声がかなり弾んでいた。

ジャレッドはトラックの助手席にアリックスを座らせ、ドアを閉めると、運転席に乗りこんだ。

「電話してくれ」ケンは窓ごしにいった。

「わかってる」その目には祖父への怒りがあらわれていた。彼は車をバックさせて通りに出ていった。

ケンとまたふたりになるとジリーはいった。「ジャレッドからいろんな人たちの話を聞いたけれど、ケイレブという名前は聞いたことがない気がする。その人にはなにか問題があるの？」

ケンは彼女を促してテーブルのところへ戻った。席につくと、こういった。「それは見かたによる。というのも……」彼はジリーを見た。会ってまだ一時間にもならないが、ケンは彼女に好感をおぼえていた。彼女の容貌に、身のこなしに、声の響きに惹きつけられていた。だからこそ真実を告げるのが怖かった。彼女に逃げられてしまわないともかぎらない。しかしリスクを恐れてなにもしなければ、ほしいものは手に入らないぞ。「ケイレブは……」ケンはおもむろに切りだした。

「ええ」

「ケイレブは二百年以上前に死んでいるんだ」

「まあ」ジリーはチョコレートがかかったドーナッツに手を伸ばした。「それはぜひ聞かせてもらわなくては。一からすべて」

ケンは思わず彼女に笑いかけていた。幽霊と聞いても震えあがらない女性に会ったのは生まれて初めてだ！「お茶のお代わりは？」彼の笑みは顔じゅうに広がっていた。

「ええ、お願い。だけど、カップではなくポットで必要かもしれないわ。なにもかも聞かせてもらいたいから」

「たしかに。事の発端は、妻が、アリックスの母親が、私のビジネスパートナーとベッドにいるところを見つけてしまったことなんだ」

「たまらない気持ちだったでしょうね」

「口ではいいあらわせないほどにね」

「わかるわ」ジリーは自身の不幸な結婚生活のことを思ったが、そのことはいわずにおいた。いまはケンの話をしているのだから。

ケンはジリーの目をのぞきこんだ。ヴィクトリアと別れてから今日までに何人かの女性とつきあってきたし、そのうちのふたりとは結婚直前までいった。ところが、最後の最後でケンが怖じ気づいてしまった。これまで誰にも離婚の真相を話そうと思ったことはなかった。ナンタケットでの日々のことも。著名な建築家のジャレッド・モンゴメリーとの関係についても。なにより、この古めかしいキングズリー・ハウスに出る幽霊のことは誰にも話さなかった。小さいころのアリックスにはっきり見えて、昨日の雨の朝に一緒に踊ったという幽霊のことは。

美しいジリーはひたすら彼のことを見つめていた。まるで時間ならいくらでもあるし、ケンの話を聞くことだけが望みだとばかりに。

そしてケンの望みは、すべてをジリーに話すことだった。

ケイレブは母屋の二階の窓からそんなふたりを笑顔で見おろしていた。「おかえり、パーセニア」

22

ジャレッドは必死に冷静を保ちつつ、全力でアリックスを守ろうとしていた。アリックスは自分が幽霊とダンスをしたとはこれぽっちも思っていない。だからこのまま知られずにおきたかった。仮に事実を知っても錯乱状態になるとは思えないが、万が一ということがある。イジーの結婚式まで隠しとおすことができれば、じいちゃんはいなくなるから……。それについては考えたくなかった。

なにより気になるのは、祖父のパワーが増してきているように思えることだった。ケイレブに関する決まりや事実は、数百年にわたって先代のジャレッドから次代のジャレッドへと伝えられてきた。「ケイレブの姿が見えることはうちの女たちにいってはいけない」「ケイレブのことを他人に話してはいけない」「ケイレブはキングズリー・ハウスの外には出られない」「ケイレブが目の前に立っていても、ふつうの人には彼が見えない」などなど、枚挙にいとまがない。

しかし、ケイレブは人とダンスができるという話は誰からも聞いたおぼえがなかった。彼が人にさわることはある。肩に手を置いたり、頬にキスしたり。だが肌と肌が直接触れあうことなどなかった。

それに、アリックスに過去を見せたってどういうことだ？　じいちゃんといるときにジャレッドはそんな経験をしたことはないし、父さんもそんな話はしていなかった。

ジャレッドの横ではいま、アリックスが自分の見たもののことを話していた。「すべてわたしの想像の産物だってことはもちろんわかってる。たぶん映画の見すぎで、ケイレブが話してくれたことを頭のなかで映像にしてしまったのね。それくらい話が真に迫っていたのよ！　実際にこの目で見て、耳で聞いたみたいに。わたしもその場にいたみたいに。彼の話に出てくる人たちが、わたしの頭のなかではわたしの知っている人たちになっていた。父がいたし、あとは――」

「イジーの結婚式の準備はすべて終わったのかい？」ジャレッドはアリックスの言葉をさえぎった。「イジーはどうしてる？　体調はよくなった？」

ジャレッドはこれ以上わたしとケイレブの話を聞きたくないらしい、とアリックスは察しをつけた。やきもちを焼いていると、さっき彼のことをからかったけれど、もしかすると本当にそうなのかも。嫉妬する理由なんてないけれど、理由があろうとなかろうとジャレッドを怒らせたくはなかった。「イジーなら元気にしてる。毎日、メールを五回はやりとりしているし、一日おきに電話もしてる。つわりはほとんど終わって、いまは目につくものを片っ端から食べているといってたわ」

ジャレッドは〈ストップ＆ショップ〉の駐車場に車を入れた。「ちょっと事務所に電話を入れなきゃならない。悪いけど、食料品を買ってきてもらえるかな。最低でも三日もつぐらい」

「服はいらないけど、食べものは山ほどいるってわけ？」

「裸のきみのお腹にのせて食べようと思ってね」ジャレッドがいうと、アリックスはげらげら笑いながらトラックを降りた。彼女が店に入るとすぐ、彼はケンに電話した。

「アリックスはどうしてる？」ケンは電話に出るために外へ出てきた。ジリーはゲストハウスのキッチンでお茶とサンドイッチの用意をしている。

「アリックスは自分がなにを見たかわかっていない」ジャレッドは話した。

「幽霊とダンスしたことに気づいていないのか？」

「そうなんだ。それに、じいちゃんは彼女に過去を見せたらしいんだ。ヴァレンティーナのいとこの結婚式を見たといってる」

幽霊は実在するという考えに、ケンはいまだになじめずにいた。母屋を見あげ、すべての窓に目をこらしたが、なにも見えなかった。彼はそのことにほっとした。幽霊は、ぜひとも見たいものではない。「本当のことをアリックスに話すのか？」

「まさか！」イジーの結婚式の日にじいちゃんが地上を去ることはいいたくなかった。考えるだけでつらくなるし、話したところでケンに理解してもらえるとも思えない。他人は〝永遠の眠りにつく〟という言いまわしを好んで使う。まるで、それですべてが解決するかのように。幽霊がいなくなれば誰もが幸せになれる、と。ただし、その幽霊を愛している人たちはそうはいかない。「アリックスに二度とじいちゃんを見せたくない。だから片時も彼女のそばを離れないようにするつもりだ」

「どのみちきみは私の娘にべったりじゃないか」ケンは父親がいいそうなことをいった。

「ぼくの勝手だろ！」ジャレッドはつい声を荒らげ、それから気を鎮めた。「アリックスの注意をそらすなにかが必要だ。彼女とふたりきりになれるのは大歓迎だけど、さすがになにもしゃべるな、なにも考えるなというわけにはいかない。いまのままだと、アリックスはいずれ真相に気づいてしまう」

たしかにジャレッドのいうとおりだ。「きみの一族のなかでケイレブという名前が使われたのは一度だけだとどこかで聞いたら、アリックスはぴんとくるだろう。あの娘は頭がいいからね」

「よすぎるよ」ジャレッドはつぶやき、車でいっぱいの駐車場を見まわした。車道や芝生にまで車が停まっていた。夏の観光シーズンは、食料品を入手するのも命がけなのだ。「ジリーのことをどう思う？」ケンから答えが返ってこないと、ジャレッドはつづけた。「聞いてる？」

「聞いてるよ」ケンはいった。「きみはひと目惚れを信じるか?」

「ひと月前は信じていなかった。ジリーの話を聞いてやるといいよ。亡くなった彼女の夫は、ケイルの言葉を借りると、〝嘘つきで泥棒のモンスター〟だったらしい。なんでもジリーと子どもたちの遺産を丸ごと盗んだって話だ」

「そんなくそ野郎は地獄で腐ればいい」ケンは小声で罵った。「ちょっと待った! そのケイルというのはケイル・アンダーソンのことか? 彼女は『ニューヨーク・タイムズ』紙のベストセラー・リストに巣を作って卵をあたため、〝映画化〟という雛《ひな》にかえす、とヴィクトリアがいっていた」

ジャレッドは、くっくっと笑った。「ありがとう、笑いがほしいと思っていたところだ。うん、そのケイルだよ。ねえ、アリックスの気をそらすのを手伝ってくれないかな。相当、入れこんでいるみたいなんだよ」

ケンは慎重な口ぶりで切りだした。「いいか、一年後にはアリックスはきみの屋敷を出るんだ。いったん島を去れば、娘がふたたび幽霊と顔を合わせる心配はなくなる」

「いまのは聞かなかったことにする」とジャレッドはいった。「とにかく、なにかでアリックスを忙しくさせておきたいんだ。イジーの結婚式まででいいから。そうすればすべてが変わる。いや、理由はいえない。イジーの結婚式が終われば、アリックスはぼくのものだ。一年間じゃなく永遠にね」

「わかった」ケンの声にはその言葉を聞けた喜びがあふれていた。「好奇心旺盛な娘の気持ちを幽霊からそらすいい方法はないか、ジリーと話してみる」

「ジリーにじいちゃんのことを話したのか？」

「話した。文句があるなら、これからヴィクトリアに電話して、彼女にケイレブのことを話すぞ」

ジャレッドはそのさまを思い浮かべ、つかのま恐怖に襲われた。「もう切らないと。ジリーと相談して、大至急なにか方法を考えてくれ」彼は電話を切り、アリックスを待ちながら名案はないかと頭をひねったが、なにも思いつかなかった。そのときアリックスが食料品を山と積んだショッピングカートとともにあらわれ、彼は急いで手を貸しにいった。

ディリスの家に着き、荷物を降ろし終えたとき、トラックのうしろに一台の車が停まった。運転しているのはきれいなブロンド女性で、後部のチャイルドシートでは二歳ぐらいの男の子が声をかぎりに泣き叫んでいた。

ジャレッドは助手席側の窓の前で身をかがめ、運転席の女性をのぞきこんだ。アリックスは彼のうしろに立った。

「ああ、ジャレッド！　助かった！」女性は子どもの泣き声に負けじと声を張りあげた。「ディリスが留守で、ベビーシッターが見つからなくて困っていたのよ。買いものに行かなきゃいけないんだけど、タイラーを連れまわすのは気が乗らなかったの。この子の買いもの嫌いはあなたも知っているでしょう。だけど、預かってくれる人がいなくて。この子のパパは家族を養うために荒海で魚と格闘していて、だからタイラーとわたしは——」

「わかった!」ジャレッドはいった。「そのへんで勘弁してくれ」

アリックスにはなんのことだかさっぱりわからなかったけれど、ジャレッドが後部ドアを開けてシートベルトをはずしてやると、男の子は文字どおり彼の腕のなかに飛びこんできた。ぴたりと泣きやんだところを見ると、ジャレッドとは顔見知りらしい。

「そのバッグも持っていって」母親はいった。「なかに電話番号と着替えが入っているから。チャイルドシートもはずして持っていったほうがいいかも。念のために。ああ、それから、もしかするとその子……」彼女は言葉を濁して小さく笑った。

「もしかすると、だって?」ジャレッドは皮肉たっぷりにいった。

女性は笑みを大きくすると、ギアをバックに入れた。そして車を出しながら大声でいった。

「ジャレッド、愛してる」

車が角を曲がって消えてしまうと、アリックスは手慣れた様子で子どもを抱っこしているジャレッドに顔を向けた。濃いブロンドの髪に大きな青い目をしたかわいらしい子だった。

「昔の彼女?」さりげない口調に聞こえますようにと祈りつつ、心のなかでは叫んでいた。どうかあの女性とはなんでもありませんように。この子がジャレッドの子どもでありませんように。

「違うよ。彼女の兄貴と同級生でね。彼女がぼくを愛しているのは、この子がいい香りをさせているからだ。仕事がほしいかい？」

アリックスは一瞬、なんのことかわからなかった。「ああ！　おむつを替える必要があるってこと？」

「それもいますぐにね」ジャレッドは肩にかけていた大きなバッグをアリックスに差しだした。アリックスはそれを受け取ったが、ジャレッドが子どもを渡そうとするのを見てあとずさった。

「怖いのかい？」ジャレッドはからかった。

「そうじゃないけど、おむつを替えた経験が一度もないから。やりかたがわからない」

ジャレッドは彼女を見て、目をぱちくりさせた。「最近の名門校ではいったいなにを教えているんだ？」

「生活費を稼ぐ方法」アリックスはにっこりした。

「だが稼いだ金の使いかたは教えないらしいな。なかに入ろう。おむつ替えの極意を教えてやる」

「教えるってことは、モンゴメリーの登場ね」

「モンゴメリー？　あの男ならタキシードを着てディナーにお出かけだ」

家のなかに入ると、信じられないことに、男の子はおむつを替えるのをいやがった。映画やテレビに出てくる子どもはおむつがちょっとでも汚れると泣いていなかった？　ところがタイラーは違った。

「ベッドに寝かせる？」アリックスは訊いた。

「ベッドを汚したらディリスに殺される」ジャレッドは腕のなかでもがくタイラーを逃がすまいとした。

「おりる！　おりる！」タイラーは叫び、ジャレッドの脇腹を蹴った。

「クロゼットのなかにくたびれた青い毛布が入っているから、取ってきてこのラグマットの上に広げてくれ。それからお湯で濡らして絞ったタオルが一枚、いや二枚いる」

アリックスは毛布を取ってきて広げると、バスルームに走って濡れタオルを用意した。おむつ一枚替えるだけのためにここまでしなきゃならないの？

リビングルームに戻ると、ジャレッドはすでにタイラーのズボンを脱がせていたが、そのズボンも汚れていた。アリックスはバッグのなかを引っかきまわして替えのおむつを取りだすと、ソファの肘掛けに腰をおろしてじっと見ていた。ジャレッドが片手で体を押さえ、反対の手でたっぷり汚れたおむつをはずすあいだ、タイラーは声をあげて笑っていた。

アリックスが真っ先に考えたのは、こんな小さい体のどこからこれだけ大量のものが出てくるの、ということだった。ジャレッドはそのおむつと濡れタオルを使ってタイラーのお尻を拭こうとしたが……。

「見て」アリックスは声をあげた。タイラーがごろんと寝返りを打つと、背中から襟足のあたりまで汚れがついていた。

「オーケイ、相棒」ジャレッドはいった。「シャワーを浴びようか」

「お風呂に入れたほうがよくない？」

「そのあとのバスタブを洗いたい？」

「いえ、遠慮しておく」

ジャレッドはほぼ裸のタイラーをつかんだ両手をできるだけ前に伸ばしてバスルームへ向かった。アリックスが汚れた毛布とズボンをまとめているとジャレッドに呼ばれた。

「こっちへきて、服を脱ぐのを手伝ってくれないか」ジャレッドは片手を伸ばしてシャワーを出した。「こいつを放したら家じゅうを汚しそうだから、一緒にシャワーを浴びることにする」彼は片手でタイラーをしっかり抱えると、アリックスが頭からシャツを脱がせられるように上体を倒した。

ジャレッドのジーンズを脱がせにかかったところでタイラーが脱走を図り、すんでのところでジャレッドに捕まった。おかげでジャレッドの裸の胸にまでタイラーのうんちがついてしまった。

アリックスはこらえきれずに笑いだした。

「けしかけてもらっては困るな」そういうジャレッドも笑っていた。彼はタイラーを抱いたままシャワーの下に立つと石鹸をつかんだ。

アリックスはふたりを見つめた。裸のふたりはとても美しかった。これほど胸を打たれる光景を見たのは生まれて初めて。地上のどんな建築物も、幼子を抱いたこの男性の完成された美しさにはかなわない。やさしさと信頼と愛情が、光のようにふたりを包んでいるように見えた。

アリックスは膝から力が抜けそうになり、洗面台に手をついて体を支えた。「わたし……」言葉がつづかなかった。「ちょっと……」リビングルームのほうをぼんやりと手で示した。

「石鹸を食べちゃだめだ」ジャレッドはタイラーにいった。「ほら、目をつぶって。髪の毛も洗わないと」

アリックスはバスルームを出て、汚れた毛布と服を洗濯機に放りこみ、おむつは外のゴミ箱に捨てた。

バスルームに戻ると、ジャレッドが濡れてつるつるしたタイラーを差しだしてきた。「あとはきみにまかせる。ぼくは髪を洗わないと」

「だけど――」アリックスはいいかけたが、ジャレッドは耳を貸さなかった。しかたなく棚のタオルをひっつかんでタイラーを受け取った。

タイラーはおむつ替えをいやがったが、服を着るのは心底いやがった。なんとかベッドに寝かせたと思ったら、たちまち転がりおりてドアのほうに駆けだした。アリックスはそれを捕まえてベッドに戻すと、片手でタイラーの胸を押さえて反対の手でバッグから着替えを取りだした。

タイラーはきゃっきゃっと笑いながらアリックスの手の下から逃げようとした。タイラーの体を押さえながらおむつのつけかたを解明するのは至難の業だった。広げたおむつをお尻の下に入れたとたんにタイラーがごろんと横に転がる。あらためておむつの上に寝かせると、今度はテープがアリックスの左手の親指にくっついてはがれなくなる。ようやく両側のテープを留めたと思ったら、最初に留めたほうがはがれてしまう。

それでもなんとかおむつをつけ終えると、タイラーがいたずらを企んでいる目を向けてきたが、アリックスは彼の脱走を未然に食い止めた。「だめだめ。まだ服を着ていないでしょ!」彼女が悪い魔女よろしくチッチッと舌を鳴らすと、タイラーはいっそう激しく笑いだした。

ついにシャツとズボンを着せてしまうと、アリックスは勝ち誇ったような表情でタイラーを見た。「ほら。きれいになると気持ちがいいでしょう?　次はサンダルを履きましょうね」するとその隙をついて、タイラーが電光石火の速さでベッドから転がりおりた。そしてドアのほうに駆けだしたが、戸口にはジャレッドが立っていた。ジーンズだけ穿いて、首にタオルをかけている。

アリックスはベッドの端にへたりこむと、両手を広げてうしろに倒れこんだ。「もうくたくた」

残念ながらタイラーは元気満々のようだった。ジャレッドは横を走り抜けようとしたタイラーを捕まえると、ベッドのアリックスの横にぽんとのせた。彼が反対側に寝そべると、たちまちタイラーがわめきはじめた。「プレス！　プレス！」

ジャレッドはうめいた。「こいつは言葉を六つしか知らないのに、どうしてそのうちのひとつがこれなんだ？」

「プレスってなに？　誰かの名前？」

「そうだったらどんなにいいか」ジャレッドはそういいながら枕を重ねはじめた。

彼がその上に横たわると、体がベッドから三十センチほどあがった。タイラーはけたたましく笑いながらジャレッドの胸に横ざまに倒れこみ、ぽっちゃりした体をぴんと伸ばした。ジャレッドはタイラーをバーベルに見立ててベンチプレスをはじめた。枕を下に敷いたのは、肘をじゅうぶんに曲げられるようにするためらしい。

「夕食の支度をしてくるわね」アリックスは笑いながら立ちあがり、部屋から出ていった。

ジャレッドが腕が痛いといいながらタイラーを連れてキッチンに入ってきたとき、アリックスはディリスの大きなフライパンで小エビとライスを炒《いた》めていた。ジャレッドは彼の曾祖父が作ったという木製のしっかりしたハイチェアにタイラーを座らせ、チーズとクラッカーを食べさせた。

アリックスはケイレブから聞いたヴァレンティーナの日記のことをジャレッドに話したくてたまらなかった。昨日、雨がやんで日が射しはじめたとき、ケイレブは日記が隠してあると思われる場所のことをついに明かしたのだ。そのあと屋根裏の窓にちらりと目をやった彼は、そろそろ行かなくては、といった。

「あなたは吸血鬼で、太陽の光に当たると燃えてしまうの？」アリックスはからかった。

「そのようなものだ」ケイレブが帰ってしまうと、屋根裏部屋の魔法も解けた。たくさんの秘密が詰まったたくさんの箱があるだけの広い空間に戻ってしまった。アリックスはキャンドルの明かりと音楽がよみがえらないかと、小さなソファにしばらく腰をおろしていた。丈の長いドレスを着た女の人たちはとても美しかった。

でもあっという間に空腹に負けて、階下におりていった。キッチンのテーブルで食事をしながら、いまさっき見聞きしたことについて考えた。時間が経つにつれ、現実感は薄れてきた。まるで映画でも観ていたような感じだった。

「ケイレブはヴァレンティーナが日記をつけていたといったの」アリックスはいま、フライパンをかき混ぜながらジャレッドにいった。

「ヴァレンティーナが？」ジャレッドは興味なさそうだった。「その箱を取ってくれないか？」

アリックスはクラッカーの箱をジャレッドに渡した。嫉妬されようとされまいと、この情報は伝えなければ。だから彼女は先をつづけた。「ヴァレンティーナの日記は、彼女が石鹸を作っていた洗濯場の地下のかまどのなかにあるはずだとケイレブは考えているの。屋敷が火事になったときに、洗濯場の建物も焼け落ちたんですって」

「あの屋敷に離れがあったなんて初耳だ」

アリックスはシュリンプ・ライスを皿によそった。「ケイレブの話だと、洗濯場があった場所を示す地図をパーセニアが描いているんですって。あなたが帰ってきたとき、わたしは居間でその地図を見つけようとしていたのよ。パーセニアの地図が見つかれば、ヴァレンティーナの日記を発掘できるかもしれない。そうすれば彼女にまつわる謎は解けるわ。だけどあの箱の中身をすべて調べるには何週間もかかりそう。それであなたに手伝ってもらえないかと思っていたの」

「タイラーがこの椅子から飛びおりないように、ちょっと見ていてもらえるかい？」

「いいけど」アリックスがいうとジャレッドは席を立った。「どこへ行くの？」

ジャレッドは答えずにキッチンを出ると、ノートパソコンを持って戻り、テーブルでそれをひらいた。「パーセニアはワーブルルックに住む親族に見せるために地図を描いたのかもしれない。だとすると、ジリーが持っている手紙のなかにあるかも」

「いいところに目をつけたわね」あのかびくさい箱をかきまわさずにすむかもしれないと思うと、思わず笑みがもれた。

ジャレッドはケンにEメールを送り、地図のことをジリーに尋ねてほしいと頼んだ。それからパソコンを閉じてアリックスを見た。「これでしばらくケイレブの話はしないですむな」

「そうね」アリックスはそういいつつも、渋い顔を見られないようにそっぽを向いた。

夕食のあと、タイラーの母親から電話があり、一生のお願いだからタイラーを一晩預かってもらえないかといわれた。「ぼくはいいけど、ちょっとアリックスに訊いてみないと」アリックスはふたつ返事でオーケイした。この愛想のいい男の子に愛情をおぼえはじめていた。

「こんなに大変だなんて思ってもみなかった」海を眺めながらアリックスはいった。タイラーはジャレッドが押し入れから出してきたベビーベッドで眠っていた。家じゅうの窓とドアを開けてあるので、タイラーが音をたてれば聞こえるはずだ。アリックスは、砂地の裏庭に伏せて置いてある三隻の古い木製ボートのひとつにもたれ、膝枕で寝ているジャレッドの髪を撫でていた。「ここまで疲れたのは生まれて初めてかも」

「いい疲れと悪い疲れのどっち？」

「最高にいい疲れね」アリックスはディリスの家を振り返り、ジャレッド・モンゴメリーの設計デザインの美しさにあらためて驚嘆した。「どういういきさつでこの家の改築プランを考えることになったの？　あなたはまだ小さかったはずよね」

ジャレッドは当時を思いだし、目を閉じたままほほえんだ。「このおんぼろ家はいつか崩れ落ちると父さんは何年も愚痴をこぼしていたが、どうしたものか決めかねていたんだ。横に広げるか。縦に延ばすか。建築家を雇うか。最後のひとつがいちばんの問題だった。費用がかかりすぎるからね」

「だけどお父さんにはあなたがいた」

「なにがそうさせたのか知らないけど、ある日父がぼくを見ていったんだ。〝七世、トラック一台分のお金を節約するために、増築部分の設計はおまえがやってみるか?〟父は冗談でいったのに、ぼくは真に受けてしまった」

「あなたはいくつだったの?」

「十一歳だ」ジャレッドは目を開けてアリックスを見あげた。

その目を見れば、ジャレッドのいいたいことはわかった。彼の父親が亡くなる前の年だ。

「それであなたはどうしたの?」やわらかい声で訊いた。

「ぼくはその考えに夢中になった。三日三晩眠らなかった。図面の引きかたどころかメジャーの使いかたも知らなかったのに見取り図を描きはじめた」

「全部あなたの頭のなかにあったのね」

「そうだと思う。母さんはぼくが寝ていないことも、食事をほとんど口にしていないことも知っていたのに、父さんには黙っていた。そして四日目の夕食に家族の好物のホタテとトウモロコシのグリルを作って、あなたが描いたものをお父さんに見せなさい、とぼくにいったんだ」

「緊張した？」礼拝堂の模型を初めてジャレッドに見せたときの気持ちがよみがえった。わくわくする半面、怖くてたまらなかった。

「ものすごく緊張した。自分のしているのがおとなのまねごとだというのはわかっていたけど、それでもつたない設計図を父さんに笑われていたらどうなっていたかわからない」

「でもお父さんは笑わなかった」

「うん。父さんはすばらしいと考えてくれて、年が明けたら一緒に作業をはじめようといった。ところが……」ジャレッドは肩をすくめた。

いわなくても、ふたりは同じことを考えていた。ジャレッドの父は亡くなり、それから数年してケンが島にやってくるまで、この家に手が入ることはなかった。

ジャレッドに目をやると、青く燃えるまなざしにじっと見つめ返された。けれどいまそこにあるのは欲望の炎ではなかった。「なに？」アリックスは尋ねた。ジャレッドがなにを伝えようとしているのかわからなかった。

「ときどき、これだとわかることがある。この家は古い掘っ立て小屋でしかなかったのに、あのときのぼくには将来の姿が見えたんだ。ぼくはそれを紙に描き写すだけでよかった。いってることがわかるかい？」

「よくわかる」ところが彼の話にはまだつづきがあるようで、それがどこに行き着くかはわからなかった。

ジャレッドは目を閉じ、静かな声でいった。「ぼくはこれまでたくさんの女性とつきあってきた」

アリックスは息をのんだ。これはわたしたちの、わ、た、し、の話だったの？

ジャレッドは目を開け、彼女を見あげたが、ひどく真剣なそのまなざしにアリックスのうなじの毛が逆立った。「なぜかわかるときがあるんだ。それが建築物であっても人であっても」

「ええ、そうね」アリックスは囁いた。

もしもそのときタイラーが大声で泣きださなかったら、次になにが起きていたかわからない。

ジャレッドがぱっと立ちあがって家に向かって駆けだし、アリックスもすぐあとにつづいた。ベッドルームに飛びこむとジャレッドはタイラーを抱きあげてなだめはじめ、アリックスはそれをうしろから見ていた。

「怖い夢でも見たか、チビ助」

タイラーは知らない人でも見るようにいやいやしながらジャレッドを押しのけると、体を横に倒してアリックスのほうに両手を伸ばした。

「なるほど、女性に慰めを求めるわけだ。その気持ちはよくわかるよ」ジャレッドはいった。

「リビングに大きなロッキングチェアがある。タイラーはきみには重すぎるんじゃないか？」

「大丈夫」アリックスは体にしがみついてくる子どもの重みをいとおしく思った。

アリックスがタイラーを胸に抱いて椅子に収まると、ジャレッドはうしろに下がって、ぴたりと寄り添うふたりを見つめた。「いつか子どもがほしいかい？」

アリックスはとっさに、質問をはぐらかしてジョークにしてしまおうかと思った。男の人がこの手の質問をするとき、それはたいてい引っかけ問題だ。女性が「イエス」と答えれば、自分と結婚したいという意味に解釈する。でもジャレッドはわたしがつきあってきた男の子たちとは違う。一人前の男性だ。おとなになることをいやがって、責任から逃げだすようなまねはしない。アリックスは息を吸いこんだ。「建築士の資格を取って仕事に就いたら、子どもを作りたいと思ってる」

ジャレッドはなにもいわなかったが、横を向いた顔がほころんでいるのが見えた。

タイラーがふたたび寝つくまでに一時間以上かかった。ジャレッドはアリックスから子どもを受け取るとベッドに運んでいった。まだそれほど遅い時間ではなかったけれど、アリックスにはグラスワインとセックスの幻が見えていた。ところがそこで彼女の携帯電話が光りだした。メールは父からで、アリックスが内容に目を通しているとジャレッドが戻ってきた。

「お父さんから。ジリーが地図のコピーをあなたに送ったって」

「ほんとに？　じゃ、朝にでも……」アリックスの顔を見るとジャレッドの声が途切れた。

アリックスはいますぐ地図を見たがっていた。「わかったよ、ぼくのパソコンはどこだ？」

パソコンはすでにアリックスの手に握られていた。地図のコピーをプリントアウトするのにしばらく時間がかかった。ディリスはプリンターを新しくしていたが、インストール用のCDが見つからず、それはつまりドライバをダウンロードしなければいけないということで――当然ながら最初の二回はダウンロードに失敗した。コンピュータに関してはジャレッドより自分のほうがはるかにくわしいことはとっくにわかっていたし、今回もアリックスがドライバをアップグレードすることを思いついて解決をみた。ようやく地図をプリントアウトできたのはすでに深夜近い時間で、ワインをグラスに二杯ずつ飲んでいたふたりはあくびをしていた。

ジャレッドはプリントアウトした紙を顔の前にあげた。「たったのこれだけか」それは若い女性が故郷にいる家族に向けて羽根ペンで描いた簡単な地図だった。ノースショアにある屋敷と三棟の離れのだいたいの位置が記されている。「彼女はどうして製図家に描かせなかったんだ？　当時のナンタケットには正確な地図を描ける人間が大勢いただろうに。まともな一等航海士なら誰だって描けたはずだ。こんなものでどうやってさがせっていうんだよ」

アリックスはジャレッドの手から地図を奪ってテーブルの上に置いた。「パーセニアは家族に見せるためにこれを描いたの。二百年後にこの地図が必要になるかもしれないなんて考えずにね。さあ、もう寝ましょう。女性と地図に関する文句は、明日現場へ行って洗濯場があった場所をさがすときにいくらでも聞くから」

「それはもう少し待ったほうがいいんじゃないかな。ぼくは文句をいっているんじゃない、これは——」

アリックスはつま先立ちでジャレッドにキスして黙らせると、寝室へ引っ張っていった。ジャレッドはあっという間に下着だけになり、アリックスは彼の大きめのTシャツを頭からかぶった。着替えは一枚も持ってきていなかったし、疲れすぎていてディリスのクロゼットのなかをかきまわすだけの元気はなかった。

「それで、つづきはどこからだった？」アリックスはジャレッドにキスしはじめたが、そこで頭を起こして彼を見た。彼の目に青い炎は浮かんでいなかった。それどころか薄青い霞がかかったようになっていた。それでも彼はアリックスの体に腕をまわして、事に及ぼうとした。アリックスはやさしく彼をベッドに押し戻し、ベッドカバーで体をくるんでやってから、おでこにキスした。

「ありがとう」ジャレッドはつぶやき、次の瞬間には寝入っていた。ただ寄り添っているだけなのに、どんな愛の行為よりはるかにロマンチックでいとおしい気がする。アリックスはそんなことを思いながら眠りに落ちていった。

23

アリックスは小さな手に口を叩かれて目を覚ました。一瞬、自分がどこにいるのかわからなかった。眠気が覚めて頭がはっきりしてくると、どうやら夜のあいだにタイラーがベビーベッドから抜けだしてふたりのベッドによじ登ったらしいとわかった。タイラーはベッドの真ん中で、おとなふたりの体に手足を投げだすようにして斜めに寝ていた。ジャレッドは横向きでアリックスのほうに顔を向け、彼女とタイラーの体に腕をまわしていた。まるでふたりを守っているみたいに。

アリックスはほほえみながら慎重にベッドを抜けだすと、ベッド脇に立ってしばらくふたりを見つめた。寝ているふたりがあまりにかわいくて、携帯電話のカメラで写真を一枚撮った。それからキッチンへ向かい、棚からディリスの料理本を抜きだすと、ビスケットのレシピを見つけて、さっそく準備に取りかかった。

やわらかな生地を叩いて平らに伸ばした。ジャレッドとここでこうしているのは楽しかったけれど、どうしてもいらだちをおぼえてしまった。ケイレブから聞いた話のこと、自分が目にした光景のことをジャレッドに話したくてたまらないのに時間が見つからない。しかもジャレッドが状況をさらに難しくしていた。アリックスがケイレブの名前を出すたびに、そんな話は聞きたくないとばかりに無愛想になるのだ。

それでも、これは大事なことだとアリックスにはわかっていた。よそ者に丸一年、キングズリー・ハウスを使わせることを遺言に残すほど、ヴァレンティーナ失踪の謎を解くことが家族にとって大きな意味を持つのなら、わたしが知ったことはなにがなんでもジャレッドに伝える必要がある。

それに、答えを知りたい疑問がいくつもあった。まず第一に、ケイレブとは誰なのか？　これまで彼に引きあわされなかったのはなぜなのか？　ジャレッドにあれだけ似ているということは近い血縁であるはずなのに、誰からも彼の話を聞いたことはなかった。ケイレブも島に住んでいるの？

でも最大の疑問は、ケイレブがなぜあの話を親族にしなかったのか、だ。ヴァレンティーナが日記をつけていたことをジャレッドは聞かされていなかった。ケイレブが日記の隠し場所に見当をつけていることも。パーセニアの地図のことも知らなかった。それなのにケイレブはなぜよそ者のわたしにその話をしたのだろう。親族間に確執のようなものでもあるとか？　だけどもしそうなら、ケイレブはキングズリー・ハウスを自由に出入りできるはずがない。それともジャレッドが留守なのを知っていて家にやってきた？

あの日、ケイレブが帰ったあとで古い記録にあれほど夢中になっていなければ、レクシーに電話してくわしいことを聞けたのに。今日こそは、できるだけ早く機会を捉えて、頭のなかの疑問をすべてジャレッドにぶつけてやる。わたしは答えが知りたいの！

ビスケットが焼きあがるころには、アリックスの決意は揺るぎないものになっていた。遺言状によれば、わたしはヴァレンティーナをさがすことになっている。そのためには、まずはケイレブについて知らないと。

オーブンからビスケットを出し、ふと顔をあげると、入口にジャレッドが立っていた。上半身裸で、寝ぼけまなこのタイラーを胸に抱いている。その光景はとても美しかった。

「ぼくもタイラーもいいにおいで目が覚めた。最初は、死んで天国にいるんだと思ったよ」

ふたりを見たとたん、鋼のように堅い決意はどこかへいってしまった。ケイレブにまつわる謎より、子どもに食事をさせるほうがはるかに大事だ。「タイラーはベーコンと卵を食べるかしら？」

ジャレッドはタイラーをハイチェアに座らせた。「昨日のうんちの量からして、サイの丸焼きだってぺろりと平らげるんじゃないかな」彼はクッキングシートの上のビスケットをひとつ取り、左右の手で何度かキャッチボールして冷ますと、ふたつに割ってバターを塗ってからタイラーに渡した。タイラーはひと口食べると笑い声をあげ、うれしそうに足をばたばたさせた。

「ぼくも同じ気持ちだ」ジャレッドは椅子に腰をおろし、熱々のビスケットにあらためて手を伸ばした。「考えたんだが」彼はビスケットにディリス手作りのイチゴジャムをたっぷり塗った。「ふたりで何日かワーブルックへ行ってみないか。イジーの結婚式の前だけど行けなくはないと思うんだ。ふたりでモンゴメリー家の古い屋敷を見て、平面図を作成する必要がある。事務所の若いのにやらせてもいいんだが……」

それはとてもすてきな提案で——とりわけ、〝ふたりで〟という言葉が二度も出てくるところが——アリックスはケイレブとヴァレンティーナのことをすっかり忘れてしまった。

「でもあなたは新しい親戚のことをもっとよく知りたいのね」

「そうなんだ。マイク・タガートとは馬が合うし、話したと思うけど、マイクと双子のケーンはケイル・アンダーソンと結婚しているんだ」

「母には内緒だけど、わたし、彼女の作品のファンなの」

「わかった。そのかわり、ぼくが彼女に会ったことはレクシーにいわないと約束してくれよ。レクシーは半狂乱になるだろうからね。ケイルの最新刊を発売初日に手に入れるためだけに、フェリーでハイアニスまで出かけたこともあるんだ」

「本人はどんな感じの人?」

「頭がよくて、愉快で、鋭い洞察力の持ち主だ。彼女は小柄だけど、夫のケーンは熊みたいな大男でね。タガート家の男はみんな大きくてがっしりしていて、モンゴメリー家のほうはぼくみたいな感じなんだ」

「背が高くてスリムでハンサム？」

ジャレッドは声をあげて笑った。「昨日はそんなふうに思わなかったくせに。ぼくがタイラーからの贈りものにまみれていたときは」

「むしろ、あのときこそそう思った。あんなに美しい光景を見たのは初めてよ」

「ほんとに？」ジャレッドの目に青い炎がよみがえったが、そのときタイラーが笑いながら投げたビスケットのかけらが彼の鼻に命中した。「せっかくのムードがぶち壊しだ！」

アリックスはジャレッドのところへ歩いていくと、彼に長く深いキスをした。「わたしのムードは壊れてないけど」

ジャレッドはタイラーを見て首を振った。「いいか、女性のことはすべてわかっているという男がいたら、そいつは嘘つきだからな」彼はアリックスに向き直った。「さあ、ヴァレンティーナの日記をさがしにいくぞ」

アリックスの笑みが大きくなった。ジャレッドはケイレブのことを考えていてくれたんだ。

「十分で用意する。おむつを一袋丸ごと持っていこうと思うんだけど。それで足りるかしら？」

「冗談だろ？　あんな大きな袋を持っていったらトラックが水に浮くぞ」

「ええ。でもタイラーには足りると思う？」

ふたりはタイラーに目をやった。卵と牛乳とジャムとバターつきビスケットが、顔にも髪の毛にも服の前にもべっとりついていた。

「念のために二袋持っていこう」ジャレッドはいった。

「わかった。タオルも何枚か持っていく」

「それがいい」ジャレッドはタイラーをハイチェアから抱きあげ、キッチンの流しへ向かった。「着替えのシャツを持ってきてもらえるかい？」アリックスに呼びかけた。

アリックスはジャレッドが最後までいい終える前にシャツを差しだしていた。

「ありがとう、ママ」ジャレッドは彼女のおでこにキスした。

アリックスは笑顔で用意をしにいった。

家から現場までより、タイラーに必要なすべてのものをトラックに積みこむほうが時間がかかった。トラックのシートベルトを用いてチャイルドシートを座席に固定する方法を理解するには工学の学位がいるということでふたりの意見は一致した。

「学校ではそれなりに役に立つことを学んだと考えていたのに」アリックスは車内に上半身を突っこんで、チャイルドシートと格闘するジャレッドのためにシートベルトを押さえてやっていた。タイラーは車のエンジンをかけようとしていた。

「ぼくは脚の長い女の子たちのことで頭がいっぱいで勉強どころじゃなかったからな」

「ああもう！」アリックスはうめき声をあげた。「タイラー、いい子だからそれは食べちゃだめ」

ジャレッドはタイラーをアクセルペダルから引きはがしてチャイルドシートに座らせるとシートベルトを締めた。「じゃ、準備はいいか？」アリックスが座席に乗りこんでドアを閉めると彼はいった。

「脚の長い生きものは全員、準備オーケイよね、タイラー？」

タイラーはきゃっきゃっと笑い、ぷっくりした短い脚をばたつかせた。「ちゅっぱっ！ちゅっぱっ！」

「アイアイサー」ジャレッドはいい、私道から車を出した。

ノースショアの現場に着くと、〈ツイッグ・パーキンズ工務店〉の作業員たちはすでに仕事をはじめていた。そのうちのふたりがすかさず木切れを集めて木陰に持っていくと、タイラーはそちらに走っていった。

しばらく現場にきていなかったアリックスは、魅せられたようにその場に立ちつくした。自分のデザインが形になるのを見るのは、なんともいえない気持ちだった。礼拝堂はまだ建設途中だったが、だいぶそれらしくなってきていて、完成したときの姿が想像できた。外壁、窓、扉、尖塔、なにもかもが彼女の頭のなかにあるとおりだった。

「気に入った？」ジャレッドがうしろから声をかけた。

「最高よ」

彼はアリックスの両肩に手を置いて、ぎゅっと力をこめた。同じ建築家として、彼女の気持ちはよくわかる。

「さあ、うっとりするのはここまで。仕事に取りかかろう」彼はパーセニアの地図を差しだした。「こんなものでなにかをさがしだせるとはとても思わないが――」

「これはなにかしら？」アリックスは洗濯場のそばに記された長方形を指差した。昨夜は眠くて、こまかなところまで見ていなかったのだ。

「〝石鹸〟と書いてある。ヴァレンティーナが石鹸を保管していた場所かもしれない」

アリックスは地図を奪うと、海に面した屋敷の表側を指差し、それから洗濯場があったと思われる右方向に目をやった。距離は記されていないから、十五メートルかもしれないし、これだけ広大な敷地なら百メートル近く離れていてもおかしくない。

洗濯場の近くにはおかしな形の記号しか描いていなかった。ふたつの円が長方形で結ばれていて、その横に〝石鹸〟の文字が見える。

アリックスとジャレッドは顔を見あわせた。記号の意味はわからないが、記されているのは屋敷の西側だったから、そちらへ歩いていった。数百年のあいだに地面はすっかり藪《やぶ》におおわれ、なかなか前に進めなかった。

少し行ったところに、胸の高さぐらいの岩があった。同じような岩が近くにもうひとつある。この島ではときどき巨石を見かける。はるか昔に氷河が残していったものだが、ここにある岩は二メートルほどしか離れていなかった。

「ここが平らになってる」アリックスは手前の岩の上部に手をすべらせた。誰かがのみで削って、もうひとつの岩と高さを合わせたのだ。よく見なければわからないけれど、もしかすると岩と岩のあいだに天板を渡していたのかもしれない。

ジャレッドが地図に目をやった。「これが作業台だとすると――」

「あるいは、型に入れた石鹸を乾燥させるための棚かも」

「うん。とすると、洗濯場があったのは……」ジャレッドは一メートルほど先へ進んだ。「ここだ」彼はその場にしゃがむと、砂地に半ば埋まった石をひとつ掘りだした。それは暖炉に使われるような丸い石で、石の下からは相当古い錆《さ》びた金属片がのぞいていた。大きな洗濯だらいの取っ手のようにも見える。

アリックスは笑顔になった。「どうやらパーセニアはちゃんとした地図を描いていたようね」

ジャレッドは片頬だけで笑った。

「ペチコート・ロウの話じゃないけど、やっぱりこの島は女たちでまわっているのよ！」

ジャレッドは笑い声をあげた。「自画自賛はそのへんにして、シャベルを取ってこよう。ここは手で掘らないといけないな」

〈ツイッグ〉の面々が礼拝堂の作業を中断して手伝ってくれた。長年、家のリノベーションに関わってきた彼らは、古い屋敷のなかで多くの古物――コインや象牙製品やボタンなど――を発見してきたが、何度経験しようと興味をそそられるものだった。

かつて洗濯場の建物があった場所を掘り当てるのにさほど時間はかからなかった。黒こげになった木材や割れた食器類、金属片もさらに出てきた。一時間ほどすると地下室の輪郭をなす石が見つかった。そして大きなかまどの土台部分と思われる場所を掘りはじめた。

男たちは掘りだした土をバケツリレーで手押し車に空けていった。アリックスはタイラーとふたりで木陰に座り、タイラーが作業の邪魔をしないように気を引こうとしていた。最初のうちこそタイラーが服を汚さないように気をつけていたけれど、すぐにそんなことは不可能だとあきらめた。一時間の昼休みを挟んで発掘作業は再開された。作業はなかなか進まなかった。古い石が動いてしまわないように土で固定する必要があったからだ。作業を三度中断して、補強のための型枠を組み立てなければならなかった。作業員ふたりが〈アイランド・ランバー〉まで補強材を買いにいった。

日がだいぶ傾きかけたころ、ジャレッドに呼ばれた。「なにか見つかったようだ」

アリックスはタイラーを抱きあげ、いまではかなり大きな穴と化したものに近づいた。穴の底にはジャレッドとタイル職人のデニスがいた。ふたりの周囲には分厚い壁から落ちた石が散乱している。ジャレッドは発見したものを見せようと、うしろへ下がった。石壁の奥に錆びた鉄の扉があった。穴のまわりに集まった作業員たちが見守るなか、家具職人のデイヴがジャレッドにバールを手渡した。ジャレッドはアリックスに目をやったあと、バールで扉をこじ開けた。

ジャレッドが扉のなかに手を入れるのを、アリックスは固唾《かたず》を飲んで見ていた。ジャレッドは腐食した金属の箱――茶葉を保存する缶に似ていた――を慎重に取りだした。

彼は缶を開けようとして思いとどまり、アリックスのほうに差しだした。アリックスが身をのりだして缶を受け取ると、ジャレッドは穴からあがって彼女の横に立った。パテ用ナイフを使って、蓋が動くようになるまでにしばらく時間がかかった。さらにアリックスが蓋の縁に指先を引っかけて強く引くと、ようやく蓋は開いた。数百年のあいだに完全にくっついてしまっていたのだ。

蓋が開くとアリックスは息をのみ、ジャレッドをちらりと見てから缶に視線を戻した。蓋は蝶番《きし》を軋ませながらうしろに倒れた。

なかには革表紙の本が入っていた。二百年以上も埋まっていたにしてはいい状態だった。表紙には少しかびが生えていたものの、なかのページは劣化していなかった。金属缶と石壁に二重に守られていたおかげだろう。

アリックスは日記を取りだそうと缶のなかに手を伸ばし、そこでジャレッドのほうを見た。目と目が合い、無言の会話がなされた。この日記を最初にひらく人はほかにいる。

アリックスが笑顔でうなずくと、ジャレッドは蓋を閉めて、彼女の手から缶を受け取った。「これはあなたの……親戚のケイレブのために取っておかなくちゃね」謎に包まれたケイレブの正体を知りたくて、アリックスはあえてそういった。「どこをさがせばいいか教えてくれたのは彼だもの。日記を最初にひらくのは彼でなくちゃ」

「おい、ジャレッド」デイヴがいった。「ケイレブってのはあんたの家に出る幽霊のことだよな？」彼はにやにやした。「彼のせいで大勢の人間が溺れ死んだから、あんたの家族にその名前がつけられることは二度となかったんじゃなかったか？」

ジャレッドは〝黙れ〟とデイヴに目で合図したが遅かった。男たちはみな興味津々にふたりを見ながらジャレッドの答えを待っていた。

ジャレッドがアリックスに視線を戻すと、彼女は血の気の引いた顔をしていた。アリックスに気づかれた！「そろそろタイラーを家へ送り届けないと」彼はいった。「行こうか」

アリックスは無言でただうなずいた。

昼寝をしそこねたタイラーは、今日の冒険はこれで終わりだと気づいたらしく、エスプレッソを二杯飲んだみたいな勢いで逃げまわった。ジミーが先まわりし、双子のパパのジョエルがタイラーをひょいと抱きあげてジャレッドに渡した。タイラーは連行される囚人よろしく手足をばたつかせて抵抗したが、ジャレッドは片手でタイラーをしっかり抱え、反対の手でアリックスの手を引いてトラックのところへ向かった。

助手席側のドアを開け、まずはアリックスを席に押しこんだ。アリックスが席に収まると、彼女の体ごしに腕を伸ばしてタイラーをチャイルドシートに座らせ、シートベルトを留めてから、助手席のドアを閉めて運転席側に歩いていった。ジャレッドが運転席に乗りこんだときには、タイラーは体をアリックスのほうにねじって、ぐっすり寝入っていた。アリックスはまっすぐ前を見つめて、まるで命綱かなにかのようにタイラーの手を握りしめていた。

ジャレッドがちらりと目をやっても、彼女はフロントガラスから視線をはずさなかった。彼はトラックのエンジンをかけた。

「わたしは……？　彼は……？」アリックスがかろうじて聞き取れる声で囁いた。

ジャレッドは長々と説明して彼女をなだめることを考えた。しかし、そうしたところで答えは同じだ。「そうだ」

アリックスは深呼吸して、意味をのみこもうとしていた。そのときタイラーが身じろぎし、アリックスは太陽であたためられた子どもの髪に頰を寄せた。「あなた、彼のことをわたしに話していたわよね？」

「うん」

「でもわたしはてっきり……」

「階段のいちばん上に薄ぼんやり立っているだけだと思った？」

色鮮やかな情景がアリックスの脳裏をかすめた。ダンスをし、笑いあう人々。音も、においもおぼえている。「わたし、パーセニアの結婚式を本当にかいま見たのかもしれない。あっ！」彼女はジャレッドを見た。「パーセニアはジリー・タガートに似てる。初対面のときは上下逆さに見ていたから気づかなかったけど。それに、父はパーセニアの結婚相手のジョン・ケンドリックスにそっくりよ。それってもしかして――」興奮で声が高くなった。

ジャレッドは横に手を伸ばして彼女の手をぎゅっと握った。「落ち着いて。大丈夫だから。こんなことに巻きこんですまない。ふつうなら彼はキングズリー家の人間にしか見えないんだ。それもごくかぎられた数人だけ。よそ者にはけっして……」彼ははっとして口をつぐんだ。

「いいのよ。わたしはたしかによそ者だもの。ほかにも呼び名があったわよね。海岸に流れ着くみたいな？」

「流れ者」

「そう、それ。わたしはたまたまここに流れ着いただけ」

自宅の私道に車を入れたときもジャレッドはまだアリックスの手を握ったままだった。彼はエンジンを切り、体ごと彼女のほうを向いた。一から説明すべきだというのはわかっていた。祖父の船が沈没したところから。しかし、やめておいた。いまのアリックスには重すぎる話だから。ジャレッドは彼女からタイラーに視線を移した。「きみたちふたりはずいぶんうまくやっていたね。いまでも子どもがほしいと思ってる？」

「それとこれにどんな関係が――」

ジャレッドは彼女のほうに身をのりだして、やさしい口づけをした。「じいちゃんはきみを怖がらせるようなことをした？」

「ううん。あのときは怖くなんかなかった。ふたりでダンスをしたり、ふざけていちゃついたり。そんなつもりはなかったのよ。だけど、彼はほら、口がとってもうまいから」

「妬けるね。恋のライバルが二百歳の幽霊だなんて。どう太刀打ちすればいいんだ？」

「ライバルだなんて！　わたしが好きなのはあなた――」ジャレッドがおかしそうに目をきらめかせているのを見て、アリックスは言葉を切った。わたしをからかっているんだわ！　彼女はむっとした顔でジャレッドを見た。「知ってる？　あなたって彼にそっくり」

「よくいわれる」ジャレッドは真顔に戻った。「アリックス、きみの好きにしてくれていいんだ。ホラー映画の登場人物みたいに、死ぬほど怯えてもいい。そうしたければ、ナンタケットを去って二度と戻らなくてもいい。お節介な年寄りの幽霊が取りついているあの家とうまくつきあっていきたいというなら、そうできるようにぼくが手を貸す。どんな質問にも答えるし、なんでも包み隠さず話す。ぼくが知っていることはすべてきみに教える」

エンジンが止まったせいでタイラーが目を覚ましはじめた。ジャレッドはチャイルドシートから抱きあげてトラックを降りた。彼はタイラーを抱いたままアリックスを見つめ、彼女が心を決めるのを待っていた。

アリックスは質問をしようと口をひらいたが、訊きたいことがありすぎた。なにからはじめればいい？　結局、こういった。「あなたは子どもがほしいの？」

　ジャレッドが彼女に向けたほほえみは至福の喜びと——安堵に満ちていて、アリックスは骨がとろけそうになった。

「ああ。最低でも三人はほしいな」彼は穴があくほど彼女を見つめた。「だけどじいちゃんがいうんだ。いまからじゃぼくの子どもを産んでくれる女性なんか見つからないって」

　後半部分はばからしすぎて考えるまでもなかった。「そのおじいさんは、あのおじいさん？」

「きみがダンスをしたじいさんだよ。どうだろう、ぼくがタイラーを送ってくるあいだに飲みものを作っておいてくれないか？　冷蔵庫の上の戸棚の奥にディリスがとっておきのラムを隠してあるから」彼は向きを変え、そこで振り返った。「アリックス、きみは流れ者なんかじゃない。よくわからないが、きみほどこの島になじんでいる人は見たことがない。きみにはキングズリー家の幽霊が見えるし、捕鯨船の船員みたいにラムをがぶ飲みする。それにあの古いぼくの家も、まるで生まれたときから住んでいるみたいに勝手がわかっている」

　その言葉で気持ちが落ち着いてきて、アリックスは小さくほほえんだ。「ここになじんでいるって、わたしはキングズリーの人間でもないのに？」

「まあね。でも女性の場合、名字を変えるのは簡単だから。じゃ、ちょっと行ってくる」

アリックスはトラックのシートに背中をあずけた。いまのはどういう意味？　女性の名字を変える？　まさかね。たぶんわたしの考え違いよ。

24

アリックスは朝食のテーブルにつき、コンロの前に立つジャレッドを見ていた。昨夜は疲れていたのと気が動転していたせいで、頭がまともにまわらなかった。ジャレッドが魚を焼いて、サラダを作っているあいだに、彼女はシャワーを浴びた。現場から帰ってくると、ベッドの上にきれいに畳んだアリックスの着替えと化粧ポーチが置いてあるのを見つけた。横にメモがあった。

これで大丈夫だといいんだけれど。ケンに手伝ってもらって選びました。

ジリー

父親がよその女性と一緒にいることにも興味は引かれなかった。昨夜は夕食を終えるとすぐ、アリックスはベッドにもぐりこんだ。タイラーの相手をしてくたくただったことと、日記が見つかった興奮と、幽霊とダンスしたといわれたショックで、あっという間に深い眠りに落ちていた。

目が覚めると、ジャレッドはすでに起きてキッチンで朝食を作っていた。コーヒーのいい香りが家じゅうに広がっていた。テーブルの中央の折り畳んだディッシュタオルの上に、まだひらいていない日記が入った缶が置いてあった。でもいまは日記より、ケイレブに関する事実のほうに興味があった。ジャレッドはアリックスにおはようのキスをして、長いこと抱きしめたあとで、なんなら今日は一日、家にいてもいいんだよ、といった。きみが思いつくかぎりの質問に答えるから、とジャレッドはあらためてくりかえした。

「じゃ、ディリスは？　つまり、彼女にも見えているの？」アリックスはそこで両方のこめかみを指で押さえた。「ううん、ディリスはわたしにケイレブのことを訊いていた。それってつまり彼女には見えていないってことよね。だけど、この件に関しては誰もが秘密を抱えているみたいだから、もしかしたら見えているのかも」ジャレッドに目をやると、市販のパンケーキの生地をフライパンに流し入れているところだった。「レクシーには彼が見えるの？」

「ディリスに見えないのはたしかだが、レクシーについてはわからないな。あまり自分のことを話さないから。各世代の長男は全員彼が見えるし、話もできる。つまり、名前に数字がくっついている男たちはね」

アリックスは自分がダンスをした相手の存在しつづけてきた長い年月について考えてみた。

「知っていると思うけど、名前の最後につく数字はふつう、一族の誰かが亡くなると消えるわよね」

「そうだ」ジャレッドはパンケーキを裏返した。「島の外の基準でいえばぼくは一世に戻ることになる。なにしろ、ほかのジャレッドは全員死んでいるわけだからね。だけど、じいちゃんは歴代のジャレッドを区別する必要があったから、数字はそのままにしてあるんだ」

「なるほどね」アリックスは彼の背中を見つめながら、いま聞いた話を理解しようとした。

「母は彼のことを知っていると思う？」

「はっきりしたことはわからないが、ヴィクトリアとアディおばさんは大の仲良しだったか

らね。だからおそらく知っているんじゃないだろうか」

アリックスはうなずいた。「ヴァレンティーナが結婚した男性はどうなったの？」

「それは……きみは知らないほうがいいんじゃないかな」

「いいから教えて。大丈夫だから」

「オベッドはケイレブの息子をひどく殴ったんだ。少年がオベッドには見えない誰かと話し

ていたからといってね」

「その子は父親と、つまりケイレブと話していたの？」

「そうだ。そしてその夜、オベッドは死んだ。一族のあいだでは、恐怖のあまり死んだのだ

ろうと伝えられてきた。それほど彼の顔は恐怖に歪んでいたんだ」

アリックスは息を吸いこんだ。「つまり、ケイレブは悪いこともできるわけね」

「ぼくはそうは思わない。じいちゃんは、罪の意識がオベッドを殺したんだといっていた。夜中に目が覚めて、枕元にケイレブが立っているのを見て、なにをされるのだろうという強烈な恐怖に襲われ、その場で心臓が止まったんだ。ヴァレンティーナになにがあったのか問い質す時間もなかったそうだ」

アリックスはテーブルに目を落とした。「彼は大勢の人とダンスしてきたのかしら?」

ジャレッドは小さく笑った。「ぼくの知るかぎり、祖父が誰かとダンスしたのはこれが初めてだよ」

〝祖父〟という言葉を口にしたときのジャレッドの声には愛情がこもっていた。身内に幽霊がいるというのはどんな感じなのだろう。でもいまはまだそうしたことをふつうに話しあうだけの心の余裕はなかった。アリックスはテーブルの上の缶にちらりと目をやった。「ヴァレンティーナの日記はどうしよう? まさか幽霊に手渡すわけにもいかないし。いえ、もしかすると渡せるかもしれないけど……」彼女は助けを求めるようにジャレッドを見た。

「ぼくらにできることはひとつしかないと思う」ジャレッドは真剣そのものの顔でいった。

一瞬、なんのことかわからなかったが、そこで彼の目がおかしそうにきらめいていることに気がついた。アリックスも真顔でいった。「日記は床を守るために使いましょう」

ジャレッドはにやりとした。「同感だ。ヴィクトリアにこの日記を渡せば、アディおばさんの日記を見つけるためにキングズリー・ハウスをばらばらにするのを防げると思うかい？」

「わからない。母はあっさりあきらめることもあれば、意地でも引かないこともあるから。まずはアディおばさんの話を書くといい張るかもしれない」

「あの壁紙はどうなってしまうんだ」ジャレッドはぶつぶついいながら、何段にも重ねたパンケーキをアリックスの前に置いた。

「おいしそう。あなたに作れるのは魚のフライだけだと思いはじめていたところよ」

「そのとおり。でも、冷蔵庫のなかでパンケーキミックスの箱を見つけて、〝おまえならできる〟と念じたんだ。超高層ビルを建てるよりパンケーキを作るほうが難しいはずがないからね」

アリックスはその日初めて笑顔を見せると――小さな笑みではあったが――パンケーキを口に入れた。「すごくおいしい」

「それはどうも」ジャレッドは自分の分の皿をテーブルに置いて席についた。そしてフォークで缶を示した。「それで、実際のところ、こいつをどうする？」

「アディおばさんの日記をさがすためにキングズリー・ハウスを解体するようなまねはしないと血の誓いをする条件で、母に渡すというのは？」アリックスは顔をあげた。「もしかしてケイレブは――」

「みなまでいうな。もちろん、じいちゃんはアディおばさんの日記のありかを知ってる。ぼくが千回訊いても教えてくれなかったけどね。でも、きみが訊けばもしかして――」アリックスの顔が青ざめるのを見てジャレッドの声が途切れた。「まだ早すぎる?」

「ええ、まだまだ早すぎる」アリックスはいった。「お母さんに彼が見えないのが残念。母になら彼は絶対話すのに」

「たぶん。じいちゃんは美人に目がないからね」

「それだけじゃないわ。母はヴァレンティーナに生き写しなの」

口に運ぼうとしていたジャレッドのフォークが止まった。「なんだって?」

「この話、したと思うけど。それとも、その前にあなたに話題を変えられたんだっけ? わたし、パーセニアの結婚式を見たの。彼女はジリーにそっくりで、新郎はわたしの父にそっくりだった。彼の名前がジョン・ケンドリックスで、父の名前がケネスというのも興味深いわよね。彼は――」

ジャレッドはテーブルごしに彼女の手に手を重ねた。「ヴァレンティーナとヴィクトリアはどうなんだ?」彼の目は真剣だった。

「母はヴァレンティーナだった。結婚式に彼女もいたの。ケイレブが知りあったきっかけを話してくれた。ものすごくおかしいのよ。彼ったら――」ジャレッドがいきなり立ちあがった。明らかに話を聞いていない。「どうかしたの?」

恐れおののいていることに気づかれないよう、彼は顔をそむけた。アリックスが島にやってくる直前に祖父にぶつけた自分の言葉がまざまざとよみがえった。怒りと皮肉が入り交じった口調まで思いだせた。

〝じいちゃんは愛する女性、愛しいヴァレンティーナが、生まれ変わりかなにかで戻ってくるのを待っているんだ。じいちゃんにはずっと彼女しかいなかった。その話は前にも聞いた。数え切れないほどね。ヴァレンティーナの生まれ変わりは、見ればかならずわかる。そのあとふたりは手に手を取って夕陽のなかへ消える。それって彼女が死ぬか、じいちゃんが生き返るってことだよな〟

「ジャレッド、大丈夫?」

彼はひとつ息をついてからアリックスに向き直った。このことは絶対に彼女に知られてはならない。彼は明るい表情を取り繕った。「悪いんだが、一時間かそこら家に帰らなきゃいけないんだ。仕事のことで。一緒にくるかい?」

「それはちょっと」

「きみをひとりにはできない。レクシーに電話して――」

「よして! べつにぐあいが悪いわけじゃないし、あっちでもこっちでも幽霊を見るとも思えないし」アリックスはふっと黙った。「この家にはいないわよね？　まさかケイレブは……？」

「ここに幽霊はいないし、じいちゃんはキングズリー・ハウスの外には出られない」

「だったら大丈夫。ジリーが着替えと一緒に電子書籍リーダーを持ってきてくれたんだけど、そこにジリーとお父さんがケイル・アンダーソンの作品を山ほどダウンロードしてくれてあったの。だから心配しないで。少しぐらいひとりでも平気よ」

「ほんとに？」

「ほんとに」彼女はジャレッドを見た。「メイン州の例の家だけど、写真は撮った？」

ジャレッドはほっとして笑いだした。「それでこそぼくの恋人だ！　写真なら二百枚ほどぼくのパソコンの画像ファイルに入っている。ファイル名はワーブルックだ。簡単な平面図もあるから、あとできみの考えを聞かせてくれ」

「わたしにパソコンを渡したりしていいの？　あなたの極秘ファイルをのぞき見しないとはいい切れないけど」

「いくらでも見てかまわないよ。きみが期待しているようなものが入ったパソコンはニューヨークに置いてきたから」

アリックスは笑い声をたてた。「わかった。さあ、内緒の用事をしにいって。わたしなら大丈夫だから。この家に製図用紙はあるかしら？」

「二階の寝室の押し入れの段ボールに、ぼくが昔使っていた製図用具が入ってる」

「ならその製図用紙はヴァレンティーナの日記と同じくらい古いわね」

ジャレッドは片手で胸を押さえた。「傷つくなあ。帰ってきたら、ぼくが年寄りかどうか見せてやる」

「待ちきれないわ」アリックスは心からいった。

行ってきますのキスがもっと長ければよかったのに、とアリックスは思ったが、数日前なら、ジャレッドにはなにか気になることがあるらしく、一刻も早く出かけたがっていた。数日前なら、どこになにをしにいくのか教えてとせがんだだろうけど、いまは違った。さしあたり好奇心は満たされたし、いまは設計の仕事に集中したかった。幽霊はもうたくさん！　この世に存在しない人とダンスすることも。超自然的な力で過去をかいま見ることも。いまは心静かに仕事に没頭したかった。

25

ジャレッドがキングズリー・ハウスの勝手口のドアを乱暴に開けると、古いガラス窓がカタカタ鳴った。ふだんはしかるべき敬意を持って取り扱っているドアを、今日は叩きつけるようにして閉めた。

祖父があらわれるのを期待して戸口をにらみつけたが、出てはこなかった。ジャレッドは屋根裏部屋に通じる階段を一段飛ばしで駆けあがった。裸電球の紐を力まかせに引くと、紐がちぎれてしまった。かっとなって投げ捨てた。

「出てこいよ！」大声でいい、あたりをぐるりと見まわしてもケイレブの姿はどこにもなかった。「ヴァレンティーナとヴィクトリアは同一人物なんだろう？　聞こえているのはわかってるんだ、さっさと答えろ」

「私ならここだ」背後で祖父の静かな声がした。

振り向いたとたん、ジャレッドははっと息をのんだ。ぼんやりとしていた祖父の体は、いまでは実体があるかのようにしっかりして見えた。どうりでアリックスが人間と思いこんだわけだ。あやうく手を伸ばして触れそうになるのをぐっとこらえ、祖父をにらみつけて答えを待ち受けた。

「そうだ、ヴァレンティーナとヴィクトリアの魂は同じだ」

憤怒のあまり頭が破裂するのではないかと思った。「じいちゃんはこの世を去るといった！　そのときヴィクトリアを一緒に連れていくつもりなんだな？」

「わからない」ケイレブは落ち着いた声で静かにいったが、その目には不安の色があらわれていた。

「そんなことはしちゃだめだ。アリックスに――ヴィクトリアに」ジャレッドは叫んだ。

「彼女は生きなきゃいけないんだ」

「私にはどうにもならないことなんだ」ケイレブは声を荒らげた。「わたしが好きでこうなったとでも思うのか？　こんな……こんな……」

「はっきりいえよ。自分は幽霊だって！」

「ああ、そうだ」ケイレブもかっかしてきた。「私が二百年以上もこの屋敷にとどまることを自分で選んだとでも思うのか？　愛する者たちの死を見つづけることを？　赤ん坊だったおまえたちが成長していくのを見守り、ともに笑い、ともに泣く。しかしつねに――いつもいつだって――おまえたちが死んでいくのをただ見ていることしかできない。何度も何度も。だが何度くりかえされようと、悲しみに慣れることはない。いつだって身を切られるほどつらいんだ」

怒りはまだ収まらなかったものの、ジャレッドはもう叫んではいなかった。「だから今度はヴィクトリアを一緒に連れていくのか？　彼女を愛しているから。それがじいちゃんの愛なのか？」

「おまえは私のことをそんなふうに思っているのか？」

「もうなにをどう考えたらいいのかわからない。お願いだから、そんなことはしないでくれ。ヴィクトリアを道連れにするのはやめてくれ！」

ケイレブは気を鎮めようとした。「いっただろう、私にはどうにもならないことだと。私にわかっているのは、私が最後にこの世に存在していたときに関わった人々が、ふたたび集まってきているということだ。私が六月二十三日にこの場所を離れることもわかっている。しかし、そのあとどこへ行くのかはわからない」ケイレブの体が薄れてきたように見えた。

「そろそろ行くよ。疲れた」

「いつから疲れるようになったんだよ？」ジャレッドは嚙みついた。

「最後の日が近づくにつれ、力が増すと同時に弱くなってね」

「意味が通らない」

「私の人生の半分は意味の通らないことばかりだ」孫に向けたまなざしには苦悩があらわれていた。「信じてくれ。なにが起こるか私にも本当にわからないんだ。できることならひとりで去る。ヴァレンティーナを連れていったりしない」

「彼女はヴィクトリアで、この時代に生きているんだ。そして彼女を心から愛している人たちがいるのはここ、この世だ」ジャレッドは怒りのあまり頭がうまくまわらず、そして祖父の姿はみるみる薄れていっていた。「ヴィクトリアにはじいちゃんが見えるのか？」

ケイレブの姿が少しだけ鮮明になった。「私が見せてやれば見える。しかし半人前の男を彼女に愛してほしくはなかった」体がまたぼやけはじめた。「アリックスを手放すんじゃないぞ。私のような愚か者にはなるな。私がヴァレンティーナのそばを離れなければ、こんなことにはなっていなかったんだ。だが私はもう一度だけ航海に出たかった。金持ちになる必要があると思ったんだ。すでに金はうなるほどあったのに」彼は涙声でいった。「私を教訓にしろ。パーセニアと話すといい。彼女の魂は昔からおまえの心の内を見ることができた」

ケイレブは消えた。

ジャレッドはどさっとソファに座りこんだ。まるで走ってくる貨物列車をひとりで止めようとしている気分だった。

不意に、この家から出なければと感じた。呼吸をする必要があるように、ここを離れる必要があった。その欲求はあまりに強烈だったから、祖父に操られているのだとわかった。

「やめろ！」そう怒鳴ると、抗しがたい感情はたちまち消えてなくなった。

ジャレッドは気を鎮めながら立ちあがった。アリックスの体験したことがこれでよくわかった。祖父が得たあの新しい能力でなら、アリックスに過去を見せることができてもおかしくない。

ジャレッドは一族が残したがらくたでいっぱいの屋根裏部屋をぐるりと見まわし、その見慣れた光景を確かめると、階段をおりて勝手口から外に出た。アリックスのところへ戻ろうかと思ったが、いまごろはモンゴメリーの屋敷の改築プランに夢中になっているだろう。そこに加われたらどんなにいいか！　しかしヴィクトリアがもうじき死んでしまうかもしれないという考えが心に重くのしかかっていては、くつろぐことなどとてもできないし、この不安をアリックスに嗅ぎつけられたくなかった。

彼はキングズリー・レーンをメイン・ストリートのほうに歩いていった。レクシーかトビーが家にいるだろう。アリックスの質問がきっかけで、親族のなかにほかにもケイレブが見える人間がいるのか知りたくなったのだ。子どものころからいわれつづけてきた祖父に関するルールに、ジャレッドは今朝になって疑問を抱いた。もしも一族の女たちが男に、あるいは男たちが女に、じいちゃんのことを話していたら、とうの昔になにか手を打っていたかもしれないじゃないか。悪魔払い的なことを？

祖父のいない子ども時代なんて想像もつかないし、父が死んで、ケンが島にやってくるまでのあいだはとくにそうだったが、それでも一瞬、遠い昔に誰かがじいちゃんを追い払ってくれていればと思ってしまった。

レクシーの家までくると、勝手口のドアを開けて声をかけたが返事はなかった。ふたりとも仕事で出かけているようだ。帰ろうとしたとき、裏庭のほうで音がした。どちらかが温室にいるのかもしれない。

温室にいたのはジリーだった。大きな植木鉢を落として割ってしまったところらしく、かけらを拾い集めようとしていた。

「ぼくがやろう」ジャレッドはしゃがんで破片を集めはじめた。

ジリーは立ちあがった。「手伝おうとしたのにこの始末よ。たぶん切りあげたほうがいいんでしょうけど、レクシーとトビーはとても忙しそうだったし、わたしは暇を持て余していたものだから」

ジャレッドは温室のなかを見まわした。専門家ではない彼から見ても、ここは片づける必要がありそうだ。「重いものはぼくが引き受けるから、ふたりで手分けしてやらないか？」

「でもあなたはほかにやることがあるでしょう。アリックスのそばにいてあげなくていいの？」

「アリックスならワーブルックの例の古い屋敷の改築プランに取り組んでいるよ。きっとぼくを厄介払いできて喜んでいるはずだ」

ジリーはつかのま彼の目をじっとのぞきこんだ。ジャレッドはなにかに悩んでいる。「こちらの端からはじめるのはどう？」

「いいね」

大きな温室の片づけは、かなりの肉体労働だった。ありとあらゆるものを動かし、ベンチの下の雑草を抜いて、熊手で砂利をならした。作業台のうちふたつは修理の必要があった。苗はもっと大きな鉢に移し替える必要があり、それはつまり配合土と泥炭ゴケとバーミキュライトの大きな袋と格闘することを意味していた。

いまのジャレッドにはそうした力仕事がありがたかった。二十キロ以上ある袋を運び、のこぎりとハンマーを使って新しい作業台を作った。重い低木の鉢を温室の外へ運び、ジリーが余分な枝を刈りこむと、ふたたびなかに運びこんだ。バラの棘に手の甲をひっかかれても気づきもしなかった。

午後も遅くになると、ジリーが、そろそろ終わりにしてなにか食べましょうとジャレッドを促した。そもそも、やることはもうなにもなかった。ジリーはキングズリー・ハウスに戻ってはどうかといったが、ジャレッドは首を横に振った。正直いって、ゲストハウスにすら近づきたくなかった。それでふたりはレクシーの家に入った。ジリーはジャレッドを見た。汗と汚れにまみれ、ひどく思いつめた表情をしている。「シャワーを浴びてきたら？　そのあいだにサンドイッチを作っておくから」

「いいね。レクシーはぼくのスウェットパンツを一本ねこばばして、ぼくのTシャツを何枚も持っているんだ」

「さがしておく。あなたはきれいにしてらっしゃい」

ジリーがサンドイッチを作り終え、バスルームのドアの外へ投げだされた汚れた服を洗濯機に放りこんだところで、ジャレッドが食卓にあらわれた。思いつめたような表情はわずかに薄れていたものの、まだなにか心に引っかかっていることがあるようだった。

「アリックスのこと？」ジリーはそう切りだしながら、どうかジャレッドが男の人によくあるあの面倒なタイプ——こちらからいちいち話を聞きださないといけない人——ではありませんようにと祈った。

「ぼくらならうまくいっているよ」ジャレッドはいい、自分の皿に目を落とした。

「だったら、ケイレブのこと？」ジャレッドが顔をあげ、ジリーは思わず息をのんだ。彼は心の奥のなにか——魂だろうか？——が瀕死の重傷を負っているかのような目をしていた。

ジリーは彼の手に手を重ねてそっといった。「話してみて」

「ケイレブはヴィクトリアを殺すつもりなんじゃないかと思う」

ジリーはひと言も発しなかった。彼女はずいぶん前に、人の話を聞く際の鉄則は〝話を聞く〟ことだと学んでいた。

ジャレッドは一時間近くかけてすべてを話した。祖父ケイレブがヴァレンティーナを残して、最後にもう一度だけ航海に出たこと。その後ケイレブは、ヴァレンティーナが彼のいとこで、彼女のことをしつこく追いまわしていたヘビのように狡猾《こうかつ》な男と結婚したと聞かされた。「彼女が自分の息子を産んだと知ったケイレブは、弟と船を交換して、嵐を押して出航した。乗組員のほとんどはナンタケットの住民で、全員が船とともに海に沈んだ」ジャレッドはそこで言葉を切った。「その後何年も、キングズリー家は島のみんなから白い目で見られたそうだよ」

「だけどケイレブは戻ってきた」ジリーはいった。

「うん、そうだ」

「ヴァレンティーナは愛した男性の幽霊を見たことがあったの？」

「いや。ケイレブが初めてキングズリー・ハウスにあらわれたのは、船が沈没してから六年が経ったときだったんだ。そのころにはヴァレンティーナは姿を消していて、オベッドは再婚していた。だけどじいちゃんの息子は屋敷にいた。その子には父親の姿が見えたし、話すこともできた」

「継母はケイレブの息子にやさしかったのかしら？」

「やさしかったそうだ。彼女には子どもがいなかったから、ジャレッド少年は彼女の愛情をたっぷり受けて育った」

「そのへビみたいないとこは？」

「早死にした」ジャレッドは早口でいったあと、その話はしたくないということを目で伝えた。そこから話は一気に二百年飛んで、アリックスと彼女が見たもの、そしてケイレブからついにこの世を去ることになったといわれたことを明かした。

「だけどヴィクトリアを一緒に連れていくなんて絶対にだめだ」ジャレッドの目には恐怖の色が浮かんでいた。「彼女は生きているんだから。彼女には大事な家族がいるし、アディおばさんのいい友人だった。ふたりはよく町まで歩いて、食事をしながら、ヴィクトリアが日記で読んだエピソードをどうやって小説にするか話しあった。アディおばさんは物静かな働き者で、ヴィクトリアはどこかの国の女王みたいに、いつも取り巻きに囲まれていた。彼女の魅力に惹かれて人が集まってくるんだ。ふたりは最高のコンビだった」

ジャレッドはジリーを見た。「じいちゃんは、生き写しとか生まれ変わりの話をする。そしてイジーの結婚式の日に地上を離れるのは間違いないといってる。だけどヴィクトリアのことを本当に愛しているなら、彼女を連れ去ったりしないはずだ。もしもアリックスが……」

「アリックスが、なに?」

「もしもぼくが地上を離れなければならないとしても、彼女を連れ去るような身勝手なまねはしない。彼女の命より自分の幸せを優先するなんてありえない」

「ケイレブはどうしたいといっているの?」

「自分にはどうにもできないことだって。好きで幽霊になったわけではないから、この世を去るときになにが起きるかも選べないだろうといってる」彼は助言を求めるようにジリーを見た。

「結婚式が終わるまで、ヴィクトリアを島から遠ざけておく必要があるわね」彼女はいった。

「同感だ。それについてはもう手を打ってある」ヴィクトリアがほしがっていてまだ見つけられていないアディおばさんの日記のことを話した。「キングズリー家の貴重な日記を手に入れるためだと思えば、島には近づかないはずだ」

「よかった」

いわずもがなのことは、どちらも口にしなかった。どこにいようと、死神からは逃れられない。

26

ジャレッドとジリーがレクシーの家を出たのは六時近かった。レクシーもトビーもまだ仕事から帰ってきていなかった。ジャレッドはもう一度着替え、ジリーと話したことで気分がよくなっていた。アリックスに会いたかった。いまならすっきりした気持ちで設計デザインのことを考えられるかもしれない。

「家まで一緒に歩いていいかしら？」ジリーがいった。「もうじきケンが帰ってくるし、夕食を作る約束をしているの」

「ケンとうまくいっているみたいだね」

「ええ、とっても」ジリーはにっこりした。

「今日は変な話を聞かせて悪かったね。あなたはきっと――」声が途切れ、彼はキングズリー・レーンに目をやった。ふだんは静かな細い通りだ。人の出入りが激しいのは〈シー・ヘイヴン〉だけだし、B&Bの駐車場はべつの通りを入ったところにある。

ところが、そのキングズリー・レーンはいま、静けさとはほど遠い状態にあった。配達用トラックが数珠つなぎになっている。縁石に乗りあげないとすれ違えないほどに。花屋にケータリング、シーフードやワインショップのバンも見えた。

　この光景が意味することはただひとつ。ヴィクトリアがやってきたんだ！

　ジャレッドは放心状態で、その大混乱をただ見ていた。ヴィクトリアのやつ、個人宅にこれだけ多くのものを届けさせて、どうやって全部家のなかに入れるつもりだ？　配達用トラックのなかに半ダースほどの自家用車が交じっていたが、ドライバーはすべて男だった。自転車に乗った少年もふたりいて、どちらも前のかごは盛り花でいっぱいだった。

「ちょっと！」少年のひとりが大声でジャレッドに呼びかけた。「キングズリー・ハウスはどの家か知ってる？」

　ジャレッドは眉間にしわを寄せるばかりで答えなかった。

「二十三番地よ」ジリーがかわりに教えた。「あの大きな白い家」

「ありがとう」少年は自転車にまたがると走り去った。

　ジリーはジャレッドを見あげた。「誰かパーティでもしているの？」

「どちらともいえない。これだけの大騒動はヴィクトリアが到着したときにしか起こらない」

　ジリーは目を丸くして、長い車の列を見つめた。通りの先で男性ふたりが大声でやりあっている。ジャレッドに視線を戻すと、彼はトラックの列を凝視したまま動けないでいるようだった。「けんかも起きるの？」

「たぶん。ヴィクトリアのまわりではたいてい起きるんだ」彼はジリーに顔を向けた。「あのフェンスのところから裏にまわって、そこからゲストハウスに向かったらどうかな？　ぼくはまずヴィクトリアのことをなんとかするから」

「がんばって」ジリーはそういい残すと通りを渡っていった。

ジャレッドはしばらくその場で考えをまとめようとした。結婚式まで、あと二週間しかない。ヴィクトリアのことはよくわかっているから、大事に思っているイジーの結婚式の前に島を離れるよう説得するのはまず無理だ。それに距離を置いたところで事態が変わるとも思えない。

ジャレッドは空を見あげた。美しい夕暮れなのに、気分のほうはどんどん滅入っていく。ヴィクトリアにすべてを明かしたらどうだろう？　だめだ、とすぐに思い直した。事実を知ったら、ヴィクトリアは間違いなくケイレブに会わせろというはずだ。そして取材と称して、じいちゃんの〝気持ち〟を根掘り葉掘り尋ねる。「溺れ死ぬとき、どんな思いがしました？」とか「あなたのせいで何百人もの友人や親類が亡くなったと知ったときはどんな気持ちでした？」とか。容赦のない質問をするのは作品のためだ、とヴィクトリアはいうだろう。それですべてが許されるとばかりに。

しかも、そこにはとびきり上等のラブストーリーがある。ケイレブとヴァレンティーナを結ぶ固い絆のことは子どものころから聞かされてきた。父から、アディおばさんから。祖父の口からじかに聞いたこともある。内容は少しずつ違ったけれど、ケイレブとヴァレンティーナが深く愛しあっていた点は一致していた。深い真《まこと》の愛で結ばれたふたりを分かつことはなにものにもできなかった。死も時もふたりの愛を止められなかった。

トラックがのろのろと前進し、荷物を降ろして帰っていくのを眺めながら、祖父とヴィクトリアが一緒にいるところを見たことがあっただろうかと考えた。ケンがいるとき、ケイレブはよく近くの椅子に座っていたけれど、ヴィクトリアのときはどうだっただろう？　思いだせなかった。ヴィクトリアの着替えを見た、とじいちゃんがいっていたのはおぼえている。〝見るのはヴィクトリアのことだけだ〟といっていたのは。

自転車の前かごに花束を入れたべつの少年が横を通り過ぎていくと、ジャレッドは手で顔をこすった。どうすればいいのかわからなかった。ポケットから携帯電話を取りだし、しばらく画面を見つめていた。アリックスに電話して、メイン行きの飛行機に乗ろうといいたかった。いますぐ発とう、と。イジーの結婚式には出ないで、ふたりでワーブルック滞在を楽しもうと口説き落とすことができるかもしれない。メイド・オブ・オナーはレクシーに頼めばいい。そしてすべてが終わったあとで戻ってくるのだ。

ジャレッドは電話をしまいこんだ。キングズリー一族が臆病者と呼ばれたためしはないし、最初のひとりになるつもりもなかった。

ジャレッドは胸を張ると、配達員たちを押し分けるようにして自宅へ向かった。キッチンで三名の配達員が待ちかまえていた。ジャレッドは財布を出し、三人にチップを渡すと、花でも酒でも料理でもなんでも置いて帰ってくれといい渡した。

全員を追い払うまでにはしばらく時間がかかった。表の客間からヴィクトリアの笑い声が流れてくるとジャレッドは顔をしかめた。理由は告げずに彼女を島から遠ざけるには、いったいどうすればいいんだ?

配達人が置いていった料理を冷蔵庫に入れてしまうと、ジャレッドは花に添えられたカードに目をやった。〝これでようやく本当の夏がはじまります〟〝いつもの場所にいつもの時間?〟このカードには署名がなかった。テーブルを占領するほど巨大な花束は、レクシーのボスのロジャー・プリマスからだった。ヴィクトリアが彼を知っていたとは初耳だ。〝ぼくのジェット機はあなたのものです〟〝本にサインをしていただけませんか?〟〝いつもあなたの夢を見て……〟このカードにも署名はなし。

感心したらいいのかあきれたらいいのかわからなかった。後者のほうに傾きはじめていた。ジャレッドは勇気を奮い起こすと、表の客間へ向けて廊下を進んでいった。彼が業界で怖いもの知らずで通っていることを、アディおばさんとよく笑いあったものだった。駆けだしの建築家のときから、会議を前に緊張したことは一度もなかった。

「ヴィクトリアと長年つきあってきたおかげね」とアディおばさんはいった。「彼女は自分の希望を通すやりかたを心得ているから。ヴィクトリアをうまく操れる人は、世界を操ることもできるわ」

ジャレッドは客間の戸口で足を止め、目の前の光景を見つめた。ソファの中央にヴィクトリアが座っていた。いつものことながら、彼女は完璧だった。つややかな赤い髪は、たったいまそよ風に吹かれてきたとばかりに、あえて乱れた感じに仕上げてある。黒く濃いまつげに縁取られた緑の瞳は、蠱惑《こわく》的でありながら無邪気にも見えた。そしてその肉体は……。子どものころから彼女のそばにいるジャレッドは、生まれ持ったプロポーションを保つために、ヴィクトリアがプロのボディビルダーも顔負けのトレーニングをしていることを知っている。しかし、本人はその驚異のプロポーションにまったく気づいていないふうを装っていた。

四人の男性が彼女を囲み、その全員が身をのりだしているのに、ヴィクトリアのほうはクッションにゆったりともたれていた。テーブルにはアディおばさんの上等なティーセットが並び、カップにはお茶がなみなみと注がれ、小さくカットしたサンドイッチ、ケーキ、クッキー、ペストリーを盛った皿も見えた。来年の年収を賭けてもいいが、お茶の用意をしたのはヴィクトリアではないはずだ。

部屋に足を踏み入れようとして、ふと頭をめぐらせると、客間の隅に祖父が立っていた。ジャレッドにははっきり見えているのに、ほかの者の目にはまったく見えていないようだった。そのときケイレブが顔をあげ、ジャレッドは思わず息を吸いこんだ。

祖父の顔には、まごうかたなき愛の表情が浮かんでいた。とろけるような、魂に触れるような、抑えられないむきだしの愛。この愛のためなら身も心も、命さえ捧げてもいい。この愛が成就するのを見るためなら二百年でも待つ。そんな究極の純愛。

ジャレッドの顔に気持ちが出ていたのだろう、ケイレブはたちまち愛に惚《ほう》けたような表情を引っこめた。そして片頬だけをあげて向こう見ずな笑みを孫に投げると、ふっと消えた。

「ジャレッド、ダーリン」ヴィクトリアの声がした。「やっとあらわれたわね」

ジャレッドは自分の運命と人生を呪いながら、力をお貸しくださいと神に祈った。そしてヴィクトリアのほうに笑顔を向けた。

ヴィクトリアがぎゅっと抱きしめてくると、会えてうれしいという気持ちがつい湧き起こってしまった。彼女はひげがちくちくするジャレッドの頬にキスし、襟足まで伸びた髪にしなやかな手をすべらせた。

「これは全部アリックスのため？　あの子は昔からバイク野郎の外見に弱かったから。それとも最近の好みはナンタケット島の漁師になったのかしら？」

「これはただの薄汚れた建築家ですよ」ジャレッドはいった。ヴィクトリアは彼と腕を組み、ソファのほうへ連れていった。ほかの男たちはしぶしぶ道を譲った。

「ああ、アリックスなら大いに気に入るわ。みなさんとは顔見知りよね？」

ジャレッドは男たちの顔を順繰りに見ていった。たしかに全員知っている。妻帯者の三人に無言で白い目を向けると、彼らはすごすごと帰っていき、あとにはハントリー博士だけが残った。博士は根が生えたようにそこから動かなかった。

「悪い子ね」ヴィクトリアは三人にさよならをいったあとでジャレッドを叱ったが、その目は笑っていた。「いまフレディからアリックスととても楽しい時間を過ごしたという話を聞いていたところなの。あなたたちが家族史について調べているなんて知らなかったわ」

ジャレッドはごくりとつばを飲んだ。ヴィクトリアには最小限のことしか話さないようにしなくては。

フレディ――フレデリック・C・ハントリー博士――はお茶をすすった。「アリックスはヴァレンティーナをさがそうとしているんですよ」

「ああ、謎に包まれたヴァレンティーナね。それで、進展はあったのかしら?」

「まったく」ジャレッドはそれだけいうと、大きなクリームタルトを口に放りこんだ。

ヴィクトリアはほほえんだが、その顔は最後には洗いざらい聞きだすから覚悟しなさいといっていた。ジャレッドは走って二階へあがって、どこかへ隠れたくなった。いや、それよりアリックスとニューヨーク行きの飛行機に飛び乗ったほうがいいかもしれない。

ヴィクトリアはハントリー博士のほうを向いた。「フレディ、今度いらしたときに全部話してちょうだいね」

「あっ」暗に帰れといわれていることに気づくまでに少しかかった。博士はあわててティーカップを置き、サンドイッチをひとつつまむと、席を立っていとまを告げた。ふたりきりになったとたん、ジャレッドは大きなあくびをした。「今日はやたら忙しくてね。そろそろ――」

「ジャレッド、ダーリン」ヴィクトリアはいった。「話があるのよ」

ジャレッドは立ちあがった。「そうか。でもあなたがくるとは思っていなかったから、仕事を山ほど入れてしまったんだ。島じゅうに御触れを出したみたいに、ぼくにもひと言知らせておいてくれれば、少しは予定を空けておいたんだけどね。だから……」それ以上、ごまかしようがなかったから、彼は戸口のほうへ一歩踏みだした。

「娘に対するあなたの気持ちを知りたいの」

ジャレッドが驚きもあらわに振り返る。「知りたいのはアリックスのこと？　彼女とぼくのこと？」

「もちろんそうよ。そのためにきたんだもの。きてくれるなといわれていたのは知っているから、ここにいるあいだは小さなネズミみたいに静かにしているつもりだけど、かわいい娘のことは是が非でも知らなければね」

彼は部屋じゅうに置かれた半ダースもの盛り花を当てつけがましく見た。どこが〝小さなネズミみたいに静かに〟だ。

「とにかく」ヴィクトリアは手をひらひらさせた。「大型クルーザーではこなかったわ」

「今回は、ね」

ヴィクトリアはあたたかな笑みを浮かべ、ソファの自分の横をぽんぽんと叩いた。「いいから座って、ダーリン。あなたに会うのは久しぶりだし、ケネスは相変わらず意地悪で、わたしの娘のことをなにひとつ話してくれないのよ。それにほら」彼女はソファの下に手を入れ、見おぼえのある白い箱を取りだした。「ふたりで食べようと思って取っておいたの。それから……」クッションのうしろから二十五年物のラムのボトルを出した。「これがあればアディのお茶も風味が増すというものよ。どう？〈ダウニーフレーク〉のドーナツとラムよ？」

ジャレッドはかぶりを振った。「ヴィクトリア、あなたなら悪魔だってたぶらかすことができますよ」

「あら、わたしの聞いた話だと、それはあなたのほうだと思うけれど。まさかアリックスを置いてニューヨークへ戻るつもりじゃないでしょうね？　あの子はわたしとは違う。父親に似て真面目なの」

「いやだな」ジャレッドはヴィクトリアが差しだしたお茶のカップを受け取った。中身は半分がラムだった。「アリックスを置いていくつもりはありません」

ヴィクトリアはにっこりした。「あの子はそれを知っているの？」

「それとなくほのめかしてあるから、知っていると思うけど」

「うーん」ヴィクトリアはドーナツを小さく割って、上品に口元へあげた。「わたしたち女はほのめかしが苦手なの。それとわかる言葉で永遠の愛を誓ってほしいのよ」

ジャレッドはカップに口をつけた。

「それにね、わたしたちは指輪も好きよ」ヴィクトリアはいった。「サイズは五。ただし、エメラルド以外にしてちょうだい」

「ヴィクトリア、ぼくもいい年だし、そういうことは自分で決められる」

「もちろんよ、ダーリン。ただ、あなたもアリックスもわたしにとってはかわいい子どもだから。そのことはわかっているわよね?」

「ええ。アリックスを大事にすると約束します」

「アリックスはすばらしいでしょう? ケネスとわたしのあいだから、よくもあんなにいい子が生まれたものよね。建築家としてのあの子の才能は大したものでしょう?」

「それはもう」

「ケネスの話だと、アリックスが設計した礼拝堂を建てているそうね。ほら、ラムのお代わりは? ドーナツもまだたくさんあるわよ。ひどく疲れているみたいじゃないの。これからはわたしになんでもいってちょうだい。力になるわ」

アルコールと砂糖のおかげで、ジャレッドはリラックスしはじめていた。「ヴィクトリア、ぼくはアディおばさんの日記の隠し場所を知らないよ」

ヴィクトリアははっと息をのみ、見事な谷間がのぞく胸元に手を当てた。「わたしがやってきた理由はそれだと思っているの？　あなたのその顔。まさかわたしが……日記を見つけるためにこの家をばらばらにするとでも？　床板をはがすとか、そんな恐ろしいことを」彼女の目に涙が浮かび、エメラルドグリーンの瞳がいっそうきらめいた。「これまで幾度もここで夏を過ごしたわたしが、あなたと同じくらいこの古くて美しい屋敷を愛しているとは思わなかった？」

「ええっと、それはちょっと思わな――」傷ついたようなヴィクトリアの表情を見て、ジャレッドの声が途切れた。「ほら、あなたが日記を見たがっているのは知っていたから」

「もちろん見たいわ」ヴィクトリアはまばたきをして涙を押し戻した。「いずれひょっこり出てくるわよ。ケネスがいっていたけど、なんでも……」彼女は手をひらひらさせた。「歴史研究家だとかいう女性と知りあったから、その人を雇ってここの屋根裏部屋にある文献を調べさせるんですって。雇えるだけのお金があるといいんだけど。ほら、ケネスはお金のことはからきしだめだから。ま、わたしがとやかくいうことじゃないわね。そんな得体の知れない女をこの家に泊まらせて本当にいいの？」

ジャレッドは四つめのドーナツに手を伸ばした。ジリーのことはヴィクトリアにいっさい話すつもりはない。「じゃ、今回は高速フェリーできたの？」ドーナツで口をいっぱいにしながら、いった。

ヴィクトリアはにこやかに笑った。「ふつうのフェリーよ。車を持ってきたものだから。アリックスに必要かもしれないと思って。あなたの恐ろしく古いトラックは、とてもあの子の手に負えないでしょう？　そういえば、アリックスはどこにいるの？」

「ディリスのところだ。ある家の設計デザインを考えてもらっている」

「あなたのオフィスはここにあるのに、よそで仕事をするなんておかしな話ね。どうしてそんなことを？」ヴィクトリアは返事を待ったが、ジャレッドは答えなかった。「それはわたしの知っている人の家？」

ヴィクトリアはジリーとタガート家、モンゴメリー家のつながりを知っているんじゃないか、もしかして両家の純資産まで知っているんじゃないか、という気がしたが、いまは話題をそっちへ持っていきたくなかった。パーセニアをさがしていた話をすれば、最後にはケイレブの話になる。「知らない人だよ。さてと」ジャレッドはソファから腰をあげた。「そろそろ行くよ。アリックスに製図用紙を持っていってやらなきゃいけないんだ。ディナーの誘いは受けているんでしょう？」

「いくつもね」ヴィクトリアはコーヒーテーブルをまわってきて、ジャレッドに両手を広げた。

ジャレッドは思わず彼女を抱きしめた。

「ジャレッド、大事な大事なわたしの息子」ヴィクトリアはやさしくいった。「あなたとアリックスのことをわたしがどんなに喜んでいるか、きっと想像もつかないでしょうね。あなたたちが赤い糸で結ばれていることは最初からわかっていたの。ケネスはばかにしたけれど、わたしはそう信じてた。あなたもアリックスも本当にいい子。心から愛しているわ」彼女は腕の分だけ体を引いた。「あなた以上にわたしの娘にふさわしい男性はどこをさがしてもいない。わたしがどれだけあなたを自慢に思っているか知ってる？」

ジャレッドはその言葉にぐっときた。「あなたには心から感謝しています。あなたの助けがなかったら、いまのぼくはいない」

「わたしは金銭的な援助をして、ときどき励ましただけ。大したことはしてないわ」

「ぼくにとっては大したことです」

「そして今度はなにより大切な宝物をあなたにあげるのよ。美しさと才能に恵まれた最愛の娘を」

「たしかに彼女は才色兼備だ」アリックスのことを思いだし、自然と顔がほころんだ。何時間か離れていただけなのに、もう彼女が恋しくなっていた。

「そう思ってくれてうれしいわ」ヴィクトリアはそういうと、そのやわらかであたたかな頬を寄せて囁いた。「じゃ、ヴァレンティーナの日記を渡してもらいましょうか」

ジャレッドは一瞬ぽかんとし、それから目を見ひらいて彼女からあとずさった。「昨日見つけたばかりなのに！　誰から聞いたんだ？」

「ツイッグの奥さんのジュードがメールで教えてくれたのよ。もうずっと仲良くしてもらっているの。彼女が飼っているニワトリはそれはもうすばらしくて――」

「ヴィクトリア！」もともと日記は渡すつもりだったとはいえ、彼女の口車にまんまと乗せられてしまったことがくやしかった。

「なあに、ダーリン？」

ジャレッドはくるりと向きを変えた。「アリックスのところへ帰る」いまはとにかく彼女の顔が見たかった。アリックスの健全さと落ち着きと、他人を操ろうとしないところがいとおしかった。ただただ彼女のそばにいたかった。

27

アリックスはパソコンから体を起こすと、両手を背中にまわしてぐーっと伸びをした。夜も更けていたが、ジャレッドはまだ戻らなかった。そのとき軽い電流が走ったみたいに体がぴりぴりして、勝手口のほうに目をやった。ジャレッドが勢いよくドアを開けて入ってくるのを見てもアリックスは驚かなかった。

驚いたのは、彼の表情のほうだった。狂おしいほどの欲望の色が浮かんでいたからだ。彼は手に持っていたバッグをキッチンカウンターに落とすと、無言で彼女のほうに両手を広げた。

アリックスは迷わず彼のところへ走った。ジャレッドはわずかに腰をかがめて彼女を抱き留めると、お尻の下に腕を入れて持ちあげた。アリックスは彼の腰に脚を巻きつけ、ジャレッドは口を開けて彼女の唇に吸いつき、舌と舌が触れ、手と脚と体が絡みあった。

彼女は一瞬、体を引いた。「お母さんから明日のランチに誘われた」

ジャレッドは短くうなずくと、アリックスの口をふたたびキスでふさいで寝室のほうへ歩きだした。途中で椅子にぶつかると、蹴って脇へどかした。

「あらま」アリックスは声をあげたが、ジャレッドが首筋にキスしてくると言葉のことなど忘れてしまった。

彼はアリックスをベッドに放り投げ、ベッドカバーと枕をなぎ払った。

アリックスは目を丸くし、ブラウスのボタンをはずしはじめたが、ジャレッドはむしろようにブラウスを脱がせて彼女の肌に唇を押しつけた。残りの服も一瞬で消えてなくなり、そこで初めてジャレッドは手を止め、アリックスを見つめて囁いた。「すごくきれいだ」

アリックスはジャレッドを引き寄せ、おおいかぶさる彼の重みにほほえんだ。彼の服が素肌をこする感じがよかった。ジャレッドの両手が体を撫でおろし、内腿を撫であげて、指がなかに入ってきた。アリックスはあえいで頭をのけぞらせ、彼の唇が乳房に触れると目を閉じた。

ジャレッドは彼女の欲望を掻き立て、キスをして、両手と唇で愛撫した。これ以上は耐えられない――アリックスが思ったそのとき、ジャレッドは転がるようにして彼女の上からおりると、一瞬で全裸になった。

今度はアリックスが両手と唇を彼の体にさまよわせ、ついに彼の中心に迫った。彼女の口がもっと下へ向かうと、ジャレッドは頭をのけぞらせた。数分後、今度は彼が耐えられなくなり、アリックスの体をひっくり返して仰向けにし、欲望のままに一気に貫いた。アリックスは両手でヘッドボードをつかみ、激しく突かれるたびに息をあえがせた。

ふたりは絶頂に達し、アリックスは両脚で彼の腰を挟み、首にしがみついて、さらなる高みへ連れていかれた。彼女はこらえきれずに大声をあげた。

ジャレッドが彼女の上に倒れこみ、そのままきつく抱きしめられて、アリックスはほとんど息ができなかった。だけど、汗まみれのたくましい男性にのしかかられているときに、空気なんて必要？

「大丈夫か？」やわらかい声が耳元で心配そうに囁いた。

「全然平気」

ジャレッドはアリックスの上からおりると、あらためて抱き寄せて、彼女の脚を脚で挟みこんだ。

アリックスが衝撃から立ち直るまでにしばらく時間がかかった。さっきのジャレッドには切迫感があった。あんなに強く求められたのは初めてだった。なにかあったの、と訊きたかったけれど我慢した。かわりに、彼が話してくれるのを待った。

「痛い思いをさせたか？」

「ちっとも」アリックスは答えた。

「今日はきみに会いたくてたまらなかった」

離れていたのはほんの数時間だと、わかりきったことをいいたくはなかった。アリックスのほうも同じ気持ちだったから。ひとりで設計プランを考えるのは、ふたりで考えるときほど楽しくなかった。「あなたはなにをしていたの？」

ジャレッドはためらった。

「そうなんだ」彼のおじいさんは幽霊だとわかっていたけれど、なんとか平静を保とうとした。彼女はごくりとつばを飲んだ。「原因は？」

ヴィクトリアに関する不安をアリックスに話すわけにはいかない。「あんなふうにきみの前に姿をあらわしたのが気に入らなくてね」

「彼はヴァレンティーナのことをわたしに教えたかったのよ」アリックスはそこで小さく笑った。わたし、幽霊の肩を持ってる。

ジャレッドは彼女のおでこにキスを落とした。「いいたいことがあるなら、ぼくに話せばよかったんだ」

「そうね。でも、あの日は本当に楽しかったの。恐くなったのはあとになってから。わたしが着たドレスのことは話したかしら？」

「じいちゃんはなにか時代遅れのみっともない服をきみに着せたのか？」ジャレッドはいまにもまた怒りだしそうだった。

「ううん。とても美しい白いコットン地のウェディングドレスよ」

ジャレッドは冷静さを取り戻した。「スカートが段々みたいになってるやつか？」手を動かした。「緑色の箱に入った?」

アリックスは頭をうしろに引いて彼を見た。「そう、それ。誰が着たドレス?」

「誰も着てない。アディおばさんのウェディングドレスなんだ。一度、おばさんの家に遊びにいったとき、ぼくの母に見せているのを見た。結婚式を挙げるどこかのいとこに着させようとしたんだけど、彼女はもっと袖が大きくて、つやつやしたドレスがいいと断ったらしい」

「へえ、わたしなら着る――」アリックスはいいかけてやめた。婚約もしていなければ、〝愛してる〟という言葉を交わしたこともない男性とウェディングドレスの話をするのはいい考えとは思えない。

「よければ日曜日になにがあったのか、正確に話してもらえるかな?」ジャレッドはいった。「こまかなところまで全部知りたいんだ」

アリックスは雨の朝に目が覚めたら、急に屋根裏部屋へあがりたいという抑えがたい衝動に駆られたところから、結婚式の幻影が消えたところまで、すべてを話した。

ジャレッドはその間ずっと、一心に耳を傾け、アリックスが結婚式で見た人たちのことを話すとうなずいた。

「実際にこの目で見たような気がしたんだけど、いまはちょっと自信がなくなってきた」

「ほかに誰がいた? ヴァレンティーナはどこにいたんだ?」ジャレッドは尋ねた。

ケイレブ船長とヴァレンティーナが出会ったときのことを話しながら、アリックスはつい笑ってしまった。「いかにも母がやりそうなことよね。でもそれはケイレブが話してくれたことで、見せてはくれなかったわ」

「じいちゃんはきっと若い娘にしてやられたことが恥ずかしかったんだな。その話は誰にもしていないし。もしも話していたら、間違いなく親から子へと伝えられてきたはずだからね」

「話したのはわたしが初めてだといっていたわ」アリックスは彼の肩に頭をすり寄せた。

「お母さんに会った？」

「うん」ジャレッドは配達用トラックや自転車や、家に駆けつけた男たちのことを話して聞かせた。「ロジャー・プリマスまでが花を贈ってきたよ」

「いいなー」

「そいつとはぜひとも会う必要があるな」

「ついていっていい？」

ジャレッドはうめくと、ごろんと転がってアリックスの上になった。「そんなことをいう子はお仕置きだ」

「大賛成」アリックスは、口をひらいて彼のキスを受け止めた。

今度はゆっくり時間をかけておたがいの体を味わい、キスをし、愛撫して、探りあった。

一時間後、満ち足りた気分で汗ばんだ体を絡めているとジャレッドのお腹が鳴った。

「夕食を作るのを忘れてた」アリックスはいった。

「大丈夫。家を出る前にヴィクトリアの冷蔵庫を襲撃してきたから。島いちばんのレストランの料理をもらってきたよ」ジャレッドはベッドから出るとバスルームのほうへ向かった。

「母は美食をモットーにしているから」

まぶしいほどの裸体で戸口に立つジャレッドと目が合った。なにを考えているかは、いわなくてもわかった。母がやってきたことで、いろいろなことが変わるだろう。少なくとも、あの大きな家はもうふたりだけのものではなくなる。ジリーは物静かだし、たいていはお父さんと一緒にいるから、同じ家にいてもほとんど気にならない。だけどお母さんの部屋は廊下を挟んだ向かいだし、母のまわりにはつねに人がいる。アリックスが十代のころは、夜遅くまで音楽がうるさいと文句をいうのは、母ではなく娘のほうだった。

ジャレッドはひとつため息をつくと笑顔を見せた。「きっと大丈夫だ。ヴィクトリアはヴァレンティーナの日記をほしがっているから、それを渡してしまえばたぶん……」肩をすくめた。「一緒にシャワーを浴びるかい？」

「いいわね」アリックスはベッドカバーをはねのけた。

暗黙の了解で、それ以上ヴィクトリアの話はしなかった。ふたりだけの時間を楽しみたかった。一緒にシャワーを浴びたあとは床にごちそうを広げ、ふたりで大好きなことをした。

設計図を眺めたのだ。アリックスは自分のアイデアに満足していたが、ジャレッドは納得のいかないところがいくつもあり、本人にそういった。

「キングズリー」とアリックスはいった。「あなたはなんにもわかってない」

それは、初めて一緒に仕事をしたときにアリックスがいった言葉だったけれど、いまでははるか昔のことに思えた。ふたりは顔を見あわせて笑いだした。あのころのアリックスは彼のことをほとんど畏れていたのに、いまは彼が偉大なるジャレッド・モンゴメリーであることを思いだすのは難しかった。

以心伝心で通じあったらしく、ジャレッドが料理の皿を脇へ押しやり、ふたりはモンゴメリー家の古い屋敷の見取り図の上で愛しあった。変化が待ちかまえていることをどちらもわかっていたからこそ、それはとりわけ甘美な時間となった。

しばらくして、ジャレッドのお腹から三枚の紙をはがしながらアリックスはいった。「このままここにいればいいわ」

「明日にはディリスが帰ってくる。彼女は家を返してほしいというんじゃないかな」

「レクシーとトビーのところは？」

「プライバシーがなくなる」

「じゃ、母に対して断固とした態度を取るしかないわね。そして寝室のドアに鍵をかける」

「ニューヨークのぼくのアパートメントへ行きたい？」

アリックスは一瞬目を輝かせたが、すぐに首を横に振った。「たぶんイジーの結婚式が終わったらね」

「そうだね。結婚式が終わったら」ジャレッドは顔をよぎった怯えの影を見られないようにそっぽを向いた。その日、じいちゃんは地上を離れる。おそらくはヴィクトリアを連れて。ジャレッドはアリックスに向き直った。「もしもきみがぼくからしばらく手を離していられるなら、その東翼のはるかにいいアイデアを見せてあげよう」

「いいアイデアじゃなく、べつのアイデアでしょ。手を離すといえば、わたしのお腹に料理をのせて食べるという約束はどうなったの？」

「ぼくがもらってきたチョコレートムースを見なかったのか？　あれはきみのお腹に塗りたくるためのものだ。でもその前に家の建て替えについてきみに教えないといけないからね」

「わたしは勉強熱心な生徒だから。ホイップクリームはもらってきた？」

「ボウルに山ほどね」

「その紙を取って。はじめるわよ」アリックスがいい——ジャレッドは命令に従った。


明くる朝、キッチンテーブルについていたヴィクトリアは、この大きな古い屋敷で初めての孤独を味わっていた。ここにアディがいないのが、彼女とおしゃべりできないのが、ひどく不自然に思えた。長い歳月のあいだに、ふたりは、どんな人たちと会い、どこで食事をするかといった生活パターンを作りあげていったのだ。いまはこの家がやけに大きく、がらんとして見えた。

昨日のディナーの席で、ヴィクトリアはナンタケットの古い友人たちとの再会を楽しんだが——なにかが足りなかった。そこにアディがいないからだ。アディを屋敷から連れだすのはいつも骨が折れたけれど、いったん外に出てしまえば、アディはそこでのつきあいを楽しんだ。ヴィクトリアにとっては、彼女の言葉の裏にある本音をわかってくれる人がそばにいるのが愉快だった。ある男性を見つめて「すごいわ!」といったあと、家でアディとお酒をちびちびやりながら、あいつは偉そうなことをいうだけの凡人だと笑い飛ばすのだ。ところが昨夜は、眉をあげて笑いを嚙み殺すターゲットがいなかったし——ヴィクトリアはアディが恋しくてたまらなかった。

キッチンの流しの前で食器を洗っているふりをしているのはジリー・タガートだった。たしか結婚後の名前もあったはずだけど、思いだせなかった。ジリーの義理の姉で作家のケイル・アンダーソンとは業界のパーティで何度か会ったことがあり、好感を持っていた。ふたりは作品のジャンルが違ううえに、売り上げはほぼ互角だったから、嫉妬をおぼえずにいられた。

ヴィクトリアはコーヒーカップごしにジリーを見つめた。彼女とのあいだに深い友情がないのはわかっていた。少なくともこれまでのところは。いまのジリーはもっぱら窓からゲストハウスのほうを見つめて、庭でなにか動くものはないかと目をきょろきょろさせている。ケンが姿を見せるのを待っているのだ。

ジリーとは今朝、とりとめのない、どうでもいいような話をしただけだったが、彼女が人生を変える覚悟でいることがヴィクトリアにはわかった。夫はとうの昔に亡くなり、ふたりの子ども——男女の双子——は大学に通うためにじきに家を出ていく。だからいまのジリーはどんな人生にも自由に踏みだせる。そして、ジリーの心はすでに決まっていた。

問題はケンのほうだ、とヴィクトリアは考えた。元夫が追いつめられなければなにもしない性格であることは、長くつらい経験から学んでいた。結婚五年目にヴィクトリアがべつの男性とベッドに飛びこんだのは、だからだった。自分がどれほど惨めな気持ちでいるか、ケンに話を聞いてほしかったのだ。自分の両親がヴィクトリアを冷たくあしらっていることに、ケンはまったく気づいていなかった。ヴィクトリアが、ケンが毎日テニスをしにきていたカントリークラブのウェイトレスだったことを絶えず思いだせようとすることにも——わたしがそのことを忘れるとでも！　ヴィクトリアのすることなすことがケンの両親には気に入らなかった。それだけならまだしも、ふたりは幼いアリックスを値踏みするような目で見た。アリックスが自分たちに似るか、母親のようにふざけた生きかたをする人間になるか見定めようとするかのように。

お願いだからわたしの不満に耳を傾けて。ヴィクトリアは泣いたり脅したりしてケンに訴えたのに、きみはなんでも大げさに考えるから、と子どもにいって聞かせるようにたしなめられただけだった。そのあとで、ぼくのまわりにいる人たちと正反対のきみだから好きになったんだ、と機嫌を取った。本当は、感情をあらわにすることをよしとしていないのに。なにせヴィクトリアと出会うまで、ケンは申し分のない人生を送っていたから、なにかを深く受け止める必要などなかったのだ。

ヴィクトリアにいわせれば、ケンのビジネスパートナーと寝たのはやむを得ないことだった。いまだにあきれてしまうのは、彼女がなぜ自宅の、夫婦のベッドで、夫の帰宅時間に合わせて事に及んだのか、その理由にケンがまるで気づかなかったことだ。

ところが、ケンを怒らせるそのショック療法は、ヴィクトリアが期待したような効果をもたらさなかった。そのことがあってもなお、彼は妻の話に耳を貸そうとしなかった。大声をあげるか、ふさぎこむかで、そのあいだはなかった。

やり場のないいらだちに駆られたヴィクトリアは、頭を冷やすための時間を夫に与えることにした。それで幼いアリックスを連れてナンタケット島へ逃げたのだが、別居するつもりはさらさらなかった。心底惨めな気分というのがどういうものか、ケンに知ってほしかっただけだ。自分とアリックスがいなくなれば、いやでもわかるだろうと思ったのだ。それに、彼女の話を聞かざるを得ない立場に追いやりたい気持ちもあった。

ところが、ダンスをしていて古い戸棚が倒れてきたあの午後にすべてが変わってしまった。

あれからずっとケンは離婚の痛手から立ち直っていないようで、ヴィクトリアはちょっぴり罪の意識を感じていた。つまらない女たちとばかりつきあっている彼を横目で見ながら、余計な口出しはしないよう努めてきた。簡単ではなかったけれど。

ケンの元ガールフレンドたちは、みな似通っていた。ずけずけとものをいい、派手で、野心的。みんなわたしの二番煎じだと思うと悪い気はしなかったけれど、裏を返せば、ケンにはふさわしくない女性たちだといえた。

ケンは人を愛することに臆病になっているようにヴィクトリアには思えた。もう二度と胸が張り裂けるような思いはしたくないから、彼自身ではなく彼が与えてくれるものに興味がある女とばかりつきあうのだ。しかし、そういう安易な関係は長くはつづかない。

いつもながら、アディの意見は鋭かった。「あなたがケンのハートに猛烈な蹴りを食らわせなかったら」ある晩、アディはそういった。「ケンはあくせく働きつづけるだけの二流の建築家になっていたでしょうね。よその子どもが刑務所送りにならないよう、テニスの予定をキャンセルして力になるなんてことは絶対になかった。でもほら、激しい怒りが人をどんな行動に駆り立てるか、あなたがまざまざと見せつけたから」

それが皮肉たっぷりの褒め言葉であることに気づくと、ヴィクトリアは声をあげて笑った。たしかにそのとおりだった。

「ケンが心を石に変えてしまったことは残念だけれど」アディの言葉に、ヴィクトリアは思わず大きくうなずいた。ええ、本当に残念。

そしていま、流しの前で絶えず窓の外に目をやっているジリーを見ていると、かつての罪の意識がよみがえってきた。この女性はまさにケンにうってつけだけれど、彼はすぐさま行動に出るだけの甲斐性を持ちあわせているかしら？　それともまたしても腰が引けて、心を決めるまでに何年もかけてしまう？

そのときジリーが、この世のものとは思えないほどすてきなものを見たというように顔を輝かせ、それでケンがやってきたのだとわかった。ヴィクトリアは席を立ってジリーに近づくと、彼女の頰にキスしてこういった。「あなたのことが好きよ。そのことはおぼえておいて」

そして母屋のほうに歩いてくるケンを出迎えるべく、勝手口のドアを開けて庭に飛びだした。ケンがここ何年もないほどいい顔をしていることは否めなかった。憂いを帯びた暗く孤独な表情が目から消えていた。

「ダーリン」ヴィクトリアは声を張りあげると、ケンの首に抱きついて両頰にキスした。

ケンは体を引き離しながら、勝手口のドアのところに立っているジリーにさっと視線を投げた。「なんのまねだ？」

「ご挨拶ね。わたしの子どもの父親に会って喜んじゃいけないの？」彼女はケンの腕に腕をすべりこませ、脇へ引っ張っていったが、ジリーからはまだふたりの姿が見えるはずだった。

「あなたのいちばん新しいガールフレンドに会ったわよ。かわいらしい人ね。おとなしそうだし、今度はあなたの手にも負えるんじゃないかしら」

「ヴィクトリア、きみはたったのひと文で男を去勢できるんだな。用事があるんだ、その手を離してくれ」

「だめ」ヴィクトリアはにっこり笑って、ケンの腕をがっちりつかんだ。「わたしたちの娘のことで話があるのよ。あなたのかわいいお人形さんは、少しぐらい待たせても怒らないと思うけど」

すでに腹立たしげな表情を見せていたケンは、ヴィクトリアの腕を振りほどくと彼女をにらみつけた。「ジリーは人形なんかじゃない。彼女は——」彼ははねつけるように手を振った。「アリックスについてなにかいいたいことがあるのか?」

「あの子とジャレッドのことを考えていたの。ジャレッドがどんなふうか、あなたも知っているでしょう?　アリックスを振って、胸の張り裂ける思いをさせるんじゃないかと心配なのよ」

「きみは自分の小説の読みすぎだ。ジャレッドとアリックスは似合いのカップルだ。もう行かないと——」

「一緒に仕事をしているだけでしょう?　聞いたわよ、ジャレッドは自分の仕事を全部あの子にやらせているそうじゃないの。そのあいだジャレッドはなにをしているわけ?　町のバーで女の子を引っかけているとか？」

「ヴィクトリア、そんなくだらない話につきあっている暇はないんだ！　ジャレッドが立派な男なのはきみも知っているだろうが。彼とアリックスは――」ケンは深呼吸して気を鎮めた。「なあ、もう仕事に出かけないと。この分じゃ遅刻だ」彼はくるりと向きを変えた。

「あなたがジュリーを母屋に泊まらせていて助かったわ。なんでもいうことを聞くし、わたしの分の洗濯やお皿洗いも喜んで引き受けてくれるのよ。アイロンがけもしてくれるかしら？　料理はできるの？　土曜日にディナーパーティをひらきたいんだけど、準備はあなたのジュリーに頼めばいいわね。あんないい人を貸してくれて、あなたには本当に感謝してるのよ」

「ヴィクトリア！」ケンはこぶしを握りしめ、奥歯をぎりぎりいわせた。「もしも――」

「なあに、ダーリン？」彼女はにっこり笑いかけた。

ケンは怒りのあまり口がきけなかった。ぎらつく目で元妻をもう一度にらみつけると、足を踏みならして勝手口から母屋に入り、叩きつけるようにしてドアを閉めた。

ジリーはまだ窓のそばにいたから、彼女のほうに突進していくケンの姿がヴィクトリアにも見えた。ケンはジリーの腕をつかむと荒々しく唇を奪い、体を引いた。情熱的なそのキスに、ジリーは目がくらんでいるようだった。ケンは両手で彼女の肩を強くつかみ、ものすごい勢いでなにか話していて、ジリーはただうなずくばかりだった。

少しして、ケンがドアをばたんと閉めて外へ出てきた。そして憤然とこちらに歩いてくると、通り過ぎしなに吐き捨てるようにいった。「メイドがほしけりゃ自分で雇え！」

ヴィクトリアは母屋のほうに顔を向け、窓ごしにジリーを見た。彼女はまだショック状態にあるようだった。その姿が一瞬消えたかと思うと、勝手口のドアが開いて、ジリーがヴィクトリアのところに駆けてきた。

「ケンに、あなたのメイドになんかなるなといわれた。ゲストハウスに寝室がひとつ余っているから、荷物をまとめて移ってこいって」ジリーはせわしなくまばたきしていた。「ヴィクトリア、なんていったらいいのか……」大きく息を吸いこんだ。「愛してるわ。本当に。わたしにできることがあったらいつでもいって。ケンは——」ものすごい勢いで近づいてくる靴音にジリーの声がやんだ。

ヴィクトリアは唇の前に指を一本立てると、大きな声で横柄にいった。「もちろん下着は手洗いしてもらうわ。それと、シーツは〈ライオンズ・ポー〉で買ったとびきり贅沢な品なの。アイロンをかけてちょうだい。ぱりっとしたシーツじゃないと寝られないのよ」

ケンはふたりの横で止まると、ヴィクトリアをにらんでからジリーに顔を向けた。「今日は一日、私と一緒に現場で過ごさないか？」

「ぜひ」ジリーはいった。「バッグを取ってくるわ」

ヴィクトリアとふたりきりになると、ケンは蔑《さげす》むように一瞥《いちべつ》してからトラックへ向かった。

まもなく、大きなバッグを肩にかけたジリーがあたふたと家から出てきた。彼女はヴィクトリアの横で足を止めて頬にキスした。「ありがとう。この恩は忘れない」そういうとケンのところへ走っていった。

トラックが私道を出ていく音が聞こえると、ヴィクトリアは笑みを浮かべて母屋のほうへ戻っていった。

二階の窓から彼女を見つめるケイレブの顔にも笑みが浮かんでいた。「一度目のときもきみが同じことをしてふたりを結びつけたんだったな」彼はおかしそうにくっくっと笑った。

ヴィクトリアは午前中いっぱいを、もらった電話やEメールに返事をしたり、大好きな緑の部屋を整えたりして過ごした。好きな色を存分に味わうことを彼女に勧めたのはアディだった。

「どうして自分を喜ばせないの？　わたしは毎日そうしているわ」心から出席したいと思う催しの招待だけを受けているのもだからだ、とアディはいった。ヴィクトリアが島にいないとき、彼女はほとんど家から出なかった。

そのとおりだとヴィクトリアは思い、キングズリー・ハウスの自室を緑で統一した。自宅ではとてもそんなことはできないから。というのもアリックスは父親に似て、子どもながらに口やかましいところがあったのだ。

「お母さん、全体的なコンセプトを考えなきゃだめよ」そのときアリックスはわずか六歳だった。

ヴィクトリアはぞっとしたらいいのかおもしろがればいいのかわからなかった。そして笑うことにした。とはいえ、娘のアリックスのほうが自分よりおとなだと感じることはしょっちゅうだった。

十二時少し前になると、三人分のランチの準備に取りかかった。つまり冷蔵庫から容器を取りだして中身を大皿に並べたのだ。電子レンジの使いかたはアリックスに教わっていたけれど、じつはまだマスターしていなかった。もっとも、誰もそのことに気づいていないけれども。それに、人は頼られると喜ぶものだから。

キッチンを動きまわりながらも、つねにそわそわと窓の外に目をやっていた。まるでケンがくるのを待っていたジリーみたいだ。アリックスを大学へ送りだしてから、ヴィクトリアは気の休まるときがなかった。仕事場からがらんとした家に帰ってくると、娘恋しさにめまいがすることがあった。誘いは引きも切らなかったし、ヴィクトリアもよくパーティをひらいたけれど、それでもアリックスに会えないのが寂しくてたまらなかった。

アリックスが帰ってくると、世界がふたたび動きだしたように思えた。ふたりで何時間もおしゃべりをした。ヴィクトリアは自分の本のことを、どんな人たちと会い、どんな場所へ旅したかを話した。自分の話をするとき、アリックスが肝心なところをちょくちょく省くことにはもちろん気づいていたけれど、ケンから聞きだすやりかたは心得ていた。「アリックスのことが心配なの」と前置きすれば、ケンはぺらぺらとなんでも話してくれる。とはいえ、娘がヴィクトリアにはいえないことをケンに話すのはおかしいと、つねづね思っているけれども。

ランチの準備が整うと、大きなダイニングテーブルを美しく飾りつけた。アディとふたり、よくこのダイニングルームでディナーパーティをひらいたものだった。戸棚のなかや屋根裏部屋をかきまわして、年代物の美しい陶磁器やテーブルクロスを見つけてくるのはヴィクトリアの役目。アディは招待客のリストを作った。「だめだめ。そのふたりは犬猿の仲よ。曾祖父どうしが同じ女性を愛してしまったの」とか「そんな人たちのことは誰も知りませんよ。一九二〇年代に島に移ってきた新参者だもの」とか。「夏の人にしては、この人たちはまともなほうね」ということもあった。

料理は、べつの誰かが作ったものを、ケイレブ船長が十八世紀に中国から持ち帰った皿に空けた。

でもいまはアリックスとジャレッドのために食卓を整えている。ヴィクトリアが愛してやまないふたりのために。

一年目の夏に初めて会ったとき、アディの甥はひょろりと背が高い、むっつりした少年だった。怒りを心にためこんでいて、ちょっと怖いくらいだった。あの夏、ヴィクトリアは日記のことで頭がいっぱいでジャレッドには近づかなかったが、彼のほうはよそ者が家族の家に入りこんでいるのは気にくわないと、態度ではっきり示していた。

ところが次の夏には、ジャレッドは別人になっていた。以前の少年の名残はあったものの、なんといってもほぼ一年間、烈火のごとく怒ったケンの監督下にあったのだ。けっこう大変だったけれど、ヴィクトリアは何度か少年から笑みを引きだすことに成功した。

高校を卒業するころにはジャレッドはすっかり変わっていた。そんな折、大学へ行かせたいから学費を援助してもらえないかとケンに相談を持ちかけられ、ヴィクトリアは一も二もなく承諾した。

ナンタケット島についてアリックスに隠していることをうしろめたく感じることもあったけれど、それが最善の道なのだということもわかっていた。ジャレッドに建築の才能があることは、早い段階でケンから知らされていたし、アリックスはクレヨンをつかめるようになったときから家の絵を描いていた。

あの最初の夏、とある午後にヴィクトリアが大きな居間に入っていくと、十四歳のジャレッドと四歳のアリックスが床に座って、レゴブロックでやたらと背の高い建物を作っていた。アリックスは目をキラキラさせて少年を見つめていたが、ジャレッドは子どもとしてしか見ていなかった。

その瞬間、ヴィクトリアにはアリックスの未来が見えた。大きくてハンサムな男の子にすっかりのぼせあがって、一生を棒に振ってしまうところが。娘にはもっといい人生を歩んでほしかった。自分の二の舞はさせたくなかった。早すぎる結婚をして、若くして責任を背負わされるようなことは。結婚するということは、相手の家族ともうまくやっていかなければいけないということで、若かったヴィクトリアにはそれができなかった。だから娘にはまず自分自身を知ってほしかった。そのあとでもしもジャレッドと再会して、おたがいに好意を持ったとしたら、それはまたべつの話。

だからこそヴィクトリアはいま心配だった。さっきジャレッドの名前を出したのはケンを怒らせるためだったけれど、ジャレッドがアリックスのことをどう考えているのか心配なのは事実だった。こと女性に関して、ジャレッドはかなりのワルだからだ。毎年八月はジャレッドのガールフレンドのことでお腹を抱えて笑ったものだ。ジャレッドにはデートをする暇がなかった。しかも仕事と私生活は完全に分けていた。「彼女たちの半分は、ぼくがなんの仕事をしているのか知らないよ」ジャレッドがそういったのは、ついふた夏前のこと。「残りの半分は関心すら持っていない」

ジャレッドは一時的にアリックスを利用しているだけだろうか？　それとも娘のことを真剣に考えている？　ヴィクトリアが知りたいのはそこだった。そしてアリックスは単にスターに憧れているだけ？　それとも建築業界での名声ではなく本当のジャレッドが見えている？

正午をまわったころ勝手口のドアが開く音がして、ヴィクトリアの心臓は高鳴った。ふたりがきたわ！　ドアのほうへ足を踏みだしたところで携帯電話が音をたてた。ヴィクトリアには、娘の顔を見ることをあとまわしにしてでも電話に出る相手がひとりだけいる。担当編集者だ。かけてきたのはその編集者だった。

「大事な電話がかかってきちゃった」ヴィクトリアは大声でいうと二階にあがった。編集者に嘘の説明をするのなら静かな場所のほうがいい。本当のことをいうつもりはなかった。締め切りをとうに過ぎている小説をまだ書きはじめてもいないことは。少なくとも今回は〝ほとんど〟書きあがったと伝えられるし、それはまったくの嘘でもなかった。ひと月かけてヴァレンティーナの日記を読んで、あらすじがまとまれば、小説は仕上がったも同然だから。その意味では〝ほとんど〟といえる。

二十分かけて、すべてを誇張して話した。嘘とはいえないが、事実でもなかった。「複雑に入り組んだストーリー」「これまでで最高の出来」「人間の感情を深く掘り下げた作品」そんなフレーズを使った。どれも編集者が聞きたがるものばかりだ。

電話を切ってとっさに思ったのは、いますぐアディにこの話をしたいということだった。彼女はきっとお腹を抱えて大笑いしたわね。

目にこみあげてきた涙を手で払った。アディに話すことはできなくても、あなたにはかわいい娘がいるじゃないの。あの子は昔からわたしのお話を聞くのが大好きだった。

ヴィクトリアは笑顔になると階段をおりてダイニングルームへ向かった。堂々と入るつもりでいたのに、テーブルにふたりはいなかった。椅子の背にアリックスのカーディガンが畳んでかけてあったので、それを取りあげ、屋敷の表側へ歩いていった。

ジャレッドとアリックスは小さなソファに身を寄せあって座り、指先だけを触れあわせていた。ヴィクトリアは声をかけようとしてやめた。その場に立ったまま、驚きの目でふたりを見つめた。

アリックスがナンタケットに着いてからも電話では頻繁に話していたし、娘のしゃべることはジャレッドがこんなことをいった、あんなことをしたということばかりだった。アリックスが生まれて初めて本当の恋をしはじめていると知って、ヴィクトリアはうれしかった。けれど、こんなことは想定していなかった。アリックスとジャレッドはおたがいのことしか見ていなかった。まるでこの世に存在するのはふたりだけだというように。

ヴィクトリアはドアからあとずさると、壁に寄りかかって目を閉じた。わたしはずっと男性からあんなふうに見つめられたいと思っていた。これまでにあまたの男たちからいい寄られたが、ヴィクトリアはいつも躊躇した。誰もが彼女のことを、手に入れるのが難しい賞品かなにかのように見ていたからだ。反対に近づきすぎると、男たちは逃げだした。ヴィクトリアが自分たちの思っていたか弱い女性にほど遠いことがわかるから。

彼女はそっとなかをのぞいた。ふたりはいまキスをしていた。笑みを浮かべながら、甘くやさしい口づけを交わす恋人たちはふたりだけの世界に完全に満足していて、ほかには誰も求めていなかった。これから書こうとしている小説のことを話したがっている母親はいうまでもなく。

ヴィクトリアは手にしていたアリックスのカーディガンに顔をうずめた。娘を失ってしまった！　完全にわたしの手の届かないところへ行ってしまった。べつの惑星へ飛んでいってしまったみたいに。

ふたりと顔を合わせる前に気を落ち着かせる必要があった。ヴィクトリアは足音を忍ばせて二階へ戻ったが、自分の部屋には行かなかった。アリックスの寝室へ——かつてのアディの部屋へ向かった。椅子の上にジャレッドのシャツが置いてあるのを見て、心臓に釘を打ちこまれたような気がした。

アリックスのカーディガンをベッドの足元に置いた。これくらい、なんでもないわ。自分にそういい聞かせたところでケイレブ船長の大きな肖像画が目に入り、ヴィクトリアはベッドのそちら側に腰をおろした。この家にはこの人の幽霊が本当にいるのかしら？　それともアディの作り話？

「わたし、どうしたらいい？」肖像画を見あげてつぶやくと、ふたたび涙がこみあげてきた。「ここに残ってあの子たちに手を貸す？　それとも邪魔者は出ていったほうがいい？」ベッド脇のテーブルからティッシュペーパーを一枚取ってはなをかんだ。

「ケネスはジリーという女の人と出会ったばかりだけど、ジリーはもう彼を見ると目を輝かせるの。ケネスのほうも彼女を守るために闘おうとした。アリックスとジャレッドは……いまにも体がひとつになってしまいそうよ。わたしの娘が……」涙がどっとあふれた。「大事な大事なかわいい娘がわたしから離れていこうとしている。あの子なしでわたしはどうやって生きていけばいいの？　あの子がいるからわたしは正気でいられるのに。アリックスはいつでもわたしのそばにいた。あの子は……」ヴィクトリアは喉をごくりとさせた。

〝あの子は彼のものだ〟

ヴィクトリアは肖像画を見つめた。「ねえ、どうしたらいい？　アドバイスをちょうだい。誰もいないがらんとした家に戻って、クッキーの焼きかたをおぼえながら、早く孫が生まれることを願う？　わたしが……？」彼女ははっと息をのんだ。「このわたしがおばあちゃんになるの？　わたしに残された道はそれなの？　ベランダに座って、ひとりで年を取っていくの？　わたしの真実の愛はどこにあるの？」いまでは声をあげて泣いていた。

ヴィクトリアは突然、どうしようもない眠気に襲われた。あたかも誰かの手でそっとベッドに押されたようだった。ベッドはたまらなく気持ちがよくて、枕に頭が触れた瞬間に眠りに落ちていた。

一時間後に目を覚ましたとき、彼女はほほえんでいた。自分のすべきことがわかったのだ。まるで夢のなかで誰かが教えてくれたみたいだった。とてもなつかしい男性の声だった。

「ふたりの力になってやるんだ」とその声はいった。「いまは自分のことを考えているときではない。愛は利己的であってはいけない。一方的ではだめなんだ。いまはアリックスとジャレッドのことを第一に考えるときだ。きみがふたりに愛をもたらすんだ」

ヴィクトリアは笑顔でベッドから起きあがり、寝室のドアへ向かったが、そこでケイレブ船長の肖像画を振り返った。「わたしの前に姿をあらわしたければ、どうぞそうして。わたしはあなたのヴァレンティーナではないかもしれないけど、あなたが彼女にあげたものを少し分けてくれたらうれしいわ」

部屋を出て、ドアを閉めた。ヴィクトリアには考えがあった。でもまずはイジーに電話しなくては。すべてはイジーを説得できるかどうかだ。

28

「本当にだめなのよ、お母さん」アリックスがそういうのは、たしか三度目だ。母が島にやってきてまだ三日しか経っていないのに、アリックスの生活はすでにしっちゃかめっちゃかになっていた。「メイン州のお屋敷の改装計画のことでジャレッドを手伝わなきゃいけないから」

「まだ実際に依頼を受けたわけじゃないといっていなかった?」

「まあそうだけど、ジャレッドのところに依頼がくるのは間違いないもの」母と娘はキングズリー・ハウスのキッチンで朝食中で、ジャレッドはとっくに現場へ逃げだしていた。自分がいないとケンは仕事にならないと、今朝になって急にいいだしたのだ。「臆病者!」アリックスは嚙みついたが、ジャレッドは恥じ入るどころか彼女にウインクして、そそくさと出ていった。

「わたしはね、アリックス、イジーの結婚式の準備にもっと時間を割くべきだといっているだけ」

「すべて手配済みなの」アリックスは、花からウェディングケーキまで結婚式にまつわるすべての段取りをまとめた分厚いフォルダーを母親のほうに押しだした。

ヴィクトリアはテーブルごしに娘のほうに身をのりだした。「いまが第二次世界大戦中で、誰もが配給で暮らしているなら、これは立派なお式でしょうけどね」

アリックスは壁の時計に目をやった。もう十一時近いというのに、今日はまだ仕事に手をつけていなかった。彼女とジャレッドはディリスの家で最後の一夜を過ごしたあと、掃除をすませ、冷蔵庫のなかを食材でいっぱいにしてから、荷物をまとめて引きあげた。

問題は、ふたりがキングズリー・ハウスに戻ったときに起こった。アリックスの母が急にヴィクトリア朝時代の小説の登場人物みたいなことをいいだして、同じ部屋で寝起きするつもりでいたアリックスとジャレッドにショックを受けたふりをしたのだ。

「お母さん、ボーイフレンドなら前にもいたんだけど」アリックスはいった。

「だとしても、わたしの前では許しません」ヴィクトリアはそういうと、うしろに反り返るかと思うほど背筋をぴんと伸ばした。

「いったいどうしちゃったの、お母さん？　なんだか変よ」

ジャレッドはダッフルバッグを肩にかけるとヴィクトリアに顔を向けた。「どうぞお好きなように。ジリーがケンのいるゲストハウスに移ったのなら、ぼくは彼女が使っていたメイド部屋を使うことにするよ」彼はさもおかしそうにヴィクトリアを見ていたが、いったいなにを企んでいるんだろうと探りを入れているのは明らかだった。「アディおばさんがアリックスのために飾りつけた部屋だけどかまわないかな？　それともいきなり繊細になったあなたの感受性には、それも耐えがたい？」

「やっぱりあれはわたしの部屋だったんだ！」アリックスはそこで母に視線を戻した。「だけど、どうしてお母さんとわたしはメイド部屋に泊まっていたの？」

ヴィクトリアは、余計なことをいって、という目でジャレッドをにらむと、これ見よがしに娘の肩に腕をまわした。「さあ、荷物を解くのを手伝うわ。ここにいるあいだに、古い日記をどこかで見かけなかった？」

「壁紙に気をつけるんだ！」ジャレッドはそういうと、廊下の先にあるメイド部屋へ向かった。

それが昨日のことで、ひとりで眠るのは味気なかった。アリックスは、例の秘密の階段を使ってジャレッドが忍んでくるものと思っていたのに、彼はやってこなかった。今朝、おはようのキスをしたとき、ジャレッドが耳元で囁いた。「きみのお母さんが、階段のドアに鍵をかけた」彼はそのことをひどくおもしろがっているようだった。

「あなたは楽しそうでいいけど、わたしはちっとも楽しくない」アリックスはいった。

ジャレッドはいま礼拝堂の建設現場にいて、アリックスは母からイジーの結婚式のことをけなされている。「戦時中の結婚式みたいだなんて、ずいぶんひどいことをいうのね」

「だって、イジーはあなたのいちばんの親友だと思っていたから。もっとちゃんとした結婚式を挙げさせたいじゃないの。それともジャレッドのことで頭がいっぱいで、親友のことなんか忘れちゃった？」

「お母さん！　ひどい。式の予算は限られているし、イジーは大げさなことはしたくないといっているの。それでも美しい結婚式になるはずよ。野の花もブルーのリボンもすてきだもの。どれも自分の結婚式でやりたいと思うことばっかり」

ヴィクトリアは、考えただけでぞっとするとばかりにテーブルからのけぞった。「あ、あなたの結婚式で？　あなたはわたしのひとり娘だし、わたしはファンクラブの人たちを喜ばせなきゃいけないの。みんな壮大なショーを期待しているわ。だからあなたの結婚式は……」ひと口にはとても説明できないとばかりに手をひらひらさせた。「この話はまたにしましょう。あなたにはまだ花婿候補すらいないんだし」

アリックスは怖い顔で母をにらんだ。「気づいていないのかもしれないけど、ジャレッドとわたしは——」

「はいはい」ヴィクトリアは席を立ちながらいった。「ジャレッドの女友だちのひとりになったのよね。ほら、〈ゼロ・メイン〉で買った、あのすてきなトップスに着替えてらっしゃい。ケーキを見にいくわよ」

アリックスは立ちあがった。「ケーキはもう注文してあるし、ジャレッドの〝女友だち〟

のひとりってどういう意味よ?」

「べつに。ちょっと口がすべっただけ。注文したケーキなら見たわ。飾り気がまるでないし、そもそも小さすぎるわよ。ねえ、アリックス、あなたは建物のデザインしか考えられないの? 未来の建築家にもっとふさわしいケーキはひとつも思いつかないわけ? 自分の結婚式で披露したいケーキをデザインして、その四分の一サイズのものをイジーのウェディングケーキにしたらどう?」ヴィクトリアは戸口に向かった。「十分で支度してくるわ。車のエンジンをかけておいて」

アリックスはキッチンに立ったまま何度か深呼吸をくりかえし、それから注文書や写真でふくらんだフォルダーを見おろした。たしかに、ちょっとばかり質素すぎるかもしれない。自分のことに夢中になりすぎて、イジーの結婚式をおろそかにしていたのかも。

二階へ駆けあがり、シャツを着替えると、スケッチブックをひっつかんで、母が本土から持ちこんだ小型車のところへ向かった。車はBMWで、新車ではなかったけれど、車体も内装も新品同然だった。

思ったとおり、母がヘアスタイルとメイクを満足のいくまで整えるのに三十分かかり、そのあいだにアリックスはウェディングケーキのデザイン画を何枚か描きあげていた。母が車に乗りこみ、きれいに口紅を引いた口をひらいて、新たな命令を発しようとしたとき、アリックスはいった。「ヴァレンティーナがお母さんにそっくりだって知ってた?」

「どうしてそんなことがわかるの？」

「ケイレブ船長とダンスしたときに教えてもらったからよ」つねに自信たっぷりの母が言葉を失うのを見て、アリックスは心の底から満足した。

ヴィクトリアはすぐに立ち直った。「いつ？　どこで？　どうやって？　まさか本当に彼と踊ったわけじゃないわよね。夢のなかのことでしょう？」

アリックスはにっこりした。「ケーキの土台は四角で、その上の段は円形にするのはどうかな？　そこに屋外空間に通じる階段をつけて、あとは三層から成るラウンドタワーもいるわね」

「アリクサンドラ」ヴィクトリアは重々しくいった。「あなたとケイレブ船長のことを聞かせてちょうだい」

「ジャレッドがわたしの部屋に戻ってきてもいい？」

あんまり深く息を吸いこんだものだから、ヴィクトリアはあやうく喉が詰まるところだった。ジャレッドとアリックスが夜をともにすることを許してしまえば、娘のベッドで眠りこんだときに思いついた計画が狂ってしまう。ヴィクトリアはアディが幽霊の話をしてくれた晩のことを思いだした。あれはアディが亡くなる前の最後の夜だった。それからというもの、ヴィクトリアがキングズリー・ハウスに戻ってきたらアディの日記の在処《ありか》を知る人間の目がくらんで口がきけなくなってしまうという、あの与太話をジャレッドが引っこめるのを待って待って待ちつづけて、気が変になりそうだった。でもヴァレンティーナの日記が見つかったと聞いては、もう待ってなどいられなかった。それで最初のフェリーに飛び乗ったのだ。ところが島に着くと優先順位が変わってしまった。娘のことがいちばんになった。

ヴィクトリアはごくりとつばを飲んだ。こんなことをいわなきゃいけないなんて泣けてくる。「あなたが見たと思っていることの話より、イジーの結婚式のほうがはるかに大事よ」奥歯を嚙みしめていたせいで、ひどく堅苦しい口ぶりになった。「あなたはもう立派なおとなだし、したいようにすればいいと思うけれど、知りあったばかりの男性と一緒に住むのは、はたして適切なことかしら。それにしてもあなた、親友のことはつくづくどうでもいいようね」

今度はアリックスが黙る番だった。喉から手が出るほど小説のネタをほしがっている母がそれをあきらめるというのだから、母にとってイジーの結婚式は本当に大事なことなんだろう。「お母さんのいうとおりね。わたしったらジャレッドのことばかりで、親友をないがしろにしてた。わたしが計画した結婚式はそんなにひどい？」

「そんなことないわ。ちょっと地味だってだけ。イジーにはもっといろいろしてあげたいのよ。しばらくのあいだでいいから、ジャレッドより友だちを優先してもらえない？」

「もちろんよ！」アリックスはいった。

「よかった！　じゃ、もう一度あなたの考えたデザインについて教えて。ケーキの〝屋外空間〟ってどういうことかしら？」

二時間後、ふたりは〈シー・グリル・レストラン〉でランチの席についていた。ヴィクトリアは自分の皿に目を落とし、料理をつつきまわしていた。

「どうかしたの？」アリックスは尋ねた。

ヴィクトリアはため息をついた。「秘密を守るとある人に誓ったんだけど、あなたにだけは話しておいたほうがいい気がして」

アリックスは息をのんだ。「誰か病気なの？」

ヴィクトリアはフォークを振った。「ううん、そういうことじゃないの。イジーのことなの」

「まさか赤ちゃんが！」

「違うわ、健康上の問題じゃないから安心して。イジーに電話したといったのをおぼえている？」

「ええ」

「一時間ほど話したんだけど、イジーはだいぶ落ちこんでいたわ。先方のお母さんと彼女のお母さんのことでね」

「その問題は解決したんだと思っていたけど」

「イジーはあなたにそう思わせたかったのね。だって、自分の結婚式のケーキを他人まかせにする女がどこにいる？　でもイジーはストレスで参ってしまって、どうでもよくなっちゃったのよ。それどころか、式を挙げることさえいやになってしまったの」

アリックスはレストランのクッションつきシートにどさっともたれた。「ちっとも知らなかった。だけど……」顔をしかめた。「お母さんがいったみたいにジャレッドやキングズリー家のことに夢中になりすぎて、イジーのことをほったらかしにしてた」

ヴィクトリアは娘の手に手を置いた。「あなたの気持ちもわかるのよ。はるか昔に初めてナンタケット島へきたとき、わたしもすべてに圧倒されてしまったもの。だからあなたにはキングズリー一族の幽霊たちや、失われた愛の物語に取りつかれてほしくなかった。女手ひとつで子どもを養っていく方法がもしもほかにあったら、夏ごとにここにきたりしなかったわ」見え透いた嘘をつくことをお許しください、とヴィクトリアは祈った。なにもかも、より大きな善のためなんです。

「イジーに会ってくる」アリックスはいった。「この午後のフェリーに乗れば――」

「だめよ！　ああ、やっぱりいうんじゃなかった。イジーがあなたに黙っていたのはだからなの。イジーは友だち思いだから、あなたがいちばん新しいボーイフレンドと島にいられるように――」

「ジャレッドはただのボーイフレンドじゃないと思うんだけど」

「そりゃ、あなたがそう思うのは当然よ。でも、彼のことはどうでもいいわ。わたしたちがしなくちゃいけないのは、力を合わせてイジーに最高の結婚式をプレゼントすることだと思うのよ」

「ケーキのことは反省してる。ちゃんと時間を取ってデザインを考えるべきだった」

ヴィクトリアは手を振った。「サイズを大きくするのはどうかしら。あなたの結婚式のケーキほど大きくなくていいけど、いまよりは大きくね」

「お母さん」アリックスは断固とした口ぶりでいった。「それやめてもらえない？　わたしは盛大な結婚式なんかしたくないの。もしも――いえ、わたしが結婚するときは親族と親しい友人だけに祝ってほしい。そして式はわたしが設計したあの礼拝堂で挙げたい。わたしにとっては特別な場所だから」

「アリックス、いくらなんでも先走りすぎじゃないかしら。第一、礼拝堂があるのはここじゃないの。あなたが海外ウェディングを考えているならべつだけど、そうじゃないならナンタケットで式を挙げる理由なんかないでしょう？　参列者に飛行機できてもらうのはとんでもなく手間とお金がかかるし、それにわたしがお世話になっている出版社の人たちは全員、式に出たがるはずよ。そんな大勢をどうやってここへ連れてくるの？」

「出版社の人たち――？」アリックスは絶句した。「イジーの結婚式のことに話を戻さない？　お母さんはどんなことを考えているの？」

「キングズリー家の人たちを招待したいわ。それにケネスの新しいガールフレンドはタガート家の人間で、モンゴメリー家とも血縁関係にあるというじゃないの。だから両家の人たちも呼びましょう」

「何百人にもなっちゃうわよ！」

「せいぜい三百五十人というところよ。それだけ呼べば、うるさいことをいう新郎新婦の親族もおとなしくなるでしょうよ」

「旅費はお母さんが出すの？」

「もちろんよ。わたしにとってイジーはもうひとりの娘みたいなものだもの。それにあなたがニューヨークの大聖堂で、裾の長さが四メートルもあるドレスを着て結婚式を挙げるときに、イジーがやきもちを焼いたらかわいそうじゃないの」

「あのね、まともな神経の持ち主なら、そんなサーカスみたいな結婚式にやきもちを焼いたりしないから！　お母さん、さっきもいったけど、わたしは裾を引きずるようなドレスは着ません。むしろ――」アリックスは口をつぐんだ。アディおばさんの美しいウェディングドレスのことを持ちだしたら、またケイレブの話に戻ってしまう。それにいまのアリックスは親友のことをなおざりにしていた罪の意識に苛まれていた。だから、傷口に塩を塗りこむようなことはもういわれたくなかった。

ヴィクトリアは腕時計に目を落とした。「そろそろ出ましょうか。午後はフレディがスコンセットに連れていってくれることになっているの」

「あの人とつきあっているの？」

「まさか！　彼はいい人だけど、奥さんが亡くなってからは、もうなにもかもどうでもよくなっちゃったみたいなのよ」ヴィクトリアは娘のほうに身をのりだした。「これは噂だけど、もうじきNHS会長の座から降ろされるそうよ。リーダーシップに欠けるから。タキシード姿はいまでもたまらなくすてきだけど、もう人の上に立つのは無理みたいね」彼女がクレジットカードを伝票フォルダーに挟むと、ウェイトレスがそれを預かった。「難しい顔をして、なにを考えているの？」

「レクシーのこと。イジーの結婚式に誰を呼んだらいいか、レクシーならわかるだろうと思って。飾りつけをもう少し華やかにするほうはトビーに相談すればいいし」

「ああ、あのいい子たちね！　ふたりとも元気にしている？　今夜のお夕食に招待しましょうよ」

「お母さんが島の人たち全員と知りあいだってことを忘れてたわ。ええ、ふたりなら元気よ」

「レクシーはもうネルソンと婚約した？　トビーは初体験をすませた？」

アリックスは眉をひそめた。「最初の質問の答えはノーで、トビーについてはわかりません」

ヴィクトリアはレシートにサインし、チップをたっぷりはずんでからウェイトレスに笑いかけた。「トビーのことは内緒よ。人に打ち明けるようなことでもないし。トビーは好みがうるさいの。間違った人を選びたくないのね」ヴィクトリアは当てこするように娘を見た。「わたしみたいに知りあってすぐに、ゴージャスな有名建築家に飛びかかったりしないってわけ」

ヴィクトリアは肩をすくめた。「ジャレッドが女性たちに飛びかかるのよ。だけど彼とつきあうのはいい経験よ。いつか彼から学んだことを活かせるときがくるわ。あなたの実生活で。さあ、行くわよ。結婚式は二週間後だし、ぐずぐずしてはいられないわ。ロジャーはいまカリフォルニアだから、レクシーにはさっそく今日から仕事に取りかかってもらいましょう」

「それってロジャー・プリマスのこと？」

「もちろんそうよ」ヴィクトリアは立ちあがった。

「彼とどこで知りあったの？」

「ダーリン、あなたが独立したあと、わたしは家でずっと爪の手入れをしていたわけじゃないのよ。ロジャーはどこにでも顔を出すの。居間に飾ってある、あのピンクとクリーム色の花束を見た？　あれは彼からのプレゼントよ」

「あの幅二メートル近くある円テーブルを埋めつくしている花のこと？」

「そう。ロジャーは小さくまとめるってことをしない人なの。彼、いまもレクシーに恋してるのかしら？」

アリックスはかぶりを振った。「この島の秘密をなにもかも知っているわけ？」

「アディの日記の隠し場所は知らないし、あなたが二百年前に死んだ人とダンスすることになったいきさつも知らないわ。それに、あなたとジャレッドがヴァレンティーナの日記をどこに隠したかも」

アリックスは母にほほえんだ。「お母さんから隠しておけることが少しはあると知ってうれしいわ」

「まあ、いずれは全部わかるはずだけど」

アリックスは答えずにいた。母のいうとおりだとわかっていた。

29

ジャレッドは生まれてこのかた、これほどの不満をおぼえたことはなかった。心も体も神経も、とにかく彼のすべてが不満の声をあげていた。

ヴィクトリアのことは昔から好きだった。いやまあ、最初の夏は違ったかもしれないが。なにしろあのときは誰も彼もを憎んでいたから。とにかく、その後はヴィクトリアが島にやってくるのを楽しみにしていた。ところがいまは、その首を絞めあげてやりたかった。

ヴィクトリアが島にあらわれてから、ジャレッドはアリックスにほとんど会っていなかった。きわめて快適な共同生活から、なにひとつ共同できない生活になってしまった。これまでのジャレッドなら、とくに気にしなかっただろう。釣りに出かければそれで気が紛れたから。しかしいまはアリックスが一緒でないと、仕事も子守も人づきあいもうまくいかないばかりか、ちっとも楽しくなかった。

昨日、事務所の共同経営者のティムから電話があって、いいかげんニューヨークに戻ってきてくれといわれた。「社員はみんなぼくのことが大好きだから、しょっちゅう井戸端会議に花を咲かせている。遊びの計画を立てている。きみがそっちへ行ってから二組の社内恋愛がはじまった。破局したときに誰がどちらの味方につくか、いまから楽しみでしかたがないよ」

「仕事に戻れといえばいいだろう」その声は興味にも説得力にも欠けていた。

「いってるさ。でも連中はぼくの肩を叩いて、自分の子どもの写真を見せるんだ。それに、スタンリーときたら！　きみがいなくて暇を持て余している。で、先週メモをよこして、これからはすべてのファイルを色分けするといってきた」

「べつにいいじゃないか」

「そう思うか？　スタンリーはファイルを二十一の項目と二十一の色に分けたんだぞ。サクランボ色ってなんだよ？　ジャレッド！　さっさと帰ってきて、事務所の秩序を回復してくれ。いいか、ぼくはここの金庫番だ。暴君はきみだろうが」

ジャレッドは鼻を鳴らした。「ぼくが暴君なら、どうしてハイヒールを履いた小柄な女性から舐めた扱いをされているんだ？」

「アリックスのことをいっているのか？」

「まさか！　アリックスとは会ってもいないよ。ぼくを死ぬほどいらいらさせているのは彼女の母親だ」

ティムは天を仰いだ。「わかるよ。結婚する前、かみさんの母親はモンスターだった。いては……。いまもへビみたいな女だ。母親が娘の夫と口をきくことを禁じている部族について書かれた本を買ったんだ。一冊送ろうか？」

「遠慮しておく。イジーの結婚式が終わったら戻るよ。もう一週間もない」

「今度の彼女も一緒に連れてくるつもりか？」

「アリックスは〝今度の彼女〟なんかじゃない」ジャレッドは声を張りあげた。「もっと大事な人だ」

「怒鳴りたいなら、ぼくじゃなくおしゃべりばかりしているひよっ子たちを怒鳴ってくれ！連中がミスせずに仕事をこなしたら風船をやることにしようかな。それで少しはやる気が出ると思うか？」

「わかったから。結婚式は今度の土曜日だ。月曜にはオフィスに顔を出す」

「指切りげんまん？」

「金勘定に戻れ」ジャレッドはうなるようにいって電話を切った。

その電話のあと、ジャレッドの気分は――ありえないことに――いっそう悪化した。ヴィクトリアのしていることを、ジャレッドは最初おもしろがっていた。ジリーを連れて現場にやってきたケンはヴィクトリアのふるまいに激怒していた。

「ジリーのことをメイドがわりにこき使おうとしたんだぞ！　信じられるか？」ケンは頭から湯気を立てていた。

「その解決策として、ゲストハウスに移ってくるようジリーにいったのか？」ジャレッドは尋ねた。

「ジリーを守るにはそれしかないだろうが」

ジャレッドはにやけた顔を見られないように横を向いたが、翌日にはしかめっ面になっていた。ヴィクトリアがアリックスの部屋からジャレッドを追いだしたのだ。そのときはとくにあわてなかった。あとで秘密の階段をあがっていこうと思っていたからだ。ところが彼はヴィクトリアを見くびっていた。彼女は一階にある隠し扉に内側から鍵をかけたのだ。彼女がこの家を知り抜いていることに腹が立ち、あの階段のことをよそ者に話すなんてどういうつもりだ、とアディおばさんにいってやりたくなった。アリックスに階段の存在を教え、修理をケンに手伝ってもらった自分のことは棚にあげて。

物理的に閉めだされたこと以上に厄介だったのは、ヴィクトリアがアリックスに及ぼした心理的影響だった。いまやアリックスはイジーの結婚式に取りつかれたようになっていた。手配済みだったことはすべて白紙に戻され、いちいちヴィクトリアの承認を得なければならなくなった。

「もう少しバラを増やしたほうがいいかもしれないわね」ヴィクトリアがティーカップから顔をあげてそういえば、アリックスは一からまたやり直すことになる。ジャレッドの知るかぎり、ひとつひとつの業務を最低四回は見直していた。

ジャレッドは今朝、そうしたことを全部アリックスに話そうとしたが、うまくいかなかった。

「結婚式が終わるまでの辛抱よ」アリックスはいった。「そのあとはまたふつうに戻るから」

「〝ふつう〟って?」

「さあ」彼女は腕時計に目をやった。「十分後にテントのレンタル業者と打ちあわせなの。もう行かないと」

ジャレッドは彼女の腕をつかんだ。「アリックス、結婚式が終わったら、きみのお母さんは腰を据えてヴァレンティーナの日記に取り組みはじめて、おそらくはアディおばさんの日記の捜索も開始するんだぞ」そのときまでヴィクトリアが生きていれば、という考えが頭をよぎったものの、口には出さなかった。それを秘密にしていることが、ジャレッドの心に日々重くのしかかってきていた。

「そのことのなにが問題なのかわからない」アリックスは階段をおりはじめた。

「問題は、きみが四歳の子どもみたいにお母さんのいいなりになっていることだ」

アリックスは階段の途中で止まってジャレッドをにらんだ。「いったいなんの話? 友人に幸せな結婚式を挙げてもらうために自分の時間を少しばかり割くのがよくないっていうの?」

「違う、そうはいってない。ただ、ぼくは廊下の奥の部屋にいて、そこにきみがいないってことだ」ジャレッドはかすかな笑みを浮かべた。

「これはセックスの話なの？　友人の結婚式なんか放っておいて、ぼくのベッドへ行こうってそういうこと？」アリックスは階段を一段おりたが、ジャレッドは腕を伸ばして行く手をふさいだ。アリックスは止まったものの、彼のことを見ようとしなかった。

「アリックス、そんなつもりでいったんじゃないんだ。ぼくはただきみが恋しいんだ」ジャレッドは身を傾けて彼女の耳元に唇を寄せた。「きみとあれこれ話したり、一緒に仕事をしたりできないことが寂しい。きみに会えないのが寂しいんだ」

彼女はジャレッドのほうに顔を向けた。「わたしだって寂しい。でもわたしはリアリストでもあるの。あなたはもうじきニューヨークに戻るけど、わたしは一年間の期限が終わるまで母とふたりでここに住むことになるのよ。小説のあらすじを組み立てるのを手伝ってほしいと頼まれたの。母は目の調子が悪いから、わたしがヴァレンティーナの日記を読んで聞かせるの」

ジャレッドはしばらく口がきけなかった。「きみはそんな話を信じたのか？」

「母の目の調子が悪いこと？　当然でしょう。どうして母がそんなことでわたしに嘘をつくのよ？」

「ぼくらを引き離すためだ」

「ばかばかしい！　わたしはあ、あ、あなたのおばさんの遺言でこの家にいて、母がここにいるのは生計を立てる必要があるから。あなたがここからいなくなるのは、事務所で仕事が待っているからでしょう。どこをどう取ったら、母がわたしたちを引き離そうとしていることになるわけ?」

「ぼくはいまのことをいっているんだ。今日や明日のことを」

「ああ、なるほどね。あなたが怒っているのは、わたしがいますぐあなたとベッドに飛びこまないからなんだ。ニューヨークに戻ればタキシードを着てスーパーモデルとデートできるからいいけど、いまは、今日は、わたしと寝たい。なぜって……そう、いま手近にいるのはわたしだから」

「くだらない! たしかに一週間したらニューヨークに戻るが、かならず帰ってくる。たびたび帰ってくる」

アリックスは怒りのあまり声も出なかった。かわりにジャレッドのことを上から下まで眺めまわした。「わたしは忙しいの!」彼女は階段を駆けおりた。

こぶしを壁に叩きこまずにいるには、ありったけの自制心を要した。これだから島に恋人を連れてくるのはいやだったんだ。最初はみんな機嫌がいいが、そのうち――。

そのうち、なんだ? 四六時中ジャレッドの相手をするかわりに、友人のために駆けまわるようになる?「四歳児はどっちだ?」ジャレッドはぼそっというと、重い足取りで階段をあがりはじめた。

階段のてっぺんに祖父が立っていた。その姿は幽霊とは思えないほどくっきりしていて、たぶん手を伸ばせば触れられるだろう。顔に浮かんだ薄ら笑いは、〝それ見たことか！〟と声高に告げていた。

祖父の顔を見たのは数週間ぶりで、ジャレッドはアリックスに会えないのと同じくらい祖父に会えないのも寂しかった。「じいちゃんに話がある」

「いうべきことはすべていった」ケイレブはそういうと歩み去った。ふっと消えるのではなく、歩いていった。古い床板がきしむ音がたしかに聞こえた。ありえない、幽霊には体重なんかないのだから。

ジャレッドが階段のてっぺんまできたときには広い廊下に人影はなく、ちょうどヴィクトリアが自室から出てきた。

「あらジャレッド、驚いた。アリックスとなにか口論していたようだったけど？」

「まさか。口論する理由がない。それより、今日はアリックスになにをやらせるつもりです？　イルカと遊ぶツアーの予約とか？」

ヴィクトリアはにっこりした。「まさか。ゲストのみなさんにはナンタケットの橇遊《そり》びを体験してもらおうかと思っているのよ」彼女はジャレッドの横を通り過ぎていった。

かつて船員が銛を投げてクジラを捕っていたころ、銛を打ちこまれた巨大な生きものは苦痛から逃れようと死にものぐるいで捕鯨船を引きまわした。それが〝ナンタケットの橇遊び〟だ。

　ジャレッドは、階段をおりていくヴィクトリアを歯ぎしりしながら見送った。振り返ると、廊下にまた祖父が立っていた。その顔にはいま満面の笑みが広がっていた。「行くなよ！」

ところが、ケイレブはからからと笑って歩み去った。

　ジャレッドは壁にもたれた。今日は厄日だ！


「大丈夫？」ヴィクトリアは娘に声をかけた。すでに日は西に傾き、ふたりは居間にいた。ヴィクトリアはソファに座り、ラムのカクテルを片手にプリントアウトを膝に置いていた。

　アリックスは床に置いたクッションに座り、コーヒーテーブルの下に脚を伸ばして、緑のリボンで小さい蝶結びを作っていた。母が昨日、結婚式の前日にイジーに出産祝いパーティ《ベビーシャワー》をどうしても、絶対に、やってあげなくてはだめだ、と宣言したのだ。それ以来、アリックスはベビー用品に埋もれていた。「大丈夫よ」

「でも、浮かない顔をしているわよ。やりたくないなら、それはレクシーかトビーに頼んでもいいのよ。きっと喜んでやってくれるわ」

「そうじゃないの。ただ……」

「ジャレッドね？」

「じつはそうなの。今朝、ちょっと口論になって。わたし、ひどいことをいっちゃったの。

彼はわたしに会えなくて寂しいといってくれたのに」

「でしょうね。ニューヨークにはいつ戻るって？」

「来週だって。結婚式が終わったらだと思う」アリックスは顔をしかめた。「だけど、島にはたびたび帰ってくるといってた。だからそのときに会えるわ」

「アリックス……」

彼女は片手をあげた。「平気よ。この日がくることはわかっていたし。こなければいいと思ってはいたけど……。わたし、なにを期待していたんだろう」リボンの入った箱を手でならした。「これで足りるかな？」

「じゅうぶんよ」ヴィクトリアは娘の顔を観察していた。「散歩がてら、レクシーとトビーに会いにいったら？　ふたりの顔を見たら元気が出るかもしれないし。それにジャレッドなら外でトラックのボンネットの下に頭を突っこんでいるわよ。なんなら工具を渡してあげたらいいわ」

「やめておく」アリックスは立ちあがった。「いま彼に会っても別れがつらくなるだけだから。二階で本でも読むわ。なんだか疲れちゃった」彼女は母の頬にキスして部屋を出ていった。

ヴィクトリアはプリントアウトをコーヒーテーブルに置くとソファの上で顔をしかめた。寝ているあいだに思いついた計画は、これまでのところまるで狙いどおりにいっていなかった。「ジャレッド」ヴィクトリアは声に出していった。「あなたはばかよ」

庭にいるジャレッドがトラックから顔をあげると、アリックスの部屋に明かりが灯るのが見えた。今朝の怒りが収まってみれば、アリックスが正しいとわかった。ティムと約束したから月曜にはいったん事務所に戻るが、そのあとでアリックスと一生離れずにいられるための努力を開始するのだ。それを考えると頬がゆるんだ。時間はかかるだろうし、ふたりで解決しなければならないこともいくつかある。たとえば、ニューヨークのことだ。ニューヨークの事務所とそこでの仕事は、ジャレッドの生活の大きな部分を占めている。それをアリックスに理解してもらわなければ。

ふたたび窓に目をやると、アリックスの影が動いているのが見えた。潔く認めたらどうだ？　アリックスはたぶんぼくよりうまく事務所をまわしていける。社員たちともぼくよりずっとうまくやっていけるだろう。だから、その点はなんの問題もない。

実際、ジャレッドの生活のなかでアリックスがいるせいで改善されないことなど、ひとつも思いつかなかった。

問題は、アリックスが彼についてどう思っているかだ。彼がニューヨークへ戻って自分だけ島に残るのを、アリックスはさほど気にしていないように見えた。

ジャレッドはレンチを取りあげた。これから一年間、ティムは相当かっかすることになるな。なにせ、共同経営者の自分がオフィスをしょっちゅう留守にするのだから。

30

その二日後、ヴィクトリアはジャレッドが小道をたどって勝手口へ歩いてくることに気がついた。たったいまシャワーを浴びてきたようにこざっぱりして、手には大きな花束を持っている。どうやら謝りにきたようね。

ケンによると、ジャレッドは昨日は一日じゅう、ボートで海に出ていたらしい。「礼拝堂はほぼ完成したとはいえ、まだ彼の力を借りたいところがあったんだが。それより、アリックスにいったいなにをしたんだ？　ひどく暗い顔をしていたぞ」

ヴィクトリアは背中で指を十字に重ねた。「今回はわたしのせいじゃありません。ジャレッドと大げんかをしたのよ」

「信じられない。あのふたりはずっと前から知っていたみたいに仲がいいのに」

「自分とジリーにそっくりだ、とでもいいたいのかしら」ヴィクトリアはうんざりしたようにいったのに、ケンは破顔した。

「それで、けんかの原因はなんなんだ？」

ヴィクトリアは肩をすくめた。「自分はニューヨークへ戻るがきみはここに残れ、とジャレッドがアリックスにいったのよ。どうやらふたりの仲もこれまでみたいね。アリックスったらすっかり落ちこんじゃって、ほとんど口をきかないの。お医者さまのところへ連れていって薬を出してもらったほうがいいかしら」

猛烈な怒りでケンの首から顔にさっと血がのぼった。「あの小僧め、殺してやる!」押し殺した声でそういうと、くるりと背を向け、足音も荒く家から出ていった。

ヴィクトリアは彼の背中を見つめながら、ただ首を振るばかりだった。「へえ、今回はわたしの話を聞くんだ? わたしの嘘には耳を貸して、わたしが本当のことをいったときはトビーの父親とテニスをしに出かけてしまう。男ってまったく!」

そしていま大きな花束を抱えて母屋のほうにやってくるジャレッドは反省しきりという顔をしていた。喜んでいいはずなのに、ヴィクトリアはなぜか喜べなかった。次はどうなる? ジャレッドとアリックスが仲直りしたあとは? なにも変わらない。結婚式が終わればジャレッドはニューヨークへ行ってしまい、アリックスは島に残る。ヴァレンティーナの日記を母親に読んであげるために。

勘弁して! 隣で朗読されても集中なんかできやしないし、そもそもアリックスは恋煩いを発症し、王子さまから電話がないかと携帯電話のチェックに余念がなく、日記を読むどころではないはずだ。

うん、やっぱり一気に事を進めたほうがいいわ。ジャレッドはもう家のそばまできていたので、ヴィクトリアは音がしないように勝手口のドアを少しだけ開けて、急いで居間へ向かった。

窓辺に立って家の設計図を見ていたアリックスは、母親の足音が聞こえると三冊の結婚情報誌の下に図面を押しこんだ。

「ジャレッドみたいな男と別れて、さぞかしほっとしているでしょうね」ヴィクトリアはやけに大きな声でいった。

「わたしたちはけんかをしただけ。〝別れて〟なんかないわ。お母さんを見てると、本当はジャレッドのことがあまり好きじゃないのかと思えてくる」

「いやね、ダーリン」そのとき、花束を手にしたジャレッドが戸口ではたと足を止めたのが視界の隅に入った。「ジャレッドのことは大好きよ。昔もいまもね。だけど、あなたみたいな女性に彼はふさわしいと思う？」

「どういう意味？」

「ジャレッドは世界を股にかける男でしょう。高級クルーザーや夜どおしのパーティや、整形美人たちからちやほやされることに慣れているんじゃないかしら」

アリックスは血が全身を駆けめぐり、顔にのぼってくるのを感じた。そんなところまで父親に似ている。「だけどジャレッドは仕事が好きだし、それはわたしも同じよ。そのうえ、高級クルーザーを乗りまわすその男性は、この島の人たちのことも大事にしている。困っている人がいれば、すぐに駆けつける」

「だけど、あなたはその絵のどこに収まるのかしら」ヴィクトリアは疑わしげに眉を吊りあげた。母の口ぶりは、ジャレッドが本当はどんな生活をしているか知らないくせに、と告げていた。

「彼にはわたしが必要なの」アリックスは怒りで声を張りあげた。「だって、わたしは有名人の顔の裏にある本当の彼を見ているから。わからない？　わたしと会う前のジャレッドはひどく孤独な人生を送っていたんだと思う。彼のまわりに集まってくるのは、彼がしてくれることや彼から得られることが目当ての人たちばかりで、誰も人間としてのジャレッドを求めてはいないんだから」

「でも、あなたが彼に望んでいるのもそれじゃないの？　彼を利用してキャリアアップして、建築家として成功することが」

「違う！」アリックスは叫んだが、そこで急にしゅんとなった。「ううん、そうだった。ジャレッドに会ったばかりのときは彼の事務所で働きたいということしか考えていなかった。でももう違う。いまは彼と人生を分かちあいたい。ジャレッドがアフリカに小屋を建てにいきたいというなら、わたしもついていく」

「自分の設計デザインで世界じゅうをあっといわせる夢をあきらめて？　それほど彼を愛し

ているの？」

「うん」アリックスは静かな声でいった。「そうよ。世界じゅうの建築物よりジャレッドのことが好き。こんなにも誰かを愛せるなんて思っていなかった」

ヴィクトリアの美しい顔から傲慢な表情が消えて母の顔に戻った。「それを聞きたかったの」彼女は両手を広げ、胸に飛びこんできた娘を愛情をこめて抱きしめた。娘の頭ごしにジャレッドのほうをうかがうと、彼は無言でその場に立ちつくしていた。

やがてジャレッドはとびきりあたたかな笑みを浮かべ、部屋が明るくなったように思えた。それから向きを変え、外へ出ていった。

ジャレッドはトラックに乗りこもうとしたが、たったいま聞いた話のせいで頭がぼうっとしていて運転できそうになかった。花束をまだ持っていたことに気づくと、開けてあった窓から車内に放りこんで、そのまま歩きつづけた。愛してやまない町の通りを行きながらも、美しく年を重ねた家々を指差し、うっとりと眺めている観光客のことは目に入らなかった。

センター・ストリートをナンタケット一の高級ホテルである〈ＪＣハウス〉方向に進み、本屋の先を右に折れた。それがジェティーズ・ビーチへの近道なのだ。波音を聞きながら海を見ていたかった。

波打ち際までできたところでジャレッドの携帯電話が鳴った。アリックスかもしれない。ところが、表示された番号はアドレス帳に入っていないものだった。ふだんなら出ないのだが、今回は通話ボタンを押した。緊張した女性の声がいった。「ミスター・モンゴメリー？　違った、キングズリーだった。えっと、ジャレッド？」

「そうです」

「わたし、イジーです」

「アリックスなら大丈夫だ」ジャレッドはいった。「彼女にあんな思いをさせてすまなかった」

「ええっと、なんのことかわからないんですけど、あなたが反省しているのはわかりました。わたしが電話したのはそのことじゃないんです。いま話せますか？」

「うん。なにかあったのかい？」

「アリックスを困らせるのはいやなんですけど、わたしとんでもなくひどいことを彼女にしちゃうんです。自分の結婚式に出ないつもりなの」

「グレンを教会に置き去りにするのか？」

「まさか！　違います！　グレンも式に出ないんです。わたしが置き去りにするのは、つまらないことでけんかばかりしているわたしたちの両親と親戚」

「どういうことかよくわからないんだが」

「待って、いまグレンに代わります。彼のほうがうまく説明できると思うから」

電話を代わったフィアンセの声は決然としていた。愛する女性を守ろうとする男の声だ。

「こっちはひどいことになっていたんです。両家の家族がずっと揉《も》めていて。いったんは解決したように見えたんですが、水面下でくすぶっていただけだったようで、ふたたび噴きだしたんです。そんなひどいことになっていたなんて、ぼくはちっとも知らなかった。ふだんからイジーに頼りっぱなしだったから。今回のこともイジーはひとりで対処しようとしたんです。でも、お腹に赤ちゃんがいることがわかって」

グレンはいったん黙り、それからまた話しだした。「親が選んだ意地悪なブライズメイドを断ることすらできないんです。イジーは必死に抵抗したんですが……。とにかく、そうしたことにまったく気づいていなかった自分が情けなくて。だけど、こういうのは女の仕事だと思っていたから……」彼は息継ぎした。「いや、そんな話をしたいんじゃなかった。昨日、医者にいわれたんです。ストレスが母体に影響を及ぼしているって。いますぐストレスを取り除かないと子どもを失ってしまうかもしれない」

ジャレッドは間髪を入れずにいった。「ぼくにできることは？　なんでもやるからいってくれ」

結婚式の準備は計画どおりに進めてほしい、とグレンはいった。親族は予定どおりナンタケット島へ向かわせるが、式の時間になったら、結婚式は取りやめになったと参列者に知らせてもらいたい。「あなたか——誰かに、イジーとぼくは地の果てに逃げたといってほしいんです。ゲストはみんなお金を払っているので、料理と音楽で楽しませてやってください。

いびり倒す花嫁はいませんけどね」

「わかった」

「もうひとつ。イジーはアリックスに電話できずにいるんです。今回の結婚式のことでアリックスがどんなにがんばってくれていたか知っているので。ヴィクトリアがあらわれてからはなおさら。それにみんなを裏切った最低の人間だとあなたに思われるんじゃないかと心配してもいます」

「イジーと話せるかな？」

「もしもし？」イジーはおずおずと電話に出た。

「イジー」ジャレッドはゆっくり切りだした。「今回のことは、これ以上ないほど賢明な選択だとぼくは思う。結婚式より子どもを選ぶ女性は、ぼくの善良な人リストのトップに載せてもいいくらいだ」

イジーはわっと泣きだし、グレンが電話を代わった。

「イジーは大丈夫か？」ジャレッドは訊いた。

「ええ。このところ涙もろくなっちゃって。もっともこの二日はふたりの母親のせいでぼくも泣きそうでしたけど。イジーはアリックスに相談したいのをずっと我慢していたんです。アリックスが……」グレンはいい淀んだ。

「アリックスが？」

「アリックスがあなたと島にいられるように。本当のことを話したらアリックスがすぐにでもここにやってくるのはわかっているから——立場が逆ならイジーもそうするでしょう。でもイジーはアリックスにチャンスを逃してほしくなかった。つまり……あなたを手に入れるチャンスを」

ジャレッドは罪悪感をおぼえずにいられなかった。「グレン、こっちのことは心配いらない。うまくごまかしておくから。イジーはぼくの家にこもって結婚式の準備をしているというよ。そうすれば、最後の瞬間まで気づかれないはずだ。酒さえたっぷり用意しておけば、参列者はみんな式がなくなったことなど気にしないさ。きみたちの母親がうるさいことをいいだしたら、ヴィクトリアにやりこめてもらおう」

「ありがとう」グレンの声には安堵と感謝の気持ちがあらわれていた。「有名人はほとんど知らないんですが、あなたは建築業界のてっぺんにいる人だとイジーはいっています。有名人がみんなあなたみたいな人なら……。とにかく、心から感謝します。これでイジーもほっとできるんじゃないかな。ぼくたちバミューダ島で式を挙げるつもりなんです」

「ぼくらに絵はがきを送ってくれ」ジャレッドはいった。

「ぼくら？　あなたとアリックスってことですか？」

「そうだ。アリックスはまだ知らないんだが、そろそろ彼女の姓をキングズリーに変えてもいいか訊こうと思っているんだ」電話のむこうで甲高い悲鳴があがり、イジーが聞いていたのだとわかった。

「あーあ」グレンはいった。「やっちゃいましたね。イジーがアリックスに電話で告げ口しないよう、薬で眠らせないといけないな」

「きみたち、今日はどこかへ出かける？　こまかい部分を詰めたいから、あとで電話してもかまわないか？」

「家にいます。本当にありがとう」

通話を終えると、ジャレッドは電話をポケットに戻した。

彼は海に目をやった。口に出すことで初めて、頭のなかでもやもやしていたものがはっきりと形を取った。ジャレッドはその考えが気に入った。この先の人生をアリックスとふたりで歩んでいきたい、と強く思った。

とっさに、祖父に報告したいと思ったが、無理なのはわかっていた。それにじいちゃんなら、「まずは彼女に申し込め」というに決まっている。声まで聞こえる気がして思わず笑みが浮かんだものの、すぐに彼が新たな人生に踏みだすその日に祖父は去ってしまうのだと思いだした。

町の中心へ引き返しながら、どこでどんなふうにプロポーズしようか考えた。場所はあそこ以外に考えられなかった。計画の最初の部分は、インテリア・コーディネーターをしている友人の力を借りよう。ジャレッドはトビーが働いているフラワーショップへ行き、イジーとグレンから聞いたことを話したあとで、彼が思いついた新しい計画について説明した。

「土曜日?」トビーはいった。「レクシーとわたしが?」

「そうだ。まだいくつかイジーと話しあわなきゃいけないことがあるが、段取りはほとんど変わらない。人が少し入れ替わるだけだ」

「少し、ね」こんな壮大な計画をさも簡単そうにいうジャレッドをトビーはからかった。

ジャレッドはほほえみ、彼女の頬にキスした。「きみたちならできるとわかってる。そろそろ行くよ。やらなきゃならないことが山ほどあるんだ」

「でしょうね。ああ、それから、おめでとう」

「まだイエスといわれたわけじゃないよ」

「彼女の目はそういっていた。大事なのはそれよ」

彼はドアのところで立ち止まり、トビーを振り返った。「うまくいくと思うか?」

「もちろんよ」トビーは答えた。「レクシーとわたしもがんばるから」

ドアが閉まったとたん、トビーはあまりのことにちょっと泣きたくなったけれど――そんなことをしている暇はなかった。ジャレッドはどんなことがあってもヴィクトリアに知られてはならないといったけれど、それはそう簡単ではない。話す相手を間違えれば、あっという間に島じゅうに知られてしまう。

トビーがジリーに会ったのは、温室を片づけてくれたお礼をいったあの一度きりだけれど、都合のいいことにジリーには噂話をするような知りあいが島にいなかった。トビーは彼女に電話した。そして前置きなしにいきなりいった。「ケンに隠し事ができますか?」

「たぶんできないと思う」

「それならケンも仲間に入れてしまうしかないわね。スパイごっこをしている暇はないし。ごめんなさい、わけのわからないことをいって。ケンはいいけど、ヴィクトリアに知られるわけにはいかないの。アリックスに関わるものすごく大きな秘密があるんだけど、ヴィクトリアにいわないようケンを口止めできるかしら?」

「ヴィクトリアの鼻を明かすチャンスなら、ケンは魂を売ってでも飛びつくと思うわよ」

トビーは笑った。「よかった。まあ、そんなところね。まず第一に、男の人がひとり足りないの。どこかで調達できるかしら?」

「年齢と身長体重、性格と顔かたちと目と髪の色をいってくれれば、ご希望どおりの男性をわたしの親戚のなかから見つけられると思う」

トビーはまた笑い声をたてた。ジャレッドがわたしとレクシーに頼んできたことは、結局のところそれほど難しいことじゃないのかもしれない。

ジリーはトビーとの通話を終えるとすぐに、ケンに電話した。

「ジャレッドを見かけたか?」いきなりケンに訊かれた。

「いいえ。でも、彼がなにをしようとしているかは聞いたわ」

「私もだ！」ケンは嚙みつくようにいった。

声を聞けば、ケンが怒っているのはわかった。「あなたはうれしくないの？」

「ジャレッドは私の娘に気を持たせたんだぞ？　うまいことをいって娘をたぶらかして、いまになって捨てようとしているんだぞ？　うれしいわけがない――」

「ケン！」ジリーは声を大きくした。「まずはわたしの話を聞いたほうがいいと思う。それと――タキシードは持っている？」

その質問にケンはぴたりと黙り、ジリーの話を最後まで聞いた。

そのころジャレッドは、トビーの店から一ブロックしか離れていない宝石店のドアを開けていた。「サイズ五の指輪を見せてもらえるかな？」

31

アリックスは一日じゅう、母と一緒に店から店を渡り歩いて、チーズからブライズメイドへのお礼、花婿付き添い人《グルームズマン》のカフスまでを見てまわっていた。

「お母さん、こういうことはイジーが全部やっていると思う。忘れているみたいだけど、これはイジーの結婚式でわたしのじゃないんだからね」

「そんな大事なことを忘れるはずがないでしょう？　あなたが結婚するときは、準備に一年必要よ」

「よかった」アリックスはぼそっといった。「そのころにはわたしはおばあちゃんになっていて、自分で買いものはできないかもしれないから」

　ヴィクトリアは娘の腕に手をかけた。「ジャレッドはまだ電話してこないの？」

「ええ、まったく。電話もショートメールもEメールも、伝書鳩もなし」

「ジャレッドは昨日ボートで出かけたとケネスがいっていたから、まだ海の上かもしれないわ。ううん、待って。昨夜戻ってきていた。たぶん新しい仕事かなにかで忙しいのよ」

「わたしはもういらないんだわ」

「もう、アリックス！　いいかげんに元気を出しなさい。これが最初の恋でも最後の恋でもないんだから」ヴィクトリアは足を止めてショーウィンドウの靴に見とれ、それから通りの反対側にある〈スウィート・インスピレーションズ〉に目を向けた。「チョコレートでもどう？」

「やめておく」アリックスは母を見た。「大好きな男性が電話をかけてこないとき、お母さんはどうした？」

「そういうことはなかったから」ヴィクトリアは答えた。

「男の人から電話がかかってこなかったことがないってこと？」アリックスは興味を引かれた。母にこんな質問をするのは初めてだ。

「それはあったわ。そうじゃなくて、誰かと恋に落ちた経験がないってこと。少なくとも、あなたがいうような激しい恋にはね」ヴィクトリアは歩きだした。

　アリックスは急いであとを追いかけた。「そんな話、初めて聞くけど」

「誰にも話していないもの。わたしは燃えるような情熱や、永遠につづく真実の愛の物語を書いている。もしもヴァレンティーナの日記が手に入って、キングズリー家の幽霊に会う幸運にも恵まれたら、そのときは死さえも分かつことができなかった深い愛情にまつわる大河小説を書くつもりよ。ロマンス小説は書くのも読むのも楽しいけれど、現実の世界でロマンスを感じたことは一度もないわ」

アリックスは驚きの目で母を見た。生まれたときから一緒に暮らしている家族なのに、そんな根本的なことを知らなかったなんて。「あのロックウェルという人は？　お母さん、あの人のことがとても好きだったじゃない？」

「あれは単純にセックスだけの関係」

「そうなんだ」アリックスは話を聞きたいような、母親のそういう部分は知りたくないような複雑な心境だった。「年下のアンドレとつきあっていた理由がそれだと思ってた。いままで黙っていたけど、あいつ、わたしを口説いてきたんだよ。そのときわたしはまだ十六歳くらいだったのに」

「ダーリン、アンドレは誰でも口説くのよ。あなたの十七回目の誕生パーティで、彼が男性の給仕とクロゼットのなかにいるところを見つけたの。上だけ服を脱いで仲間に加わらないかといわれたわ」

「上だけ？」アリックスは片手をあげた。「答えなくていい。じゃ、プレストンは？　わたしはけっこう好きだったけど」

「あなたは彼がくれるプレゼントが好きだったのよ。彼があなたの洗濯物だけ畳んで、わたしのはかごのなかに残しているのを見て、出ていけといったの」

アリックスは母の腕に腕を絡めた。「ごめんなさい。ちっとも知らなかった。お母さんをめぐってばかなまねをする男の人たちを大勢見てきたから、てっきり愛情が絡んでいるものだと思っていたの」

「どうやらわたしは見当違いの男ばかり引き寄せてしまうらしいわ。わたしを見て、二階建てのコロニアル様式の家と三人の子どもを連想する人はいなかったのね」

「だけどお父さんは違った」アリックスはそこで顔をしかめた。「お願いだから、わたしの父親についてひどいことはいわないで」

「ケネスに悪いところはひとつもないわ。彼は誰もが身のほどをわきまえた守られた世界で、なんの苦労もなく育ったの。わたしは若くて、彼とは住む世界がまるで違った。だからあの人のことが魅力的に見えたんだと思う。とにかく、しばらくのあいだは。だけど彼の両親とわたしのあいだがうまくいかなくなると、あの人は逃げだして隠れてしまった」ヴィクトリアはアリックスの腕をぎゅっとつかんだ。「すべて昔の話よ。もうなんとも思っていないわ。それにあなたのお父さんはいま恋をしているし」

「ジリーに？」結婚式と出産祝いの準備に忙殺されて、ほかのことにはほとんど頭がまわらなかった。父が恋していることにも当然気づいていなかった。

「そう。どちらも相手に夢中よ。わたしはとっくに気づいてた」

アリックスはため息をついた。「ねえ、お母さん。これもここだけの話だけど、ジャレッドに彼の事務所で働かないかと誘われたの。でも受けるべきかどうか迷ってる。彼がほかの女性といるところを見たら、たぶんその場で死んじゃうと思う」

「生きていればたいていのことには耐えられるようになる。あなたにもいつかわかるわ。その話は受けなきゃだめ」ふたりはいま波止場のそばにいて、すぐそこに〈ジュース・バー〉があった。「いまでもピーナッツバター・アイスクリームが好き？」ヴィクトリアは尋ねた。

「うん。お母さんはチェリー・チョコレートチップだっけ？」

ヴィクトリアはにっこりした。「いまでも大好物よ。男たちのことなんか放っておいて食べにいこうか？」

「賛成！」アリックスは答えた。

同じ日の午後四時ごろ、アリックスはレクシーからショートメールを受け取った。

〝トビーとおしゃれして飲みにいくんだけど、一緒にどう？　七時半に迎えにいく〟

アリックスは母に読んで聞かせた。「あんまり出かけたい気分じゃないんだけど」

「行ってらっしゃいよ」ヴィクトリアはいった。「フレディが訪ねてくるの。たまには水入らずで過ごしたいし」

アリックスはまだ迷っているようだった。

「オスカー・デ・ラ・レンタの青いシルクのドレスを貸してあげるといったら？」

「マノロ・ブラニクのハイヒールも？」

「横にラインストーンがついた黒いヒールのこと？」ヴィクトリアは胸に手を当てた。「ひとり娘のためなら喜んで犠牲を払うわ」

アリックスは三冊の雑誌――すべてブライダル関係――とふた巻きのラッピングペーパーを膝からどけると階段のほうへ向かった。「パヴェダイヤのシルバーのイヤリングも借りるね」階段を駆けあがりながら叫んだ。

ヴィクトリアは大げさなうめき声をあげたが、満面の笑みを浮かべながらそれをやるのは、いうほど楽ではなかった。

勝手口にあらわれたレクシーは、アリックスを見て声をあげた。「わあ！　あなたったら――」

「シンデレラみたい」レクシーのうしろからトビーがいった。

ふたりの女性もおしゃれしていたが、アリックスはファッションショーのランウェイに出ていきそうだった。「髪はお母さんがやってくれたの。どう？」ヴィクトリアはアリックスの髪をアップスタイルにまとめ、ふんわりとカールした後れ毛を顔のまわりに少し残していた。

「すごくすてきよ」トビーはいった。「リムジンを借りてくれればよかったわね」

「今日のところはわたしのトラックで我慢してもらわないと」レクシーがいった。

ヴィクトリアは三人全員にキスしてから、楽しんできてねと手を振って送りだした。

三人はレクシーのピックアップトラックのフロントシートに乗りこんだ。どこに行くのか知らなかったアリックスは、車が礼拝堂の建設現場のほうに向かうのを見て驚いた。最後に現場に行ったのはヴァレンティーナの日記を見つけた日で、いまとなってはずいぶん昔のことに思える。未舗装の私道でレクシーが車を停めると、アリックスの心に疑いが芽生えた。

「なにを企んでいるの？」

それに答えたのはトビーだった。「ごめんなさい、アリックス。あなたをここに連れてきてほしいとジャレッドに頼まれたの。彼は礼拝堂のなかにいるわ。あなたに話があるそうよ」

アリックスは顔をしかめた。「わたしに話があるなら、なにもこんな手の込んだことをしなくたって――」

トビーは彼女の手に手を置いた。「お願いだから行ってあげて。彼、あなたとけんかしたことをとても後悔しているの」

「わたしたちがけんかしたことを島じゅうの人が知っているの？」

トビーはレクシーに顔を向け、それからアリックスを見た。「ええ、ほとんどの人が知ってる」

アリックスはこらえきれずに噴きだした。「あなたたちはどっちの味方？」

「あなたよ」トビーはいった。

「断然あなた」とレクシー。

「だったら行ってくる」ドアを開けてトラックから降りると——パンプスの長いピンヒールがナンタケット島の砂にずぶずぶと埋まった。アリックスが靴を脱ぎ、裸足で礼拝堂のほうに歩きだすと、レクシーは私道からバックで車を出した。

潮騒が遠くに聞こえ、青みを帯びた夕闇に浮かびあがる礼拝堂のシルエットは美しかった。その光景に誇らしい気持ちがこみあげてくるのを止められなかった。自分の頭のなかにしか存在していなかったものが、こうして具体的な形を取っているのを見るとわくわくした。もっとたくさんの建築物を造りだしたいという気持ちにさせられる。

窓ガラスはもう入っていて、なかでキャンドルの明かりがちらちらしているのが見えた。アリックスは大きな正面扉の前で足を止め、彼女のデザインを元にジャレッドが作らせた蝶番に触れた。靴を履き、勢いよくドアを開けた。

目の前に、ジャレッドがいた。黒っぽい色のパンツとやわらかそうな麻のシャツを着ている。ひげはまだ生やしたままだったが、髪と一緒にきれいに整えてあった。背後からの火明かりに浮かびあがるその姿にアリックスは思わず息をのんだ。

「なかへどうぞ」彼は片手で奥を示しながら、反対の手でアリックスの手を取った。「その前に、今夜のきみほど美しい人は見たことがないといわせてほしい」

礼拝堂内に家具はまだ入っていなかった。かわりにブルーとゴールドの美しい絨毯が床に敷いてあった。絨毯の片側はシルクとコットンのクッションで——刺繍の入ったものと無地のもの。合わせて百個ほどはあるだろうか——埋まっていた。反対側には小さなテーブルと椅子が二脚あり、テーブルの上にはワインクーラーのなかで冷やされたシャンパン、クリスタルのフルートグラス二脚、そしてチーズとクラッカーとチョコレートを盛った皿が載っていた。

「すてき」

アリックスはつぶやき、ジャレッドはテーブルに近づいてシャンパンの栓を抜いた。彼女は部屋じゅうに配されたキャンドルを見まわした。背の高い燭台に立てたものや、天井の梁に結んだロープで吊り下げたものもあったが、多くは床にじかに置かれていた。

部屋の奥に、ジャレッドがメイン州で購入したステンドグラスの窓があった。写真では見ていたけれど、現物を見るのは初めてだった。大きなステンドグラスのむこう側にもキャンドルが立っているのが見えた。つまり窓枠の手前にステンドグラスをはめたということだ。それはアリックスの設計図にはなかったもので、指定しなければいけないことだった。

「あなたがやらせたの？」

ジャレッドは冷えたシャンパンを注いだグラスを差しだした。「ひとつだけ付け加えさせてもらった。差し支えなかったかな？」

「もちろんよ。ライティングについてはまだまだ教えてもらわなきゃいけないことがありそう。どうやって――」

「今夜は仕事の話はよそう。今夜は……」ジャレッドはステンドグラスの騎士を見あげた。「今夜は未来の話をしよう」ふたりはグラスを触れあわせ、シャンパンを飲んだ。

ステンドグラスに目を戻したアリックスは、そこに描かれている騎士がケイレブ船長に似ていることに気がついた。「あなたの先祖？」

「かもしれないな」しばしの間が空いた。「アリックス、きみに話したいことがあるんだ」

アリックスは息を吸いこんだ。ニューヨークのことだろうか？　誰がどこに住んで、どこで仕事をするか？　島にはどれくらいの頻度で帰ってくるかという話？

ジャレッドは彼女の手を取って椅子のところへ連れていった。アリックスが座っても、彼は立ったままでいた。「まず最初に、あの口論のことを謝りたい。きみにひどいことをいってしまった」

「ううん、あなたのいうとおりよ。わたし、子どものときみたいにお母さんのお尻を追いまわしてた」彼女は礼拝堂のなかをぐるりと見まわし、キャンドルと絨毯と、テーブルとシャンパンに目をやった。「あなたほどすてきな謝りかたを知っている人はいないわね。最初は水仙の花で、今度はシャンパン。でも今回はわたしも謝らなきゃ。イジーの結婚式をないがしろにしていたことがうしろめたくて、ついつい準備に振りまわされてしまって――それをいうなら、いまも振りまわされているけど」

ジャレッドは彼女を見おろしてほほえんだ。「そんなふうに人を思いやるところも、ぼくがきみを好きな理由のひとつだ。タイラーがきみに会いたがっていると、あの子の母親がいっていたよ」

アリックスはにっこりした。「ちょうどわたしも会いたいと思っていたの。タイラーとご両親もイジーの結婚式に招待しないとね。お母さんが島の人を山ほど招待しているのを聞いた？　それにジリーに頼んでワーブルックの親戚まで呼ぶんですって。ジリーとケイルはね、キングズリー・レーンの端にあるあの大きいお屋敷を家族に買わせようとしていて――なんでそんなふうににこにこしているの？」

「久しぶりにきみに会えたから。それに、きみを愛してるから」

アリックスは彼を見あげて目をぱちくりさせた。聞き間違えたのかと思った。礼拝堂のなかは本当に美しかった。ちらちらと揺れる無数のキャンドルと、色鮮やかな絨毯とクッション――そしてジャレッド。アリックスの目には、周囲のなによりもはるかに美しく映った。

ジャレッドはほほえみを浮かべたままシャツのポケットに手を入れ、小さなリングケースを取りだした。

全身の機能が停止したのがアリックスにはわかった。心臓も肺も脳も、すべてが動きを止めた。

ジャレッドは彼女の足元にひざまずいた。「アリクサンドラ・ヴィクトリア・マドスン、きみを愛してる。全身全霊をかけて、永遠にきみを愛しつづける。ぼくと結婚してもらえますか?」彼はアリックスの左手を取り、信じられないほど美しい指輪を薬指の前に持っていくと、そこで彼女の答えを待った。

ところがアリックスはびっくりしすぎて反応できなかった。椅子に座ったまま動きと呼吸を止めて、生きた彫像と化していた。

「アリックス?」ジャレッドは彼女の名を呼んだが返事はなかった。アリックスはただ彼を見つめるばかりだ。「アリックス?」彼は声を大きくした。「ノーといおうと考えているのか?」ジャレッドは不安げな顔をした。

アリックスはなんとか息を吸いこんだ。「いいえ。つまり、はい。イエスよ、イエス!」彼女はジャレッドの首に抱きついた。ひざまずいたままでいたジャレッドは不意をつかれてバランスを崩し、うしろ向きに絨毯に倒れてアリックスの下敷きになった。

「はい、あなたと結婚します。百万回のイエスよ」彼女は一語ごとにジャレッドの顔や首にキスした。「わたしもあなたと一緒にニューヨークへ行けるの?」

ジャレッドは声をあげて笑っていた。「もちろんだよ。きみがきてくれなかったら、誰がぼくの設計図にダメ出しをしてくれるんだ?」

「あなたはわたしを置いていくつもりなんだと思ってた」

ジャレッドは彼女の頬に手を当てた。「置いていくもんか。もうきみを放さない」

アリックスは彼のシャツのボタンをはずしはじめた。

ジャレッドはその手を押さえた。「いや、いまはやめておこう」

彼女は顔をあげた。「この建物はまだ清めの儀式をしていないんだし――」

「そういうことじゃないんだ。結婚するまで待ったほうがいいと思ってね」

アリックスは体を引いて彼を見あげた。「だけど、それだと一年先になっちゃう。お母さんが――」

ジャレッドはキスで彼女を黙らせた。「指輪を見なくていいのかい？　自分でいうのもなんだけど、かなりいいものだよ」

「指輪！　わたしのばか」アリックスは転がるようにして彼の上からおりると、絨毯に落ちた指輪をさがしはじめた。

ジャレッドが横になったまま片方の手をあげた。小指に、大粒のピンクダイヤをあしらったプラチナのリングがはまっていた。「きみがさがしているのはこれかな？」

アリックスはジャレッドと並んで絨毯に横になると、彼の肩に頭をもたせかけ、指輪をはめてもらえるように左手をあげた。

「この指輪とともに」ジャレッドは誓いの言葉を口にしながら彼女の手に指輪をはめた。

アリックスは手を顔の前に持っていって指輪を見つめた。百本のキャンドルの明かりを受けてきらめくダイヤモンドは、たとえようもなく美しかった。

「気に入った？　気に入らなければ、べつのものに交換することもできるが」

アリックスは手を結んだ。「気に入ったなんてものじゃないわ。これまでに見た指輪のなかで最高に美しいもの。お母さんでさえ文句のつけようがないと思う」

「そのことなんだけど」ジャレッドは寝返りを打って立ちあがり、アリックスに手を差し伸べた。「式を挙げるまで、ぼくらの結婚のことはお母さんに黙っていてほしいんだ」

「賛成！」アリックスは彼の手を借りて立ちあがった。「駆け落ちしましょう。お母さんが考えるわたしの結婚式には、大聖堂と、裾を四メートルも引きずるドレスが含まれているから」

彼はアリックスをテーブルのところへ連れていって椅子に座らせると、自分も向かいに腰をおろした。「女性にちゃんとした結婚式を挙げさせてやらなかったら、ぼくは一生自分を許せない」

「わたしは気にしないけど。駆け落ちか、見世物みたいに派手な結婚式かといわれたら、わたしはラスヴェガスでするドライブスルー・ウェディングを選ぶ」

彼はブリーチーズを薄くスライスしてクラッカーにのせ、テーブルごしにアリックスの口に入れてやった。「じつはね」自分はクラッカーでフムス（ゆでたヒヨコマメのペースト）をすくって食べた。

「イジーは結婚式がいらなくなったみたいなんだ。だからきみとぼくでもらってしまおうかと思うんだが」

「ああ、そんな！　お願いだから、イジーとグレンがだめになったなんていわないで」

「心配ご無用。ふたりはバミューダ島で式を挙げるつもりなんだ。グレンの兄弟ふたりとイジーの妹も一緒に行けるように飛行機の手配をしようと思ってる。もちろん、きみが賛成してくれればだけど」

　ジャレッドがいっていることの意味がわかったとき、アリックスはちょうどチーズをのせたクラッカーを口の手前まで持ってきたところだった。その手がぴたりと止まった。ジャレッドは彼女の手を押して、口に入れてやった。

　アリックスはしばらくもぐもぐやったあとで、いった。「アディおばさんのドレスを着てもいい？」

「天国にいるおばさんも喜ぶと思うよ」

「レクシーとトビーは――？」

「きみのブライズメイドになってもらう。きみが承知してくれればだが」

「ぜひそうして」彼女はクラッカーをもう一枚食べた。「今週の土曜のことを話しているのよね？」

「そうだ」ジャレッドはテーブルごしに彼女の手を握った。

　アリックスは口が耳まで裂けてしまいそうなほどにっこり笑った。「くわしく聞かせて」

「喜んで」ジャレッドはいった。

32

日付が変わって結婚式まであと三日となった明け方、ジャレッドは眠れずにいた。トビーからEメールが一通届いていた。結婚許可証の受け取りとリハーサルのスケジュールについて。レクシーとふたりで新しいドレスを買いに一日ニューヨークへ行ってくること。詳細についてはアリックスにメールした、とある。

ジャレッドはベッドに横になったまま、頭の下で両手を組んで天井を見つめた。昨晩はアリックスと礼拝堂で夜中まで話をしていた。服を着たままでいるのは容易ではなかったものの、ふたりともなんとかやり遂げた。どちらも自分たちがこれからしようとしていること——生涯をともに生きていくこと——の厳粛さを感じていたからだ。

隠し事をするのは気が進まなかったが、どうしても計画を成功させたかった。ふたりは心を決め、ふたりで生きる未来に向かって突き進むつもりだった。それはすなわち、これまでと同じ生活をつづけていきたいということだった。家事も仕事もふたりでこなし、そして誰にも邪魔されないこと。

昨夜、彼はベッドに入りながら、タキシードを持って金曜日にナンタケットへきてくれとティムにメールを打った。グルームズマンになってほしいということは、会ったときに直接伝えるつもりでいた。事情が違えばケンに頼むところだが、ケンには祭壇までアリックスをエスコートする役目がある。

外はまだ明るくなっていなかったがジャレッドはベッドから起きだし、ジーンズとTシャツに着替えてサンダルをつっかけると、音をたてないようにして屋根裏部屋へあがった。電球の紐に手を伸ばしたところで、紐を引きちぎってしまうほど激怒していたときのことを思いだした。

しばらくその場に立って、窓から外を見ていた。祖父とヴィクトリアのことに対する怒りはすでに消え、〝なるようになるさ〟という心境に変わっていた。この数日のあいだに、ジャレッドは運命というものを受け入れる気持ちになっていた。自分がどれほど腹立たしく思おうと未来を変えるのは無理なのだ、と。これから起こることをジャレッドには止められない――そして祖父にも止められないのではないかと思った。

そのとき背後で音がし、振り返らなくても、いまこの部屋にいるのが自分ひとりではないとわかった。「ぼくがなにをしたか知ってるか？」

「正気に戻って、かわいいアリックスに求婚したんだろう？」

「うん」ジャレッドはまわれ右をし――ひゅっと息を吸いこんだ。大きなウイングチェアに収まった祖父は、ほとんどふつうの人間に見えた。

祖父のところへ歩いていき、その手に触れてみた。本物の手だった。重みとぬくもりさえ感じられた。祖父の体に触れたのは生まれて初めてだ。ジャレッドは手を引っこめ、すり切れたソファにどさりと腰を落とした。ケイレブが片手でヴィクトリアを抱き、ふたりで霧のなかへ消えていく恐ろしい光景が頭に浮かんだ。ジャレッドは祖父を見つめることしかできなかった。

「まだなにもわからない」ケイレブは、口にされない質問に答えてそういった。「なにがどういうふうに起こるのかも、その理由もわからない。ついに全員が揃った。パーセニアの結婚式で私の父親を見たことをアリックスは話したか？」

「いや」ジャレッドはまだ祖父から目が離せなかった。

「父の魂はいまハントリー博士の肉体に宿っている。父はきわめて誠実でやさしい人だった。そして父の支えはわたしの母だった」ケイレブはため息をついた。「わたしはふたりの死に目に四回立ち会わなければならなかったが、そのうちの三回はまったく同じだった。最初に父が逝き、あとを追うようにして母もすぐに亡くなった。ところが今回は現代医学のせいで順番が逆になってしまった」

「どういうこと？」

「それもわたしにわからないことのひとつだが、いまの父を見ているのはつらいよ。わたしの母を恋しく思うあまり、半ば死んだようになっているからね」

祖父をじっと見つめながら、あと数日でこの人はいなくなってしまうのだということを痛いほど感じていた。「ヴィクトリアのことをこっそりのぞき見してたのか？」

「おまえが考えているようなこととは違うがね」ケイレブの口元がほころんだ。「彼女が寝ているあいだに少し話をしたが、それだけだよ」彼は片手を振った。「こんな姿で近くに寄れば、彼女に見えてしまうからな。とはいえ、それもいいかと考えているところだ。最後にもう一度だけ会っても、ばちは当たらないだろう」

「八世に会えなくなってしまうね」ジャレッドは自分とアリックスのあいだに生まれてくる息子のことをいっていた。「もう数字ははずしてしまったほうがいいかもしれないけど」

「おまえの息子にはケイレブとつけたらいい」

「光栄だよ。もしかすると最後の日には屋敷の外に出られて、ぼくらの結婚式にくることができるかもしれない」

「そうだったらどんなにいいか！　それが叶うなら、どんなことでもする。最後にもう一度この腕にヴァレンティーナを抱いて、わたしに笑いかける彼女の顔を見たい」ケイレブは息を吐いた。「欲をかいた罰だな」小さく笑った。「なのに、あれほどほしいと思っていた財宝は自分の船に残して、それをナンタケットに持ち帰ったのは弟だというんだから皮肉なものだ」

「じいちゃんが中国で買った、船一隻分の品々のことをいっているのか？」

ケイレブは片手を振った。「いまとなってはどうでもいいことだ。おまえたちの結婚式の秘密をヴィクトリアに打ち明けるつもりか？」

「とんでもない！　彼女がどんなかは知っているだろう？　もしも知られたら、結婚式を乗っ取られてしまうよ」ジャレッドは祖父に鋭い視線を向けた。「今回のことにはじいちゃんが一枚噛んでいるのか？　イジーが自分の結婚式から逃げだすように、じいちゃんが仕向けたのか？」

「この屋敷の外に出ることもできない私に、どうしてそんなまねができる？」

「でも質問をはぐらかすことはできるじゃないか」

「私が？」ケイレブはしらばっくれた。「誰かくる。おまえのアリックスが階段をあがってくるようだぞ」

ケイレブが椅子から立ちあがり、部屋の反対側に歩いていくのを、ジャレッドは魅せられたように見つめた。壁の前まできても、祖父はそのまま歩きつづけた。

祖父が消えるのと同時に、アリックスが戸口にあらわれた。ジャレッドが両手を広げると、彼女はソファに座って身をすり寄せた。

「ここがあなたの隠れ場所？」その秘密を明かしたのはレクシーだということは話さずにおいた。

「子どものころからのね」

「よく眠れた？」

「いや、あんまり。いろいろ考えてしまってね。トビーからメールはきた？」

「携帯を見たら五通もきていたから電源を切っちゃった。あとで読むわ。なにか心配事があるような顔をしてる。気が変わったのならまだ間に合うわよ」

ジャレッドは彼女の頭のてっぺんにキスした。「ぼくが心配なのは、きみが正気に戻って逃げだすんじゃないかってことだけだ。本当にキングズリー家の男たちを引き受けてもいいのかい？」

「ケイレブ船長のことをいっているのね」ジャレッドが答えずにいると、アリックスは彼のほうに顔を向けた。「彼はここにいたの？」

ジャレッドはその声に不安の響きを聞き取ったが、嘘をつくつもりはなかった。「うん、いたよ。祖父と話がしたくてここにあがってきたんだ。じいちゃんはもうじきいなくなってしまうんだ」

アリックスはどう答えたらいいかわからなかった。幽霊がいなくなるのを悲しむ人なんて聞いたことがない。ふつうは追い払おうとするものじゃない？「彼はどうしていなくなってしまうの？」

「わからない。過去の人々の生まれ変わりは全員集まったっていうのに、じいちゃんだけが消えてしまうなんて」

「わたしの母と関係があるのね？　母はヴァレンティーナの生まれ変わりなのよ」

ジャレッドはうなずいたが、その先の話をするのはためらわれた。

「母との再会がついに叶ったから、ケイレブは安心して旅立てるんじゃないかしら」

「じいちゃんはこの二十二年間、何度もきみのお母さんと会っているよ。なのに、どうしていまなんだ？」

「これまでここにはいなかった人が誰かいるとか？」

「じつはいる。ジリーだ」

「パーセニアね！」アリックスは首をめぐらしてジャレッドを見た。「関係があるのは母ひとりじゃなく全員なのかもしれない。それに、ここまでのいきさつを考えてみて。礼拝堂を設計したことや、イジーの身内の口論や、ヴァレンティーナの日記を見つけたことだって。ケイレブが旅立つのは、たぶんわたしたち全員が揃ったからじゃないかしら。一種の降霊祭みたいに過去の魂が一堂に会したから」

「なるほど」もしもアリックスのいうとおりなら、ヴィクトリアに危険が及ぶことはないはずだ。ジャレッドは彼女に長いキスをした。「ありがとう。おかげで気分がよくなった。もっとも、きみはいつもぼくの気持ちを楽にしてくれるけどね」窓の外に目をやると、空が白みはじめているのがわかった。ヴィクトリアがじきに起きてくるだろう。「考えていたんだが、ヴァレンティーナの日記をきみのお母さんに渡すなら、結婚式の前のいまがいいと思うんだ。そうやってヴィクトリアの注意を日記に引きつけておけば、ぼくらはトビーの計画どおりに動けるからね」

「名案だわ。イジーの親族が明後日ぐらいから到着しはじめるから空港や波止場に出迎えにいって、それぞれの宿に案内しないといけないし。イジーが島にいないことを明かしたら、みんなかんかんになると思う？」

ジャレッドは彼女の頬を撫でた。「気になるかい？」

「ぜんぜん。その人たちがイジーにしたことを考えたら、どんなに怒ろうとかまわない。お母さんに内緒にしているのは悪いと思うけど、もしも話したら――」

「まさに列車《トレイン》みたいに裾《トレイン》が長いドレスを着せられる？」

アリックスは笑い声をあげながら彼の首に両腕をまわした。「愛してるわ」

「ようやくその言葉を聞けてうれしいよ。きみがプロポーズを受けたのはモンゴメリーに近づくためなんじゃないかと思っていたんだ」

「そんなわけないでしょう。だけど……」アリックスは彼の首にキスした。「ライティングの短期講習なら受けてもいいかも。簡単なのでいいから」

「お安いご用だ」ジャレッドは彼女をソファにやさしく押し倒した。「ただし、毎回詩を提出すること。さしあたり、ぼくの下唇について詠んだあの詩をもう一度聞かせてもらおうか。

とくに〝やわらかでみずみずしく〟のくだりを」

「わたしはむしろ〝それを吸いこみ、いつくしんで、この唇に重なるその感触を確かめる〟のくだりが好きだけど」

「決めかねるな。もう一度最初から暗唱してもらえるかい？」彼はアリックスに深いキスをした。

33

いまは午前五時。今晩、ジャレッドは結婚する。だからこの世でいちばん幸せな男のはずなのに、彼の頭にあるのは〝ヴィクトリアはまだ生きているだろうか？〟〝今日という日が終わるまで生きていられるのだろうか？〟ということだけだった。

彼は屋根裏部屋のソファに座ってポケットに両手を突っこみ、延々と眉間にしわを寄せていた。なにしろ、屋根裏部屋ががらんとして見えるのだ。がらくたが入った箱はいまも山のようにあるのに、なにかが足りなかった。足りないものの正体はわかっていた。子どものころからジャレッドがこの部屋に足を踏み入れれば、かならず祖父があらわれた。それはジャレッドの生活の一部だった。父親の死を知らされた一時間後、ジャレッドは屋根裏部屋に駆けあがった。なにが起きたのか理解できずに彼が宙を見つめているあいだ、祖父はずっと隣にいてくれた。

ところがこの日、ジャレッドは生まれて初めて祖父の存在を感じなかった。屋根裏部屋はがらんとして寒々しく、風のない海のように味気なかった。

じいちゃんはもう旅立ってしまったのだろうか？　日付が二十三日に変わって、もう五時間。もしかすると深夜の零時に行ってしまったのかもしれない。だとしたら、じいちゃんにさよならをいえなかった。ふたりで過ごした最後の時間は短すぎた。いいたかったことがたくさんあったのに。最後に祖父と話したとき、ジャレッドは笑顔で別れを告げるところまで頭がまわらなかった。ただただヴィクトリアのことが心配だった。

もしもケイレブが地上を離れたのなら、ヴィクトリアも逝ってしまったのだろうか。もしかするとベッドに横になったまま……死んでいるのだろうか。

そのとき誰かが階段をあがってくる音がして、ジャレッドは心臓が飛びだしそうになった。じいちゃん？　アリックス？　それともヴィクトリア？　しかしアリックスは昨夜、トビーとレクシーの家に泊まっていた。新郎のジャレッドと顔を合わせないようにするために。結婚式のことを最後までヴィクトリアに気づかれずにいられるか誰もが心配していたが、彼女はいまヴァレンティーナの日記にすっかりのめりこみ、たとえ地震が起きても気づかないだろう。ただひとり、ハントリー博士にだけは会いたがり、ナンタケット島の歴史について何時間も質問攻めにした。かわいそうに、博士は昨夜、居間のソファで眠りこんでいた。ジャレッドは家まで車で送っていくと申し出たが、その必要はないとヴィクトリアにいわれてしまった。ハントリーも気の毒に。たぶんヴィクトリアは今日も朝から彼をこき使うつもりなのだ。

もしも彼女がまだ生きていれば。ジャレッドはそう考えずにいられなかった。

昨日の夜、ヴィクトリアにおやすみをいうのはつらかった。寝室にあがろうとする彼女をジャレッドはいつまでも抱きしめていた。

「ジャレッド！　いったいどうしちゃったの？」

「べつに」うしろに下がって彼女を見たジャレッドは、遠い昔に初めて会ったときより赤褐色の髪の色が暗くなっていることに気がついた。ケンのことはずっと命の恩人だと思っているが、同じことがヴィクトリアにもいえた。母が死んだあとにジャレッドを救ってくれたのはヴィクトリアだった。彼の親族とは違い、ヴィクトリアは尽きることのない同情心など持ちあわせていなかった。かわいそうなジャレッド。彼はみんなにそういわれた。まだ子どもなのに、たったひとりでキングズリー家を背負《しょ》って立たなくてはいけないなんて。

そのかわり、ヴィクトリアはジャレッドを笑わせてくれた。島にいるときは何度もパーティをひらいて、ジャレッドの好きな人たちを招待した。本土にいるときはおかしな絵葉書やメールを送ってよこし、しょっちゅう電話で話をした。

「ジャレッド？　どうしてそんな顔でわたしを見ているの？」

「ちょっと昔のことを思いだしていただけだ。博士をこのままソファに寝かせておいて、本当に大丈夫かな？」

「心配ないわよ。明日は結婚式のために早起きするつもりだから、そのときまた様子を見にくるわ」

ジャレッドの頭のなかで警報が鳴り響いた。「どうして早起きしなきゃいけないんだ？いや、だって、支度やなにかはレクシーとトビーが全部やっているんじゃないのか？」

「それにアリックスも。あの子はメイド・オブ・オナーだから。でも、いわれてみればそのとおりね。ちょっと行って、イジーの様子を見てきたほうがいいかもしれない。こんな時間に訪ねていくのは迷惑かしら？」

「そうだよ！」イジーとグレンがバミューダ島に無事に着いたことは知っていた。ふたりは長いメールを送ってよこし、それぞれのきょうだいと友人三人の島までの航空券を手配してくれたことにお礼をいってきた。それがジャレッドにできるせめてものことだった。なにしろ、アリックスとふたりでイジーの結婚式を横取りしてしまうのだから。「つまりほら、もうずいぶん遅い時間だし。それに女性陣は今夜……えー、足の爪を磨きにいくといっていたよ」

「もう、ジャレッドったら！　そんな話を信じるなんて、初心にもほどがあるわ。あの子たちはお酒を浴びるほど飲んで男の子たちといちゃつくために出かけるのよ」

「そうなのか？」ジャレッドはヴィクトリアが思っているような初心な男を装った。「でもまあ、あなたがそういうなら」

「イジーがどうしてここじゃなくレクシーとトビーの家に泊まることにしたのか、いまだに理解できないわ。この家のほうが広いのに」

「ティムとぼくの近くにいたくないんじゃないかな」ジャレッドの事務所の共同経営者は、タキシードとダイヤモンドのテニスブレスレットを持って、昨日の早い時間の飛行機で島にやってきていた。「これは花嫁へのプレゼントだ。トースターよりこっちのほうがいいだろうと思ってね」

ジャレッドは困惑顔でブレスレットを見つめた。「会ったことのない人間へのプレゼントにしてはずいぶんと張りこんだな。イジーは――」

「イジー？　これはアリックスにだ。結婚するのはきみとアリックスなんだろう？」

「どうしてわかったんだ？」

「見ず知らずの人間の結婚式にぼくを招待したりしないだろう？　それもタキシードを持ってこいだなんてありえない」

きたるべき結婚式のことを話せる同性の友人が見つかったことにジャレッドはほっとした。ケンは昼間は礼拝堂の仕上げに忙しく、夜はジリーと過ごしていた。ふたりはもう寝室を分けていないのではないかとジャレッドはにらんでいた。

ジャレッドは有能な金庫番であるティムを相手に結婚式の準備について話した。結婚祝いの品物は、それを必要としているイジーとグレンに送る手はずになっていることも話して聞かせた。「キングズリー・ハウスにこれ以上ものを増やす必要はないからね」

既婚者のティムは、ジャレッドの思い違いを正した。「アリックスは新しいミキサーはいらないかもしれないが、間違いなくほしがるものがひとつあるんじゃないか？」

ジャレッドはそれがなにかすぐにわかった。「彼女自身のオフィスか」

オフィスとして使えそうなのは、寝室がふたつあるメイド部屋だけだった。やるなら、ヴィクトリアが一日家を空けている今日しかなかった。

「ほかの寝室は、子どもたちのために取っておかなきゃいけないからな」ティムはいった。

「ぼくの経験だと、結婚式から半年後ぐらいに生まれてくる」

「そうならアリックスが喜ぶだろうな」ジャレッドはいった。

「もうふたりで子どもの話をしているのか？」

「あとは幽霊の話しかないから、子どもの話にしたんだ」

「賢い選択だな」

ジャレッドはいとこふたりに声をかけ、そのふたりがさらに何人かに声をかけると、古い壁紙をはがしてペンキを塗るのに必要な人手は集まった。作業は彼らにまかせ、ティムとジャレッドはナンタケット流の買いものに出かけた。すなわち、キングズリー家が所有している古い屋敷の屋根裏部屋に急襲をかけたのだ。それで必要なものはすべて見つかった。製図台を除いて。

ジャレッドとティムは顔を見あわせ、「スタンリー」と声を揃えた。ジャレッドの電話一本で、スタンリーは、明日の飛行機で製図台を持っていって、結婚式がおこなわれているあいだに設置しておくと約束した。

夜の十時には作業は終わっていた。ジャレッドのオフィスもゲストハウスから母屋に移して、アリックスと一緒に仕事ができるようにした。そしてあちこちの屋根裏部屋からティムとふたりで掘りだしてきた見事な工芸品の数々——クジラの骨や細工物——をオフィスのそこここに飾った。足りないのは製図台だけだった。なんとスタンリーは、プライベートジェットでナンタケットへ行くという元クライアントをさがしだし、自分と製図台を島まで乗せていってもらう手はずを整えていた。

家のなかがやっと静かになり、ティムが二階の部屋で熟睡しているころ、ジャレッドは居間のソファで眠りこむハントリー博士を見つけた。かわいそうに、博士は疲れ切っているように見えた。目の下にはくまができ、肌は土気色をしている。明日、結婚式が終わったら、博士を少し休ませてやるようヴィクトリアにいわなくては。

そう考えたら、不安がまたぶり返した。明日は二十三日。ジャレッドの祖父が永遠に地上から消え去る日だ。問題は、祖父と一緒にヴィクトリアも逝ってしまうのか、ということ。

廊下でヴィクトリアと行きあったときになかなか離れがたかったのはそのためだ。ついにおやすみをいったときには、生きているヴィクトリアに会うのはこれが最後になるのだろうかと思った。

ヴィクトリアが寝室に入ってしまうと、ジャレッドはすぐさま屋根裏部屋にあがる階段へ向かおうとした。祖父と話がしたいと思ったのに、足を一歩踏みだしたところで、立っていられないほどの猛烈な眠気に襲われた。じいちゃんのしわざだと確信した。新たに手に入れた力を使ってジャレッドを操ろうとしているのだ。

意識が遠のいていくような感覚に抗《あらが》ったが無駄だった。アリックスの寝室のドアは開いていて、ベッド——きちんと整えられ、とても気持ちがよさそうに見えた——が彼を誘っていた。かろうじてベッドまでたどり着くと、倒れこむようにして眠ってしまった。

それが昨夜のことで、いま彼は屋根裏部屋に、心がかき乱されたときにいつもあがってくる場所にいた。今日が人生最良の日になるのか、それとも最悪の日になるのか、ジャレッドにはわからなかった。戸口にあらわれたのはティムだった。何度もナンタケットを訪れているこの友人は、ジャレッドがたびたびここにこもることを知っていた。

「頼むから、気が変わったなんていわないでくれよ」ティムはウィングチェアに腰をおろすと、いった。

「気が変わる？　なんの話だ？」

「これから処刑台に向かう男みたいな顔をしているからさ。幸せいっぱいの新郎って感じじゃない」

ジャレッドはしかめっ面を引っこめようとしたが、眉間のしわは消えてくれなかった。

「アリックスとのことはすべてうまくいっているよ。ただ……」声がすぼんだ。「なにも訊かずにあることを頼まれてほしいといったら、引き受けてくれるか？」

「そこに拳銃は絡んでくるか？」

「絡んでくるのは美しい女性だけだ」

「引き受けた。質問はいっさいなし。かみさんには内緒だぞ」

ジャレッドは笑わなかった。「いまから下へ行き、ヴィクトリアの寝室のドアを開けて、こっそりなかをのぞいてきてほしい」

ティムは昨日ヴィクトリアに会ったとき、ぼくの義理の母とは様子がまるで違うとジョークをいっていた。「彼女の寝室をのぞく？　それはいささか出すぎたまねじゃないかな？　法に触れるというか」

「質問はなし、といったはずだ」

ティムは眉をひそめながらも椅子から腰をあげた。「これは質問じゃないが、とくに見てきてほしいことはあるのか？　それと、ここでなにをしているのかと彼女に訊かれたときはなんといえばいい？」

「彼女がまだ呼吸しているかどうか確かめたいだけだ。彼女には部屋を間違ったといえばいい」

「呼吸しているかどうか？　つまり生きているかどうかってことか？」

ジャレッドがそれには答えず、ただ友人を見つめると、ティムは部屋を出ていった。ティムが下に行っているあいだ、ジャレッドは呼吸をしていなかったと思う。心臓が高鳴り、いまにも喉から飛びだしそうだった。

一時間にも思えるころ、ティムがふたたび階段をあがってくる音がして、ジャレッドは木に指紋が刻みこまれるほど強くソファの肘掛けを右手でつかんだ。

「彼女ならうまくやってる」部屋に入ってきながらティムはいった。

「それはどういう意味だ？」

ティムは椅子にゆったりと収まった。「心配いらないって意味だ。ぐっすり眠っているよ」

「ちゃんと息をしていたか？」

「なんなんだよ、いったい？」ティムはいらだった声でいった。

「ぼくはただヴィクトリアが元気で健康かどうか確かめたいだけだ」

「ああ、息はちゃんとしていたし、ぼくの目には元気で健康そうに見えた。ぼくがドアを開けたとき、彼女が寝返りを打ってね。きみは知っているのかもしれないが、彼女は裸で寝るんだな」

ジャレッドはほっとして大きく息を吸いこんだ。ケイレブ・キングズリーは地上を離れるとき、愛しいヴァレンティーナの魂を連れていかなかったんだ。

何度か呼吸をくりかえすうちに眉間のしわが消え、ジャレッドは笑顔になった。

ティムはそれを見ていた。「なんだって、朝起きたら花嫁の母親が死んでいるかもしれないと思ったんだ？」

「いったところで信じてもらえないよ」ジャレッドの顔には、いまや本格的な笑みが浮かんでいた。「きみはぼくのグルームズマンなんだから、今夜の一大イベントに向けてぼくらがやっておかなきゃいけないことを教えてくれ」

「まず最初に、結婚式の主役がイジーとグレンから赤の他人に変更になったことを参列者に知らせる気の毒な人間を選ばないといけない。よその子どもの結婚式を見るために遠路はるばるやってきたと知ったら、彼らは激怒するだろうね。旅費のことはいうまでもなく」

「ティム、長年の友であるきみには、参列者全員から旅費がいくらかかったかを訊いて、それを払い戻す仕事を頼みたい。今回のことはそもそも彼らをイジーから遠ざけて、イジーをのんびりさせるのが目的だったんだ。彼らに金を使わせることじゃなく」

ティムはため息をもらした。「きみが結婚するのは喜ばしいが、それはつまり週明けの月曜には事務所にこられないってことだよな。ハネムーンやなにかがあるし」

ジャレッドは立ちあがった。「きみはまだアリックスに会っていなかったな。彼女の考える理想のハネムーンは、ぼくの事務所が受けたすべての仕事の設計図を手に入れて、線の一本一本を精査することだ。きみが雇ったひよっ子たちは、ついに本物の才能を目の当たりにすることになる。それに本当の意味での精密さも。アリックスはケンにしっかり仕込まれているからね」

「彼女はぼくみたいに風船を配って社員の機嫌を取ったりしないということか？」

ジャレッドは鼻を鳴らした。「ぼくが壁の位置を十センチちょっと間違えて見取り図を描いただけで、あなたは観察眼をもっと磨く必要があると、彼女はこのぼくにいったんだぞ」

ティムは目を丸くしてジャレッドを見つめた。「ぼくがまだ独身で、きみが彼女と結婚するんじゃなければ、いますぐ彼女に電話してプロポーズするところだ」

「だめだめ、あの子はぼくのものだ。誰にも渡すつもりはないよ。さあ、〈ダウニーフレーク〉へ行って、なにか食べよう。式の変更を参列者に伝える役目をケンに押しつけたあとで、ってことだが」

「それよりケンも誘って一緒に行こう。貧乏くじとはこのことだな」ティムは同情するようにいった。

「ケンのことなら心配いらない。彼はぼくに大きな借りがあるんだから。なにしろ、パーセニアを連れてきてやったんだからね」

「ぼくが会った女性の名前はジリーだったと思ったが」

「ヴィクトリアとヴァレンティーナ。パーセニアとジリー。みんな同じなんだよ」

ティムは階段のてっぺんで足を止めてジャレッドを見た。「一刻も早くニューヨークに戻ってきたほうがいいぞ。この島に染まりはじめているから」

ジャレッドはにやにやした。「まあなんというか。ここはナンタケットだからね」

アディおばさんのドレスをアリックスに着せるのは、ブライズメイドふたりがかりの大仕事で、初めてのときはどうやってひとりで着たんだろうとアリックスは首をかしげた。ケイレブ船長が手伝ってくれたのかしら、袖口のボタンを留める手を止めて考えた。彼女は笑いたくなるのをこらえた。「誰か今日ジャレッドを見た？」

アリックスがいるのはレクシーとトビーの家で、そのふたりはニューヨークで買ったドレスを着ていた。デザインはシンプルだけれど、サファイアブルーとルビー色が美しい、目にも鮮やかなドレスだった。ヘアメイクの男性はすでに仕事を終えて帰り、式まではもう二時間を切っていた。

ぱりっとしたコットンのウェディングドレスのスカートを厳しい目で点検していたレクシーが腰をあげた。「今朝はティムとケンの三人で〈ダウニーフレーク〉へ行ったみたいよ。そのあとのことは知らないけど、たぶんイジーとグレンは島にいないことを参列者に伝える役目をケンに振るつもりなんじゃないかな」

「なんだかイジーのお母さんに申し訳なくって」アリックスはいった。「娘の結婚式を見られないわけだから」

「だったら、あとで二度目の式をやればいいわよ」つねに合理的なレクシーはいった。

トビーは花嫁のベールを取りあげた。「アリックス、あなたがイジーのご両親に申し訳なく思うのは、あなたのお母さんがすばらしい人だから。そういう母親に恵まれなかったわたしたちは、静かで落ち着いた結婚式を挙げるためならなんだってすると思う」

「わたし、すばらしい母親に恵まれたのね」アリックスはしんみりした。

「泣いちゃだめ！」怖い声でレクシーがいった。「マスカラが流れ落ちて、顔がひどいことになっちゃう」

「わかった」アリックスははなをすすり、トビーは彼女にティッシュを渡した。「もう一度、計画のおさらいをしてくれる？」

「礼拝堂に着いたら、あなたはジリーと一緒に小さいほうのテントで、あなたのお父さんの爆弾発言を待つ。それにつづく大乱闘で流れた血をきれいにしたあと、まずはトビーとわたしが入場し、次にケンにエスコートされたあなたがバージンロードを進む。そのあとは食べて飲んでダンスする。簡単でしょ」

「お母さんはきっとすごく傷つくわね」アリックスはぽつりといった。

レクシーとトビーは言葉に詰まり、つかのまアリックスを見つめることしかできなかったが、そこでレクシーが口をひらいた。「行こう。ここまできたら最後までやり遂げなきゃ」

彼女はトビーにちらりと目をやった。ヴィクトリアに内緒で計画を進めることは、最初は名案に思えた。あれこれ指図されずにすむから。だけど、なんといってもヴィクトリアはアリックスの母親なのだ。

　レクシーはこの日のために上司のベントレーを運転手つきで借りていて、ふたりの女性はアリックスが車に乗りこむのを手伝った。アリックスはひどく静かで、ノースショアまでの短いドライブのあいだ誰も口をきかなかった。

　礼拝堂のまわりは車で埋まっていたが、外に出ているゲストはちらほらとしかいなかった。レクシーはその数名をしっしっと追い払って花嫁を見られないようにした。そしてふたつ並んだ巨大なテントの一方へ急いでアリックスを連れていった。テントの下にはテーブルと椅子がしつらえてあった。美しい光景だった。純白のテーブルクロス。ブルーのヒヤシンスとクリーム色のバラにグリーンをあしらって薄青のリボンを結んだブーケ。椅子の背には濃いブルーの生地をたっぷり使った大きなリボンを飾り、テントの天井からも同じ色の布を垂らしてあった。

「トビー」アリックスはいった。「なにもかも、信じられないくらいにきれい。ありがとう」

「泣かないの！」レクシーがまた叱った。「じゃ、わたしとトビーが迎えにくるまで、この奥で待っていて。すぐにジリーもくると思うから」

　大きなテントのすぐ横に小さなテントが設置してあった。なかにあるのは二脚の椅子だけで、アリックスはスカートにしわが寄らないように広げながら慎重に腰をおろした。外にいる人たちの声が聞こえてきたけれど、いまのところ誰もわめいていない。まだなにも知らされていないということだ。正直な気持ちをいえば、怒号が飛び交うなかで式を挙げることになるのではないかと心配だった。参列者はがっかりして、母は傷つくだろう。とてもじゃないけど、正しい結婚式の挙げかたとはいえないわ！　ゲストの人たちが納得してくれることをアリックスは心から祈った。

　そのときテントの出入り口のフラップが動いた。ジリーだろうと思ったのに、入ってきたのはエメラルドグリーンのシルクのスーツを着て、短いベールが垂れた円形の縁なし帽《ピルボックスハット》をかぶった母だった。これほど美しい母をアリックスは見たことがなかった。母の顔は内側から輝いていた。

「お母さん」アリックスは、迷子になった五歳の子どものような声でいった。母に駆け寄り、その首にかじりつくと——どちらの目からも涙があふれた。「どうしてわかったの？　式の前には会えないと思ってたのに——」

「しーーっ」ヴィクトリアは娘の腕をほどきながらいった。「あらあら、ふたりともひどい顔。化粧ポーチを持ってきてよかった。ほら、そこに座って。お母さんが直してあげるから」

　アリックスは素直に——そしてうれしくてたまらないというように——椅子に座った。ヴィクトリアはもうひとつの椅子に腰をおろすと、バッグのなかから化粧道具一式を取りだして、娘の顔をきれいにしはじめた。

「でもどうして？」アリックスは小声で訊いた。

「もう、アリックスったら！　あなたはあなたの父親にそっくり。このわたしを出し抜けると本気で考えていたの？　みんなして裏でこそこそ動きまわって。それで指輪はどこ？」

アリックスは誇らしげに左手をあげた。

「悪くないわね」ヴィクトリアはスポンジを持った手を止めた。「あなたの指輪のサイズをジャレッドに教えたのは誰だと思っているの？」

「お母さん？」

「当たり前でしょう」彼女は娘にほほえんだ。「島に着いて、あなたとジャレッドがすでに夫婦みたいに落ち着いた暮らしをしているのを見たとき、そんな居心地のよすぎる関係はぶち壊さなきゃいけないとわかったのよ」

「どうしてぶち壊さなきゃいけないの？」

「ダーリン、いまあなたの指にはまっているのはなに？　あなたが着ているドレスはなんのため？　男の人って背中を押してやらないと、いつまでも前に進めないときがあるの。上を向いて」

マスカラを塗り直してもらっているあいだ、アリックスはまばたきしないようにしながら、いま聞いたことについて考えてみた。「じゃ、大聖堂は嘘？　四メートルの裾も？」

「そんなセンスのない女だと、かわいい娘に思われていたなんてがっかりだわ」

「本当はお母さんを除《の》け者にするのはいやだったの。ただ……」

「もう泣くのはなし」ヴィクトリアはにっこりした。「どう？　もっと大きなケーキをデザインして、お花を豪華にして、ゲストの数も増やしておいてよかったでしょう？」

「うん。だけどイジーは——」

「幸せよ。今朝、バミューダ島にいるイジーと電話で話したの。すっかり落ち着いてリラックスしていたわ。お腹の赤ちゃんも、もうストレスを受けていない。子どもが生まれたあとでもう一度式をおこなって、親族全員を招待するそうよ。あなたは既婚の花嫁付き添い人《マトロン・オブ・オナー》になるの。見てなさい、きっとうまくいくから」

アリックスは母の顔を見つめていた。「お母さんがすごく幸せそうでわたしもうれしいけど、ひょっとしてほかにも理由があるんじゃない？」

ありえないことに、ヴィクトリアの顔がさらに輝きと美しさを増した。「あのね、初夜がすむまであなたが初心なバージンなのは知っているけど——」

アリックスは笑いだした。

「じつはわたし、とても興味深い一夜を過ごしたの」

「というと？」

「あら、それはいえないわ。とにかくいまのところは。今日はあなたの晴れの日なんだから」ヴィクトリアは自分のメイクを直しながら腕時計に目をやった。「そろそろ行かないと。

新郎新婦の変更をゲストに知らせる役目はあなたのお父さんになったの。あの人のことだから、きっとへまをしでかすわ。見逃したら大変！」

「お母さん、お父さんにやさしくしてあげて」

「あら、ものすごく感じよく接しているわよ。わたしが朝からやさしい言葉しかかけないものだから、あの人ったら顔がだんだん恐怖に引きつってきちゃって」

　いけないと知りつつ、アリックスは笑ってしまった。

「ケイレブに会いにいかなくちゃ」ヴィクトリアは椅子から立ちあがった。

「いまなんて!?」

「もう、あなたもアディも幽霊幽霊って！　ケイレブ船長のことじゃないわ。フレディ、つまりハントリー博士のことよ。彼に立派な体があるのは、このわたしが保証する」ヴィクトリアはそこでふっと口元をゆるめた。「とにかく、彼に今朝いわれたのよ。これから自分のことはミドルネームでケイレブと呼んでほしいって」

「奇妙《オッド》な話ね」

「ふつうじゃない《オッド》のはあの人の体力のほう」ヴィクトリアは片手をあげた。「でもあなたはまだバージンだから、こんな話を聞かせるわけにはいかないわ」

「なにがあったのか、あとで全部聞かせて」

　ヴィクトリアはテントの外に目をやった。「わかった。約束する。ジリーがきたわ。わたしはケイレブと一緒に、あなたのお父さんが醜態をさらすところを見物するつもりよ。ああ、なんてすばらしい日なの!」彼女はアリックスにキスを投げるとテントから出ていった。

「ほら、彼がいる!」レクシーはトビーに耳打ちした。宝石色の美しいドレスを着たふたりはテントのなかに隠れて、礼拝堂の様子をうかがっていた。足首がのぞくバレリーナ・レングスのドレスは同じデザインで、ノースリーブで上半身からウエストまではぴったりと体にフィットし、ふんわりと広がったシルクのスカートは同色のチュールを重ねてあった。シルバーの細いベルトが唯一の装飾品だ。小さな礼拝堂のなかは人でいっぱいで、外ではなにも知らないブライズメイド三人が入場の合図を待っていた。アリックスはジリーと一緒にべつのテントに身を潜めている。

昨夜、女友だち三人は、独身さよならパーティをしようと島いちばんのナイトスポットへ出かけた。けれど、長居はしなかった。店全体がひとりの男性客に乗っ取られたような格好になっていたからだ。

男性の顔を見るなりレクシーがいった。「あれはキングズリー家の人間よ」

「この場合はモンゴメリー家の人間じゃないかな」とアリックス。「トビーのためにひとり空輪したとジリーがいっていたから」

レクシーは驚いた顔をした。

「通路をエスコートしてもらうためよ」トビーはいった。「あなたにはロジャーがいるからいいけど、わたしには誰もいないから」

「プリマス？」レクシーは大声をあげた。「わたしと通路を歩かせるためだけにボスを島に呼びつけたの？」

「ええ、そうよ」

「どうしてわたしに訊かなかったのよ？」

「訊いたらだめだといったでしょう？」

「そりゃそうよ。だって、あいつは――」

「ふたりとも」アリックスが割って入った。「今日はわたしの独身最後の日なのよ。けんかはやめて」

レクシーはしぶしぶ黙ったものの、ふてくされた顔のままだった。

三人は飲みものを注文したが、店内がうるさすぎて、おしゃべりどころではなかった。モンゴメリー家の男と彼のまわりに集まる人々が大声で騒いでいたからだ。ばか笑いする男女の声が店じゅうに響いていた。

「パーティ大好き人間って感じね」レクシーはいった。「ジャレッドの話だと、モンゴメリー家の人たちは美徳の鑑《かがみ》という印象だったんだけど」

「どこの家にも困り者はいるものよ」

「おっと。彼がこっちを見た」レクシーはいい、あわててそっぽを向いた。

男性は膝に座っていた若い女性をどかすと、ぶらぶらと三人のテーブルにやってきた。顔はジャレッドによく似ていたけれど、年は彼より下で、目に宿る向こう見ずな光はジャレッドにはないものだった。

「きみたちみたいにきれいな女性が、こんなところで寂しくなにをしているんだ？」

レクシーはひと言いってやろうとした。なんといっても、遠い親戚に当たるかもしれないのだ。ところが、そこでトビーが無言で席を立ち、テーブルから離れると、店を出ていってしまった。

「どうやらわたしたち、帰るところだったみたい」アリックスはお酒をひと息に飲み干すと、バッグをつかんで店を出た。

「明日また」レクシーはそういい残してふたりのあとを追った。

その彼がいまタキシード姿で礼拝堂の入口に立ち、ゲストをなかへ案内している。

「あれは彼じゃないわ」トビーはいった。

「なにいってるの？　昨夜、あの店にいた男じゃないの。二日酔いをずいぶんじょうずに隠しているわよね」

トビーはそれ以上なにもいわずにテントのなかへ戻った。

しかしレクシーは昔から売られたけんかは買わずにいられない質《たち》だった。「ちょっと」彼女は男性を呼んだ。彼がこちらを見ると、レクシーはテントのほうへ手招きし、フラップを押さえてなかへ通した。トビーは少し離れたところからふたりのことを見ていた。「今日のご気分は？」レクシーは質問した。

「まずまずですよ」男性は答えた。「そちらは？」

「絶好調よ。わたしはレクシーで、あそこにいるのはトビー。あなたはトビーのエスコート役として呼ばれたジリーのご親戚よね？」

彼はきれいなブルーのドレスを着たトビーを見てほほえんだ。ドレスが瞳の色を完璧に引き立てている。「グレイドン・モンゴメリーです」そしてお辞儀するように軽く頭を前に倒した。

トビーは動くことも、彼に言葉を返すこともしなかった。

レクシーは友人の態度にちょっと戸惑った。なにしろ、トビーが誰かに不機嫌な態度を取るところなど見たことがなかったからだ。「あなたとわたしは遠縁のいとこみたいなものらしいわ。わたしの母がキングズリー家の出だから」

「そうなんですか。島には昨夜遅くに着いたので、新しい親族とはまだ誰とも会っていないんです」

「それほど遅くなかったじゃない。昨夜、わたしたちに会ったのをおぼえていない？」

「どうだったかな」

レクシーは笑みを浮かべながらトビーを見たが、トビーの顔はぴくりとも動かなかった。

彼女、どうしちゃったんだろう？「わたしたちをおぼえていないのも無理はないかも。というか、誰のこともおぼえていないんじゃない？　あなた、へべれけだったもの」

「ああ」彼の顔にうっすらと血の色がのぼった。「なるほど。歌って踊って、シャンパンを飲んで？」

「思いだしてきた？」

「ええ。そういう夜があったのはよくおぼえていますよ」彼はトビーに目を向けた。「式の前に少し予行演習をしたほうがいいんじゃありませんか？」

レクシーはふたりの顔を交互に見た。トビーはグレイドンのことが気に入らないのかもしれないけれど、彼のほうは明らかにトビーに惹かれているようだった。「いい考えね。テントのそちらの端からあちらの端までゆっくり歩いてみて」

彼が腕を差しだすとトビーは腕を組んだが、体はできるだけ遠ざけていた。

そのときテントのなかにウェイターが入ってきて、レクシーがそちらに気を取られているうちに、グレイドンはトビーに話しかけた。「昨夜ぼくはあなたがたになにか不作法なまねをしたのかな？」

「わたしたちのテーブルにやってきた男性はとても感じが悪かった。わたしたちが彼の相手をするためにあの店にきたと思っているようだった」

「大変申し訳ない。悪気はなかったんです。よければ明日、夕食をご一緒させていただけませんか？　ここには知りあいが誰もいないし——」

「ひとりで食事をするのが苦手、だとでも？」トビーは使い古された誘い文句を、嫌悪もあらわに口にした。彼女は歩くのをやめ、彼の腕から自分の腕を引き抜いた。「なんのゲームをしているのか知らないけど、昨夜あの店にいたのはあなたじゃない。それなのにわたしたちにそう思わせようとしている意味がわからない。わたしは嘘つきが嫌い。だから返事はノーよ。あなたと食事に出かけるつもりはない。わかったら、出番がくるまでどこかへ行ってて」

彼はショックを受けたようだった。まるで人からそんな口をきかれたのは初めてだというように。ひと言もいわずに向きを変え、テントから出ていった。

外へ出ると、すぐそこでおばのジリーが新婦の父親と小声でなにか話していた。おばには口が裂けてもいわないが、かわいいジリーが急にどこの誰かもわからない男とつきあいだしたことを受けて家族会議がひらかれていた。ジリーの亡くなった夫というのがひどい男で、それだけにこの新たな男性のことで家族は大いに気を揉んだ。インターネットで見つけた彼の評判はどれもよいものばかりだったものの、家族としてはもっと個人的なことが知りたかった。だから、グルームズマンをひとりよこしてほしいとジリーから電話があったとき、全員がグレイドンを見た。

「ぼくには無理だと思うんだけど」最初はそういったものの、だんだんと興味が湧いてきた。行ってみるか。三時間後、彼は荷物をまとめてナンタケット島行きの飛行機に乗っていた。

そして空港に迎えにきていたウェスという男のおんぼろピックアップに乗りこむとすぐに、ケンについての調査を開始した。グレイドンの知るかぎり、島の人間でケネス・マドスンを悪くいう者はひとりもいなかった。そして本人に紹介されると、グレイドンはケンのことが気に入った。

「ここにいたのね」テントから出てきたグレイドンを見るとジリーはいい、ケンは少しうしろに控えた。「すべて順調？　通路を歩く練習はしたの？」

「しましたよ。ただ……」グレイドンはケンのほうにちらりと目をやった。彼はすぐそこにいたが、こちらの話は聞いていないようだった。

「なにか問題でも？」ジリーは訊いた。

「いや。ただ……」彼は口元をかすかにゆるめた。「ちょっと妙なことがあって。ぼくがエスコートすることになっている若い女性だけど……トビーという名前だったかな？」

「トビーはニックネームだと思うけど、彼女がどうかしたの？」

「彼女とその友人たちが昨夜ローリーに会ったらしい。彼が島にきているなんて知らなかったが。ところが、もうひとりの女性の……」

「レクシー？」

「そう。レクシーはぼくに会ったといってる」

「無理もないわ、あなたとローリーは一卵性の双子だもの」

「うん。ところがそのトビーは、ぼくが嘘をついているといってかなりのおかんむりなんです。彼女たちが昨夜会ったのはぼくじゃないって」

「まあ、大変！」ジリーは手で口を押さえた。

その切迫した声に、ケンは物思いから覚めたようだった。「なにかあったのか？」

「いいえ」そういいながらも、ジリーは目を見ひらいてグレイドンの目を一心に見つめていた。「だけど、そういうことはきっと前にもあったはずよ」

「いや。一度もなかった」

「なんてこと。それで、どうするつもり？」

「しばらくこの島に滞在しようと思う。レクシーとトビーはルームメイトでしたね？」

「そうだけど」ジリーの声には警戒心があらわれていた。「いったいなにを考えているの？」

グレイドンはほほえんだが、その顔を見れば心の内を明かすつもりがないのはわかった。

「この件はちょっと探ってみる必要があると考えているんですよ。そうは思いませんか？」

彼はおばの手を取って甲にキスした。「これからしばらくは頻繁に顔を合わせることになりそうですね」彼はケンにうなずくと、その場から歩み去った。

ケンは若者のうしろ姿を見送った。「詮索するつもりはないんだが、なんの話をしていたんだ？」

「どうやらわたしたちのやさしいトビーは双子を見分けられるようなの」

「もう少しヒントをもらえるとうれしいんだが」

「うちは一卵性双生児が多い家系で、なんの根拠もない、ばかげた言い伝えがあるの。双子を見分けられる者は運命の相手だ、というね」

「で、トビーはあの若者――グレイドンだったか？――を見分けることができると？」

「ええ、そうみたい」

「つまり、トビーは運命の相手に出会ったということかな？」その考えにケンはほほえんだ。

「わからない。でもグレイドンが興味を持ったのはたしかね」

「どうしてそんなに心配そうな顔をしているんだ？　あの若者になにか問題でも？」

「彼個人にはなんの問題もないわ。ただ、彼の出生にまつわる状況がかなり変わっているものだから」

「どういう意味？」

「グレイドンはランコニアの皇太子なの」

ケンの目が丸くなった。「皇太子？　それはつまり、彼はいつか……？」

「いつか国王になる？　ええ、そういうこと」

ケンはしばし考えをめぐらせた。「生後四時間のトビーを抱いてから今日までその成長を見守ってきた私にいわせれば、もしもあの子の愛情を得られたなら、シンデレラボーイはきみたちの王子のほうだと思う」

「よくわからないけど、グレイドンも同じように感じる気がするわ」

ケンはにっこり笑うとジリーの頬にキスした。「トビー女王。なかなかいい響きだな」大きく息を吸いこんで腕時計に目を落とすと、その顔から笑みが消えた。

「そろそろ？」

「ああ」ふたりは連れ立って礼拝堂のほうへ歩いていった。


ケンは絞首台に向かう心境で礼拝堂の前方へ進み、大勢のゲストに向き直った。小さな建物の椅子はすべて埋まり、座れなかったゲストが壁際にずらりと並んでいた。発電機を持ちこんでいたので室内はほんのりと明るく、壁はリボンと野の花のブーケのようなもので飾られていた。そして至るところでキャンドルの火が揺れていた。

ケンの横には、ぶどうジュースをぶちまけたような色のドレスを着た三人の女性が立っていた。イジーのブライズメイドだということだが、選んだのはイジーでないことは聞いて知っていた。そもそもからきれいとはいえない三つの顔が、不機嫌そうな表情でさらに歪んでいた。誰もブーケを持たせてくれなかったと、ぶうぶう文句をいっている。これじゃイジーが逃げだすのも無理はないな！

一流大学で教鞭《きょうべん》を執っているから人前で話すことには慣れているはずなのに、たくさんの男女に向きあっているいまは恐怖しか感じなかった。小さな木の椅子に座っているのは、ほとんどがイジーとグレンの親族だ。

細い通路を挟んだ最前列にいるのはグレンの母親とイジーの母親だった。どちらもシルクのスーツを着て、どちらも宝石の数で相手を負かそうとしているようだった。ほの暗い部屋がそこだけ光って見えた。

怖い顔でにらみあっていた両家の母親は、ケンが前に進みでると、今度は彼のことをにらみはじめた。予定の時間はとうに過ぎているのに新郎新婦の姿はどこにもない。しかしケンは建物の横手にあるドアの外でジャレッドが待機していることを知っていた。

「お知らせがあります」ケンは声を張ったが、こちらに注意を払う者はひとりもいなかった。思わず元妻に目がいってしまった。ヴィクトリアは最前列の端にハントリー博士と並んで座り、ときおりうっとりとした表情で博士のことを見つめている。

彼女はどうかしたのだろうか、とケンは首をひねった。今日は一度も彼のことを攻撃してこなかった。いつもならケンのやることなすことに、十五分おきに皮肉を飛ばしてくるのに、今日はそれがない。いったいなにを企んでいるんだ?

ケンがさらに声を大きくして注意を促すと、前方の数名が文句をいうのを中断して彼を見た。

「このすばらしい結婚式に変更があります」ケンはヴィクトリアのほうを見ないではいられなかった。花嫁が入れ替わったことをヴィクトリアは聞かされていない。だから知ったら激怒するはずで、その怒りの矛先が彼に向くことは間違いなかった。

ケンは聴衆に視線を戻した。「式次第は変わりませんが、新郎新婦に変更があります。それに付き添い人も」そうつけたしたあと、横にいるかわいげのないブライズメイドたちを横目で見た。

すると、ぴたりとおしゃべりがやんだ。うしろのほうに立っている人たち――そのほとんどが島民――を含め、その場にいる全員がしゃべるのをやめて、ケンを見た。

ケンは猛攻撃に備えて身構えたが、そうはならなかった。誰もが、ヴィクトリアさえもが、無言で彼を見ていた。

ケンは大きく息を吸いこみ、話をつづけた。「グレンとイジーはもっと静かな結婚式を挙げたいと考え、きょうだいと数名の友人を伴って飛行機で、バ――いえ、ランコニアへ向かい、あちらで挙式をおこなうことに決めました。かわりに――」ケンはまっすぐにヴィクトリアを見た。「ジャレッド・キングズリーと私の娘アリックスが、本日ここで結婚いたします」反射的に首をすくめたのは、怒ったヴィクトリアがなにか投げつけてくるものと思ったからだ。だからそのヴィクトリアが、してやったりと会心の笑みを見せると、ケンは驚いて口をぽかんと開けた。

ショックから立ち直ったケンは、その他のゲストが席を立ってこちらに向かってくることに気がついた。席についたままなのはヴィクトリアとハントリー博士のふたりだけだ。

「これはわたしたちの結婚式よ！」母親の片方が叫んでいた。「ここにはわたしの娘の結婚式を見にきたの。わざわざ飛行機にまで乗って——」

「うちの息子はどこ？」もうひとりの母親が詰問した。「そのキングズリーという男に、グレンとイジーはもうここにきているといわれたのよ。息子は——」

「そのふたりはただで結婚式を挙げようって魂胆なのか？」父親のひとりがいった。「赤の他人のために私が金を払うと思っているのなら——」

「ブライズメイドをやらせてくれるってグレンのお母さんが約束したの。だからあたしはやるわよ。この際花嫁なんか誰でも——」

「アリックスは昔からうちの娘を出し抜こうとしてきた。イジーが自分の結婚式から逃げだしたのはあの女のせいよ。いつだって——」

それを聞くとヴィクトリアが席を立ち、イジーの母親につかつかと近づいた。背はヴィクトリアのほうが高く、貫禄でもはるかに勝っていた。「よくもそんなことがいえたものね！　わたしの娘はいつだってイジーの力になってきたわ！　アリックスは——」

ケンはあたりを見渡した。礼拝堂のなかは大混乱に陥っていた。ひらいていた正面扉から島民たちがぞくぞくと詰めかけ、壁をぐるりと囲むようにしてこの騒ぎを大いに楽しんでいる。新郎新婦の親族全員が席を立って叫んでいた――ケンに、相手側の誰かに、ヴィクトリアに。ヴィクトリアは負けじと叫び返していた。彼女はアリックスを、ジャレッドを、この島を、結婚制度そのものを擁護していた。

まだ席についているのはハントリー博士だけだった。なんと彼は式のあとで饗《きよう》される食事のメニューに平然と目を通していた。彼だけを見た人は、すべて順調でなんの問題も起きていないと思うところだ。

一方の母親がもう一方を乱暴に押したときだけハントリーはメニューから顔をあげた。心配したというより、少しばかり興味を引かれたという感じだった。

怒った父親ふたりをかわすように脇へよけたケンは（父親は金のことで揉めていた）、押されたほうの母親が平手をお返ししようと手を高くあげたところに出くわした。彼はとっさに彼女の手首をつかんで、しかと握った。ところが――嘘だろう――彼女はものすごい怪力だった！　ケンの手を振りほどこうとぐいぐい引くので、持ちこたえられるかわからなかった。

そのあいだに、押したほうの母親がヴィクトリアに向き直った。「これは全部あなたのしわざ？　自分の本を売るための宣伝かなにかなの？」彼女はヴィクトリアの顔につばを吐く勢いで、ヴィクトリアの顔は髪の毛と同じ朱色に染まっていた。

ケンの目がなにかの動きをとらえ、そちらを見ると、ハントリー博士が膝に両手を置いてゆっくりと立ちあがるところだった。ケンが平手女とつかみあいのけんかのようになっているあいだに、ハントリーは大声でわめいている人々のなかを縫って前に進み、大きなステンドグラスの窓の下に立った。

彼はしばらく自分の目が信じられないとばかりにかぶりを振っていたが、そこで大きく息を吸いこむと声を轟《とどろ》かせた。「静まれ！」

それは〝大声〟の範疇《はんちゅう》をはるかに超えていた。窓枠が内側に引きこまれ、ステンドグラスが震えて、椅子がいくつもタイルの床に倒れた。

全員の動きが止まった。誰かの髪をつかむ手が、振りあげた腕が、投げつけようとした言葉が一斉に止まる。

「席につけ！」ハントリー博士が命じると、全員がおとなしくそれぞれの席へ戻りはじめた。そう長い時間はかからなかった。ケンは壁際まで下がり、ヴィクトリアは自分の席に座った。全員の目がハントリー博士に向いていた。彼は両手をうしろで組むと、歩きながら話しはじめた。

その立ち姿が、手が、とりわけその声が、ケンをはるか昔の船長を見ているような気持ちにさせた。荒れ狂う海にも負けない声を持つ男。乗組員全員を制することのできる男。

「金ならすべて返してやる」有無をいわせぬ口調でハントリーは告げた。「誠実さや思いやりより金のほうが大事だとは、なんとも見下げ果てた連中だ。おまえたちがよってたかって苦しめるから、うら若きイザベラはついに自分自身の結婚式から逃げだしたのだ。少しは恥を知れ！」彼はひとりひとりをにらみつけてから、ふたりの母親にじっと視線を注いだ。「わが子にそのようなまねをすることは軽蔑に値する。無慈悲の極みともいえるおこないだ。しかもあの娘はお腹に子を宿しているというのに！」

「そんなつもりじゃ――」イジーの母がいいかけた。

「黙れ、女！」ハントリーの大声に窓ガラスがカタカタ鳴った。

彼はしばらく無言でいたが、やがて声を落としてつづけた。「この部屋の外に花嫁がいる。おまえたちが期待していた花嫁とは違うとしても、彼女もまたすべての花嫁と同じ敬意を払われてしかるべきだ。いや、おまえたちがその敬意を示すのだ！　わかったな？」

ハントリーはゲスト全員がうなずくのを見届けた。部屋のうしろ側にいる島民たちはといえば、ついに世界に秩序が戻るのを見たとばかりににこにこしていた。

「礼儀をわきまえない者、美しい花嫁と幸運な花婿の末永い幸せを心から祈ることを渋る者がいれば、私がこの手で外へつまみだすから覚悟しておけ――女性だろうと容赦はしない」

後方の席から「最初にわたしをお願い」という女性の声があがり、ほかの女性たちからくすくす笑いがもれたが、ハントリーが鋼のように冷たい視線を向けると静かになった。彼はケンに顔を向けた。「さあ、きみは定位置につけ。花嫁の父なんだから」するとヴィクトリアが立ちあがり、なにかいおうとした。「きみは座っていなさい」ハントリーがそういうと彼女はすぐに従った。

ハントリーはもう一度怖い顔で一同を見渡すと、建物の横手にあるドアのほうへ歩いていった。ドアは開いていて、ジャレッドが驚きの目でこちらを見ていた。ハントリーは大またでそちらに近づくと、ジャレッドを外へ押しだして乱暴にドアを閉めた。

「陸者《おかもの》どもが！　これが船の上なら、綱で縛って船底の下の海中をくぐらせるところだ」

ジャレッドはまだ目の前の男を見つめていた。言葉が出てこなかった。少し前にドアのむこうから聞こえてきた声は、彼が生まれたときから聞いてきた声だった。それはやわらかでおだやかなハントリー博士の声とは似ても似つかないものだ。そしてドアを開けたジャレッドが見たのは、彼の祖父と同じ歩きかたをし、身振り手振りもそっくりな男だった。いつもは猫背で歩いているハントリー博士が、鋼鉄の柱もうらやむほど背筋をぴんと伸ばして立っていた。おとなしいところもやさしげなところもない。彼は怒っていて、それを会衆に見せつけていた。ほとんど理解不可能ながらも、ジャレッドはほかの人間の肉体のなかで生きている祖父を見ていた。

彼は信じられない思いで男を見つめながら、手を伸ばしてその肩に触れた。

「弱々しい体だ。鍛えなければな」

「どうやって？　いつ？」ジャレッドは声をひそめた。自分の考えていることが信じられなかった。ここにいるのは本当に祖父のケイレブなのか？

「私だよ。どうした、幽霊でも見ているような顔をして」その冗談をケイレブは大いに気に入ったようだったが、ジャレッドが無言で見つめつづけると、ついには折れた。「昨夜、私の父がハントリーの肉体を離れたんだ」

「博士は死んだってこと？」ジャレッドは訊いた。

「そうだ。思いがけないことだった」ケイレブはさっと顔をそむけたが、その目には涙が浮かんでいた。「肉体から離れた父には私のことが見えた。そして私と親子だったときのことをすべて思いだした。父は、ほしいならこの体をやる、と私にいった」ケイレブは息継ぎをした。「やがて、わたしの母が父を迎えにきた。ほんの短いあいだだったが、親子三人が揃ったよ。ふたりは私に口づけすると去っていった。ふたたび一緒になれて父と母はとても幸せそうだった。そして気がつくと私は人間の体に戻っていたんだ」

ジャレッドはまだ彼から目が離せずにいた。「それからじいちゃんはなにをしたの？」

「私がなにをしたかって？」ケイレブは、そんなこともわからないのかといいたげに孫を見た。「二階へあがってヴァレンティーナのベッドにもぐりこんだ。二百年を超える禁欲生活は、男をやる気にさせるものだな」

ジャレッドは何度かまばたきしたあとでいきなり笑いだし、それから祖父の腕をつかんで強く抱きしめた。

ケイレブは彼の抱擁に応えたが、すぐに身を引いた。「まったく、この世紀の若者は。

もっと自制しないか！」口では叱りながらも、目はおかしそうにきらめいていた。

ジャレッドは我慢できずにもう一度、祖父の肩に手を置いた。祖父の体に触れるのは、ひどくおかしな感じだった。顔はもう違う。前より老けて、容姿は十人並みだ。しかしその目は、ジャレッドが子どものころから知っている目だった。「その体のご感想は？」

「重い！」ケイレブはいった。「今朝は壁に顔からぶつかった」

ジャレッドは声をあげて笑った。

「それに人に私が見えるというのもひどく奇妙な感じだ。なんというか――」そのときドアのむこうで音楽が流れだし、ケイレブの声が途切れた。「さあ、妻《めと》を娶りにいけ」

ジャレッドはドアのほうへ向かいかけ、そこで足を止めた。「体ができて、これからどうするつもりだ？」

「仕事はある。ヴァレンティーナと結婚して――」

「ヴィクトリアだよ」

「どちらでもいい。彼女であることは変わらないからな。そしておまえは、かわいい孫を私にたくさん抱かせてくれるだろう。それ以上、人生になにがいる？」

「そうだね、なにもいらないね」

心に巣くっていた五百キロもの不安が消えてなくなり、ジャレッドは笑顔で礼拝堂のなかへ進むとティムの横の位置についた。

参列者はみな静かに席につき、一方の母親がためらいがちな笑みをジャレッドに向けた。花嫁の入場を待ちながら、ジャレッドは唇を動かさずにティムに囁いた。「今朝、ヴィクトリアの寝室をのぞいたとき、彼女はひとりだったか?」

「いいや。いま彼女の横に座っている男と一緒だった。さっきのあれは迫力があったよな?」

「彼女がベッドに男といたことを、ぼくに知らせたほうがいいとは思わなかったのか?」

ティムは、ばかじゃなかろうか、という顔で友人を見た。「彼女みたいな女性がベッドでひとりだったら、むしろ知らせただろうね。ああいう女性は男といるのが当たり前だから。そもそも義理の母親がベッドでなにをしているか、どうして知る必要があるんだ?」

「問題は彼女じゃなく彼のほうなんだ」ジャレッドが先をつづけようとしたとき、牧師が咳払いした。もう口をつぐむ時間だ。

レクシーが通路を進んできた。彼女はジャレッドの知らない男と腕を組んでいたが、ボスのプリマスだとすぐにわかった。真っ先に頭に浮かんだのは、男にしてはきれいすぎるということだった。その一方で〝ナンタケットの橇遊び〟を楽しみそうな男にも見えた。

つづいて、愛らしいトビーが姿を見せた。腕を組んでいる長身の男性は、ジャレッドがメイン州で会ったモンゴメリー家の男たちに面立ちが似ていたが、この男に会ったかどうかはおぼえていなかった。レクシーのボスは、彼女のスカートにつまずかないのが不思議なほど体を密着させているのに、トビーはエスコートとかなり距離を空けて歩いていた。小型のネズミイルカなら余裕であいだを通り抜けられそうだった。

　祭壇の前まで進むと付き添い人は左右に分かれて、それぞれの位置についた。そして、アリックスの入場となった。白いドレスをまとったアリックスは、この世のなによりも美しかった。顔は薄いベールで隠れていても、ジャレッドにほほえみかけているのはわかった。

　ケンと腕を組んでこちらに歩いてくるアリックスから、ジャレッドは目が離せなかった。ふたりが祭壇の前までくるとジャレッドは進みでて、ケンは娘の手をジャレッドの手にのせた。

　娘のベールをあげながらケンはいった。「なにより大切な私の宝物をきみに預けるぞ」それはヴィクトリアにいわれた言葉と同じだったが、目に涙を浮かべたケンが心のなかでも泣いているのがジャレッドにはわかった。

　男と男の神聖な誓いにジャレッドがうなずくと、ケンはうしろに下がってジリーの隣の席についた。

　ジャレッドとアリックスはオリジナルの誓いを考えようとは思わなかった。伝統的な文言のなかにすべてがあると思ったからだ。〝病めるときも健やかなるときも〟〝死がふたりを分かつまで〟

　死という言葉に、ジャレッドは祖父のことを考えた。愛する女性のそばに戻るために祖父が耐えた年月を思った。ジャレッドはアリックスにほほえんだ。アリックスもほほえみ返した。いつものように、ふたりは同時に同じことを考えたようだった。

アリックスが誓いの言葉をくりかえすのを聞きながら、ジャレッドはふたりで分かちあうもののことを思った。自分の持つものすべてを、自分自身を、ほかの人間と分かちあうことを。〝ジャレッドはひどく孤独な人生を送っていた〟アリックスがヴィクトリアにいった言葉が頭に浮かんだ。そんなふうに思ったことはなかったけれど、アリックスのいうとおりだとわかった。彼は血のつながった家族をひとりずつ失ったが、次第にアリックスの家族が彼の家族になっていったのだ。そしていま環《わ》は完成した。

「誓います」アリックスがいい、牧師の言葉がそれにつづいた。「あなたがたが夫婦であることをここに宣言します。花嫁にキスを」

ジャレッドはアリックスを腕に抱いてやさしいキスをした。誓いのキスを。ふたりはつかのま見つめあい、言葉にされなかったすべての約束を目と目で交わした。それからふたり揃って参列者のほうを向いた。

怒りや敵意は結婚式の魔法ですべて消えてしまったようで、人々は祝福の拍手を贈りはじめた。

ジャレッドはアリックスの手を取り、礼拝堂の扉に向かって通路を駆けだそうとした。アリックスが長いスカートに足を取られると、彼は花嫁を抱きあげて歩きだした。ゲストは大喜びし、楽しげな笑い声とさらなる拍手が湧き起こった。

礼拝堂から出たところでジャレッドはアリックスをおろした。その一瞬だけふたりきりになれた。「永遠に」ジャレッドはいった。

「ええ」アリックスは答えた。「永遠に」

エピローグ

ジャレッドは椅子に深くもたれて祖父を見た。結婚式から三週間が過ぎていた。ジャレッドの予言どおり、アリックスは式のあとすぐにニューヨークの彼の事務所へ行きたがった。ニューヨークへ着くまでアリックスはずっとぴりぴりしていた。ナンタケット島を離れたらなにかが変わってしまうのではないか、とりわけ新婚の夫が別人に――偉大なるジャレッド・モンゴメリーになってしまうのではないかと心配していた。

もちろん、そんなことにはならなかった。たしかに社員のほとんどはジャレッドを畏れていたが、アリックスは違った。他人の目にジャレッドがどう映っていようと、アリックスは彼をひとりの人間として見ていたし、本人にそれをわからせようともした。事務所での初日、ふたりはジャレッドの事務所名義でおこなわれることになっている、ある住宅の改築プランをめぐってかなり派手な口論となった。

「なんなのこれ!?　こんなものを人目にさらすわけにいかない。あなたのいつもの仕事よりはるかにレベルが低いじゃないの。こんなものを表に出せば、あなたが恥をかくことになるのよ」アリックスは激しい口調でいった。

「このプランはどこも悪くない」ジャレッドも負けじと声を張りあげた。するとと彼女は、この窓もドアも壁も違うと問題点をひとつずつ挙げていった。ふたりの議論に引き寄せられるように、ひとりふたりと社員が集まってきた。みなジャレッド・モンゴメリーにあんな口をきく人間がいることを知ってショックを受けていた。

しかしティムはにやにやしながら見ていた。

十二ページにわたる設計図の問題点をこまかな点まですべて指摘し終えたところで、アリックスは、じつはジャレッドも同じ意見でいることに気づいた。われに返って周囲に目をやり、注目の的になっているのを知って、彼女は初めてジャレッドがなにをしたのか悟った。彼はこれからアリックスの同僚となる人々に、この事務所のすべての設計プラン——ジャレッド本人のものも含めて——に対し彼女が拒否権を持っていることを示したのだ。

アリックスはそのときはたと気づいた。この改築プランを考えたのはジャレッドじゃない。これは事務所の誰かの仕事で、その人はきっとわたしに憎悪を燃やすはずだ。アリックスは顔を真っ赤にすると、巻いた図面を高く掲げた。「これを描いたのはどなた?」

黒っぽい髪の若い男性がおずおずと手をあげた。

アリックスは恥ずかしさのあまり口もきけず、彼に図面を放ると部屋から出ていった。ジャレッドはしばらくアリックスに許してもらえなかった。彼女は彼がしたことではなく、そのやりかたに腹を立てていた。あの図面の男性が彼女を憎むどころか、大いに感謝していると知ると、アリックスはようやくジャレッドを許した。

社員はアリックスのことを、すべてに甘いティムと「やり直し」としかいわないジャレッドの中間的存在と見なした。最初の週が終わるころには、アリックスは事務所になくてはならない存在になっていた。ティムはありとあらゆることに彼女の助言を求めた。社員がコピー用紙を使いすぎるのをやめさせるにはどうしたらいいか。新しく購入したコンピュータの請求書をどのタイミングでジャレッドに見せたらいいか、ということまで。同僚の建築士たちは、ジャレッドに提出する前の図面を見てほしいといってきた。

ジャレッドもまた、そうした仕事をアリックスが引き受けてくれるおかげで設計に集中できると大満足で――これまで事務所ではほとんど見せることのなかった笑顔を振りまいていた。

昨夜、ふたりは結婚式以来初めて島に戻り、朝になるとアリックスは母親とトビーに会うために家を飛びだしていった。彼女が出かけるとすぐ、ジャレッドは祖父に会うべく町なかにあるハントリー博士の家へ向かった。

ヴィクトリアはいまハントリー邸で祖父と暮らしているが、彼女が質素な住まいを好まないのは知っていたから、ジャレッドは開口一番、キングズリー・ハウスを提供すると申し出た。

「あの家には二度と足を踏み入れたくない」ケイレブがさも恨みがましくいうものだから、ジャレッドは笑ってしまった。積もる話が山ほどあった。パソコンはもちろん、携帯電話のかけかたを習得することさえケイレブには早すぎたので、すべてはじかに会ってからということにしていたのだ。

「ヴァレンティーナになにがあったか、日記を読んでわかったのか？」ジャレッドは訊いた。

「ああ」ケイレブは窓辺に座り、太陽のほうに顔を向けて日差しのあたたかさを堪能していた。ジャレッドがこの話を聞くのを首を長くして待っていたのは知っていたから、じらすつもりはなかった。「私がこの島にいたときでさえ、唾棄すべきオベッドはヴァレンティーナにつきまとっていた。こそこそとつけまわしたり、木の陰に潜んでじっと見ていたり。下劣なまねはやめろ、と私は再三警告した」

ケイレブは息を吸いこんだ。どれだけ時間が経とうと、彼にはつらい話なのだ。「最後の航海を決めたとき、ヴァレンティーナは行かないでくれと懇願した。しかし私は耳を貸さなかった。なんと傲慢だったことか！　とにかく私が旅立ったあと、オベッドはおそらくヴァレンティーナの体の変化から彼女が身ごもっていることに気づいたのだろう。ここぞとばかりに彼女に嘘をついた。私が自分の船とともに海の底に沈んだという知らせを受け取ったといったんだ。実際にそのことが起こる何年も前に」

彼は記憶をたどるようにしばし黙った。「ヴァレンティーナは日記に書いていた。訃報を知らせたときのオベッドがどんなにやさしかったか、結婚の申し込みをする彼がどれほど思いやり深かったか。オベッドは私の息子にキングズリーの名前を与えると約束した。彼女と子どもを大事にする、ふたりのためにメイン・ストリートに立派な屋敷を建てると誓った。私の死の知らせに打ちのめされてまともに考えられなかった、と日記にはあった。そしてヴァレンティーナはオベッドと結婚した」

「でも、すべて嘘だったんだね?」ジャレッドはいった。

「唯一守ったのは、私の息子にキングズリーの名を与えるという約束だけだ。オベッドは根っからの守銭奴で、ノースショアにある掘っ立て小屋同然の家にヴァレンティーナを住まわせた。あの家屋敷をやつに与えたのは私だが、いずれは建て替えてやるつもりだった。オベッドが本当にほしかったのは、ヴァレンティーナの石鹸の製法だったんだ。彼女につきまとっていたのも、石鹸の製造過程を盗み見するためだったらしい」ケイレブはかぶりを振った。「ヴァレンティーナに夢中だった私は、男たちはみなわたしと同じ目で彼女を見ているものと思いこんでしまった」表情が険しくなった。「そう、すべて嘘だった。結婚後、オベッドは私の息子を使用人のように扱い、ヴァレンティーナには一日十四時間、あのいまいましい石鹸を作らせつづけた」

ケイレブは息を継いだ。「姿をくらました日、彼女は日記に、自分と息子を船で本土に渡してもらうためによそ者に金を渡した、と書いている。メイン州にある実家に戻ろうとしたんだ。島を出ることは、パーセニアにすら黙っていた。ヴァレンティーナが逃げたことを知ったオベッドが彼女に危害を加えることを恐れたんだ。オベッドが怒り狂うとしたら、それはヴァレンティーナが息子を連れて逃げたからではなく、彼女が石鹸の製法を持ち去るからだというのもわかっていた。それでも息子の将来のために製法は手放したくなかったんだ」

「でも、彼は製法を手に入れた」そこから先の話はジャレッドも知っている。ヴァレンティーナが姿をくらましたあともオベッドはキングズリー石鹸の製造販売をつづけた。石鹸は彼に富をもたらした。それに加え、ケイレブが弟と船を交換する際に残した遺言状によって、ヴァレンティーナと彼らの息子に譲られるはずだったすべての財産もオベッドの手に渡ったのだ。おかげで彼は大金持ちになった。

しかし、それも長くはつづかなかった。船の沈没から数年して、ケイレブは幽霊となってよみがえった。自分の身になにが起きたのかわからず、ケイレブは戸惑い、困惑した。そして彼の姿を見ることができたのは、幼い息子のジャレッドだけだった。

ジャレッド少年が宙に向かってしゃべっているのを見たとき、オベッドは恐怖に突き動かされた。彼は子どもに平手をくらわせた。その夜、激しい怒りが力となってケイレブはオベッドの前に姿をあらわした。オベッドは恐怖の悲鳴をあげ、その場で絶命した。ヴァレンティーナについて問い質《ただ》す間もなかった。

「オベッドは彼女が逃げるつもりでいることに気づいたんだね」ジャレッドはいった。

「うむ。オベッドは人に金を払って自分のことを見張らせているような気がする、とヴァレンティーナはいっていた。あの男は昔からこそこそするのが好きな虫けらみたいなやつだった」

「なにがあったのか日記には書いてあったのか？」

ケイレブは椅子から腰をあげると、壁際のキャビネットのなかからヴァレンティーナの日記を取りだした。椅子に戻ると、最後のページをひらいて読んで聞かせた。


〝私は妻を殺してしまった。はずみだった。神よ許し給《たま》え、あの女の言葉に、つい魔が差したのです。私と生きていくよりケイレブと死んだほうがましだと妻はいった。それを聞いて私はわれを忘れた。頭が真っ白になって、しばらく目が見えなかった。われに返ったときには妻が床に倒れて死んでいた。首があらぬ方向へねじれていた。これから出頭し、司法の手にこの身を委ねるとはいえ、断じて私に罪はない。いつものようにまんまとヴァレンティーナにしてやられたのだ。彼女は死んで当然の女だが、私は違う。主よ、わが同胞《はらから》よ、どうか罪なきこの身に慈悲を与え給え〟

読み終えると、ケイレブはページから顔をあげてジャレッドを見た。祖父の目に浮かぶ悲嘆の色に、彼は息をのんだ。

「でも彼は自首していない」ジャレッドはいった。「そうだ。やつはおそらくヴァレンティーナの……亡骸《なきがら》を海に捨て、それから彼女の名に消えない疵《きず》をつけるまねをした。彼女が話をつけていた船頭に金をやって、彼女を本土へ渡したと身内に嘘をつかせたんだ」

ジャレッドは人間が金のためにすることについて考えていた。オベッドの裏切りと金銭欲のせいで多くの命が奪われた。島に戻ることを焦るあまり、ケイレブは乗組員全員を死の道連れにしてしまった。

しかしオベッドは、人殺しをしてまで手に入れた石鹸会社から上がる利益のすべてを享受できるほど長くは生きられなかった。会社の経営はケイレブの息子とスーザン――ヴァレンティーナの失踪後すぐにオベッドが再婚した女性――に引き継がれた。キングズリー一族はそれから長らく裕福に暮らしたが、五世は商才に欠けた男で、彼は石鹸会社を売却し、その金をあっという間に使い果たした。ジャレッドが物心つくころには、つねに修理が必要な古い屋敷が数軒残っているだけだった。その屋敷にしても、売却をまぬがれたのはアディを通してケイレブが力を尽くしたからにほかならない。

「彼はどうして日記を処分しなかったんだろう？　日記に罪を告白しているんだから、躍起になってさがしてもおかしくないのに」

ケイレブはにやりとした。「おそらくさがしたのだろうが、アリックスが隠してしまったんだよ」

「ぼくのアリックスが？　ああ、そうか。じいちゃんはまた生まれ変わりの話をしているんだね」

「そうだ。そのころの彼女はアリッサという名で、ジョン・ケンドリックスと最初の妻のあいだに生まれた娘だった。パーセニアは――」

「いまのジリーだね」

ケイレブはほほえんだ。「そうだ。パーセニアはジリーだ。おまえもだいぶわかってきたじゃないか」

「喜ぶのはまだ早いよ」ジャレッドはいいながらにやにやした。見かけは変わってしまったが、じいちゃんはやっぱりじいちゃんだ。

ケイレブは含み笑いをした。「パーセニアはジョン・ケンドリックスの二度目の妻で、アリッサのよき母になるのだが、それとはべつにアリッサはヴァレンティーナにとてもなついていた。いまのアリックスがヴィクトリアを愛しているように。ヴァレンティーナがいなくなったと聞かされたアリッサは、日記を盗みだしてヴァレンティーナにしかわからない場所に隠したんだよ」

「日記の最後になにが書いてあるか、アリッサはどうして誰にも話さなかったんだ？」

「私が思うに、読んでいる時間がなかったのだろう。ノースショアの家が焼け落ちたのは――火を放ったのはオベッドだろうが――ヴァレンティーナが消えた数日後のことだからな。それにアリッサはほんの子どもだった。おそらく忘れてしまったのだろう。つまり、二百年以上もということだが」

「日記の在処がわかっていたのなら、どうしてもっと前に誰かに掘りださせなかったんだ？」

「アリッサがおまえのアリックスとなって、四歳のときに島にやってくるまで日記があることすら知らなかったんだよ。幼い子どものなかには生まれる前の記憶があるものがいる。おとなになると忘れてしまうがね。私とチェッカーをして遊んでいるときに、アリックスが、自分にはものすごく大きな秘密があるといいだしたことがあってね。ぜひ聞かせてほしいと私がいうと、アリックスは、悪い男の人の家に忍びこんで、お母さんの大切な本をオーブンのなかに隠したといったんだ。当然、ヴィクトリアのことをいっているのだと思ったよ。本当の意味がわかったのは何年も経ってからだ。彼女は現世での母親、つまり遠い昔の友人のことを話していたんだ」

ケイレブは当時を思いだしてほほえんだ。「日記の隠し場所がわかったとはいえ、まだ掘り起こす時機ではなかった。ケンは怒りを乗り越える必要があったし、パーセニアを島に帰ってこさせなければならなかった。すべての人間が揃わなければならなかった。まずはおまえのアリックスからはじめたが、彼女には長いあいだナンタケットに戻る理由がなかった。アディはヴァレンティーナを熱心にさがさなかったことをずっと後悔していた。それで彼女と私であの遺言を考え、おまえを大いに怒らせることになったわけだ」

ジャレッドはにっこりした。「なにが自分のためになるかわからないこともたまにはあるんだよ」

「おまえの場合はいつもだろうが」

ジャレッドはうめいた。「人間の肉体を持っても、ちっとも穏和になっていないんだな」

今度はケイレブがうめいた。「肉体の痛みがどういうものかすっかり忘れていたよ。この体はあちこちがたがきていて、つらくてしょうがない。それにヴィクトリアときたら毎晩――」ケイレブは小さく笑った。

「ヴィクトリアといえば、彼女はじいちゃんの正体を知っているの?」祖父はあんなふうに愚痴をこぼしているが、ハントリー博士の体は数週間前よりはるかに健康そうに見えた。

「なにも気づいていないふりをしているが、彼女は昔から秘密を胸に秘めておく女だったからら」

「ぼくらの結婚式のことを知らないふりしたみたいに?」ジャレッドははっとした。「もしかしてじいちゃんが話したのか?」

「手助けはしたかもしれないが、彼女の企みを見破るのはそう難しくない」

「ぼくはまったく気づかなかったぞ！」

「おまえはそういう質ではないからな。だからといって男が下がるわけじゃない。ヴァレンティーナには私もよくしてやられたものだよ」ケイレブはほほえんだ。「さあ、そろそろ新妻のところへ帰れ。わかっているだろうが、早く孫たちの顔を見せてくれ」

「せいぜいがんばるよ」ジャレッドは椅子から腰をあげた。彼はいいかけた言葉をのみこんだ。祖父がハントリー博士としてやっている仕事のことを訊きたかったし、生き返ったことをどう折りあいをつけているのかも知りたかった。質問したいことは山ほどあるが、いまはやめておこう。「じいちゃんが帰ってきてうれしいよ」

「私もだ」ケイレブは答えた。

ジャレッドは戸口のところで足を止めた。「あのさ、じいちゃんはついにヴァレンティーナを取り戻したわけだけど、彼女は二百二年待つのに値する人だった？」

ケイレブは笑みを浮かべた。「おまえはアリックスのために三十六年間待った。彼女に出会うためならもっと待てたと思うか？」

ジャレッドはためらわなかった。「永遠に待てる」

「そう」ケイレブはいった。「真実の愛のためなら人は永遠に待てるものだよ」

訳者あとがき

アメリカ、マサチューセッツ州ケープ・コッドの南、約五十キロのところに位置するナンタケット島。かつて世界有数の捕鯨《ほげい》港として栄えたこの小さな島は、捕鯨産業の衰退とともに廃《すた》れましたが、その後ボストンやニューヨークからアクセスのよいお金持ち相手の避暑地としてよみがえり、いまでは名だたる億万長者が別荘を構え自家用ジェットでやってくる超高級リゾート地となっています。観光シーズンには旅行客と〝夏の人〟（別荘を持つ人）で、島の人口は五倍にふくれあがるとか。

十九世紀の町並みがいまも残るこの美しい島はまた、世界一幽霊が多く出没する場所でもあるそうで……。

そんなナンタケット島にある古い屋敷キングズリー・ハウスに、建築学校を卒業したばかりのアリックス・マドスンがやってくるところから物語ははじまります。屋敷の持ち主であるミス・アデレード・キングズリーの遺言で、一年間自由に使えることになったからです。古く美しい建物が立ち並ぶナンタケットの町にひと目で恋をしたアリックス。さらにミス・

キングズリーの甥で、屋敷のゲストハウスに滞在中の〝ミスター・キングズリー〟が世界的建築家のジャレッド・モンゴメリーその人であることがわかり、以前から彼に憧れていたアリックスは驚喜します。自分の設計デザインで彼をあっといわせることができれば、ニューヨークにある彼の事務所で雇ってもらえるかもしれない。もしかして、ひと夏の恋も楽しめるかも。ところがジャレットはなぜか他人のふりをし、しかも屋敷には秘密が隠されており、それがなんと幽霊という……。

風光明媚な避暑地。セクシーな有名建築家。夏の恋。いやがうえにも期待は高まりますが、そこにハンサムな幽霊とミステリーまで加わるのですから、おもしろくないはずがありません。

幽霊以外に〝くせ〟のある個性豊かな登場人物たちも、この作品の大きな魅力となっています。アリックスの母親で人気作家のヴィクトリアと建築家の父ケン。アリックスの親友で結婚式を間近に控えたイジー。ジャレッドのいとこのレクシーと同居人のトビー。レクシーの上司で、とびきりのハンサムでとんでもないお金持ちのロジャー。そして実在するナンタケットの人々。そう、本書に登場する観光スポットやショップ（とそこで働く人々）のほとんどが実在していて、ネットで検索すれば〈ダウニーフレーク〉のおいしそうなドーナツも、おしゃれで上品な〈ゼロ・メイン〉の店内も見ることができるのです。まるで自分も島民のひとりとしてその場にいるような、「ジャレッドとアリックスはどうなるのかしらね？」と噂話に花を咲かせているような、そんな気分にさせられます。

著者のジュード・デヴローは〈ニューヨーク・タイムズ〉紙のベストセラーリストの常連で、これまでの作品の総売上部数が六千万部（！）を超える人気作家です。日本でも一九九五年刊行の『時のかなたの恋人』（新潮文庫）で人気を博し、これまでに数冊が翻訳されていますが、二見書房からは初めてのご紹介となります。

本書『この夏を忘れない』（原題 *True Love*）は〈ナンタケットの花嫁〉三部作の第一作にあたり、本国アメリカでは第二作の *For All Time* につづき三作目の *Ever After* も、この六月に刊行になりました。デヴローはモンゴメリー家とタガート家を扱ったシリーズで知られ、本書にも両家の人間が顔を出します。つまり、〈ナンタケットの花嫁〉はこのシリーズの〝いとこ〟のような位置づけなので、他の作品を読んでいなくてもまったく問題ありません。デヴロー・ファンのみなさんにも、デヴローは初めてという方にも楽しんでいただける一冊だと思います。

二作目の *For All Time* はまさに本書の続編といえるもので、ヒロインは二十二歳と若いながらも古風な美しさと落ち着きを持ったトビー。娘に甘い父親と口やかましい母親がいるらしい、ということを除けば、本名すら明かされていない（トビーはニックネーム）この謎めいた女性のお相手は、ジャレッドの遠縁のグレイドン・モンゴメリー。彼と弟のローリーは一卵性双生児で、なんとランコニア（ヨーロッパの架空の国です）の王子。とくにグレイドンは次期王位継承者です。モンゴメリー一族には、「双子を見分けられる人は運命の相手」という言い伝えがあるのですが、トビーはグレイドンとローリーをひと目で見分けたのです。興味をそそられたグレイドンは一週間だけローリーと入れ替わって、ナンタケットに滞在することにしますが……。

どうです？　こちらもおもしろそうでしょう？　引きつづきご紹介できればと願ってやみません。

「ナンタケットには魔法がかかっている」といわれます。いにしえの町並みが残り、愛すべき幽霊たちが暮らす島。本書を読んでくださったみなさんにも、魔法に満ちた忘れられない夏が訪れますように。

二〇一五年七月

ザ・ミステリ・コレクション

この夏《なつ》を忘《わす》れない

著者　ジュード・デヴロー
訳者　阿尾正子《あおまさこ》

発行所　株式会社 二見書房
東京都千代田区三崎町2-18-11
電話 03(3515)2311 [営業]
03(3515)2313 [編集]
振替 00170-4-2639

印刷　株式会社 堀内印刷所
製本　株式会社 村上製本所

落丁・乱丁本はお取り替えいたします。
定価は、カバーに表示してあります。

ISBN978-4-576-15124-3
http://www.futami.co.jp/

影のなかの恋人
シャノン・マッケナ
中西和美［訳］
〔マクラウド兄弟 シリーズ〕

サディスティックな殺人者が演じる、狂った恋のキューピッド。愛する者を守るため、元FBI捜査官コナーは人生最大の危険な賭けに出る！官能ラブサスペンス！

運命に導かれて
シャノン・マッケナ
中西和美［訳］
〔マクラウド兄弟 シリーズ〕

殺人の濡れ衣をきせられ過去を捨てたマーゴットは、そんな彼女に惚れ、力になろうとする私立探偵のデイビーと激しい愛に溺れる。しかしそれをじっと見つめる狂気の眼が…

真夜中を過ぎても
シャノン・マッケナ
松井里弥［訳］
〔マクラウド兄弟 シリーズ〕

十五年ぶりに帰郷したリヴの書店が何者かに放火され、そのうえ車に時限爆弾が。執拗に命を狙う犯人の目的は？彼女を守るため、ショーンは謎の男との戦いを誓う…！

過ちの夜の果てに
シャノン・マッケナ
松井里弥［訳］
〔マクラウド兄弟 シリーズ〕

傷心のベッカが恋したのは孤独な元FBI捜査官ニック。狂おしいほど求めあうふたりに卑劣な罠が……この愛は本物か、偽物か——息をつく間もないラブ＆サスペンス

危険な涙がかわく朝
シャノン・マッケナ
松井里弥［訳］
〔マクラウド兄弟 シリーズ〕

あらゆる手段で闇の世界を生き抜いてきたタマラ。幼女を引き取ることになったのを機に生き方を変えた彼女の前に謎の男が現われる。追っ手だと悟るも互いに心奪われ…

このキスを忘れない
シャノン・マッケナ
幡 美紀子［訳］
〔マクラウド兄弟 シリーズ〕

エディは有名財団の令嬢ながら、特殊な能力のせいで家族にすら疎まれてきた。暗い過去の出来事で記憶をなくしたケヴと出会い…。大好評の官能サスペンス第7弾！

危険な夜の果てに
リサ・マリー・ライス
鈴木美朋［訳］

医師のキャサリンは、治療の鍵を握るのがマックという国からも追われる危険な男だと知る。ついに彼を見つけ、会ったとたん……。新シリーズ一作目！

黒き戦士の恋人
J・R・ウォード
安原和見［訳］
〔ブラック・ダガーシリーズ〕

NY郊外の地方新聞社に勤める女性記者ベスは、謎の男ラスに出生の秘密を告げられ、運命が一変する！　読み出したら止まらない全米ナンバーワンのパラノーマル・ロマンス

永遠なる時の恋人
J・R・ウォード
安原和見［訳］
〔ブラック・ダガーシリーズ〕

レイジは人間の女性メアリをひと目見て恋の虜に。戦士としての忠誠か愛しき者への献身か、心は引き裂かれる。困難を乗り越えてふたりは結ばれるのか？　好評第二弾

運命を告げる恋人
J・R・ウォード
安原和見［訳］
〔ブラック・ダガーシリーズ〕

貴族の娘ベラが宿敵〝レッサー〟に誘拐されて六週間。だれもが彼女の生存を絶望視するなか、ザディストだけは彼女を捜しつづけていた…。怒濤の展開の第三弾！

闇を照らす恋人
J・R・ウォード
安原和見［訳］
〔ブラック・ダガーシリーズ〕

元刑事のブッチがヴァンパイア世界に足を踏み入れて九カ月。美しきマリッサに想いを寄せるも梨の礫。贅沢だが無為な日々に焦りを感じていたところ…待望の第四弾

情熱の炎に抱かれて
J・R・ウォード
安原和見［訳］
〔ブラック・ダガーシリーズ〕

深夜のパトロール中に心臓を撃たれ、重傷を負ったヴィシャス。命を救った外科医ジェインに一目惚れすると、彼女を強引に館に連れ帰ってしまうが…急展開の第五弾

二見文庫　ロマンス・コレクション